ecliptic
planetary publishing

Ein utopischer Roman von Thü

Cogento®

ecliptic
planetary publishing

Vaughan wird ausgesprochen als *Woan*

Die Dialoge der *literarischen Figur Richard Dawkins* wurden vom Autor dieses Buches geschrieben.

Cogento® 1. Auflage 2019

WWW.COGENTO.ORG
Veröffentlicht im Ecliptic Taschenbuch Verlag,
Wattwil, Schweiz · Ecliptic Planetary Publishing
Lektorat & Korrektorat: Simona Turini, Lisa Huber, Ernst Tanner
Druck und Bindung: Winterwork Mike Winter
Rechtliche Unterstützung: Advokatur Christian Widmer
Cover Illustration und Gesamtgestaltung: Zugergrafik
Schrift: Goudy Old Style von Frederic W. Goudy
Cover Titelschrift: Goudy Old Style Adaption von Thü
Papier FSC-zertifiziert aus verantwortungsvollen Quellen

novel category: utopian superhero fiction
I call it a one-small-change-reality or for short: 1cR

1 cR

CARTAGENA DE LA INDIA CATALINA

Hackintosh
Think *really* different

ISBN 978-3-033-07087-5

Für meine Familie
Nidia, Nidia Valentina, Natalie und Anthony
und für Richard Dawkins

Mein weiterer Dank gebührt:
Baroness Onora O'Neill
Yolanda Rayo
Rand Russell
Camille de Kok
Dr. Bruno & Rosa Bischof
Cuno Schneeberger
Florian Stauber
meiner Mutter Rosemarie
meiner Schwester Barbara

once we understand
no god saves our world
we grasp its wonders
and do it ourselves

thü

I

Der Green Park war wie eine andere Welt. Hier bewegten sich die Menschen meist gemächlich oder sie lagen auf den weiten, von Lichtflecken übersäten Wiesen. Am liebsten saß ich während der Mittagspause auf der Mauer des Denkmals gleich beim Eingang. Mit Blick auf eine Stelle des Parks, an der das Gras besonders hoch wuchs, was ihn noch ruhiger und paradiesischer machte. An eine der klassischen Säulen gelehnt, ließ ich den Kontrast auf mich wirken; beobachtete die Lichter, die auf den Wiesen sanft umherwanderten, während auf der anderen Seite der graue, laute Alltag herrschte; gehetzte Geschäftsleute und rauschende Kolonnen von Autos und roten Doppeldeckerbussen. Damals konnte ich noch nicht wissen, dass all das, wovor die Leute in den Park flüchteten, sich bald grundlegend ändern würde.

Für mich war die Zeit der Ruhe viel zu schnell wieder vorbei. Ich packte die Reste meines Lunchs weg, hob meine Beine auf die Mauer und drehte mich zur anderen Seite hin. Das Sonnenlicht, das durch die Säulengruppen schien, hatte mir gutgetan – ganz besonders in dem Bewusstsein, dass es wohl einer der letzten warmen Nachmittage dieses Jahres gewesen war. Ich erhob mich von den kalten Steinblöcken und blickte auf die lange Reihe grauer Fassaden hinter der stark befahrenen Straße. Trotz ihres feudalen Baustils, aus einer Zeit, als Architektur noch Charakter gehabt hatte, wirkten die Häuser drückend auf mich; die Stimmung einer Großstadt unter dem Joch des hektischen Arbeitsalltags.

Ich lenkte meine Schritte auf den Gehweg und entfernte mich vom Parkeingang; vorbei an einer Bushaltestelle, bei der ich mich durch eine Menge von Leuten kämpfen musste, die mir entgegen strömte. Dahinter war der Weg wieder frei, denn alle begaben sich in Richtung Park – bestimmt um dort ebenfalls das Wetter zu genießen. Als ich weiterging, bemerkte ich, dass der Boden immer noch nass war und ich erinnerte mich daran, wie der Morgen kalt und neblig begann. Da hätte ich nicht gedacht, dass ich an dem Tag noch einmal draußen essen würde, denn erst kurz vor Mittag hatte sich der Himmel gelichtet.

Der Weg zurück ins Büro war immer besonders öde; nicht nur wegen des Anblicks der Wagenkolonnen und Umzäunungen an der Piccadilly entlang, sondern vor allem wegen der Aussicht auf das, was mich dort erwarten würde. Es machte den Weg noch länger, als er tatsächlich war, die paar hundert Meter bis zum einzigen Fußgängerübergang weit und breit. Obwohl ich spät dran war, näherte ich mich dem altehrwürdigen, barocken Verlagsgebäude eher zögerlich. Über mir prangte der riesige Schriftzug der *London Times,* als ich die Stufen hinauf und zwischen den beiden Marmorsäulen hindurch ging, um die Glastür zu öffnen. Eigentlich konnte man stolz darauf sein, bei dieser international angesehenen Zeitung zu arbeiten. Aber es kam eben auch darauf an, was man dazu beitrug und ehrlich gesagt, darauf bildete ich mir nicht viel ein.

Alec, am Welcome Desk, machte eine kurze, grüßende Geste in meine Richtung. Ich zückte meinen Ausweis und hielt ihn an den Sensor des Checkpoints. Seit Jahren schon kam hier eigentlich niemand mehr rein, ohne kontrolliert zu werden. Vor dem Lift wartete eine Gruppe von Mitarbeitern aus meiner Abteilung, die aber so in ihr Gespräch vertieft waren, dass sie mich gar nicht beachteten. Im Lift fanden wir alle zusammen knapp Platz und spätestens jetzt, so eng aufeinander, konnte ich ihr Getratsche nicht mehr überhören.

Lucy, eine der Sekretärinnen, meinte: »... er war ganz aufgelöst deswegen. Aber was soll er machen? Er braucht den Job ...«

Einer der Anderen antwortete: »Klar, wer nicht? Ich bin einfach überrascht, dass ein Vorgesetzter so was fertigbringt. Ausgerechnet er, der immer einen auf Moralapostel macht ...«

So kam ich nicht umhin, mir über das Gesagte Gedanken zu machen, und hatte dann auch schnell einen Verdacht, um wen es dabei ging. Doch wir waren auf unserer Etage angelangt, verließen den Lift und die Leute verteilten sich.

Mein Weg führte mich geradeaus direkt ins Großraumbüro hinein, einen langen Gang zwischen Reihen beiger Stellwände entlang, hinter denen einige konzentriert arbeitende Köpfe zu sehen waren. Damals, als ich hier anfing, fand ich das alles ziemlich bedrückend. Wie eine riesige Fabrik, die von identitätslosen Seelen am Laufen gehalten wurde, und ich fühlte mich als Eine davon. Doch der Eindruck verlor sich, sobald ich mich an die Leute und den Betrieb gewöhnt hatte und nun kam es mir gar nicht mehr so groß vor.

Ich bog aus dem Gang nach rechts in meine Abteilung, um gleich meinen Arbeitsplatz aufzusuchen. Dave, der Abteilungsleiter, sollte sehen, dass ich anwesend war; auch wenn ich kaum hoffen konnte, dass er meine Verspätung noch nicht bemerkt hatte, klein kariert wie er war.

Kaum dass ich mein Cubicle betreten hatte, hörte ich eine flüsternde Stimme hinter mir: »Hey, Vaughan ...« Es war mein Nachbar Jack, der über die Stellwand – dieses Überbleibsel aus den Achtzigerjahren – zu mir herüber linste. »Dave hat nach dir gesucht!«

»Klar, wie konnte es auch anders sein«, sagte ich. War es wirklich zuviel verlangt, mir einmal etwas durchgehen zu lassen?

»Hast du das von Rowan gehört?«, flüsterte er mir weiter zu.

»Nein, was denn?«, erwiderte ich.

»Das weiß ich eben auch nicht. Ich hatte gehofft, du weißt was darüber. Ich habe nur gesehen, wie er aus dem Sitzungszimmer gestürzt

kam. Dann vergrub er sich an seinem Platz – ich glaube, ich habe ihn schluchzen gehört, aber ich traute mich nicht, ihn zu stören.«
Ich sah Jack neugierig an und sagte: »Wer war denn mit ihm im Sitzungszimmer? Vielleicht solltest du den mal fragen.«
»Keine Ahnung. Ich habe nur auf Rowan geachtet«, antwortete er.
Über mir meldete sich plötzlich eine andere Stimme: »Arbeiten sollten Sie, Macrae, nicht quatschen. Erst recht, nachdem Sie zu spät aus der Pause gekommen sind!« Es war Dave, der sich, wie üblich, hinter meinem Rücken angeschlichen hatte.
»Ich hörte, Sie haben nach mir gesucht?«, sagte ich.
»Richtig, ja. Schauen Sie …« Dave zeigte über mich hinweg auf meinen Computermonitor und meinte: »… das Inserat mit dem Rahmen sollten Sie auf die linke Seite stellen, dann das Neue an seine Stelle. Da passt es farblich viel besser rein. Okay?«
»Wird gemacht, Boss«, erwiderte ich pflichtbewusst.
Das war meine Standardantwort. Ich benutzte sie jeden Tag so oft, dass es mir nichts mehr ausmachte, ihm damit jedes Mal recht zu geben. Sie bedeutete schon lange nicht mehr *mein Fehler, ich mache es in Zukunft besser* sondern mehr so was wie *für dich Arsch mach ich das nur, damit ich den Job behalte.* Meine Blase drückte, aber er beobachtete mich mit Befriedigung weiter, während ich die Änderungen vornahm. Also musste ich meinen Drang, auf die Toilette zu gehen, unterdrücken.

Dave war ein eher kleiner, schmächtiger Mann. Dafür war sein Haarwuchs imposant; dicht aber immer sehr kurz geschnitten. Sein dunkler Schnurrbart war stets leicht gedrillt und seine Kleidung inklusive Krawatte und Weste immer tadellos. So stand er mit verschränkten Armen dicht neben mir und gab weitere definitive Empfehlungen ab. Er schien alle Zeit der Welt zu haben, um mich zu nerven. Als er sich nach einer Ewigkeit dann endlich verzog, machte ich mich sogleich auf zur Toilette. Wäre es nicht zu auffällig gewesen, ich hätte gleich losrennen können. Stattdessen eilte ich einfach schnellen Schrittes durch die Reihen der Stellwände aus dem Großraumbüro hinaus.

Erleichtert trat ich wenig später aus der Herrentoilette. Am hohen Spiegel im Foyer richtete ich mein T-Shirt, kontrollierte den Reißverschluss meiner Hose und wollte an den Aufzügen vorbei gerade zurückgehen, als ich etwas Ungewöhnliches vernahm. Ich hielt inne und lauschte, hörte dasselbe Geräusch immer wieder. Kam es aus dem Treppenhaus? Ich ging darauf zu, ins Treppenhaus hinein. Nun war es ein deutliches Aufschluchzen und es war ganz nah, obwohl niemand zu sehen war. Doch da, hinter einer Werbetafel, gab es eine Tür, die einen Spalt weit offen war. Die fiel mir bisher noch nie auf.

»Hallo? Ist da jemand?«, flüsterte ich in den Spalt hinein: »Ich bin's ... Vaughan Macrae. Brauchen Sie Hilfe?«

»Vaughan ... nein, bitte geh weg!«, flüsterte eine jugendliche Stimme schluchzend.

»Okay, aber komm zu mir, wenn du etwas brauchst, ja?« Ich glaubte nun zu wissen, wer es war und entfernte mich langsam. Als ich gerade wieder ins Foyer trat, wurde ich mit verhaltener Stimme zurückgerufen. Die Tür öffnete sich etwas und als ich mich ihr näherte, griff mich eine Hand am Arm und zog mich hinein. Ich hatte richtig vermutet: Es war Rowan. Er saß in dem dunklen Abstellraum auf einer Klappleiter und sah mich mit verweinten Augen an.

»Jack hat sich Sorgen um dich gemacht. Ist im Sitzungszimmer etwas passiert?«

»Versprich mir, dass du nichts sagst, Vaughan.« Seine Stimme zitterte. Ich ging neben ihm in die Hocke und erwiderte: »Ja, natürlich. Du kannst dich auf mich verlassen.«

Schluchzend erklärte er: »Ich weiß nicht, was ich machen soll. Alle denken, er sei so ein anständiger Typ ... aber das ist er gar nicht. Niemand würde mir glauben.«
»Du meinst Dave?«, sagte ich.
Er schaute mich überrascht an. »Du weißt davon?«
»Also, nein, ich vermute nur ...«, antwortete ich.
»Dave Uttley ist doch mein Vorgesetzter. Wenn ich ihm nicht passe, bin ich weg hier. Aber das darf nicht passieren. Es darf einfach nicht ...«
»Was soll ihm denn auch an dir nicht passen. Das ist doch gar nicht möglich!«, beschwichtigte ich ihn. Er war erst seit ein paar Monaten bei uns im Team, aber er wirkte auf mich stets engagiert. Bestimmt war er auch zuverlässig, denn etwas Anderes hätte man längst gehört. Dave nahm in so einem Fall kein Blatt vor den Mund. Zudem war er ein junger, attraktiver Bursche und eigentlich immer gut gelaunt. Was hätte einem Chef nicht an ihm passen können?
»Er hat sich an mich rangemacht.«
Nun hatte er wirklich Mühe, weiter zu reden, und musste schließlich innehalten, bis er sich wieder so weit beruhigt hatte, um fortzufahren: »Als wir alleine im Zimmer waren. Ich saß am Tisch, ... da stand er plötzlich über mir. Zuerst berührte er meine Schultern. Lobte mich als zuverlässigen Mitarbeiter. Meinte, ich könne es weit bringen bei ihm. Dann fuhren seine Hände langsam nach unten, über meine Brust. Ich war wie gelähmt vor Schreck. Natürlich sagte ich, er solle damit aufhören. Aber er meinte, er wolle nur zeigen, wie sehr er mich schätze. Ich spürte, wie er seine Hose an meinem Hals rieb und dann waren seine Hände plötzlich überall, auch zwischen meinen Beinen, er ... er fuhr über meinen ... er begann meine Hose aufzumachen ... da spürte ich plötzlich diese Wut. Ich konnte mich aufrichten und stieß meinen Stuhl mit aller Kraft gegen ihn und rannte weg. Und jetzt ...?«

Selbst mich schockierte seine Schilderung und das, obwohl mir immer schon klar war, dass mit Dave irgendwas nicht stimmte. Wir alle hatten damals mitbekommen, wie er sein konnte, als eine schwarze Frau in unser Team kam. Nichts war ihm recht an ihr und obwohl er sogar von Angear wegen rassistischer Äußerungen getadelt wurde, brachte es Dave fertig, dass sie kündigte. Unerwartet kam das Ganze eigentlich nicht, schließlich war er ein typischer Tory. Einige mutmaßten sogar, dass er *Britain First* angehörte, spätestens seit er sich lauthals über die Aufhebung des *Brexit* aufgeregt hatte.

Wie hatte einst schon Lord Acton gesagt: *Macht korrumpiert, absolute Macht korrumpiert absolut.* Doch was mich daran wirklich verstörte war, feststellen zu müssen, wie wenig Macht es dazu brauchte. Daves Position als Abteilungsleiter war lediglich eine Stufe über mir und offenbar genügte das bei ihm schon.

»Vielleicht sollten wir dem Personalchef davon erzählen«, schlug ich vor.

»Das hat Simon auch schon ...«, sagte Rowan.

Der Name war mir kein Begriff. »Simon?«

»Er war in der Werbeabteilung. Ich hatte ihm das auch nicht geglaubt, als er sich darüber beklagte, dass Dave ihn angefasst habe. Er ging sogar zu Mr Angear deswegen und dann wurde er entlassen«, erklärte Rowan.

Entsetzt erwiderte ich: »Das darf doch nicht wahr sein! Wie kann das sein? Aber du wärst mindestens schon der Zweite, der sich deswegen beschwert, jetzt kann man das nicht mehr einfach so abtun ...«

»Nein, Vaughan, bitte ... das ist mir alles zu unsicher.«

»Und wenn du einfach sagst, dass du dich nicht mit Dave verträgst? Ohne Anschuldigungen zu machen. Frag einfach, ob sie dich in eine andere Abteilung versetzen.«

Er legte seine Hand auf meine Schulter und sah mich mit einem erleichterten Lächeln an. »Ich fühle mich schon so viel besser, jetzt da ich erzählen konnte, was passiert ist. Vielleicht sollte ich es auch einigen von den Anderen sagen und ihr könntet ein Auge haben auf Dave, was meinst du?«

»Besser als nichts«, antwortete ich nachdenklich: »Wenn du dich dadurch sicherer fühlst. Aber vergiss nicht, wenn du nicht gegen ihn aussagst, wird es weitere Opfer geben.«

Rowan antwortete bedrückt: »Wenn ich aussage, werde ich zweimal das Opfer sein.«

Zumindest ließ er sich von mir überreden, aus seinem Versteck zu kommen. Und nachdem er sich auf der Herrentoilette etwas aufgefrischt hatte, begleitete ich ihn zurück an seinen Arbeitsplatz. Natürlich sah Dave uns zusammen ankommen. Dieser Kontrollfreak behielt doch stets die Übersicht. Aber es schien ihn nicht weiter zu kümmern. Andererseits fiel mir auf, dass er sich nicht mehr in meiner Nähe blicken ließ und Rowan berichtete mir später, dass er dieselbe Erfahrung gemacht hatte.

Mir kam das sehr gelegen, denn es ersparte mir Daves Gehabe tatsächlich sogar noch die ganze Woche lang. Ich versuchte, mich auf die Inserate zu konzentrieren und genoss es, dass ich ausnahmsweise meine Ruhe hatte und nicht demnächst wieder alles würde umstellen müssen, nur um des Umstellens willen. Normalerweise holte sich Dave nämlich bei mir seine extra Portion Hilfsbereitschaftsgefühl, indem er vermeintliche Ratschläge austeilte und auch noch Dankbarkeit dafür erwartete. Tatsächlich war es einfach eingebildetes Getue. Also dankbar war ich nur dafür, dass er mich als Gelegenheit wahrnahm um seine religiös motivierte Güte zu demonstrieren und daher nicht auf die Idee kam zu behaupten, ich wäre nicht gut genug für den Job. So gesehen war es fast schon ein

Vorteil, wenn man so Einen zum Chef hatte. Doch auch wenn ich mit der Zeit lernte, seine dauernden Bibelzitate zu überhören; diese Art aufgesetzter Ritterlichkeit hatte beständig an meinem Selbstwertgefühl genagt. Doch von nun an sah ich Dave sowieso mit anderen Augen.

Ich vermisste die Feinarbeit mit den Buchstaben. Ich hatte früher eigentlich etwas Anderes im Sinn gehabt, als den lieben langen Tag Inserate aneinanderzureihen. In meiner Abteilung ging es nur um die Inserate. Ich dachte stets, dass mir jeder andere Bereich der Zeitung lieber gewesen wäre als dieser. Ich musste ja meistens nur die fertigen Inserate so platzieren, dass alle dafür vorgesehenen Seiten gefüllt waren. Im Umbruch hätte ich wenigstens noch mit Buchstaben zu tun, würde die Trennungen kontrollieren und Korrekturen ausführen. Da konnte man einem nicht viel reinreden, es gäbe klare Regeln.

Mein ursprünglicher Beruf war Schriftdesigner – eine Tätigkeit, die mich weit mehr zu erfüllen vermochte. Linien und Formen von Buchstaben hatten mich immer schon fasziniert, seit ich in meiner Kindheit den Stempeldruck und den Bleidruck für mich entdeckt hatte. Damals, in Norwich, schlich ich mich manchmal unerlaubt in den Schuppen von unserem Nachbarn, dem alten Mr Macpherson. Darin hatte sein Großvater früher einen Druckereibetrieb und die alten Maschinen und Kästen voller Bleisatz standen noch immer herum – wenn auch bedeckt von Staub und Spinnweben.

Als Macpherson mich erwischte, war er nicht einmal böse auf mich; im Gegenteil. Er freute sich über mein Interesse und zeigte mir, wie alles funktionierte. Zusammen machten wir etwas Ordnung und er ließ mich sogar an die Druckmaschine. Daraufhin begann ich mich für das Entwerfen von Schriften zu interessieren. Präzises Arbeiten und ein gutes Auge für Formen und Proportionen waren dabei gefragt, und ich konnte mich stundenlang mit meinen Entwürfen auf Papier oder der Realisation am Computer befassen. Doch nach meiner Ausbildung an der University of Reading zeigte sich, dass ich trotz meines Abschlusses als Master of Arts davon nicht leben konnte. Also musste ich Zusatzkurse für Desktop Publishing belegen.

Immerhin herrschte in der Inserate-Abteilung normalerweise keine allzu große Hektik. Nur für den Redaktionsschluss musste man wirklich voll ran und auch mal Überstunden hinlegen. Ansonsten hatte ich viel Gelegenheit, meinen Gedanken nachzuhängen. Oft stellte ich mir vor, wie es wäre, in einer der anderen Abteilungen zu arbeiten. Zum Beispiel derjenige zu sein, der etwas zu sagen hatte. Als Journalist würde man noch Abenteuer erleben. Mein Thema wäre Umwelt oder Menschenrechte. Ich müsste viel reisen, direkt vor Ort sein, wenn Leute demonstrierten, weil ein internationaler Konzern ihnen das Wasser abgräbt. Oder ein Interview führen mit einem Whistleblower, der sein Land verlassen musste, nachdem er aufgedeckt hatte, dass hohe Beamte gegen die Verfassung verstießen. Zuerst müsste ich ihn in seinem Versteck aufspüren – an einem exotischen Ort oder in einer chaotischen Großstadt. Solche Abenteuer waren für mich erstrebenswert. Aber in meinem realen Leben waren die Serien, die ich mir abends reinzog, das einzige Abenteuerliche.

Rowan wandte sich schließlich nicht an den Personalchef. Aber so ziemlich jeder wusste nun Bescheid über Dave und wir gaben ihm keine Gelegenheit mehr, mit Rowan oder irgendwem sonst alleine zu sein. Ich fand das nicht zufriedenstellend. Würde sein Verhalten gar keine Konsequenzen nach sich ziehen? In was für einer Gesellschaft lebten wir eigentlich? Ich schwor mir, dass ich für Gerechtigkeit sorgen würde, falls ich einmal eine Gelegenheit erhalten sollte.

Ausgerechnet an dem Tag, als ich für mich dieses Gelübde ablegte, geschah es zum ersten Mal – jedenfalls, soweit ich mich erinnern konnte, denn vorerst beachtete ich den Vorfall nicht weiter. Es passierte auf dem Heimweg, nach einem langen, kaum enden wollenden Arbeitstag. Erstaunlich war, dass sich meine Pläne für den Abend deswegen überhaupt nicht änderten. Nun ja, es *Pläne* zu nennen wäre etwas übertrieben – es war eigentlich immer dieselbe Zusammenkunft von mir, meinem Sofa und der neusten Staffel meiner derzeitigen Lieblingsserie. Die Vorfreude auf diese spannenden Abende war es, was mir die Zeit im Büro einigermaßen erträglich machte. Konnte man mir das verübeln?

Endlich Feierabend! Das Warten war wieder einmal vorüber, die Tagträume weggeräumt, die letzten Änderungen gespeichert. Dave war nicht in Sicht und damit der Weg aus der Abteilung frei. Ich schlängelte mich durch die Gänge des Großraumbüros, an der Redaktion vorbei, wo eine Menge Leute gerade ihre Cubicles verließ. Unten, an der Straße vor dem alten Verlagsgebäudes, holte ich mein Bike, das ich gut gesichert auf einem nahen Fahrrad-Parkplatz abgestellt hatte.

Ich nahm, wie gewohnt, die Zwischenstraßen und Gassen durch den Shepherd Market mit seinen vielen kleinen, schmucken Cafés, Restaurants und Läden, um dann in Richtung Soho abzubiegen. Mr White, ich komme! Doch zuvor gehörte noch ein Zwischenstopp zum Plan, denn einen großen Becher Eiscreme musste ich schon haben, während sich auf meinem Bildschirm der Chemielehrer Walter White zum mörderischen Drogenboss Heisenberg wandelte.

Ja, ich war faul geworden. Aber es hatte seinen Grund, weshalb ich mich so zurückgezogen hatte. Gebrochenes Herz, natürlich; das Übliche. Danach hatte ich erst mal genug von Beziehungen – überhaupt von Menschen.

In der Brewer Street ließ ich mein Bike an der mit zerrissenen Postern volltapezierten Fensterscheibe angelehnt stehen und betrat den kleinen, vollgestopften Laden. Wie üblich, begab ich mich direkt zum Kühlfach, nahm mir meinen Becher Eiscreme und ging zur Kasse. Es standen nur vier, fünf Leute in den engen Gängen zwischen den Gestellen herum. Ein eleganter älterer Herr brauchte ewig beim Zahlen mit seinen Coupons und Münzen. Das Pärchen hinter mir zeigte sich schnell genervt. Als ich endlich vorrücken konnte, griff ich an meine Hosentasche und wie ein Blitz schoss es mir heiß durch den Kopf: Meine Brieftasche!
»Äh, ich glaube, meine Brieftasche liegt noch im Büro«, sagte ich verlegen zu dem Jungen an der Kasse. Er schaute mich etwas unbeholfen an, während er noch überlegte was er dazu sagen sollte – da schoss es spontan aus mir heraus: »Aber es ist schon gut, ich kann es mitnehmen und bezahle es dann morgen!«

Das sagte ich in einem seltsamen Ton, fast befehlsartig in der vagen Hoffnung, ich könnte mir damit weiteren Aufwand ersparen. Seine Antwort war erneut ein kleiner Schock für mich, denn ich hörte ihn sagen: »Schon gut, sie können es mitnehmen und bezahlen es dann morgen.« Es kam mir vor, wie ein Echo meiner eigenen Stimme.

Nachdenklich verließ ich den Laden. Natürlich war ich praktisch ein Stammkunde hier, der Laden war nur zwei Blocks von meinem Apartment entfernt. Aber den Jungen hatte ich erst zwei oder drei Mal gesehen. Dass er mir Kredit geben würde, war höchst unwahrscheinlich; dass er es nicht einmal aufgeschrieben hatte – ganz unmöglich.

Ich stieg auf mein Bike und kurvte die Straßen entlang, nicht immer konform mit den Verkehrsregeln, bis zur Archer Street. Nach all den Jahren kannte ich die effizienteste Weise, um zwischen geparkten, stehenden und fahrenden Vehikeln, den Passanten und entgegen den Einbahnstraßen hindurch zu meinem Apartment zu kommen. Ich musste auch immer an der kleinen Gelateria vorbei, die nur ein paar Häuserzeilen entfernt lag und mich stets an den Grund erinnerte, weshalb ich dort nichts mehr kaufte.

Ich zwängte mein Bike durch den Vordereingang des alten Backsteingebäudes und stellte es in die dunkle Ecke unter der Treppe, wo es immer etwas modrig roch. Vor lauter Vorfreude auf die nächste spannende Episode mit Mr White, schnellte ich die knarrende Holztreppe hoch. Fast, ohne die Stufen zu berühren, dafür umso kräftiger am Geländer ziehend – was noch zusätzliches Knirschen verursachte.

Das alles ließ den seltsamen Vorfall vom Laden allmählich aus meinen Gedanken verschwinden. Auch an den Rest des Abends konnte ich mich bald nicht mehr im Detail erinnern. Es gab damals so viele davon und alle verliefen in etwa gleich – mit all den TV-Serien, die im Rückblick wie Fragmente eines anderen Lebens erscheinen, eigentlich aber verlorene Zeit meines eigenen Lebens waren. Ich verbrachte Monate so und versuchte, mir keine Gedanken über die Zukunft zu machen. Ziele hatte ich nicht, jedenfalls nicht seit Jessica mich verlassen hatte.

Ja, es gab die Zeit davor, diese erfüllte Zweisamkeit, die ich so zum ersten Mal erlebt hatte, und die Zeit danach, die sich seither als kalte, sinnlose Leere in mir ausbreitete. Dazwischen der große Schnitt. Ich nannte sie meine Epochen. Und in der Nach-Jessica-Epoche ließ ich mich einfach treiben. Statisch vor mich hin lebend, ohne viel nachzudenken, damit diese unerwünschten

Gefühle nicht wieder in mir hochkamen. Mir wurde bewusst, ich hatte verdammtes Glück, dass ich mich nie auf Drogen eingelassen hatte. In meiner Situation konnte man damit furchtbar abtauchen, etwa wie Walter Whites Lehrling Jesse.

Ich wusste aber auch von Beispielen aus der Realität; von zwei Bekannten, denen ein Schicksalsschlag zum Verhängnis geworden war. Beim Einen war es die Scheidung. Trennung von den Kindern, finanzielle Probleme, dann Alkohol und schließlich Jobverlust. Es dauerte viele Jahre, bis er finanziell wieder auf den Beinen war.

Ich konnte mich also nicht beschweren. Meine Trennung war dagegen eine Belanglosigkeit. Dennoch machte sie mich anfangs ziemlich fertig. So begann ich, irgendwie die Zeit herum zu bringen mit möglichst viel Ablenkung. Nur nicht nachgrübeln. Arbeit, Filme, Schlafen, Arbeit, Filme, Schlafen. Zugegeben, Binge-Watching war auch eine Art Droge. Es dröhnte mich zu. Aber es half tatsächlich. Der Schmerz entfernte sich immer weiter, zusammen mit den Erinnerungen. Und fast ohne Entzugserscheinungen.

Mein Apartment hatte Tante Kate gehört, die wegen der falschen Behandlung ihrer Krankheit zu früh verstorben war. Hundertzwanzigtausend Pfund waren ein großes Vermögen gewesen zu der Zeit, als sie es übernommen hatte. Sie schaffte es ihr ganzes Leben lang nicht, die Hypothek auf weniger als achtzigtausend zu reduzieren, obwohl sie eine gute Schneiderin gewesen war, die eine beständige Anstellung bei der English National Opera hatte, denn sie war schon dabei gewesen, als sie noch *Sadler's Wells Opera* hieß. Aber dieser Opernbetrieb hatte im Gegensatz zum Royal Opera House immer schon ein bescheidenes Budget gehabt, und entsprechend waren auch die Gehälter. Doch ihre Arbeit erfüllte sie immer mit solcher Freude, sie hätte niemals daran gedacht, etwas Anderes zu machen.

Das Apartment war wirklich klein und bescheiden eingerichtet mit einigem, das ich noch von meiner Tante behalten hatte. Neben den Zinsen für die Hypothek konnte ich mir nicht viel leisten, aber mir genügte es so, wie es war. Jedenfalls, solange keine Familienplanung anstand.

Mit Jessica wurde das ein Thema und wahrscheinlich war ihre Entscheidung schließlich auch für mich nur zum Besten. Ich hatte mir nie vorstellen können, wie ich eine Familie hätte ernähren können. Vielleicht, wenn es sein musste, würde ich doch noch Ambitionen entwickeln können, wer weiß. Aber beabsichtigt hatte ich es eigentlich nicht.

Für ein Wochenende zu zweit ging es knapp mit dem einen Zimmer. Eine Kochnische gehörte dazu, ein winziges Entrée, daneben ein kleines Bad, und den Wohnraum hatte ich mithilfe zweier Lamellenvorhänge in einen Schlaf-, Arbeits- und Sofabereich unterteilt. Zwei alte Fenster auf die Archer Street sorgten für Licht, aber insgesamt war die Wohnung schon eher dunkel, mit ihrer Holztäfelung. Dafür war sie stimmungsvoll, wenn man die Leuchter geschickt platzierte. Ich mochte sie jedenfalls. Immerhin war es innen recht sauber, was man nicht vermuten würde, wenn man die verrottete Fassade betrachtete – ich sah in ihr eine Art Tarnung. Außerdem war die Straße relativ ruhig, es gab keinen Durchgangsverkehr. Dafür früh morgens diesen seltsamen, modernden Geruch, der einen aufweckte und in die Wirklichkeit holte, sobald man das Haus verließ.

Archer Street – mir gefiel der Name, weil er mich an Star Trek erinnerte. Nachts zog zwar immer wieder lautes Volk zwischen den Bars von Soho herum oder strömte um die Ecke aus dem Apollo Theater oder aus den Strip-Clubs. Jede Art von Unterhaltung war hier stets verfügbar und Nachts auf der Straße bemerkte ich immer mehr, wie sehr sich die Leute anstrengten auszusehen, als ob sie

Spaß hätten. Mir reichte das – ich hatte dadurch kaum noch selber das Bedürfnis auszugehen. Einige Freunde, vor allem Kyle, zeigten sich mittlerweile besorgt und riefen mich an, weil sie so lange nichts von mir gehört hatten. Ich musste sie beruhigen und erklärte, dass schon alles in Ordnung war mit mir, dass ich einfach etwas Zeit brauchte für mich selbst.

Ab und zu ließ ich mich von Kyle dann doch zu einem Drink überreden – eigentlich mehr seinetwegen. Er schätzte es, einen Grund zu haben, ins Zentrum von London zu kommen. Wir quatschten über die alten Zeiten in der Schule und klagten, wie wenig man uns dort eigentlich beigebracht hatte – nicht unseretwegen, darin waren wir uns einig. Ein, zwei Bars später, trennten sich unsere Wege meistens und er liebte es, zweideutige Anspielungen zu machen, wohin er danach noch gehen könnte.

Als es dann kälter wurde, trafen wir uns jedoch kaum noch. Der Winteranfang kam mir sehr entgegen. Kein schlechtes Gewissen, sich bei diesem Wetter zuhause einzubunkern. Meiner Mutter kündigte ich am Telefon an, dass ich erst im Frühling wieder zu ihr fahren würde. Sie lebte in einem Altenheim in Norwich, zwei Stunden entfernt.

Hätte ich noch freie Tage vorrätig gehabt, ich hätte sie genommen, um gar nicht mehr aus dem Haus gehen zu müssen. Bei diesem Wetter brauchte man auf dem Bike zwei Schutzschichten, um am Ende einigermaßen trocken am Arbeitsplatz zu erscheinen. Immerhin waren dafür die Straßen weniger bevölkert.

Dann passierte es zum zweiten Mal – so weit es mir bewusst war. Im Büro gab es schon länger Gerüchte über die marode Finanzlage des Verlags und dementsprechend ein unterschwelliges Gefühl, dass es bald zu Veränderungen kommen könnte. Auch bei mir löste das

Angst aus, denn es war mir bewusst, dass ich ziemlich wenig Reserven hatte, falls mein Einkommen wegfiel.

In der Kaffee-Ecke machte ich einmal eine Bemerkung darüber zu Mrs Gill, der Sekretärin aus der Werbeabteilung. Sie meinte, dass sie von vielen Ähnliches gehört habe. Und als man schließlich einen nach dem Anderen zu einem persönlichen Gespräch ins Sitzungszimmer bat, wurde allen klar, dass der Moment gekommen war. Als Letzten aus meiner Abteilung, forderte man mich auf, und ich bemühte mich, möglichst gelassen zu wirken, als ich mich aus meinem nachfedernden Stuhl erhob.

Ich stellte mir vor, ich wäre Joe MacMillan aus *Halt and Catch Fire,* der vor Überlegenheitsgefühl nur so strotzte und seinem Kontrahenten immer zwei Schritte voraus war, während ich mich den Gang entlang zum Sitzungszimmer bewegte. Bloß nicht zu schnell, bloß keine Nervosität zeigen.

Der Personalchef Mr Angear und Dave erwarteten mich bereits und baten mich, auf einem freien Stuhl, ihnen gegenüber, Platz zu nehmen. Angear eröffnete mit den Worten: »Vaughan Macrae, nehme ich an?«

»Richtig, Sir«, bestätigte ich.

»Mr Macrae, sie haben sicher gehört, dass wir gezwungen sind, personelle Veränderungen vorzunehmen.« Er lenkte seinen Blick zwischendurch in die Dokumentenmappe, die vor ihm auf dem Tisch lag und zog das eine oder andere Papier etwas hervor. »Sie sind ja nun schon einige Jahre bei uns, und Dave hier bestätigte mir, dass Sie gute Arbeit leisten. Sie behalten Ihren Job.«

Innerlich fiel sofort ein schweres Gewicht von mir ab.

Doch dann fuhr er fort: »Aber, wir müssen Ihr Pensum reduzieren.«

Das Gewicht war zurück, etwas höher diesmal, und drückte mir auf die Kehle, sodass ich nur leicht krächzend von mir geben konnte:

»Äh, ... ist das wirklich, ähm ... nötig?«
»Ich fürchte ja«, sprang Dave ein. »Wir wollen ja schließlich alle, dass die Zeitung überlebt, Vaughan«, sagte er beschwichtigend: »Sie ist wichtiger, als der Einzelne von uns, finden Sie nicht?«
Auch wenn Dave ganz in seiner üblichen Weise den seriösen Vorgesetzten raushängen ließ; ich wusste nun, was er hinter dieser Maske zu verbergen versuchte und schenkte ihm keine Beachtung.

Ich konnte mir schon vorstellen, worum es tatsächlich ging. Dave wollte bestimmt an mir ein Exempel statuieren, und für Angear zählten nur die Bedürfnisse des Managements. Denn nur, wenn die Zahlen besser aussahen als im Jahr davor, konnte die Teppichetage ihre absurd hohen Boni rechtfertigen. Hauptsache, die da oben konnten weiter abschröpfen. Dafür nahm man sogar in Kauf, dass die Qualität der Zeitung immer schlechter wurde. Nicht, dass das etwas mit mir zu tun gehabt hätte, aber ich wusste von den gestrichenen Stellen in der Redaktion, und dass die Journalisten, die übrig blieben, immer weniger Zeit hatten, um ihre Themen ausführlich zu recherchieren. Nur deswegen gab es doch in Wahrheit immer weniger Abonnenten und folglich weniger Werbekunden – nicht allein die Schuld des Internets, wie immer behauptet wurde.

Das machte mich richtig wütend. Ich wusste Bescheid! Ich war ihnen überlegen! Schlagartig erhob ich mich, stützte die Hände auf den Tisch und schaute Mr Angear tief in die Augen, als ich mit nachdrücklicher Stimme sagte: »Nicht mit mir! Ihr verschiebt mich in die Redaktion!« Absolut verrückt, dass mir so etwas einfallen konnte. Noch verrückter, dass ich es auszusprechen wagte und glaubte, sie würden mich überhaupt ernst nehmen. *Sie schauen zu viel TV*, erwartete ich als Antwort zu hören.
Doch Mr Angear schaute nur ausdruckslos in die Ferne und sagte dann ganz ruhig: »Ich denke, wir verschieben Sie in die Redaktion.«

Dave reagierte völlig verblüfft und entgegnete: »Aber Macrae hat doch keinerlei Erfahrung mit Schreiben, oder, Vaughan?«
Er schaute mich fragend an, und ich sagte spontan: »Das wär doch super, Dave. Keine Angst, ich kann das!«
Seine Anspannung legte sich, als er meinte: »Ja, super, Vaughan, Sie können das.«
»Über was möchten Sie denn schreiben?«, fragte Mr Angear.
»Wie wäre es, wenn ich regelmäßig Kommentare und Kritiken zu angesagten TV-Serien verfasse?« Etwas Besseres fiel mir in diesem Moment nicht ein.
»Dann wäre das ja geklärt. Ich rede mit dem Chefredakteur.« Mr Angear stand auf und verließ den Raum. Dave folgte ihm.

Nur ich saß noch eine ganze Weile da und fragte mich, ob ich das geträumt hatte. Es schien mir so vollkommen unrealistisch. Funktionierte das etwa für alle so? Musste man sich lediglich überzeugt und überheblich hinstellen und deutlich sagen, was man wollte? Wie eine Technik, die nur einer eingeweihten Elite bekannt war und in Geheimzirkeln gelehrt wurde? Vielleicht hatte Angear einfach angenommen, ich würde zu dieser Elite gehören. Hatte Atkinson sich so zum Chefredakteur hochgeschummelt? Über den wurde ja schon lange gemunkelt, dass er noch nie selbst eine ausgereifte Zeile geschrieben hatte.

Das schien mir alles naheliegender als die Möglichkeit, ich könnte andere mit meinen Worten herumkommandieren. So wie Parkman in *Heroes* – das gibt es doch nur in Filmen. Obwohl, es fühlte sich wirklich so an, als hätte ich die Kontrolle ..., und es kam mir irgendwie vertraut vor. Wann war das noch mal gewesen? Ich brauchte eine Weile, bis es mir wieder einfiel: Genau! Die Sache im Laden, als ich kein Geld dabei hatte! Also das konnte definitiv nichts zu tun haben mit einer geheimen Technik für den beruflichen Aufstieg. Hatte ich etwa eine Superkraft in mir entdeckt? Die absolute Überzeugungskraft? Ich musste das testen. Nur so konnte ich Gewissheit haben.

Als ich das Besprechungszimmer verließ, sah ich gegenüber Mrs Gill auf dem Weg zur Kaffeemaschine. Sollte ich vielleicht mit ihr einen Test machen? Ich ging ihr nach und überlegte mir, wie ich vorgehen könnte, während sich ihre Tasse mit heißem Kaffee füllte. Dann trat ich hinter ihr an sie heran und sagte in überzeugendem Tonfall: »Sie tun jetzt zwanzig Stück Zucker in Ihren Kaffee!«
Sie drehte sich zu mir um und lachte. »Sie sind vielleicht ein Komiker, Vaughan. Ich nehme meinen Kaffee immer ungesüßt!« Dann tappte sie in kleinen Schritten davon, damit ihre sehr volle Tasse nicht überlief, und ließ mich ziemlich enttäuscht zurück. Ich hatte mir wohl wirklich nur etwas eingebildet. Es war bestimmt alles nur ein Zufall gewesen. Schließlich war das hier die Wirklichkeit – nicht eine TV-Serie, sagte ich mir.

Auf dem Weg zu meinem Arbeitsplatz ließ ich mir die Situation im Besprechungszimmer noch mal durch den Kopf gehen: Als ich zu Angear gesagt hatte, was ich wollte, war Dave nicht überzeugt gewesen. Erst als ich ihn direkt angesprochen hatte, wiederholte auch er meine Worte. Hatte ich möglicherweise einfach etwas falsch gemacht? Musste ich die Person vielleicht ansehen? Ihr direkt in die Augen sehen, damit es funktionierte?

Ich änderte sofort meine Laufrichtung und bog neben einigen Cubicles der Redaktionsabteilung wieder nach rechts ab. Ich hatte Mrs Gill noch nie woanders getroffen als an der Kaffeemaschine, aber da vorne war ihre Abteilung *Werbung*. Ich erkannte die roten Haare mit den typischen Dauerwellen, wie sie ältere Damen so tragen; sie stand noch mit dem Kaffee in der Hand da und ich ging auf sie zu.

Sie sah mich überrascht an und sagte: »Benötigen Sie noch etwas von mir, Vaughan?«
Nun schaute ich ihr tief in die Augen und sagte streng: »Sie brauchen zwanzig Stück Zucker in Ihrem Kaffee!«
Ihr Gesicht nahm einen eisigen Ausdruck an und sie wendete ihren Blick ab. Sie wird mich sicher beschimpfen – sie wirkte verärgert! Dann drehte sie sich zur offenen Seite ihres Cubicles um und stampfte in Richtung Chefredaktion.

Bestimmt wollte sie sich bei Atkinson über mich beschweren. So was lief vielleicht unter Belästigung, Mobbing oder so. Ich ging ihr nach. Irgendwie musste ich sie stoppen, ihr sagen, dass es nur ein geschmackloser Witz war – dass ich gerade eine schwierige Zeit durchmachte und etwas verwirrt sei und so weiter. Doch dann bog sie in die andere Reihe ab und stoppte an der Kaffee-Ecke.

Die beiden Mitarbeiter, die an der Maschine gerade ihre Getränke holten, waren ziemlich bestürzt, als sie beobachteten, wie Mrs Gill Zuckerwürfel um Zuckerwürfel in ihre Tasse tat, bis der Kaffee überzulaufen begann und die Würfel einen Berg bildeten. Als sie fertig war und auf ihrem Rückweg an mir vorbeikam, meinte sie: »Wissen Sie, Vaughan, man muss doch immer mal wieder etwas Neues probieren.«

So ganz überzeugt war ich davon aber nicht. Vielleicht wollte sie mich ja veräppeln, indem sie so tat, als ob sie meinem absurden Befehl Folge leistete, nur um mich dann hinterher doch noch zu verpfeifen. Deshalb folgte ich ihr und beobachtete aus der Distanz, wie sie nach und nach die ganze Tasse leer löffelte.

Plötzlich kam mir ein schrecklicher Gedanke. Einer der Mitarbeiter, der die Szene an der Kaffeemaschine beobachtet hatte, kam gerade an mir vorbei, also sprach ich ihn darauf an: »Hey, Sie haben das doch gesehen vorhin, Mrs Gill mit ihrem Zucker? Sie ist doch nicht etwa Diabetikerin oder so?« Aber er zuckte nur mit den Schultern und sagte: »Sorry, weiß ich nicht.«

Unverzeihlich, wenn sie wegen meines unüberlegten Experiments Probleme bekam. Ich musste sicher sein und ging zu ihr hinüber. Als ich mich ihr zurückhaltend näherte schaute sie auf und ich sagte zu ihr: »Mrs Gill? Haben Sie Diabetes?«

»Nein, wo denken Sie hin! Würde ich sonst so viel Zucker essen?«

Die Antwort genügte mir und ich entfernte mich zufrieden.

Kaum war ich zurück an meinem Platz, rief Dave nach mir: »Macrae, kommen Sie mal her!«

Ich erhob mich und ging zu seinem Schreibtisch am Fenster, wo er mir erklärte: »Natürlich hat Atkinson das letzte Wort über Ihre Versetzung, das ist Ihnen sicher klar, oder?«

»Natürlich, Sir«, erwiderte ich.

Und Dave forderte: »Dann gehen Sie jetzt mal rüber in sein Büro.«

Atkinson, der Chefredakteur, wartete dort schon auf mich und sagte: »Nehmen Sie Platz, Mr Macrae.«

Mr Angear stand neben mir am Eingang und machte die Tür hinter mir zu.

Der Chefredakteur kaute auf einer dicken Zigarre herum. Er machte ein ernstes Gesicht und schob sie in seinen Mundwinkel, um sich mit seiner rauen Stimme zu äußern: »Mr Angear hier, unser Personalchef, hat Sie vorgeschlagen, um regelmäßig eine neue Kolumne zu schreiben. Also mal ehrlich, wie konnten Sie beide auf so eine Idee kommen?«

Seinem amüsierten Gesichtsausdruck nach wäre sein nächstes Wort entweder *genial*, was unwahrscheinlich war, oder doch eher *absurd*, denn er wusste bestimmt, dass ich weder Ausbildung noch Erfahrung für so einen Job vorweisen konnte. Nicht einmal ein Schreibbeispiel besaß ich, das hätte erklären können, weshalb der Personalchef sich für mich einsetzte.

Also schaute ich ihm fest in die Augen und sagte: »Die Idee ist einfach genial!« Unsicher, ob es dieses Mal funktionieren würde, beobachtete ich seinen Gesichtsausdruck.

Der blieb lange unverändert und ließ mich Unheilvolles befürchten, bis sich nach einer Weile seine Augen allmählich zu Schlitzen zusammenzogen und er anfing zu lachen. Ein rumpelndes Lachen, bei dem ihm fast die Zigarre aus dem Mund fiel: »Ja, ha, ha, das ist in der Tat genial!«

Auch Angear lachte nun erleichtert mit und Atkinson sagte: »Na, dann zeigen Sie uns mal, was Sie können. Morgen sehe ich Sie in unserer Abteilung. Alles klar?«

Wir schüttelten uns die Hände und Angear meinte beim Rausgehen: »Den Vertrag haben Sie demnächst auf Ihrem Schreibtisch.«

An diesem Abend war es mir egal, dass mich letztes Mal das Ende der Episode im Ungewissen darüber gelassen hatte, wie es mit Mr White nun weiterging und dass ich die Fortsetzung kaum hatte abwarten können. Ich saß einfach nur in meinem dunklen Wohnzimmer und dachte über alles nach, was an diesem Tag geschehen war.

Einerseits war mir völlig klar, dass es so etwas nicht wirklich geben konnte, doch andererseits war das Resultat meiner Tests eindeutig. Was ich verlangte, hatte Auswirkungen in der realen Welt, selbst wenn es unverschämt war. Ich konnte tatsächlich anderen Leuten meinen Willen aufzwingen. So unglaublich, surreal und unwahrscheinlich es auch zu sein schien; das war kein Film! Es war real! Ich wusste nicht, wieso oder woher, aber ich hatte eine Superkraft bekommen.

Vorausgesetzt, dies war nicht nur eine vorübergehende Sache; dies könnte mein Leben ganz grundlegend verändern. Es war ein

Schnitt, der sehr viel bedeutender war, als die Trennung von Jessica! Die wirklich wichtigen Epochen in meinem Leben, würden von nun an die sein von zuvor, als ich ein Normalo war, und die Neue, die Aktuelle, in der ich zu Super-Vaughan wurde.

Aber ja! Ich musste mir einen Namen überlegen für mein neues Ich – nicht *Super-Vaughan* natürlich. Vielleicht *The Manipulator, The Influencer*. Nein, das hatte alles zu wenig Charakter. Ich erhob mich aus der Versenkung meines Sofas, begab mich zu meinem Mini-Schreibtisch an der Wand und startete meinen alten Hackintosh-Computer, um die Suchmaschine für weitere Ideen zu bemühen. *Commander, Dr Change, Impresso, Cogent* ... Nein: *Cogento*, der war gut!

Und ein Superheld würde doch auch eine Verkleidung benötigen. Eine Maske, einen Umhang, ein Symbol auf der Brust. Strümpfe? Diese Verkleidungen waren ja immer eng anliegend. Konnte ich mir vorstellen, wie ich darin aussehen würde? Dazu brauchte man Muskeln, und zwar eine ganze Menge, sonst würde das Ganze lächerlich wirken. Aber mal ehrlich; mit meinem schlappen, untrainierten Körper ging so was nicht. Doch mindestens eine Maske brauchte doch jeder Superheld, um unerkannt zu bleiben; damit sich die Widersacher nicht an seiner Familie rächen konnten. Allerdings müsste ich mir wohl kaum viel Sorgen machen, dass sich jemand im Altersheim an meiner Mutter rächen würde.

Moment mal! Wer würde denn überhaupt wissen, dass ich dahinter steckte? Ich wäre es ja gar nicht, der in Aktion trat, sondern es wären die Leute, die ich dazu bringen würde, etwas zu tun. Also musste ich mich auch nicht verstecken. Die Menschen, die ich heute beeinflusst hatte, handelten, als ob es ihr eigener Wille gewesen war. Keiner hatte gemerkt, dass er manipuliert worden war.

Mann, wenn das nicht die ultimative Superkraft war! Fliegen,

Unsichtbarkeit oder übermenschliche Muskelkraft waren dagegen gar nichts. Kein Kampf, keine Zerstörung, einfach ein paar Worte ins richtige Ohr und die Probleme waren gelöst. Mein ganzer Körper kribbelte vor Aufregung, als ich mir vorstellte, was ich damit alles anstellen konnte.

Wie könnte man so eine Fähigkeit überhaupt bezeichnen? Als Hypnose? Suggestion? Überzeugungskraft? Über diese Begriffe musste ich mehr in Erfahrung bringen. Ich setzte mich erneut vor meinen Computerbildschirm, um mich im Internet schlau zu machen und es wurde schnell klar, dass Suggestion der treffendste Begriff war. Er wurde in der Psychologie und in der Psychoanalyse thematisiert und wurde unter Anderem in der Werbung angewendet. Natürlich fand sich auch viel Augenwischerei und Humbug, der nur dazu diente, unbedarfte Leute auszunehmen. Im Großen und Ganzen aber fand ich nichts, das mehr war, als ein bisschen Verführungskunst, obwohl selbst Militär und Geheimdienste seit den Weltkriegen ihr Bestes versuchten, um Leute suggestiv zu beeinflussen.

Dafür stieß ich auf Listen von Menschen, von denen behauptet wurde, dass sie auf verschiedenen Gebieten außergewöhnliche Fähigkeiten besäßen; wie jemand, der zwanzigmal schärfer sehen konnte als der Durchschnitt, die Schottin Jo Cameron, die keine Schmerzen spürte, oder jemand mit extrem schnellen Reflexen oder Kälteresistenz. Aber meine Gabe kam nirgendwo vor.

Okay, ich besaß also die absolute Suggestionskraft. Ich nannte sie *Supersuggestion*.

Was ich als Nächstes brauchte, war Übung. Ich musste genau wissen, wie ich meine Fähigkeit am besten einsetzen konnte und wo ihre Grenzen lagen. Wie lange die Suggestionen anhielten und was die *Sugos*, also die Zielpersonen, die ich manipulieren würde, davon mitbekamen. Die, die ich manipulierte; die, denen ich etwas suggerierte ... Dafür brauchte ich ein einfacheres Wort, vielleicht *suggen?* Ich suggte sie. Sie wurden gesuggt, sind gesuggt worden. Ja, das schien zu funktionieren, also notierte ich:

Der Sugo	=	*Person, die mittels Supersuggestion manipuliert wird*
Suggen	=	*jemanden mit Supersuggestion manipulieren*
Die Sugg	=	*die Supersuggestion, also das, was ich sage, um jemanden zu manipulieren. Quasi mein Zauberspruch*

Gab es Leute, die weniger empfänglich waren? Konnte ich es vermeiden, jemanden versehentlich zu suggen? Es gab da eine Menge offener Fragen, und das bedeutete, dass ich meine Kraft ausprobieren musste. Aber wie? Und mit wem konnte ich experimentieren, ohne ein Risiko einzugehen?

Ich begann eine Liste mit Namen aufzuschreiben und stockte, als ich *Jessica* notierte. Verlockende Gedanken kamen in mir auf: Was, wenn ich sie *suggen* würde, damit sie zu mir zurückkam? Es wäre jetzt so einfach, sie wieder für mich zu gewinnen. Aber das wäre geschummelt, nicht echt. Nein! Ich musste mich überwinden, solchen Ideen nicht nachzugehen, musste sie verdrängen. Es hatte mich Monate voller Schmerz und Selbstzweifel gekostet, über sie hinwegzukommen. Das wäre alles vergebens gewesen, alles verloren. Daran musste ich mich festhalten, um der Versuchung zu widerstehen.

Die Versuchung, meine Kraft zu missbrauchen, könnte ein Problem werden. Das wurde mir nun zum ersten Mal bewusst. Doch solche Bedenken sollten mich nicht aufhalten. Denn eigentlich wurde es jetzt erst richtig spannend; ich musste herauszufinden, was ich mit ihr alles anstellen konnte und wie ich sie richtig einsetzen musste.

Einen meiner Nachbarn schrieb ich ebenfalls auf die Liste und nachdem ich alle Namen nochmals durchgegangen war, kreiste ich ihn ein. Joseph Garland wohnte einen Stock unter mir. Pensioniert, verwitwet, immer höflich und fidel. Selbst als er sich einmal bei mir wegen dem Lärm beschwerte, den ich mit meinen Freunden beim Gamen gemacht hatte, blieb er dennoch freundlich. Er eignete sich sehr gut für meine ersten Experimente. Da er allein lebte, war die Situation überschaubar, das Risiko gering, und er würde bestimmt zusagen, wenn ich ihn spontan zum Tee einlud.

Ich machte eine weitere Liste mit all den offenen Fragen zu meiner Superkraft: Was brauchte es, damit aus meinen Worten eine Sugg wurde? Wie stark wirkte sie auf einen Sugo, und wie lange? Welche Dinge konnte ich von einem Sugo verlangen und was würde er davon merken? Und einiges mehr.

Meine Uhr zeigte halb acht – noch nicht zu spät, um bei Mr Garland zu klingeln. Ich verließ mein Apartment und stieg im engen, spärlich beleuchteten Korridor die alte Treppe hinunter, um an die Tür seines Apartments klopfen.

Er wirkte erfreut, als er öffnete und mich mit einer Stimme begrüßte, die eigentlich für seinen korpulenten Körper viel zu hoch war: »Na, mein lieber Nachbar, was verschafft mir die Ehre?«

»Mr Garland, wir treffen uns so selten in letzter Zeit. Ich wollte Sie zu einer Tasse Tee zu mir einladen.«

»Tee ist mir immer recht«, meinte er, und sagte dann verschmitzt: »Aber ich komme nicht! Nein, nein, Lad, ich komme nicht! Ich habe nämlich gerade Tee aufgesetzt. Kommen Sie doch stattdessen zu mir. Bitte, treten Sie ein.«

Seine Wohnung war gleich gebaut wie meine, aber sie wirkte

natürlich völlig anders mit seiner Einrichtung und so vollgestopft wie sie war. Ich wusste bereits, dass er nach dem Tod seiner Frau das Haus draußen in Hitchin aufgegeben hatte. Er konnte es nicht ertragen, weiter dort zu leben, und erhoffte sich zudem hier in Soho etwas Zerstreuung, wo er mehr unter die Leute kam. Trotzdem wollte er wohl möglichst viele Sachen von früher behalten, hatte jetzt aber offensichtlich sehr viel weniger Platz.

Er machte das Teeservice fertig und wir setzten uns einander gegenüber, jeder mit seiner Teetasse in der Hand, in zwei gemütliche alte Sessel. Nach einigem belanglosen Geplauder wurde es Zeit, den ersten Test zu machen. Wie konnte ich bewusst suggen oder nicht suggen? Ich wusste bereits, dass ich Augenkontakt brauchte. Aber spielte es eine Rolle, wie ich sprechen musste, damit es funktionierte?
Beiläufig sagte ich zu ihm: »Sie sollten noch drei Teebeutel in Ihre Tasse tun.«
Er schaute mich lachend an und meinte nur, dass ihm der Tee dann zu stark wäre. Es spielte also eine Rolle, wie ich es sagte.

Als ich den gleichen Satz im Befehlston wiederholte, mir bewusst, dass ich ihn damit manipulieren wollte, wechselte er die Tasse wortlos in die andere Hand. Dann nahm er drei Beutel aus der Dose vom Beistelltisch und tunkte sie mit den Worten »aber etwas stärker darf es schon sein« in seinen Tee.
Wow! Dass es tatsächlich klappte, erstaunte mich erneut. Und nun passierte es sozusagen unter Laborbedingungen.

Die nächste Frage war dann, wo genau die Grenze lag; wann war es normale Konversation und wo begann die Supersuggestion.
»Ich möchte, dass Sie mir kurz bei etwas assistieren, Mr Garland. Es mag komisch klingen, aber es ist für einen Hypnosekurs, den ich zur Zeit besuche«, erklärte ich ihm.
Er lachte hüstelnd und entgegnete: »Klingt unterhaltsam. Ja, sicher,

so lange es nichts Unanständiges ist.« Er lachte schelmisch.
Ich erklärte ihm: »Ich werde Sie mehrmals auffordern, etwas zu tun, und Sie sollen sich möglichst bemühen, mir nicht Folge zu leisten.«
Dann begann ich, indem ich zu ihm mit einer beiläufigen Stimme sagte: »Leeren Sie Ihren Tee über meine Hose.«
Er schmunzelte und meinte: »So etwas würde ich sowieso nie tun.«
Ich wiederholte den Satz mehrmals, aber ohne ihm in die Augen zu schauen. Dabei wurde ich immer bestimmender und strengte mich schließlich an, mir innerlich so fest es nur ging die Manipulationsabsicht vorzustellen.
Er lachte nur. »Ja, ich wusste immer schon, dass Hypnose Humbug ist.«

Dann machte ich nochmals dieselbe Steigerung, schaute ihm dabei aber stetig in die Augen. Es war schwierig, in einem fast schon befehlsartigen Ton zu reden, während ich bewusst nicht wollte, dass er ihm folgte. Er tat es nicht.

Aber als ich mir intensiv vorstellte, wie sich meine Worte in seinen Kopf bohrten und ihn lenkten, genügte bereits eine sanfte Bitte und schon spürte ich, wie mir der Tee warm die Schenkel hinunterlief.
»Das tut mir jetzt leid«, sagte er mit ausdruckslosem Gesicht: »Es ist einfach über mich gekommen. Ich werde wohl wirklich langsam alt.«
»War es denn wie ein unkontrollierbarer Reflex? Oder fühlten Sie sich dazu gezwungen?«, fragte ich ihn.
»Hmm«, machte er und antwortete: »Ich kann mich gar nicht recht daran erinnern. Ich dachte wirklich es sei jetzt notwendig, dass ich meine Hand nach vorne neige. Dabei weiß ich gar nicht mehr wozu, und ich habe wirklich überhaupt nicht daran gedacht, was dann passieren würde. Bitte verzeihen Sie mir mein ungeschicktes Benehmen.«

»Nein, nein, machen Sie sich keine Sorgen. Ich bin ja selbst schuld daran, mit meinem Hypnosetest«, erwiderte ich.
»Ein Hypnosetest?«, fragte er: »Tatsächlich? Und, hat es denn funktioniert?«
Ich antwortete: »Leider nein. Sie haben wohl recht, das ist alles nur Humbug.« Tatsächlich aber war ich begeistert von den Resultaten.
»Nun, Mr Garland, es ist spät geworden. Ich bedanke mich für das nette Gespräch und den Tee.«
Wir erhoben uns. Ich begab mich auf den Gang hinaus. Und um zusätzlich auch noch etwas über die Dauerhaftigkeit meiner Sugg erfahren zu können, suggte ich ihm beim Verabschieden: »Morgen früh, gleich nachdem Sie aufgestanden sind, nehmen Sie Rasierschaum und machen damit ein breites X auf meine Tür.«
Er sagte dazu nichts, ließ mich alleine im Gang stehen und schloß seine Tür hinter mir zu.

Meinen Fragebogen hatte ich vor Aufregung ganz vergessen. Ich kehrte in mein Apartment zurück und konnte zu den meisten wichtigen Fragen bereits die Antworten hinzufügen. Jetzt musste ich nur noch herausfinden, wie lange eine Sugg anhielt. Denn je länger sie hielt, desto mehr ließ sich damit bewerkstelligen. Die Gedanken verfolgten mich weiter, als ich schon im Bett lag. Schier endlos rotierten die Ideen in meinem Kopf, was ich alles würde anstellen können – ich nahm mir Großes vor. Nichts schien mir unmöglich zu sein.

Es war sieben Uhr morgens, als ich aufwachte, und natürlich inspizierte ich sofort meine Eingangstür. Ich hatte keine Ahnung, um welche Zeit Mr Garland normalerweise aufstand. Aber kein X war zu sehen. Mr Garland war also entweder noch nicht wach oder die Sugg hatte schon nach kurzer Zeit ihre Wirkung verloren – was natürlich sehr bedauerlich wäre, weil es die Anwendungsmöglichkeiten meiner Fähigkeit stark einschränkte.

Während ich ein schlichtes Frühstück aus Porridge und Apfel zu mir nahm, hörte ich schließlich doch noch die erhofften Geräusche aus dem Entrée. Ich eilte hinüber und öffnete die Tür einen Spalt weit. Garland stand vor mir, hielt eine zischende Dose vor sich in der Hand und hätte mir fast ins Gesicht gesprüht.

»Guten Morgen, Mr Garland, schon so früh auf?«, sagte ich.

Er sah mich leicht abwesend an, murmelte etwas und entschuldigte sich mit den Worten: »Äh, habe ich Sie geweckt? Tut mir leid. Hmm, ... ich musste nur etwas erledigen ... wiedersehen. Ach ja, Mr Macrae, das war nett gestern. Sollten wir mal wiederholen.« Dann machte er sich davon. Den Auftrag hatte er folgsam ausgeführt; ein deutliches X aus weißem Schaum tropfte von meiner Tür.

Das Interessante daran war nicht nur, dass meine Sugg somit mindestens zehn Stunden gehalten hatte, sondern auch, dass er gar nicht zu merken schien, wie ungewöhnlich und komisch das gewesen war, was er gerade getan hatte.

Für mich wurde es Zeit, meinen neuen Job anzutreten. Ich stopfte einige Sachen in meine alte Umhängetasche und begab mich durch den knirschenden, spärlich beleuchteten Korridor zur Treppe und nach unten, um mein Bike aus seiner dunklen Ecke zu holen. Vor der Haustüre erwartete mich überraschend dichter Nebel. Die Straßen mit den Backsteinfassaden, die schon nach einigen Metern im Nichts verschwanden, wirkten wie das klischeehafte London aus einem Roman von Dickens. *Pea Soup*, die eigentlich überhaupt nicht mehr typisch war für London, seit man schon vor Langem das Heizen mit Kohle verboten hatte.

Während ich vorsichtig durch die Gassen von Soho radelte, war mein Kopf noch ganz mit den neuen Erkenntnissen beschäftigt. Unter Anderem damit, dass ich nicht außer Acht lassen durfte, dass noch nicht erwiesen war, ob alle Sugos gleich auf meine Beeinflussung reagierten.

Ich war früh genug aufgebrochen und hatte es nicht eilig, doch meine Gedanken lenkten mich zu sehr ab von dem, was hinter der Nebelwand vor sich ging. Mit einem anderen Biker, der ziemlich rasant unterwegs war, wäre ich deshalb fast zusammengestoßen. Nur sein Fluchen war noch zu hören, während sich seine Silhouette im Dunst auflöste. So ein kleiner Schreck holte mich wieder ins Hier und Jetzt zurück. Aber ich musste stoppen und vom Bike absitzen, um mich zu sammeln. Ich hatte gerade den Faden verloren. Was war noch meine letzte Überlegung gewesen? Ach ja: Welche Tests ich im Büro machen konnte, um zu sehen, ob die Leute unterschiedlich auf meine Sugg reagierten.

Als ich so mit dem Bike zwischen meinen Beinen in der Gasse stand, die Ellbogen auf dem Lenker meinen Kopf abstützend, blickte ich auf das Schaufenster vom Laden gegenüber. Wie fokussiert kam es mir vor, denn rundherum verschwand alles in der hellgrauen Brühe. *Toyboy* stand darauf geschrieben – in Majuskeln der Futura Bold. Im Inneren war schwarze und rote Spitzenunterwäsche ausgestellt, außerdem Vibratoren und Magazine. Ein Werbedisplay stand neben dem Eingang auf der Straße – ungewöhnlich, dass ein Sexshop schon so früh geöffnet hatte.

Ich musste wohl schon eine ganze Weile so in Gedanken darauf gestarrt haben. Kurzerhand stellte ich mein Bike ab, lehnte es an einen Laternenpfahl und sicherte es, um den Laden zu betreten – für die Sache, die ich im Sinn hatte. In der hintersten Ecke, in einer abgeschlossenen Vitrine, gab es sie in allen Größen: Anatomisch geformte Dildos – Penisse mit Hoden, in Hautfarbe aus Silikon, auf denen sogar Adern zu sehen waren.

Ich winkte etwas verschämt den Verkäufer herbei und verlangte eines der größeren Modelle. Sollte ich ihn suggen, damit ich möglichst schnell wieder aus dem Laden verschwinden konnte, ohne auch noch an der Kasse herumstehen zu müssen? Ich dachte: Halt mal, Vaughan, gehts noch? Nein, meine Macht zu missbrauchen kam gar nicht in Frage.

Ich ging zur Kasse und bezahlte. Dann nahm ich den künstlichen Penis aus seiner Verpackung, steckte ihn in eine Plastiktüte und in meine Tasche, bevor ich den Laden verließ.

Nun musste ich mich doch noch beeilen und kurvte ziemlich schnell durch die Gassen, trotz schlechter Sicht und Beinahe-Zusammenstoß. Für das, was ich geplant hatte, wollte ich vor den Anderen im Büro sein – was heute nicht schwierig sein dürfte, da die Inserateleute erst zu ihrer Wochensitzung um zehn Uhr anwesend sein mussten.

Im Gebäude der Zeitung angekommen, konnte ich für einmal alleine mit dem Lift nach oben auf meine Etage fahren – was selten genug vorkam. Nur die Mitarbeiter der Redaktion saßen schon vor ihren Bildschirmen, als ich durch die Gänge zu meiner alten Abteilung ging und dort mit Erleichterung feststellte, dass ich heute der Erste war – sogar noch vor Dave.

Ich schlich zu seinem klotzigen Schreibtisch vor der Fensterwand, von dem aus er die ganze Abteilung immer im Blick hatte. Den Inhalt der Plastiktüte legte ich in seine unterste Schublade und entfernte mich unbemerkt. Ich ging hinüber zu meinem alten Arbeitsplatz und legte meine Tasche ab. Dann nahm mir einen Moment Zeit, um meine persönlichen Sachen zusammen zu suchen und sie in einer Kartonschachtel zu verstauen.

Als ich mich zur Kaffee-Ecke begab, stellte ich fest, dass ich immer noch etwas Zeit hatte, bevor die Anderen eintrudeln würden. Mit meinem Kaffee in der Hand, begab ich mich zurück zum Entrée der Etage, und setzte mich in der Nähe des Lifts auf den Rand eines Fenstersimses, um Dave abzupassen.

Der ließ nicht lange auf sich warten. Ich ging sofort auf ihn zu, als er aus dem Lift trat und sagte: »Hey, Mr Uttley, warten Sie kurz.« Er hielt inne und schaute mich überrascht an. Ihn zu suggen, war dadurch wirklich einfach. »Wenn die Sitzung zu Ende ist, nehmen Sie aus der untersten Schublade Ihres Schreibtisches den pinkfarbenen Gummigegenstand, der zuoberst liegt. Sie sehen dabei nicht, was es tatsächlich ist. Sie denken, es ist ein Maßstab. Sie behalten den Maßstab von da an immer in Ihrer Hand. Sie vergessen nun, dass ich mit Ihnen gesprochen habe, klar?«
Er schaute weiter ausdruckslos in meine Richtung, aber sein Blick ging ins Leere, als er antwortete: »Alles klar!« Dann lief er an mir vorbei ins Großraumbüro.

Als auch ich den Raum wieder betrat, machte ich begreiflicherweise voreilig die ersten Schritte in die falsche Richtung und musste mich korrigieren. Von nun an immer gleich links halten, da war meine neue Abteilung.

Eine Dame, deren Namen ich nicht kannte, schien mich zu erwarten und winkte mich zu sich. »Mr Macrae, richtig? Die Sitzung der Redaktion hat gerade angefangen, kommen Sie!«

Im Sitzungszimmer saß eine größere Gruppe von Leuten am Tisch, mit Chefredakteur Atkinson am Kopfende. Und natürlich wurde ich sofort gemustert. Es waren Männer und Frauen, die ich alle schon mal gesehen hatte, aber nur wenige kannte ich beim Namen. Von einigen war mir gar nicht bewusst gewesen, dass sie der Redaktion angehörten. Mit Inseraten hatte keiner von ihnen gerne zu tun, das war klar. Aber ich gehörte nun auch zu ihnen. Was waren das für Ausdrücke in ihren Gesichtern? Argwohn? Weil sie sich nicht vorstellen konnten, wie ein Inserate-Mann es in die Redaktion schaffen konnte? Es war sogar gerechtfertigt, denn das ging wirklich nicht mit rechten Dingen zu. Aber auch ein paar wenige freundliche Gesichter waren zu sehen, die einladend wirkten. Ich würde mich wohl an sie halten. Glücklicherweise war neben einem von ihnen ein Platz frei.

Atkinson wandte sich als Erstes ausgerechnet an mich und sagte: »Zu spät am ersten Arbeitstag, Mr Macrae. Das macht keinen guten Eindruck!« Als Chef musste er natürlich so eine Bemerkung machen und fuhr gleich fort: »Also für die, die es noch nicht mitbekommen haben: Vaughan Macrae übernimmt eine neue Kolumne bei uns und wird regelmäßig etwas zu angesagten TV-Serien schreiben.« Murmeln war zu vernehmen, ein paar Blicke in meine Richtung.

Atkinson redete dann weiter und wollte von jeder Rubrik wissen, was sie thematisieren wollten. Auch ich durfte mich kurz äußern und erklärte, dass ich mit ein paar Empfehlungen starten würde. Ich nannte Titel aktueller Serien, die als vielversprechend galten und bemerkte dabei sogar ein paar zustimmende Gesten. Vom stellvertretenden Chefredakteur bekam ich einen Termin für die erste Veröffentlichung – er ließ mir zu Anfang eine Woche Zeit. Danach würden die TV-Kommentare dreimal pro Woche erscheinen. Als schließlich alle aus dem Raum strömten, hießen mich beim Vorbeigehen zwei der freundlichen Gesichter im Team willkommen.

Wieder ein Winken von der Dame von vorhin. Sie stellte sich als Ms Carington vor, Sekräterin des Chefredakteurs. Auch sie begrüßte mich nun offiziell und wies mir einen Platz weiter hinten zu, in einem Cubicle am äußeren Rand der Abteilung. Ich vermutete, dass die wichtigeren Rubriken wohl näher beim Chefredakteur lagen.

Auf meinem Tisch standen ein paar Sachen bereit. Neben dem Vertrag gab es Papiere zu Versicherungen, die ich unterschreiben sollte, außerdem ein Blatt mit Passwörtern und Hinweisen. Jemand hatte zudem meine Tasche und den Karton mit meinen Sachen hergebracht.

Ich lehnte mich erst einmal zurück und testete, ob der neue Sessel bequemer war als der Alte. Auf jeden Fall konnte man sich darin mehr zurücklehnen, was Sinn ergab, denn ein Redakteur musste ja viel nachdenken. Dafür waren die Fenster nun viel weiter weg. Früher hatte ich gut nach draußen schauen und während meiner Tagträume den Himmel betrachten können. Auch der Bildschirm war hier kleiner. Ansonsten war es wie zuvor: Dieselben mit bräunlichem, grobem Stoff überzogenen Stellwände, dieselben Abmessungen, nur anders ausgerichtet.

Dafür las ich im Vertrag, dass ich nun mehr verdienen würde – fünfhundert Pfund mehr, um genau zu sein. Dann lohnte es sich, ein paar Abstriche in Kauf zu nehmen. Hey! Das war mein neues Leben, Bugger! Ich brauchte keine Abstriche zu akzeptieren, wenn ich nicht wollte. Ich hatte noch Großes vor mit meiner Superkraft.

Da war sie schon wieder, diese Verführung! Ich musste mir erneut klarmachen, dass ich ihr nicht nachgeben durfte. Musste vorsichtig sein, mich mit meiner Fähigkeit nicht zu verraten. Mir stattdessen langsam Schritt für Schritt die nötige Erfahrung aneignen. Ich sollte sie zuerst nur für kleine, unauffällige Dinge anwenden.

In dem Moment setzte lautes Gelächter ein, das von der anderen Etagenseite her zu hören war. Das hatte ich völlig vergessen: von wegen unauffällig! Ich konnte mir schon denken, was dort abging.

Als ich über meine Stellwand blickte, konnte ich weiter hinten mein altes Team erkennen, das gestikulierend in Gruppen herumstand. Das musste ich sehen! Also eilte ich hinüber und stellte mich zu Jack, der gerade damit beschäftigt war, mit seinem Handy die Szene zu filmen, über die sich alle so amüsierten. Dave machte seine Runde zwischen den Cubicles und regte sich darüber auf, dass seine Leute nur herumstanden. Dabei hielt er den großen, erstaunlich echt wirkenden Penis in die Luft und fuchtelte wie wild damit herum. Als er nach einer Weile konsterniert in Richtung von Atkinsons Büro davon lief, begleitete ihn weiteres Gelächter durch die Reihen der anderen Abteilungen und an seinem Rücken haftete plötzlich ein Blatt Papier, auf dem stand *Call me Dick*.

Jack und die Kollegen kriegten sich vor Lachen nicht mehr ein. Natürlich diskutierten sie alle über den Vorfall, aber niemand wusste eine befriedigende Erklärung für Daves Verhalten. Jedenfalls fanden sie es völlig verdient, dass er sich selbst der Lächerlichkeit preis gab. Jeder wollte gerne wissen was nun in Atkinsons Büro vor sich ging, also standen alle in den Gängen herum oder lehnten an den Stellwänden, um über ihre Cubicles hinaus zu ihm hinüber zu spähen. Lange passierte nichts, bis sich dann aus der Chefredaktion lautes, aber unverständliches Gerede erhob. Dann öffnete sich die Tür und Dave stampfte fluchend davon, immer noch mit dem Penis in der Hand, in Richtung Lift. Danach wurde es allmählich ruhiger in den Gängen und die Leute kehrten an ihre Arbeit zurück.

Auch ich konzentrierte mich wieder auf meine neue, aufregendere Tätigkeit. Dazu gehörte auch, dass ich nun mehr Freiheit hatte, denn ich musste tatsächlich nur während der vorgegebenen Präsenzzeit unbedingt im Büro sein. Ich hatte also ein paar Stunden mehr am Tag, über die ich verfügen konnte, wollte das jedoch nicht ausnutzen. Es war mir wichtig, mich zuerst zu beweisen. Von so einer Chance hatte ich früher nur träumen können, nun wollte ich sehen, ob ich auch fähig war – und zwar ohne Schummeln – etwas aus ihr zu machen; gerade weil ich sie mir gar nicht wirklich verdient hatte.

Den Rest des Morgens verbrachte ich mit konzentriertem Arbeiten, machte Notizen und schrieb erste Absätze. Zwei der Serien hatte ich noch gar nicht gesehen, das musste ich also nachholen. Gehörte das nun auch zu meiner Arbeitszeit? Bezahltes TV-Schauen – die Sache wurde immer besser.

Gegen Mittag zeigte sich eines der freundlichen Gesichter. Spärliche, lange Haare, kleine runde Brille. Er sagte: »Hallo, ich bin Alan. Alan Colman, Ressort *Vermischtes*.«

»Freut mich. Ich bin Vaughan.«

Als wir einander die Hand gaben, fragte er: »Willst du mit zum Essen?«

»Gerne«, antwortete ich und folgte ihm, als er sich erklärend in Richtung Lift begab: »Ich gehe meistens mit Ruby und ihrem Freund Ron rüber ins Bricks Café. Ach, da sind sie schon!«

Wir traten in den Flur und das Paar kam uns gerade entgegen.

»Das ist Ruby«, sagte Alan mit einer Geste, zuerst zu der jungen Frau, dann zu ihrem Begleiter: »Und Ron. Dies ist Vaughan, er ist neu in der Redaktion.«

Die beiden wirkten wie typische Nerds, mit ihren dicken Brillen und ihren T-Shirts, auf denen stand *Ruby on Rails* und *Linux rules*. Und tatsächlich stellte sich heraus, dass sie für das Digital-Ressort zuständig waren.

»Hallo Vaughan. Freut uns«, sagte Ron: »Ich schreibe Hardware-Tests und Ruby ist unsere Spezialistin für Cyber-Security.«

»Hi. Toll, dann haben wir bestimmt was zum Quatschen«, erwiderte ich beeindruckt, während wir den Lift betraten.

Draußen lag plötzlich frischer Schnee und wir stapften zu viert auf die andere Straßenseite, während jeder seine Sicht darüber darlegte, was wohl mit Dave los war.

»Das war einfach so abgefahren«, meinte Alan: »Er schien tatsäch-

lich nicht zu merken, mit was er da vor allen herumfuchtelte.«
Ruby erwiderte: »Man hört ja so einiges über ihn. Da überrascht das eigentlich nicht.«
»Ms Carington hat mir gesteckt, dass Atkinson Dave entlassen hat«, sagte Alan.
Und Ron wetterte: »Das wurde auch langsam Zeit.«
Ich reagierte sauer. »Typisch, jetzt wo es für mich keine Rolle mehr spielt. Ich wäre Dave schon lange vorher gerne los geworden.«
»Ach ja, ich vergaß«, warf Alan ein, »du hast noch bis vor Kurzem direkt unter ihm gearbeitet.«
Während wir in eine Seitengasse einbogen und auf das Café zugingen, meinte Ruby begierig: »Also dann musst du uns unbedingt erzählen, wie das so war, mit Dem als Vorgesetzten.«

Kurz darauf betraten wir einen hübsch geschmückten Glaspavillon in viktorianischem Stil, und setzten uns an einen freien Tisch im hinteren Bereich. Jeder studierte das Menü und Alan sagte so nebenbei: »Habt ihr nicht auch schon festgestellt, dass man am Charakter einer Person recht gut einschätzen kann, in welcher Abteilung einer arbeitet?«
»Also Dave ist da sicherlich ein typisches Beispiel für die Inserate-Abteilung«, meinte ich.
Ron entgegnete: »Ja, aber dich, Vaughan, würde ich ganz bestimmt nicht dort sehen.«
»Kein Wunder! Ich hatte mich ja nicht zugehörig gefühlt; habe eigentlich nie mehr mit den Kollegen was gemacht, seit ich feststellen musste, dass meine Meinung nicht gefragt war. Ohnehin interessierten mich ihre Themen nicht sonderlich. Und sie waren stets so erpicht darauf, Dave Recht zu geben – sich bei ihm einzuschleimen.«
»Ja, Dave«, sagte Ron, »der ist ein guter Redner. Er hätte Priester werden sollen, kennt die halbe Bibel auswendig. Das macht den Quatsch,

den er rauslässt, aber auch nicht richtiger. Ich muss euch bestimmt nicht an seine dummen Behauptungen zum Brexit erinnern, oder?«

»Ich habe den Eindruck, dass ich bei euch wohl besser aufgehoben bin«, bemerkte ich.

Alan darauf: »Bestimmt. In der Redaktion werden in der Regel weniger extreme Ansichten vertreten, als in den anderen Abteilungen, und meistens wird über alles offen und breit diskutiert.«

Während eine sympathische Kellnerin die Bestellungen aufnahm, fragte Ron: »Wie konnte denn einer wie du überhaupt in der Inserate-Abteilung landen?«

»Ach, das hat sich einfach so ergeben. Ich bin ja eigentlich Schriftdesigner. Nur konnte ich davon leider nicht leben.« Ich spürte bereits, dass es nun auf die Frage zu ging, die ich eigentlich vermeiden wollte. Es war dann Ruby, die sie schließlich stellte: »Und wie hast du es von den Inseraten in die Redaktion schaffen können?«

Drei Augenpaare richteten sich neugierig auf mich, während ich einen Moment lang überlegte, was ich dazu sagen sollte. Ein eindrucksvolles Schreibbeispiel erfinden, das Atkinson überzeugt hatte? Schreibkurse während meiner Freizeit? Schließlich ließ ich mir ein schalkhaftes »ich kann eben sehr überzeugend sein, das ist praktisch meine Superkraft«, entlocken. Ja, es war unbedacht. Ich fühlte, dass ich bei ihnen gut ankam und wollte cool wirken, außerdem würden sie das sowieso nicht wörtlich nehmen.

Doch Ruby fragte überraschenderweise: »Wie funktioniert denn das genau? Musst du dabei deine Zeigefinger an die Stirn halten und deine Augen zusammenkneifen oder so?«

Und Ron lachte als er sagte: »Er muss aber immer zuerst sein Superheldenkostüm anziehen.«

»Vielleicht genügt es, wenn er sagt: *Am hellsten Tag, in schwärzester Nacht, entgeht nichts Böses meiner Macht*«, warf Alan begeistert ein.

Ich erwiderte: »Der Spruch von *Green Lantern* geht aber irgendwie anders, nicht?«
Ruby meinte: »Es heißt *Wacht* am Schluss, nicht *Macht*.«
Meine Absicht, die Diskussion von mir weg zu lenken, hatte funktioniert. Während wir unsere Brote und Salate aßen, fachsimpelten wir weiter, und jeder wollte dabei zeigen, wie gut er sich mit Superhelden-Comics auskannte.

Eine Stuhllehne schlug an meine Schulter. An dem kleinen runden Tisch hinter uns, nahm jemand Platz und ging dabei ziemlich achtlos vor. Ich sah zwei Herren in erstklassigen Anzügen, und wir vernahmen, wie sie sich lautstark unterhielten und einander mit lustigen Anekdoten zu übertrumpfen versuchten. Bei unserer Gruppe war es ruhig geworden, während jeder von uns die Szene beobachtete. Um unsere eigene Unterhaltung weiterführen zu können, mussten wir näher zusammenrücken, denn die Neuankömmlinge übertönen zu wollen, wäre sinnlos gewesen.
»Hatte ich nicht gesagt, dass man am Charakter den Beruf einer Person erkennen kann«, äußerte sich Alan zurückhaltend: »Also die Beiden sind ganz bestimmt aus der Finanzbranche.«
Ich erwiderte: »Ja, erfolgreiche Finanzleute benehmen sich oft überheblich und eingebildet.«
»Oder vielleicht ist es ja umgekehrt«, meinte Ruby: »Vermutlich braucht es einen überheblichen und eingebildeten Charakter, um in der Finanzwelt besonders erfolgreich zu sein.«
»Jedenfalls gehören die Beiden eindeutig zu dem bestimmten Typ von Menschen, der dazu passt«, ergänzte Ron.

Einer der geschniegelten Herren rief der Kellnerin breit gestikulierend zu: »Hey, du Süße. Komm her, wir wollen was bestellen!«
»Die ist aber mal echt heiß, da würd' ich nicht ablehnen«, protzte der Andere und klopfte ihm lachend auf die Schulter. Die Kellne-

rin, die daraufhin an ihrem Tisch erschien, ließ sich nichts anmerken und zückte ihren Notizblock.
»Wie heißt denn du, Kleines?«, fuhr er fort.
»Linda. – Was möchten Sie?«, erwiderte sie trocken.
»Also Linda, wie wär's mit deiner Nummer?«, sagte er frech und lachte dazu schelmisch.
»Ihre Bestellung, Sir«, verlangte sie unbeirrt.
»Na gut, Süße, bring uns zwei Bier, Lager.«
Sie drehte sich ab, ohne etwas zu sagen, aber wir bemerkten, wie sie mit den Augen rollte. Der Andere rief ihr hinterher: »Tolles Fahrgestell!«

Sie versuchte ihre Fassung zu bewahren, während die Anzüglichkeiten immer derber wurden, bei jedem Mal, wenn sie an besagtem Tisch vorbeilief.
Wir waren alle entsetzt und Ruby meinte: »Also, wenn das so weitergeht, müssen wir etwas unternehmen.«
»Und wann, denkst du, ist der Punkt erreicht, an dem wir einschreiten sollten?«, fragte Ron.
Es war klar, dass das vor allem mich betraf, da ich dem besonders ungehobelten Herrn am nächsten saß.

Als er die erschrockene Kellnerin am Arm berührte und seinem Kollegen dazu einen lüsternen Gesichtsausdruck präsentierte, wandte ich mich um und sagte: »Hey, jetzt reicht's aber, ja?«
Seine Reaktion kam umgehend und mit grimmigem Gesichtsausdruck: »Halt die Fresse, Kleiner. Das geht dich nichts an, klar?«
Beide fanden das sehr erheiternd, und als die Kellnerin später etwas ausweichend wieder vorbeigehen musste, packte einer sie mit beiden Armen und zog sie auf seinen Schoß.
»Lass mich gefälligst los, sofort!« protestierte sie und versuchte vergeblich, sich loszureißen. Da hatte ich keine Wahl mehr. Ich stand

auf und schnauzte den Kerl an: »Lass sie in Ruhe, lass sie sofort los!« Nun war ich seiner vollen Aufmerksamkeit gewiss.
Er ließ die Kellnerin gehen und erhob sich mit den Worten: »Du wagst es, du Arsch?« Das Überlegenheitsgefühl in seinem Gesicht schüchterte mich ein. Zumindest leistete er meiner Aufforderung Folge und ließ sie gehen – egal, ob gesuggt oder nicht.
Er brüllte mich an: »Kleiner Wicht, du hast doch keine Chance, sieh her!«, dazu zeigte er seine Faust und machte Anstalten handgreiflich zu werden.
Ich schreckte etwas zurück, aber dann schimpfte ich laut, mit einem giftigen Blick in seine Augen: »Verpiss dich, Mann!«
Es dauerte keine fünf Sekunden, da senkte er den Kopf und beobachtete mit erstauntem Blick, wie eine Flut von Flüssigkeit seine Hosenbeine hinunter über die Schuhe lief und sich am Boden in einer gelblichen Lache sammelte.

Auf dem grauen Stoff seiner Nadelstreifenhose konnte man die dunklen Stellen besonders gut sehen. Die gesamte Innenseite war von Urin getränkt, und ich musste einfach noch einen drauf setzen: »Oh, hat Mami vergessen, dir heute die Windeln anzuziehen?«
Auf diese geistreiche Bemerkung im richtigen Moment war ich besonders stolz. Das ganze Lokal lachte und die Sache war den beiden so peinlich, dass sie sich verschämt davonschlichen. Lustig war auch, dass ich noch gut in Erinnerung hatte, wie sich eine mit warmer Flüssigkeit getränkte Hose anfühlte.

Machtmissbrauch war das nicht gewesen, höchstens dumme Überheblichkeit. Aber für das Opfer spielte es schlussendlich keine Rolle, was der Ursprung der Respektlosigkeit gewesen war.

Die Kellnerin kam auf uns zu und sagte zu mir: »Vielen Dank für Ihre Hilfe. Die waren ja so grob unanständig, sowas habe ich noch nie erlebt. Jedenfalls nie so extrem, meine ich!« Ihre Stimme zitterte noch etwas, aber sie musste lachen. »Gut, dass das am Schluss so komisch wurde, trotz der ganzen Attacke. Das heitert mich doch wieder etwas auf. Eure Rechnung geht aufs Haus, okay?«

Alan und Ruby, die sich erhoben hatten, um mir beizustehen, klopften mir anerkennend auf die Schultern, aber ich bemerkte auch den verdächtigen Blick von Ruby. Es war mir bewusst, dass ich mich früher nie getraut hätte, so forsch aufzutreten. Jedenfalls nicht gegen jemanden, der derart grobschlächtig und so von sich überzeugt war. Meine neue Fähigkeit hatte also auch auf mich bereits nachhaltige Auswirkungen.

Die dünne Schneeschicht auf der Straße hatte sich inzwischen in Matsch verwandelt und auf dem Weg zurück ins Verlagsgebäude mussten wir vorsichtig sein, um einigermaßen trockene Füße zu behalten. Wir amüsierten uns köstlich über die eingebildeten Rüpel und Ruby sagte: »Da muss wohl doch etwas dran sein, an deiner Superkraft!«

Auch die Anderen hakten mehrmals nach. Sie wurden dabei immer ernsthafter und als sich im Büro dann jeder zu seinem Cubicle begab, schwante mir, dass da wohl ein größeres Problem auf mich zukommen würde.

II

Teresa Reyes empfand sich selbst eigentlich nicht als etwas Besonderes, obwohl ihr Kollegen und Freunde oft sagten, wie sehr sie sie bewunderten. Fremde Leute, die ihren Namen nicht kannten, nannten sie respektvoll die *große Negrita* – das hatte sie wohl mitbekommen. Natürlich war ihr klar, dass sie als weiblicher Bodyguard etwas Ungewöhnliches war, und sie nutzte ihre Erscheinung ganz bewusst als Ablenkung, so dass jeder sofort annahm, sie, mit ihren langen Haaren und ihrer athletischen Figur, sei nur eines der Schwarzen Models oder eine Tänzerin, die auf ihren Auftritt wartete. Sie wusste genau, dass die Wenigsten den wahren Grund ihrer Anwesenheit erkennen würden.

Teresa befand sich in einem der langen Gänge hinter der Bühne, vor der Tür einer Garderobe und beobachtete genau ihre Umgebung und jede Person, die sich näherte, immer bereit, bei einem Verdacht sofort einzugreifen. So bemerkte sie Juan, den Manager der Veranstaltung, natürlich schon von Weitem, lange bevor er sich durch den hektischen Betrieb seinen Weg zu ihr gebahnt hatte um sie anzusprechen: »Teresa, ist die Señora Yolanda schon in der Garderobe?«

»Ja, Señor«, gab sie zur Antwort.

»Wenn sie um zehn vor acht noch nicht fertig ist, erinnere sie bitte daran, ja?«

Sie nickte und er fuhr fort: »Ich schicke gleich noch Carla vorbei, damit sie nach ihr sieht.«

Er rückte seinen Umhang zurecht und machte sich davon, an einem riesigen Blumenstrauß vorbei, den ein Bühnenarbeiter gerade durch den Gang trug. Sie beobachtete, wie die Blumen weiter vorne zwischen den Vorhängen auf die Bühne hinaus verschwanden. Für den

Concurso Nacional de Belleza, der Miss-Wahl in Cartagena de Indias, konnte der Aufwand nicht groß genug sein. Keine andere Veranstaltung zog an der Karibikküste von Kolumbien jeweils solche Massen von Publikum an, denn es war das wichtigste Ereignis des Jahres.

Kurz darauf tauchte Carla, die Assistentin des Managers, vor der Garderobe auf und meinte: »Na, Teresa, hast du alles unter Kontrolle?«

»Ja, alles klar. Dein Chef war hier.«

Carla fragte: »Hat er es ihr schon gesagt?«

»Er hat nicht mit ihr gesprochen«, antwortete Teresa: »Er sagte, du würdest nach ihr sehen. Gibt es ein Problem?«

»Nein, nein. Nur, dass ihr Kleid in einer halben Stunde fertig ist. Sie wartet darauf.« Carla fasste zum Türgriff und Teresa machte einen Schritt zur Seite, um sie durchzulassen. Die Tür blieb einen Spalt weit offen und sie konnte hören, wie Carla mit der Señora sprach. Es erstaunte sie immer wieder, wenn sie mitbekam, wie freundlich und normal sich die Señora, Yolanda Cruz, gab. Sie war für diesen Abend engagiert worden, um an den finalen Ausscheidungen der Miss-Kandidatinnen für musikalische Unterhaltung zu sorgen. Immerhin war sie die international populärste kolumbianische Sängerin, da hatte sie gewisse Starallüren erwartet, wie sie sie schon bei weit weniger bedeutenden Klienten beobachtet hatte. Aber irgendwie schien die Señora über solchen Dingen zu stehen.

Als Carla die Tür hinter sich wieder zumachte, wandte sie sich erneut an Teresa: »Wird es dir nicht langweilig, wenn du den ganzen Abend so Wache stehen musst?«

»Ich bin das gewohnt«, sagte Teresa: »Und hier läuft viel. Ich muss sonst an Orten herumstehen wo rein gar nichts passiert. Das ist dann wirklich langweilig.«

»Und das alles in hohen Schuhen. Ich bin echt so beeindruckt von

dir. Wow! Bodyguard. Wie bist du bloß dazu gekommen?«
»Mein Onkel betreibt einen Club. Da musste ich manchmal aushelfen.«
Carla hakte nach: »Aber das ist sicher etwas Anderes, als auf große Stars aufzupassen, nicht?«
»Ja, schon«, antwortete Teresa: »Es ist eine Herausforderung. Das mache ich zum ersten Mal. Ich hätte nie gedacht, dass ich einmal hier im großen Kongresszentrum arbeiten würde.«
»Es ist toll. Riesig. Wir haben in Bogotá zwar auch große Theater, aber eure berühmte Altstadt, die ist wirklich einzigartig, mit all diesen bunten Fassaden im Kolonialstil, mit den vielen Erkern und Balkonen. Man kommt sich vor wie in einem Piratenfilm. Es muss toll sein, hier zu leben.«
Teresa bemerkte: »Ich stamme aber aus einem Barrio von außerhalb, da ist es ganz anders. Hast du gesehen wie sich in der Altstadt und um das Theater herum die Straßen füllen? Die ganzen Tage des *Concurso* gibt es überall Paraden, Konzerte und Partys. Die Leute strömen aus allen Barrios ins Zentrum. Ich bin froh, hier drinnen zu sein. Auf der Straße wäre es unmöglich für die Sicherheit der Señora zu sorgen.«
»Bestimmt. Und wir haben hier auch eine bessere Aussicht. Draußen auf dem Vorplatz des Theaters verfolgen alle die Miss-Wahl am Bildschirm. Ins Theater kommt ja nur zahlendes Publikum, das sich die hohen Preise leisten kann.«
»Und wir werden sogar noch dafür bezahlt, hier zu sein«, äußerte sich Teresa entzückt.
Carla berührte kurz Teresas Arm und entfernte sich mit den Worten: »Ich muss jetzt nach dem Kleid sehen. Bis später!«

Teresa nahm wieder ihre Position ein. Sie spürte schon, dass ihre Füße litten, aber sie hatte diese Routine entwickelt, bei der sie abwechselnd ihre Zehen und Waden anspannte, ihr Gewicht hin und her verlagerte und so ihre Muskulatur weiter stärken und ihre Ausdauer verbessern konnte. Sie hatte solche Wartezeiten immer schon dafür genutzt, um mit Anspannungsübungen ihren Körper zu trainieren – schon seit der ersten Nacht als Türsteherin vor dem Club ihres Onkels. Sie erinnerte sich noch gut daran. Es hatte sich einfach so ergeben. Sie brauchte damals etwas, um sich ihr Englisch-Studium zu finanzieren und ihr Onkel kam auf die Idee, dass es mit einer attraktiven Dame als Kontrolleurin am Eingang, vielleicht weniger Probleme gab, mit den oft überdrehten Jugendlichen.

Etwas, was sie an der Nachtarbeit immer geschätzt hatte, war, dass sie dadurch der feuchten Hitze des Tages aus dem Weg gehen konnte. Der Club öffnete erst am späten Abend. Müsste sie hingegen am Tag, bei fünfunddreißig Grad und der hohen Luftfeuchtigkeit, stundenlang am Eingang eines Casinos, an einer staubigen Straße stehen, hätte sie sich bestimmt einen anderen Job gesucht. Tatsächlich sprach sich schnell herum, dass die heiße, durchtrainierte Negrita vor dem *el Pirata* hart durchgreifen konnte – schließlich machte sie schon seit vielen Jahren intensives Krafttraining und praktizierte Shaolin-Kung-Fu. Irgendwie wirkte es auf die jungen Männer weniger provokativ, wenn sie von ihr, aus welchem Grund auch immer, nicht eingelassen wurden, als von einem Mann.

Ihr Tio Federico war dann auch entsprechend betrübt, als sie einige Monate später dem Angebot eines Hotels zusagte. Einer der Manager des Hotels kam zufällig in den Club, nur weil Verwandte von ihm in der Nähe wohnten. Von der Security-Dame war er dermaßen beeindruckt, dass er Federico spontan ein Angebot unterbreitete. Er bot ihm an, eine Entschädigung zu zahlen, weil Federico Teresa nicht hatte gehen lassen wollen. Nach einigem Hin und Her, bei dem der Betrag stetig stieg – denn ein *Nein* existierte für einen angesehenen Hotelmanager nicht – ließ er sich dann doch noch überreden.

Teresa gefiel es gar nicht, dass man sie ihm *abgekauft* hatte, wie sie es nannte. »Was ist los mit dir, Tio? Ich bin doch nicht dein Besitz!«, fauchte sie ihn an. So musste der bemitleidenswerte Onkel nach einem hitzigen Verhandlungsgespräch eine noch hitzigere Tirade über sich ergehen lassen und stand am Ende mit doppeltem Verlustgefühl da.

Zerstritten hatten sie sich aber deswegen nicht. Als sie ihn später besuchte, erklärte sie ihm bedauernd: »Es tut mir ja leid, Tio, dass du jemand Anderen suchen musstest. Aber du weißt, der Wechsel war sehr gut für mich. Dadurch bekam ich die Chance vom *Gorila* zum *Guardaespalda* aufzusteigen. Das Hotel bezahlte mir sogar eine Ausbildung als Personenschützer. Es gibt viele bekannte und vermögende Personen, die in dem Hotel verkehren, weil es eines der Besten ist in der Stadt. Ich werde gut bezahlt, bin fast rund um die Uhr im Einsatz und kann sogar im Hotel wohnen.« Und sie erzählte ihm natürlich auch, was sie bei ihrer Arbeit alles erlebte: »Meistens werde ich dem wichtigsten Gast zugeteilt; vor allem weibliche Gäste schätzen es, wenn eine Frau für ihre Sicherheit zuständig ist. Ich kann sie zum Beispiel in einem Restaurant bis in den Toilettenraum hinein begleiten. Bei Ausflügen oder Sitzungen bleibe ich immer an ihrer Seite, und manchmal stehe ich auch am Strand dabei, um die lästigen Verkäufer zu vertreiben, während mein Klient und seine Leute sich vergnügen. Einmal war ein berühmter Hollywoodschauspieler und Rapper im Hotel; Will. Du hast bestimmt in der Zeitung davon gelesen. Er hielt die ganze Altstadt in Atem, weil es ihm so viel Spaß machte, sich unter die Leute zu mischen. Er ließ sich dort rasieren, probierte fast jedes lokale Essen, machte Fotos mit allen und tanzte zu Salsa, Vallenato

und Champeta. Ich musste in all diesen Situationen die Übersicht bewahren, ohne dass er das Gefühl hatte, eingeschränkt zu werden. Das war enorm anstrengend. Dafür konnte ich auch dabei sein, als er mit seiner ganzen Entourage auf einer Jacht zu den *Islas del Rosario* hinaus fuhr, um dort unter anderem mit Jetskis herumzutoben. Will brachte mir sogar persönlich das Jetski-Fahren bei.«
»Das freut mich wirklich, Chiquita«, antwortete er: »Dass du nun so viele tolle Sachen erleben kannst. Aber ich bin natürlich traurig dass ich dich nicht mehr jeden Tag sehe.«
Sie musste lächeln, als er sie so nannte, wie er es früher getan hatte – als ob sie noch immer sein kleines Mädchen wäre. Damals kam sie oft nach der Schule zu ihm und zu ihrer Tante. Bei ihnen konnte sie ihre Hausaufgaben machen und ihren Computer benutzen. Federico war für sie auch ein bisschen Vaterersatz, denn ihr Vater war früh gestorben, und sie erinnerte sich nicht an ihn.
Federico sagte: »Und wie geht es deiner Mutter? Siehst du regelmäßig nach ihr?«
»Ja, Tio. Wann immer ich kann. Du weißt, für sie war es schwer, mit uns drei Kindern alleine über die Runden zu kommen. Aber jetzt kann ich ihr helfen. Ich habe ihr kürzlich einen neuen Kühlschrank gekauft und bringe ihr oft Geld vorbei.«

Ihre Erinnerungen wurden plötzlich unterbrochen, als Carla zurück kam. Gekonnt schlängelte sie sich zwischen den Leuten im Gang hindurch und hielt dabei das lange Kleid in einer Plastikfolie mit ihrem ausgestreckten Arm in die Höhe, und über ihren anderen Arm, damit es nicht den Boden berührte.
»Machst du mir die Türe auf, Teresa?«, sagte sie, als sie auf sie zu kam. Teresa ließ sie ein, dann schaute sie auf ihre Uhr. Ja, die Señora hatte genug Zeit, um sich in Ruhe umzuziehen. Doch dann kam Carla auch schon wieder aus der Garderobe.

»Wollte sie nicht, dass du ihr beim Anziehen hilfst?«, fragte Teresa.
Carla erwiderte: »Ich soll hier draußen warten, falls sie mich braucht. Kennst du sie gut?«
»Erst seit gestern«, antwortete Teresa: »Ich begleite sie, seit sie in Cartagena ankam. Musste dafür sorgen, dass sie sicher vom Flughafen zur Limousine und von dort ins Hotel gelangte. Überall, wo sie sich bewegt, bin ich dabei und schaue, dass sie nicht belästigt wird.«
»Die Menschen in dieser karibischen Stadt sind doch generell sehr freundlich und warmherzig, ich kann mir nicht vorstellen, dass es hier Probleme gibt«, meinte Carla.
Teresa zog eine Augenbraue hoch und erklärte: »Wenn ein Star auftaucht, verhalten sich die Leute plötzlich ganz anders. Und besonders jetzt, während dem *Concurso,* muss man immer mit denjenigen rechnen, für die ein solches Fest vor allem ein Grund ist, um übermütig zu werden und zu viel zu trinken. Die können erst recht aufdringlich und manchmal sogar handgreiflich werden. Ich habe das früher schon oft erlebt, als ich noch Türsteherin war.«
»Und jetzt darfst du berühmte Stars beschützen. Also Yolanda ist für mich die tollste Sängerin, ich liebe ihren Salsa. Du stehst jetzt praktisch mit ihr im Rampenlicht, also in der Öffentlichkeit, meine ich.«
»Eigentlich ist das jetzt das erste Mal, dass ich jemanden beschützen muss, der für einen Auftritt in der Öffentlichkeit hergekommen ist«, sagte Teresa: »Aber es ist tatsächlich so. Wo immer sie auftaucht, bilden sich sofort Menschentrauben, und zuvorderst sind immer die Paparazzi. Das ist manchmal nicht ungefährlich, wenn mich das Blitzlichtgewitter blendet. Dann verliere ich den Überblick. Diese Momente machen mir am meisten Angst. Noch bevor die Señora aus einer Limousine steigt, muss ich bereitstehen, um die Menge zurückzudrängen. Oft sind noch andere Sicherheitsleute anwesend, die helfen, eine Gasse zu bilden. Aber ich bleibe

nahe bei ihr; meistens leicht hinter ihr, damit ich vorausschauen und notfalls eingreifen kann. Außerdem wollen die Fans und die Fotografen ihren Star von vorne sehen können.«

Carla staunte. »Bist du dann nicht auch auf den Fotos drauf?«

»Allerdings!«, antwortete Teresa: »Heute rief mich mein Tio an und sagte, dass er mich auf einem Foto in einer Klatschzeitung gesehen hat, direkt neben Yolanda Cruz. Das musste gestern gewesen sein, auf dem roten Teppich, während des Empfangs vor dem Hotel. Aber noch extremer als das – also das wirst du nicht glauben …«

»Was? Nun sag schon«, drängte Carla gespannt.

»… also, in der Schlagzeile und im Artikel zu dem Foto ging es auch um mich!«

»Und was stand da?«

»Die Schlagzeile lautete: *Wer ist die hübsche Begleiterin von Yolanda Cruz?* und im Artikel schrieben sie sogar: *ist sie vielleicht mehr als nur ihr Bodyguard?*«

Carla legte empört eine Hand vor ihren Mund. »Das ist doch eine Frechheit! Und was meint die Señora dazu?«

»Also ich fand das sehr amüsant«, entgegnete Teresa: »Aber ich verkniff es mir, eine Bemerkung gegenüber Señora Cruz zu machen. Ich weiß nicht, ob sie es gesehen hat. Ich habe es mir zur Regel gemacht, nicht zu persönlich zu werden mit einem Klienten, außer natürlich, wenn sie oder er von sich aus auf mich zukommt. Aber das gab es bisher erst einmal, mit einem Amerikaner, Will. Der hat mich gleich wie ein Familienmitglied behandelt. Aber so ist das mit der Señora nicht, obwohl sie sehr höflich ist zu mir – es gab bisher keinen Grund, mit ihr über irgendetwas zu sprechen, außer der einen oder anderen Anweisung aus Sicherheitsgründen.«

»Klar, kann ich verstehen«, bemerkte Carla.

»Aber unsere erste Begegnung war ganz lustig.« Teresa musste lachen als sie daran dachte und fuhr fort: »Ich erinnere mich, wie die Señora am Flughafen aus dem Jet stieg und dein Chef mich ihr vorstellte. Er erklärte ihr, dass ich während ihres Aufenthaltes für ihre Sicherheit sorgen würde. In dem Augenblick warf sie mir einen ganz erstaunten Blick zu, so mit richtig großen Augen, und während sie mich musterte, konnte ich genau beobachten, wie sich ihr Gesichtsausdruck veränderte. Schließlich lächelte sie mir zu, und dann machte sie so eine nickende Geste zu mir.«

Sie machte es vor und Carla sagte: »Bestimmt aus Anerkennung. Ich meine, du siehst so athletisch aus, wie eine Pantherin.«

Teresa wollte gerade verlegen zu einer Antwort ansetzen, als sich die Tür der Garderobe öffnete und die Señora durch den Spalt schaute. »Carla, helfen Sie mir mal?«

»Ja, klar«, erwiderte sie und trat ein.

Teresa schaute erneut auf ihre Uhr und sprach in den Spalt der sich schließenden Tür hinein: »Noch zehn Minuten bis zu Ihrem Auftritt!«

Kurz danach kam Señora Cruz in einem bunten, eleganten Abendkleid aus der Garderobe, das perfekt zu ihrer langen, blonden Löwenmähne passte. Sie drehte sich Teresa zu. »Na, was sagen Sie, wie sieht das aus?«

Teresa war entzückt. Nicht nur von ihrer Erscheinung, sondern eigentlich mehr noch, dass die Señora ihre Meinung hören wollte. »Ganz toll, Señora. Sie sehen wunderschön aus. Das Kleid passt perfekt zu Ihnen.«

»Danke Teresa. Dann kann es ja losgehen«, sagte sie und ging in den Gang hinaus. Teresa begleitete sie, gefolgt von Carla, bis sie zusammen den Vorhang erreichten.

Carla wandte sich an den Techniker, der rechts vom Vorhang neben einem Bildschirm stand. »Sie ist bereit.«

Und er sprach in sein Headset: »Yolanda Cruz bereit für den Auftritt.« Ein weiterer Techniker erschien, reichte ihr ein Mikrofon und befestigte einen kleinen Sender an ihrer Taille. »Soundcheck!«

Teresa beobachtete die Vorbereitungen aufmerksam, bis sie hörten, dass der Kommentator auf der Bühne die Sängerin ankündigte. Lauter Applaus vom Publikum ertönte. Die Band begann zu spielen. Die Señora blickte konzentriert auf den Boden und nahm einen tiefen Atemzug, dann schritt sie auf die Bühne hinaus.

Seitlich vom zusammengezogenen Vorhang aus, schauten Carla und Teresa zu, wie sie an der Band vorbei vor das Publikum trat und vom Scheinwerferlicht erfasst wurde. Teresa genoss den Blick aus dieser Perspektive sehr, so über die Schulter des Drummers für einmal ganz nah den Musikern beim Spielen zusehen zu können. Die Salsa-Rhythmen waren mitreißend. Schließlich konnte sie nicht widerstehen und begann, sich zur Musik zu bewegen. Sie nahm Carlas Hand und zusammen tanzten sie, zurückhaltend neben dem Vorhang, aber doch mit Hingabe, so dass selbst der Techniker neben ihnen begeistert mit Kopf und Füssen mitwippte.

Nachdem Musik und Applaus verklungen waren, blieb die Señora auf der Bühne. Das Spotlicht konzentrierte sich erneut auf sie, als sie ins Mikrofon sprach: »Applaus für unsere Finalistinnen!« Zehn strahlende Frauen traten auf die Bühne, jede in einem prächtigen Kleid in einer anderen Farbe. Sie begaben sich in eine Reihe hinter der Señora und nahmen einander bei den Händen, während sie die Gewinnerinnen der ersten drei Plätze verkündete. Schließlich holte sie die überglückliche und zu Tränen gerührte Siegerin unter großem Applaus aus der Reihe der Finalistinnen.

Während die Teilnehmerinnen einander umarmten, wurde die Hintergrundmusik lauter, ging in einen Tango über und Yolanda sang: »Se dice de mí. Se dice que soy fea ...«

Als ihr Song endete, verließ sie die Bühne und kam auf Carla und Teresa zu. »Besorgen Sie mir ein Glas Wasser, bitte, Carla?« Die Techniker nahmen ihr Mikrofon und Sender ab und sie musste sich erst einmal setzen, um wieder zu Atem zu kommen.
»Sie waren toll, Señora!« Sagte Carla, als sie ihr das Glas reichte. »Ich muss meinen Chef suchen. Ich komme nachher vorbei, um das Kleid zu holen, okay?« Dann ging sie hinter dem Vorhang der Bühne davon und Teresa begleitete die Señora zurück zur Garderobe. Doch der Gang war angefüllt von Leuten, ihre Tür umringt von Fotografen und Blumenstrauß-Überbringern.
»Bleiben Sie hinter mir!«, wies Teresa sie an und ging voraus. Sie hob ihre Arme und deutete den Leuten, zurück zu treten. »Bitte machen Sie Platz, lassen Sie die Señora zur Garderobe. Sie wird anschließend zu Ihnen kommen. Bitte warten sie vorne im Foyer. Danke!« Es gab dennoch einige Blitzlichter, aber die Menge lichtete sich allmählich. Sie öffnete die Tür und ließ Yolanda eintreten, dann nahm sie vor der Tür wieder ihre Position ein. Ein junger Mann näherte sich und streckte ihr einen Blumenstrauß entgegen. »Können Sie den Yolanda geben, bitte?«
»Nein«, blockte sie ihn ab: »Warten Sie im Foyer. Sie können ihn ihr nachher selber überreichen.«
Er ließ ein zauderndes »ja, okay, danke« vernehmen und ging den anderen Leuten nach. Tatsächlich musste Teresa noch ein paar Mal Leute auf das Foyer verweisen.

Etwas später kam Carla, um in die Garderobe eingelassen zu werden. Als sie kurz danach mit dem zusammengelegten Kleid auf ihren Armen wieder herauskam, sagte sie: »Ich gehe jetzt mit Juan hinüber zum Apéro mit den Kandidatinnen. Die Señora möchte nach dem Foyer dann ins Hotel zurück. Ich sorge dafür, dass der Wagen bereit steht, wenn ihr über den Platz hinaus geht. Wir sehen

uns bestimmt morgen noch.«
»Gut, dann bis morgen«, erwiderte Teresa, während sie sich mit einem Küsschen verabschiedeten. Teresa fühlte sich erleichtert, dass das Ende dieses langen Tages damit zumindest in Sicht kam. Andere Klienten hätten nach ihrem Auftritt vielleicht noch die ganze Nacht an Partys verbracht, aber wenn die Señora ins Hotel zurück wollte, bedeutete das, dass auch sie sich bald würde ausruhen können.

Die Tür öffnete sich wieder und Yolanda Cruz stand mit einem einfacheren, dunklen Abendkleid vor ihr. Sie reichte ihr eine Tasche und sagte: »Würden Sie die für mich halten, Liebes? Ich nehme an, es warten noch einige Leute im Foyer?«
»Ja, Señora«, antwortete Teresa: »Fotos, Autogramme, Geschenke. Sie werden alle Hände brauchen.«
Sie ging voran, den Gang entlang, und als sie das Foyer erreichten, gab es sofort stürmische Begrüßungen von allen Seiten. Teresa bemühte sich, der Señora Raum zu verschaffen, während alle Leute sich um sie scharten. Yolanda nahm Geschenke entgegen und verteilte Autogramme. Sie reichte die Blumen und Pakete an Teresa weiter, die alles hinter ihnen auf einen Tisch legte. Nach einer Weile verkündete sie: »Ich danke Ihnen allen. Seien Sie versichert, die Geschenke werden mir ins Hotel nachgereicht. Ich wünsche Ihnen allen weiterhin einen schönen Abend!«
Während sie sich langsam den Weg zum Ausgang bahnten, wandte sie sich Teresa zu und sagte: »Jetzt erwartet uns draußen noch das große Publikum. Ich werde vielleicht ein paar Hände schütteln, während wir den Platz überqueren.«
»In Ordnung, Señora. Ich bleibe bei Ihnen«, entgegnete Teresa.
Sie wusste, es gehörte zur Show, dass die Stars dem riesigen Publikum die Chance bot, sie auf dem Platz vor dem Theater *en vivo* zu

sehen. Sie ging voran, öffnete am Ausgang die Glastüren für die Señora und begleitete sie durch eine Säulenreihe zu einer weiten Treppe, die auf den Platz hinunter führte. Sogleich wurden sie vom aufwallenden Jubel der Menge empfangen, die sich unten an die Absperrungen drängten.

Sie ließ die Señora voran gehen, denn die Treppe und der anschließende rote Teppich gehörten zum geschützten Bereich, zu dem das Publikum keinen Zugang hatte. Unter einer langen Reihe von Fahnenstangen und Palmen auf beiden Seiten des Platzes, ließ Yolanda sich von den Leuten zurufen, winkte zurück und gab Kusshändchen in alle Richtungen, während sie auf dem Teppich voranschritt. Dann begann sie, einmal auf der einen, dann auf der anderen Seite, auf einige der Leute zuzugehen, berührte einige Hände und blieb ab und zu stehen, um ein Autogramm zu geben. Teresa ging instinktiv sofort nahe an sie heran und blieb an ihrer Seite, immer zwischen ihr und dem Publikum, jedoch ohne die Interaktion direkt zu stören. Ihr Blick war stets auf die Menschen gerichtet. Sie beobachtete sie konzentriert und schätzte bei jeder Annäherung das Gefahrenpotenzial ein.

Plötzlich passierte es! Eine Hand schoss aus der Menge auf Yolanda zu und packte sie an ihren langen, blonden Haaren, um sie zu sich heranzuziehen. Teresa reagierte blitzschnell! Noch bevor die Señora bemerkte, was an ihrem Kopf zog, griff sie nach der Hand des Angreifers und quetschte sie derart fest zu, dass dieser sofort losließ. Sie erblickte kurz das Glitzern einer Schere in seiner anderen Hand, legte sogleich ihren Arm um die Señora und zog sie von der Absperrung weg. Sicherheitsleute kamen von beiden Seiten angerannt und versuchten, den Angreifer zu erwischen, während sie Yolanda schützend im Arm schnell über den Teppich zur Limousine an der Straße brachte. Zwei Wachmänner hielten beim

Wagen die Leute zurück und einer öffnete ihnen die hintere Tür. Sie schob Yolanda voran in den Wagen und hielt sie schützend am Kopf, damit sie sich beim Einsteigen nicht anstoßen konnte. Dann setzte sie sich neben sie auf die Rückbank und zog die Tür zu. Yolanda zitterte. Sie lehnte sich an sie. Teresa umarmte die Sängerin fest und wies den Fahrer an: »Bringen Sie uns direkt ins Hotel zurück!«

Die Señora ließ auf der Fahrt keinen Ton verlauten. Es dauerte nur kurz, vom Theater nach Bocagrande, dann stand der Wagen vor dem Hotel. Teresa half ihr beim Aussteigen und brachte sie hinein, ging mit ihr direkt zu den Aufzügen. Der Hotelmanager kam mit höchst besorgter Miene auf sie zu und sagte: »Señora Cruz, wir wurden bereits informiert was passiert ist. Sind Sie in Ordnung?«
Teresa antwortete: »Sie ist nicht verletzt. Es ist alles gut. Ich bringe sie ins Zimmer. Wenn Sie bitte dafür sorgen, dass sie nicht gestört wird. Sie meldet sich, wenn sie etwas braucht.«
»Selbstverständlich!« antwortete er und eilte voraus, um den Knopf des Aufzugs zu betätigen. Er hielt ein älteres Paar zurück, das hinzu kommen wollte. Dann öffnete sich die Tür des einen Lifts und Teresa trat mit der Señora ein. Sie atmete erleichtert auf, als sich die goldene Türe hinter ihnen zuschob, drückte auf den Knopf für die oberste Etage. Dort begleitete sie die Sängerin bis in ihre Suite und setzte sich mit ihr aufs Bett.
»Sind Sie okay? Wie fühlen Sie sich?« Fragte Teresa.
»Ich weiß nicht«, äußerte sich Yolanda: »Irgendwie verletzt. Aber ich blute nicht, oder?«
»Sie stehen unter Schock, Señora. Das ist ganz normal nach so einem Angriff.«
Sie erwiderte: »Mir ist kalt, denke ich ...«
Teresa kniete sich neben sie und zog ihr die Schuhe aus. »Legen Sie

sich etwas hin. Ich decke Sie zu.« Sie half ihr, sich hinzulegen und zog den Überwurf und das Laken von der anderen Bettseite heraus, um sie zuzudecken. Dann sagte sie: »Ich lasse Sie jetzt ruhen. Sie erreichen mich jederzeit unter der internen Nummer Hundertfünfundfünfzig. Dann komme ich sofort, okay?« Sie machte langsam ein paar Schritte rückwärts zur Tür zu.
»Teresa?«
»Ja, Señora?«
»Würden Sie hier bleiben?«
»Natürlich«, antwortete sie: »Sicher. Ich wollte nur nicht stören. Wollen Sie, dass ich mich zu Ihnen setze?«
Yolanda rückte das Kissen unter ihrem Kopf zurecht und erwiderte: »Sie müssen doch auch erschöpft sein. Vielleicht legen Sie sich auf das Sofa hier, wo ich Sie sehen kann.«
»Ja, ich wäre wirklich sehr froh, wenn ich mich auch ausruhen könnte.« Teresa kam zurück an ihr Bett und fasste nach einem der vielen Kissen. »Darf ich?«
»Sicher. Nehmen Sie besser gleich zwei.«
Sie knipste das grelle Deckenlicht aus und begab sich zum Sofa, um ihre Schuhe auszuziehen und sich hinzulegen.
Nach einer Weile durchbrach Yolanda die Stille mit ihren Worten: »Teresa?«
»Ja?«
»Danke!«
Sie musste einen Moment überlegen. Sie wollte nicht die übliche Floskel zur Antwort geben, denn sie wusste, sie beschützte die Señora nicht nur weil es ihr Job war. Sie antwortete: »Ich bin immer für Sie da.«

Teresa versuchte wirklich zu schlafen, aber es gelang ihr nicht. Sie lag sehr lange so da. Sie hörte die Sängerin atmen und fragte

sich ob sie eingeschlafen war. Einige Zeit später spürte sie ihren eigenen Magen, dann hörte sie ihn glucksen – sie ass eigentlich nie in der Nacht, aber sie hatte seit dem Nachmittag keine Gelegenheit gehabt, etwas zu essen.
»Teresa«, flüsterte Yolanda: »Sind Sie wach?«
»Ja.«
»Haben Sie auch Hunger?«
»Ja, habe ich, Señora. Soll ich etwas bestellen? Etwas Warmes würde Ihnen gut tun. Aber ich fürchte, mehr als Tee und etwas Gebäck kriegen wir wohl nicht um diese Zeit.«
Yolanda stimmte zu und Teresa rief bei der Reception an. Dort gaben sie sich große Mühe und schafften es trotz später Stunde noch, Suppe und Brot zur Suite zu schicken.

Die Sängerin wirkte deutlich entspannter, nachdem sie gespeist hatten, und meinte: »Ich glaube, Sie können kaum richtig schlafen auf dem unbequemen Sofa. Gehen Sie ruhig. Es geht mir wirklich schon viel besser. Und wir sehen uns dann morgen.«
»In Ordnung, Señora. Nicht vergessen; Sie können mich jederzeit rufen mit der Hundertfünfundfünfzig.«
Teresa nahm ihre Schuhe auf und begab sich zum Ausgang der Suite.
»Gute Nacht, Teresa.«
»Schlafen Sie gut.«
Sie zog die Tür hinter sich ins Schloss. Dann begab sie sich zum Lift. Auf der Fahrt zur ersten Etage zog sie ihre Schuhe an und ging dann durch das Foyer in das Nebengebäude auf ihr Zimmer.

Das Klingeln des Telefons weckte Teresa. Es war längst hell in ihrem Zimmer. Blinzelnd schaute sie auf ihren Wecker. Neun Uhr. Sie nahm den Hörer ab und setzte sich verschlafen auf. »Ja, hallo?«

»Teresa? Habe ich Sie geweckt? Das tut mir leid. Hier ist Yolanda.«
»Señora Cruz? Ist schon okay, ich hätte sowieso schon lange aufstehen müssen«, antwortete sie.
»Können Sie zu mir kommen? Zur Suite? Aber es eilt nicht. Lassen Sie sich Zeit. Ja?«
»Okay«, erwiderte Teresa und legte auf. Sie streckte sich und gähnte. Dann schleppte sie sich ins Bad. Zuerst brauchte sie unbedingt eine Dusche, und obwohl sie wusste, dass sie sich Zeit lassen konnte, war sie erstaunlich schnell fertig. Sie freute sich darauf, die Señora zu sehen. Schon bald hatte sie sich frisch angezogen und zurecht gemacht. Aber was würde sie von ihr wollen? Ihre Begleitung natürlich. Vielleicht sich auch nochmals über den Schreck von gestern Abend unterhalten. Warum aber dieses freudige Gefühl? Es kam ihr seltsam vor. Es ging doch nur um ihren Job.

Bald darauf stand sie vor der Suite und klopfte. Die Tür öffnete sich ein wenig und Yolanda blickte durch den Spalt. Dann ließ sie Teresa eintreten und begrüßte sie: »Schön Sie zu sehen. Haben Sie gut geschlafen?«
»Danke Señora. Sehr gut. Und Sie?«
»Ja, einigermaßen. Sie haben noch nicht gefrühstückt?«
»Nein, Señora«, erwiderte Teresa und blickte auf einen reich gedeckten Tisch auf der Terrasse der Suite.
»Kommen Sie, essen Sie mit mir«, sagte die Sängerin.
Sie gingen durch die offene Glasschiebetür hinaus und setzten sich einander gegenüber. Die Sonne schien mit ihrem orangen Morgenlicht flach durch die Türme der vielen hohen Hotels. Hier am äußeren Zipfel der lang gezogenen Bocagrande-Halbinsel, drehte sich alles um den modernen Tourismus. Von der romantischen Altstadt gab es in der Ferne nur die höchsten Kuppeldächer zu sehen.
»Ich wollte mit Ihnen sprechen, Teresa«, begann Yolanda, während

sie ihr einen Kaffee ausschenkte.
Teresa nahm sich ein Croissant und versuchte, die Señora nicht zu neugierig anzustarren.
Diese fuhr fort: »Ich bin Ihnen so unglaublich dankbar für Ihr schnelles Einschreiten. Es war zwar nicht das erste Mal, dass jemand nach mir gegriffen hat – ich wünschte ich hätte früher schon so einen aufmerksamen Bodyguard gehabt. Aber es war gestern das erste Mal, dass es richtig gefährlich wurde. Man hat mich informiert, dass der Angreifer sogar mit einer Schere bewaffnet war.«
»Ja, ich weiß. Ich wollte Sie nicht noch mehr erschrecken, deshalb hatte ich Ihnen gestern nichts davon gesagt.«
Yolanda sagte: »Sie haben wirklich viel riskiert für mich, Teresa. Sie sind so eine hervorragende Beschützerin. Ich wünschte, Sie könnten immer bei mir sein.«
»Ich gehe davon aus, dass sein Ziel nur war, etwas von Ihren Haaren zu ergattern. Ich glaube nicht, dass er Ihnen wirklich etwas zuleide tun wollte. Hat man ihn noch erwischt?«, fragte Teresa.
»Leider nein. Er konnte entkommen, wie die Polizei mir mitteilte. Sie sprachen danach mit einigen der Leute, die neben ihm gestanden hatten. Über sein Motiv können wir wohl nur spekulieren. Aber nun zu dem, was ich mit Ihnen besprechen wollte …«
Teresa verschluckte sich an ihrem Kaffee und musste stark husten – sie hatte eigentlich gedacht, das sei es schon gewesen. Was konnte denn sonst noch so wichtig sein?
Als sie ihren Husten überwunden hatte, sagte sie: »Ja, Señora? Was wollten Sie sagen?«
»Ich möchte Ihnen ein Angebot machen. Bleiben Sie an meiner Seite.«
»Natürlich«, antwortete Teresa zurückhaltend: »Ich beschütze Sie. Dafür bin ich ja da.«

»Nein, meine Liebe. Ich meine nicht nur hier. Ich meine überall. Begleiten Sie mich. Bleiben Sie bei mir. Auch auf meiner Tournee, ... weltweit!«
Teresa war völlig sprachlos und brachte ihren Mund nicht zu, vor Staunen.
»Oder ist es vielleicht zuviel verlangt? Haben Sie Verpflichtungen hier, Teresa? Familie, Kinder?«
»Nein, Señora Cruz, keineswegs, ich bin nur sehr überrascht.« Teresa konnte sich nichts vorstellen, das sie mehr freuen würde. Sie könnte die Welt bereisen. Davon hatte sie oft geträumt, gerade weil es so unwahrscheinlich war, dass sie sich das jemals würde leisten können. »Aber, Señora, haben Sie die Fotos und Artikel in der Zeitung nicht gesehen? Sie schreiben jetzt schon über uns beide.«
»Was schreiben sie denn?«
»Sie fragen sich, ob ich mehr sei als nur Ihr Bodyguard.«
Yolanda musste lachen und entgegnete: »Lassen Sie sie das ruhig glauben. Oder stört es Sie? Mir macht das nichts aus. Im Gegenteil, solche Gerüchte sind nützlich, um in den Schlagzeilen zu bleiben. Also, was sagen Sie? Oder wollen Sie es sich erst überlegen?«
»Überlegen, Señora?« Teresa sprühte vor Freude: »Sehe ich so aus, als müsste ich es mir überlegen? Ja! Natürlich, ja!« Teresa sprang aus ihrem Stuhl, um die Sängerin zu umarmen.
»Und nenne mich nicht Señora. Sag Yolanda.«
Teresa setzte sich wieder hin, und gleichzeitig schien sie die Wirklichkeit einzuholen als sie sagte: »Yolanda! Aber ich habe einen Vertrag mit dem Hotel. Ich kann nicht einfach so verschwinden.«
»Das lässt sich schon irgendwie regeln, Teresa. Mach dir keine Sorgen. Ich weise mein Management an, sich um alles zu kümmern. Und du bekommst einen neuen Vertrag von uns.«
»Ja, bei meinem Tio war es ähnlich«, erwiderte Teresa: »Das Hotel

musste ihn überreden, und ich war wütend darüber, dass sie ihm Geld für mich boten. Aber ich hatte das nicht richtig verstanden. So was gehört wohl einfach dazu, wie bei Sportlern.«

»Ja, so ähnlich«, bemerkte Yolanda.

Schon zwei Tage später waren die Formalitäten geregelt. Teresa war überglücklich. Sie informierte ihre Familie und zeigte allen stolz den Tourneeplan von Yolanda. Nach Cartagena ging es für die ersten Konzerte weiter durch Kolumbien: Medellin, Bogotá und Cali. Dann durch diverse Hauptstädte Südamerikas, etwa zwanzig Orte in Nordamerika, nach Europa, inklusive Paris, London und Zürich, und schließlich nach Asien und Afrika. Die Tournee würde sich über Monate hinziehen.

III

Um die Situation zu analysieren, saß ich eine lange Zeit still grübelnd an meinem Arbeitsplatz in der Redaktion. Ich musste mir Gedanken darüber machen, was ich nun tun konnte, um den Verdacht, den Ruby, Ron und Alan hinsichtlich meiner geheimen Gabe hatten, zu beseitigen. Ich würde einzeln mit ihnen reden müssen, um zu erkunden, ob sie wirklich glaubten, sie sei real. Das war gut möglich, denn nicht nur hatte ich leichtfertigerweise selber davon gesprochen, ich hatte gleich danach auch noch den Beweis dazu geliefert.

Außerdem erkannte ich in dem Vorfall mit der Kellnerin ein weiteres Problem: Ich musste sehr aufpassen, was ich beim Suggen von mir gab, vor allem während emotional aufgeladener Momente. Wenn *Verpiss dich!* zu so was führte, dann wollte ich nicht mitansehen müssen, was passierte, wenn ich rief: *Fick dich ins Knie!* oder *Leck mich am Arsch!*

Nicht, dass es meine Art gewesen wäre, so zu reden, aber man weiß ja nie. Denn für jeden Anderen waren das einfach austauschbare vulgäre Schimpfworte, aber aus meinem Mund würden sie je nachdem zu sehr verschiedenen, ja gravierenden Konsequenzen führen, für einen Sugo. Während *Du Wichser!* nur eine Ordnungsbuße zur Folge haben würde, käme *Fahr doch zur Hölle!* möglicherweise einem Todesurteil gleich. Komplexe philosophische Fragen. Vielleicht sollte ich zuerst einen Kurs an der Universität belegen, bevor ich mich als Superheld betätigte. Ob es wohl Vorlesungen gab, über den Gebrauch von Schimpfworten?

Bei dem Versuch, in Erfahrung zu bringen, ob einer der Drei gerade alleine ansprechbar war, spähte ich über meine Stellwand in die Richtung, in die sie zuletzt gegangen waren. Noch bevor ich mich richtig orientieren konnte, pikste mich jemand an meiner Schulter. Hinter mir im Cubicle stand Ruby und schaute mich fragend an. »Suchst du etwas?«

Ich verneinte ausweichend und sie plapperte drauflos, wie unglaublich das gewesen war, vorhin im Café.

Also fragte ich sie ganz direkt: »Glaubst du nun, dass ich eine Superkraft habe?«

»Ja, aber klar! He, ich flippe fast aus, wenn ich überlege, was du damit alles anstellen kannst!«, antwortete sie voller Überzeugung.

Da blieb mir keine andere Wahl. Ich sah ihr tief in die Augen und redete auf sie ein: »Du glaubst nicht, dass ich Superkräfte habe. Du hast nicht gesehen, wie ich sie angewendet habe!«

Ihr ausdrucksloses Gesicht zeigte mir, dass die Sugg angekommen war, und eine Testfrage war fast schon überflüssig, aber wie erwartet antwortete sie nur: »Was für eine Superkraft? Spinnst du?«, und machte sich davon.

Mit etwas Abstand ging ich ihr nach, denn Ron hatte sein Cubicle bestimmt in ihrer Nähe. Kaum dass sie an ihrem Platz war, tauchte hinter der nächsten Stellwand Rons Kopf auf. Unbemerkt näherte ich mich den Beiden und konnte gerade hören, wie Ron im Gespräch mit ihr verärgert reagierte, dann stapfte er in die andere Richtung davon, ohne mich zu bemerken.

Mein Verdacht war natürlich, dass es immer noch um mich ging, daher lehnte ich mich lässig an Rubys Stellwand und fragte beiläufig, weshalb Ron so sauer war. Sie bagatellisierte nur und meinte, es sei wegen nichts. Nach einigem Nachhaken rückte sie schließlich damit heraus, dass sie von mir geredet hatten und Ron behauptete, ich hätte Superkräfte, was natürlich Unsinn sei.

»Natürlich. So ein Unsinn!«, sagte ich: »Aber wo ist er denn jetzt hin?«

Ihre Stimme drückte aus, wie lächerlich sie das Ganze fand: »Rüber zu Alan. Er will ihn überzeugen, dass das einen Artikel wert ist und gut in sein Ressort passen würde. Als ob wir ein billiges Boulevardblatt wären. Der hat sie ja nicht mehr alle!«
Mir schoß vor Aufregung die Hitze ins Gesicht. Ich stimmte ihr zu und verdrückte mich schnell mit dem Vorwand: »Na, mal sehen, ob noch etwas Kaffee für mich übrig ist.«
Dann ging ich rasch in die Richtung, die Ron eingeschlagen hatte. Eine Reihe weiter, sah ich ihn heftig gestikulierend über den Stellwänden. Offensichtlich war er in eine Diskussion vertieft. Sicherlich mit Alan.

Noch bevor ich sie erreichen konnte, sah ich, dass Alan sich erhob, und hörte ihn sagen: »Ja, jetzt gleich, bevor die Sitzung anfängt.« Er schnappte sich eine Mappe und machte sich im Eilschritt davon.

Ron kam, nachdenklich, aber erfreut wirkend, in meine Richtung gelaufen. Als er mich bemerkte, legte er seinen Arm um meine Schulter und meinte: »Vaughan, mein Freund. Wir machen einen Helden aus dir! Alan geht runter ins Café, um die Kellnerin zu befragen, und dann bringen wir einen tollen Artikel über dich!«

Was er sagte, trieb mir erst recht den Schweiß ins Gesicht und ich realisierte, dass einige Mitarbeiter in ihren Abteilen aufgestanden waren, um zu sehen, was all die Aufregung plötzlich zu bedeuten hatte. Nun schauten sie in unsere Richtung, also musste ich ein erfreutes Gesicht aufsetzen; doch was ich vor Anspannung ablieferte, wirkte wohl eher wie ein gequältes Grinsen.

Ich hätte ihn ja sofort gesuggt, aber vor all den Leuten ging das natürlich nicht, also sagte ich nur: »Ja, deswegen ... können wir das kurz besprechen?« Mein Ziel war, ihn irgendwo hinzubringen, wo wir einen Moment unter uns waren. Gleichzeitig war mir bewusst, dass Alan unten im Café gerade den nächsten Brandherd entzündete, den ich irgendwie würde löschen müssen. Ich konnte nicht bei beiden gleichzeitig sein.

Ron war dermaßen begeistert von seiner Idee, es war schwierig, einige beschwichtigende Worte zwischen seinem Redeschwall unterzubringen und ihn gleichzeitig in die Richtung meines Cubicles zu lenken. Gerade als ich das Gefühl hatte, wir würden es bis dahin schaffen, erblickte er den Chefredakteur und löste sich von mir.

»Warte kurz, Vaughan, ich muss Atkinson Bescheid geben!«, sagte er und war auch schon weg.

Jetzt war ich verloren. Wenn sich Atkinson von dem Artikel überzeugen ließ, war keine Zeit mehr vor der Sitzung und dann würde es die halbe Belegschaft erfahren! Erledigt stand ich mit hängenden Schultern zwischen den Reihen. Doch – Moment mal! Keine Zeugen, kein Artikel! Vielleicht schaffte ich es noch, die Kellnerin und Alan zu suggen. Aber ich musste mich beeilen.

Gerade als ich zu größeren Schritten ansetzen wollte, wurde ich von Ms Carington gestoppt, die sagte: »Haben Sie schon den unterschriebenen Vertrag für mich, Mr Macrae?«

Im unpassendsten Moment kommt immer alles zusammen, dachte ich und warf ihr kurz zu: »Nicht jetzt, Ms ... ich komme nachher zu Ihnen«, während ich mich rückwärts entfernte.

Mit schnellen Schritten ging ich die Gänge entlang zum Treppenhaus und sprang die Stufen hinunter. Draußen stapfte ich durch den Schneematsch auf der Straße, ohne mir Sorgen um mein Schuhwerk zu machen, wich dabei einigen langsam heranfahrenden Autos aus und gelangte in die Gasse zum Café.

Durch die große Ladenscheibe konnte ich bereits erkennen, wie Alan mit der Kellnerin sprach. Ich nahm mir vor, mich durch die Anwesenheit anderer Gäste nicht beirren zu lassen, riss die Ein-

gangstür auf und ging direkt auf die Beiden zu. Die Kellnerin freute sich, mich zu sehen. Alan war erstaunt, dass ich plötzlich auftauchte. Bestimmt, aber in zurückhaltender Lautstärke sagte ich zu ihm: »Du hast keine Superkraft gesehen. Du glaubst nicht daran!«
Meinen Blick fest in seine Augen gerichtet, konnte ich sehen, wie meine Worte in ihm wirkten. Die Kellnerin war verwirrt. Sie schaute uns noch seltsam an und versuchte wohl zu verstehen, was ich damit meinte, da wandte ich mich schon an sie: »Sie haben mich nie gesehen. Ich habe Ihnen nie geholfen!«

Es waren zwar ein paar Gäste anwesend, aber ich dachte, selbst wenn jemand von ihnen das Geschehen mitverfolgt hatte, konnte er kaum verstanden haben, um was es dabei ging. Wenigstens das hatte geklappt. Ich forderte Alan auf, mitzukommen, da die Sitzung gleich beginnen würde.

Obwohl wir uns wirklich sehr beeilten, kamen wir natürlich zu spät. Die ganze Gruppe saß bereits um den Sitzungstisch und Atkinson war mitten im Thema: »Gut, dass Sie da sind, Mr Macrae. Aber wieder einmal nicht rechtzeitig. Sie können uns gleich etwas zu dem Vorschlag sagen, den Kollege Ron für die Seite *Vermischtes* gemacht hat. Sie sollen ja der Held in der Story werden.«
Ich spielte den Ahnungslosen. »Ein Held von was, bitte? Ich kann Ihnen da nicht ganz folgen.«
Ron sah mich erstaunt an, dann wandte er sich an Alan: »Du hast es gesehen. Erzähl ihm, was passiert ist, Alan!«
»Ja, also ...«, begann Alan und schaute verunsichert auf Atkinson: »Zwei überdrehte Geschäftsleute hatten die Kellnerin belästigt. Irgendwann gingen sie zu weit und dann standen wir alle auf und Vaughan forderte sie auf zu gehen. Und dann gingen sie. Ja, das war's.«
»Die Superkraft, Alan, erzähl von Vaughans Superkraft«, sagte Ron.
Alan entgegnete: »Hä, was meinst du? Was für eine Kraft?«

»Ruby«, forderte Ron genervt: »Vaughan hat doch von seinen Fähigkeiten erzählt. Und dann haben wir gesehen, wie er diesen Typ dazu gebracht hat, sich in die Hose zu machen und sich zu verziehen. Sag schon!«
Unter den Redaktoren war zurückhaltendes Gekicher zu vernehmen.
»Nun, beruhig dich mal, Ron«, erwiderte Ruby verlegen: »Du bildest dir da etwas ein. So war das nicht.«
Und Alan stimmte mit ein: »Wirklich, Ron. Nun komm mal wieder runter. Das Ganze ist doch lächerlich. Und ich meine selbst wenn. Wie willst du das beweisen?«
»Die Kellnerin wird es bestätigen«, gab Ron zurück.
»Bei der war ich doch gerade. Alles ganz normal. Vaughan sagt ja selbst, da war nichts.«
Ron kreischte: »Natürlich sagt er das, ist ja klar!«
»So, fertig jetzt!« Brüllte Atkinson und haute seine Faust auf den Tisch. Ron schaute den Chefredakteur niedergeschlagen an, bis dieser in sein übliches rumpelndes Lachen verfiel: »Ha, ha! Dachte ich es mir doch, Ron, du willst hier bloß unseren unbefleckten Neuling zum Affen machen! Na, macht das mal unter euch aus, Jungs! Nächstes Thema!«

Während der restlichen Sitzung wich ich geflissentlich Rons Blicken aus. Er rückte seinen Stuhl etwas ins Abseits und saß nur in sich gekehrt da, derweilen sich die anderen Redaktoren um die besten Themen rissen. Als die Sitzung endete und alle aus dem Zimmer strömten, wartete ich draußen um Ron abzufangen. Ruby versuchte ihn aufzuheitern, dann ging er hinüber zur Kaffee-Ecke und ich folgte ihm. Er holte sich seine Tasse aus dem Schrank und schaute weg, als er mich ankommen sah. »Hör mal, Ron. Es tut mir leid«, setzte ich an.
»Lass mich einfach in Ruhe, Vaughan, ja?«

Doch ich stellte mich vor die Kaffeemaschine und forderte ihn auf: »Schau mich an, Ron! Du vergisst, was du von meiner Fähigkeit gesehen hast. Du hast nichts gesagt heute an der Sitzung, vergiss den Artikel über mich. Verstanden?«
Er stellte seine Tasse unter die Maschine und drückte auf den Knopf. Dann schaute er wieder zu mir und lächelte. »Hey, Vaughan. Soll ich dir auch einen rauslassen?«
»Nein, danke. Jetzt nicht. Alles klar, Ron?«, fragte ich und beobachtete ihn neugierig.
»Alles bestens, danke. Und bei dir?« Er grinste und holte sich etwas aus einer Schublade.
Es war kein Ärger mehr bei ihm zu spüren. Er wirkte entspannt und ich entfernte mich, um Ruby aufzusuchen. Wie erwartet, fand ich sie in ihrem Cubicle vor, wo ich über die Stellwand zu ihr herunter sah. Sie schaute von ihrem Bildschirm auf und sagte: »Hey … redest du mal mit Ron? Er ist ziemlich down wegen der Sache.«
»Keine Angst«, antwortete ich: »Dem geht es bestens. Ich habe schon mit ihm gesprochen. Aber jetzt zu dir.«
»Ja, was ist mit mir?«
Ich ließ von der Wand ab und ging hinüber zur Öffnung des Cubicles, um mich an Rubys Arbeitstisch zu lehnen und sagte: »Vergiss, was heute an der Sitzung mit Ron passiert ist.« Dann machte ich mich davon, um Alan aufzusuchen und dasselbe mit ihm durchzuziehen. Die peinliche Sitzung sollte die Freundschaft von den Dreien nicht belasten.

Ich hatte angenommen, dass ich danach selber auch so weit beruhigt sein würde, um mich auf meine Arbeit konzentrieren zu können. An meinem Platz holte ich den Anfang meines ersten Artikels auf den Bildschirm, las den letzten Abschnitt und versuchte mich zu erinnern, weshalb ich stecken geblieben war. Ich schrieb ein paar Sätze. Dann löschte ich sie wieder und versuchte es nochmals. Nein, so ging das nicht. Meine Gedanken schweiften ab, ich hatte noch nicht verarbeitet, was heute alles passiert war.

Bisher hatte ich überhaupt nicht das Gefühl, dass mein Leben mit meiner neuen Kraft einfacher geworden wäre. Wie sagte es doch Spider-Man so treffend: *Mit großer Macht kommt große Verantwortung*. Sein Schöpfer Stan Lee hatte sich das alles schon vor langer Zeit clever ausgedacht. Wenn ich mich recht erinnerte, klaute sogar Nixon diese Worte später einmal für eine Rede.

Ganz klar. Das war für mich mehr als genug Aufregung gewesen für einen Tag, und es machte keinen Sinn hier am Tisch herumzusitzen, wenn ich mich nicht konzentrieren konnte. Aber – mein erster Artikel, und schon aufgeben? Nein, ich durfte das nicht so sehen. Es waren wirklich außerordentliche Umstände. Ich entschied, für heute Schluss zu machen und packte meine Sachen zusammen.

Ich war erst gerade ein paar Straßen durch Mayfair gefahren, als mir einfiel, dass ja mein Kühlschrank ziemlich leer war. Also bog ich schon vor dem Berkeley Park ab und fuhr frech ein Stück verkehrt durch eine Einbahnstraße, um zum nächstbesten Supermarkt zu gelangen. Das nervte mich an London am meisten; der kürzeste Weg zum Ziel war meistens genau der mit der falschen Fahrtrichtung. Ich hasste es, Umwege fahren zu müssen, eher schummelte ich mich falsch herum durch, was mit dem Bike eigentlich kein Problem war. Selbst wenn ich mal die Bobbys an der nächsten Ecke nicht rechtzeitig bemerkt hatte um abzusteigen, sie dürfen einem höchstens noch ein paar mahnende Worte sagen. Aber ich fuhr natürlich vorsichtig.

Ich kettete mein Bike an der Ecke des Ladens an einen dünnen Baum, trat durch die Glasschiebetür und schnappte mir einen Einkaufskorb. Vier Regale nach rechts, Milch, Joghurt. Zwei Reihen weiter vorn, Cornflakes. Dann zum Gemüse, davon nur das Nötigste, Karotten, Salat, nichts Aufwändiges. Fertigpizza. Fertiggerichte. Chips. Häagen-Dazs-Eiscreme, natürlich die großen Kübel und Cadbury Milchschokolade mit Keksen durften bei mir nicht fehlen. Als Jessica mich damals auf den Gesundheitstrip geschickt hatte, kontrollierte sie sogar meine Schränke, jedesmal wenn sie bei mir war. Die Süßigkeiten musste ich verstecken und höllisch aufpassen, dass sie mich nicht beim Naschen entdeckte, sonst musste ich mir den ganzen Abend lang ihre Strafpredigt anhören, und natürlich ließ sie mich dann nicht an sich ran. Darüber musste ich mir jetzt keine Sorgen mehr machen. Single sein war doch eigentlich herrlich! Kein schlechtes Gewissen.

An einem der Regale weiter vorne sah ich einen alten Mann, der sich zitternd auf seinen Gehstock stützte und wegen seines krummen Rückens Mühe hatte, ein Produkt auf einem der oberen Bretter zu erreichen. Als ich auf ihn zuging, um ihm zu helfen, hörte ich ihn vor Anstrengung keuchen, während er seine Hand nach einer Flasche Omega-Drei-Pillen streckte; offenbar die Letzte, die noch da war. Plötzlich verdeckte ein roter Mantel meine Sicht. Eine energische ältere Dame schnappte sich die Flasche und eilte davon. Der Mann erschrak und wäre fast umgekippt – ich konnte ihn gerade noch stützen.

»He, Sie da im roten Mantel! Kommen Sie zurück!«, rief ich der Frau hinterher. Doch ohne Augenkontakt drang das nicht zu ihr durch. »Halten Sie sich hier am Gestell«, sagte ich zu dem Alten, und als er wieder sicher auf den Beinen zu stehen schien, bemerkte ich: »Warten Sie einen Moment, ich komme gleich wieder.« Dann lief ich der Dame nach.

Die befand sich bereits schnurstracks auf dem Weg zur Kasse, und selbst als ich direkt neben ihr her lief, ließ sie sich von meinem

»Moment mal!« nicht stoppen. Zackig bewegte sie sich mit rudernden Ellbogen weiter voran, so dass ich sie überholen und ihr den Weg abschneiden musste. Ich streckte ihr meine Hand entgegen und schimpfte: »Sie haben dem alten Mann vor seiner Nase die letzten Pillen weggeschnappt. Das können Sie nicht machen!«
Doch die Schamlose in Rot schüttelte ihre seltsame, schwarz gefärbte Beatles-Frisur mit den grauen Strähnen, schaute mich mit ihren zusammengekniffenen Schlitzaugen giftig an und meinte, wie selbstverständlich: »Na und? Der Alte war eben nicht schnell genug. Lasst mich bloß in Ruhe, sonst ...«
»Was *sonst?* Nun rücken Sie bitte die Pillen raus!«
Sie fuchtelte mit ihrem Schirm herum und giftelte weiter: »Sonst weiß ich mich dann schon zu wehren, bloody Plonker!«
Da war es dann vorbei mit meiner Geduld. Ich wetterte: »Und Sie sind nichts weiter als eine dumme alte Schachtel«, und suggte ihr laut und deutlich: »Jetzt geben Sie die Pillen her!«
Bei so Einer half offensichtlich nichts Anderes mehr. Sie hob knapp ihre Hand mit der Flasche, so dass ich sie mir schnappen konnte. Schon lief sie zackig davon mit ihren erhobenen Ellbogen; doch verdrückte sie sich durch die Regalreihen nach hinten, anstatt zum Ausgang zu gehen. Mir konnte es egal sein. Ich ging zurück zu dem alten Mann, der jedoch nicht auf mich gewartet hatte. Ich fand ihn weiter vorne vor einem der Kühlregale.
»Hier sind Ihre Pillen, Sir«, sagte ich und reichte ihm die Flasche.
»Sehr freundlich, junger Mann. Vielen Dank«, erwiderte er.

Mit meinem vollen Einkaufskorb begab ich mich zur Schlange vor einer der Kassen. Bald darauf entdeckte ich auch den Alten, der in einer der anderen Schlangen stand. Er griff nach der Pillenflasche in seinem Korb und machte einen zufriedenen Eindruck. Ich war richtig stolz auf mich.

»Mr Micklethwait bitte zur Anlieferung. Mr Micklethwait!« Verkündete jemand durch die Lautsprecher des Ladens. An einer der Kassen stand ein Ladenmitarbeiter auf und zwängte sich durch die anstehenden Leute. Dann verschwand er zwischen den Regalen.

Kurz darauf kam er zurück und rief weitere Kollegen von den Kassen zu sich. Die Leute fingen an zu tuscheln, einige redeten mit den Kassierern, als diese an ihnen vorbeigingen und einige folgten ihnen in den hinteren Bereich des Ladens.

»Was wohl los ist?« Fragte ich den Mann neben mir.

»Eine Kundin ist irgendwo hineingefallen!«, ließ jemand von der Schlange gegenüber verlauten. Daraufhin verliessen mehr Leute ihre Linie, um nachzusehen, und auch ich ging nun hinterher.

Nach der letzten Regalreihe, in der hinteren Ecke des Ladens, standen die großen Türen zum Lager offen. Eine Gruppe Neugieriger blockiert den Eingang, und zwischen ihnen hindurch konnte ich nur wenig sehen. Doch ich erkannte, wie zwei der Angestellten auf einen grünen Container stiegen. Einer von ihnen rief: »Geben Sie mir Ihre Hand!«

»Mist! Sie will glaub gar nicht rauskommen«, sagte der Andere.

Nun wurde mir langsam seltsam zumute, und ich rief nach vorne: »Was ist denn eigentlich passiert?«

»Eine alte Dame ist in den Altkarton-Container gefallen«, antwortete jemand aus der Menge vor mir und ein Anderer sagte: »Ich sah wie sie ins Lager ging. An mir vorbei, ganz zielstrebig.«

Die alte Schachtel, dämmerte es mir. Ich musste sie versehentlich gesuggt haben, als ich sie *alte Schachtel* nannte. Ich spürte wie mein Puls raste, jetzt wo mir bewusst wurde, dass es meine Schuld gewesen war. Diskret zog ich mich aus der Menge zurück. Nun, was konnte ich da schon machen. Sie hatte es doch verdient, oder nicht? Immerhin war nicht wirklich etwas Schlimmes passiert. Man würde sie rausholen und das war's. Aber ich musste meine Lehre daraus ziehen. Immer wenn ich wütend wurde, setzte ich etwas in Bewegung, das ich eigentlich gar nicht wollte.

Etwas verlegen schlenderte ich in Richtung der Kassen, von denen nur noch eine besetzt war. Die meisten Leute wandten sich dem Self-Checkout zu und so bezahlte auch ich, nach einer kurzen Warteschlange, an einem der vielen Automaten. Dann holte ich mein Bike und machte mich mit einer vollen Tasche auf den Heimweg. Es war durchaus nicht so, dass solche Sachen im Alltag von London oft passierten, eigentlich sogar eher selten. Aber zuerst der Lümmel im Café und jetzt die Flegel-Dame im Supermarkt, ... Mir schien es, als würde ich Zwischenfälle neuerdings geradezu anziehen.

Zuhause nützte es mir wenig, mich vom Fernseher berieseln zu lassen. Meine Gedanken ließen sich nicht abschalten. All das, was an dem einen Tag passiert war – noch dazu mein erster Arbeitstag im neuen Job – es war wirklich zu viel auf einmal. Sollte so jetzt etwa mein neuer Alltag aussehen? Immer auf dem Sprung, um Probleme zu lösen, die ich gerade verursacht hatte?

Und wenn ich mich zusammenreißen würde, konnte ich es schaffen, einen Tag ganz normal durchzustehen, ohne dass mich etwas herausforderte, meine Kraft einzusetzen? Oder jemanden aus Versehen zu suggen? Das Leben anderer zu beeinflussen? Und wenn nicht, durfte ich meine Kraft einsetzen, um jemanden zu bestrafen? Mich an jemandem rächen? Den Richter spielen? Oder meine Kraft für mich einsetzen? Es wäre sehr angenehm gewesen, hätte ich meine unzähligen offenen Fragen mit jemandem diskutieren können. Sicher war für mich nur, dass, jemandem zu helfen oder jemanden zu retten, Pflicht war, ohne jeden Zweifel.

Natürlich lag ich wieder lange Zeit wach in dieser Nacht. Zu sehr musste ich immer noch darüber nachgrübeln, welche Rechte oder Pflichten ich als Superheld nun hätte. Und als ich dann endlich doch einschlief, träumte ich davon, über den Dächern von London zu schweben, flog durch die Tower-Bridge hindurch dem Himmel entgegen in ein großes braunes Auge und landete in einer heißen schwarzen Brühe.

Entsprechend schaffte ich es dann am nächsten Morgen kaum aus dem Bett. Ich trödelte lange herum, bis ich es schaffte, einen Tee und ein paar Cracker zu mir zu nehmen. Und ob ich überhaupt die Zähne geputzt hatte oder nicht, wusste ich schon nicht mehr, als ich mich auf dem Weg in die Redaktion befand.

Zu meiner Erleichterung bedurfte es im Verlauf der nächsten Tage keiner weiteren Einsätze mehr von mir, weder auf der Straße, noch in irgendeinem Laden. Ein paar Mal musste ich der Versuchung widerstehen, einzugreifen. Wie, als vor dem Massagesalon gegenüber, die zierliche, asiatische Besitzerin von einem offensichtlich verwirrten Passanten beschimpft und mit Bibelzitaten eingedeckt wurde. Als er kurz darauf mit einem Kollegen wieder kam, rief ich anonym die Polizei und hatte damit meiner Bürgerpflicht genüge getan.

Auch in der Redaktion konnte ich die Situation allmählich unter Kontrolle bringen. Ab und zu fragten mich Kollegen nach dem seltsamen Artikelvorschlag von der Sitzung, und wenn es gerade gelegen kam, nutzte ich den Moment, um ihr oder ihm die Erinnerung daran wegzusuggen. Ich arbeitete konzentriert an meinem ersten Artikel, schaute mir ein paar Folgen von Serien an, über die ich schrieb und zeigte das Resultat Alan, der als Leiter des Ressorts mein Vorgesetzter war. Er gab mir ein paar Tipps zur Verbesserung und brachte mir auch die generellen Schreibregeln der Zeitung bei, die ich noch nicht berücksichtigt hatte.

Einen Tag vor Redaktionsschluss reichte ich den Artikel bei Atkinson ein, damit ich noch Zeit hatte, daran zu arbeiten, falls er nicht zufrieden war. Er meinte: »Für einen ersten Artikel eines Neulings ist es eine recht solide Arbeit. Gratuliere!«
Und ich hatte ihn wirklich nicht gesuggt, ich schwör's! Alan schrieb zwei Sätze um, ansonsten erschien der Artikel so, wie ich ihn verfasst hatte, in der Mittwochsausgabe der Zeitung. Ich war so stolz darauf, dass ich meine Mutter anrief und ihr davon erzählte. »Natürlich werde ich den Artikel ausschneiden und aufbewahren!« Erwiderte sie begeistert.

Es tat mir gut, einmal etwas leisten zu können, das Anerkennung fand. Nicht, dass wegen meiner TV-Kolumne Fanpost eingetroffen wäre, aber mein Freund Kyle und andere, die von meinem neuen Job wussten, fanden lobende Worte. Kyle bemerkte: »So was ist wirklich nützlich. Bei der Qual der Wahl jeden Tag. Gut, wenn jemand für einen die Spreu vom Weizen trennt, finde ich.«

Bald einmal wurde die neue Arbeit Routine, immer noch befriedigend natürlich, aber nicht mehr die große Herausforderung wie am Anfang. Ich brachte mich in den Sitzungen aktiver ein, auch bei Themen wie Politik oder Umwelt.

Und dann kam Alan mit seinem Artikel über Professor Richard Dawkins: »In einer Pressemeldung kündigt der PR-Sekretär der Queen an, dass Richard Dawkins der Knight Bachelor der Queen angeboten wird. Nun möchte ich gerne in einem Artikel darüber spekulieren, ob er eine solche Auszeichnung annehmen soll oder würde und so weiter.«
»Soll mir recht sein«, sagte Atkinson: »Eine halbe Spalte vielleicht?«
Alan reagierte enttäuscht. »Ich hatte mit mehr Platz gerechnet.«
Der Chefredakteur fragte in die Runde: »Was haben wir sonst noch auf der Seite?«

»Also, ich habe dreiviertel von *People* für den neusten Modetrend reserviert«, rief jemand von der anderen Seite des Tisches.
Ich räusperte mich. »Da finde ich Richard Dawkins aber wesentlich wichtiger«, wagte ich deutlich zu sagen.
Man merkte, dass Atkinson die Sache rasch hinter sich bringen wollte als er unwirsch raunte: »Sonst noch jemand gegen Modetrends?« Worauf nur etwas Gemurmel folgte und er entschied: »Halbe Spalte sollte genügen, Alan.«

Weshalb war mir das plötzlich so wichtig? Jessica hatte mir Dawkins Buch *The God Delusion* geschenkt und wir diskutierten damals nächtelang darüber. Für mich, der streng katholisch erzogen worden war, bedeutete das, was er schrieb, eine späte Genugtuung. Denn zwar konnte ich mich im Erwachsenenalter dank meiner neu gewonnenen Unabhängigkeit von den gehassten, strengen Sitten meines Elternhauses und ihrer Religion abwenden, hatte mir aber danach nie mehr groß Gedanken zu dem Thema gemacht. Ich zog nach London und nichts um mich herum gab mir noch einen Anlass dazu. Ich war einfach nur froh, nichts mehr damit zu tun zu haben.

Für Jessica, wie für mich, war das Thema Evolution in der Kindheit eine Offenbarung gewesen, die uns aus dem Griff der verlogenen Religion befreite. Diese Gemeinsamkeit wurde uns erst dank dieser Diskussionen bewusst.

Also ja, ich hatte das Gefühl, Professor Dawkins verbunden zu sein. Er hatte mehr verdient als ein paar spekulative Sätze über seine mögliche Reaktion, vor allem, wenn man bedachte, dass der größte Platz auf der People-Seite des Ressorts *Vermischtes* für eine Dame aus den Staaten vorgesehen war, deren größte Leistung darin bestand, bekannt zu sein, weil sie bekannt war. Die überaus wichtige Nachricht, die den über vierhunderttausend Abonnenten der gedruckten Zeitung unbedingt mitgeteilt werden musste, war die, dass auch diese Dame nun dem neusten Modetrend folgte. Als ob sie nicht schon genug völlig unverdiente PR erhalten hatte, in den letzten zehn oder mehr Jahren.

So klopfte ich also nach der Sitzung an die Tür des Chefredakteurs und bat ihn um fünf Minuten seiner Zeit. Das Suggen dauerte dann eigentlich nur einen Bruchteil davon. Alan wurde offiziell angewiesen, ein ganzseitiges Interview mit Professor Dawkins zu machen und dafür die Dame zu streichen. Ich glaube, das war meine erste Sugg im Dienste der Menschheit.

IV

Nachdem sie sich geliebt hatten, blieben sie liegen, wie sie gerade waren und betrachteten ihre ineinander verschlungenen Körper im Spiegel an der Decke. Es war wie eine zusätzliche Befriedigung. Nur ihr zunächst noch heftiges Atmen durchbrach die Stille, ließ aber allmählich nach, bis Yolanda schließlich einschlief. Mit leicht zusammengekniffenen Augen erschien Teresa die anmutige Komposition aus Armen und Beinen wie ein abstraktes Kunstwerk aus geschwungenen Formen in Schwarz und Weiß. Sie bemühte sich, ihre Augen offen zu halten, wollte den Anblick weiter genießen, doch dann schlummerte auch sie ein.

Später, als sie aufstanden, hatte sie dieses Bild immer noch vor Augen. Teresa saß am Rand des Betts, streckte ihre Beine und meinte: »Im Spiegel, als wir so aufeinander lagen, das sah einfach wunderschön aus. Ich dachte, dass ich mir genau so das Wort *Multikulti* vorstelle. Findest du nicht auch?«

»Ich habe nur dich gesehen und wie wunderschön du bist. Multikulti? Klar, das passt zu uns, gefällt mir auch«, antwortete Yolanda, während sie sich erhob und die Vorhänge zur Seite zog.

Teresa las einige Kleider auf, die herum lagen, legte sie auf das Sofa gegenüber vom Bett und setzte sich: »Den Ausdruck habe ich immer schon geliebt, er wirkt so farbig und fröhlich.«

»Nicht alle Leute scheinen das so zu sehen«, entgegnete Yolanda: »Ich glaube, in Europa habe ich mal bemerkt, dass man ihn auch als Schimpfwort benutzt. War bei irgendwas Politischem.«

»Weshalb können sich nicht einfach alle Menschen an den Verschiedenartigkeiten erfreuen, die es gibt auf der Welt? Sie in ihre Arme schließen und als die Bereicherung annehmen, die sie sind. So wie wir.« Es störte sie, dass nun solche negativen Gedanken aufkamen

und den friedvollen Moment zu trüben drohten, aber sie konnte sie nicht stoppen. Waren es Vorahnungen?
Yolanda schien es nichts auszumachen. Sie führte die Diskussion unbeirrt weiter, als sie fragte: »Hast du schon einmal Anfeindungen erlebt? Ich meine, aus rassistischen Motiven?«
»Das eine oder andere Wort ist sicher mal gefallen, von einem Betrunkenen im Club oder so. So was überhöre ich einfach. Sonst habe ich eigentlich wenig Grund, mir darüber Gedanken zu machen. Also ich glaube, ich habe in meinem Umkreis nie wirklich Diskriminierung oder Gemeinheiten festgestellt. Jedenfalls nicht direkt, soweit ich mich erinnern kann.«
»Ein gutes Zeichen«, bemerkte Yolanda: »Andererseits, Situationen, in denen jemand aufgrund seiner helleren Hautfarbe meint, er sei etwas Besseres, gibt es leider überall. Das habe ich sogar schon im Musikbusiness festgestellt.«
»Nun ja, es stimmt schon, dass selbst in Cartagena die Oberschicht mehrheitlich aus *Cachacos* besteht. Aber sonst sind bei uns in der Karibik die meisten Menschen zumindest teilweise afrikanischer Abstammung und die meisten der Weißen auf unseren Straßen werden als Touristen geschätzt. Man verhält sich respektvoll. Ich glaube, es gibt einfach wenig Anlass für Konflikte. Vielleicht liegt es aber auch daran, dass wir dort so daran gewöhnt sind, mit wenig zufrieden zu sein.«
»Warst du denn zufrieden?« fragte Yolanda und setzte sich zu ihr aufs Sofa. Sie kuschelte sich an sie und fingerte an ihren Haarsträhnen. Teresa überlegte und sagte dann: »Eigentlich schon. Ich arbeitete für den Club meines Onkels und dachte, das ist jetzt mein Job. Es war schon mehr und besser, als ich erwartet hatte. Natürlich hatte ich Träume, aber mit deren Erfüllung hatte ich nie gerechnet. Und du? Warst du denn unzufrieden, als du noch nicht berühmt warst?«

»Da war ich noch zu klein. Und schon in der Schule war ich für alle *die Sängerin*. Dann folgte eins aufs Andere. Ich dachte nicht, dass es auch anders sein könnte. Erst später kam dann der Erfolgsdruck dazu und Unzufriedenheit. Und dann fing ich an, mir zu wünschen, ich wäre nicht berühmt und stünde nicht ständig in der Öffentlichkeit. Man muss es lernen – zufrieden zu sein mit dem was man hat, meine ich. Aber vielleicht bedeutet das dann auch Stillstand.«

»Man lernt es aus seiner Umgebung«, erwiderte Teresa: »Meine Familie lebt inmitten vieler bescheidener Familien, die jeden Tag mit Freude angehen, sich durch die täglichen Strapazen kämpfen ohne deswegen verbittert zu werden über ihr Schicksal. Die Familie genügt sich. Und es kennt halt auch jeder jemanden, dem es schlechter geht. Dann schaut man auf sich und denkt, ich kann doch zufrieden sein mit meiner Situation.«

»Männer?« raunte Yolanda etwas verhalten.

»Ab und zu. Wenn ich jetzt zurückdenke, finde ich, meine Beziehungen waren schon sehr oberflächlich gewesen, aber ich hatte es nicht anders gekannt. Vielleicht hatte ich nur einfach nie den Richtigen getroffen – es hätte ja auch eine Frau sein können. Aber ich dachte nie darüber nach, ob ich mich vielleicht mehr für Frauen als für Männer interessieren könnte.«

Yolanda schaute sie erwartungsvoll an. »Und als du mich getroffen hast, auch nicht?«

»Ich weiß nicht«, sagte Teresa: »Ich spürte diese Freude, immer wenn du etwas zu mir sagtest. Aber ich konnte das Gefühl nicht einordnen. Ich meine, selbst wenn mir bewusst gewesen wäre, was es wirklich bedeutet, ich konnte nichts sagen. Ich musste doch professionelle Distanz bewahren. Du warst meine Klientin – also, bist es eigentlich immer noch.«

Yolanda lächelte. »Ich wusste sofort, dass da was ist zwischen uns.

Schon am Flughafen.« Sie küsste sie. Dann stand sie auf und bewegte sich in Richtung Badezimmer. »Bestellst du uns Frühstück aufs Zimmer, Liebes?«, fragte sie und warf Teresa einen verliebten Blick zu, bevor sie hinter der Tür verschwand.

Teresa lauschte dem Plätschern, das aus dem Bad drang und blieb lange auf dem Sofa sitzen. Sie hing beseelt ihren Erinnerungen nach, dachte an die vergangenen Wochen der Tournee durch Südamerika und wie sich ihre Gefühle für Yolanda entwickelt hatten. Das hatte sie verwirrt und dass sie es nie gewagt hätte, etwas darüber zu ihr zu sagen, machte das Ganze noch komplizierter. Überhaupt verstand sie ihre Zuneigung zuerst als Auswirkung ihres Beschützerinstinkts, oder versuchte zumindest, sie so zu interpretieren. Es war Yolanda gewesen, die den ersten Schritt machte.

Auf dem Flug von Bogotá nach Buenos Aires hatte die gesamte Entourage den vorderen Teil des Flugzeugs belegt und es herrschte eine ausgelassene Stimmung, angeregt durch die Freude über die bereits ausverkauften Konzerte. Wie immer auf solchen Flügen, war Teresa ein Platz gleich beim Zwischenabteil zugewiesen worden, um dafür zu sorgen, dass die übrigen Passagiere sich nicht zu ihnen verirrten. Das beständige Brummen der Düsenmotoren nervte und die trockene Luft war zusätzlich unangenehm für sie, die an ein feuchtes Klima gewohnt war.

Sie beobachtete, wie Yolanda durch die Reihen ging, mit dem Einen oder Anderen ihres Teams quatschte und herumalberte. Manchmal sang oder summte sie dabei eine Melodie und einige der Musiker stimmten mit ein, summend oder mit der Gitarre. In dem Moment fühlte sie sich etwas verloren, weil es ihr nicht vergönnt war, sich auf musikalischer Ebene mit Yolanda zu unterhalten.

Yolanda schritt in ihrem langen, bunten Blümchenkleid zur nächsten Sitzreihe und strich sich ihre blonden Strähnen aus dem Gesicht. Während sie, an seinen Sitz gelehnt, zu einem der Gitarristen sprach, schaute sie auf und blickte mit ihrem typischen, strahlenden Lächeln zu Teresa hinüber. Das unangenehme Gefühl verblasste sofort. Yolanda richtete sich auf und bewegte sich am Gang entlang auf sie zu. Turbulenzen ließen das Flugzeug absacken und sie musste sich immer wieder an den Sitzlehnen abstützen um nicht die Balance zu verlieren. Als sie dann vor ihr stand, fragte sie: »Teresa, holen wir uns einen Kaffee?«

Teresa ging einen Schritt zurück, um Yolanda den Weg ins Zwischenabteil frei zu machen und erwiderte: »Gerne.« Sie drehte sich der Kaffeemaschine zu, entnahm aus einem Behälter, daneben zwei Papierbecher und meinte: »Die Band ist wieder einmal gut gelaunt.«

»Es läuft auch alles sehr gut«, sagte Yolanda: »Die Konzerte im Ausland sind noch besser verkauft, als wir gehofft hatten.«

»Ich wünschte, ich könnte auch Musik machen«, meinte Teresa, während der Kaffee aus dem Apparat in die Tassen tropfte. »Aber ich habe nie ein Instrument gelernt.«

»Ich könnte dir ja etwas beibringen. Gefällt dir die Gitarre? Oder mehr das Piano?«

Teresa reichte ihr einen vollen Becher und sagte: »Zucker? ... Vielleicht die Gitarre.«

Sie blieben mit den Bechern in der Hand in dem kleinen Raum stehen. Yolanda lehnte an eine Wand, die mit Kästchen und Griffen übersät war und streifte sich erneut die langen blonden Locken aus ihrem filigranen Gesicht.

»Hältst du mal?« Sie reichte Teresa ihren Kaffee und wühlte in ihrer Handtasche, um eine kleine Dose heraus zu holen, aus der sie eine Pille entnahm. Dann nahm sie ihre Tasse wieder entgegen und

wollte gerade die Pille auf ihre Zunge legen, als Teresa sie stoppte: »Nicht! Du sollst doch dein Epilepsie-Medikament nicht mit Kaffee zusammen einnehmen!«
»Stimmt. Ich weiß das ja. Warum bin ich nur gerade so verwirrt?« Sie lächelte verschmitzt und ließ die Pille in ihrer Handtasche verschwinden. »Ich nehme sie nachher mit dem Essen. Danke, dass du daran gedacht hast.«
»Ich bin schließlich für deine Sicherheit zuständig. Und dein Wohlergehen«, sagte Teresa und schaute tief in ihre kastanienbraunen Augen.
»Du warst so weit weg, schon den ganzen Tag lang auf diesem Flug. Ich vermisse es, dich an meiner Seite zu haben«, raunte Yolanda und rutschte näher an den Durchgang heran, wo Teresa sich an den Rahmen gelehnte hatte. Zwischen den Falten des offenen Abteil-Vorhangs berührte sie mit ihren Fingerspitzen Teresas Handrücken. Langsam, zaghaft, bewegte sie sie über ihre Haut und Teresa konnte spüren, wie sie den Linien ihrer Sehnen entlang tastete und sie allmählich in die Täler zwischen ihren Fingern gleiten ließ. Wärme stieg in ihr auf. Sie gab sich ganz dem Moment hin, begriff dass sie darauf gewartet hatte. Oder deutete sie das falsch? – Doch plötzlich! Ein Schreck durchfuhr sie als ein anderer Passagier eintrat. Mit einem bedauernden Blick zog Yolanda ihre Hand zurück.

Wie ein Weckruf aus der Wirklichkeit leuchteten genau in dem Moment die Gurtsymbole auf, ein Signalton erklang und eine Stimme meldete: »Wir verlassen nun die Reiseflughöhe. Bitte begeben Sie sich zu Ihren Sitzen.«
Teresa mochte sich nicht bewegen. Sie spürte, dass Yolanda sie verunsichert ansah, dann schaute sie lächelnd auf. Yolanda schien erleichtert. Sie machte mit ihrem Kopf eine Geste in Richtung Abteil, berührte sie mit ihren Fingern kurz am Arm und schritt auf

den Gang hinaus, um weiter vorne an ihren Platz zurück zu kehren.

Gleich vor der Trennwand im Sitz angeschnallt, hatte Teresa Zeit zum Nachdenken, während der Flieger spürbar absank und bald zur Landung ansetzte. Plötzlich war sie sich nicht mehr sicher, was Yolandas Geste bedeutete. Aber sie begann, ihre Gefühle zu ihr in einem anderen Licht zu sehen. Sie spürte Freude aufkommen, doch gleichzeitig hatte sie Angst, die Annäherung falsch verstanden zu haben. Das verwirrte sie.

Auf dem Weg vom Flughafen zum Hotel übernahm ihre professionelle Seite. Außerhalb ihres Heimatlandes genoss ihre Gruppe keine Sonderbehandlung und das ganze Team musste, mit neugierigem Publikum ringend, die Schalterhalle durchqueren, um zum Tourbus zu gelangen. Teresa ging voraus, um Yolanda und die Musiker zwischen Autogrammjägern und Paparazzi hindurch zu führen.

Nachdem alle den Bus bestiegen hatten, überwachte sie die Anlieferung von Yolandas Gepäck. Bis sie im Hotel ankamen, war Teresas volle Konzentration nötig. Sie konnte sich nicht erlauben, mit ihren Gedanken abzuschweifen. Sie brachte Yolanda zu Ihrer Suite, dann fuhr sie mit dem Lift wieder nach unten, um beim Ausladen des Gepäcks dabei zu sein.

Erst als sämtliche Koffer im Foyer standen, und diejenigen von Yolanda vom Personal auf einen Lieferwagen verfrachtet worden waren, erlaubte sie sich wieder, an sich selbst zu denken. Sie schnappte sich ihre Reisetasche und merkte, dass sie noch keinen Schlüssel für ihr Zimmer erhalten hatte. Den ließ sie sich an der Rezeption aushändigen und nahm dann wieder den Lift nach oben.

Als ihr Bodyguard wurde sie natürlich im Nebenzimmer von Yolanda einquartiert, das einen direkten Zugang zur Suite hatte. Sie schloss die Tür auf und trat in den vollkommen weiß und beige ausgestatteten Raum. Es war, mit Ausnahme der zusätzlichen Tür auf der rechten Seite, ein ganz normales Doppelzimmer. Sie atmete tief ein, setzte sich auf die Bettkante und schloss ihre Augen.

Endlich konnte sie ihren Gedanken und Gefühlen freien Lauf lassen. Wäre da nicht auch diese beklemmende Unsicherheit gewesen, die ihre freudige Erwartung überdeckte. Was sollte sie nun erwarten? Vielleicht war das ja schon alles gewesen. Nur eine nette Sympathiebekundung oder ein Dank für ihre treuen Dienste? Aber sie war sich nun sicher, dass sie mehr als das wollte. Und das würde schwierig für sie werden, wenn sie sich geirrt hatte. Mit einem Seufzen erhob sie sich. Sie sollte sich frisch machen.

Sie fand gerade Zeit, die Schuhe auszuziehen, ihre Tasche aufs Bett zu werfen und ihr Hemd aufzuknöpfen, da klopfte es schon an der Zwischentür. Sie erstarrte, spürte ein Pochen wie ein Echo des Klopfens in sich – warme Schwalle, die sich in ihren Kopf pumpten. Yolandas stimme war durch die Tür zu hören: »Teresa? Bist du da?« Sie eilte hinüber und als sie die Tür öffnete, schaute Yolanda ihr nur kurz erwartungsvoll in die Augen, da legte sie schon ihre Hände an Teresas Kopf und küsste sie.

»Ich konnte an nichts Anderes mehr denken«, raunte sie, während sie sie in die Suite zog und ihr die Bluse auszog.

Sie hatten Glück, dass das Management ihre Zeit in Buenos Aires großzügig bemessen hatte. Es war eine wichtige Station in Südamerika und sie sollten sich alle ein bisschen ausruhen. So hatten sie Gelegenheit, an den Strand zu gehen, eine Aufführung von *Tercer Cuerpo* im Kleintheater und das Museo Evita zu besuchen.

Für Teresa war es normalerweise schwierig, in der Öffentlichkeit ihre Aufgabe wahrzunehmen, nur Beschützerin zu sein, ohne ihrem Schützling nahezukommen und zärtlich zu werden, denn

Yolanda blieb meistens nicht lange unerkannt. Also nutzten sie jede Gelegenheit, um das zu kompensieren. Dabei passierten natürlich auch Missgeschicke.

Einmal, als sich im Hotel die Tür des Lifts unerwartet öffnete, befanden sie sich noch immer in enger Umarmung und eine ganze Gruppe von Gästen wurde Zeuge. Sie nahmen sogleich eine weniger kompromittierende Haltung an und lehnten sich verlegen an die Rückwand, während die Leute einstiegen.

»Seit wann steigen Leute im dritten Stock ein, um nach oben zu fahren?« Sagte Yolanda, als sie danach kichernd durch den Gang zu ihrer Suite tänzelten.

»Extra für uns, meine Liebe«, gab Teresa zurück.

»Das war total peinlich.«

»Du schämst dich also wegen mir?«

»Nein, natürlich nicht«, erwiderte Yolanda: »Eigentlich möchte ich es in die Welt hinausschreien.« Sie warf die Zimmertür hinter ihnen zu, dann plumpsten sie gemeinsam aufs Sofa.

»Nein, ernsthaft«, bemerkte Teresa: »Ich möchte nicht unbedingt zum Thema in der Boulevardpresse werden. Sie sollen über deinen Gesang schreiben, nicht über mich. Ich genieße es, dieses süße Geheimnis mit dir zu haben.«

»Ja, das finde ich auch süß. Also, schwören wir, in Zukunft vorsichtiger zu sein, damit das nur uns beiden gehört.«

Teresa kicherte. »Das was?«

»Du ... meine süße, geheimnisvolle Liebhaberin. Komm her ... schwörst du?« Yolanda fiel über sie her und fing an sie zu kitzeln.

»Ja, hi hi, ... okay, ich schwöre!« Teresa flüchtete ins Badezimmer und ihr vergnügtes Herumalbern endete mit beiden erschöpft unter einem Meer von Schaum in der Badewanne.

Am folgenden Wochenende, um halb zwölf in der Nacht, verließen sie nach Yolandas Konzert unter leichtem Regen das Stadium Malvinas. Daraufhin saßen sie ein wenig benässt in der Limousine. Tropfen prasselten unaufhörlich auf die Scheiben.

Sie wurden bereits ein paar Straßen vom Stadium Malvinas weggefahren, als sie endlich ihre Zurückhaltung abzulegen wagten und sich leidenschaftlich küssten. Sie begannen gerade, diesen Moment, den sie endlich für sich zu haben glaubten, zu genießen. Erst als mehrere Blitze das Wageninnere erhellten, bemerkten sie, dass er an einer Ampel angehalten hatte. Teresa schreckte auf und sah die Linse einer Kamera, die ans Seitenfenster gedrückt wurde. Ein weiterer Blitz blendete sie.

Sie öffnete sofort die Tür und sprang aus dem Wagen, was leider viel zu lange dauerte. Der Fotograf rannte und war schon ein ganzes Stück entfernt. Sie konnte immer noch nicht richtig sehen, bemerkte aber, dass er mit einer Hand die Kamera und mit der Anderen eine Umhängetasche zu halten schien und erwartete, dass er dadurch nicht mit vollem Tempo rennen konnte. Dennoch kam sie ihm einfach nicht näher und hielt schließlich an. Es war sinnlos, ihm weiter nachjagen zu wollen.

Schlagartig wurde ihr bewusst, dass sie einen großen Fehler gemacht hatte. Sie drehte sich um und rannte zurück, so schnell sie konnte. Was, wenn es nur ein Ablenkungsmanöver gewesen war? Yolanda konnte in Gefahr sein! Ihr Job wäre es gewesen, bei ihrem Schützling zu bleiben, nicht einem Fotografen hinterherzujagen. Ein großer Fehler. Unprofessionell!

Sie fand den Wagen nicht mehr, irrte umher, unsicher in der Dunkelheit zu erkennen, an welcher Stelle sie genau gehalten hatten. Hätte sie ihr Handy dabei, es ließe sich alles rasch klären, aber sie hatte es in der Limousine abgelegt, weil ihre Hände so nass waren. Obwohl der Regen stark nachgelassen hatte, tropfte es unaufhörlich weiter. Sie kannte diese Stadt nicht, wusste nicht einmal, in welche Richtung sie laufen sollte und ging einfach dahin, wo es am hellsten war.

Nach einer Weile hielt sie inne und sah sich um. Die einsame Straße wirkte fast schon vertraut, mit den einfachen Zementhäusern, wie irgendwo in ihrer Heimatstadt; in einem der Barrios, wo eine Frau nachts lieber nicht alleine unterwegs sein sollte. Für sie spielte das jedoch keine Rolle, sie würde sich zu wehren wissen. Die Angst, die sie spürte, betraf ausschließlich Yolanda und die Tatsache, dass sie sie im Stich gelassen hatte.

Sie musste schnellstens eine belebte Straße finden, an der sie ein Taxi bekommen konnte. Ein paar offensichtlich gelangweilte Männer schauten ihr neugierig nach. Sonst waren, wohl wegen des Regens, nicht viele Leute zu sehen. Sie lief weiter in die am meisten beleuchtete Richtung. Vereinzelt fuhren nun auch Autos an ihr vorbei und dann wurden es mehr.

»Hola chica. Venga aqui!«, rief jemand aus einem der dunklen Hauseingänge, dann folgte Gelächter. Sie war sich sicher, dass es bis zu einer stärker befahrenen Straße nicht mehr weit war, lief schneller, rannte fast, bis an einer Kreuzung endlich ein paar Läden auftauchten. *Maxikiosco Libreria* und ein Restaurant, das noch offen war, *Pizzas - Empanadas - Calzones*. Sogar ein Taxi stand davor, jedoch ohne Fahrer.

Sie war zwar noch außer Atem, aber trat ohne Zögern ins Restaurant. Als sie sich gerade umsah, kam eine üppige, ungepflegt wirkende Frau energisch auf sie zugestürmt. Ihr weißes Shirt war voller Flecken, das Haar schlampig hochgesteckt. Sie fuchtelte mit den Händen und fauchte Teresa an: »He, nichts da! In mein Restaurant kommen keine Huren. Husch, raus da!« Sie scheuchte Teresa zurück zum Eingang.

»Nein, Señora, nennen Sie mich nicht so! Warum sagen Sie so etwas?«
Die Frau reagierte nicht auf sie, sondern gab weiter ganzen Körpereinsatz, um sie hinaus zu drängen.
»Stop! Nicht! Gehen Sie mit allen neuen Gästen so um?«, sagte Teresa und wehrte sich, indem sie sich mit beiden Händen am Türrahmen festhielt.
Die wenigen Leute, die an den Tischen saßen, schauten dem Treiben verwundert zu, bis ein junger Mann durch den Saal gesprungen kam und die Frau an Schulter und Armen zurück zerrte.
»Mutter, hör auf! Lass! So geht das nicht!«, rief er. Er schaffte es, dass sie von Teresa abließ und sich beruhigte, übergab sie an einen älteren Herrn, der aus der Küche gelaufen kam und wandte sich dann Teresa zu: »Es tut mir schrecklich leid. Ich weiß nicht, was in letzter Zeit in sie gefahren ist.« Er wies ihr einen Platz in einer abgetrennten Ecke zu. »Komm, hier, setz dich. Ich bringe dir einen Tee.« Teresa setzte sich und war froh, dass sie hier nicht mehr im Zentrum der Aufmerksamkeit sämtlicher Gäste stand. Sie sah ihm an, wie furchtbar peinlich ihm das Ganze war. Er ging hinüber zum Tresen und stellte eine Tasse unter eine Maschine.

Teresa ließ ihren nassen Kopf auf dem Tisch in die Arme sinken und verschnaufte erst einmal. Sie schaute erst wieder auf, als sie das Scheppern der Teetasse vernahm, die der junge Mann vor ihr hinstellte.
»Bitte. Dein Tee. Geht aufs Haus, natürlich. Ein paar Beutel zur Auswahl. Und hier …« Er reichte ihr ein Handtuch und sie nahm es dankbar entgegen, begann, sich damit die Haare zu trocknen.
»Übrigens: Ich bin Colin«, stellte er sich vor.
»Teresa.« Sie schwenkte ihre Hand in seine Richtung und er berührte sie kurz in Andeutung eines Händeschüttelns.

Doch dann nahm er sie in beide Hände und meinte: »Wirklich, Liebes, es tut mir so leid!« Er setzte sich ihr gegenüber und fuhr fort: »Ich muss mich für meine Mutter entschuldigen. Sie hat sich so verändert in letzter Zeit. Ja, sie war schon immer etwas konservativ, aber jetzt mit dem Alter wird sie immer extremer.«

Teresa musste lächeln, denn sie bemerkte anhand seiner Art sehr wohl, dass Colin gay war – offenbar für seine Mutter noch kein Grund um weltoffener zu werden, dachte sie.

»Alles in Ordnung?« Fragte Colin.

»Es ist schon okay«, erwiderte sie.

»Also, meine Liebe, du machst mir natürlich nicht den Eindruck einer Prostituierten. Ganz und gar nicht, das versichere ich dir. Für meine Mutter genügt es wohl, wenn man in kurzem Kleid nachts alleine unterwegs ist. Alles, was nicht ganz konform ist, macht ihr zunehmend Mühe.« Er rollte vielsagend mit den Augen und seufzte.

»Hör mal«, sagte Teresa, nachdem sie einen großen Schluck ihres Tees genommen hatte: »Ich würde wirklich gerne mit dir plaudern. Aber ich habe meine Freundin verloren und mache mir große Sorgen. Mein Handy habe ich auch nicht dabei ...«

Colin schwang eine Hand an sein Gesicht. »Oje! Hast du denn vielleicht eine Nummer?«

»Natürlich weiß ich die nicht auswendig. Hmm ..., ich könnte höchstens versuchen, im Hotel anzurufen. Es ist das *Sagan Plaza* bei Costanera Sur.«

»Lass mich mal nachschauen.« Er nahm sein Smartphone hervor und tippte darauf herum. »Da, ich habe es gefunden. Nimm!«

Sie nahm das Handy auf, das er ihr auf dem Tisch zu schob und berührte den Anruf-Button. Als sich jemand vom Hotel meldete sagte sie: »Hier ist Teresa Reyes, Assistentin von Yolanda Cruz. Ist sie schon im Hotel angekommen? ... Nein? ... Jemand von der Band?«

Sie sah zu Colin hinüber und kommentierte: »Sie fragt nach ...« Nach einer Weile hörte sie einer Antwort zu und erwiderte: »Okay. Wenn sie kommt, sagen Sie ihr, dass ich jetzt zum Hotel fahre, ja? ... Danke.« Dann beendete sie den Anruf und reichte Colin das Handy zurück.

»Assistentin von Yolanda Cruz, hä?«, sagte Colin mit einem bewundernden Ausdruck im Gesicht.

»Genau genommen bin ich ihr Bodyguard. Aber so am Telefon schien mir das komisch zu klingen.«

»Wow! Respekt! Also, ... da hat meine Mutter ja Glück gehabt, dass du dich zurückgehalten hast. Na, schauen wir doch mal, dass wir dich rasch ins Hotel bringen.« Er drehte sich zum Saal hin und rief: »Hola, Hector! Kannst du die Dueña nach Costanera Sur bringen?«

Ein älterer Herr an einem kleinen Tisch hinter dem Ausgang senkte seine Zeitung und murmelte etwas.

»Hector gehört das Taxi, das draußen steht«, erklärte ihr Colin.

Teresa nahm einen letzten Schluck, stellte hastig die Tasse ab und erhob sich.

»Nur einen Moment noch, bevor du gehst!« Colin wurde ernst und fasste ihre Hand erneut, so dass sie sich nochmals hinsetzte. »Ich muss dir noch etwas sagen. Es ist so, ich habe diese Gabe, weißt du? Meine Freunde kommen immer zu mir, wenn sie Sorgen haben. Ich kann nämlich in die Seele eines Menschen blicken, seinen Kummer und manchmal auch etwas über seine Zukunft erkennen.«

Teresa zeigte sich erstaunt über diese Enthüllung. Sie fand Colin nett und entschied sich, ihn unvoreingenommen anzuhören.

Er fuhr fort: »Dann bekomme ich diese Ahnungen, die sich meistens als zutreffend herausstellen. Und bei dir habe ich das sehr starke Gefühl, dass ich dir unbedingt meine Einsicht mit auf den Weg geben muss.«

Nun wurde ihr etwas mulmig zumute, aber sie schaute ihn weiter aufmerksam an.
Colin machte mit beiden Armen eine gewichtige Geste. Er schaute sie konzentriert an und seine Stirn furchte sich als er ihr offenbarte: »Ich spüre große Herausforderungen auf dich zukommen, Teresa. Du wirst zu etwas gezwungen werden. Und du wirst auf der falschen Seite stehen.«
Die düstere, geheimnisvolle Prognose ängstigte sie. Doch sie musste weiter und stand auf. »Danke, Colin. Ich werde daran denken.«

Er führte sie zur Tür, wo der ältere Herr sich gerade seine Schiebermütze aufsetzte und einen Schirm aus einem Gestell holte. »Hector bringt dich ins Zentrum. Okay, Hector?«, wandte er sich an den Herrn mit der Mütze: »Sie muss ins Hotel *Sagan Plaza.*«
»Si, Señor Colin. Folgen Sie mir, Dueña.«
Teresa verabschiedete sich und ließ sich vom Taxifahrer unter seinem Schirm zum Wagen begleiten.

Er fuhr mit seinem alten, scheppernden Wagen zügig durch die Straßen. Im Radio spielte Gitarrenmusik und Hector erklärte, dass sie *Pampeano Folclórico* hörten, redete aber sonst nicht viel. Befürchtungen nagten an ihr und die Ablenkung eines Gesprächs wäre ihr willkommen gewesen, da fuhren sie bereits am Hotel vor und sie musste sich darum kümmern, dass jemand den Fahrer bezahlte.

Von der Dame am Empfang wollte Teresa natürlich zuerst wissen, ob Yolanda angekommen sei, erhielt aber keine befriedigende Antwort und nahm deshalb sofort den Lift zum obersten Stockwerk.

Sie war immer noch durchnässt, ihr war kalt und heiß zugleich, als sie vor der Suite stand und heftig anklopfte. Wasser tropfte an ihr herunter auf den Teppich. Niemand öffnete. Auch in den anderen Zimmern war niemand vom Team anwesend. Dann schaute sie in ihrem eigenen Zimmer nach und prüfte auch die Zwischentür zur Suite, ohne Erfolg. Wieder zurück auf dem Gang, näherte sie sich dem Lift, als gerade ein *Dong!* ertönte. Die Schiebetüren öffneten sich und plötzlich stand Yolanda ihr gegenüber. Erleichtert fielen sie einander in die Arme.

Yolanda brachte die erschöpfte Teresa zur Suite und ließ ihr ein warmes Bad ein. »Ich war krank vor Sorge«, erzählte sie, als sie neben ihr an der Wanne kauerte und mit einem Schwamm warmes Wasser über ihren Rücken laufen ließ.

»Ich auch«, erwiderte Teresa: »Ich kehrte gleich wieder um, als ich merkte dass es falsch gewesen war ihm nach zu rennen. Und dann irrte ich völlig aufgelöst umher, weil ich befürchtete, der Fotograf sei nur ein Ablenkungsmanöver.«

»Ich sagte meinem Chauffeur, er solle warten. Aber er faselte nur was von *Protokoll* und fuhr davon. Ich habe mit ihm geschimpft, bis er einlenkte und zurückfuhr. Aber dort parken wollte er nicht. Dann sind wir die Straßen in der Nähe abgefahren.«

»Es war nicht seine Schuld, Yolanda. In so einem Fall hat ein Chauffeur Anweisung, einen V.I.P. sofort in Sicherheit zu bringen. Es war allein mein Fehler. Tut mir leid!« Teresa lehnte sich zurück und versuchte, sich zu entspannen.

Am anderen Morgen, als sie im Hotel-Restaurant am Frühstücksbuffet standen und ihre Teller füllten, kam Luis, der Perkussionist der Band, auf Yolanda zu und sagte: »Hier. Hat mir vorhin mein Zimmermädchen gegeben.« Er steckte ihr eine Zeitung zu und machte sich mit einem Blinzeln und einem Lächeln davon.

Yolanda und Teresa stellten ihre Teller auf einen freien Tisch beim Fenster und setzten sich. Teresa flüsterte: »Warum linsen die heute ständig so zu uns herüber?«, und deutete auf einige Leute der Band, die unweit von ihnen an ihrem Frühstück saßen.

»Ich hab da schon eine Ahnung«, sagte Yolanda und schlug die Zeitung auf. »Aha, alles klar!«, verkündete sie und hielt Teresa die Titelseite vor die Nase.
»Oh nein!«, erschrak Teresa und legte sich die Hände vors Gesicht. Sie blickte zu Yolanda und bemerkte erstaunt: »Du bist nicht überrascht?«
»Meine Manager hatten heute früh per Text schon so was angedeutet.«
»Schlimm?«
»Ach was. Hauptsache Schlagzeilen.«
Luis machte aus der Ferne auf sich aufmerksam und schwenkte einen Daumen in der Luft herum.
Yolanda musste kichern. »Die wissen das doch schon lange.«
»Sicher. Aber die Headline klingt so peinlich, *Yolanda tabulos mit Leibwächterin – verliert sie nun ihre männlichen Fans?*«
»Boulevardblätter. Clickbait«, meinte Yolanda: »Auf dem Foto ist ja eigentlich nicht viel zu sehen. Man kann uns gerade einigermaßen erkennen, noch dazu aus einem ungünstigen Kamerawinkel. Es gibt nicht viel mehr als Haare zu sehen und dass wir uns küssen, kann man nur erahnen.«
Teresa zückte ihr Handy, scrollte durch einige der News-Seiten und sagte: »Selbst für die Tageszeitungen genügt das. Also die halten sich auch nicht mit Spekulationen zurück. Hier schreiben sie *welche Partner hatte Yolanda früher? War sie immer schon heimlich lesbisch, ist sie bi oder hat sie einfach erst jetzt ihre wahre Neigung entdeckt?* Die lassen wirklich keine Frage aus. Wenn man berühmt ist, kennt die Neugierde keine Grenzen mehr.«
Eine Reihe Alarmtöne veranlasste Yolanda, auch ihr Handy hervor zu nehmen. »Die Manager. Sie schreiben *Reuters, Fox, Rolling Stone Magazine und Andere bitten um Interview.* Und ein Daumen-

rauf-Icon. Also die sind happy damit.«

»Jetzt aber weg mit den Handys«, forderte Teresa und strich Butter auf ihr Croissant. Sie scherzten herum, während sie mit Appetit ihr Frühstück verschlangen. Erst als sie zurück auf ihrem Zimmer waren, deutete Yolanda wieder die ernsthaftere Seite des Themas an: »Wie fühlst du dich damit?«

Teresa zögerte etwas, dann sagte sie: »Ich weiß nicht recht. Ich habe das Gefühl, da kommt noch was auf mich zu. Aber jetzt im Moment? Finde es einfach schade, dass es nicht mehr unser kleines Geheimnis ist. Das ist alles. Denke ich.«

Yolanda begann, sich ihre Sachen zurecht zu legen, die sie für die Fan-Anlässe und Interviews am Mittag und Nachmittag anziehen würde. Als ihr Handy klingelte, schaltete sie es auf Lautsprecher und legte es auf die Kommode neben ihren Koffern.

»Yolanda? Hier ist Dan.«

»Mein Manager von Universo Records«, flüsterte sie Teresa zu. Dann antwortete sie: »Dan. Hi. Was gibt's Neues?«

»Yolanda, ich wollte persönlich mit dir reden wegen der Sache.«

Teresa machte ein besorgtes Gesicht und blieb ganz still sitzen, während Yolanda unbekümmert einige Kleider zusammenlegte und organisierte. Sie sagte nur: »Schieß los, was bedrückt dich, mein Dickerchen?«

»Also, du weißt, wir haben dir stets geraten, die Finger von Social Media zu lassen und dem ganzen Quatsch; dass wir uns darum kümmern, damit du dich nicht mit all den blöden Kommentaren herumärgerst, ja?«

»Ja, klar. Warum?«

»Nun, Mia hat mich davon überzeugt, dass du Bescheid wissen solltest. Es gibt da gewisse Aspekte mit deiner Beziehung, die gefallen uns nicht, wie sich die entwickeln – versteh mich nicht falsch, wir

finden das toll mit euch beiden und so. Wir wollen dich nicht beunruhigen, hörst du? Wir kümmern uns darum. Wir wollen nur, dass du Bescheid gibst wenn irgendwas ist oder wenn es dir zu viel wird. Ich schicke dir ein paar Links die du dir ansehen sollst. Okay?«
Inmitten dieser Ankündigung blieb Yolanda plötzlich stehen und setzte ein ernstes Gesicht auf. Sie erwiderte: »Okay Dan. Mach ich.«
»Wir lieben dich, Baby. Bis dann.«
Yolanda ging zum Schreibtisch. Sie öffnete ihren Laptop, setzte sich auf den Stuhl davor und nahm ihre Lesebrille aus dem Etui. Teresa stand hinter sie und schaute ihr über die Schulter, als sie ihre Mailbox aufrief. Ein Link führte auf Twitter und eine lange Liste von Einträgen erschien, alle unter dem Hashtag *noniggerlesb*.
»Oh Gott«, sagte Teresa und zeigte auf das Display. »Siehst du das da? Das sind nicht nur Beschimpfungen. Da hat es Morddrohungen darunter. Die meinen mich! Warum schreibt jemand sowas? Warum interessiert es die wie oder was ich bin? Ein lesbisches Pärchen tut doch niemandem etwas. Aber diese Moralapostel richten bei anderen Menschen Schaden an. Die sind doch die wahren Sünder hier.«
»Das sind Fanatiker, Liebes. Solche Leute sind von Kind an darauf konditioniert, alle zu hassen, die anders denken. Siehst du? Das da ist eine fundamentalistische Gruppe.«
Teresa reagierte verwirrt: »Sind das Christen? Aber die da sind Islamisten, nicht?«
»Ja,es scheint, dass Religionen sich nur im Hass einig werden.«
»Mir macht das wirklich Angst,wenn ich das lese. Ich bin ja hier um auf dich aufzupassen. Wenn ich jetzt selber zum Ziel werde, wird es schwierig, meinen Job zu machen. Da ist ein Verweis auf eine TV-Diskussion von einer lokalen Morgenshow. Klick mal darauf …«
Eine Youtube-Seite öffnete sich mit einem Video von der Sendung *Buenos Dias Buenos Aires*, das offenbar gerade erst hochgeladen

worden war. Teresa sah eine Moderatorin im Gespräch mit einem Lokalpolitiker.
Die Frau fragte: »Warum fallen die Reaktionen online so heftig aus gegen die Schwarze Liebhaberin von Yolanda Cruz? Haben wir ein Rassismus-Problem? Oder gilt das der LGBT-Community?«
Ihr Gegenüber antwortete: »Wir haben ja keine Schwarzen hier, also haben wir auch kein Rassismus-Problem« und ein Raunen ging durchs Publikum. Verschiedene Stimmen meldeten sich und am Ende war die Einstellung des Politikers das gewichtigere Thema als Yolandas Liebhaberin und ihre sexuelle Ausrichtung.
»Klick das weg«, forderte Teresa: »Ich mag es nicht, wenn man mich zum Thema macht. Was tun wir jetzt?«
»Also grundsätzlich ist es doch nützlich, wenn über LGBT und Rassenunterschiede gesprochen wird. Dass man betont, dass Menschen eben verschieden aussehen, verschieden denken, verschieden fühlen; dass jeder sein darf wie er ist und dass es Andere nicht kümmern soll. Und uns sollte es auch nicht kümmern.«
»Oh! Meine Mutter wird es kümmern!« Verkündete Teresa bestürzt und nahm ihr Smartphone zur Hand. »Ich muss sie sofort anrufen. Ich will nicht, dass sie es aus der Presse erfährt!«
Ungeduldig wippte sie mit den Füssen, während es am anderen Ende der Leitung klingelte.
»Sie nimmt nicht ab. Ich versuche es bei ihrer Nachbarin ... Hallo? Señora Paternina? Ist meine Mutter bei Ihnen? Kann ich sie, ... ja, gerne.«
»Hola Querida. Wo bist du? Wie geht es dir?«, meldete sich ihre Mutter.
Als sie ihre Stimme hörte, musste Teresa sich plötzlich zusammen reißen um nicht zu schluchzen, als sie sagte: »Hola Mama. Ich bin in Buenos Aires«, ihre Stimme zitterte aber sie fuhr fort: »Ich muss

dir etwas sagen. Etwas ganz Wichtiges, hörst du Mama?«
»Ja, Kind. Es ist so schön, dich zu hören. Sag!«
Yolanda rückte neben sie um mitzuhören und Teresa sprach ins Telefon: »Du weißt doch, dass ich mit der Sängerin Yolanda unterwegs bin, ja?«
»Ja natürlich weiß ich das. Die bekannte Sängerin. Ich bin ja so stolz auf dich und freue mich so sehr, dass du etwas von der Welt sehen darfst. Das war mir nie vergönnt. Dem Herrn sei gedankt für dieses wunderbare Geschenk. Aber geht es dir gut?«
»Ja, Mama. Alles gut. Ich möchte dir sagen, dass ich mit Yolanda zusammen bin.«
»Mit Yolanda der Sängerin bist du dort. Ja, ich weiß.«
Yolanda umarmte sie und streichelte ihr übers Bein, während Teresa erklärte: »Nein, du verstehst nicht, Mama. Yolanda und ich sind ein Paar.«
Für einen Moment war es ruhig in der Leitung und Teresa fragte: »Bist du noch dran, Mama?«
»Ja, Teresa. Ich verstehe. Liebst du Sie?«, fragte ihre Mutter.
Sie warf Yolanda einen überraschten Blick zu und erwiderte: »Ja, Mama. Ich liebe sie. Ich hoffe, ich, also dass du ...«
»Aber, Kind. Das überrascht mich nicht«, unterbrach sie ihre Mutter.
»Nicht?« erwiderte sie und saß mit offenem Mund da während ihre Mutter erläuterte: »Nein, Liebes. Schon in der Vorschule fiel mir auf, wie du auf andere Mädchen reagiert hast. Und du hast dich doch später auch nie richtig wohl gefühlt mit den Männern.«
»Und wieso weißt du das und ich selber habe es nicht gemerkt?«
»Du hast dich wohl den Konventionen unterworfen. Ich war mir doch auch nicht sicher, mein Schatz.«
Yolanda flüsterte ihr zu: »Deine Mutter ist eine weise Frau.«
»Mama. Vielleicht wirst du etwas über mich lesen. Über mich und

Yolanda. Ich wollte, dass du es von mir erfährst.«
»Es ist gut, Liebes. Mach dir keine Gedanken. Ich liebe dich. Sag deiner Freundin einen Gruß von mir, ja?«
»Sie hat dich gehört, Mama. Danke. Bis bald. Ich liebe dich.«
Nun schluchzte sie wirklich, aber diesmal vor Freude. Als sie sich beruhigt hatte, wischte sie sich die Tränen aus dem Gesicht und sagte: »Ich fühle mich so erleichtert. Jetzt macht es mir nichts mehr aus, egal was über uns geschrieben wird.«

Sie dachte zwar noch daran, wie froh sie war, dass sie vom Management wegen ihres unprofessionellen Verhaltens nicht abgestraft wurde. Vielleicht weil sie bei all dem Trubel nicht daran dachten, selbst in Sicherheitsangelegenheiten zu unerfahren waren oder sie bewusst schonen wollten. Aber am nächsten Tag brachte sie es dennoch Yolanda gegenüber zur Sprache: »Ich habe meinen Auftrag kompromittiert. Ich kann nicht deine Geliebte sein und gleichzeitig für deine Sicherheit sorgen. Du hast es gesehen. Statt dich zu schützen, ließ ich dich alleine zurück, nur aus Sorge wegen ein paar enthüllender Fotos von uns«, erläuterte sie: »Wozu kann man mich auf der Tournee noch gebrauchen? Ohne den Job gibt es doch keine Rechtfertigung mehr für mich, dabei zu sein.«

V

Zu Beginn des nächsten Monats hatte ich zum ersten Mal den Lohn als Redakteur auf dem Bankkonto und mir war nach Feiern zumute. Fünfhundert Pfund mehr als früher, für eine Arbeit, die wirklich Spaß machte. Mein Leben hatte sich sehr verändert. Ich lud Kyle ein, das Wochenende bei mir zu verbringen, was ihn nicht lange zögern ließ, obwohl es seiner Frau nicht passte, dass er mit einem Unverheirateten tagelang in der Stadt herumlungern würde, wie er mir sagte. Mit seiner Versicherung, er wolle wirklich nur ein bisschen mit mir gamen, konnte er sie dann schließlich überreden. Er würde von Horley mit der Bahn bis Victoria Station fahren und mich dann dort treffen, denn er hasste es, mit der U-Bahn zu fahren, seit er einmal wegen eines Attentats stundenlang im Untergrund festgesessen hatte.

Schon, als ich mit einer dicken Jacke ausgerüstet das Haus verließ, hatte ich auf der Straße ein seltsames Gefühl, so als ob mir jemand folgen würde. Auch am letzten Abend kam es mir so vor, dabei war mir eigentlich gar nichts Verdächtiges aufgefallen. So fühlte man sich eben, wenn man etwas zu verbergen hatte, dachte ich mir und ließ es dabei bewenden. Ich nahm den Bus, um zur Station zu gelangen, da Kyle und ich geplant hatten, von dort aus durch die Stadt zu bummeln.

Wie auch früher schon, erwartete ich ihn auf der alten runden Bank, gleich hinter dem blauen Informationsstand der Station, während ich beobachtete, wie die Leute sich auf verschiedenste Weise durch die Ticketgates schummelten. Es schien da die verschiedensten Tricks zu geben und es erstaunte mich, dass es den Security Officer, der durch die Halle spazierte, nicht im Geringsten interessierte. Die riesige Halle war erfüllt vom beständigen Rauschen aus Stimmen, Schritten, Durchsagen, und dem Lärm der Züge.

Ich dachte darüber nach, ob ich Kyle in mein Geheimnis einweihen sollte; immerhin war er über die Jahre ein treuer Freund geworden. Natürlich brannte es mir auf der Zunge, meine sensationelle Neuigkeit endlich jemandem anzuvertrauen. Aber ich konnte mich nicht entscheiden, ob es eine gute Idee war, oder ob es ihm oder unserer Freundschaft am Ende sogar schaden würde.

Endlich entdeckte ich Kyles bullige Erscheinung inmitten eines Stroms geschäftig voranschreitender Leute. Sein auf dicke Augensäcke gestützter Blick schweifte suchend umher, dann kam er auf mich zu und begrüßte mich kumpelhaft.

»Hi, old chap! Siehst gut aus, Vaughan. Der Erfolg steht dir.«

»Klar«, antwortete ich, »wem würde er nicht.«

Danach kämpften wir uns zwischen Imbissständen und der Menge in die andere Halle durch.

»Rein hier, ins *Iron Duke*«, meinte Kyle enthusiastisch. Aber nach einem kurzen Blick ins Pub, durch die Scheiben der roten Türflügel, entgegnete ich: »Da drin ist es mir zu hektisch und zu voll.« Daher steuerten wir auf den Ausgang der Station zu; einem massiven, riesigen Torbogen im barocken Stil.

Terminus Place, der Platz vor der Station, war sogar noch belebter; zusätzlich zu all den zielstrebig voranschreitenden Leuten, fuhren hier noch Busse, Taxis, und Lieferwagen herum und alles versuchte, irgendwie aneinander vorbeizukommen – Samstags war es in der Innenstadt mindestens so schwierig wie sonst zu Stoßzeiten. Wir gingen mit einem Strom von Leuten quer über den Platz, um die Bus-Einfahrten zu überqueren. Mein Blick schweifte kurz zurück zum Torbogen der Station und für einen kurzen Moment schien es mir, als hätte ich Dave gesehen – oder doch nicht. Zu schnell bewegte sich die Menschenmenge dort hinaus und hinein. Jemand hatte vermutlich einfach dieselbe Jacke an.

Als wir schließlich an der Straße um die Ecke gingen, nahm die Hektik wider Erwarten nicht wirklich ab.

»Läuft heute irgendwas Bestimmtes?« fragte mich Kyle.

»Nicht dass ich wüsste«, antwortete ich.

Aber am Buckingham Park entlang stauten sich die Fahrzeuge. Stellenweise gab es nichts als rote Busse zu sehen. Aus der Ferne waren auffällig oft Polizeisirenen zu hören. Und die Menge, die uns entgegen kam, wurde immer dichter. Einige Leute wirkten verängstigt. Jemand, der Kinder dabei hatte, hielt sie fest an sich gedrückt.

Wir wollten eigentlich hinüber zum Green Park und mussten deshalb am Victoria Memorial vorbei. Doch der Platz vor dem Buckingham Palace war überfüllt von einer unüberschaubaren Masse von Leuten, wir konnten vor uns kaum etwas vom rötlich gefärbten Boden sehen, und rundherum standen Sicherheitswagen und Transporter.

Kyle packte mich an der Schulter, als wir gemeinsam durch das Getümmel stachen und meinte: »Darum also das ganze Chaos auf den Straßen. Und was wollen die alle hier?«

»Komm«, sagte ich, »lass uns mal näher zum Eingang vorrücken!«

Als wir uns dem Zentrum der Menge näherten, zeigte ich auf eine Gruppe von Leuten und bemerkte: »Schau mal, die Transparente die sie hoch halten, kannst du etwas davon lesen?«

»Klima-Zeug«, antwortete Kyle, »eine Demonstration!«

»Das ist bestimmt die größte Demonstration, die ich jemals gesehen habe«, erwiderte ich.

Nun konnten wir bis zu den riesigen Eingangstoren des Palastes sehen. Die Gruppe die direkt davor stand rief im Chor: »Change the system not the climate!« Ein paar der Demonstranten kletterten an den Säulen hoch, um ein großes Banner zu befestigen, auf dem stand *Climate first, now!*

Insgesamt schien die ganze Demo aber ziemlich friedlich abzulaufen und man musste schon anerkennen, was die Leute hier auf sich nahmen, bei diesem nasskalten Wetter draußen herum zu stehen. Darunter waren nicht nur Jugendliche, sondern auch viele ältere Damen und Herren. Weshalb hatte ich nicht gehört, dass dies heute stattfinden würde? Es musste schon eine Weile her sein, seit ich zuletzt auf meinen Twitter feed geschaut hatte – zu sehr war ich mit Wichtigerem beschäftigt.

Ich beobachtete den Mann neben uns, der ein Plakat an einem Holzstock in die Höhe hielt, und fragte: »Hi! Wie kommt es, dass so viele hier mitmachen?«

»Hey, Mann, die Leute sind endlich aufgewacht! Das hier ist weltweit organisiert. Millionen gehen überall auf die Straße!«

»Und wer hat das alles organisiert?«

»Ach, so ziemlich jede Art von Organisation ist hier vertreten, nicht nur Alternative. Von Bauern bis zu den Konsumenten, selbst Konservative. Du weißt doch auch, wie letzten Sommer das Wasser rationiert wurde. Und die Ernten waren winzig. Jeder ist jetzt betroffen vom Wandel«, meinte er und musste dabei laut sprechen, weil viele Leute gerade anfingen, mit dem Chor zu rufen.

»Da hat er allerdings recht«, wandte ich mich an Kyle: »Wir sollten hier mitmachen, findest du nicht auch?«

»Ja, klar. Das ist schon eine wichtige Sache«, entgegnete er.

»Ich finde jedenfalls, dass unbedingt mehr passieren muss fürs Klima«, erklärte ich: »Politiker quatschen ständig nur über den Handel mit Emissionsrechten und beschäftigen sich vor allem damit, Andern die Schuld zuzuschieben. Und was hat das bisher gebracht?«

Kyle schaute unsicher um sich und meinte: »Ich weiß nicht. Nicht viel, wahrscheinlich«

»Mir ist ja auch nicht ganz klar, was wir hier genau tun können,

Kyle«, bemerkte ich: »Aber wir sind immerhin dabei. Das ist doch schon mal ein Anfang.«

Jemand stupste mich am Arm und sagte: »Hiya! Nur Präsenz zeigen. Es reicht eigentlich, einfach hier zu sein.« Ich sah eine etwas reifere, blonde Dame, die neben uns stand und erklärte: »Je mehr Leute kommen, desto eher begreifen die, dass endlich etwas getan werden muss.«

»Okay«, gab ich zur Antwort, »und wer sind *die?*«

Die Dame äußerte sich überrascht: »Na, die Staatschefs, die gerade von den Royals empfangen werden. Weißt du das nicht?« Und in ihrer Stimme klang ein wenig Empörung mit, sodass ich meine Verlegenheit hinter einem eindringlichen Blick zu verbergen versuchte, als ich etwas übertrieben sagte: »Na komm schon! Klar weiß ich das!« Aber ich war nun wirklich nicht auf dem Laufenden. Ihr Blick blieb weiter auf mir haften und ich schaute zum Tor hinüber, als ob ich es nicht bemerken würde. Ich rückte etwas näher an Kyle heran.

Da sagte sie: »Hast du später schon was vor, Süßer?«

Kyle hatte sie wohl auch gehört. Seine Augenbrauen gingen weit nach oben und ohne seinen Kopf zu bewegen, linste er mich von der Seite her an. Er versuchte sein Grinsen unter seiner Hand zu verstecken, als er bemerkte, wie irritiert ich dastand.

Sie rückte nach und ich gab abwehrend von mir: »Äh, ... eigentlich ja, wir haben schon was vor«, was aber wenig zu bewirken schien.

»Ach, es ist doch Wochenende und ein Junge wie du ...«, sie presste sich seitlich an mich und zeigte mir einen lasziven Blick »... geht doch bestimmt nicht einfach so brav nach Hause, oder?«

Ich drückte Kyle mehr zur Seite, um von ihr weichen zu können und äußerte mich mit einem Räuspern: »Nein, wirklich, ... mein Freund und ich wollen noch ...«, doch sie warf sich derart an mich, dass ich sie richtiggehend von mir wegstoßen musste.

»Ich komme mit dir, ja?«, raunte sie und klammerte sich erst recht an mich.
Das fing nun wirklich an, mich zu nerven. »Nicht!«, sagte ich und versuchte, mich aus ihren Armen zu winden. Dann wurde ich plötzlich richtig wütend und schrie sie an: »Ja, kleb doch noch mehr an mir wie eine Klette! Geht's eigentlich noch?« Ich rammte sie schließlich mit meinem Knie, weil alles andere nichts nützte. Sie hustete, dann ließ sie mich endlich los.
»Lauf!«, rief ich und gab Kyle einen Schups. Gemeinsam zwängten wir uns grob durch die Menge.
»Ich will an dir kleben!«, hörten wir sie hinter uns rufen.
»Mann, die kommt uns nach«, bemerkte Kyle, während wir uns weiter vorwärts kämpften. Tatsächlich hörten wir sie weiter rufen und ihre Stimme schien sogar näher zu kommen.
»Halte den Kopf unten und lass uns die Richtung wechseln«, schlug ich vor und führte Kyle nach rechts. Die Menge lichtete sich schließlich etwas und wir erreichten den Rand vom Brunnen des Victoria Memorial. Von der anhänglichen Dame war nichts mehr zu hören. Kyle stieg auf den Rand des Brunnens, um über die Menschenmenge hinweg schauen zu können und gab Entwarnung.
»Was sollte denn das?«, fragte er. »Hast du so was schon mal erlebt?«
»Nein, wirklich nicht«, gab ich zur Antwort, »ich habe keine Ahnung was in die gefahren ist. Das war ja ziemlich abgefahren.«
»Vermutlich stand die unter Drogen oder so«, war Kyle überzeugt.

Doch mir ging langsam ein Licht auf. Konnte es sein, dass ich die Dame aus Versehen gesuggt hatte? Es wäre nicht das erste Mal gewesen. Kyle würde mir so was natürlich nicht glauben. Nicht, ohne die ganze Vorgeschichte zu kennen. Ich sollte mir wirklich noch einmal überlegen, ihn in aller Ruhe einzuweihen.
»Lass uns noch etwas hier warten«, forderte ich ihn auf, »bis wir

sicher sind, dass sie weg ist.«

Nach einer Weile meinte Kyle: »Wie lange dauern solche Demonstrationen eigentlich ... also, normalerweise?«

Ich sondierte meine Gemütslage. »Hast recht, ich finde es jetzt auch langsam zu mühsam, hier herum zu stehen.«

Er laberte: »Wir wollten ja eigentlich was Anderes machen heute.«

Wir zwängten uns hinter den Leuten am Rand des Brunnens entlang, bis wir den Rand der Straße erreichten und gingen dann an der Autokolonne entlang in Richtung Green Park.

»Hey, Süßer! ... Warte!«

Die Stimme war unverkennbar. Sofort schauten wir uns um und Kyle zeigte auf die Menge hinter uns. »Dort! Sie hat uns gesehen!«

»Komm!« Ich zerrte Kyle am Arm und wir rannten neben einem Cab her, bis wir vor einem Fußgängerübergang ein Geländer erreichen konnten. Eine Gruppe von Leuten wartete bei Rot am Übergang. Doch ich streckte meine Hand dem nachfolgenden Wagen entgegen und Kyle und ich huschten quer durch die Kolonne auf die andere Straßenseite.

Wir sahen noch, dass die blonde Dame mehr Mühe hatte mit dem Überqueren der Straße, während wir in den Park hinein rannten. Sofort bogen wir auf einen der Wege ab, die tiefer in die Grünanlage hinein führten. Hinter uns verdeckten Bäume und Leute bereits die Sicht zur Straße.

Ich deutete nach rechts, zu einer schräg in den Boden eingelassenen Denkmaltafel, die von dichten Büschen umgeben war. »Lass uns dort Deckung suchen, Kyle!«

»Okay, aber mach schnell, sie taucht bestimmt gleich auf.«

Nur wenige Meter weiter, gingen wir hinter einem der Büsche in die Hocke. Wir waren beide außer Atem. Kyle war erst mal nicht in der Lage zu sprechen, so sehr musste er Luft holen. Während wir die Leute beobachteten, die auf dem Weg vorne vorbei gingen, dachte ich mir, dass das Ganze dumm gelaufen war. Dabei hätte ich die Alte doch ganz einfach suggen können, mich in Ruhe zu lassen. Kyle hätte es vielleicht nicht mal mitgekriegt.

»Eigentlich ganz lustig, wie hide-and-seek spielen«, flüsterte ich.

Kyle entgegnete: »Stimmt. Das hab ich als Kind geliebt. Aber damals war ich besser in Form. Jetzt spiele ich so etwas lieber am Bildschirm.«

»Psst!«, machte ich und deutete zum Weg hinüber: »Da ist sie.«

»Sie geht vorbei. Die sieht uns bestimmt nicht.«

Ich stöhnte und sagte: »Also, ich würde mich jetzt gerne einfach hier hinlegen. Wenn nur das Gras nicht so nass wäre.«

»Nicht mehr lange«, meinte Kyle, »dann können wir weiter. Siehst du? Die ist schon weit da vorne.«

»Gut, das genügt. Wir gehen einfach in die entgegengesetzte Richtung. Komm!«

Wir erhoben uns und eilten auf der Wiese an der Denkmaltafel vorbei, zu einem Weg auf der anderen Seite. Der Park war weitläufig, aber weil man trotz der Bäume und Büsche eine gute Übersicht hatte, hielten wir uns bedeckt und gingen mit schnellen Schritten in Richtung des Nord-Ausgangs.

Diesmal gab es nun wirklich einen Grund, mich verfolgt zu fühlen. Als wir den Ausgang erreichten, veranlasste ich Kyle, kurz stehen zu bleiben, sodass die Leute, die hinter uns gingen, an uns vorbeiziehen konnten. Aber es schien sich niemand für uns zu interessieren.

Wir verließen den Park und lenkten unsere Schritte in Richtung Soho. Es wurde langsam dunkel. Die Lichter der Schaufenster und Ladenschilder spiegelten sich schon auf den nassen Gehwegen. Hier, im angesagten Einkaufsviertel, waren ebenfalls eine Menge Leute unterwegs. Es war allerdings ein ganz anderes Publikum. Eines, das mit vollen Einkaufstaschen von Laden zu Laden flanierte.

Das war schon eher das, was Kyle sich von diesem Samstag versprochen hatte. Er zog mich in einen großen Elektronikshop und sagte begeistert: »Schauen wir uns doch in der Computerabteilung um. Du könntest dir jetzt bestimmt einen neuen Monitor leisten oder eine bessere Grafikkarte!«

Die Auswahl war beträchtlich und Kyle schwärmte leidenschaftlich: »Die Karte hier soll extrem gut sein. Rendert selbst bei vier K und sechzig Frames noch die Spiegelungen.« Ein Verkäufer hätte es nicht besser machen können.

Mir war klar, woher seine Begeisterung kam. Für ihn waren das alles unerfüllbare Träume, konnte er sich doch mit seiner Familie gerade knapp das Leben in einem der günstigeren Vororte leisten. Er war in einer ähnlichen Situation wie ich zuvor, hatte umschulen müssen und ging seither einem wenig befriedigenden Job nach. Ich nahm mir vor, ihn einmal bei der Arbeit zu besuchen um mit seinem Chef zu *reden*. Genau, ich sollte auch Anderen etwas Gutes tun.

»Ich bezweifle, dass es das Geld wert ist«, erwiderte ich: »Ich komme doch gar nicht mehr so oft zum Gamen.«

»Und dieser Bildschirm? Schau mal, ob die Anschlüsse passen würden …«

»Also weißt Du, so viel mehr verdiene ich ja jetzt auch wieder nicht. Findest du wirklich, ich könne neuerdings mit Geld um mich werfen?« Kyle schaute enttäuscht und ich schubste ihn in Richtung des Ausgangs mit den Worten: »Mir genügt es eigentlich, die Auswahl anzuschauen. Ich muss nicht unbedingt etwas kaufen.«

Die Wahrheit war, dass ich einfach andere Gedanken im Kopf hatte. Obwohl; an dem Nachmittag zusammen mit Kyle, gab es tatsächlich Momente, in denen ich gar nicht mehr daran dachte.

Momente, in denen ich mich wieder wie ein ganz normaler Mensch gefühlt hatte. Aber dann auch solche, an denen es mich geradezu drängte, ihn einzuweihen.
»Ich könnte was vertragen«, schwärmte Kyle und zeigte auf das Sherlock Holmes Restaurant, an dem wir gerade vorbei liefen.
»Da war ich schon lange nicht mehr. Also gut«, antwortete ich und ging voran, durch den Eingang an der Ecke der dunklen Fassade mit den schmucken Golddekorationen. Wir setzten uns an einen der kleinen Tische, die ziemlich eng beieinander standen, neben all den Holmes-typischen Ausstellungsstücken.
»Fühlt sich wirklich an, wie in einem seiner Krimis zu sein«, bemerkte Kyle und schaute sich staunend um, während wir die Menükarte studierten. Dies wäre doch die perfekte Umgebung, um Kyle mein Geheimnis anzuvertrauen, dachte ich und setzte an: »Kyle, es gibt da etwas Wichtiges, das ich dir mitteilen will.«
Er schaute mich gespannt an, doch der Kellner unterbrach mich als er fragte: »Was kann ich Ihnen bringen?«
»Ich nehme das Burger-Menü und Bier; Stout, ein Pint«, sagte Kyle sofort und um schnell wieder zum Thema zurückkehren zu können, sagte ich nur: »Für mich dasselbe.«

Ich wartete den Moment ab, bis der Kellner außer Hörweite war und fuhr fort: »Okay, wie soll ich das angehen, ... vielleicht beginne ich einfach ganz von vorne. Also, ich ging da mal in den Laden um die Ecke, und wollte ...»
»Entschuldigung!« Sagte jemand hinter mir und versuchte sich mit seinen Begleitern zu einem der Tische neben uns durch zu zwängen. Die Leute nahmen Platz und ich sagte zu Kyle: »Vergiss es, ich erzähle es dir später.«
»Gut«, erwiderte Kyle, »dann lass mich dir stattdessen *Superland Two* erklären.«

Wir genossen unser Essen und Kyle bestellte ein Bier nach dem Anderen, während er leidenschaftlich über sein derzeitiges Lieblings-Game referierte. Später drängte er mich, an die Bar hinüber zu wechseln und orderte einige Schuss Whisky. Mir genügten zwei.

Als wir uns auf den Heimweg machten, merkten wir erst so richtig, dass Kyle es übertrieben hatte. Ich hielt ihn am Arm, damit er nicht so stark hin und her schwankte. Der Weg durch Chinatown schien schier endlos zu dauern. Wir überquerten die Hauptstraße zwischen stehenden Kolonnen und aus dem Gielgud-Theater strömte uns eine Menschenmenge entgegen, der wir ausweichen mussten. Dann bogen wir ab in die Archer-Street.

Wir schleppten uns knarrend durch das Treppenhaus und schmissen unsere schweren Jacken auf einen Stuhl in einer Ecke meines Apartments.

»Waas wollsst du mia noch sagen?«, lallte Kyle, als er sich ins Sofa fallen ließ.

»Ich glaube nicht, dass du das jetzt verstehen würdest«, erwiderte ich.

»Komm schoo. Sag's mia, Lad!«

»Morgen dann, Kyle. Wolltest du mir nicht *Superland* zeigen?« Ich warf meinen Computer an, rief die Website des Games auf und startete den Download.

Mit Mühe schaffte es Kyle nach einigen Anläufen, sein Konto aufzurufen, dann stiegen wir ein in diese Fantasiewelt, die mich in ihrer Art an *Fortnite* erinnerte, und offenbar einen ebenso großen Hype ausgelöst hatte wie damals das Survival-Killer-Game. Wie konnte es auch anders sein: Natürlich ging es diesmal um Superkräfte. Wollte das Schicksal mir damit etwas sagen? Zumindest kam es mir so vor, als würde es meine Absicht gutheißen, Kyle morgen einzuweihen. Ich war noch immer unsicher deswegen, aber dann dachte ich: Na gut, viel schief gehen konnte dabei wohl nicht, denn ich würde es ihn einfach wieder vergessen lassen – Respawn, wie im Game.

Schon bald schafften wir es beide nicht mehr, die Augen offen zu halten, Action hin oder her. Kyle schlief gleich mit dem Joystick in der Hand auf dem Sofa ein und ich ließ mich auf mein Bett fallen.

Es ging gegen Mittag zu, als ich mich ächzend aus meinem Nest aufraffte – ein paar körperliche Notwendigkeiten zwangen mich dazu. Kyle schnarchte noch auf dem Sofa und es dauerte eine Weile, ihn wach zu rütteln. Von dem Wenigen, das ich in meiner bescheiden ausgerüsteten Kochnische anbieten konnte, begnügte sich Kyle mit ein paar Cornflakes und einem Tee mit Milch. Ich tat es ihm gleich. Er reichte mir die Milchflasche mit den Worten: »Tea-In-First, richtig?«

»Du willst mich nur provozieren«, sagte ich lachend: »Nein, mir ist das egal.« Dann setzte ich in geheimnisvollem Ton an: »Kyle, ich wollte dir doch was erzählen, weißt du noch?«

»Ja, stimmt. Hab ich ganz vergessen. Nun, was ist es?«

»Es ist etwas wirklich Bedeutendes.«

»Okay?« Er hielt inne. Mit dem Löffel voller Cornflakes in der Hand schaute er mich erwartungsvoll an. Doch plötzlich schien mir der Moment, so beim Futtern an einem winzigen Tisch voller Game-Controller, Flaschen und aufgerissener Kartons unpassend zu sein für das, was ich zu erzählen hatte.

»Nee, nicht so. Lass uns runter an die Themse gehen«, sagte ich und erhob mich.

»Echt jetzt? Komm schon. Lass die Katze endlich aus dem Sack!«

»Nein. Du darfst noch etwas zappeln, damit du mir nachher wirklich aufmerksam zuhörst.«

Er nahm ein Stück Brot zwischen die Zähne und ging hinüber zum Sofa, um sich die Schuhe anzuziehen.

Wir verließen das Haus in unsere warmen Jacken gehüllt und hatten kaum einen Fuß auf den Gehweg gesetzt und den ersten morgendlichen Straßenmief eingeatmet, da fiel mir gegenüber im Fenster der Bar eine hektische Bewegung auf. Jemand erhob sich gerade von seinem Hocker und verschwand im Inneren des Raums. Litt ich bereits an Verfolgungswahn, wenn ich schon wieder meinte, Dave gesehen zu haben? Vielleicht wäre ich besser gleich hineingegangen und hätte mal genau nachgeschaut. Was soll's ... es war sicher nur ein Zufall. Zu sehr war ich darauf fixiert, das wichtige Gespräch mit Kyle zu beginnen. Also machten wir uns in die andere Richtung auf, um zur Hauptstraße zu gelangen.

Am Musical-Theater vorbei, wo schon seit einer Ewigkeit *Les Misérables* aufgeführt wurde, überquerten wir die verkehrsreiche Shaftesbury Ave und liefen gemütlich durch Chinatown. Irgendwann unterwegs, unter Mengen roter Lampions, setzte ich mit meiner Einführung an und erzählte von den ersten seltsamen Vorkommnissen und wie ich mir nicht hatte erklären können, weshalb jemand in bestimmten Momenten genau das tat, was ich wollte, obwohl das so unwahrscheinlich war.

Als wir die weite Treppe hinunter gingen, den Trafalgar Square mit seinem riesigen Brunnen überquerten und die Löwenstatuen passierten, war ich schon beim Meeting mit dem Personalchef. Am Ende einer langen, mit roten Bussen angefüllten Straße erreichten wir die Themse. Während ich davon erzählte, wie ich der Kellnerin zu Hilfe kam, erklommen wir die Stufen der Golden Jubilee Bridge, um zur anderen Seite des Flusses zu gelangen. Dort spazierten wir nur kurz am Queen's Walk entlang und lehnten uns dann ans Geländer.

Der Fluss war so grau wie der Himmel über uns und ein leichter Wind ließ uns die Kälte vor allem an der Nase spüren – doch noch waren wir durch das Laufen aufgewärmt. London Eye, das weiße Riesenrad weiter vorne am Weg, stand still und in der Ferne des anderen Ufers erschienen im Schleier eines leichten Nebels die Silhouetten von Big Ben und Westminster. Die perfekte Atmosphäre für eine denkwürdige Mitteilung, also präsentierte ich ihm meine Schlussfolgerung und sagte: »Ich besitze eine Superkraft.«

»Ach komm, so was gibt's doch nicht wirklich. Wir haben gestern einfach zu lange gespielt«, fuhr Kyle mich an und eine Reihe Falten zeigte sich dabei auf seiner Stirn. Er schien wirklich zu denken, ich wolle ihn für dumm verkaufen.

Auch als ich ihm von den Tests erzählte, die ich mit meinem Nachbarn gemacht hatte, ließ er sich nicht überzeugen. »Oder die blonde Dame an der Demo gestern. Soll ich dir sagen, wieso die so hinter uns her war?«

Kyle schaute argwöhnisch: »Wieso denn?«

»Weil ich sie versehentlich gesuggt hatte.«

»Nö, das bildest du dir doch nur ein.«

Also packte ich ihn am Arm und zog ihn ein paar Dutzend Meter mit, bis zu einem Baum an einem Wiesenabschnitt, wo ein älterer Herr mit Schiebermütze und Schal an einem kleinen, schmucken Kiosk ein paar Zeitungen und Gebrauchsartikel wie Taschentücher, Schirme, Batterien und Anderes anbot.

»Jetzt schau mal zu«, sagte ich zu Kyle, musterte kurz die Sachen, die in den Fächern lagen und suggte dann dem Verkäufer: »Sie nehmen diesen Lippenstift und schmieren sich damit Ihren Mund voll!«

Der Herr legte los und war dabei so gründlich, dass auch sein Schnurrbart nicht verschont blieb. Dabei schaute er mich die ganze Zeit an, als ob nichts wäre. Schließlich stand er mit seinem leuchtend rot eingefärbten Gesicht einfach so da.

»Na, überzeugt?«, fragte ich Kyle.

Der brachte den Mund nicht zu vor Staunen, aber ich fand, ich müsste noch einen draufsetzen, indem ich dem Verkäufer befahl: »Geben Sie mir all das Geld aus Ihrer Kasse da!«
Er drehte sich um und klaubte ein Bündel Banknoten und eine Hand voller Münzen heraus, um mir alles in die Hände zu legen. »Für Sie«, sagte er und schaute reglos in die Ferne.

Kyle schaute mich nur fassungslos mit großen Augen an. Ich ging um den Herrn herum und legte sein Geld zurück in seine Kasse, dann sagte ich zu ihm: »Sie vergessen, dass wir hier waren und was ich zu Ihnen gesagt habe.« Ich nahm Kyle am Arm und führte ihn über den Flanierweg zurück zur Flussseite hinüber, um wieder ans Geländer zu lehnen.

Lange schaute er auf das Wasser unter uns, und langsam schien er zu begreifen, was er gerade erlebt hatte. Aufgeregt äußerte er sich: »Aber das ist doch unmöglich. Wie machst du das?«
»Ich sagte dir doch. Ich muss jemandem nur auf die richtige Weise in die Augen sehen und mit Bestimmtheit etwas fordern«, erwiderte ich.
»Aber wieso kannst du das? Hat dich der Blitz getroffen oder wurdest du von einem radioaktiven Tier gebissen oder so?«
Ich zuckte mit den Schultern. »Keine Ahnung. Mit mir ist gar nichts passiert, glaube ich. Ist einfach so.«
»Oh Mann! Wenn ich mir vorstelle, was du damit alles anfangen kannst.«
»Ich weiß. Unfassbar, nicht?«
Er packte meine Schultern und schüttelte mich begeistert. »Damit kannst du reich werden, Lad! Richtig Reich!«
Ich bemerkte, wie drüben am Kiosk ein Pärchen auf den Verkäufer einredete, presste Kyles Arme nach unten und deutete ihm mit meiner Hand, sich zu beruhigen. Gemeinsam beobachteten wir, wie

sich der Verkäufer daraufhin ans Gesicht fasste. Verwirrt betrachtete er die rote Farbe an seinen Händen und zeigte sich dem Pärchen gegenüber ratlos. Wir machten uns langsam davon in Richtung Brücke, etwas unsicher, ob der Herr nicht vielleicht doch noch auf uns zeigen würde. Aber das tat er nicht.

Den ganzen Weg bis zurück in mein Apartment diskutierten wir angeregt, wenn auch meist Überlegungen, die ich mir schon vor Wochen gemacht hatte.

»Ich bin froh, dazu einmal eine andere Stimme zu vernehmen«, sagte ich zu Kyle.

»Warum hast du mir das nicht alles schon viel früher erzählt?«

»Nun ja, ich konnte selbst nicht ahnen, wohin das Ganze führen würde«, antwortete ich entschuldigend.

»Ich sage dir, wohin, mein Freund!« Er hielt inne und wedelte mit den Armen. »Du brauchst nie mehr zu arbeiten.«

»Ich denke nicht, dass das der Sinn der Sache ist«, wehrte ich ab. Aber was er sagte, klang verlockend und seine Begeisterung über die finanziellen Möglichkeiten sollten mir stärker im Bewusstsein bleiben, als ich zugeben wollte.

»Nicht mehr arbeiten. Das ist keine völlig neue Überlegung für mich. Aber ich habe erst gerade meinen neuen Job angefangen. Ich will es mir nicht zu einfach machen, beweisen, dass ich schreiben kann.«

»Das hast du doch schon. Du hast gezeigt, dass du zum Redakteur taugst.«

»Ja schon, aber eher auf unterstem Niveau.«

»Ich wünschte, ich hätte deine Möglichkeiten«, sagte Kyle Wehmütig und schaute auf seine Uhr als er meinte: »Meine Frau wartet auf mich. Und wir Normalos müssen morgen jedenfalls arbeiten. Bringst du mich noch auf den Zug?« Kyle packte seine

Sachen zusammen und wir nahmen gemeinsam den Bus zur Victoria Station.

Als am nächsten Morgen mein Wecker mit seinem nervigen Gepiepse startete, setzte ich mich zwar auf, doch ich fühlte keinerlei Motivation, mich ins Büro zu schleppen. Ich rieb mir die Augen, verpasste dem Wecker einen Hieb und griff nach meinem Handy, um die Nummer der Redaktion zu wählen. Ms Carington nahm den Anruf entgegen und ich sagte: »Hier Vaughan Macrae. Ich bin krank. Ziemlich krank sogar. Wissen Sie was? Sagen Sie Alan, er soll meinen Artikel der nächsten Ausgabe streichen. Ich falle wohl länger aus.«
»Ich werde es weiterleiten. Wünsche Ihnen gute Besserung, Mr Macrae«, antwortete sie.
Dann legte ich mich wieder hin, war aber nur faul, nicht müde. Faulheit konnte ich mir ja jetzt leisten. Kyles Worte waren nicht ohne Wirkung geblieben. Es gab doch eigentlich viele einfachere Möglichkeiten für mich, ohne Arbeit an Geld zu kommen. Allerdings, Leute zu bestehlen, wie ich es am Tag zuvor am Queen's Walk demonstriert hatte – nein, das gehörte natürlich definitiv nicht dazu.

Der Klingelton meines Handys unterbrach meine Gedanken. Kyles Bild erschien auf dem Display und ich schob den grünen Button nach oben um zu antworten: »Kyle? Morgen.«
»Hi. Bist du bei der Arbeit?«
»Ähm, ... nö. Zuhause. Keine Lust«, erwiderte ich und musste gähnen.
»Hätte ich auch so gemacht. Hör mal, ich hab die ganze Nacht gebrütet. Kannst du auch mal mit meinem Chef *reden*?«
Die Frage musste ja kommen. Vielleicht war das einer der Gründe, die mich zögern ließen, Andere einzuweihen. Obwohl ich nicht

abgeneigt war, ihm zu helfen. Der Gedanke war mir schließlich auch schon gekommen. So lange es sich in Grenzen halten würde. Eher noch begann ich, mir Sorgen zu machen, ob er seinen Mund würde halten können.

»Nun ja, wieso nicht«, gab ich zur Antwort und mahnte ihn: »Aber das bleibt natürlich alles unter uns.«

»Natürlich«, erwiderte Kyle.

»Du wirst mit niemandem über meine Fähigkeit sprechen, okay? Ich meine, ich vergaß gestern, dir das so direkt zu sagen, aber es sollte ja eigentlich klar sein. Kein Wort. Nicht einmal zu deiner Frau. Klar?«

»Keine Angst. Vertrau mir. Vaughan, wie wär's – Lass die Zeitung doch einfach weiter bezahlen. Ist bestimmt besser, als Leute dazu zu bringen, dir ihre Knete zu geben.«

»Nein, Kyle, das ist beides nicht akzeptabel für mich«, antwortete ich: »Ich denke mir eher etwas in der Art, wie Scotty Smith oder Pancho Villa es gemacht haben; es mir bei den Reichen zu holen.«

»Genial«, sagte Kyle sofort begeistert: »Schon Pläne gemacht? Ich könnte helfen.«

»Nein, ich weiß noch nicht, wie. Aber mir wird da schon etwas einfallen.« Gleichzeitig dachte ich, dass ich so etwas wohl bevorzugt alleine durchziehen würde. Aber sagen wollte ich ihm das nicht unbedingt. Er zeigte so viel Freude an der Idee, dabei zu sein. Stattdessen schlug ich vor: »Aber du könntest mir schnell bei etwas Anderem helfen, Kyle.«

»Gerne. Was denn?«

»Hau dir kräftig eins ins Gesicht!«, sagte ich mit scharfer Stimme. Einen Moment lang war es ruhig in der Leitung. »Wirklich?«, sagte er dann: »Willst du mich testen, oder so?«

»Genau«, erwiderte ich: »Du hast meine Absicht genau erkannt. Ich wollte nur testen, ob Suggen per Telefon möglich ist. Aber wie ich schon vermutet habe, geht es wohl nur, wenn man mir direkt gegenüber steht.«

»Gut zu wissen. Oh, … mein Chef. Muss auflegen. Ruf mich an, ja?«

Ich legte mein Handy beiseite. In Gedanken war ich schon weiter: Nicht bei irgendwelchen Reichen würde ich mir Geld holen, sondern speziell bei denen, die ihren Reichtum überhaupt nicht verdient hatten. Wie die, die am frühen Tod meiner Tante Kate und am Tod vieler Menschen in England schuld waren: Die Vorstandsmitglieder der GB Healthcare Alliance, kurz GBHA. Besonders natürlich ihr Direktor, Dr Joseph Monroe. Über ihn gab es immer schon Gerüchte, dass er seinen Eintritt in die Liga der Einflussreichen der Tabakindustrie zu verdanken hätte. Nachgewiesen war auf jeden Fall, dass sie alle dafür gesorgt hatten, dass in England Schilddrüsenkrebs bevorzugt mit einem wenig effektiven, aber einträglichen Test nachgewiesen wurde, statt mit den neuen, zuverlässigen T-Drei- und T-Vier-Tests.

Als es meiner Tante damals plötzlich so viel schlechter ging, hatte ich intensiv dazu recherchiert. Für sie kam die richtige Behandlung dann zu spät. Ja, ich wollte wirklich gerne wissen, was Dr Monroe genau tat und woher er sein Geld hatte. Und ich würde nicht darauf warten müssen, bis er einen Fehler beging, die Justiz endlich ins Rollen kam und Jahre danach, wenn überhaupt, die Wahrheit publiziert würde.

Aber wie konnte ich an ihn herankommen? Was ich im Internet fand, bot wenig Privates über seine Person. Neben seiner Position bei der GBHA war er Inhaber einer PR-Firma und er hatte verschiedene Sitze in Verwaltungsräten von Firmen wie Fitzer, Rosch, Cyberonik, Nowartes und vermutlich noch Weiteren.

Interessant, wie undurchsichtig sich die Branche gab, wenn man einmal genau hinsah. Vordergründig präsentierten sie sich mit wissenschaftlichen und politischen Themen im Dienste der Allgemeinheit, was eine seriöse Fassade erzeugte. Doch die Geheimniskrämerei um die Mitglieder von Management und Verwaltungsräten und natürlich deren Connections, ließ Anderes erahnen. Ich hatte mir vorgenommen, Dr Monroe ganz privat aufzusuchen und irgendjemand in seiner Lobbying-Firma würde mir seinen Wohnsitz schon liefern.

DJM & Co. besaß auf ihrer Website weder Adresse noch andere Kontaktinformationen. Doch auf der Online-Map führte mich die Suche zu einem *Gesundheitsberater*. Die Firma befand sich in der City an einer noblen Straße, an der auch viele Banken ihren Sitz hatten. Für das Sammeln der Infos stellte ich sicher, dass die Audio-Aufzeichnungs-App auf meinem Handy bereit war. Voll aufgeladen war es auch. Damit und mit einem eleganten langen Mantel ausgerüstet, um in so einer Businessfirma nicht unnötig aufzufallen, ging ich die alte Holztreppe hinunter, um mein Bike zu holen.

Die Kombination aus Matsch auf der Straße, langem Mantel und Fortbewegung auf zwei Rädern war nicht gänzlich ohne Risiko, daher fuhr ich entsprechend vorsichtig und brauchte länger für die Strecke. Unterwegs wurden die Häuser allmählich großzügiger, die Ausstattungen luxuriöser, die Läden exklusiver. Haus Nummer Fünfundachtzig konnte ich schon von weitem sehen. Ein klassischer Bau mit großer Glasfront, aber keinerlei Beschriftung. Ganz klar; die hatten etwas zu verbergen.

Mein Bike ließ ich in einer Nebenstraße und näherte mich zu Fuß dem Eingang der ominösen Firma. Doch wie sollte ich nun vorgehen? Ich blieb stehen und tat so, als wäre ich mit meinem Handy beschäftigt, schaute mich um und überlegte mir eine Strategie.

Mit einem kurzen Blick in die Lobby konnte ich einen Concierge ausmachen, der an einer Art Rezeption saß. Was sollte ich ihm sagen? Der Name einer Kontaktperson wäre hilfreich. Die Website hatte zwar nichts über die Mitarbeiter zu bieten, aber selbst die diskretesten Firmen offerierten zumindest eine Anlaufstelle für etwas, das jede gerne haben wollte, nämlich PR. Gezielt gesucht, stieß ich auf der Website tatsächlich auf einen Namen: Presseanfragen solle man an Pamela Sanders richten.

Daraufhin setzte ich mich wieder in Bewegung, trat in die Lobby und ging auf den Concierge zu mit den Worten: »Hallo. Würden Sie mich bitte bei Mrs Sanders melden? Ich bin von der Zeitung.«

»Wen darf ich melden?«, erwiderte der Concierge.

Ich setzte an, und wollte schon meinen Namen nennen, stockte dann aber kurz und sagte stattdessen: »Äh ... Archer; Jonathan Archer von der London Times.« Es konnte nicht schaden, vorsichtig zu sein.

Ein paar diskutierende Geschäftsleute in den üblichen, fast identischen Anzügen traten aus einem der Aufzüge und bewegten sich durch die Lobby nach draußen. Ihre Schritte hallten laut in diesem nüchternen, hohen Raum, der rundherum mit beigem Marmor ausgekleidet war. Es gab keine Treppen, nur die sicherlich gut überwachten Türen der Aufzüge. Und natürlich Kameras in jeder Ecke. Bestimmt wurde ich gerade begutachtet, während ich auf die Antwort der PR-Dame wartete.

Der Concierge erklärte mir: »Mr Archer. Ihr Sekretär sagt, er habe keinen Termin mit Ihnen registriert.«

So etwas hatte ich erwartet und ich war bereit ihn zur richtigen Reaktion zu zwingen. »Sie sagen ihm, dass er herunterkommen soll, es ist sehr wichtig!«

»Mr Caltonhill, Sie sollten herunterkommen, es ist sehr wichtig, Sir«, sprach der Concierge in den Hörer und legte auf – ein gutes Zeichen. Nun musste ich nur noch warten.

Mein Blick bewegte sich immer wieder über die Anzeigen der Aufzüge. Dabei stakste ich in kleinen Schritten hin und her, die Hände hinter meinem Rücken verschränkt. Eine der Anzeigen leuchtete auf und eine Lifttüre öffnete sich. Der jüngere Mann, der heraustrat, lenkte seine Schritte zielstrebig auf mich zu und begrüßte mich.

»Mrs Sanders befindet sich auswärts in einer Sitzung. Ich fürchte, sie kommt erst morgen wieder ins Büro«, sagte er dann bedauernd.

Ich schaute ihm streng in die Augen und forderte: »Mr Caltonhill, Sie bringen mich jetzt zu dem Vorgesetzten von Mrs Sanders, der gerade da ist!«

»Warten Sie einen Moment«, erwiderte er und ging hinüber zum Concierge. Er schien etwas mit ihm zu besprechen, was aber ziemlich lange dauerte. Nach einer Weile ich ging langsam auf die beiden Männer zu. Ich hörte noch, wie sich hinter mir die Lifttüren öffneten, da wurde ich plötzlich am Arm gepackt. Neben mir standen zwei Wachmänner in Uniform.

Empört sagte ich zum Sekräter: »Was soll das? Sagen Sie denen …«, doch weiter kam ich nicht.

»Nehmt ihn mit«, befahl Caltonhill den Männern.

Daraufhin schleppten sie mich zum Lift hinüber und zwängten sich mit mir in die Kabine. Einer von ihnen stand vor mir und einer hinter mir, während sich die Tür zuschob und der Lift nach oben fuhr. Ich versuchte, den Einen dazu zu bringen, mich anzusehen und sagte: »Hören Sie mal, ich …«

»Halt die Klappe!«, schnauzte er mich an, und schaute dabei weiter stur geradeaus, bis sich die Tür wieder öffnete. Er ging auf den

Gang hinaus und der Andere schubste mich vor sich her aus dem Lift. Graue Wände und kaltweißes Licht erwartete mich, nicht weniger unfreundlich als die beiden Kerle, die mich ein paar Türen weiter in ein finsteres Zimmer stießen und dann die Tür hinter mir zuschlossen. Das Licht ging automatisch an, flackerte ein paarmal und leuchtete dann genau so unangenehm kalt wie das zuvor. Ein kleiner Tisch und zwei Stühle waren alles, was in dem Raum vorhanden war. Ich setzte mich hin und wartete. Und dachte nach. Was war eigentlich schief gelaufen? Ich hatte dem Sekretär doch genau gesagt, was er tun sollte.

Es dauerte noch eine ganze Weile, bis endlich wieder jemand auftauchte. Es waren jedoch nur die Wachmänner. Sie stellten sich im Zimmer neben die Tür und starrten pflichtbewusst geradeaus. Als nach einem kurzen Moment nichts weiter passierte, erhob ich mich, mit der Absicht, es noch einmal bei ihnen zu probieren, da öffnete sich die Tür plötzlich erneut und ein überaus schlanker älterer Herr kam hereinmarschiert, begleitet von Caltonhill.

»Setzen Sie sich«, befahl er. Er packte mich an meiner Schulter und schob mich zum Tisch zurück, bis ich mich auf den Stuhl hinter dem Tisch plumpsen ließ.

Er setzte sich mir gegenüber und sah mich abschätzig an. Er hatte ein fast schon eingefallenes Gesicht, aber auffällig dichte, graue Haaren. Caltonhill stand neben ihm und erklärte: »Er sagte, sein Name sei Archer, von der London Times, Sir. Aber ich habe nachgefragt. Die haben dort niemanden mit diesem Namen.«

»London Times, ja?«, brummelte der Herr und sagte dann scharf zu mir: »Also, was wollen Sie hier, hm?«

»Nichts, ... eigentlich, glaube ich ...«, erwiderte ich eingeschüchtert. Was war mit meiner Fähigkeit passiert? Hatte ich sie schon verloren? War es nun vorbei damit?

Der Grauhaarige wandte sich an die Wachmänner und befahl: »Kommt her und durchsucht ihn!«
»Moment!«, sagte ich laut. Sie hielten inne, um auf die weitere Reaktion des Herrn zu warten. Doch der drehte sich mit gespanntem Blick wieder mir zu. Ich sah ihm konzentriert in seine Augen und bemühte mich, meine Worte mit Nachdruck an ihn zu richten, als ich sagte: »Sie brauchen mich nicht zu durchsuchen!«
Er presste seine Augen zusammen und eine tiefe Furche zeigte sich zwischen den Augenbrauen seines ausgezehrt wirkenden Gesichts. Mein Zweifel schien sich zu bestätigen. Es sah nicht so aus, als ob meine Worte eine Wirkung gehabt hätten. Doch plötzlich löste sich die ganze Anspannung in seinem Gesicht als er sprach: »Sie brauchen ihn nicht zu durchsuchen.«
Die Wachmänner stellten sich zurück neben die Tür. Caltonhill schaute befremdet zu ihm herab und meinte: »Aber, Dr D'Lacey ...«
»Schon gut«, sagte ich, und als Caltonhill zu mir herüberschaute suggte ich ihm: »Es ist alles in Ordnung.«
»Alles in Ordnung ...«, wiederholte er.
Ich fragte ihn: »Wieso haben Sie eigentlich die Wachen gerufen?«
»Was Sie von mir verlangten kam mir verdächtig vor«, erwiderte er.
Nun, irgendetwas hatte ich falsch gemacht. Zu selbstsicher und unvorsichtig war ich wohl vorgegangen. Vielleicht war der Augenkontakt nur oberflächlich gewesen. Ich würde in Zukunft mehr darauf achten müssen – besonders in solch heiklen Momenten.
»Sie sehen ja, es ist alles in Ordnung«, suggte ich dem älteren Herrn: »Wir brauchen jetzt keine Wachen mehr!«
Er winkte den Männern zu und sagte: »Alles in Ordnung. Ihr könnt nun gehen.«
»Sie können ebenfalls gehen, Mr. Caltonhill«, befahl ich dem Sekretär, worauf er mit den Wachmännern zusammen das Zimmer verließ.

Als wir schließlich alleine waren, sagte ich zu dem Herrn: »Wie ist Ihr Name?«

»John D'Lacey«, antwortete er.

»Also gut, John«, forderte ich: »Jetzt stelle ich hier die Fragen. Was tun Sie in dieser Firma?«

»Ich bin einer der Geschäftsleiter.«

»Und wieso interessiert sich ein so hohes Tier für einen einfachen Eindringling wie mich?«

»Es schien, dass die Presse involviert ist«, erwiderte er: »Das kann heikel werden. Da muss ich aufpassen.«

»Klar«, sagte ich und befahl dann: »Erzählen Sie mir alles darüber, wie Sie hier Ihr Geld verdienen.« Es war immer wieder verblüffend zu beobachten, wie sich die Zurückhaltung der Menschen löste, sobald ich sie gesuggt hatte.

Er antwortete folgsam: »Wir erhalten Millionen von internationalen Konzernen, damit wir Wissenschaft, Politik und Öffentlichkeit für sie manipulieren. Dadurch können sie ihre dominante Marktposition ausbauen, ihre Produkte zu überhöhten Preisen absetzen oder alternative Produkte verhindern.« Alles floss ungehindert aus ihm heraus und ich wusste genau, es gab dabei nichts, das ich hinterfragen oder interpretieren musste. »Haben Sie Kenntnisse von irgendwelchen ungesetzlichen Vorgängen?«

»Bestechung und illegale Absprachen. Wir wären wenig erfolgreich ohne sie.«

»Sie persönlich?«

»Nein. DJM dient dazu, das Business zu tarnen. Hier machen wir die legalen Sachen: Presseinformationen, Konferenzen, Buchhaltung und so weiter. Außer von mir, Paul, Heather und Julian werden Sie von keinem Mitarbeiter etwas Anderes hören.«

»Wer ist dann für das Illegale zuständig?«

»Dr Monroe.«
Also doch, dachte ich. Ich hatte mich schon gewundert, wie lange es dauern würde, bis ich etwas über meine Zielperson erfahren würde. Ich ließ mir von ihm die exakte Adresse geben. Dann verlangte ich, dass er anrief, um mich dort als wichtigen Gast anzukündigen. Nachdem er sein Handy wieder eingesteckt hatte, sagte ich: »Und jetzt vergessen Sie, dass ich mit Ihnen gesprochen habe.«

Ich verließ das Zimmer wortlos, während er steif im Stuhl saß und ins Leere starrte. Würde eine *Vergessen-Sugg* dauerhaft anhalten? Ich hatte keine Ahnung.

Draußen auf dem Gang traf ich auf Caltonhill, der offenbar nicht recht wusste, was er nun zu tun hatte. Ich ließ mich von ihm nach unten in die Lobby begleiten und verabschiedete mich.

Auf meinem Weg nach draußen fielen mir wieder die Kameras auf, die sich hoch oben an der Decke befanden und ich bedauerte, dass sie damit mein Gesicht bestimmt deutlich erkennen konnten. Ich nahm mir vor, mich um eine Tarnung zu kümmern. Nichts Auffälliges wie eine Maske, aber vielleicht einen Hut und etwas fürs Gesicht. Ich konnte mir durchaus vorstellen, dass ich einmal etwas tun könnte, das zu Untersuchungen führte, und dann würde irgendjemand wissen wollen, wer dieser Unbekannte auf den Überwachungsvideos war. Wenigstens hatte ich noch rechtzeitig daran gedacht, ein Alias anstelle meines richtigen Namens zu verwenden. Dennoch blieb bei mir nach der Sache ein übler Nachgeschmack hängen. Ich hatte wirklich schon gedacht, dass es mit meiner Superkraft vorbei war – so etwas wäre tatsächlich jederzeit möglich. Nur dieses Mal, war es noch meine eigene Unfähigkeit gewesen.

Ich schloss mein Bike auf und kurvte zielstrebig auf das nächste größere Einkaufscenter zu. Die Burlington Arcade war eine wunderschöne, alte Einkaufsallee im Art-Déco-Stil, unter Säulenbogen und Glasdach, bestehend aus einer Reihe von Geschäften des gehobenen Preissegments. Normalerweise nicht ein Ort, an dem ich einkaufen ging, aber Geld dürfte ich ja bald genug haben. Ein Hut war bisher nie ein Thema für mich gewesen und außer zwei, drei bunten Baseballcaps und meinem Fahrradhelm besaß ich keine Kopfbedeckung.

Ich betrat einen der Läden, die im Schaufenster nichts als hunderte übereinander gestapelte Hüte in allen möglichen Farben und Formen präsentierten und es bimmelte, als die Tür hinter mir zufiel. Ein Verkäufer kam sofort auf mich zu. Er deckte mich dann ein, mit allem, was seiner Meinung nach zu mir passen würde. Ich kontrollierte meinen Look im Spiegel und testete, ob mein Gesicht aus möglichen Kamerawinkeln ausreichend verdeckt sein würde. Seinen Eifer belohnte ich mit dem Kauf von zwei Hüten, einem klassischen, schwarzen Fedora mit breiter Krempe und einem dunklen Baseballcap, welches mir als Tarnung im Alltag am unauffälligsten zu sein schien. Dann machte ich mich auf den Heimweg.

Dr Monroe hatte sein Anwesen in einem der noblen Vororte von London, daher ließ ich mein Bike zuhause und nahm den Bus. Die Residenzen in dieser Gegend waren so weitläufig, dass ich von der Bushaltestelle aus eine ziemliche Strecke zu Fuß zurücklegen musste. Selbst mithilfe der Karte auf dem Handy war der Zugang zwischen all den Mauern, Hecken und Sträuchern schwer zu finden.

Das Tor war mit Efeu überwachsen und praktisch nicht als solches zu erkennen. Auch gab es keinerlei Beschriftung, wie schon zuvor beim Geschäftsgebäude. Schließlich konnte ich einen kleinen, verloren wirkenden Knopf ausmachen, der wohl die Klingel sein musste und drückte kräftig drauf. Es meldete sich eine Stimme, die mich aufforderte, meinen Namen zu nennen, dann öffnete sich das Tor einen Spalt weit. Offenbar war der Eingang kameraüberwacht. Ich zog den Schirm meines Basecaps tiefer ins Gesicht. Der Spalt war so schmal, und das Tor so schwer zu bewegen, dass ich mich seitlich hindurch zwängen musste.

Auf dem langen Weg aus hellem Kies knisterte jeder meiner Schritte. Ich war noch nicht weit gegangen, als ich weitere Schritte hinter mir vernahm. Mit einem kurzen Blick über die Schulter erkannte ich einen stämmigen Mann in dunklem Anzug, der bestimmt für die Sicherheit zuständig war. Als ich dem pompösen Eingang der Villa näher kam, zeigte sich an der Ecke des Hauses ein weiterer Mann, der ernst in meine Richtung schaute. Meinen Blick richtete ich auf den Eingang und hoffte, durch das Nichtbeachten der Sicherheitsleute die Selbstverständlichkeit meines Hierseins unterstreichen zu können.

Zweifel kamen in mir auf. Mit so vielen Leuten in der Nähe würde es wohl doch nicht so einfach werden, wie ich es mir vorgestellt hatte und die Erfahrung vom letzten Mal machte mich noch zusätzlich unsicher. Aber die Wachleute blieben auf Distanz. Ein Herr, offensichtlich der Butler, öffnete die Tür und führte mich in den Saal des Hauses mit dem Hinweis, dass Dr Monroe mich gleich begrüßen werde.

»Mister ... einen Moment«, wandte ich mich an ihn, um ihm zu suggen: »Bitte sorgen Sie dafür, dass uns niemand stört!«

Mit den Worten: »Jawohl, Sir« verließ er den Saal durch eine Tür hinter dem Treppenaufgang.

Dr Monroe ließ nicht lange auf sich warten. Ich hörte seine Schritte auf der Treppe und konnte gerade noch die Audio-Aufnahme starten, als er mir schon auf halbem Weg zurief: »Mr Archer, London Times, nicht wahr?« Sein kräftiges Händeschütteln war, wie sein grinsendes Gesicht, übertrieben herzlich. »Was führt Sie

zu mir? Ach… kommen Sie, folgen Sie mir in den Cheminée-Saal.«
Wir setzten uns in zwei große Ohrensessel und er fuhr fort: »Ich habe mich natürlich erkundigt; bei der Times ist Ihr Name nicht bekannt.«
»Richtig, aber das interessiert Sie jetzt nicht mehr«, begann ich, ihn zu suggen: »Dr Joseph Monroe, Sie verdanken Ihren Reichtum illegalen Handlungen, richtig?«
»Das stimmt. Meine ersten Millionen machte ich dank meiner Connections mit Firmen, bei denen ich zuvor gearbeitet hatte. Ich war dadurch in der Lage, die Pharmaindustrie und die Tabakindustrie an einen Tisch zu bringen und überzeugte sie, einander zu unterstützen.«
»Aber wie kann denn die Pharmaindustrie mit jemandem zusammenarbeiten, dem die Gesundheit der Bevölkerung egal ist? Das sind doch völlig entgegengesetzte Branchen!«
»Nein, im Gegenteil. Ich zeigte ihnen, dass sie perfekt zusammenpassten. Mehr Raucher gleich mehr Chemotherapien. So einfach ist das. Das war in den Sechzigern einfach ein logischer Schritt. Danach hatten beide Branchen plötzlich doppelt so viele Politiker, die für sie arbeiteten und ihr Einfluss konnte noch dazu viel effektiver genutzt werden.«
Ich brachte meinen Mund nicht mehr zu, als ich all das so konkret von ihm zu hören bekam. Es war einfach zu krass. »Und die Tests für Schilddrüsenkrebs?«, fragte ich.
»Das begann in den Achtzigern. Die Pharmafirmen befürchteten, in Zukunft keine TSH-Tests mehr verkaufen zu können, weil die besseren T-Drei- und T-Vier-Tests aufkamen, die dazu auch noch gratis waren. Also gründeten wir die GB Healthcare Alliance, nach außen ein unabhängiges Beratergremium für die staatlichen Gesundheitsdienste. Doch wir nutzten es, um T-Drei und T-Vier zu diskreditie-

ren, überzeugten Öffentlichkeit, Politik und Dienststellen davon, dass den neuen Tests nicht zu trauen sei. Fälschten Studien. Die offizielle Weisung an die Ärzte war dann, TSH zu bevorzugen. Nützte uns auch beim Verkauf vieler anderer Medikamente. Win-win, könnte man sagen, he, he!«

Es machte mich wirklich furchtbar wütend. Nicht nur, was er sagte, sondern auch, wie. Kein Wort darüber, was das für die Patienten bedeutete, so als würden sie gar nicht existieren, als ob nichts relevant wäre außer dem Vorteil, den er daraus zog. Am liebsten hätte ich ihm ins Gesicht geboxt.

»Nicht für meine Tante, Dr Monroe. Sie starb deswegen früh und musste lange Zeit starke Schmerzen ertragen», erklärte ich.

»Sorry. Kollateralschaden. Ist nichts Persönliches.«

»Sie ... arrrgh!« Ich presste meine Fäuste ins Sesselpolster. Aber ich musste mich zusammenreißen, mich auf meinen Plan besinnen. Jetzt erst recht! Ich konnte ihn da erwischen, wo es ihm am meisten wehtat: Bei seinem Geld!

Wieder etwas gefasster suggte ich ihm zu: »Dr Monroe, haben Sie Geld im Haus?«

»Zwei Komma fünf Millionen Pfund Sterling in Scheinen; falls etwas gebraucht wird zum Schmieren. Unauffällig in kleinen Beträgen aus den Büchern entfernt.«

Es handelte sich also leider nicht um sein Privatvermögen. Aber mir würde schon noch einfallen, wie ich mit ihm abrechnen konnte.

»Zuerst einmal möchte ich, dass Sie mir das gesamte Bargeld übergeben«, sagte ich: »Ach ja, und falls jemand kommen sollte, solange ich noch da bin, schicken Sie ihn weg. Das gilt besonders für Ihre Wachleute. Verstanden?«

»Jawohl, Sir«, erwiderte er. Dann erhob er sich und führte mich im anderen Saal die Treppe hinauf und in sein geräumiges Büro. Dort

betätigte er an einer Kommode einen versteckten Mechanismus, sodass sie sich von der Wand wegschieben ließ. Dahinter kam eine Tresortür zum Vorschein, die er mit einem Scan seiner Hand öffnete. Hohe Stapel aus Banknoten füllten den Tresor aus.
»Ich werde einen Koffer brauchen«, erklärte ich.
Er meinte: »Nur einen Moment, ich besorge einen. Lassen Sie mich kurz hinüber in mein Schlafzimmer gehen.« Dann erhob er sich und verließ den Raum.

Mir wurde mulmig zumute, als ich ihn auf den Gang hinausgehen sah, denn damit verließ er meinen direkten Einflussbereich. Durch die leicht geöffnete Bürotür beobachtete ich, wie er den Gang am Treppengeländer entlang ging. Auf der anderen Seite stieß er eine Zimmertür auf. Eine Frau war zu sehen, die an einem Schminktisch saß und sich die Haare richtete. Sie unterhielten sich. Bestimmt musste er ihr erklären, wozu er den Koffer brauchte. Als er damit durch die Zimmertür hinausgehen wollte, stand sie auf, näherte sich ihm und sagte etwas in bestimmtem Ton, woraufhin er sie offenbar aufforderte, im Zimmer zu bleiben, und dann die Tür hinter sich zuzog.

Nachdem er den Koffer ins Büro gebracht hatte, machten wir uns daran, ihn mit Bündeln von Banknoten zu füllen, was mir endlos lange zu dauern schien. Als ein Großteil verstaut war, schloss ich den Deckel des Koffers und probierte wie schwer er war, indem ich ihn aufrichtete. »Das ist jetzt schon zu viel Gewicht, um ihn anzuheben. Der wiegt bestimmt an die fünfzig Kilogramm«, sagte ich: »Holen Sie bitte noch einen zweiten Koffer, damit wir das Geld verteilen können.« Also ging er nochmals zurück ins Schlafzimmer.

Jeder schleppte danach einen der beiden vollen Koffer hinunter in den Empfangssaal, wo der Butler auf uns zu kam und fragte: »Brauchen Sie Hilfe, Sir?«

»Sie könnten mir ein Taxi bestellen«, forderte ich ihn auf. Er ging hinüber zu einer Kommode, um den Anruf zu machen.

Aber ich war ja noch nicht fertig mit Monroe, der neben mir stand und sich nach Atem ringend auf einen der Koffer stützte. Ich sah ihm wieder direkt in die Augen und fragte: »Existieren Beweise für Ihre ungesetzlichen Handlungen?«

Brav antwortete er: »Ich habe die Kontonummern, an die wir Schmiergelder überwiesen haben und Informationen, die benutzt wurden, um Leute zu erpressen. Darunter auch all das, was ich über meine Kollegen und Partner gesammelt habe, um mich notfalls schützen zu können. Und Dossiers mit unseren Strategien.«

Das sollte genügen, um sein ganzes Kartenhaus einstürzen zu lassen, dachte ich mir. Mit besonders eindringlichem Blick sagte ich zu ihm: »Sie sammeln jetzt sämtliche Informationen zusammen, die Sie über Ihre illegalen Aktivitäten haben und gleich morgen früh gehen Sie damit zur Polizei, um eine komplette Aussage zu machen. Und vergessen Sie nicht, vorher alle Überwachungsaufnahmen Ihres Hauses zu löschen, auf denen ich zu sehen bin!«

Bald darauf rief uns der Butler nach draußen in die Dunkelheit. Monroe signalisierte seinen Sicherheitsleuten, auf ihren Posten zu bleiben, als eines der üblichen, schwarzen Cabs die nur teilweise beleuchtete Auffahrt hochgefahren kam und vor uns anhielt. Diese Fahrzeuge besaßen nur einen kleinen Kofferraum, aber einen sehr großzügigen Innenraum für die Fahrgäste. Ich klappte die vordere Sitzreihe hoch, setzte mich hinein und ließ mir vom Butler die beiden Koffer reichen, die dann auf dem Boden vor mir mehr als genug Platz hatten. Monroe ging derweil wortlos und wie unbeteiligt ins Haus zurück. Ich sah ihn nicht mehr, als das Cab mit mir, angeschnallt auf dem hinteren Rücksitz, losfuhr; zuerst langsam den Kiesweg hinunter, durch das Tor und endlich weg aus dieser bewachten Festung.

Beim Anblick der weiten, langen Straße, gehüllt in anonyme Dunkelheit, überkam mich ein Gefühl der Erleichterung. Ich schaute nach hinten. Folgt uns wirklich keiner? Nur die aneinandergereihten Lichtkreise waren auf der Straße zu sehen. Nichts, das sich bewegte. Auf dem Weg in die City ließ ich den Fahrer dennoch ein paar Umwege machen und beobachtete die Fahrzeuge hinter uns, bevor wir schließlich Soho erreichten und in die Archer Street einbogen.

Die Koffer zerrte ich alleine aus dem Cab, bezahlte die Fahrt und stellte beide dann im Haus vor die erste Stufe der Treppe. Einen nach dem Anderen hievte ich sie die Stufen hoch; das Knarren der Treppe passte zur Anstrengung, die mein Körper dabei vollbringen musste. Als ich meine Tür hinter mir abschloss, fühlte ich eine erneute Welle der Erleichterung. Ich setzte mich auf die Bettkante, als die beiden Koffern offen vor mir lagen und genoss den Anblick, der mir absolute Freiheit zu versprechen schien. Kiloweise Stapel gebündelter Fünfzigpfundnoten. Fünfzigtausend Banknoten. Und kein schlechtes Gewissen – im Gegenteil!

Was sollte ich als Nächstes machen? Es gab so viele Optionen, dass mir beim Nachdenken schwindlig wurde. Ich musste logisch vorgehen. Vielleicht, indem ich mich fragte, was mir eigentlich wichtig war? Natürlich, am Ende von Allem wollte ich sagen können: Ich habe etwas beigetragen und die Welt ist nun ein besserer Ort, als zu Beginn meiner Existenz. Aber für mich persönlich, ganz egoistisch gedacht: Was war mir am wichtigsten?

Ich schaute auf die alte, kleine Louis-Quatorze-Kommode, die in diesem dunklen Apartment in der Ecke stand, mit dem Foto von Tante Kate darauf. Sie hatte sie nach einer letzten Aufführung von *Cadmus et Hermione* erhalten, als sie ihr zwanzigstes Jahr für die Oper gearbeitet hatte. Sie wusste nicht, ob sie echt war. Vermutlich nicht. Aber sie stammte aus dem Fundus der Oper, stand während den Aufführungen auf der Bühne und bedeutete ihr deshalb sehr viel. Und mir bedeutete ihr Apartment sehr viel. Es war die Sache in meinem Leben, die ich bestimmt nie verlieren wollte, genauso wie die Erinnerung an Tante Kate. Also dachte ich mir, die beste Investition die ich machen konnte, wäre, die Hypothek aufzulösen und damit ihr Apartment ganz vom Anspruch der Bank zu befreien.

Am nächsten Tag rief ich die Lloyds Bank an und sprach mit Mrs Kingscott, die für Hypotheken zuständig war, um einen Termin mit ihr zu vereinbaren. Etwas später betrat ich am Piccadilly mit hunderttausend Pfund im Rucksack das Gebäude der Lloyds Bank. Zwanzig Bündel waren es genau. Mrs Kingscott führte mich in ihr Büro und ohne Umschweife leerte ich den Inhalt des Rucksacks auf ihrem Schreibtisch aus. Sie stockte einen Moment lang und schaute mich mit großen Augen an:
»Ich nehme an, Sie haben Belege für die Herkunft dieses Geldes mitgebracht?«
»Natürlich«, schmunzelte ich und suggte sie: »Sie haben meine Belege gesehen und bestätigen die saubere Herkunft meines Geldes. Wie viel brauchen Sie, um die Hypothek sofort aufzulösen?«
»Das wären siebenundachtzigtausend, mit den ausstehenden Zinsen, Mr Macrae.«
Die Sache war recht schnell erledigt. Sie machte die nötigen Eingaben auf ihrem Computer, ließ das Geld zum Tresor bringen und eine Besitzurkunde ausstellen für das Apartment.

Die sonst üblichen Stolpersteine im Leben galten für mich nicht mehr. *Sie brauchen zuerst noch einen aktuellen Auszug von der Behörde.* – Zack, schon erledigt. *Sie müssen zuerst beim Amt eine Verfügung beantragen.* – Zack, vergiss es! All die Dinge, die dem kleinen Mann das

Leben schwer machten, waren kein Problem mehr für mich. Als ob ich zu den oberen Zehntausend gehörte. Die mussten sich nämlich auch nie mit Bürokratie-Kram auseinandersetzen, umgingen ihn einfach oder ließen ihn von ihren Anwälten erledigen.

Den Weg zurück ging ich nachdenklich und sehr langsam zu Fuß, das Bike neben mir her schiebend. Ich überlegte mir, wie ich mit dem Geld am sichersten umgehen konnte. Einen kleinen Teil bar zuhause aufzubewahren schien mir sinnvoll zu sein, aber den Rest sollte ich am besten unter Pseudonym auf ein Bankkonto legen, denn bei Zahlungen größerer Beträge würde ich mit Bargeld nur unnötig auffallen.

Meine Schritte führten mich zufällig in die Gegend, in der ich mich normalerweise tagsüber aufhielt. Da ich nun schon einmal in der Nähe war, könnte ich eigentlich auch gleich in der Redaktion vorbeischauen, dachte ich. Ich stieg auf und fuhr zwei Straßen weiter, wo ich am Redaktionsgebäude mein Bike an seinem üblichen Platz ankettete. Dann nahm ich den Lift hinauf in die Etage der Redaktion.

Dort ging es geschäftiger zu als üblich; Redakteure schwirrten herum, reichten einander Blätter, diskutierten aufgeregt. Ich suchte nach Alan, aber die Zone mit dem meisten Trubel umging ich und musste durch die Gänge zwischen den Stellwänden so weit ausholen, dass ich fast bis zu meiner alten Inserate-Abteilung gelangte.

Dort wollte ich gerade bei der Kaffee-Ecke abbiegen, als ich plötzlich völlig überraschend einige Cubicles entfernt ein Gesicht mit auffälligem Schnurrbart erkannte. Dave! Er lief von Abteil zu Abteil und gab Anweisungen, ganz so wie er das immer schon getan hatte. Wieso war der denn wieder da? Aber immerhin wäre das eine Gelegenheit, direkt von ihm zu erfahren, ob er mir auf der Straße gefolgt und mich beobachtet hatte.

Ich machte kehrt und ging auf ihn zu, aber es schien, als ob er sich immer wieder von mir entfernen würde. Hatte er mich kommen sehen? Er bewegte sich in die entgegengesetzte Richtung. Zuerst wenig, dann immer mehr, bis ich mir gewiss war, dass er das mit Absicht tat. Was sollte ich daraus schließen? Ich folgte ihm durch die Reihen, bis ich plötzlich wieder vor der Kaffeemaschine stand. Dort machte ich Halt und ging dann unvermittelt in die Gegenrichtung um die Kaffee-Ecke herum, um Dave von hinten zu erwischen, konnte ihn aber nicht mehr entdecken. Irgendwie hatte er sich davon gemacht oder versteckte sich in einem der vielen Cubicles.

Was solls, dachte ich mir, und entschied mich, nun mein ursprüngliches Ziel aufzusuchen. Ich lief durch die Gänge zurück in Richtung Redaktion und traf Alan in seinem Cubicle.

»Hey, Vaughan. Na, bist du wieder auf den Beinen?«

»Es geht mir gut, ja. Sag, Alan, wieso ist Dave hier? Ich dachte er wurde entlassen?«

»Ja, ja. Wurde er auch«, antwortete Alan konsterniert: »Aber irgendwer soll sich für ihn eingesetzt haben, irgend so ein hohes Tier. Angeblich hat das Verlagsmanagement Atkinson gezwungen, ihn wieder einzustellen. Tja, nun ist er also wieder hier und jetzt wagt erst recht keiner mehr, deswegen aufzubegehren.«

»Übel, so was. Echt übel. Sag, hast du mal mit Dave gesprochen? Hat er dir etwas über mich erzählt oder etwas gefragt?«

Alan antwortete: »Nicht direkt. Man geht ihm ja aus dem Weg, wenn möglich. Aber Ruby und Ron haben mal gesagt, dass er sie genervt hat wegen dieser angeblichen Helden-Story über dich. Er habe sie ausgefragt und wollte nicht locker lassen, obwohl sie ihm sagten, dass das alles nur Blödsinn war, was Ron da in der Sitzung behauptet hatte. Ron konnte sich ja nicht mal selbst daran erinnern.

Aber Dave wollte ihm einfach nicht glauben. Er warnte sie sogar vor dir! Der glaubt wirklich, du seist jetzt so eine Art Dämon, ha, ha!«

Für mich war das eigentlich kein Grund zum Lachen, aber ich tat so, als ob ich es höchst amüsant fand. Konnte Dave sich vielleicht daran erinnern, dass ich ihn gesuggt hatte? Dass ich ihn in die peinliche Situation gebracht hatte? Aber was würde er deswegen unternehmen? Hatte er mir wirklich nachspioniert? An ihn konnte ich ja jetzt nicht mehr heran kommen. Das Beste, was ich im Moment tun konnte, war, Alan zu veranlassen, für mich Augen und Ohren offen zu halten. Ich sagte zu ihm: »Der scheint es auf mich abgesehen zu haben. Also wenn du wieder irgendwas hörst über Dave, kannst du mir Bescheid geben?«

»Ist doch klar«, erwiderte Alan: »Ich würde sowieso jeden warnen, wenn ich merke, dass der es auf ihn abgesehen hat.«

Ich zeigte auf die herumrennenden Leute weiter vorne bei Atkinsons Büro und meinte zu Alan: »Aber sag mal, was ist eigentlich los hier in der Redaktion? Einen solchen Trubel habe ich, glaube ich noch nie erlebt.«

Alan bestätigte meine Vermutung, als er sagte: »Ja, es ist was ganz Unglaubliches passiert heute früh. Ein bekannter, einflussreicher Geschäftsmannes ist auf einem Polizeiposten aufgetaucht und hat eine Selbstanzeige gemacht, die, so wie es aussieht, sehr weitreichende Konsequenzen haben wird. Die Finanz- und die Politik-Redaktion versuchen gerade, sich ein Bild davon zu machen und alle verfügbaren Fakten zusammenzutragen. Atkinson beruft immer wieder dringende Sitzungen ein. Alle stehen unter großem Druck, möglichst schnell und umfassend darüber zu berichten.«

»Interessant. Da bin ich mal gespannt, was dabei rauskommt.«

»Und du, Vaughan? Was denkst du, wann kann ich die nächste Kolumne einplanen?«

Ich machte ein bedauerndes Gesicht und antwortete: »Ich hatte eigentlich vor, Atkinson um eine Auszeit zu bitten. Ich muss mich um ein paar persönliche Sachen kümmern.«
»Nichts Schlimmes, hoffe ich?«
»Nein, nicht wirklich; aber es ist etwas kompliziert zu erklären«, entgegnete ich.
Alan deutete zu Atkinsons Büro hinüber und sagte: »Kein guter Moment, um mit dem Boss zu sprechen.«
»Vermutlich. Sonst ein anderes Mal. Ich geh dann. Melde mich, wenn ich mehr weiß. Bis dann, Alan.«
»Ja, mach's gut. War schön dich zu sehen.«
Natürlich hatte ich in Wirklichkeit nicht vor, die Sache aufzuschieben. Ich ging zum Büro des Chefredakteurs, dessen Tür offen stand und klopfte an den Türrahmen. Als ich eintrat, blickte er nur kurz von seinem mit Blättern überfüllten Schreibtisch auf.
»Keine Zeit jetzt für TV-Kolumnen, Macrae!«, schnauzte er mich an.
Ich ließ mich davon nicht ablenken und ging weiter in den Raum hinein, bis ich direkt vor seinem Schreibtisch stand.
Er schaute erneut auf, machte ein wirklich sehr grimmiges Gesicht und knurrte: »Also was?«
Ich kam mit meiner Sugg gleich zur Sache: »Chef. Sie genehmigen mir eine unbefristete Auszeit. Unbezahlt natürlich, ist okay. Ich will einfach weiter Zugang haben zur Redaktion und Beiträge in verschiedenen, auch in ernsthaften, Rubriken verfassen können, wenn es sinnvoll ist.«
»Okay, okay. Und nun?«, gab er mit rumpelnder Stimme von sich.
Nun musste ich selber überlegen, was ich eigentlich brauchte und sagte: »Jetzt weisen Sie die Personalabteilung an, meinen Vertrag entsprechend zu ändern.«
Atkinson nahm den Hörer in die Hand und sagte: »Angear? Ich

schicke Macrae zu ihnen. Es geht um seinen Vertrag. Er sagt ihnen was er braucht. Klar?«

»Besten Dank«, gab ich von mir und drehte mich der Bürotür zu.

»Ja, ja, schon gut«, rumpelte er hinter mir, während ich den Raum verließ.

Durch den Mittelgang entfernte ich mich aus der Redaktionsabteilung und nahm den Lift in die obere Etage um dort das Büro des Personalchefs aufzusuchen. Angear hatte meinen alten Vertrag schon vorliegen. Ich veranlasste ihn, den Text so abzuändern, dass ich für jedes Ressort nach Belieben tätig sein und kommen und gehen konnte, wie ich wollte. Im Prinzip machte mich das einfach zu einer Art freiem Mitarbeiter.

Zufrieden verließ ich das Gebäude und radelte direkt nach Hause, um mich umgehend noch um mein Geld zu kümmern. In der Wohnung angekommen, kniete ich mich neben die Koffer voller Banknoten. Ich stellte meinen Rucksack daneben und legte zu dem Rest, der sich darin befand, weitere Bündel, sodass schließlich jeder der Koffer nur noch die runde Summe von je einer Million enthielt. Doch an welche Bank sollte ich mich damit wenden? Vorzugsweise eine andere als die, bei der ich mein eigenes Konto hatte.

Ich nahm mein Handy auf und schaute auf die Karte von Soho und Umgebung. Die nächste Bank befand sich lediglich zwei Blocks entfernt, allerdings versprachen die Kommentare nicht viel Gutes. Eine Filiale der HSBC war zwar etwas weiter weg, schnitt aber deutlich besser ab bei den Kundenmeinungen. Die würde schon passen.

Ich suchte auf meinem Handy die Nummer heraus und machte den Anruf: »Hallo. Ich möchte einen Termin um ein Konto bei Ihnen anzulegen. Es geht um eine große Summe.«

Die Dame am anderen Ende musste mich weiter verbinden und eine männliche Stimme meldete sich: »Hier Loxley, Sir. Wie kann

ich Ihnen behilflich sein?«
»Archer ist mein Name. Jonathan Archer. Ich möchte ein Konto eröffnen und bringe eine größere Menge Bargeld. Muss ich dabei irgendetwas beachten?«
»Von was für einer Summe sprechen wir da? Sechsstelliger Bereich? Sieben?«
»Unterer siebenstelliger Bereich«, antwortete ich.
»Nun, sie müssen einen Nachweis erbringen für die Herkunft des Geldes. Und Ihren Ausweis vorlegen. Sie sind Britischer Staatsbürger, nehme ich an? Hier wohnhaft?«
Ich bestätigte seine Fragen und wir vereinbarten einen Termin am Nachmittag. Die Sache machte mich nervös. Wie oft im Leben hat man es schon mit zwei Millionen Pfund zu tun?

Hunger hatte ich eigentlich nicht. Ich aß kaum etwas und trank nur einen Tee zur Beruhigung. Es sorgte mich, was alles schief gehen könnte, wenn ich nun wieder die Koffer auf der Straße herumschleppen musste. Ich versuchte, mich innerlich auf die Sache vorzubereiten, und einige Zeit später stand ich dann wieder unten vor dem Haus und wartete auf das Taxi, das ich bestellt hatte. Die Koffer hielt ich hinter der Haustür bereitgestellt. Ich schaute mich um und wäre nicht überrascht gewesen, wenn Dave irgendwo um die Ecke geäugt hätte. Klar fühlte ich mich beobachtet. War das wirklich geschickt, jetzt mit dem ganzen Geld in der Gegend herumzufahren?

Wie erwartet, war es wieder ein schwarzes Hackney Carriage Cab, der übliche TX mit seinem sympathischen pseudo Oldtimer-Look, das vor meiner Haustür anhielt, und ich verstaute die Koffer auf dieselbe Weise auf dem Boden vor meinen Füßen. Auf der kurzen Fahrt schien uns niemand zu folgen. Sie endete vor einer wuchtig in Barock gehaltenen Fassade, deren Eingangspforte sich an einer abgeschrägten Ecke befand. Nachdem ich sie aus dem Taxi gewuchtet hatte, rollte ich beide Koffer neben mir her durch die Pforte in einen kleinen Schalterraum und verlangte nach Mr Loxley.

Eine Weile darauf kam ein großer, schlanker Mann mit blonden Haaren aus dem Lift auf der anderen Seite des Raumes, sehr elegant in seinem hellgrauen, silbern schimmernden Anzug, um mich zu begrüßen.

»Dies ist das Bargeld, nehme ich an?«, sagte er und deutete auf die Koffer. Ich bestätigte.

»Dann folgen Sie mir bitte, bitte.«

Im Lift wurde es dann so eng, dass wir beide die Koffer auf unsere Füße stellen mussten. Die Kabine fuhr nach unten, bis wir uns aus der unangenehmen Lage wieder befreien konnten. Wir wuchteten die Koffer gemeinsam hinaus auf den harten Filzteppich, und rollten sie durch den, ganz in dunklen Blautönen gehaltenen, spärlich beleuchteten Gang, auf eine große Apparatur zu.

»Bitte hier entlang. Stellen Sie den ersten Koffer in diese Schleuse. Unser Sicherheitspersonal wird nun ein Screening vornehmen. Vorschriften, Sie verstehen ...«

Nachdem beide Koffer durchleuchtet worden waren, begleitete uns ein Sicherheitsmann bis zu einem Tresorraum. Eine Bankangestellte erwartete uns und erklärte, dass sie das Geld hier durch die Zählmaschine laufen lassen werde, um uns danach den ermittelten Betrag mitzuteilen. Es gefiel mir nicht, dass inzwischen drei Personen involviert waren. Loxley stand neben mir, lehnte sich an den Schiebegriff eines kleinen Transportwagens und beobachtete, wie die Geldscheine durch die Maschine blätterten.

Ich sagte zu ihm: »Können wir die Details unter uns besprechen, Mr Loxley?«

»Ja, natürlich. Entschuldigen Sie, Mr Archer.« Er wandte sich der offenen Tresortür zu und erwiderte: »Bitte, folgen Sie mir.«
Er führte mich in den Gang hinaus und zwei Türen weiter in ein kleines, modern, aber einfach ausgestattetes Büro, setzte sich an den Schreibtisch in der Mitte des Raumes und zeigte auf den Stuhl der davor stand. »Nehmen Sie doch Platz, Mr Archer. Nun, um welchen Betrag handelt es sich genau?«
»Es sind zwei Millionen Pfund. Und wie gesagt, müssten wir ein Konto eröffnen.«
»Gut, ja. Kein Problem«, meinte er, während er den Computerbildschirm vor sich einschaltete. Er griff nach der Maus, fuhr einige Male damit hin und her und fragte dann: »Haben Sie mir noch Ihren Ausweis?«
Ich lehnte mich etwas über den Schreibtisch, um Loxley am Bildschirm vorbei anzuschauen, blickte konzentriert in seine Augen, und suggte ihm: »Sie haben meinen Ausweis gesehen und alles ist in Ordnung.«
»Jawohl. Alles in Ordnung«, erwiderte er, schob weiter die Maus herum und klickte einige Male bevor er bemerkte: »Ich bräuchte noch Ihren Ausweis, Sir.«
»Aber Sie haben doch schon …«, setzte ich an und wunderte mich. Doch dann schaute ich ihm erneut ganz bewusst in die Augen und befahl: »Sie haben meinen Ausweis vor sich und registrieren auf Ihrem Computer, dass meine Identität bestätigt ist!«
Loxley blickte auf die Schreibtischplatte vor sich, schaute Hin und Her. Dann schob er die Maus-Matte etwas zur Seite, hob die Tastatur in die Höhe und legte sie auf den Bildschirm. Er schaute mich verwirrt an und meinte: »Der Ausweis, Sir, haben Sie ihn gesehen? Gerade noch lag er vor mir.«
»Äh, … ja. Ich hatte ihn Ihnen gegeben«, sagte ich verunsichert:

»Warum? Sie haben meine Identität doch bereits bestätigt.«
Er erhob sich, schob seinen Stuhl zur Seite und schaute unter den Tisch als er antwortete: »Nein, also; er muss hier irgendwo sein ...«
Plötzlich verschwand er hinter dem Tisch. Dann kam er neben mir am Boden heran gekrochen, schob meine Beine zur Seite, legte den Kopf auf den Boden, um unter die Schreibtisch-Kommode zu schauen und kroch weiter auf allen Vieren zur anderen Seite. Als er schließlich wieder hinter dem Schreibtisch auftauchte, raufte er sich verzweifelt die Haare und ächzte.
»Setzen Sie sich erst mal hin und beruhigen Sie sich«, befahl ich ihm.
Er ließ sich auf den Stuhl fallen und blickte mich mit seinem vor Aufregung rot gewordenen Gesicht an.
»Das verstehe ich einfach nicht«, krächzte er.
Ich suggte ihm: »Jetzt erklären Sie mir mal, was eigentlich das Problem ist.«
»Ich brauche Ihren Ausweis!«
»Ja, das hatten wir schon«, erwiderte ich: »Was wollen Sie denn mit meinem Ausweis machen?«
Er rang nach Luft und antwortete: »Ich muss ihn doch einscannen.«
Nun wurde ich selber langsam nervös. Verwundert fragte ich: »Wieso denn das? Müssen Sie nicht einfach im Computer angeben, dass ich *ich* bin?«
»Ich muss den Scan der Geschäftsleitung senden. Die aktivieren daraufhin dann Ihr Konto«, antwortete er.
Verdammt, dachte ich. Damit hatte ich nicht gerechnet. »Seit wann denn das?«
»Ist so üblich, bei solchen Beträgen«, entgegnete er, »das darf ich nicht alleine entscheiden. Die prüfen Ihre Personalien in einer Datenbank, zu der ich keinen Zugriff habe.«
Ich stand auf und ging in kleinen Schritten hin und her, um nach-

zudenken. Loxley beobachtete mich dabei. Er schien sich etwas beruhigt zu haben. »Kann ich etwas tun, Sir?«, fragte er.
Mir war klar, dass ich nicht aus der Ferne auf jemanden würde Einfluss nehmen können. Also was nun? Ich lehnte mich über den Schreibtisch und suggte ihm: »Ja. Holen Sie den Geschäftsleiter her!«
»Ich fürchte, das ist nicht so einfach«, gab er zur Antwort: »Der befindet sich im Hauptsitz. Der kommt eigentlich nie hierher.«
»Und der Leiter dieser Filiale? Der kann ihn doch dazu bringen. Oder uns zu ihm bringen.«
»Vielleicht«, erwiderte er.
»Also. Bringen Sie uns zum Filialleiter«, verlangte ich.
Loxley erhob sich, rückte seine Krawatte und sein Hemd zurecht und begab sich zur Tür mit den Worten: »Gut. Folgen Sie mir.«
Wir traten auf den Gang hinaus und kaum dass wir ein paar Schritte gegangen waren, kam uns aus dem Tresorraum eine der Angestellten entgegen. Loxley hielt inne und nahm ein Papier entgegen.
»Die Zählung, Mr Loxley«, sagte die Frau: »Genau zwei Millionen.«
Er erwiderte: »Danke, Ms Palmer. Halten Sie das Geld bereit. Wir gehen jetzt für die Formalitäten noch rauf zu Mr Swerling.«
Sie entfernte sich durch die offene Tresortür und wir setzten unseren weg fort. Mit dem Lift gelangten wir zu einer der oberen Etagen. Loxley ging voran und führte mich in ein lichtdurchflutetes Büro, in dem eine Dame an einem Schreibtisch neben einer großen Tür an ihrem Computer beschäftigt war. Als sie aufschaute sagte er: »Wir müssen zu Mr Swerling. Ist er da?«
»Ja, ist er, Mr Loxley. Warten Sie einen Moment, ich melde Sie an.« Sie griff zum Telefonhörer und kurz danach stand sie auf um an die Tür zu klopfen. Dann forderte sie uns auf, hinein zu gehen und machte die Tür hinter uns zu.

Ein Mann mittleren Alters, mit rötlichen, gekrausten Haaren, erhob sich von einem ausladenden Schreibtisch vor der großen Fensterscheibe, von der uns das Licht grell entgegen schien. Er ging auf Loxley zu und reichte ihm die Hand: »Mr Loxley, schön Sie zu sehen.«
»Mr Swerling«, erwiderte er und wies auf mich: »Dies ist Mr Archer. Wir haben da ein Problem wegen der Identifizierung.«
Er reichte auch mir seine Hand und ich suggte ihn sogleich: »Sie befolgen nun meine Anweisungen.«
»Bestimmt, ja«, sagte er.
Ich erklärte: »Ihre Bank soll meine Identität bestätigen, ohne meinen Ausweis sehen zu müssen.«
»Mr Archer will mit zwei Millionen Pfund Bargeld ein Konto eröffnen«, ergänzte Loxley.
»Das ist nicht ganz einfach«, bemerkte er und begab sich nachdenklich zurück zu seinem Schreibtisch, wo er sich an den Rand der Tischplatte setzte. Ich nahm auf einem Sessel daneben Platz und Loxley setzte sich in der Nähe auf einen Stuhl.
Swerling sagte: »Grundsätzlich braucht es hierzu eine Legitimationsprüfung durch die Geschäftsleitung. Ich könnte vielleicht Neil fragen, ob er uns behilflich sein kann. Soll ich ihn anrufen?«
»Bitte«, antwortete ich hoffnungsvoll.
Er nahm den Hörer von dem großen Telefonapparat auf seinem Schreibtisch, drückte ein paar Tasten und schaute abwechselnd zu mir und an die Decke, während er wartete.
»Ja, hallo. Swerling hier. Regent Street. Verbinden Sie mich mit Neil Williams, bitte.« Er blickte wieder einige Zeit herum bis er verbunden wurde. »Neil? Hier ist Josh. Hör mal, ich habe da ein Problem. Ein Klient kann sich nicht ausweisen, möchte aber eine größere Summe deponieren. Was habe ich da für Möglichkeiten? ... Ja,

vielleicht ... Ich weiß nicht ... Moment.« Er hielt mit seiner anderen Hand den Hörer zu und sah mich fragend an: »Er will wissen, weshalb Sie sich nicht ausweisen können. Also, ich sage Ihnen gleich, das braucht sehr spezielle und nachweisbare Gründe, ...«
Nun kam ich wirklich langsam ins Schwitzen. Einen guten Grund liefern, weshalb ich mich nicht identifizieren lassen möchte? Weil ich Monroe sein Bestechungsgeld abgenommen hatte, würde wohl kaum taugen. Es musste seriös klingen.
»Ich äh, ... also, meine Mutter darf nichts davon erfahren.«
»Wegen Ihrer ... Mutter?«, sagte Swerling erstaunt.
Ich nahm Haltung an, machte ein ernstes Gesicht und sagte: »Ja, meine Mutter. Anne Royal.«
Loxley erhob sich unvermittelt mit einem Ruck von seinem Stuhl und verkündete staunend: »Princess Anne Royal ist Ihre Mutter?« Er musterte mich und meinte: »Dann sind Sie, ...?« Er sah mich fragend an, auf meine weitere Enthüllung wartend.
Doch ich sagte nur »Ja, äh ... genau«, denn an ihren Sohn konnte ich mich beim besten Willen nicht erinnern. Doch ich sah Loxley's überraschtem Gesichtsausdruck an, dass das kein Problem sein würde.
»Lord Peter Phillips?« erwiderte er denn auch umgehend, sprach dabei aber unsicher und stockend.
Swerling sah mich abschätzig an und erklärte: »Sie sind nicht Peter Phillips. Nie im Leben. Auch ohne den Titel nicht.«
»Sie sehen Peter Phillips, Sohn von Princess Anne vor sich«, suggte ich ihm mit Nachdruck.
Er nahm sogleich den Hörer wieder ans Ohr und sprach: »Neil. Also, der Klient ist in Wirklichkeit der Sohn von Princess Anne. ... Neil, bist du noch da?« Er lauschte einen Moment, sagte dann, »ja, ist gut«, und legte auf.

»Sie sind nicht ...«, begann Loxley, doch ich unterbrach ihn mit meiner Sugg: »Ich bin Peter Phillips!«
Swerling erhob sich und stand stramm als er sagte: »Es ist mir eine große Ehre, mein Lord.«
Loxley begab sich neben ihn und wollte gerade in die Knie gehen als ich sagte: »Schon gut, meine Herren. Ich bin nicht so formal. Aber wie geht es nun weiter? Was hat Ihr Kollege gesagt?«
»Er macht sich sofort auf den Weg, Sir«, antwortete Swerling.
»Er kommt hierher?«, fragte ich.
»Jawohl, mein Lord.«
Ich musterte die beiden Herren, die in ihren perfekt sitzenden Maßanzügen unterwürfig vor mir standen und wurde mir den alten Klamotten bewusst, die ich trug. Eine lustige Szene.
Ich sagte: »Dann warten wir. Wie wäre es mit einem Kaffee?«
Swerling reagierte bestürzt: »Ja natürlich, Sir. Entschuldigen Sie.« Er ging zur Tür hinüber, um seiner Sekretärin Anweisungen zu geben.

Ich veranlasste die Herren, sich hinzusetzen und Swerling bestand darauf, dass ich auf dem einzigen Sessel im Raum Platz nahm. Die Stimmung blieb angespannt, auch nachdem der Kaffee serviert wurde, denn die Beiden getrauten sich kaum noch, etwas zu sagen und Smalltalk gehörte nicht zu meinen Talenten. Immerhin erfuhr ich von Loxley, dass er ein glühender Verehrer der Königsfamilie war, und deshalb so genau Bescheid wusste.

Bald danach zeigte sich die Sekretärin an der Tür und fragte: »Kann ich noch etwas bringen?«
Wir verneinten alle, aber Swerling meinte: »Sophie, wenn Neil Williams kommt, lass ihn bitte gleich rein, ja?«
»Ist gut«, antwortete sie und verschwand hinter der Tür.

Es folgte wieder einige Zeit der Stille, die Swerling schließlich durchbrach, indem er sagte: »Sir, wenn ich das fragen darf, wieso

brauchen Sie ein Konto unter einem anderen Namen?«
»Ja, das ist so, ...« begann ich und stockte, weil ich es mir selbst noch nicht so genau überlegt hatte. Ich fuhr fort indem ich erklärte: »Also, ich bezahle mit dem Geld die Dienste gewisser, ähm, wie soll ich sagen, ...«
»Ich denke, ich verstehe, Sir«, erwiderte er: »Gewisse Dinge sollten einfach privat bleiben.«
»Ja, nicht wahr?«, bemerkte ich mit einem Grinsen.
Loxley meinte: »Es muss schwierig sein, wenn man von der ganzen Welt so genau beobachtet wird, mein Lord.«
Ich wollte gerade zu einer Antwort ansetzen, als die Tür aufgerissen wurde. Ein beleibter, schwarzer Mann in dunkelblauem Anzug kam herein und marschierte direkt auf Swerling zu mit den Worten: »Josh, mein Freund. Lange nicht gesehen.«
Während Swerling ihn kumpelhaft begrüßte, bewegte sich eine Gruppe von Leuten durch die Tür und blieb hinter Williams stehen. Loxley drehte seinen Kopf in ihre Richtung und sprang plötzlich aus seinem Stuhl auf.

Seine unerwartete Aufregung überraschte mich. Ich erhob mich, um die Unbekannten zu begrüßen und erstarrte vor Schreck! Vor uns stand, in gelbem Jackett und Kleid mit schwungvollem Hut, die Princess Anne Royal höchstpersönlich! Und zwei Begleiter, die sich im Hintergrund hielten. Ich stellte mich neben Loxley, der steif da stand und mit großen Augen geradeaus starrte. Was sollte ich jetzt bloß tun? Die Gedanken rasten in meinem Kopf, Panik kam in mir auf.
Swerling begrüsste die Prinzessin mit einem Knicks und Williams ergriff das Wort: »Majestät, dies ist Filialleiter Joshua Swerling, ein lieber Freund.«
»Mitarbeiter John Loxley, Majestät«, sagte Loxley nervös, als sie sich ihm zuwandte.

Sie dachten natürlich beide, mich nicht vorstellen zu müssen. Aber die Prinzessin, eine ältere Dame mit zierlichen Falten im Gesicht, sah mich fragend an und ich wusste genau, dass jetzt ein heikler Moment gekommen war. Doch ich brachte kein Wort heraus.
Sie sagte: »Und Sie sind …?«
Swerling und Loxley blickten überrascht zu mir herüber. Ich nahm all meinen Mut zusammen, schaute ihr fest in die Augen und suggte: »Aber Mutter, du siehst doch, dass ich dein Sohn bin, Peter.«
Ihr Gesicht zog sich zusammen, als ob sie gerade Zitronensäure erwischt hätte. Sie schaute mir weiter in die Augen und nach einem Moment murmelte sie: »Peter, … ja, Peter, mein Sohn«, und entspannte sich wieder.
Ich drehte meinen Kopf zu Swerling, grinste und erklärte: »Ihr Gedächtnis, … und sie sieht nicht mehr so gut in letzter Zeit.« Dann nahm ich die Prinzessin an der Hand und suggte ihr: »Komm, Mutter, ich muss mit Dir sprechen.« Ich führte sie hinüber zum Fenster, damit die Anderen uns nicht hören konnten und sagte: »Du bestätigst Williams, dass ich dein Sohn, Peter Phillips, bin. Danach gehst du mit deinen Leuten nach Hause und vergisst, dass du hier warst und mich gesehen hast. Okay?«
»Ja, bestimmt, Peter«, erwiderte sie.
Während sie zu Williams hinüber ging und mit ihm sprach, wandte ich mich an die beiden Begleiter der Majestät, die den ganzen Vorgang mit skeptischem Blick beobachtet hatten. Ich suggte jedem von ihnen, zu vergessen, was hier passiert war.
Dann hörte ich Williams sagen: »… Aber Majestät. Der da ist doch viel zu jung, um Ihr Sohn zu sein. Wieso …«
»Moment!«, unterbrach ich ihn und schaute ihm konzentriert in die Augen: »Sie sehen Peter Phillips vor sich.«
Seine dicken, dunkelbraunen Wangen entspannten sich. »Ja natür-

lich, mein Lord«
Ich wandte mich wieder an die Prinzessin und suggte ihr: »Mutter, es ist alles in Ordnung. Ich denke, du kannst jetzt gehen.«
»Wir sollten gehen«, bemerkte sie zu ihren Begleitern und dann zu Williams: »Ich verabschiede mich.«
Williams, Swerling und Loxley machten einen Knicks und die Majestät verließ mit ihren Männern den Raum.

Nachdem Swerling die Tür hinter ihnen zugemacht hatte, wandte sich Williams an mich und sagte: »Lord Phillips, Sir, natürlich registrieren wir sofort ein Konto für Sie. Gar keine Frage!« Er machte eine Handbewegung zu Swerling: »Josh?«
Swerling ging hinüber zu seinem Schreibtisch und erwiderte: »Ja, kein Problem.«
Wir begaben uns alle hinter den Schreibtisch, von wo wir beobachteten, wie er mit Maus und Tastatur seinen Computer bediente. Dann stand er auf und machte den Platz frei für Williams. Der setzte sich vor den Computerbildschirm und bemerkte: »Das Konto soll also auf *Jonathan Archer* lauten?«
Swerling wandte ein: »Wenn ich dazu etwas sagen dürfte, Lord Phillips. Also Ihre Mutter weiß doch jetzt Bescheid. Wollten Sie nicht, dass sie, ...«
»Ach, sie vergisst viel in letzter Zeit«, unterbrach ich ihn, »... und außerdem weiß sie ja nicht, unter welchem Namen das Konto läuft.«
»Sehr geschickt, Sir«, erwiderte er anerkennend.
Williams gab sein Passwort ein, tippte auf der Tastatur und klickte ein paar Mal mit der Maus. Dann sagte er: »So. Erledigt. Dann kannst du jetzt mit den übrigen Formalitäten fortfahren, Josh.« Er erhob sich aus dem Bürostuhl und näherte sich mir mit den Worten: »Es war mir eine Ehre, Sir.«
»Vielen Dank«, erwiderte ich und sagte dann mit Nachdruck: »Und,

Sie vergessen, was Sie heute hier erlebt haben.«
Sein fülliges Gesicht zeigte kurz ein Lächeln, dann begab er sich wortlos zur Tür des Büros und verließ den Raum.
Swerling setzte sich wieder auf seinen Stuhl und erklärte: »Ich muss jetzt hier noch die Herkunft des Geldes vermerken. Was soll ich notieren, Sir?«
»Vielleicht schreiben Sie *Erträge aus Bitcoin-Investitionen*, genügt das?«
Er tippte, klickte und meinte dann: »Gut, ja. Zwei Millionen sind bestätigt.«
Loxley erklärte: »Die Bankkarten sind bereits in Arbeit. Ich werde sie Ihnen bestimmt nachher mitgeben können.«
Swerling holte ein paar Papiere aus seinem Drucker. Er legte sie vor mir auf den Tisch und zeigte auf den letzten Abschnitt: »Wenn Sie hier unterschreiben würden, Lord Phillips.«
Ich griff nach dem Kugelschreiber, den er mir entgegenhielt. »Mit Jonathan Archer, nehme ich an?«
»Genau, Sir«, bestätigte Swerling.
Es war das erste Mal, dass ich mit falschem Namen etwas unterschrieb. Ich stockte für einen Moment; benutzte dann aber meine ganz normale Schreibschrift, in dem Bewusstsein, dass ich sie nächstes Mal identisch würde wiederholen müssen. Swerling ließ nochmals etwas zum Trinken servieren, während wir auf die Karte warteten und ich nutzte die Zeit, um die Beiden die ganze königliche Sache vergessen zu lassen.

Ein Mitarbeiter brachte bald darauf meine Bank- und Kreditkarte. Ich verabschiedete mich von Swerling und Mr Loxley begleitete mich bis zum Ausgang der Bank.

Ich blickte auf die Regent-Street, wartete einen Doppeldecker-Bus ab und ging dann durch die Wagenkolonnen des stockenden Verkehrs auf die andere Straßenseite in eine Gasse hinein. So locker und zufrieden spazierte ich selten durch die Stadt – und bestimmt noch niemals so befreit von allen Sorgen.

Mit der Entspannung meldete sich aber auch mein Hunger, der mir am Mittag gefehlt hatte. Zwar war es noch etwas früh, aber ich würde mir ein reichliches Abendessen gönnen, in einem wirklich noblen Restaurant.

Ich ließ mir Zeit, schlenderte in Soho herum, schaute mir die Menükarten in den Auslagen einiger Restaurants an und stand irgendwann vor einem Schaufenster, in dem Fotos von Immobilien ausgestellt waren. Es waren vor allem Abbildungen von hübschen Fassaden und großzügigen, lichtdurchfluteten und modernen Räumen.

Ich ging zwar weiter, bis ich ein Restaurant fand, das meinen Ansprüchen zu genügen schien und ließ mir ein teures Essen servieren, aber die Fotos der Immobilien gingen mir nicht aus dem Kopf. Und eine neue Idee formte sich: Jonathan Archer brauchte eine eigene Wohnung.

Den Abend verbrachte ich zuhause vor dem Computer und klickte mich durch die verfügbaren Wohnungen. Zentral gelegen, repräsentativ, aber nicht übertrieben teuer, sollte sie sein. Ich wählte die drei Optionen, die mir am besten gefielen und informierte die Immobilienfirmen über mein Interesse.

Dann klingelte mein Handy und Kyle meldete sich: »Hey, mein Freund. Hatte es schon ein paar Mal versucht. Hast dich nie gemeldet. Bist du etwa sauer auf mich oder so?«
»Nein, Kyle. Tut mir leid, ich war einfach zu beschäftigt.«
»Was gibts bei dir?«
Ich antwortete: »Einiges. Also zuerst einmal wird es dich bestimmt

freuen, dass ich deinen Rat befolgt und mir eine Menge Geld besorgt habe.«
»Na also. Wusste doch dass das geht«, entgegnete er begeistert: »Ist doch wichtig dass du unabhängig bist und Zeit hast für, ... also was auch immer. Nicht? Und woher?«
In verhaltenem Ton antwortete ich: »Monroe.«
»Das warst du? Wow! Das kommt überall. Ich fasse es nicht!«
»Ja, aber natürlich wird niemand jemals erfahren, dass ich dahinter stecke. Und wenn ich mir das jetzt so überlege – ich glaube, wir sollten darüber nicht am Telefon sprechen.«
»Schade«, bemerkte Kyle: »Muss unbedingt gleich alles davon hören. Aber ich kann erst am Wochenende ...«
Ich hatte natürlich selber den starken Drang, ihm umgehend die ganze Geschichte genau zu erzählen. Also schlug ich vor: »Wir könnten eine abhörsichere Verbindung aufbauen, eine App mit verschlüsselter Kommunikation benutzen.«
»Ich hab Whatsapp und Skype hier drauf.«
»Nein, Kyle. Das sind die Allerschlimmsten«, zeterte ich.
»Machen die nicht auch alles verschlüsselt?«
»Das sagen die natürlich. Aber da stecken große Konzerne dahinter. Die werten alle Daten aus und verkaufen sie oder schalten Werbung dazwischen. Verschlüsselt sind die höchstens auf dem Weg zu ihren Servern. Nein. Ich glaube Edward Snowden hat da mal eine App empfohlen, die er benutzt.«
»Snowden, der CIA-Whistleblower?«, fragte Kyle.
»Ja, lass mich mal nachschauen.« Ich setzte mich vor meinen Computer und suchte nach dem Interview, das ich einmal gelesen hatte. »Da steht es. Snowden empfiehlt Signal Messenger für verschlüsselte Telefonie, Text- und Videochats. Eine Applikation von einer unabhängigen Stiftung.«

Wir nahmen beide den Download und die Installation vor. Dann beendeten wir das Telefonat und stellten die Verbindung in Signal her.

»Bist du jetzt beruhigt?«, fragte Kyle gleich als Erstes.

»Ja, klar. Jetzt können wir quatschen. Zweieinhalb Millionen!«

»Was?«

»Ich habe Monroe zweieinhalb Millionen Pfund abgenommen.«

Vom anderen Ende der Leitung war ein Röhren und Rumpeln zu vernehmen, dann rief Kyle: »Wow, extrem, der absolute Wahnsinn, du übertriffst alles, das ist der Oberhammer« und ließ mich kaum noch zu Wort kommen.

»Sag mal, bist du sicher, dass du stillhalten kannst?«, sagte ich, als er sich beruhigt hatte: »Ich möchte dich nicht suggen müssen, hörst du?«

»Ja, bestimmt. Versprochen. Sag schon! Wie hast du das gemacht?«

Ich ließ mir viel Zeit dabei und erwähnte jedes kleine Detail meiner Vergeltung an Monroe, und auch meine Begegnung mit Princess Anne. Aber meine Pläne für die Zukunft, die mir selber noch nicht so ganz klar waren, behielt ich vorerst für mich.

Am nächsten Tag läutete kein Wecker. Wozu auch? Trotzdem stand ich recht früh auf, denn ich konnte es kaum erwarten, mir die Wohnungen anzuschauen. Ms Escott von einer der Immobilienfirmen vereinbarte für den Nachmittag einen Termin mit mir, um mir zwei der Objekte zu präsentieren. Für das Dritte musste ich mit einer anderen Firma Kontakt aufnehmen; dort war bereits jemand vor Ort und eine Besichtigung war den ganzen Morgen lang möglich.

Ich hatte so etwas noch nie gemacht, denn als ich damals nach London gekommen war, besorgte mir Kyle gleich ein Zimmer in der WG, in der er wohnte. Später musste ich für Tante Kate sorgen, als sie krank wurde und aus Dankbarkeit hinterließ sie mir ihr Apartment. In London zu wohnen, noch dazu so zentral, war schon lange unbezahlbar für jemanden wie mich. Dreitausend Pfund und mehr im Monat, kosteten die Ein- und Zweizimmerwohnungen, die ich besichtigte. Und das war noch nicht mal oberstes Preissegment, sondern nur etwas bessere Mittelklasse.

Ich musste nicht lange überlegen: Die Zweizimmer-Dachwohnung am Grafton Way war genau richtig für mich. Nur wenig nördlich von Soho, an einer etwas ruhigeren Straße nahe eines Parks gelegen. Modern ausgestattet, zwei großzügige Zimmer mit schrägen Decken und prominenten alten Dachbalken. Direkt neben dem Hauseingang befand sich sogar ein schickes Restaurant – man hatte also praktisch Room-Service.

Spontan sagte ich zu, doch Ms Escott meinte, es gäbe noch andere Interessenten, aus denen sie den Passenden auswählen würden. Das brauchte mich natürlich nicht aufzuregen, denn ich suggte ihr sogleich: »Sie vergeben die Wohnung an mich!« Und schon am nächsten Tag konnte ich den Vertrag unterschreiben. Eine weitere Sugg und Ms Escott bestätigte meine Identität als Jonathan Archer. Sie meinte, die Wohnung wäre zu Beginn der folgenden Woche bezugsbereit.

Das alleine war schon sehr aufregend für mich. Aber hinzu kamen zwischendurch noch die spannenden Nachrichten, die ich als heimlicher Verursacher natürlich intensiv verfolgte. Man konnte ihnen ohnehin kaum aus dem Weg gehen, denn die verschiedenen Medien versuchten einander mit ihren Schlagzeilen und Spekulationen zu übertrumpfen. Unter Anderem war nämlich durchgesickert, dass der bekannte und umtriebige PR-Berater Dr Monroe mit seiner Selbstanzeige auch Politik und Pharmaindustrie in

Erklärungsnöte gebracht hatte, so dass noch viele weitreichende Enthüllungen zu erwarten waren.

Die nächsten Tage geriet ich in großen Stress. Einkaufen konnte tatsächlich in Arbeit ausarten, so was war für mich bisher unvorstellbar gewesen. Dass man sich nicht nur auf die billigen Sachen beschränken musste, sollte doch eigentlich mehr Spaß machen. Aber plötzlich hatte ich eine schier unendliche Auswahl und konnte mich nicht entscheiden, wo ich überhaupt anfangen sollte.

In einem vornehmen Möbelgeschäft merkte die Verkäuferin, dass ich nahe am Verzweifeln war, und bot mir eine komplette, geschmackvolle Einrichtung der Wohnung an. Sie meinte, dass sie das oft so machen würden, denn vielen vermögenden Leuten sei es zu mühsam, selbst eine Auswahl zu treffen. Oder ich könne auch einfach ein ganzes Setting komplett übernehmen, so wie es in der Ausstellung stand. Hätte ich mich nicht schon andernorts in ein wunderschönes, romantisch wirkendes Bett und einen tollen, verzierten Tisch verguckt, ich wäre vielleicht auf den Vorschlag eingegangen.

So lief ich weiter durch die Reihen und bestellte dies und das, um es mir in die neue Wohnung liefern zu lassen. Als ich gerade in Gedanken vertieft auf einen großen Spiegel schaute, fiel mein Blick auf ein bekanntes Gesicht. Ich sah irgendwo weit hinten im Raum, hinter meinem Rücken, wie Dave zwischen den dekorierten Betonsäulen umherschlich. Sofort drehte ich mich um und sein Kopf verschwand im selben Moment hinter einer Säule. Mit fixem Blick dorthin gerichtet, setzte ich mich in Bewegung. Auch da reagierte er umgehend und trat den Rückzug an, zuerst rückwärtsgehend, während er mich weiter beobachtete, bis er fast über eine Frau stürzte, die sich gerade hinter ihm in der Hocke befand, weil sie in einer Schachtel wühlte. Daraufhin drehte er sich um und hastete los, immer nahe daran, über Warenstapel zu fallen, während ich in gleichmäßig schnellem Gang versuchte, ihm näher zu kommen. Ich fühlte mich wie der Terminator, der unaufhaltsam auf die Verfolgung seiner Zielperson programmiert war. Zu gerne hätte ich gewusst, wie lange er mich schon verfolgt hatte und was er damit bezweckte.

Am Ende des langen Saals des Möbelgeschäfts riss Dave die Tür des Notausgangs auf und stürzte nach draußen. Ein Alarm ging los und Angestellte tauchten auf, um die Kunden zu den Ausgängen zu winken. Ich schaffte es gerade noch, vor einer ersten Gruppe zur Tür zu gelangen, und rannte ebenfalls nach draußen. Dave stand weiter vorne an der Hauptstraße, wartete einen der roten Busse ab und hastete dann, dem übrigen Verkehr ausweichend, auf die andere Seite zu einer Tankstelle. Bis ich an der Straße war, hatte er die Zapfsäulen schon hinter sich und näherte sich einem Motorrad-Shop, hinter dem er um die Ecke verschwand.

Bis ich an dieselbe Ecke gelangte, war ich sicher, dass er sich längst außer Sichtweite befand. Doch ich sah ihn noch den ganzen Weg entlang einer Sporthalle rennen, bis zum nachfolgenden Wohnblock, sodass ich lange Zeit geradeaus hinter ihm war, bis er wieder um eine Ecke bog. Von da ging es zurück zur Hauptstraße und mir wurde klar, dass er wohl irgendwo in der Nähe geparkt haben musste. Nun hatte er bestimmt genug Zeit, um in seinen Wagen zu steigen. Tatsächlich sah ich ihn erst wieder, als er in seinem Van an mir vorbeifuhr und mir den Finger zeigte. Nun war es also offiziell: Er wusste, dass ich wusste, dass er hinter mir her war.

Als ich mein Bike holen ging, fiel mir gleich die Schlagzeile auf einer Zeitungsbox auf: *Monroe zieht Aussage zurück.* Ich erschrak, kaufte mir sofort ein Exemplar und machte mich auf den Weg zur

Archer Street, um mich zu Hause in Ruhe über die neusten Entwicklungen zu informieren.

Es hieß, dass Monroe kurz nach seiner Selbstanzeige alles widerrufen hatte. Es entspräche nicht der Wahrheit, dass er, seine Firma und die Healthcare Alliance Politiker und Wissenschaftler geschmiert und erpresst oder Studien gefälscht hatten. Was den Commissioner of Police am meisten verblüffte, war, laut seiner Aussage, dass Monroe felsenfest davon überzeugt war, niemals eine solche Selbstanzeige gemacht zu haben. Er verkündete außerdem, dass sich trotz des nachträglichen Dementis nichts ändere, da Monroe bereits alle notwendigen Beweise für eine Anklage geliefert hatte.

Für jeden Talk-Show-Komiker war das eine unwiderstehliche Steilvorlage; auf allen Sendern amüsierte man sich köstlich über Dr Monroe. Meine Racheaktion hatte Auswirkungen auf beinahe jedes Ressort der Zeitung. Im Wirtschaftsteil diskutierte man die sinkenden Aktienkurse der Pharmariesen und die Köpfe, die voraussichtlich rollen würden. Unter *Politik* wurde bekannt gegeben, welche Kommissionen eingesetzt würden, um die Machenschaften der Healthcare Alliance zu untersuchen. Außerdem verkündete man Neuwahlen, weil sich abzeichnete, dass fast die Hälfte der Parlamentsmitglieder in den Fall involviert war. Der Wissenschaftsteil versuchte aufzudecken, welches die gefälschten Studien waren und weshalb sie niemandem aufgefallen waren, während unter *People* Monroes Verwandten- und Bekanntenkreis abgehandelt wurde. Keinen Bezug zu der Sache fand sich eigentlich nur beim Wetter, obwohl man dort durchaus hätte schreiben können, dass für die betroffenen Politiker nun Gewitterwolken aufzogen.

Für mich von größerer Bedeutung war die Erkenntnis, dass meine Sugg nur begrenzt gehalten hatte. Sie hatte funktioniert, bis

Monroe am nächsten Tag wie geheißen zur Polizei gegangen war. Aber wann genau hatte sie sich aufgelöst? Bei meinem Nachbarn hatte sie sicher zehn Stunden gehalten. Bei Monroe waren es mindestens dreizehn gewesen, angenommen, dass er am nächsten Tag um acht Uhr auf der Wache aufgetaucht war.

Etwas piepste von meinem Handy und das Display leuchtete auf mit einer Nachricht.

@Vaughan: Wahnsinn in den Nachrichten. Kannst du reden? Kyle.

Ich aktivierte den Anruf-Button und Kyle meldete sich: »Hey. Hast du die Nachrichten verfolgt heute?«

»Hallo Kyle. Ja, klar. Ich staune selber, wie groß das Ganze geworden ist.«

»Konnte es kaum abwarten, endlich mit dir darüber zu quatschen. Mann, du hast da was ins Rollen gebracht. Das ganze Land spricht von nichts Anderem. Endlich bin ich mal voll dabei, wenn was passiert, und dann darf ich nichts sagen. Echt unfair, so was. Wie ein Sechser im Lotto, aber das Geld dann nur zum Angucken. Fies!«

»Ich verstehe dich ja, Kyle, aber du und ich, wir sind die Einzigen, die davon wissen und das muss so bleiben. Ähm ... das heißt, außer Dave ...«

»Welcher Dave?«

»Mein früherer Chef bei der Zeitung«, antwortete ich: »Der ist neugierig geworden.«

»Sugg ihn doch einfach.«

»Werde ich. Aber momentan komme ich nicht an ihn ran. Aber hey, bei einer anderen Sache kannst du mir vielleicht behilflich sein. Ich muss herausfinden, um welche Zeit genau Monroe seine Aussage zurückgezogen hat. Lies alles, was du in die Finger kriegst. Schau dir alle Sendungen an und gib mir Bescheid, falls du etwas herausgefunden hast.«

Ich war froh, Kyle eine Aufgabe geben zu können. Es würde ihm guttun, nicht nur Mitwisser zu sein, sondern auch mal etwas beitragen zu können.
»Okay, mache ich«, erwiderte er und in seiner Stimme war deutlicher Enthusiasmus zu hören.

Anschließend rief ich gleich Alan an, um mich zu erkundigen, ob er etwas Neues in Erfahrung gebracht hatte über Dave. Alan erwiderte: »Nicht viel. Ich habe nicht mit ihm gesprochen, was mir auch lieber ist. Aber Ruby hat mir erzählt, Dave habe damit angegeben, er werde seinen Schwager, einen einflussreichen Politiker, auf dich ansetzen, da du ja eine Gefahr für die Öffentlichkeit seist. Und er gab wieder das Dämonen-Geschwafel von sich.« Alan lachte darüber. Aber ich nahm es mit Sorge auf und bat ihn: »Wenn es geht, könntest du mir den Namen des Schwagers liefern? Das wäre mir eine große Hilfe. Mit solchen Anschuldigungen könnte mir Dave noch viel Ärger bereiten!«
»Ja. So was sollte man nicht unterschätzen. Vor allem hier im Verlag. Klar, ich geb dir Bescheid«, meinte er, dann verabschiedeten wir uns.

Endlich war es so weit. Auf dem Weg zur neuen Wohnung achtete ich nun besonders darauf, dass mir niemand folgen konnte: Mein Leben als Archer musste völlig getrennt sein von meinem alten Dasein, denn so konnte ich mich vielleicht vor Daves Neugierde schützen. Ein großer Vorteil, wenn man mit dem Bike unterwegs war. Es gab Unmengen an Abkürzungen, die man nehmen konnte, und man hatte dabei stets einen guten Überblick.

Ms Escott erwartete mich vor dem Haus am Grafton Way, um mir den Schlüssel für meine, nein, *Mr Archers* neue Dachwohnung zu übergeben. Sie informierte mich noch über ein paar technische Details. Dann war ich erstmals alleine in der Wohnung.

Ich schaute in alle Schränke, probierte die sanitären Einrichtungen, genoss die Aussicht aus jedem der Fenster, saß lange Zeit in der Mitte des leeren Wohnzimmers auf dem honiggelben, rustikalen Holzfußboden und hörte mir den Klang meiner Stimme an, weil es in dem leeren Raum so schön hallte.

Gegen Mittag ließ ich mir eine Pizza liefern und beschloss, mir in Zukunft noch so einiges liefern zu lassen. Zum Beispiel einen neuen Computer, damit ich mir die Sachen bequemer aussuchen konnte, die ich mir liefern lassen wollte.

Ich war versucht, kurz in die City zu fahren, weil ich es nicht anders gewohnt war, aber ich musste hier sein, falls die Möbel ankamen. Also bestellte ich mir telefonisch einen der neusten und größten Laptops – per Express-Kurier umgehend geliefert. Während ich bald darauf den Laptop und Konten für meine neue Identität einrichtete, kamen die ersten Möbel und die Nacht verbrachte ich dann bereits in meinem neuen Bett – in Kleidern, denn natürlich hatte ich weder an ein Pyjama noch an Kissen oder Bezüge gedacht.

Entsprechend ging es am nächsten Tag weiter: Zuerst Bestellungen im Online-Shop für Bettwäsche, dann Handtücher und Ausstattung fürs Badezimmer. Als Nächstes fehlte es an Unterhaltung, also verbrachte ich die folgenden Stunden damit, die besten Empfehlungen und schnellsten Lieferanten für ein möglichst großes Fernsehgerät zu finden – fünfundachtzig Zoll mussten es schon sein – und eine möglichst klangtreue Stereoanlage – dreihundertvierundachtzig Kilohertz DAC und dual konzentrische Tannoys. Dazwischen wurde ein Mittagessen geliefert, dann ein paar Möbel und schließlich das Abendessen. Die Lieferanten hielten einander die Tür offen. Im Laufe des nächsten Tages war die Wohnung komplett eingerichtet und ich konnte es mir so richtig gemütlich machen, während ich all die neuen Geräte ausprobierte.

Nun brauchte ich wirklich gar nicht mehr aus dem Haus zu gehen. Sogar den Lebensmitteleinkauf erledigte ich online. Ich verfiel wieder in die alte Gewohnheit, mir Episode um Episode von Serien reinzuziehen, nur konnte ich das nun tagelang machen, praktisch ohne Unterbrechung. Dazwischen unterhielten mich die Neuigkeiten über den Monroe-Skandal mit Milliarden Schadenersatzforderungen an die Pharmaindustrie, Entlassungen von Managern und Amtsenthebungsverfahren von Politikern, Richtern, Beamten. Das Ganze schien kein Ende zu nehmen; jeder hing am Tropf von noch jemand anderem.

Kyle und ich schickten einander Texte hin und her, um die Nachrichten zu kommentieren und er ließ mich wissen, dass es ihm bisher noch nicht gelungen war, herauszufinden, bis wann Monroe gesuggt geblieben war. Ich beschränkte mich bewusst auf Textnachrichten und musste Ausreden erfinden,um ihm nicht erklären zu müssen, was ich im Moment so trieb. Tatsächlich wäre es mir unangenehm gewesen zugeben, dass ich im Luxus schwelgte, während er sich abrackerte.

Dennoch hielt mich das nicht davon ab, es weiter zu genießen. Irgendwann bekam ich Lust, ein bisschen auf einer Gitarre herum zu zupfen, also ließ ich mir ein ganzes Set liefern, inklusive Verstärker – und es verstand sich natürlich von selbst, dass es nicht das kleinste, billigste Modell sein durfte. Um es richtig zu lernen hatte ich dann aber zu wenig Geduld und eigentlich keine Ahnung vom Musizieren – in *Guitar Hero* schien mir das alles so viel einfacher zu sein. Seither steht das Ding in einer Ecke.

Ein Teleskop wollte ich auch schon lange mal besitzen. Der hundertdreißig-Millimeter apochromatische Refraktor für neuntausend Pfund sah dann auch wirklich imposant aus. Aber an dem einen Abend brachte ich es nicht fertig, ihn korrekt auszurichten.

Ohnehin gab es über London, erst recht aus dem Wohnzimmerfenster heraus, kaum etwas zu sehen, an dem man sich orientieren konnte.

So gingen zwei Wochen schnell vorbei, ich fand immer wieder irgendetwas, das ich schon immer mal hatte haben wollen. Ein Anruf von Alan holte mich schließlich wieder auf den Boden zurück. Er sagte mir am Telefon: »Hey, du hast mir nicht mitgeteilt, dass du einen anderen Vertrag bekommen hast. Machst du die Kolumne nicht mehr weiter?«

»Tut mir leid, Alan. Ich hatte wirklich vergessen, es dir zu sagen, bei dem ganzen Stress bei euch und auch bei mir. Ich brauche einfach im Moment mehr Zeit für mich.«

»Kein Problem. Also, ich hab da was für dich. Du hast mich doch nach Daves Schwager gefragt. Es ist Minister James Grover.«

»Ex-Conservative-Leader Grover?«

»Genau der«, erwiderte Alan.

»Da bin ich baff«, sagte ich: »Mit so einem hohen Tier hatte ich nicht gerechnet.«

»Ja, kein Wunder, dass Dave seinen Job zurück bekommen hat«, erwiderte Alan.

»Denkst du, auch Grover ist vom Monroe-Skandal betroffen?«

Er antwortete: »Bisher nicht, soviel ich weiß. Also, ich muss hier weiter machen. Bye!«

»Danke dir Alan, bis bald.«

Das hatte mich wachgerüttelt. Ich konnte ja nicht ewig auf der faulen Haut liegen. Ich bekam Lust, mal wieder was zu tun und aus dem Haus zu gehen. Zwar wusste ich gerade nicht, was ich gegen Dave und diesen Grover würde unternehmen können, aber ich wollte nun wenigstens endlich in Erfahrung bringen, wie lange meine Sugg bei Monroe gewirkt hatte.

Zudem musste ich einkaufen gehen, weil Archer nur ein einziges Set Kleidung besaß, das zudem auch gar nicht zu ihm passte. Also legte ich den Bademantel ab, den ich die letzten Tage getragen hatte und zog an, was gerade da war, um mich auf mein Bike zu schwingen.

Ich fuhr am Fitzroy Square Garden vorbei Richtung Paddington und hielt erst wieder an, als ich auf dem großen Platz des Westfield- Einkaufscenters angekommen war. Ich schloss mein Bike an eine Absperrung vor einer der großen Glasfassaden und trat unter der riesigen Glaskuppel durch die Eingangstüren. Es war nur wenig Publikum unterwegs. Der helle Marmorboden glänzte, die hohen Glasfronten der Läden spiegelten und dann befand ich mich in einer der riesigen, Lichtdurchfluteten Hallen.

Es dauerte ziemlich lange, bis ich mich für einen Kleiderladen entscheiden konnte. Mr Archer sollte all das sein, was ich nie war; ein geschniegelter Unternehmer, dem der Erfolg ins Gesicht geschrieben stand. Doch ich war so ganz und gar nicht mit dieser Art von Herrenkleidung vertraut.

Eine Verkäuferin begrüßte mich, trotz meiner schäbigen Erscheinung, freundlich und ich war selber überrascht, wie überzeugend ich wirken konnte, als ich etwas schwülstig improvisierte: »Meine liebe Dame, wie Sie sehen, hatte ich einen Notfall und musste mir etwas zum Anziehen borgen. Schüttet der Mechaniker doch das Öl über mich statt in meinen Bentley. Ha, ha! Ist das denn zu glauben?«

»Das ist ja furchtbar, Mr ...?«

»Bentley, äh ... Archer ist mein Name natürlich, Archer.«

»Also Mr Archer, wir finden bestimmt etwas Passendes für Sie.«

Sie zeigte mir ein paar Kombinationen und ich war wirklich froh um die Beratung. Ich hatte seit meiner Jugend keine Anzüge mehr getragen. Nach einigem Anprobieren entschied ich mich für drei Anzüge und behielt den Letzten gleich an. Sie kam dann noch mit einem Bündel Socken und hatte sogar eine Auswahl Schuhe im Laden. Damit begab ich mich zu einem Sessel am Übergang zur Damenabteilung, um einige der Schuhe anzuprobieren. Leider waren gerade die, die mir am besten gefielen, etwas zu klein geraten und ich reichte sie der Verkäuferin. Als sie sich damit entfernte, um nachzuschauen, ob sie auch größer an Lager waren, tippte mir jemand auf die Schulter.

»Vaughan? Bist du das?«

Ich richtete mich auf und sah Jessica neben mir stehen.

»Wow, du hast dich ja gemacht. Super siehst du aus. Jetzt plötzlich so elegant! Wie geht's dir so?«

»Hallo Jessica. Danke, bestens. Dir auch, wie ich sehe?«

»Ich bin mit meiner Freundin am Shoppen.« Sie zeigte auf eine junge Frau, die uns aus der Distanz beobachtete und mir dann zuwinkte. Auch Jessica war eleganter gekleidet als üblich und sie sah wirklich toll aus.

Natürlich kam in dem Moment die Verkäuferin zurück und verkündete: »Mr Archer, ich habe ein Paar in Ihrer Größe gefunden.«

»Archer?«, fragte Jessica: »Wieso *Archer?*« Sie sah mich mit einem Blick an, der irgendwo zwischen Irritation und Empörung lag, aber bevor sie noch etwas sagen konnte, zischte ich ihr eine Sugg entgegen: »Ihr müsst jetzt gehen.«

Noch mit demselben Ausdruck im Gesicht entfernte sie sich langsam, schwenkte ihre Hand und meinte: »... müssen weiter, bye!«

Ich kam ganz schön ins Schwitzen, aber ich fand, am Ende nutzte ich meine Fähigkeit doch schon ganz virtuos. Die Verkäuferin schien jedenfalls nichts Ungewöhnliches bemerkt zu haben. Ich ließ sie alles einpacken und bezahlte mit Archers Kreditkarte.

Als ich in meinem schicken dunklen Anzug das Einkaufscenter verließ und zu meinem Bike ging, kam ich mir plötzlich komisch vor. Ich betrachtete mein Spiegelbild im Glas des Schaufensters und überlegte, ob ich mich ernsthaft so auf den Sattel schwingen sollte. Es musste unangenehm sein, mit solchen Hosen – und überhaupt; hatte ich nicht vorhin etwas von einem *Bentley* gesagt? Ich zückte mein Handy und durchsuchte die Karte zu dem Stichwort. Zwei Händler fanden sich in der näheren Umgebung. Ich musste einen Moment überlegen, ob ich die Strecke wirklich mit dem Bike zurücklegen wollte und entschied mich dann dafür, ein Taxi zu bestellen.

In einem Industriequartier weiter westlich stand ich schließlich vor der Barriere eines großen Parkplatzes. Es sah vielversprechend aus, denn er war angefüllt mit Luxuswagen verschiedener Hersteller. Kaum dass ich die Barriere umgangen hatte, kam auch schon ein Verkäufer auf mich zu. Man achtete wohl gut darauf, was auf dem Platz vor sich ging.

»Vermieten Sie Bentleys?«, fragte ich. Eigentlich hätte es jede Marke sein können, die sie anzubieten hatten, aber diese hatte eben schon den besonderen Klang.

»Wir haben zwar aufgehört, uns auch als Vermieter zu präsentieren, es war zu wenig gefragt. Aber wenn Sie wollen, können Sie einen der Second-Hand-Wagen mieten. Kommen Sie, schauen Sie sich einfach mal an, was wir da haben.« Er führte mich zum äußersten Teil des Parkplatzes, wo die Wagen noch mit Preisen angeschrieben waren. »Hier zum Beispiel: Diesen Bentley Continental gebe ich Ihnen für fünfhundert Pfund pro Tag.«

Ich wusste noch nicht, wie lange ich so einen Wagen fahren würde, aber fünfzehntausend pro Monat war es mir nicht wert. Zudem war das Fahrzeug für etwas über sechzigtausend zu haben. »Ehrlich gesagt, dann kaufe ich ihn mir lieber, oder vielleicht den da …«

Daneben stand ein Cabrio mit offenem Verdeck.
»Wir haben noch andere Marken, schauen Sie sich ruhig noch etwas um.«
»Solange es kein Porsche ist, so was finde ich dann doch ziemlich peinlich.«
Er lachte. »Geschmacklos, ja. Raten Sie mal, welche Marke wir hier nicht führen.«

Auch ein Aston Martin hätte mir gefallen, doch die sportlichen Wagen waren ziemlich eng zum Sitzen. Meine Vorstellung ging eher in Richtung einer komfortablen Limousine. Selbstverständlich musste ich mir einen Rolls Royce ansehen, auch wenn mir selbst ein Gebrauchter noch zu teuer war. Darin zu sitzen war ein unglaubliches Gefühl. Alle Materialien nur vom Besten, mit jedem nützlichen Detail, das man sich nur vorstellen konnte.

Unter all den bezahlbaren Wagen wurde es am Ende dann doch ein Bentley und die klassischste Form, die sie hatten: Ein Mulsanne in Dunkelgrau, für achtundsechzigtausend Pfund und mit einem Sitzgefühl, das für mich nahe genug an das des Rolls herankam.

Ob bei so einem Preis damit alles in Ordnung war? Der Verkäufer führte mich ins Büro und ich suggte ihm: »Sie sagen mir jetzt, falls ich hier ein schlechtes Geschäft mache.«
»Nein, da können Sie unbesorgt sein. Wirklich. Und unsere Garantie ist seriös. Geld zurück, wenn Sie nicht zufrieden sind.« Wir erledigten den Papierkram, während der Wagen klar gemacht und eine provisorische Nummer montiert wurde.

Ich war lange nicht gefahren. Obwohl ich einen Führerschein besaß, hatte ich nie einen eigenen Wagen besessen und nur ab und zu den kleinen Golf von Jessica benutzt. Der Bentley fuhr praktisch von alleine, rollte wie auf Wolken. Langsam und vorsichtig glitt ich damit durch das Tor vom Platz der Garage, durch die Straße des Industriequartiers und fuhr zurück in Richtung Einkaufszentrum. Dort angekommen, manövrierte ich neben der Busstation vorbei auf den Gehweg und rollte wie selbstverständlich mit dem Wagen mitten über den Platz, bis zum Schaufenster, neben dem mein Bike stand.

Kaum dass ich ausgestiegen war, bemerkte ich auch schon einige neugierig blickende Passanten, darunter ein Junge, der begeistert auf meinen Wagen zeigte. An die Aufmerksamkeit, die so eine Limousine auslösen würde, hatte ich gar nicht gedacht.

Als ich den Kofferraum öffnete, wurde mir gleich klar, dass er viel zu klein war für mein Bike. Ich musste es gar nicht erst probieren. Dann würde ich mich eben ein anderes Mal darum kümmern und das Bike vorerst hier stehen lassen.

Die Hand an der offenen Tür, wollte ich gerade einsteigen, hielt dann aber inne und stützte meinen Arm auf das Dach. Was hatte ich ursprünglich eigentlich im Sinn gehabt, als ich das Haus verließ? Kleider kaufen, ja. Aber die brauchte ich, weil? Ach ja, richtig. Ich wollte herausfinden, wie lange die Sugg bei Monroe gehalten hatte. Dann würde ich als Nächstes also zu der Polizeiwache fahren, wo Monroe seine Aussage gemacht hatte.

Als ich meinen Arm vom Dach nahm, bemerkte ich, dass jemand auf mich zukam und drehte mich um.

»He, Vaughan, du hast ja noch mehr Überraschungen parat!« Es waren Jessica und ihre Freundin, beide mit einigen Taschen unter dem Arm.

»Oh, hallo noch mal«, erwiderte ich verlegen: »Ihr macht aber einen langen Einkaufsbummel heute.«

»Wir waren noch essen und du weißt ja, wenn ich shoppen gehe … Sag mal, ist das dein Wagen? Ist ja Wahnsinn! Dass du dir plötzlich so was leisten kannst?«

Ich grinste und antwortete kleinlaut: »Doch, ja. Weißt du, ich arbeite jetzt in der Redaktion.«
Sie schaute sich den Wagen mit großen Augen an und mich auch. Dabei streichelte sie mit den Fingern über den Lack, und meinte: »Das hätte ich dir nie zugetraut. Und warum stehst du jetzt hier?«
»Ich wollte nur mein Bike ... äh, in den Bike-Shop, um mir die neuen Fahrräder anzusehen ... Aber jetzt muss ich zurück in die City. Wollt ihr mitfahren?«
Ich sah ihr sofort an, dass sie bei so einem Wagen nicht ablehnen würde. Aber ihre Freundin meinte: »Ich kann leider nicht. Ich habe meinen eigenen Wagen hier.«
»Macht es dir was aus, wenn ich ...«, fragte Jessica sie.
Und sie erwiderte: »Nein, kein Problem. Nur schade, dass ich nicht auch mitkommen kann. Geh du nur.« Sie gab Jessica ein Küsschen und sagte mit einem Augenzwinkern: »Ich sehe dich dann heute Abend.«

Ich hielt Jessica die Beifahrertür auf und sie ließ sich auf den fürstlichen Sitz fallen. Sie genoss es merklich, schaute sich bewundernd in dem Wagen um und strich mit ihren Fingern über die verschiedenen Materialien.
»Das ist schon etwas Anderes als in deinem alten Golf«, sagte ich, während ich mich im Fahrersitz anschnallte. Und als ich den Bentley langsam über den Platz auf die Straße zurück steuerte, fragte sie: »Warum *Archer?*«
»Was?«
»Die Verkäuferin nannte dich *Mr Archer.*«
»Ach so, nur mein Pseudonym bei der Zeitung.«
»Seltsam. Ist so was denn üblich?«
Sie ließ nicht locker, also warf ich ihr meinen strengen Blick zu, um sie zu suggen: »Vergiss die *Archer*-Sache.«

Ich musste daran denken, dass ich entschieden hatte, sie nicht mit einer Sugg zurückzugewinnen. Es wäre so einfach gewesen. Aber ich wollte wissen, wie die Chancen jetzt noch standen, ohne zu tricksen. Ich meine, ein Typ wie ich und eine Frau wie sie. Nicht, dass ich mich als hässlich empfunden hätte – sie selbst hatte immer gesagt, dass sie mich charmant fand. Aber mit meiner schlaksigen, nerdigen Art und meinem bescheidenen Job hätte ich damals nie das nötige Selbstvertrauen gehabt, um sie überhaupt anzusprechen. Wir waren Arbeitskollegen gewesen und es hatte sich einfach so ergeben, dass wir miteinander ins Gespräch kamen.

Während wir auf den Straßen in Richtung City cruisten, schaute ich ihr nochmals in die Augen – ein bisschen riskant für einen ungeübten Fahrer wie mich – und suggte sie: »Sag mal, weshalb genau hast du mich verlassen? Was dachtest du über mich?« Ich bereitete mich innerlich auf einen harten Schlag vor, wie man ihn halt erlebt, wenn einem der rosa Schleier idealisierender Realitätsverzerrung entrissen wird.

»Vaughan, ich mochte dich immer sehr. Deine Zuverlässigkeit, deine Loyalität und Treue. Aber du kamst nie vom Fleck, hast dich nicht bemüht, etwas aufzubauen und mehr aus dir zu machen. Ich sah einfach keine Zukunft mit dir. Dann traf ich Paul ...«

Ich schluckte hart, denn ich hörte zum ersten Mal von einem Paul.

»... der mich so beeindruckte mit allem, was er am Laufen hatte. Durchtrainiert. Super Body. Erfolgreich im Job. Ich konnte ihm nicht widerstehen. Da wusste ich, dass du nicht der Richtige für mich bist.«

»Hattest du vorher mit ihm ...?«

»Ich habe noch am selben Tag mit dir Schluss gemacht.«

»Ach, deshalb ging das so schnell ...«

»Es tut mir leid, Vaughan.«

»Und jetzt bist du also mit diesem Paul zusammen«, sagte ich.
»Nein, das ging nur kurz. Er war zu beschäftigt für eine feste Beziehung. Natürlich sagte er das erst zwei Wochen später. Er war genau das andere Extrem.«
»Extrem von was?«, fragte ich neugierig.
»Na, zuerst du, treue Seele, der mit allem zufrieden war, und dann er, der nie genug Erfolg haben konnte.«
»Und jetzt?«
»Jetzt bin ich mit einem älteren Herrn zusammen. Er ist wohlhabend, kultiviert – und das Beste ist, er respektiert mich wirklich; was will ich noch mehr?«
Ich erwiderte: »Dann geht es dir vor allem ums Geld?«
Sie hatte sich verändert, aber es war vielleicht meine Schuld, dass sie genau das zu begehren begann, was ich nicht bieten konnte – damals nicht.
»Ich habe jetzt Geld«, sagte ich trotzig. Doch im selben Moment war mir klar, dass das nicht eine Basis war, auf der ich mit ihr eine Beziehung haben wollte.
Sie schaute mich mit diesem Blick an, der wohl *zu spät* bedeuten sollte.
Sie bemerkte: »Kannst du da vorne an der Ecke heranfahren, bitte? Ich muss noch etwas besorgen, bevor ich nach Hause gehe.«
Ich hielt am Rand des Gehwegs. Sie stieg aus und nahm ihre Taschen.
Dann schaute sie nochmals zu mir in den Wagen hinein und sagte: »Wir gehen heute Abend auf eine private Party im Club Kalani. Kommst du auch?«
Meine Antwort darauf war ein deutliches: »Vielleicht, mal sehen.«
»Ich lass dich auf die Liste setzen, ja?« Sie warf die Tür zu und entfernte sich.

Den ganzen Weg, den sie ging, bis sie in einer Drogerie verschwand, schaute ich ihr nach; überraschenderweise spürte ich weder Trauer noch Wehmut, mehr ein Gefühl der Erlösung. Sie schien mir plötzlich nicht mehr so wichtig zu sein. So blieb ich hinter dem Steuer eine Weile sitzen, zog dann mein Handy hervor und suchte auf der Karte nach der Polizeiwache.

Mit dem Wagen gelangte ich rasch dorthin, aber das Problem war natürlich, einen Parkplatz zu finden. Das war ungewohnt für mich. Normalerweise amüsierte ich mich darüber, wie lange die Anderen herumkurven mussten, während ich längst schon meinen Kaffee schlürfte. Mein Platz war dann schließlich, nach einigen Runden um die Blocks, gleich um die Ecke der Wache.

Das schwere, graue Gebäude der City Police machte mit seinen kleinen, tief eingelassenen Fenstern auf mich ein bisschen den Eindruck einer Festung. Zum Eingang führte eine seitliche Rampe und im Innern standen ein paar Leute wartend vor drei Schaltern. Ich reihte mich ein und musste ziemlich lange warten, bis mich einer der Beamten zu sich winkte.

»Ich komme betreffend den Fall *Monroe*. Könnten Sie für mich herausfinden, um welche Zeit genau er sein Geständnis zurückgezogen hat?«

»Tut mir leid, Sir, bei laufenden Verfahren sind wir nicht befugt, irgendwelche Details herauszugeben.«

Das hatte ich mir schon gedacht. Aber wenn es auf normale Art nicht ging, dann halt mit einer Sugg: »Officer, sagen Sie mir, zu welcher Zeit exakt Dr Monroe seine Selbstanzeige zurückgezogen hat.«

»Haben Sie nicht gehört? Ich sagte, Sie kriegen diese Information nicht. Bitte gehen Sie zur Seite, Sir. Nächster!«

Ich tat wie befohlen. Das hatte mich etwas aus dem Konzept gebracht. Aber der Grund wurde mir klar, als ich genauer hinschaute: Man kommunizierte mit den Beamten per Mikrofon und durch eine dicke Glasscheibe hindurch. Offenbar machte das meine Sugg unwirksam. Pech. Nun, ich würde einen anderen Weg finden.

Draußen auf der Rampe lehnte ich mich an das Geländer. Der Eingang wurde mit einer Kamera überwacht und es dauerte keine zehn Minuten, bis ein Officer auftauchte.

Er fragte in strengem Ton: »Auf was warten Sie hier?«

Und ich sagte: »Auf Sie habe ich gewartet.«

Meine Antwort verwirrte ihn ziemlich. Ich schaute ihm fest in die Augen und suggte ihm: »Sie besorgen mir jetzt eine Information über Dr. Joseph Monroe. Ich will wissen, wann genau er sein Geständnis widerrufen hat.«

»Jawohl, Sir. Ich werde bei der Abteilung für Wirtschaftskriminalität nachfragen«, antwortete er brav und machte sich sogleich auf den Weg ins Gebäude. Es dauerte ziemlich lange, bis er zurückkam, doch er wurde von zwei Leuten in Anzügen und aufgesteckten Polizeimarken begleitet.

Dann zeigte er auf mich. Ups! Dass sogar ein Officer Schwierigkeiten haben könnte, an die Information heranzukommen, hatte ich nicht berücksichtigt. Die beiden Anzugträger packten mich an den Armen und forderten mich auf, mitzukommen, während der Officer untätig stehen blieb.

Als ich mir vorstellte, dass ich demnächst in einem abgeschlossenen Raum bei einer Befragung enden würde, waren mir das eindeutig zu viele unbekannte Variablen. Wahrscheinlich Fingerabdrücke, Fotos, und zu viele Leute. Wollte ich etwas dagegen tun, musste es jetzt gleich sein. Aber ich konnte, vermutlich, nicht zwei Beamte gleichzeitig suggen. Selbst einzeln wirkten sie nicht gerade zugänglich.

Dem zu meiner rechten Seite konnte ich mich am ehesten zuwenden: »Sir, Sir, schauen Sie ...« Er sah mich tatsächlich an,

sodass ich ihm auf seine Augen gerichtet suggen konnte: »Sie lassen mich los. Es ist alles in Ordnung.«
Der Andere schwenkte daraufhin neugierig seinen Kopf in meine Richtung und es gelang mir, ihn auf dieselbe Weise dazu bringen, mich loszulassen. Das war knapp! Noch ein wenig striktere Herren und ich hätte nichts gegen sie tun können.

Doch kaum, dass ich frei war und erleichtert bemerkte, wie beide gedankenverloren dastanden, kam ein weiterer Officer auf uns zu, musterte die Szene besorgt und wollte eingreifen.
»Alles in Ordnung!«, sagte dann jedoch einer *meiner* Männer und der Officer setzte seinen Weg fort, die Rampe hinunter.

Dem ersten Officer, der die ganze Zeit nur dagestanden und zugesehen hatte, suggte ich: »Vergessen Sie alles, was mit mir zu tun hat und gehen Sie in Ihr Büro zurück.« Dann sagte ich zu dem Einen im Anzug: »Sind Sie im Fall Monroe zuständig?«
»Unsere Abteilung ist zuständig«, antwortete er.
»Gehen Sie in Ihr Büro und sehen Sie nach, um welche Zeit Dr Monroe seine Selbstanzeige widerrufen hat. Dann kommen Sie hierher zurück und geben mir diese Information.« Dem Anderen suggte ich: »Sie gehen mit ihm. Sorgen Sie dafür, dass niemand außer Ihnen beiden etwas von mir und meiner Anfrage bemerkt.« Ich konnte nur hoffen, dass dies nun ausführlich genug war.

Eine Viertelstunde später kamen beide zurück, um mir mitzuteilen: »Monroe hat genau nachts um drei Uhr den Wärter gerufen und fragte, wieso er in der Zelle saß.«
Viel Aufwand für diese kleine Information, aber ein weiteres wichtiges Puzzle-Steinchen zu meiner Fähigkeit – dafür hatte sich der Aufwand gelohnt. Nun wusste ich, dass die Sugg bei Monroe etwa dreißig Stunden angehalten hatte. Immerhin. Doch bei der ganzen Aufregung vergaß ich, dass die Kamera alles aufzeichnete, was am

Eingang der Polizeiwache passiert war. Was ich hingegen nicht vergaß, war, die beiden Beamten zurück an ihre Arbeit zu schicken. Es machte wirklich Freude zu beobachten, wie sie brav nacheinander durch den Eingang des Gebäudes davon schritten.

Es blieb nun also nur noch das Dave-Problem, das ich lösen musste. Der Gedanke daran nervte mich, wie ein Splitter im Finger. Er musste raus, und doch saß zu tief für die Pinzette, sodass es einigen Aufwand bedeuten würde. Es gab für mich dazu einfach keine Offenbarung – um es mit einem von Daves Lieblingswörtern auszudrücken – wie ich das am besten angehen sollte. Und es stank mir gewaltig, denn ich konnte mir wirklich Aufregenderes vorstellen, was ich mit meiner Zeit anfangen konnte. Also entschied ich mich stattdessen, zuerst doch zu dem Gig zu gehen, zu dem mich Jessica eingeladen hatte.

Auf dem Weg zurück zu meiner neuen Wohnung kam ich nur schleppend voran, denn inzwischen war Rushhour. Zudem gab es ständig neugierige Blicke aus den Wagen in den Kolonnen neben mir. Der Bentley war definitiv keine gute Wahl für jemanden, der unauffällig bleiben wollte. Gleich zwei Gründe, um mein Bike zu vermissen. Aber in Sachen Komfort ließ er natürlich nichts zu wünschen übrig und das machte wenigstens das Warten im Verkehr angenehmer.

Endlich angekommen, verstaute ich die gekauften Kleider und machte mich etwas frisch. Ehrlich gesagt, die neue Wohnung fühlte sich für mich noch immer nicht wie ein Zuhause an, mehr wie ein Hotel. Sicher lag das daran, dass ich mein Apartment nicht aufgegeben und alle meine Sachen dort gelassen hatte. Es wartete noch auf mich. Und schließlich: Das hier war auch nicht wirklich ich, nur eine Rolle, in die ich geschlüpft war. Die richtige Rolle für eine ausschweifende Party.

Um zehn Uhr abends war ich früh dran und fand leicht einen Parkplatz direkt vor dem Kalani. Der Türsteher hatte mich tatsächlich auf seiner Liste und ich steckte ihm etwas zu, damit er ein Auge auf den Wagen hatte. Im Club lief Hintergrundmusik, auf der Bühne wurde Technik eingerichtet. Wenig Publikum saß an einigen der Tische. Kaum dass ich mich ebenfalls in eine Ecke gesetzt hatte, offerierte eine Kellnerin die angesagtesten Drinks und zeigte dabei wirklich sehr viel Haut.

Ich alleine in einem Club. Ein Setting, dem ich früher geflissentlich aus dem Weg gegangen war, weil ich immer wieder merken musste, dass selbst ein paar Drinks mir nicht das nötige Selbstvertrauen verschaffen konnten, um jemanden anzusprechen. Wie ich immer sagte: Wie könnte man auch, bei dem Lärm in einem Raum voller Vergnügungssüchtigen.

Ich genoss meinen *Tropical Itch* und hoffte, davon etwas lockerer zu werden. Der Club wurde langsam voller, aber an meinem Tisch blieben die anderen Plätze frei. Viele der Leute waren eben in Gruppen unterwegs.

Irgendwann bemerkte ich drei hübsche Girls, die mir gegenüber in der Nähe des Eingangs etwas verloren herumstanden, sich umsahen und offenbar beredeten, was sie nun tun wollten. Und obwohl eine von ihnen, die dunkelhaarige Latina mit den Afro-Locken, so atemberaubend aussah, dass ich normalerweise zu nervös gewesen wäre um ein vernünftiges Wort heraus zu bringen, überlegte ich mir gerade ernsthaft, auf sie zuzugehen. Da tauchten plötzlich zwei Typen neben ihnen auf. *Wieder einmal zu langsam, Vaughan* – dachte ich.

Ich beobachtete die Szene jedoch weiter, denn ich hatte nicht den Eindruck, dass die Frauen besonders begeistert davon waren. Dann stieß eine von ihnen plötzlich den geschniegelten Kerl im

weißen Anzug von sich weg, was aber nur dazu führte, dass sie noch mehr bedrängt wurden. Sie versuchten vergebens, sich von den Männern zu befreien, und bei der ganzen Rangelei konnte ich sehen, dass die Beiden sogar bewaffnet waren. Die dunkelhaarige Latina bemerkte, dass ich zu ihr herüber schaute und warf mir einen verzweifelten Blick zu. Nun erhob ich mich endlich und ging auf die Gruppe zu.
»Hey, lasst die Girls in Ruhe«, sagte ich energisch und tippte dem einen Kerl dabei heftig auf seine Schulter.
Der drehte sich nur kurz um, stieß mich mit einem Schlag auf meine Brust weg und knurrte: »Hau ab, Bugger!«
»Was will denn der Knirps hier?«, lachte der Andere dazu.
Die Girls schauten nun alle mitleidig zu mir, während ich mich ächzend wieder aufrichtete. Dem Typen, der noch immer lachend auf mich herunter sah, konnte ich gerade noch suggen: »Kriech ab!«, dann musste ich heftig husten. Während alle erstaunt zuschauten, wie der sich auf den Boden herunter begab und auf allen Vieren davon kroch, blickte ich dem Ersten in die Augen und sagte scharf zu ihm: »Du lässt diese Frauen von nun an in Ruhe. Du und dein Kumpel werdet nie mehr in ihre Nähe kommen, ist das klar?«
»Ist klar«, antwortete er folgsam.
»Nun verschwinde!«, befahl ich.
Er hetzte davon und stieg am Ausgang des Clubs über seinen am Boden kriechenden Kollegen. Die Leute um sie herum beobachteten die Szene belustigt.

Die drei Freundinnen schauten mich nun bewundernd an. Ich setzte ein selbstsicheres Lächeln auf und richtete meine Worte an die hübsche Latina: »Darf ich euch an meinen Tisch einladen?«
Während die Drei mir hinüber folgten, sagte sie, noch immer staunend: »Wie hast du denn das gemacht? Das war ja ganz erstaunlich!«

»Ach, bei solchen Typen muss man nur überzeugend auftreten«, erwiderte ich und forderte sie auf, neben mir Platz zu nehmen. Ja, ich hatte eindeutig an Selbstvertrauen gewonnen, auch ohne von dem Wenigen, das ich getrunken hatte, überhaupt schon etwas gespürt zu haben.

»Hi. Das sind Betsy, Ray und ich bin Clair«, sagte die Blonde unter ihnen. Sie setzte sich neben mich und zupfte ihr Outfit zurecht, und leider saß dann ausgerechnet die Latina ganz außen, am weitesten von mir entfernt.

»Was wollten denn die Typen von euch?«, fragte ich an alle gerichtet, obwohl ich eigentlich nur Augen hatte für die Eine.

Clair erwiderte: »Letzte Woche trafen wir die an einer Party, aber die wollten einfach nicht kapieren, dass wir nichts mit ihnen zu tun haben wollten.«

»Genau«, fuhr Betsy fort, die in der Mitte saß: »Wir gaben dann vor, dass wir uns kurz zurecht machen würden und sind abgehauen.«

Clair sagte: »Zu blöd, dass die ausgerechnet heute hier auftauchen mussten. Wir haben uns so gefreut auf diese Nacht. So ein Rich Guy hat den Club für seine Geliebte gemietet. Bist du das?«

»Ich bin nicht dieser Rich Guy, nein«, antwortete ich verlegen.

Wir taten unser Bestes, trotz der lauten Musik eine Unterhaltung zu führen. Natürlich wollte ich vor allem mit meiner Favoritin quatschen, aber Clair und Betsy, die zwischen uns saßen, gaben sich äußerst redelustig. Betsy sagte: »Ein Bekannter hat uns eingeladen. Aber der ist bisher nicht aufgetaucht.«

»Das ist genau wie bei mir«, erwiderte ich. »Auch meine Bekannte habe ich hier noch nicht entdeckt.«

Kurz darauf kam Jessica und es stellte sich heraus, dass sie die Geliebte des Rich Guy war. Sie ging überall herum, zusammen mit ihrer Freundin vom Nachmittag, sprach mit vielen der Gäste, wirkte ausgelassen und genoss es für meinen Geschmack etwas zu sehr, im Zentrum der Aufmerksamkeit zu stehen.

Die Musik wurde lauter, der DJ hatte sein Programm gestartet – Techno, House, nichts, was ich normalerweise hörte. Das Publikum war eher einseitig; Rich-Kid-Clubber, modische Hipster und Wannabes wie ich. Und die Leute wurden immer ausgelassener. Es gab sexy Einlagen auf der Tanzfläche, angedeuteten Striptease an den Tischen. Meine drei Frauen kamen und gingen, aber die Eine oder Andere klebte immer an mir. Ich hatte mehrere Drinks intus, vertrug eigentlich nicht viel Alkohol und konnte mich bald nicht mehr an Details erinnern. War ich mal auf der Tanzfläche? Auf jeden Fall war es laut, eng, heiß und es musste wohl Spaß gemacht haben – so kam es mir zumindest vor.

Dann war es als hätte jemand abrupt den Sound abgestellt. Plötzlich herrschte extreme Stille und Dunkelheit – mit Ausnahme von meinem Tinnitus, der in meinen Ohren deutlicher als üblich summte. Ich öffnete meine Augen, so gut ich konnte. Die Sonne blendete, aber was ich trotzdem sehen konnte, wirkte wie meine neue Bettwäsche. Jedoch roch es ganz anders, irgendwie blumig. Und dann sah ich Haare. Viele dunkle lockige Haare. Und samtene braune Haut dazwischen.

Spätestens jetzt schaffte ich es mit einem Ausbruch des Entzückens, meine Augen ganz aufzumachen, um etwas klarer zu sehen. Tatsächlich! Ich hatte mir wirklich die Schönste der drei Frauen von gestern Nacht geangelt. Ich konnte es kaum glauben, aber es war die Latina mit den märchenhaften Augen und den enormen Afro-Locken, die neben mir im Bett lag.

Der Moment der Freude trübte sich etwas, als ich realisierte, dass es nun echt peinlich für mich werden könnte, wenn sie aufwachte, weil ich mich nicht mehr an ihren Namen erinnern konnte. Und mindestens so sehr wollte ich mich erinnern können, was wir eigentlich genau miteinander getrieben hatten. Das durfte doch echt nicht wahr sein, dass ich vom Sex mit der heißesten Frau meines Lebens am Ende gar nichts mehr wusste, so, als ob es nie passiert wäre.

»Rayza«, sagte eine Stimme. Ach ja, richtig. Das war ihr Name. Rayza, oder *Ray*, wie ihre Freundinnen sie auch nannten. Hatte ich aus Versehen laut gedacht, oder wieso sagte sie mir ihren Namen? Ich fühlte eine Hand auf meinem Bauch, den Arm an meiner Taille und den Körper, der sich wärmend an meinen Rücken schmiegte. Etwas verwirrt drehte ich mich um und blickte überrascht in die verschlafenen, blauen Augen einer Blondine.

»He, du bist nicht Rayza. Wo ist Ray?«, fragte sie und spähte über mich hinweg. »Ah, da bist du, Süße.« Sie stupste ihre Freundin, die neben mir lag. Wieder an mich gewandt fragte sie: »Wie heißt du noch mal? Jonathan? Gibt's bei dir Kaffee?« Damit schälte sie sich aus den Bettlaken und suchte sich aus den Kleidern, die überall auf dem Boden verstreut lagen, ihre Unterwäsche heraus.

Ich brachte noch immer kein Wort zustande, rieb mir das Gesicht, lehnte mich wie benebelt an zwei Kissen und genoss den zauberhaften Anblick von Rayza. Mit zusammengekniffenen Augen riskierte sie blinzelnd erste Blicke, schob ihre dunkle Lockenmähne leicht zur Seite und murmelte etwas. Mir dämmerte langsam, dass ich damit wohl auch noch meinen ersten Dreier irgendwo zwischen meinen Gehirnwindungen verloren hatte. Oder war es gar ein Vierer? Wo war die Dritte von den Girls? Wie viele Leute waren eigentlich noch da? Sollte ich mal herumfragen *Hallo, wer ist sonst noch alles hier?* – Aber nein, das fühlte sich ordinär an.

»Guten Morgen, Schönheit«, sagte ich zu Rayza. Sie blickte zu mir auf und lächelte. Da war ich sicher, dass ich mich verliebt hatte. Genau deshalb taugte ich nicht für One-Night-Stands – auch wenn ich die zuvor an einer halben Hand abzählen konnte, denn zum Aufreißen taugte ich ja ebenfalls nicht.

Wie hatte ich das hier nur geschafft? Ich musste mich richtig anstrengen beim Nachdenken, doch es brachte nichts. Hatte ich sie etwa gesuggt? Das schien die plausibelste Erklärung zu sein. Exakt aus diesem Grund hatte ich mir eigentlich vorgenommen, nicht die Kontrolle zu verlieren, nicht zu viel zu trinken; wer weiß, was dabei alles passieren konnte. Ich hätte auffliegen oder jemandem schaden können.

Wir saßen zusammen beim Kaffee und ich nahm Rayza auf meinen Schoß. Ihrer Freundin Clair schien es zum Glück nichts auszumachen, dass ich sie bevorzugte.

»Ich kann mich leider an nichts mehr erinnern«, sagte ich: »Und Du, Rayza?«

»Es geht. Wir hatten auf jeden Fall viel Spaß, das ist sicher!«

»Ihr wart aber gestern zu dritt, oder?«

»Betsy war zum ersten Mal dabei. Sie ist noch etwas zurückhaltend und wollte nicht mit zu dir kommen«, antwortete Clair und löffelte ihren Joghurt.

»Macht ihr das öfter zusammen?« Es war die Frage die mich am meisten interessierte und ich richtete sie natürlich an Rayza.

Sie ging darauf ein, indem sie erwiderte: »In letzter Zeit schon. Wir waren ab und zu zum Tanzen im Ausgang. Und Clair hat immer irgendeinen Typen abgeschleppt und mich damit provoziert, ich würde mich nicht trauen mitzumachen. Also ging ich schließlich mit und seither enden wir immer irgendwo zu dritt.«

»Oder zu viert«, ergänzte Clair und lachte.

Ich hatte keine Freude an der Erklärung, obwohl ich etwas in der Art erwartet hatte. Denn es bedeutete, dass Rayza weiterziehen

würde; dass dies eine einmalige Sache gewesen war.
»Aber ich hab uns doch nicht etwa hergefahren, betrunken wie ich war, oder?«, sagte ich.
»Nein«, erklärte Rayza: »Clair hat uns gefahren. Sie verträgt unheimlich viel Scotch, ohne dass sie was davon merkt.«
Clair meinte: »Ja, und dein Wagen ist ’ne Wucht. So was bin ich noch nie gefahren. Dabei hätte ich schon fast kommen können, echt geil!«
Ich hoffte sehr, das Gespräch dahin lenken zu können, um sie zu einer Wiederholung zu überreden, aber sie gingen nicht darauf ein. Stattdessen drängten sie allmählich darauf, zu gehen und es zeichnete sich ab, dass ich Rayza wohl nicht wiedersehen würde. Der Gedanke zerriss mich innerlich. Als Clair ins Badezimmer ging, konnte ich mich deshalb unmöglich zurückhalten und suggte Rayza: »Komm heute Abend hierher zu mir zurück!«

Nachdem sie meine Wohnung verlassen hatten, beobachtete ich von meinem Fenster aus, wie sie ein Taxi riefen und davon fuhren. Clair hatte darauf bestanden und wollte sich nicht von mir fahren lassen, aus welchem Grund auch immer. Es wurde ein mühsamer, nicht enden wollender Tag, während ich auf Rayza wartete. Die Unsicherheit, ob es klappen und ich sie wiedersehen würde, nagte an mir. Mit irgendetwas musste ich mir die Zeit vertreiben. Ich nahm mein Smartphone zur Hand, las die neusten Entwicklungen im Fall Monroe und schrieb einen Text an Kyle.
@Kyle: Hi buddy. Alles gut bei dir?
Doch seine Antwort kam erst nach dem Mittagessen:
@Vaughan: Sorry, hatte viel Arbeit. Was läuft?
@Kyle: Kater vom ausschweifenden Nachtleben.
@Vaughan: So muss es sein. Genieß es. Erzählst du davon?
@Kyle: Ausführlich. Ich melde mich gelegentlich.

Es war achtzehn Uhr dreißig, als es endlich an der Haustür klingelte.
»Ich bin's. Rayza«, tönte es aus der Gegensprechanlage und ich ließ sie ein. Ich öffnete die Tür der Wohnung, hörte ihre Schritte zur Treppe herauf kommen und ging auf sie zu. Sie fiel mir gleich in die Arme, als sie um die Ecke kam.
»Oh, endlich«, flüsterte sie mir ins Ohr: »Ich hatte solch einen unbeschreiblichen Drang, dich zu sehen. So was habe ich noch nie erlebt.«
»Das hoffe ich doch«, antwortete ich: »Ist ein gutes Zeichen, nicht?«
»Was hast du mit mir angestellt, Jonathan?«
Ich wusste natürlich, was. Ich machte die Wohnungstür hinter uns zu und nahm ihr den Mantel ab. Sie ließ sich im Wohnzimmer aufs Sofa fallen. Ich brachte zwei Tassen Tee und setzte mich neben sie. Während ich ihren bezaubernden Anblick genoss, redete ich mir ein, dass ich sie ja nicht gesuggt hatte, mich zu mögen, sondern nur, zu mir zurückzukommen. Empfand sie nun wirklich etwas für mich? Oder war das noch wegen einer Sugg von letzter Nacht?
»Was magst du an mir?« wagte ich sie zu fragen.
Sie schaute mich mit ihren großen dunklen Augen neckisch an, zupfte an ihren Locken und erwiderte: »Also, hmm, ... du bist vornehm, aber nicht arrogant wie sonst die erfolgreichen Schnösel. Bist zurückhaltend, eher schüchtern, hast Stil. Ich meine, nicht einfach nur Stil von teurem Zeug. Irgendwie, ... wie Batman. Als ob der ganze Luxus nur der Tarnung dienen würde. Und in Wirklichkeit ist dir etwas ganz Anderes wichtig. Als ob du über solchen materiellen Dingen stehen würdest. Macht das Sinn? Ach, ich brabble wieder nur Mist. Komm her!« Sie kniete aufs Sofa, zog mich zu sich und küsste mich.

Nach dieser länger dauernden Attacke lagen wir erschöpft auf dem Bett und sie meinte: »Und jetzt bin ich dran. Was magst du an mir?«

»Ganz ehrlich? Deine Schönheit wäre schon vollkommen genug für mich. Wirklich. Aber nun kommt so viel mehr dazu. Deine Art, Charisma würde ich sagen, Herzlichkeit, Spontanität, deine Stimme. Und ich glaube, du versteckst auch etwas. Du mimst das coole Partygirl, aber dahinter steckt eine wahre Intelligenzbestie.«
Und das war nicht einfach so daher gesagt. Wie sie mich beschrieben hatte traf es im Kern genau. Das zeugte von Weisheit. Zudem fiel mir auf, dass sie sich dabei absichtlich profan ausgedrückt hatte. Sie konnte bestimmt auch anders.
»Bestie. Genau, das bin ich«, lachte sie und warf die Bettdecke über mich.
Ich gab zurück: »Und du stehst auf Bruce Wayne. Das bin nämlich ich!« Dann alberten wir herum, bis wir erneut atemlos nebeneinander auf dem Bett lagen.
Sie stand also auf den erfolgreichen Typ. Das war schon klar. Aber auf Jonathan Archer, nicht Vaughan Macrae. Doch wer war ich nun? War ich zu Jonathan geworden? Würde ich ihretwegen Jonathan bleiben wollen? Oder war ich noch immer schlicht Vaughan, der eine Rolle spielte?
»Und? Kann einer wie ich diese Bestie zähmen? Oder sucht sie sich an der nächsten Party ein neues Opfer?«, sagte ich in scherzhaftem Ton.
»Wie meinst du das?« Erwiderte sie unerwartet ernsthaft.
»Ich möchte nur wissen, was das ist. Haben wir eine Beziehung?«
Sie machte Anstalten der Frage auszuweichen, doch dann antwortete sie: »Du bist ein lieber Kerl, Jonathan, ...«
»Aber?«
»... aber ich stehe an einem eigenartigen Punkt in meinem Leben. Ich möchte jetzt keine feste Beziehung haben. Liegt nicht an dir, wirklich.«

Irgendwie fielen dadurch meine letzten Bedenken. Ein reicher Dandy nahm sich, was er wollte. Wenn ich das verkörperte, dann konnte ich auch so handeln. Warum sollte sie sich jedes Wochenende jemand anderen suchen und sich dabei Risiken aussetzen? Bereits das genügte mir als Ausrede, damit ich das, was ich vorhatte nicht für vollkommen egoistisch halten musste.

»Lass uns noch runter gehen ins Restaurant, okay?«, sagte sie, als sie ihre Sachen zusammensuchte. »Nachher komme ich nochmal rauf, um alles mitzunehmen.« Es war mir nur allzu klar, wie sie das meinte. Also schaute ich ihr fest in die Augen und suggte sie: »Du willst bei mir bleiben.«

Sofort kehrte ihre Unbeschwertheit zurück und sie kicherte. »So schnell wirst du mich nicht los. Gehen wir essen!« Sie nahm meine Hand und zog mich aus der Wohnung.

Wir saßen an einem kleinen Tisch am Fenster, hatten unsere Bestellung aufgegeben. Meiner Frage, ob sie nicht Verpflichtungen habe, wich sie mit der lapidaren Bemerkung aus, sie befände sich gerade in einer Übergangsphase. »Ich auch«, sagte ich und hoffte, sie mit ein paar Erzählungen über mich dazu ermuntern zu können, freiwillig mehr über sich preiszugeben. Das klappte nicht und so musste ich eben auf die bewährte Weise herausfinden, dass sie vor einer arrangierten Hochzeit geflüchtet war und sich nun alleine und mit Gelegenheitsjobs durchschlug.

Jeden Tag suggte ich sie erneut. »Das ist meine Magie, die ich über dich lege. Wie sonst könnte einer wie ich so ein zauberhaftes Geschöpf erobern?«, erklärte ich ihr, um mein schlechtes Gewissen zu beruhigen. Sie saß im Pyjama vor mir auf der Anrichte und aß einen Apfel. Ihre Reaktion auf meine Worte war ein verlegenes Lächeln, dann begann sie mit ihren Füßen an mir herum zu spielen und es folgte wieder etwas ganz Wunderbares.

An den Wochenenden zogen wir von Club zu Club. Sie liebte Latin Music, Salsa, Merengue – was für mich eine willkommene Abwechslung war. Manchmal telefonierte sie mit Clair und wollte sie dazu überreden, mit uns zu kommen. Aber die war stinksauer, weil sie für Rayza nicht mehr im Mittelpunkt stand.

Bei mir war es Kyle, der sich enttäuscht zeigte, weil ich fast nichts mehr von mir hören ließ. Den Zeitpunkt, an dem ich ihm alles erzählen wollte, verschob ich immer wieder auf eine andere Woche.

Eines Tages war Elvis in der Stadt. »Sein Konzert im Jazz Café will ich auf keinen Fall verpassen, hörst du? Jeder von meinen Leuten kennt zumindest diesen einen Song von Elvis Crespo«, erklärte Rayza. Und an dem Tag brauchte sie ganz besonders lange, bis wir endlich aufbrechen konnten. Ich wusste, dass es sehr schwierig sein würde, an einem solchen Abend in der Gegend einen freien Parkplatz zu finden. Wir nahmen also ein Cab, das mit uns Richtung Norden fuhr, an Euston Station vorbei und noch etwas weiter, bis direkt vor den Eingang des Jazz Cafés.

Der Chauffeur ließ sich von der Kolonne wartender Wagen hinter uns nicht aus der Ruhe bringen, während wir bezahlten. Ich hielt Rayzas Hand, als sie aus dem tief liegenden Sitz auf dem Gehsteig aufstand – mit den hohen Absätzen ihrer Stilettos war das eine Herausforderung, die sie aber elegant meisterte. Vor der weißen Fassade mit den klassischen Säulen unter dem großen blauen Schriftzug stand bereits eine lange Schlange von Leuten hinter einer Gitterabsperrung und ich bemerkte, wie sich alle Blicke schlagartig auf Rayza richteten. Selbst der Türsteher starrte uns an.

Ich hatte eigentlich nicht vorgehabt, dass wir uns vor der Schlange drücken würden, doch als ich mit Rayza am Arm so direkt vor dem Eingang stand, und sämtliche Aufmerksamkeit auf uns

gerichtet war, fühlte ich mich wie ein Star, der gerade dabei war, unter dem Blitzgewitter der Paparazzi über den roten Teppich zu schreiten. Es schien mir ganz natürlich, dass ich Rayza direkt zum Eingang führte. Sie reagierte höchst erstaunt, als ich dem Türsteher sagte: »Sie lassen uns durch!«, und er uns tatsächlich hineingehen ließ, als ob wir echte VI.P.'s wären.
»Wie machst du das bloß?«, fragte sie. Ich schmunzelte nur und führte sie zu einem der Stehtische. Als wir unsere Drinks genossen, nahm ich mir vor, dafür zu sorgen, dass wir beide heute nicht viel mehr Alkohol zu uns nehmen würden, denn ich hatte bereits eine Idee, was wir nach dem Konzert anstellen konnten.

Etwas später als angekündigt traten die Musiker auf die Bühne, richteten sich ein und begannen, die ersten Rhythmen zu spielen. Unter lautem Gekreische erschien danach Elvis Crespo, um das Konzert mit seinem bekanntesten Hit *Suavemente* zu eröffnen. Merengue kam mir vor wie Latin-Music auf Steroiden. Ich bemerkte, dass Rayza es nicht mehr am Tisch aushielt, also begaben wir uns vor die Bühne. Auf der Tanzfläche zu sein, war für sie wie Atmen, ihre Bewegungen so fließend und natürlich, sie hätte auch als Profitänzerin auf der Bühne stehen können. Daneben bewegte und fühlte ich mich wie ein Hampelmann, und wurde mir bewusst dass selbst meine Superkraft nichts daran zu ändern vermochte. Ich musste auch immer wieder eine Pause einlegen oder zumindest ein paar Gänge zurückschalten, doch sie stand über eine Stunde lang unter Hochspannung. Irgendwann klang das Konzert mit ein paar Zugaben langsam aus.
»Willst du ihn kennenlernen?«, fragte ich Rayza und versuchte, wieder zu Atem zu kommen.
»Wen kennenlernen?«
»Elvis. Elvis Crespo. Willst du ihn treffen?«
Sie staunte nicht schlecht über den Vorschlag und konnte nicht

glauben, dass das möglich war. Doch als die Band von der Bühne ging, nahm ich ihre Hand und führte sie an der Seite über zwei Stufen in den Backstagebereich. Den Sicherheitsmann, der sofort auf uns zu kam, bat ich auf *überzeugende Weise*, uns zu Elvis zu führen, und so klopfte ich schließlich an die offen stehende Tür seiner Garderobe.

Er war gerade dabei, sich mit einem Handtuch den Schweiß von der Stirn zu wischen, und kam mit einer Flasche Wasser in der Hand auf uns zu. Ein Schwall spanischen Kauderwelschs floss über mich, als Rayza sich begeistert mit ihm unterhielt. Er wandte sich auch an mich, obwohl ich kein Wort verstand. Er schien wirklich nett zu sein. Sie bat mich, Fotos zu machen, und Elvis forderte sogar einen Kollegen auf, eines zu schießen, auf dem auch ich drauf sein konnte. Wir verabschiedeten uns und schon auf dem Heimweg ließ sie mich wirklich spüren, wie sehr ihr der Abend gefallen hatte.

Weitere Wochenenden verbrachten wir wieder in diversen Clubs, manchmal auch im Kalani, und meistens ließen wir uns einfach gehen. Dabei tranken wir nun regelmäßig zu viel Alkohol. Sie vertrug ihn besser als ich. Aber obwohl ich immer öfter richtiggehende Aussetzer hatte und am nächsten Tag nicht mehr wusste, was in der Nacht alles passiert war, hörte ich nicht auf damit. Im Gegenteil. Vielleicht wollte ich damit etwas beweisen. Sicher aber wollte ich einfach dabei sein, bei dem was ihr Spaß machte.

Ein paar Wochen vergingen so, bis ich nach einer ausgiebigen Clubnacht im Bett aufwachte und mich erneut nicht erinnern konnte, was passiert war. Es war nicht mein Bett. Und es war nicht Rayza, die neben mir lag.

»Hi. Kaffee?«, fragte die Unbekannte, während sie sich vom Bettlaken befreite und aufstand.

»Ja, gerne, ähm … wie …?«
»Sandrine. Du heißt Jonathan, nicht?«
»Ja, entschuldige. Ich kann mich an absolut gar nichts erinnern.«
»Das wundert mich nicht. Du warst auch ziemlich aufgedreht.«
Ich suchte meine Sachen zusammen, zog mich an und setzte mich neben den Beistelltisch, auf dem sie eine Tasse Kaffee bereitgestellt hatte.
»Ehrlich gesagt, ich war eigentlich mit einer anderen Frau unterwegs …«, sagte ich verlegen.
»Die Latina. Ja genau; die neben dir saß. Sie fing mit jemandem zu streiten an und dann sind sie weg gegangen. Ich hab sie danach nicht mehr gesehen.«
»Jemand …?«, fragte ich erstaunt.
»Ich glaube, eine Frau.«
Bei den Stichworten *Frau* und *Streit* war mein erster Gedanke, dass es Clair gewesen sein könnte. »War es eine Blondine?«
»Weiß nicht. Ich hab' nicht so genau geschaut.«
Ich merkte, dass meine Fragen sie zu nerven begannen, und entschuldigte mich. Sie würde bestimmt lieber hören, dass ich mich für sie interessierte, nicht für eine Andere – aber da irrte ich mich. Im Gegenteil; eine Nacht war alles, was sie wollte. Und mich jetzt einfach wieder loswerden. Ohne Komplikationen. Aber bevor sie mich praktisch vor die Tür bugsierte, verriet sie mir noch, dass das alles im Club Kalani passiert war.

Noch im Treppenhaus zückte ich mein Handy und versuchte, Rayza anzurufen, doch ihre Nummer war nicht erreichbar und sie gab keine Antwort auf Textnachrichten. Also nahm ich ein Cab Richtung Hackney zu ihrem Apartment. Auf der Fahrt dorthin war es vor allem eine Angst, die mich am meisten plagte und die meinen Puls geradezu rasen ließ: Was, wenn ich entdeckte, dass sie mit einem anderen Mann zusammen war? Aber nein. Sie stand immer noch unter dem Einfluss meiner Sugg. Es konnte nicht sein. Das beruhigte mich etwas.

In ihrem Zuhause war sie jedoch nicht anzutreffen und weitere Versuche per Telefon blieben erfolglos. Ob ich im Kalani etwas erfahren konnte? Vielleicht hatte jemand gesehen, wie sie wegging und vielleicht kannte jemand die Frau, die bei ihr gewesen war, oder wusste, falls es Clair gewesen war, wo sie wohnte. Doch zum Club zu fahren hatte jetzt keinen Sinn, die würden erst am Abend aufmachen.

Ich lief zurück zum Cab, um mich nach Hause zum Grafton Way fahren zu lassen. Vielleicht wartete sie dort auf mich? Vielleicht war alles nur ein Missverständnis.

Auf dem Weg hinauf in meine Wohnung hörte ich Musik ins Treppenhaus dringen. Meine Tür war abgeschlossen und ich hatte Mühe, den Schlüssel ins Schloss zu bringen, weil ich vor Erwartung so zitterte. Schließlich riss ich die Tür auf und stand plötzlich inmitten völliger Stille. Ja, im Treppenhaus war Musik zu hören, aber sie kam nicht von hier. Die Enttäuschung überfiel mich umso schwerer, weil ich plötzlich spürte, wie erschöpft ich war. Ich hatte lange nichts mehr gegessen. Ich nahm etwas zu mir, machte mich frisch und versuchte, ein wenig zu schlafen.

Schließlich verstrich am nächsten Morgen die maximale Dauer meiner Sugg. Mehr als dreißig Stunden waren seit dem letzten Mal vergangen. Rayza war nun außer Reichweite und meine Wirkung auf sie war wohl vorüber. Ich hatte sie verloren. Die Erkenntnis war höchst schmerzvoll und ließ mich in ein tiefes Loch fallen. Dazu kam noch die Sorge darüber, wo sie abgeblieben oder was ihr zugestoßen sein konnte. Das nagte an mir. Natürlich suchte ich weiter nach ihr, doch vergebens.

Wieder einmal saß ich im Kalani an der Bar, als mich eine der Bardamen ansprach. Es war noch früh und sie hatte wohl Zeit, weil erst wenige Gäste anwesend waren.
»Hey Casanova. Du warst doch immer mit der hübschen Latina hier, die mit den Afro-Locken. Liebeskummer?« Sie war sehr bemüht, mich von meinen Gedanken abzulenken, wenn auch etwas aufdringlich. Und jedes Mal brachte sie mir ein neues Glas Whisky. Sie füllte mich richtiggehend ab. Ich ließ es geschehen, weil der Alkohol mich etwas von Trauer und Kummer befreite.
»Du solltest mit den Schwestern abhängen. Das wird dich auf andere Gedanken bringen«, sagte sie später am Abend und zeigte auf zwei Frauen, die an der Bar saßen. Sie ging zu ihnen hinüber und kurz darauf tauchten sie an meinem Tisch auf.
Als sie sich auf beiden Seiten neben mich setzten sagte ich: »Und ihr seid wirklich Schwestern?«
»Sieht man das nicht?«, antwortete die Eine.
»Alle nennen uns *die Schwestern*«, erklärte die Andere: »Ist doch klar, wieso.«
Sie glichen einander wirklich. Wir verbrachten die ganze Nacht zusammen im Club und während wir tranken und ich meine Sorgen komplett vergaß, rutschten sie immer näher an mich heran.
Irgendwann sagte die Eine: »Warum gehen wir nicht zu dir und machen es uns dort gemütlich?«
An die Details konnte ich mich bald nicht mehr erinnern, aber nachdem wir in meiner Wohnung angekommen waren, ging es erst richtig zur Sache.
Danach setzte sich eine der Schwestern aufs Sofa und stellte ihre Tasche auf den Beistelltisch. Sie wühlte darin herum und sagte: »Komm her, Kleiner, wir haben was mitgebracht.«
Sie öffnete eine Tüte und schüttete ein weißes Pulver auf den Glas-

tisch, das sie sogleich mit einer Karte zu einer Linie formte.
»Ist das Koks?«, fragte ich.
»Na klar. Ist wirklich super Stoff. Probier mal!«
Es war mir peinlich, zuzugeben, dass ich nicht mal wusste, wie man das probieren sollte. Aber sie merkten natürlich trotzdem gleich, dass ich ein Neuling war.
»Schwester, zeig ihm wie's geht.« Sie streute das Pulver tatsächlich auf jede mögliche Stelle ihres Körpers, von wo ich es dann in meine Nase ziehen sollte.

Zwei Tage verbrachten wir zusammen in meiner Wohnung, schnupften von dem weißen Pulver und tranken, und im Rausch trieben wir es so wild, dass sogar die Nachbarn anfingen, sich zu beschweren. Manchmal klopfte es von unten her aus dem Fußboden und wir hörten jemanden schreien: »Ruhe da oben. Wir wollen schlafen, bloody hell!« Oder es wurde an meine Tür gehämmert und gerufen: »Archer, hör endlich auf, sonst rufen wir die Polizei!«
»Wir rufen selber die Polizei und verklagen euch Nervensägen«, rief eine der Schwestern zurück.

Am folgenden Abend vernahm ich nur die Türklingel. Niemand polterte. Niemand schrie. Und wir lagen schon lange Zeit nur erschöpft und still im Bett. Das Klingeln wollte nicht aufhören und es begann mich furchtbar zu nerven – es hämmerte geradezu in meinem Kopf – bis ich es endlich schaffte, mich aufzurichten und mich zum Eingang zu schleppen. Mit größter Mühe schaffte ich es, die Tür aufzuschließen und mit zugekniffenen Augen schaute ich auf den grell erleuchteten Gang hinaus.

Rayza stand vor mir! Ich war high und fühlte nichts bei ihrem Anblick, machte mir nicht einmal Gedanken über die nackten Schwestern in meiner Wohnung. Sie drängte sich ins Entrée und als sie sah, was bei mir los war, wurde sie wütend und schlug mich kräftig ins Gesicht. Erst da realisierte ich langsam die Situation.

»Rayza, ich hab dich überall gesucht. Tagelang! Wo warst du?«

»Clair hat mich in ihrer Wohnung eingeschlossen, so eifersüchtig war sie. Und du gehst gleich los und fickst in der Gegend rum?«

»Ich dachte, du hättest mich verlassen«, antwortete ich.

Sie schlug mir nochmals ins Gesicht. Ich hatte es verdient. Aber weshalb war sie zurückgekommen? Die Wirkung meiner Sugg hatte vor über einer Woche geendet.

Ich bekam keine Gelegenheit, mir weitere Gedanken zu machen. Die Schwestern hinter mir waren bemüht, sich schnell anzuziehen, während Rayza sich an mir vorbei schimpfend durch das Entrée ins Wohnzimmer begab. Plötzlich kam Clair zur Tür herein gestampft. Sie packte Rayza und wollte sie aus der Wohnung zerren, doch die wehrte sich lautstark. Die Schwestern befanden sich in einer Art Delirium und begannen, mich anzuschreien. Rayza konnte sich von Clair lösen, flüchtete vor ihr durch das Zimmer und benutzte die Möbel als Schild, während beide versuchten, nicht von Gegenständen getroffen zu werden, welche die Schwestern herumwarfen. Ich versuchte, Rayza vor den gefährlichen und zerbrechlichen Sachen zu schützen. Alle schrien durcheinander. Wäre ich bei Sinnen gewesen, ich hätte jede gleich von Beginn an mit ein paar Suggs ruhigstellen können. Doch das fiel mir erst ein, als der Tumult schon voll im Gange war.

Irgendwann hörte ich Trillerpfeifen und Polizisten stürmten herein. Sie packten uns, legten uns Handschellen an, hatten aber auch dann immer noch Mühe, für Ruhe zu sorgen, denn Clair fing an zu heulen und die Schwestern kreischten unbeirrt weiter. Ein Beamter stieß mich ins Treppenhaus, die Treppe hinunter und bugsierte mich in einen Kastenwagen, wo danach auch alle meine *Begleiterinnen* landeten. Ich achtete darauf, dass Rayza neben mir saß. Allerdings wollte sie von meinem Versuch, mich ihr zu nähern, nichts wissen – wollte mir nicht in die Augen schauen. Doch irgendwie war es nicht wichtig. Mir genügte die Tatsache, dass sie zurückgekommen war. Ohne meinen Einfluss!

Sie steckten uns in der nächsten Dienststelle in separate Ausnüchterungszellen und ich bekam bei all dem keinerlei Gelegenheit, die Officers zu suggen. Sie waren äußerst unzugänglich und ich nicht in bester Verfassung. Ohnehin gab es zu viel Trubel und zu viele Leute, die involviert waren.

Soweit ich mitbekam, würden wir die Nacht in den Zellen verbringen. Die Zuständigen für die Identifikation und Dokumentation hatten schon Dienstschluss und konnten uns erst am Morgen vernehmen, hieß es. Vermutlich durchsuchten sie in der Zwischenzeit meine Wohnung, denn bestimmt hatten sie sofort gesehen, dass Koks herumlag.

Die kahle, kalte Zelle ließ einem nichts Anderes übrig, als in sich zu gehen, das Geschehene zu reflektieren. Die Wirkung der Droge schien sich durch die Aufregung etwas verflüchtigt zu haben. Viel hatte ich sowieso nicht gehabt, soweit ich mich erinnern konnte. Je klarer ich im Kopf wurde, desto mehr wuchs in mir die Einsicht, dass ich so nicht weitermachen konnte. Wie hatte es bloß so weit kommen können? War das etwa meine diskrete, neue Identität?

Hier war ich also. Vielleicht der einzige Mensch auf diesem Planeten mit einer unglaublichen Fähigkeit. Und alles was ich damit erreicht hatte, war, wegen Frauen und Drogen verhaftet zu werden. Was würde Kyle über mich denken? Er wollte zwar schon, dass ich mir etwas gönne. Aber so hatte er das wohl kaum gemeint. Gut, dass ich ihm nichts davon erzählt hatte. Dass ich meine Gabe so einsetzte, machte mich ihrer doch unwürdig. Hatte ich mir nicht einmal vorgenommen, damit Gutes zu tun? Ich könnte damit die Welt retten. Stattdessen war ich zum Teil des Problems geworden.

Ich legte mich auf die harte Pritsche und betrachtete die Flecken an den dreckigen Wänden. Einer davon war ich. Vielleicht der Rötliche da, dessen Form an einen Esel erinnerte. Sah aus wie altes Blut. Vielleicht war es auch Tomatensauce. Unappetitlich an die Wand geklatscht. Mehr war ich nicht wert.

Was nun? Wie konnte es ein Superheld schaffen, nicht solchen Versuchungen zu erliegen? Plötzlich war ich dankbar für den Aufenthalt in dieser Zelle. Das hatte mich zur Vernunft gebracht. Ich erkannte, dass ich dankbar sein konnte, dass es Archer war, der diesen Exzess gelebt hatte und nicht ich. Ich konnte ihn ablegen und damit all das hinter mir lassen. Schluss mit den Ausschweifungen und der Maßlosigkeit. Schluss mit Prasserei und Luxus: Jonathan Archer musste sterben. Hier und jetzt.

Und Rayza? Das machte aus diesem notwendigen Schritt eine schmerzvolle Tortur. Aber meine Gefühle für sie hatten eigentlich keine Zukunft. Egal, was ich versuchte, mir vorzumachen. Rayza war doch nur bei Archer, weil sie gesuggt worden war und selbst wenn nicht; sie mochte den wohlhabenden, erfolgreichen Archer. Nicht mich.

Ich packte das Gestell der Pritsche und rüttelte daran, machte Radau, bis einer der Officers kam, um nachzusehen. Durch die kleine vergitterte Öffnung der Zellentür brüllte er: »Ruhe! Gib sofort Ruhe und leg dich hin!«

Doch statt Folge zu leisten ging ich auf die Tür zu, schaute ihm in die Augen und suggte ihn: »Sie öffnen jetzt meine Zelle und kommen herein!« Ich hörte den Schlüssel im Schloss und die Tür ging quietschend auf. Nun hatte ich den Beamten vor mir und konnte ihm präzise Anweisungen geben.

Das Problem war nur, dass ich nicht wusste, wie die Polizei arbeitete. Wer hatte Zugriff auf welche Informationen und wer die Berechtigung, jemanden zu entlassen? Aber er selbst sollte ja Kenntnis davon haben.

»Können Sie dafür sorgen, dass wir alle freigelassen werden?«, fragte ich.

Er erwiderte trocken: »Das muss der Sergeant machen.«

»Dann holen Sie ihn jetzt her!«, befahl ich.

Er schlug seine Stiefel zusammen, zischte: »Jawohl, Sir!« und stampfte davon. Es dauerte nur ein paar Minuten, bis er in Begleitung seines Vorgesetzten zurückkehrte.

Der war richtig sauer und schrie seinen Untergebenen an: »Constable! Sie hatten keine Befugnis, seine Zelle zu öffnen. Was soll das?« Dann schaute er mich grimmig an und griff nach seinem Schlagstock. Doch eine Sugg von mir beruhigte ihn umgehend.

Der Posten war in der Nacht schwach besetzt, so war es einfach, den Sergeant dazu zu veranlassen, alle Einträge zu unserem Fall aus dem Computer zu löschen. Wie sich herausstellte, hatten sie auch meinen Rucksack mit über dreihunderttausend Pfund beschlagnahmt. Ich befahl, dass sie ihn mir zurückgeben und uns alle fünf gehen lassen. Frech wie ich inzwischen war, brachte ich den Constable sogar dazu, uns zu meiner Wohnung zurück zu fahren.

Die Schwestern waren völlig abwesend, man musste sie einfach nur dahin schieben, wo man sie haben wollte. Wenigstens machten sie keine Scherereien mehr. Clair hielt Rayza fest umarmt und beäugte mich ständig mit einem abschätzigen Ausdruck im Gesicht. Nachdem wir aus dem Streifenwagen raus waren, ließ ich den Constable alles vergessen, was mit uns zu tun hatte.

Meine Sorgen um den Bentley waren überflüssig. Tatsächlich parkte ich ihn zuletzt weiter unten an der Straße, weil vor dem

Haus nichts frei war, und die Beamten bemerkten nicht, dass er mir gehörte. Die Wohnung war nicht versiegelt, offenbar war die Sache für die Polizei nach der Durchsuchung erledigt. Die Frauen holten ihr Zeug und dann fuhr ich die Schwestern nach Hause.

Nun kam der schwere Teil: Ich musste mein Leben als Archer hinter mir lassen, und damit auch Rayza. »Du wirst mich hier nicht mehr finden, Rayza. Ich gehe weg aus London«, erklärte ich auf dem Weg zu Clairs Haus. Sie sagte dazu nichts. Aber als Clair ausstieg, blieb sie im Wagen sitzen und ließ sich von ihr nicht überreden, auszusteigen.

»Ich bin fertig mit dir Clair, hörst du? Ich verschwinde auch!«, sagte sie und schloss von innen heftig die schwere Wagentür, damit Clair sie nicht packen konnte. Mit einem Klaps auf meine Schulter befahl sie: »Fahr! ... Fahr mich einfach nach Hause, Jonathan!«

Als ich dort mit dem Bentley in der Einfahrt anhielt, nahm sie ihre Sachen und stieg wortlos aus. Ich wollte sie eigentlich nicht gehen lassen, musste meine Zähne zusammenbeißen, starr bleiben, gegen dieses Verlangen ankämpfen und die Sache durchziehen. »Ich bin tot! – Archer ist tot!«, sagte ich immer wieder vor mir her während ich ihr nachschaute bis sie im Hauseingang verschwunden war. Es durfte kein Zurück geben. »Archer ist so was von tot!«

VI

Schwermütig startete ich den Motor und fuhr rückwärts aus der Einfahrt. Die nassen Straßen erschienen mir in dieser Nacht bedrückender als jemals zuvor, so als befände ich mich in einem Tunnel – aber es war jetzt wenigstens ein Tunnel, dessen Ende langsam in Sicht kam. Ich holte die wenigen Dinge aus meiner Luxuswohnung, auf die ich trotz allem nicht mehr verzichten wollte. Lautsprecher und Verstärker legte ich auf die Rücksitze des Bentley und den neuen Laptop mit dem Rucksack auf den Beifahrersitz.

Kurz darauf bog ich in die Archer Street ein und hielt vor meinem alten Haus. Mit dem Laptop unter dem Arm stieg ich die Treppe hinauf, schloss mein Apartment auf und kniff, auf alles gefasst, die Augen zusammen, als ich die Tür aufstieß. Doch es schien alles in Ordnung zu sein. Alles war unverändert. Ich holte die anderen Sachen herauf und warf mich erschöpft aufs Sofa. Eigentlich hatte ich zuerst noch duschen wollen, aber ich schlief sofort ein.

Es war immer noch dunkel, als ich aufwachte. Mein Schädel brummte. Das Duschen half etwas und mit frischen Kleidern aus meinem alten Schrank, fühlte ich mich gleich wie ein anderer Mensch. Wie der alte Vaughan.

Während ich mir ein leichtes Frühstück und Tee genehmigte, dachte ich darüber nach, ob ich heute als Erstes den Wagen zurückzubringen sollte. Welche anderen Pflichten meines alten Lebens warteten sonst noch auf mich? Natürlich, dass ich endlich Kyle anrufen sollte. Und Mutter kam mir in den Sinn. Ich hätte sie schon lange besuchen sollen. Wäre das nicht eine passende Gelegenheit für eine letzte Fahrt mit dem Bentley?

Ich nahm meine Jacke, steckte meine Brieftasche, Handy und die Schlüssel ein und verließ das Haus. Dann ging ich um den

Wagen herum und stieg ein. Der Motor startete mit seinem üblichen, kraftvollen Brummen. Ich glitt durch die Gassen am Theater vorbei, hinaus auf die Shaftesbury Avenue, wo mich der bereits hektische Morgenverkehr erwartete. Statt die Schnellstraße zu nehmen, verließ ich London gemütlich auf Nebenstraßen und schaltete das Radio auf einen Jazz-Sender. Dies sollte meine Abschiedsfahrt sein. Ich wollte sie genießen – sie durfte ruhig etwas länger dauern.

Normalerweise brauchte man zweieinhalb Stunden bis Norwich, aber bei meiner Fahrweise würde ich bestimmt erst am Mittag bei meiner Mutter sein. Jedoch, kaum dass ich London hinter mir gelassen hatte, kaum dass die Sonne aufging, überkam mich unerwartet wieder eine intensive Müdigkeit, so dass ich auf einem Platz etwas abseits vor einer Wiese parkte und mich auf die Rückbank legte, um nochmals etwas zu schlafen.

Es war schon Nachmittag, als ich zu sanften Klängen aus dem Radio erwachte. Etwas, das mir bekannt vorkam. Ich reckte mich zwischen den Vordersitzen nach vorne, um lauter zu stellen. Es war tatsächlich die unvergleichliche Stimme von Kandace Springs mit *Too Good to Last*. Und der Song gab wahrlich genau meine Stimmung wieder.

Der tiefe Schmerz meines Verlusts hatte mich in wilden Träumen gequält, während ich mich auf der zu kurzen Bank eingequetscht hin und her wenden musste. Den ganzen Rest des Weges taten mir Schultern und Rücken weh, was mich zwar von meinem Herzschmerz ablenkte. Immerhin erreichte ich, einigermaßen frisch, gegen Abend den Parkplatz des modernen Seniorenheims mit der roten Backsteinfassade. Ich steuerte den Wagen über den Parkplatz, hielt gleich gegenüber vom Eingang und stellte den Motor ab.

Wir hatten Glück, dass sie hier ein Zimmer bekommen hatte und dass ihre Rente dafür ausreichte. Als frühere Buchhalterin mehrerer Kirchengemeinden hatte sie entsprechende Beziehungen. Die Religion war dann auch eine stete Konstante in unserem Haus – für mich eine sehr Belastende, die Rechtfertigung war für ständige Mahnungen und Zurechtweisungen – für Vater auch schon mal, um Schläge auszuteilen. Wenn ich nur schon daran dachte, konnte ich den Schmerz auf meinem Rücken und meinem Hintern geradezu spüren. Danach hatte ich jeweils noch tagelang Mühe gehabt mit Sitzen. Besonders schlimm war es das eine Mal gewesen, als ich zuhause begeistert davon erzählte, was ich in der Schule gelernt hatte. Unser Lehrer hatte erklärt, woher das Leben kam, wie alles entstanden war, bis es so wurde, wie wir es heute kannten. Es war eine der großen Fragen, die ein Neunjähriger, wie ich damals war, natürlich besonders spannend fand.

»Gott hat in seiner Weisheit alles so erschaffen. Angefangen mit Adam und Eva«, war immer Vaters Antwort darauf gewesen. Mehr wollte er dazu nicht sagen, auch wenn ich nachhakte: »Aber wer hat dann Gott erschaffen?«

»Gott ist einfach. Er ist der Anfang und das Ende«, sagte Mutter daraufhin stets.

Ich versuchte zuerst, mich damit zufrieden zu geben. Die Erwachsenen mussten es schließlich wissen. Außerdem machte ich Vater nur wütend, wenn ich weiter bohrte. Aber an jenem Tag, nach der Schule, als wir am Mittag zu Tisch saßen, erklärte ich ganz stolz: »Ich weiß nun endlich, warum wir Menschen da sind. Die Evolution hat das gemacht. Ganz von allein.«

Vater schaute mich unter seinen dicken schwarzen Augenbrauen finster an und brummelte: »Glaub nicht diesen Unsinn, den sie dir erzählen. Diese Leute haben keine Ehrfurcht vor Gott. Alles Lügen, hörst du? Lügen!«

Doch ich war zu begeistert davon, dass ich meinen Eltern nun helfen konnte, die Welt zu begreifen. Ich war naiv, wollte nicht so schnell klein beigeben.

»Aber ich verstehe es jetzt. Plötzlich ergibt alles einen Sinn. Ein Wissenschaftler namens Charles Darwin hat es genau erklären können. Wie man herausfand, dass es früher keine Menschen gab, aber Dinosaurier. Wusstest du zum Beispiel, dass wir Nachkommen von den Affen sind?«

Die Wucht von Vaters Fäusten, die auf den Tisch knallten, ließ Bestecke und Teller scheppern. Gläser fielen um, etwas ging zu Bruch. Er packte mich an den Haaren und schleifte mich durch die Wohnung, während er fluchte. »In meinem Haus gibt es keine Gotteslästerung!«

Ich stand unter Schock und wegen der Schmerzen seiner Schläge konnte ich nichts Anderes mehr wahrnehmen. Danach wagte ich es nie mehr, etwas über Wissenschaft oder Evolution zu erwähnen. Wahrheit und Vaters Ansichten wurden für mich zwei völlig unvereinbare Dinge.

Auch über meine Leidenschaft für Comics regte er sich auf, wann immer er mich beim Lesen erwischte. Einmal, als er Freunde zu Besuch hatte, machte er mich vor ihnen lächerlich, indem er sagte, dass ich nur Unsinn für Babys lesen und nicht erwachsen werden würde. Meine Wut darüber konnte ich unmöglich zurückhalten: »Wenigstens weiß ich, dass das nur Fantasie ist. Aber du glaubst wirklich, die Märchen in der Bibel seien wahr. Wer ist jetzt hier das Baby?« Auch dafür bezahlte ich umgehend schmerzlich.

Selbst Mutter wurde von ihm nicht verschont. Sie hielt das lange für verdient. *Das Weib sei dem Manne Untertan; sei still; fürchte ihn*, zitierte sie oft. Es brauchte viel, bis sie sich über die ehelichen Gebote hinwegzusetzen wagte. Doch ihre ständigen Gebete bewahrten Vater nicht vor Sünde und irgendwann wurde es sogar ihr zu viel mit der Trinkerei und der Untreue. Sie begann, ihn zu kritisieren und er bestrafte sie dafür hart. Schließlich ging es so weit, dass sie trotz all ihrer Überzeugungen und gegen alle Widerstände die Scheidung einreichte. Zu der Zeit lebte ich bereits in London; ich hörte nie wieder etwas von ihm.

Mutter hatte sich nach der Trennung zum Besseren gewandelt. Sie wurde toleranter, war weniger depressiv und gutmütiger. Von da an dauerte es erheblich länger, bis unsere Gespräche in religiösen Sackgassen endeten. Trotz allem behielt ihre Gottesfurcht sie fest im Griff. Wegen meines Unglaubens warnte sie mich stets vor dem ewigen Fegefeuer und zitierte die Verse, an die man zu glauben hatte – die einzige Möglichkeit, der Verdammnis zu entgehen.

So litt sie ihr Leben lang darunter, vielleicht den biblischen Ansprüchen nicht zu genügen; dass ihr Glaube zu wenig stark, ihre Gebete zu kurz sein könnten. Im Alter wurde es schlimmer. Je gebrechlicher sie wurde, desto mehr machte sie sich Gedanken über das Sterben und das Fegefeuer. Die biblische Angststrategie hielt sie so gefangen, dass sie gewalttätige Anfälle bekam und medikamentös ruhig gestellt werden musste, um sich oder die anderen Senioren nicht zu verletzen.

Noch in diese Erinnerungen vertieft, stieg ich aus dem Bentley und spazierte über den kurzen Weg vom Parkplatz zum Seniorenheim. Durch Schiebetür und Foyer am Empfang vorbei, gelangte ich durch einen Gang zum Gemeinschaftsraum. Meine Mutter saß an ihrem üblichen Platz vor dem großen Terrassenfenster. Sie schaute lächelnd auf, als ich mich ihr näherte und legte ihr Strickzeug weg.

»Hallo Mutter!«

»Oh, wie schön dass du mich besuchst, mein Sohn«, sagte sie.

Ich nahm ihre Hand und sie zog mich zu sich für eine Umarmung.

»Geht es dir gut, Mutter?«, fragte ich.

Sie erwiderte mit ihrer leicht zittrigen Stimme: »Ja, Vaughan, ich kann zufrieden sein. *Einer Frau sei nicht gestattet, dass sie lehre, oder dass sie über den Mann Herr sei, sondern sie sei still.* Ich bin immer still, dann kommt alles gut.«

»Ja, sicher, Mutter.« Ich schaute sie an, wie sie so da saß; adrett, aber bescheiden gekleidet, mit zurückgesteckten grauen Haaren, und erinnerte mich an all das, was mir auch vorhin schon im Wagen durch den Kopf gegangen war. Sie hatte schnell gealtert in den vergangenen paar Jahren, besonders seit sie so mit ihren Ängsten zu kämpfen hatte. Also fasste ich den Entschluss, sie von ihrer Last zu befreien.

»Schau mich an, Mutter«, sagte ich mit eindringlicher Stimme: »Schau mir in die Augen. Den Gott aus der Bibel gibt es nicht. Du glaubst nicht an ihn, also hast du keine Furcht mehr vor seinen Drohungen. Hab einfach Vertrauen in die Natur und genieße das Leben.«

Ob meine Fähigkeit stark genug war, um lebenslange Verblendung und Indoktrination außer Kraft zu setzen? Sie sagte lange nichts, ich konnte nicht erkennen, ob sie mir überhaupt zugehört hatte. Auf dem Weg in die Kantine stützte ich sie am Arm, dann nahmen wir gemeinsam das Abendessen ein. Sie war in Gedanken vertieft. Zwischendurch redete sie über das Essen. Wir tranken noch einen Tee und schon bald wurden die Besucher gebeten zu gehen. Als ich mich dem Ausgang näherte, kam mir Ms Trevane entgegen, die zuständige Pflegerin, und ich bat sie: »Würden Sie diese Nacht ein besonderes Auge auf meine Mutter haben? Sie war heute etwas seltsam.« Nur für den Fall, dass sie unvorhersehbare Reaktionen zeigen würde, dachte ich.

»Natürlich, Mr Macrae«, antwortet sie, bevor sie weiter ging.

Draußen erschien der späte Abendhimmel blau vom Mondschein. Ich stand eine Weile neben meinem Bentley und betrachtete die Reflexionen auf den Kurven seiner perfekt polierten Oberfläche. Wahrlich ein schönes Fahrzeug. Es war ein wichtiger Teil von Archers Identität gewesen. Aber der Gedanke, es abgeben zu müssen, bereitete mir Krämpfe im Magen. Ich beschloss, in Norwich zu bleiben, um am folgenden Tag nochmals nach Mutter zu schauen – und damit die letzte Fahrt weiter hinaus zu zögern. Ich fuhr zum nächstgelegenen Hotel, buchte mich ein und ließ den Wagen in die Garage fahren.

Nach einem kleinen Nachtessen im Restaurant des Hotels begab ich mich aufs Zimmer, wo mir unerwartet der Mief abgestandener Luft entgegenkam. Also öffnete ich zuerst einmal die Fenster. Eine kühle Brise drang herein und ich blieb am Fenster stehen um tief einzuatmen und die frische Luft zu genießen. Der Mond erhellte die Dächer in der Umgebung. Die steten Glockenschläge einer nahen Kirche erklangen. Vermutlich läutete es zur Messe, dachte ich. Religion. Mutters Problem. Und plötzlich hatte ich eine Idee.

Ich nahm meine Jacke vom Bett und verließ das Hotel, um zur Kirche hinüber zu gehen. Sie war gut besucht, doch die Messe hatte noch nicht begonnen. Ich trat durch die Pforte, ging den Gang auf der linken Seite an den Bankreihen entlang bis ganz nach vorne. Wie selbstverständlich – schließlich war ich in meiner Kindheit einmal Ministrant gewesen – betrat ich über die Treppe des Altars die Sakristei, deren Tür halb offen stand.

Dort bemerkte mich der Pfarrer sofort, der neben zwei Jugendlichen stand und mit Vorbereitungen für die Messe beschäftigt war. Er knöpfte gerade sein Priestergewand zu und schaute mich fragend an. Ich ging auf ihn zu mit den Worten: »Herr Pfarrer, kann ich Sie kurz sprechen?«
Es war einer von der grummeligen Sorte, der entsprechend erwi-

derte: »Junger Mann. Kann das nicht warten bis nach der Messe, bitteschön?«

»Nur einen Moment«, forderte ich und machte eine Geste um ihn etwas abseits der Ministranten zu sprechen. Dann suggte ich ihn: »Sie machen sich von nun an Ihre eigenen Gedanken. Sie hinterfragen die Dogmen, die man Ihnen beigebracht hat.«

Er schaute mich nur mit einem Schmunzeln an, und wandte sich dann ab um den Kelch und den Wein herzurichten. Ich ging zurück zur Tür und verließ die Sakristei, ging in der Kirche denselben Gang zurück, bis zu einer der hinteren Bankreihen, die noch ganz unbelegt war. Dort setzte ich mich und rutschte etwas zur Mitte hin, von wo mir die Säulen des Seitengangs nicht die Sicht zum Altar verdeckten.

Es war lange her, seit ich das letzte Mal in einer Kirche gewesen war. Früher hatte ich meiner Mutter noch den Gefallen getan und sie an besonderen Festtagen zur Messe begleitet. Aber das war noch vor dem Seniorenheim.

Die Orgel stimmte ein erstes Lied an, die Gemeinde sang und bald darauf trat der Pfarrer mit seinen Begleitern ein. Es folgte eine kurze Begrüßung; der Pfarrer erwähnte Ereignisse der nächsten Tage. Dann breitete er seine Arme aus und verkündete seiner Gemeinde: »Jesus Christus und der Heilige Geist, falls es sie denn gibt, seien mit euch.«

Die Leute rezitierten ihre Antwort, aber ein Gemurmel ging durch die Reihen und die restlichen Worte las der Pfarrer so undeutlich vor, dass man nichts verstehen konnte. Als er wieder kräftiger ins Mikrofon sprach, hörte man ihn sagen: »Liebe Gemeinde. Bitte setzt euch, um die Verkündigung von, wie hier auf dem Papier behauptet wird, Gottes Wort zu erfahren.«

Einer der Ministranten ging daraufhin ans Lesepult, schlug eine Seite der Bibel auf und las laut vor: »Aus dem Evangelium nach Johannes. Und am dritten Tag war eine Hochzeit zu Kana in Galiläa; und die Mutter Jesu war dort. Es war aber auch Jesus mit seinen Jüngern zu der Hochzeit eingeladen. Und als es an Wein mangelte, spricht die Mutter Jesu zu ihm: Sie haben keinen Wein. Jesus spricht zu ihr: Was habe ich mit dir zu schaffen, Frau? Meine Stunde ist noch nicht gekommen. Seine Mutter spricht zu den Dienern: Was er euch sagen mag, tut! Es waren aber sechs steinerne Wasserkrüge dort aufgestellt nach der Reinigungssitte der Juden, wovon jeder zwei oder drei Maß fasste. Jesus spricht zu ihnen: Füllt die Wasserkrüge mit Wasser! Und sie füllten sie bis obenan. Und er spricht zu ihnen: Schöpft nun und bringt es dem Speisemeister! Und sie brachten es. Als aber der Speisemeister das Wasser gekostet hatte, das Wein geworden war - und er wusste nicht, woher er war, die Diener aber, die das Wasser geschöpft hatten, wussten es. Amen«

Der Pfarrer ließ die Worte einige Zeit nachklingen, bevor er sich erhob, um ans Pult zu gehen. Er räusperte sich ausgiebig und begann seine Erläuterungen: »Liebe Gemeinde. Ich hatte eigentlich diese Rede vorbereitet …«, er blätterte überlegend in den Papieren, die er in der Hand hielt, »… über dieses wohlbekannte Wunder, das Jesus da vollbrachte, indem er Wasser in Wein verwandelte. Aber nun ist mir soeben etwas Anderes aufgefallen, das man sonst eigentlich immer übergeht. Was haben wir da gerade vernommen? Ein Wunder, nicht wahr? Aber was sagen uns die Worte von Johannes außerdem noch? Etwa, dass Jesus so sehr von der Arbeit an seinem Wunder abgelenkt war, dass er dabei vergaß, seine Mutter mit Respekt zu behandeln? Was sagte er zu ihr? *Was habe ich mit dir zu schaffen, Frau?* Spricht man so zu seiner Mutter?«

Erneut ging ein Getuschel durch die Reihen. Einige Leute schüttelten ihre Köpfe. Doch der Pfarrer fuhr unbeirrt fort: »Erinnern wir uns an die Worte von Jesus aus Lukas Vierzehn, wo er

sagte: *Wenn jemand zu mir kommt und hasst nicht seinen Vater, Mutter, Weib, Kinder, Brüder, Schwestern, auch dazu sein eigenes Leben, der kann nicht mein Jünger sein.* Doch laut Matthäus Fünfzehn sagte Jesus auch: *Gott hat geboten: Ehre deine Eltern. Wer über seine Eltern flucht, soll sterben!* Also was denn nun? Soll man die Eltern hassen oder soll man sie ehren? Jesus will beides. Er selbst aber ehrt sie nicht. Er predigt also Wasser und trinkt selber Wein. Ob vielleicht das die eigentliche Aussage ist von dem Wunder? Nun ja, geflucht hat er zu seiner Mutter wohl nicht. Aber nach Moses müsste er dafür dennoch gesteinigt werden.«
Ein paar Leute erhoben sich empört, andere fanden die Rede offensichtlich amüsant und einige warteten noch darauf, ob der Pfarrer vielleicht alles noch in eine andere Richtung lenken würde. Der aber sprach weiter: »Ehrt man seine Eltern, indem man seiner Mutter unflätig begegnet? Glaubt man der Bibel, so war Jesus also rotznäsig und heuchlerisch – kein gutes Vorbild – einer der Hass schürt und fordert, dass Kinder ermordet werden. Also ich will so was nicht glauben, und deshalb ist die Bibel für mich ...« Plötzlich setzte überaus laut die Orgel ein und übertönte den Redner. Nur die Amüsierten blieben weiter sitzen und beobachteten, hinter vorgehaltener Hand schmunzelnd, wie die Anderen aufstanden und heftig bis wütend diskutierend die Kirche verließen.

Von dem Vorfall gab es noch Tage später Interviews mit Zeugen in diversen Lokalblättern zu lesen. Es dauerte keine zwei Wochen, da wurde der Pfarrer vom Bischof höchstpersönlich mit Schimpf und Schande aus dem Amt gejagt. Damit kam aber die Diskussion, auch in den nationalen Medien, erst richtig in Schwung, denn niemand konnte verstehen, warum die Kirche so viele überführte pädophile Priester nur anderswohin versetzte und im Amt beließ, während sie sich von einem, der einfach nur einmal gewagt hatte, sich kritisch zur Bibel zu äußern, umgehend in aller Form distanzierte.

Mir tat auf jeden Fall leid, was der Mann erdulden musste, nur weil er zu Sinnen gekommen war, und ich schickte ihm anonym ein Paket mit dreißigtausend Pfund und einem Dankesschreiben für seine mutigen, ehrlichen Worte.

Doch zurück zum Tag danach. Als ich das Seniorenheim erneut betrat, fand ich meine Mutter nicht an ihrem Lieblingsplatz vor. Suchend ging ich durch die Gänge und schließlich in den Gemeinschaftssaal, in dem einige Gruppen älterer Leute zusammensaßen. Dort sah ich sie an einem Tisch sitzen und Karten spielen. Während ich ihr ungewohnt fröhliches Verhalten beobachtete, gesellte sich Ms Trevane zu mir und berichtete: »Ihre Mutter hat sich ja ganz überraschend völlig gewandelt, Mr Macrae. Es ist wirklich erstaunlich! Sie kam derart aufgestellt zum Frühstück, dass wir, nach Rücksprache mit ihrem Arzt, entschieden haben, einen Teil ihrer Medikamente abzusetzen.«

Später bei Kaffee und Kuchen meinte Mutter zu mir: »Weißt du, mein Sohn, ich habe erkannt, dass ich mein Leben selbst in die Hand nehmen muss. Ich allein bin Herrin meines Schicksals, das Hoffen auf Wunder und Beistand bringt einen nicht weiter.«

»Genau, Mutter, und Anderen mit ewiger Verdammnis zu drohen, macht nur verdammt einsam.«

Sie lachte mir verschmitzt zu. »Wie recht du doch hast, mein Sohn. Schön, dass wir uns so wunderbar verstehen.«

Tatsächlich hatten wir an dem Morgen zum ersten Mal ein langes und sinnstiftendes Gespräch. Doch es sorgte mich sehr, dass ihre Unbeschwertheit davon abhängig war, wie lange meine Beeinflussung wirken würde. Bevor ich wegging, wiederholte ich die Sugg und versprach, sie bald wieder zu besuchen.

Für die Rückfahrt nahm ich mit dem Bentley die Schnellstraße. Ich fühlte mich inspiriert von meinen neusten Erlebnissen und in mir reifte die Gewissheit, dass noch einige wichtige Aufgaben auf mich warten würden. Ich fuhr ab Woodford direkt in Richtung Wembley und kaum, dass ich das Gelände des Autohändlers erreicht hatte, erkannte ich im Radio erneut die Stimme von Kandace Springs. Sie sang *Leavin'* und ich nahm es als ein Zeichen der Vorsehung, obwohl ich es ja eigentlich besser wissen musste.

Die Verhandlung mit dem Verkäufer endete mit einem Scheck über fünfundfünfzigtausend Pfund, was ich durchaus fair fand. Dann bestellte er mir ein Taxi und ich ging über den Parkplatz zur Einfahrt. Noch ein wehmütiger Blick zurück auf den Bentley, der bereits in der Garage stand. Langsam bekam ich Übung mit schmerzhaften Abschieden.

Während das Cab mit mir in Richtung City fuhr, fiel mir mein Bike ein, das ich bisher völlig vergessen hatte. Also wies ich den Fahrer an, mich schon beim Einkaufszentrum aussteigen zu lassen; aber, leider vergebens. Es war nicht mehr da. Etwas entfernt, auf einem Streifen schmutzigen Grases, lag nur mein aufgebrochenes Schloss. Das entsorgte ich im nächsten Mülleimer und betrat das Einkaufszentrum mit der Absicht, mir ein neues Bike zu besorgen. Ich ließ mir noch von der Bank den Scheck des Autohändlers gutschreiben – auf mein richtiges Konto unter *Macrae*, denn Diversifizierung konnte bestimmt nicht schaden, dachte ich mir.

Wieder auf einem Bike durch die Straßen zu fahren, war doch kein so schlechtes Gefühl. Befreiend, eigentlich. In so einer Stadt kam man eindeutig schneller vorwärts, konnte Staus umgehen, brauchte sich nicht zu ärgern, weil man keinen Parkplatz fand und keine Angst zu haben, jemand könnte dem Wagen Beulen oder Kratzer verpassen.

Damit und mit der Straßenkluft, die ich jetzt wieder trug, war meine Rückverwandlung komplett. Ich fühlte mich wieder wie Vaughan, und die betrüblichen Erinnerungen rückten ein Stück weit weg von mir. Ich hatte sogar bereits an meine kommende Mission gedacht und mir zur Tarnung einen langen dunkelgrauen Mantel besorgt; mit weitem Kragen, der sich gut hochstellen ließ, um mein Gesicht etwas zu verdecken, und ein paar stabile Stiefel, für alle Fälle.

In der Archer-Street leerte ich meinen vollen Briefkasten und machte im Apartment erst einmal etwas Ordnung. Zu den Sachen die ich als Erstes erledigen wollte, gehörte natürlich, endlich Kyle anzurufen. Wahrscheinlich hatte ich als Archer das stets vor mit hergeschoben, um mich von meinem anderen Leben abzugrenzen. Aber nun spürte ich wirklich das Bedürfnis, mit ihm zu sprechen. Ich schickte ihm eine Textnachricht auf Signal und benutzte die Wartezeit bis zu seiner Antwort, um Ms Escott von der Immobilienfirma wissen zu lassen, dass ich die Wohnung kündigen möchte.

Der Klingelton von Signal kündigte Kyles Anruf an und ich nahm ihn umgehend entgegen. »Kyle, Alter. Gut, dass du gleich anrufst.«

Er entgegnete: »Habe das Texten langsam satt«, und klang dabei verärgert.

»Es tut mir leid, Kyle. Wirklich. Ich war einfach in einer ganz anderen Welt gefangen.«

»All diese Wochen? Okay, wenn ich könnte, würde ich auch ununterbrochen gamen. Hätte aber trotzdem noch Zeit für dich.«

»Nein, so habe ich das nicht gemeint«, sagte ich: »Ich war nur deiner Anregung gefolgt und habe mich mal so richtig gehenlassen.«

»Ist also meine Schuld, ja?«

»Oje, ich sehe schon, ich mache es nur noch schlimmer. Nein, natür-

lich ist es nicht deine Schuld. Ich habe es einfach übertrieben, okay? Nicht so wichtig. Ich erzähle dir alles darüber, wenn wir uns treffen. Aber jetzt musst du hören, was gestern passiert ist.«
Ich erzählte Kyle in aller Ausführlichkeit über das Suggen meiner Mutter, weil er sie natürlich kannte. Schließlich kam ich auf die Sache mit dem Pfarrer zu sprechen, denn die Story war einfach zu köstlich. Doch er reagierte ganz anders, als ich es erwartet hatte und sagte: »Das geht aber nicht, Vaughan, echt! Finde es nicht okay, dass du anderen den Glauben wegnimmst. Die sollen doch auch glauben was sie wollen.«
»Du bist ja heute tiefgründig drauf, Kyle. Klar, so was ist nicht unproblematisch. Aber was meine Mutter betrifft, so war ihr Glaube einfach nur noch selbstzerstörerisch. Da habe ich absolut keine Bedenken. Und dem Pfarrer habe ich rein gar nichts genommen. Ich habe nur dafür gesorgt, dass er anfängt, sein Gehirn zu benutzen. Wenn ihm dabei plötzlich ein Licht aufgeht, auf was für einem absurden Unsinn sein Glaube beruht, dann kann ich doch nichts dafür.«
Es war für einen Moment ruhig in der Leitung. Dann hörte ich sein »hmm, ...« und er sagte: »In dem Fall, ... dann ist es ja noch okay. Deine Mutter hat schon genervt mit ihrem Bibelzeug. Und dass es dem Pfarrer so einfährt, konntest du ja nicht wissen.«
»Das war ein Experiment, stimmt. Aber nun gehört er zu den Erleuchteten, die dem dunklen Frühmittelalter entfliehen konnten.«
Kyle klang entzückt und meinte: »Wie in *Battle of Dark Castle!* Dann befrei doch gleich die gesamte Menschheit von ihren mittelalterlichen Ketten; Koran, Bibel, und all das.«
Ich erwiderte: »Jetzt machst du aber eine totale Kehrtwende, Kyle. Vorher sagtest du noch, das dürfe man nicht.«
»Wär vielleicht doch keine so schlechte Idee.«

»Wir werden sehen, Kyle. Ich denke, ich kann auf jeden Fall noch Wichtiges bewirken mit meiner Kraft.«
Kyle sagte begeistert: »Du könntest die Welt retten.«
Und ich antwortete: »Wer weiß. Vielleicht könnte ich das tatsächlich.«

Nach dem Gespräch saß ich faul auf dem Sofa und konnte mich nicht überwinden, mich zu erheben. Dabei hatte ich kurz zuvor, als Kyle davon sprach die Welt zu retten, noch deutlich vor meinen Augen gesehen, wie ich meine Brust spannte, meine Fäuste in den Himmel streckte, furchtlos der nahenden Atomrakete entgegenflog. Doch schließlich hatte ich schon etwas Bedeutendes vollbracht gestern und alles erledigt, was anstand.

Also hob ich meine Füße hoch, legte mich hin und scrollte unentschlossen durch meinen Twitter-Feed. Bis mir bei einem Post der BBC ein Name ins Auge stach: *Grover*. In dem Artikel dazu hieß es: *Minister Grover übernimmt Leitung einer Sondereinheit des MI5* und der Redakteur ließ seinen Unmut darüber verlauten, dass die strikte Geheimhaltung es nicht erlaubt hatte, zu erfahren, wofür dabei wie viel Steuergelder eingesetzt wurden oder wie ein Minister überhaupt zu so einer Position kam. Er schrieb zudem: *Wir hätten nie etwas über diese Sondereinheit erfahren, wären da nicht die ganzen Umwälzungen des Monroe-Skandals gewesen.*

War es möglich dass Dave bei Grover, seinem Schwager, wirklich etwas gegen mich in Gang gesetzt hatte? Es war doch unwahrscheinlich dass dem jemand glaubte. Obwohl, Dave wusste eindeutig zu viel. Aber, selbst, wenn ich an ihn herankommen konnte, um ihn alles vergessen zu lassen, was nützte es, wenn die Sugg nur dreißig Stunden anhielt? Oder wenn Grover bereits Bescheid wusste?

Vielleicht konnte Alan mir etwas dazu sagen. Ich wählte seine Nummer, und als er sich meldete, musste ich mich natürlich zuerst

einmal entschuldigen, mich so lange nicht gemeldet zu haben.
Ich fragte: »Weißt du was neues über Dave?«
Und Alan antwortete: »Ja. Atkinson hat ihm nahegelegt, sich eine längere Auszeit zu nehmen. So hat man es mir jedenfalls erzählt. Scheint wohl die einzige Lösung zu sein, ihn loszuwerden, ohne Ärger mit seinem Schwager zu kriegen. Bestimmt geht er jetzt auf eine Pilgerreise oder so, du weißt schon ...«
»Kannst du mir Daves Adresse besorgen?«
»Warte mal«, erwiderte er. »Ich versuche es mal in der Personalabteilung. Bleib in der Leitung.« Doch kurz darauf meinte er: »Die haben schon Feierabend. Aber ich erinnere mich, dass er mich mal hatte überreden wollen, zu seinem Bibelkreis zu gehen. Vielleicht habe ich den Flyer noch irgendwo. Moment ...«, ein Rumpeln war zu hören, dann sprach Alan weiter: »Hier. Ich hab' ihn gefunden. Jeden Freitagabend um acht, im Gemeinderaum neben der Kirche vom Wyndham Place. Reicht dir das?«
»Perfekt, Alan. Ich danke dir.«
»Kein Problem. Bye!«

Die zwei Tage bis dahin verbrachte ich mit einigen Vorbereitungen. Unter Anderem testete ich meine neue Verkleidung mit Mantel, Stiefel und Fedora-Hut. Ich stand vor den Spiegel – besorgt, das Ganze könnte vielleicht verschroben wirken, wie ein Exhibitionist, oder sonst irgendwie zu auffällig sein, aber es war eigentlich auf recht nüchterne Weise elegant. Indem ich die Krempe weiter herunter zog, ließ sich das Gesicht rasch und dezent verdecken. Ein Taschenmesser und eine kleine Taschenlampe gehörten zu meiner Ausrüstung, so sollte ich für vieles vorbereitet sein. Mein Handy richtete ich mit einer neuen, unregistrierten Nummer so ein, dass alle meine Anrufe über wechselnde Server liefen, damit man mich nicht orten konnte.

Aber, nachdem Archer ja nun beerdigt war und ich nicht mit meinem richtige Namen in Aktion treten sollte – wie sollte ich mich jetzt nennen? Darüber hatte ich früher schon einmal nachgedacht und ich hatte doch eine gute Idee für einen Namen gehabt. Wie war der noch mal? Damals ging mir auch die Möglichkeit eines Superheldenkostüms durch den Kopf. Nun, da ich schon Erfahrungen im Einsatz gemacht hatte, schien mir diese absurde Vorstellung noch viel komischer. Strumpfhosen! Ich musste irrsinnig lachen bei dem Gedanken.

Cogento war der Name gewesen – ja, daran konnte ich mich noch erinnern. Das war doch ein gutes Zeichen.

Am nächsten Morgen fiel mir ein, dass ich innerhalb der dreißig-Stunden-Frist nochmals bei Mutter hatte sein wollen, um die Sugg aufzufrischen. Dazu würde ich nun wirklich nicht kommen, aber ich konnte wenigstens schnell anrufen. Als ich ihre Stimme hörte und ich sie fragte, wie sie sich fühlte, überraschte sie mich mit ihren Worten: »Wie ein Vögelchen im Frühling. Und ich habe solche Freude an meinen neuen Freunden hier, wir machen immer Spiele oder gehen spazieren.«

Erstaunlich für eine alte Dame, die bis vor ein paar Tagen von allen gemieden worden war. Auch Ms Trevane bestätigte mir, dass die Wandlung meiner Mutter angehalten hatte. Es war höchst unerwartet, aber umso erfreulicher, dass etwas lange über die übliche Frist hinaus halten konnte. Es war mir ein Rätsel und ich setzte es auf die Liste der Dinge, die ich noch genauer erforschen musste.

Am Nachmittag machte ich mich auf, um den Ort meines Einsatzes bei Tageslicht zu erkunden. Ich entschied mich, bei dieser Sache meine normale Bekleidung zu verwenden, denn Dave würde mich sowieso erkennen und er sollte von meiner Tarnung nichts wissen.

Es handelte sich um ein etwas verwinkelt gebautes Nebengebäude einer recht unscheinbaren Kirche, halb Atelier, halb Klostermauer. Vor dem Eingang der Kirche gab es einen ruhigen Platz, mit Bäumen und Säulen um mich zu verstecken. Aber aus welcher Richtung er kommen würde, war natürlich nicht vorauszusehen. Dem entsprechend konnte ich mir keine strikte Strategie zurechtlegen und müsste spontan reagieren, auch, weil er vielleicht nicht alleine sein würde.

Ich verbrachte einige Zeit in einem Restaurant in der Nähe und gegen halb acht gelangte ich wieder auf den Platz zurück – früh genug vor der Zusammenkunft. Es war bereits dunkel und ich wählte eine der dicken Säulen vor der Kirche, um mich zu verstecken. Von da hatte ich gute Sicht auf den Eingang gegenüber bei der Klostermauer und Möglichkeiten zum Ausweichen, je nachdem aus welcher Richtung Dave sich nähern würde.

Wenige Leute schlenderten über den Platz. Ab und zu betraten einige das Nebengebäude. Ich musste gleichzeitig auf beiden Seiten den Überblick bewahren, achtete auf Schrittgeräusche um rechtzeitig reagieren zu können.

So lange still herumzustehen, ließ mir langsam die Fingerspitzen und die Nase einfrieren und ich fing an zu schlottern. Nun wäre es mir doch lieber gewesen, ich hätte meinen langen Mantel angezogen.

Es war schon kurz vor acht. Der Bibelkreis würde bald beginnen. Ob Dave noch kommen würde? Ob er vielleicht gar nicht in der Stadt war? Alan hatte etwas von einer Reisen erzählt, doch wenn Dave noch hinter mir her war, würde er kaum verreisen. Vielleicht hatte er aber auch schon längst aufgegeben. Schließlich war ich lange Zeit untergetaucht.

Plötzlich spürte ich eine Berührung an meinem Kopf. Ich erschrak! Etwas verdeckte mir für einen Moment meine Sicht, dann

kriegte ich keine Luft mehr und wurde gegen die Säule gedrückt. Eine Hand hielt mir Mund und Nase zu.
»Damit hattest du nicht gerechnet, was?«, sprach mir eine krächzende Stimme ins Ohr.
Jemand rief: »Los packt ihn in den Van!«
Ein Klebeband wurde über meine Lippen geklebt, die Hände hinter meinem Rücken zusammengebunden, meine Sicht war eingeschränkt. Zwei Typen mit Skimasken drängten mich in der Dunkelheit zur Straße hinüber und stießen mich in einen Van. Sie setzten sich neben mich, quetschten mich in der Mitte der Rückbank fest. Der Wagen beschleunigte und fuhr eine ganze Weile in der Gegend herum. Ich konnte längst nicht mehr erahnen, wo ich mich befand.

Irgendwann stoppte der Van und die Männer zerrten mich in ein Haus im Nirgendwo – ich sah in spärlichem Laternenlicht nur eine nüchterne Wohnsiedlung aus identischen Reihen-Mehrfamilienhäusern. Auf der Betontreppe zum Keller verknackste ich mir einen Fuß und wurde dann brutal an einen Stuhl gefesselt. Plötzlich stand ein Mann breitbeinig und siegesbewusst vor mir.

Es war Dave! Zufrieden schaute er auf mich herunter. »Wie du siehst, habe ich immer noch Freunde im Büro. Die haben erfahren, dass Alan meine Adresse gesucht hat. Ich weiß über dich Bescheid, Vaughan! Über deine Hypnosekraft, deinen Stunt bei der Redaktionssitzung und mit Atkinson. Ich weiß, wie du an deinen Job gekommen bist! Woher du plötzlich so viel Geld hast, werde ich auch noch herausfinden, verlass dich drauf. Ich habe gesehen, was du alles in den Möbelläden gekauft hast. Und das bei deiner kleinen Wohnung.«
Bei so viel Aufregung war es schwierig, nur durch die Nase zu atmen. Immerhin beruhigte es mich, dass er nicht alles über mich herausgefunden hatte. Oder?

Er sprach hochmütig weiter: »Du bist eine echte Gefahr für die Zivilisation. Das mit dem Pfarrer in Norwich, das warst du! Stimmt's? Ich wusste es! Du hättest die Reinheit aller Geläuterten beschmutzt. Hast du gedacht, du könntest die Wiederkunft unseres Erlösers verhindern? Du Ratte! Aber jetzt haben wir dich ja aus dem Verkehr gezogen.« Sein dreckiges Lachen ließ mich schaudern.
In was für einer Sekte war er eigentlich? Es musste etwas Extremes sein, nicht Großmutters Kaffee-und-Kuchen-Kirchgemeinde aus der Nachbarschaft, so viel war sicher.

Daves Telefon klingelte und er stieg ein Stück die Treppe hinauf, um zu antworten: »Ja? ... Ja, wir haben ihn. Kommt ihr ihn abholen? Morgen früh? Na gut ... ja, mach ich.« Als er wieder vor mir stand, prahlte er: »Na, Vaughan, schon nervös? Die von der Org werden dich testen. Wie eine Laborratte. Ich habe nämlich meinen Schwager James Grover auf dich angesetzt. Der ist nicht nur hoher Priester der RSK, sondern auch ein einflussreicher Politiker.«
Ich zuckte mit den Schultern und machte das ausdrücklichste *Na und*-Gesicht, das mir in der Situation möglich war.
»Schon klar, RSK sagt dir natürlich nichts. *The reborn of our Saviour's Kingdom* geht noch auf Eduard VIII. Duke of Windsor zurück. Nur Auserwählte aus besten Kreisen und ihre Verwandten können dem Geheimbund beitreten. Der Duke wollte damit sicherstellen, dass nur seine *Rasse des reinen Blutes* einen Platz im kommenden Himmelreich auf Erden erhält. Leute wie ich.«
Ich hoffte nur, mich mit dem Klebeband über meinem Mund nicht übergeben zu müssen.
»James und seine Leute vom MI5 haben auf meine Anregung hin eine Abwehrorganisation, die Org, zusammengestellt. Gegen solche wie dich. Die haben ein nettes Plätzchen eingerichtet, damit du uns nicht mehr in die Quere kommen kannst.«

Nun bekam ich wirklich Panik. Ich musste verschwinden, so lange es noch irgendwie möglich war. Aber sie standen zu dritt herum und ließen mich nicht aus den Augen. Unauffällig versuchte ich, das Klebeband mit meiner Zunge von innen her zu befeuchten. Vielleicht würde es sich mit der Zeit lockern lassen.

Einige Zeit später – mir kam es wie Stunden vor – schienen meine Bewacher langsam müde zu werden. Dave hatte befohlen, dass immer einer abwechselnd Wache stand und ging mit dem zweiten der Männer weg, um sich hinzulegen.

An Schlaf war für mich nicht zu denken. Stattdessen probierte ich, ob sich meine Hand- oder Fußfesseln etwas lösen ließen, oder ob ich mich mit dem Stuhl bewegen konnte. Aber das Wenige, das mir möglich war, brachte nichts. Und selbst wenn, ich stand ja immer noch unter Beobachtung.

Es war wiederum einige Zeit vergangen, als ich bemerkte, dass sich die Kellertür mit leisem Knirschen langsam öffnete. Eine Frau, nur mit einem Nachthemd bekleidet, kam behutsam die Treppe herunter. Der Wachmann, der vor der untersten Stufe auf einem Stuhl saß, drehte sich zu ihr um und sie flüsterte ihm etwas ins Ohr. Er schaute kurz zu mir herüber und wollte gerade aufstehen, als die Frau ihm von hinten einen Backstein über den Kopf zog. Er sackte zusammen und sie reagierte schnell, um seinen Oberkörper etwas zu bremsen, als der Mann vornüber zu kippen begann. Das Ganze ging erstaunlich lautlos vonstatten. Dann nahm sie ein Werkzeug aus einer Kiste und schnitt meine Fesseln auf. Meine steifen Hände schmerzten, als ich das starke Klebeband Stück für Stück aus meinem Gesicht pulte.

»Wea schin schi?«, bemühte ich mich durch das halb gelöste Klebeband zu fragen.

»Ich bin Daves Frau, Geraldine. Ich brauche Ihre Hilfe!«

»Hilfe? Bei was?«, fragte ich.
Sie erklärte: »Ich muss hier weg. Ich bin hier gefangen, genau wie Sie.«
Erst jetzt, näher am Licht, fiel mir auf dass sie nicht gut aussah, und sie blutete. Es war verwirrend und ich sagte: »Wieso hält Dave seine eigene Frau …? Okay, vergessen Sie's. Machen wir, dass wir hier wegkommen.«
Wir lösten gemeinsam den Rest meiner Fesseln, dann führte sie mich zur Treppe hinauf ins Haus. Der Gang war nicht beleuchtet, nur vom Wohnzimmer her drang etwas Licht herüber. Geraldine zeigte in Richtung des Wohnzimmers und flüsterte: »Sie liegen beide da drüben auf den Sofas.«
Ich drehte mich in die andere Richtung der Haustür zu, doch sie nahm mich am Arm und erklärte: »Sie müssen mir helfen, meine Tochter zu befreien. Sie ist in einem Zimmer eingeschlossen, auf der anderen Seite des Hauses.
Ich blickte ins Wohnzimmer, sah den anderen Gang hinter dem Sofa und erwiderte: »Ich sehe nur eine Chance, wenn wir die beiden vorher ausknocken.«
Vorsichtig schlich ich näher zum Kamin und reichte ihr eines der Holzscheite die dort gestapelt waren. Ein weiteres nahm ich für mich, dann deutete ich ihr, zu dem anderen Mann zu gehen, der sich auf dem langen Sofa breit gemacht hatte, während ich mich dem schlafenden Dave näherte. Als wir beide in Position waren, tippte ich Dave kräftig an die Schulter. Er wollte sich gerade erheben, da schlug ich ihm das Scheit voll über den Kopf und er fiel zurück aufs Sofa.

Daves Frau hatte im selben Moment weniger Glück. Sie traf den Mann nicht richtig und er erhob sich und packte sie. Sie standen neben dem Sofa und er hielt sie mit seinem Arm um ihren Hals vor sich. Er schaute grimmig zu mir herüber und brüllte: »Du

sagst kein Wort, oder ich breche ihr das Genick.«
Ich konnte nur hoffen, dass er nicht sofort reagieren würde und suggte ihm: »Du lässt sie los! Beweg dich nicht!« Tatsächlich brachte ich ihn damit schnell genug unter meine Kontrolle. Sie hustete und setzte sich. Offenbar wussten sie nicht, dass ich Augenkontakt brauchte, um jemanden suggen zu können. Es wäre für den Mann ein Leichtes gewesen, mir schlicht nicht in die Augen zu schauen. Um so wichtiger, dass sie keine Gelegenheit bekamen, mit mir zu experimentieren und das heraus zu finden – ich würde jeden Vorteil verlieren.
»Knie nieder!«, befahl ich ihm und machte zu Geraldine eine schlagende Geste mit meiner Faust. Sie schlug ihm diesmal gezielt das Scheit über den Kopf. Danach lag er flach auf dem Teppich. Ich sah einen Ausdruck der Genugtuung auf ihrem Gesicht – sie hatte das wohl gebraucht.
Sie führte mich nach hinten, vor das betreffende Zimmer und wir stellten fest, dass es verschlossen war. »Wo ist der Schlüssel?«, fragte ich.
Sie erwiderte: »Ich habe keine Ahnung. Vielleicht hat ihn mein Mann.«
»Lassen Sie uns deswegen keine Zeit verlieren. Die Tür scheint mir ziemlich dünn zu sein. Ich breche sie auf.« Ich warf mich dagegen und tatsächlich gab sie sofort nach. Ihre Tochter kauerte verschreckt in einer Ecke neben dem Bett und Geraldine holte sie aus dem Zimmer.

Nun fehlte uns noch der Schlüssel der Haustür. Die war zu massiv, um sie auf andere Weise zu öffnen. Geraldine fand ihn in Daves Hosentasche, zusammen mit dem Schlüssel des Wagens. Gemeinsam stürmten wir aus dem Haus auf den Van zu. Sie öffnete die Schiebetür und setzte sich mit ihrer Tochter auf den Rücksitz. Ich machte mich daran, für sie die Tür zu zumachen, da fiel mir ein Automobil auf, das daneben stand. »Gehört das einem seiner Männer?«

»Ja, das ist Graham's«, erwiderte sie.
»Besser, ich mache es fahruntauglich«, sagte ich, zog die Türe zu und suchte nach meinem Taschenmesser. Das befand sich überraschenderweise noch immer in meiner Hosentasche. Amateure! Dachte ich, nahm mir die Zeit, um die Reifen aufzuschlitzen und stieg in den Van. Dann fuhren wir in die Nacht hinaus.

Erst zwei Uhr morgens. Ich hätte wetten können, dass viel mehr Stunden vergangen waren, seit Dave mich überfallen hatte. Während der Fahrt sagte ich: »Wir müssen überlegen, wohin wir fahren. Ihr blutet und seid übersät mit blauen Flecken. Wir sollten direkt ins Krankenhaus. Was meinen Sie, Geraldine?«
»Ja, gut. Wir müssen aber unbedingt mit der Polizei sprechen. Wer sind Sie eigentlich?«
Ich schaute kurz zu ihr nach hinten und antwortete: »Ich bin Vaughan. Ich habe unter Dave bei der London Times gearbeitet.« Darauf dann meine brennende Frage: »Also, Geraldine, warum hat Ihr Mann euch gefangen gehalten?«
Sie begann zu schluchzen und hatte Mühe mit dem Sprechen, als sie sagte: »Der Orden verlangte immer strikteren Gehorsam. Und die Teilnahme an diesen blöden Ritualen. Ich versuchte mich zu wehren, aber Dave ist ein Kontrollfreak. Er verbat mir den Kontakt zu meinen Freundinnen, dann zu meiner Familie und schließlich durfte ich gar nicht mehr aus dem Haus. Mit Alice dasselbe. Nicht einmal mehr zur Schule durfte sie gehen. Ich wollte mit ihr fliehen, aber Dave und seine Leute haben uns erwischt und uns bestraft. Seither ist nichts mehr, wie es vorher war.«
Ich war entsetzt und musste daran denken, welchen Einfluss die Sekte hatte: »Ich bin mir nicht sicher, ob die Polizei eine gute Idee ist. Oder selbst das Krankenhaus. Grover gehört auch zu denen und der ist beim MI5.«

»Ja, James ist mit Daves Schwester verheiratet. Er ist einer der Schlimmsten.«
»Wohin könnte ich euch sonst bringen, wo ihr sicher seid?«
Geraldine hielt ihre Tochter fest in den Armen. Sie überlegte einen Moment, während sie sanft ihren Kopf streichelte und sagte dann: »Am besten zu meinen Eltern. Bleiben Sie auf der Hauptstraße, ich zeige Ihnen, wo Sie abbiegen müssen.«

Die Ankunft, mitten in der Nacht, war hochdramatisch. Ich stoppte den Wagen auf dem Vorplatz der kleinen Villa und stieg aus, um an der Haustür zu klingeln. Überraschend schnell ging im oberen Stock des Hauses ein Licht an und durch die Gegensprechanlage fragte eine männliche Stimme: »Wer ist da?«
»Entschuldigen Sie. Aber ich bringe ihre Tochter Geraldine mit Alice. Es ist ein Notfall.«
Auch im Parterre wurde es nun hell. Dann öffnete sich die Haustür und ein älteres Paar stand in Schlafanzug und Morgenmantel vor mir.
»Sie sind im Wagen«, sagte ich und lief vor ihnen her zum Van, um die Schiebetür zu öffnen. Ich half Geraldine und dem Mädchen vom Sitz herunter und sie fielen dem Paar völlig aufgelöst in die Arme. Wir gingen alle zusammen ins Haus und ich erklärte den überraschten Großeltern, was passiert war. Besonders deutlich aber warnte ich sie noch vor Grovers Einfluss, bevor ich mich verabschiedete.

Auch ich musste nun rasch handeln. Die Zeit nutzen, die mir blieb, bevor Dave und seine Leute zu sich kamen und begannen, nach mir zu suchen.

Mit dem Van fuhr ich zurück zur Kirche, um mein Bike zu holen. Dann steuerte ich Richtung Soho und hielt in der Archer-Street vor meinem Haus, um alles aus meinem Apartment zu holen, was ich unbedingt brauchte. Ich füllte einen Koffer mit Kleidern, inklusive Mantel und Hüte, dann startete ich den Desktop-Computer, um ihn mit der Webcam auf den Raum gerichtet laufen zu lassen. So konnte ich jederzeit erfahren, ob jemand das Apartment betrat. Schließlich schnappte ich mir noch den Laptop, meine Daten und den Rucksack mit meinem Geld und verstaute alles im Van. Bis auf weiteres würde ich nun erneut die Archer Street meiden müssen, denn Dave und Grover würden hier ganz bestimmt zuallererst nach mir suchen.

Während der Wegfahrt aus der Archer Street beobachtete ich sehr genau, dass mir niemand folgte – kein Problem um drei Uhr morgens, praktisch ohne jeden Verkehr. Ich kurvte ziellos in der Gegend herum und dachte nach. Schließlich entschied ich mich, vorerst die Archer-Wohnung aufzusuchen, da ich sicher war, dass Dave nichts von ihr wusste. Zudem war ich vorerst immer noch der Mieter und hatte die Schüssel bei mir.

Als ich Archer endgültig hinter mir ließ, hätte ich niemals gedacht, dass ich schon ein paar Tage danach wieder hier vor *seiner* Wohnung stehen würde. Aber bereits bei den ersten Schritten ins Wohnzimmer hinein wurde mir klar, dass ich nicht länger als absolut nötig hierbleiben konnte. Zu schmerzhaft waren die Erinnerungen, die sofort in mir hoch kamen. Und ich musste den Abstand zu meinem früheren Luxusleben beibehalten, mit dem ich ja eigentlich abgeschlossen hatte.

Unerwartet entdeckte ich im Flur etwas, halb vom Teppich verdeckt, auf dem Boden vor der Tür. Ich stellte Koffer und Rucksack neben das Sofa, ging in den Flur zurück und hob überrascht einen Umschlag auf, mit meinem Namen darauf. Ich öffnete ihn und las: *Lieber Jonathan, es war schön, es war kurz und es endete für mich mit viel Schmerz. Ich hätte dir nicht erzählen sollen, wie ich zuvor gelebt habe. Aber das war nicht ich. Clair war nicht gut für mich. Ich will jemand anders sein. Und irgendwo anders. Adios, Rayza*

Ihre Worte hätten auch von mir sein können. Und das machte es nicht einfacher. Ich öffnete den Koffer im Schlafzimmer, steckte den Brief hinein und begab mich unter die Dusche.

VII

»Yolanda, Liebes. Wach auf. Wir setzen zur Landung an«, sagte Teresa und tätschelte ihr Bein.
Yolanda hob den Kopf von Teresas Schulter und seufzte. »Erreichen wir schon London? Ich bin doch gerade erst eingeschlafen.«
»Nein, du hast recht lange geschlafen. Zum Glück. Ich finde, die letzten Tage waren zu anstrengend für dich.«
Yolanda reckte sich, so gut es zwischen den engen Sitzen des Fliegers ging und legte das kleine Kopfkissen auf ihren Schoß als sie erwiderte: »Ja ich weiß, ich weiß. Ich habe diese Krankheit. Aber die Medikamente ...«
»Verlass dich nicht zu sehr auf deine Medikamente«, unterbrach sie Teresa: »Du musst dich trotzdem schonen, hörst du?«
Yolanda lächelte und streichelte ihr übers Gesicht. »Du brauchst mich nicht zu bemuttern. Mir geht es wunderbar, solange du bei mir bist. Dann fühle ich keinen Stress.«
Teresa musste an die Diskussionen denken, die sie mit dem Management wegen ihres Versagens in Buenos Aires hatten und sagte: »Zum Glück haben sie eingesehen, dass unsere Beziehung auch Vorteile hat.«
Yolanda machte ein grimmiges Gesicht. »Oh, wenn sie uns getrennt hätten? Ich glaube, ich hätte die Tour abgebrochen. Vertrag hin oder her. Ich hätte so gelitten. Ich hätte absolut keine Motivation mehr gehabt.«
Teresa erwiderte: »Solange du zu mir stehst, was konnten sie da schon machen? Aber ich nehme an, ein gutes Label weiß selber aus Erfahrung, wie einsam es für Stars unterwegs werden kann.«

Tatsächlich hatte sich an Teresas Aufgabe nichts geändert nach Buenos Aires. In der Öffentlichkeit sorgte sie weiterhin für Yolandas

Sicherheit und schirmte sie ab. Und obwohl Yolanda in Interviews manchmal nach ihrer Leibwächterin gefragt wurde und dazu stand, eine Liebesbeziehung mit ihr zu haben, hielten sie sich zurück und ließen die Fans nicht viel davon merken. Die Klatschpresse schaffte es natürlich trotzdem, hin und wieder Fotos zu zeigen, auf denen man sie zusammen sah, doch das taugte nun nicht mehr für große Skandal-Schlagzeilen.

Inzwischen dockte das Flugzeug in Heathrow an einen Boarding-Tunnel an. Die Leute der Entourage holten ihr Handgepäck aus den Fächern, während Marilyn, die Tourmanagerin, sie informierte: »Wir werden direkt ins Stadion gefahren. Holt Euer Gepäck und lasst es im Bus verstauen. Es wird ein Buffet geben, Backstage, während ihr alles aufbaut.« Daraufhin verließen sie das Flugzeug und eineinhalb Stunden später erreichten sie zusammen das Konzertstadion.

Während Yolanda den Soundcheck durchführte, inspizierte Teresa den Backstagebereich und die Umgebung der Bühne. Sie koordinierte mit den Sicherheitsleuten des Veranstalters und nahm sich dann etwas Zeit, um Yolanda und die Band bei den Vorbereitungen zu beobachten. Sie setzte sich in die vorderste Stuhlreihe, lehnte sich zurück und versuchte, sich zu entspannen.

Doch plötzlich betraten zwei unbekannte, massige Herren in dunklen Anzügen und Sonnenbrillen die Bühne. Teresa hatte sie nicht kommen sehen. Sie schreckte sofort auf, sprang nach vorne und wollte gerade ausholen um sich auf die Bühne zu schwingen, als Marilyn auf sie zu kam und sie bremste. »Schon gut, Teresa. Die drei hatten sich angemeldet.«

Teresa reagierte verärgert: »Und warum war ich nicht darüber informiert?«

»Tut mir leid«, erwiderte Marilyn: »Ich kam noch nicht dazu.«

Dennoch zog sich Teresa zur Bühne hoch und begab sich in die Nähe von Yolanda. Die Unbekannten überreichten gerade ein Geschenk und einer sagte zu ihr: »Mr. Popov schickt Ihnen das und die Karte. Eine Einladung für eine Party nach dem Konzert, Ma'am.« Danach drehten sie sich um und verließen die Bühne. Yolanda wandte sich Teresa zu und meinte: »Ich glaube kaum, dass ich nach diesem Konzert noch die Energie haben werde, um auf eine Party zu gehen.«
Marilyn, die zugehört hatte, kam unvermittelt zu ihnen und fragte: »Ist es eine Einladung von Popov? Dann musst du dich dort zeigen.«
»Ja, sie sagten *Popov*. Wie meinst du das?«
»Also, nachdem die mich vorhin angerufen hatten, fragte ich unsere Leute vom Label hier in London nach diesem Popov, und die sagten, er sei eine ganz große Nummer. Immobilienhai, schwerreich. Sie wären froh, wenn du hingehen würdest. Bei seinen Partys gibt es immer viel Prominenz und er sei bekannt dafür, Absagen allzu persönlich zu nehmen.«

Das Konzert war sehr gut besucht, im Stadion jubelten die Leute immer noch und hofften auf eine weitere Zugabe. Doch die Beleuchtung wurde heruntergefahren und die Techniker begannen damit, Material zusammenzuräumen.

Yolanda saß verschwitzt in ihrer Garderobe und ruhte sich aus, während Teresa Wasser brachte und ihr etwas Luft zufächerte. Nachdem sie sich umgezogen hatte, kam üblicherweise der eine oder andere V.I.P.-Gast zur Garderobe, um Blumen zu bringen, ein Autogramm zu bekommen oder ein Selfie mit ihr zu schießen. Doch heute kam niemand. Dafür gab es gleich zwei Gründe und die standen in dunklen Anzügen und Sonnenbrillen grimmig blickend vor der Tür. Als Yolanda mit Teresa die Garderobe verlas-

sen wollte, stellten sich ihnen die beiden massigen Gorillas in den Weg und einer sagte: »Folgen Sie uns, Ma'am!«
Teresa protestierte: »Que? Ihr habt hier nichts zu sagen!«
Aber Yolanda meinte: »Lass, ist schon gut. Wir gehen nur ganz kurz zu dieser Party. Das schaff ich schon.«
Als einer der Beiden daraufhin Yolanda fest am Arm packte, wurde es Teresa dennoch zu viel und mit einem kurzen, gezielten Schlag wies sie ihn in die Schranken. Der Mann griff sich an die Nase und sie machte sich bereit, auch dem Anderen zu zeigen, wo die Grenze war, doch der zog sich sofort etwas zurück.
»Tut mir leid, Ma'am«, gab er kleinlaut von sich und fasste sie nicht mehr an. Danach verhielten sie sich deutlich respektvoller.
Teresa flüsterte zu Yolanda: »Lass uns Tony mitnehmen. Ich finde es riskant, uns nur zu zweit in die Hände dieser Unbekannten zu begeben.«
»Einverstanden«, entgegnete sie und rief hinter sich in die Garderobe: »Marilyn, bringst du mir schnell Tony her, bitte?«
»Tontos. Wir warten hier«, befahl Teresa den Männern, denen sie in Gedanken den Spitznamen *King und Kong* verlieh.
»Tony«, sagte sie dem fülligen Assistenten der Tourmanagerin, der auf sie zu kam: »Begleitest du uns zu einer Party, porfa?«
»Sicher. Kein Problem«, antwortete er und schnappte sich beim Vorbeigehen ein Sandwich vom Buffet. Tony war zwar keine Kämpfernatur, eher ein sanfter Typ, aber er machte Eindruck mit seiner Größe und seinen dicken Oberarmen, auch wenn sie mehr aus Speck als aus Muskeln bestanden.

Eine Limousine wartete auf sie und fuhr sie zu einem Club im Zentrum von London. King und Kong begleiteten sie zum Eingang, wo weitere, ähnliche Männer dafür sorgten, dass nur geladene Gäste durchgelassen wurden. Im Tanzsaal spielte Popmusik, nicht allzu laut. Viele Leute standen in Grüppchen, unterhielten sich, tranken Champagner, ein paar Wenige tanzten. Alle hielten inne und drehten sich um, als sie Yolanda bemerkten; die Musik wurde herunter gedreht. Zwischen den Gästen bildete sich eine Gasse, die Teresa und Yolanda den Blick frei gab zu einer Bar. Umringt von wichtig aussehenden Männern und elegant gekleideten Damen, kam ihnen von dort ein älterer, beleibter Herr in noblem Anzug und gelbblond gefärbter Föhnfrisur entgegen.

»Yolanda, meine Liebe. Schön, dass Sie kommen konnten.« Er schien es nicht für nötig zu halten, sich vorzustellen.

»Mr Popov?«, meinte Yolanda unsicher.

Er umarmte sie, als wäre sie eine alte Freundin, etwas zu heftig noch dazu, hielt sie bei sich an der Seite und verkündete stolz seinen Gästen: »Yolanda hier, meine große Sängerin. Sie ist die Beste auf der Welt! Trotz der Strapazen ihres erfolgreichen Konzerts – wirklich unerreicht erfolgreich – ist sie extra hierhergekommen, nur um mich kennenzulernen. Ist das nicht großartig? Applaus, meine Leute, Applaus!« Die Gäste klatschten pflichtbewusst.

Popov führte Yolanda zur Bar und Tony und Teresa bemühten sich, stets in ihrer Nähe zu bleiben. Nachdem Popov ihr ein Glas gereicht hatte, nahm er sie am Arm und zog sie mit sich, um sie mit einigen der Gäste bekannt zu machen. Darunter waren Geschäftsleute, Politiker, bekannte TV-Hosts und Models, wie er ihr jeweils erklärte.

»Nun, es war nett, dass Sie mich eingeladen haben«, bemerkte Yolanda zu Popov: »Aber für mich wird es langsam Zeit. Ich muss mich wirklich ausruhen.«

»Bleiben Sie doch noch etwas, bitte, mir zuliebe, ja?« Erwiderte Popov.

Tony warf ein: »Sie sollte sich wirklich schonen, Mister.«

Und Teresa bestärkte seine Worte: »Sí! Er hat recht, Mr. Popov.« Popov wollte jedoch nicht darauf hören. Sie mussten sich noch ein paar Mal wiederholen, bis sie damit endlich zu ihm durchdrangen. Dann sah er Yolanda intensiv in die Augen und sagte mit Nachdruck: »Aber am Samstag kommen Sie nochmals mit mir, zu meinem großartigen Freund Price. Das müssen Sie mir versprechen. Das dürfen Sie nicht verpassen, ja?« Es war keine Bitte. Dieser Mann war es offensichtlich gewohnt, zu bekommen, was er wollte.

Im Hotel war es still. Ihr ganzes Team, mit Ausnahme von Marilyn, hatte sich bereits schlafen gelegt. Sie wartete in der Lobby besorgt auf ihre Ankunft und führte sie gleich auf ihr Zimmer.

Der nächste Tag war dafür erholsam. Sie blieben lange liegen. Erst am Mittag hatten sie eine kurze Sitzung mit dem Team und Marilyn erinnerte sie an die Einladung von Popov. Yolanda meinte nur: »Lass dir etwas einfallen, damit ich nicht gehen muss, sei so gut.« Dann nahm sie Teresa an der Hand, verließ mit ihr das Hotel und rief ein Cab herbei, mit dem sie Richtung Buckingham Palace fuhren. Sie genossen die freie Zeit in London, sahen sich Big Ben, die Tower Bridge und Madame Tussaud's an und erlebten ein Abendessen im *Dans Le Notier*, komplett im Dunkeln.

Den Abend ließen sie in Zweisamkeit im Hotelzimmer ausklingen. Später zappte Yolanda durch die Fernsehkanäle und blieb auf einem Nachrichtenkanal hängen. Der Moderator berichtete von Unruhen unter der Bevölkerung von Sambia, Kongo, und weiteren Regionen in Afrika, wegen Ausbeutung von Ressourcen durch Großkonzerne. Sie klagten über vergiftetes Wasser, überteuerte Medikamente, Verletzung der Menschenrechte.
»Die Situation wird überall immer schlimmer«, bemerkte Yolanda.
Teresa sagte: »Auch bei uns in Kolumbien. Man kennt das seit Jahr-

zehnten. Und Widerstand aus der Bevölkerung bewirkt wenig. Solche Firmen haben die Politik in der Tasche. Ganze Dörfer mussten umsiedeln.«
»Die machen Milliardengewinne«, meinte Yolanda: »Alles Geld, das fehlt, um die Schäden vom Abbau zu beheben. Ich sollte meine Bekanntheit nutzen und bei den Politikern intervenieren, in den Parasitenländern wo diese Firmen herkommen.«
»Eine gute Idee. Wir sollten in die Schweiz gehen«, erwiderte Teresa als sie sich zum Einschlafen an ihre Seite kuschelte.

Das Konzert am folgenden Tag absolvierte Yolanda frisch und energiegeladen. Das Stadion war wieder sehr gut besetzt und als sie den Song *Un Planeta con Futuro* ankündigte, dachte sie an ihre Gespräche der letzten Nacht. Sie nutzte die Gelegenheit und verkündete ihrem Publikum: »Das ist gegen Gier und Gleichgültigkeit. Gegen Korruption. Gegen die Verbrechen an Mensch und Natur, die internationale Firmen in Entwicklungsländern begehen.«
Die Zustimmung der Menge war deutlich zu vernehmen. Teresa stand an der Seite der Bühne und warf Yolanda eine Kusshand zu. Die Band spielte Song um Song und am Schluss noch viele Zugaben, bis sie endlich alle erschöpft die Bühne verlassen konnten.

Yolanda legte sich auf das Sofa in ihrer Garderobe.
»Zeit für deine Medikamente«, sagte Teresa und holte ihre Tasche, die am Ständer mit den verschiedenen Abendkleidern hing. »Wo hast du das Lami-Dings?«
»Lamictal. In meiner braunen Tasche«, erklärte Yolanda.
»Nein, da ist es nicht«, sagte Teresa und suchte am Boden, in anderen Taschen, in Schubladen. Ohne Erfolg. »Du hast es doch heute Nachmittag auch genommen, oder?«
»Ja, natürlich. Ich sage doch – ich hatte es in meiner Tasche.«
»Marilyn«, rief Teresa: »Kommst du mal? Wir finden ihre Medis nicht.«

Marilyn schaute besorgt und meinte: »Vielleicht sind sie im Hotel? Ich lasse jemanden im Zimmer nachsehen, wartet.«
Nach dem Anruf erklärte sie bedauernd: »Leider nichts. Aber, kein Problem. Dann besorge ich eben Neue«, und machte sich davon.

Sie warteten bereits ziemlich lange, als Yolandas Handy klingelte und Marilyn fragte: »Sie haben das Original nicht. Gehen Generika auch?«
»Nein, die vertrag ich nicht«, antwortete Yolanda.
Marilyn erwiderte: »Hab' noch etwas Geduld. Ich klappere noch weitere Apotheken ab.«
Sie steckte ihr Handy ein. Teresa begann sich Sorgen zu machen. »Was passiert, wenn du gegen deine Epilepsie nichts nimmst?«
Yolanda antwortete: »Also es ist lange her, seit ich ohne Medikamente war und das letzte Mal Anfälle hatte. Sie könnten jederzeit auftreten. Dann wäre ich schlicht zu nichts zu gebrauchen. Keine Auftritte, kein Ausgang. Im schlimmsten Fall könnte ich plötzlich zitternd auf dem Boden liegen.«

Bald darauf kehrte Marilyn zurück und sagte mit einem Zucken ihrer Schultern: »Nichts zu machen. Ihr hättet die Menschenmengen sehen sollen vor den Apotheken. Alle decken sich mit Medikamenten ein, als ob Chaos ausbrechen würde. Der Apotheker sagte mir, die großen Pharmafirmen wurden zerschlage. Nowartes, Payer, Glagso und so weiter, stecken alle in einem riesigen Korruptionsfall. Die sind alle dran, und die Leute kaufen, was in den Apotheken noch da ist.«
»Meine Pillen sind von Glagso. Dann gibt es die jetzt nicht mehr?«, fragte Yolanda.
»Der Apotheker sagt, die Gesundheitsbehörde übernimmt die Patente und die Produktion geht nahtlos weiter. Aber weil die Leute Panik haben, sind jetzt plötzlich die Lager leer geräumt. Moment …«

Marylins Telefon klingelte und sie verließ das Zimmer.

Nach einer Weile kehrte sie mit einem Silbertablett in der Hand zurück, auf dem ein Umschlag für Yolanda lag. Die Sängerin nahm ihn verwundert an sich, öffnete ihn und fand darin einen kleinen Plastikbeutel, in dem sich sechs Pillen befanden. Auf der beiliegenden Karte stand: *Ich sehe Sie am Samstag. In Bewunderung, Ihr Popov*

Teresa war entsetzt. »Was soll das denn jetzt bedeuten? Also ein Zufall ist das sicher nicht. Hat der etwa deine Medikamente klauen lassen? Das gibt es ja nicht. So ein Schwein!«

Yolanda wandte sich an Marilyn und fragte: »Hast du den Samstag für mich nicht abgesagt?«

»Doch, habe ich. Yolanda, es tut mir so leid!«, erwiderte sie.

»Du kannst doch nichts dafür, wirklich! Aber was hat man dir darauf geantwortet?«

»Seine Sekretärin meinte nur: *das wird ihm nicht gefallen.*«

Sie brachten das Konzert am Freitagabend hinter sich, aber Yolanda war nicht mehr so unbeschwert wie beim letzten Mal. Auch konnte sie danach kaum einschlafen, obwohl Teresa ihr Tee ans Bett brachte, Rücken und Beine massierte und ihr etwas vorlas. Entsprechend schlaff fühlte sie sich den ganzen Morgen lang.

Marilyn informierte sie: »Die Leute von Popov haben angerufen. Nach dem Mittag wird euch jemand abholen.«

Es waren dann dieselben Männer, *King und Kong,* die steif und mit ihren Sonnenbrillen ausgerüstet in der Halle des Hotels standen. Yolanda ließ sich wieder von Teresa und dem unübersehbaren Tony begleiten. Vor dem Hotel wartete eine weiße Stretchlimousine und sie wurden aufgefordert, gegenüber von Popov und seiner Begleiterin Rose Platz zu nehmen. King und Kong setzten sich in einen zweiten Wagen und die Kolonne fuhr los.

»Yolanda, meine Liebe. Ich hoffe Sie tragen es mir nicht nach, dass ich auf diesen Ausflug bestehe«, sagte Popov und bemühte sich offensichtlich, so sympathisch wie möglich auszusehen. Sie zeigte ihm ein gekünsteltes Lächeln und er fuhr unbeirrt fort: »Aber Sie müssen meinen Freund kennenlernen. Er ist der erfolgreichste Geschäftsmann in London überhaupt, natürlich gleich nach mir. Sein Name ist *Big Price*. Und er ist Ihr allergrößter Fan, auch nach mir selbstverständlich. Er würde es mir nie verzeihen, Sie ihm nicht vorgestellt zu haben.«
Teresa betrachtete ihn abschätzig und versuchte, hinter seine oberflächlich-freundliche Fassade zu sehen. »Oye, pendejo!«, platzte sie schließlich heraus: »Bist du für das Verschwinden von Yolandas Pillen verantwortlich?«
Er setzte ein enttäuschtes Gesicht auf und wandte sich Teresa zu: »Denken Sie wirklich, ich könnte so etwas Schreckliches tun?«
»Cierto! Wenn du auf diese Art antworten, ja, dann bestimmt«, erwiderte sie frech.
»Also wirklich, Yolanda«, meinte er kleinlaut: »Es ist mir lediglich *zu Ohren gekommen* dass Sie ein Problem haben, Ihr Medikament aufzutreiben. Ich würde doch niemals wollen, dass Ihnen etwas passiert. Da ist es doch meine Pflicht, zu helfen.«
Für Teresa war der Fall sowieso klar. Angriffslustig hakte sie nach: »Tonto! Und wieso solltest du zufällig ausgerechnet von Yolandas Medikament eine Reserve verfügbar haben, Maldito?«
Er hob seine Arme zu einer entschuldigenden Geste: »Ich kenne eben Leute. Das ist mein Business. Na und?«, dann schaute er aus dem Fenster und verkündete: »Ah! Wir sind da.«

Die Wagen hielten vor dem protzigen Eingang eines riesigen Spielkasinos, wo *King und Kong* als Erste ausstiegen und für Popov die Wagentür öffneten. Sicherheitsleute im Inneren des Kasinos reagierten umgehend und machten die seitlichen Eingänge auf, damit sich Popov mit seinem Gefolge nicht in der Mitte durch die enge Drehtür quetschen musste. Durch den riesigen, klassisch und prunkvoll eingerichteten Saal geleiteten die Männer des Kasinos sie die zentral gelegene, breite Wendeltreppe hinauf und einen langen Gang entlang bis zu einer Sicherheitstür.

Dahinter schienen Privaträume zu liegen, immer noch prunkvoll, aber eher kitschig ausgestattet. Schließlich forderten die Männer sie auf, durch eine große Doppeltür aus dunklem Holz in ein geräumiges Wohnzimmer zu treten, während King und Kong draußen Stellung bezogen. Hinter ihnen wurden die Türen geschlossen und Popov ging voran, um einen ziemlich jung, aber auch ausgezehrt wirkenden Mann zu umarmen, der sich aus seinem übertrieben geschmückten Sessel erhob.

»Darf ich vorstellen: Mein Freund Big Price«, sagte er an Yolanda gewandt.

Sie gab dem drahtigen Mann ihre Hand, mit einem leichten Lächeln aus Anstand, aber darum bemüht, etwas Distanz zu halten. Big Price jedoch stand die Entzückung geradezu ins Gesicht geschrieben als er sagte: »Oh, Yolanda Cruz. Ich bewundere Sie schon so lange. Ich kenne alle Ihre Songs.« Dann machte er ein verspanntes Gesicht und begann zu singen: »... desprecian con mentiras y suspiran y se mueren cuando piensan en mi amor.«

Teresa beobachtete seine etwas hölzernen, rhythmischen Bewegungen, die er dazu machte und sie fand, dass er mit all dem übertriebenen Schmuck um den Hals und an den Fingern wirkte wie das Klischee eines Gangsta-Rappers. Doch seine hagere Gestalt und die schlichten aber dennoch eleganten Kleider störten diesen Eindruck. Zu gerne hätte sie jetzt die Gelegenheit gehabt, nachzuschauen, was im Internet über ihn zu erfahren war. Die ganze Sache war ihr höchst zuwider. Aber sie mussten wohl mitspielen, wenn sie von Popov weiter Medikamente bekommen wollten.

Plötzlich erschreckte sie ein Knall und lautes Scheppern, als hinter Teresa die Holztür so heftig aufgerissen wurde, dass die Vasen daneben von ihren Sockeln fielen. Unter dem Türrahmen erschien eine dunkle Gestalt, die stampfend direkt auf sie zu gelaufen kam – sofort stellte sich Teresa schützend vor Yolanda, nahm instinktiv eine breitbeinige Stellung ein, hielt ihre Fäuste vor sich und versuchte, den Unbekannten abzuwehren.

VIII

In der Archer-Luxuswohnung zu bleiben, konnte und wollte ich mir nicht erlauben. Ich hätte natürlich in ein Hotel gehen können; doch Archer hätte sich bestimmt auch für solch eine bequeme Lösung entschieden, was für mich Grund genug war, mir etwas Anderes zu überlegen. Als ich Kyle am Telefon sagte, dass ich kurzfristig eine Bleibe benötigte, meinte er, ich solle Felix Jordan fragen. Es war sein Haus gewesen, in dem Kyle und ich damals in der WG gelebt hatten. Wobei; ein Haus war es eigentlich nicht, mehr ein Werkstattgebäude, das Felix provisorisch zu Wohnräumen umgebaut hatte.

Ich begab mich noch am gleichen Tag mit dem Van in Richtung Chelsea Bridge nach Battersea und parkte in einem Industriegebiet direkt vor Felix' Unit vom Ingate Place. Hätte nicht Kyle von ihm gesprochen, es wäre mir nie in den Sinn gekommen, dass Felix immer noch da war. Immerhin lag es schon viele Jahre zurück, seit ich hier täglich ein- und ausgegangen war. Es sah noch genauso aus wie damals und es kam mir vor, als wäre ich erst kürzlich noch hier gewesen. Nur das Gelb der meisten Garagen- und Werkstatt-Türen war inzwischen stark ausgebleicht.

Felix' Unit war offen. Ich traf ihn im großen Gemeinschaftsraum, dem Atelier, wo er, mit nacktem Oberkörper gerade ein gigantisches abstraktes Gemälde malte.

»Hallo Felix«, rief ich ihm entgegen, kaum dass ich den Raum betreten hatte.

Er drehte sich um, sah mich an und zeigte mit einem dicken Pinsel voller Farbe auf mich. »Hee! Wen haben wir denn da. Vaughan, richtig? Mann, das ist lange her. Was bringt denn dich hierher?«

»Ich brauche kurzfristig eine Bleibe. Meine Freundin hat mich rausgeschmissen«, sagte ich und lachte.

»Das soll's geben«, meinte er: »Also die Zimmer sind alle besetzt. Aber wenn es dir nichts ausmacht, kann ich dir den Lageraum herrichten da hinten. Wir könnten dieses Sofa reinstellen. Was meinst du?«

»Ist okay. Das genügt mir für den Moment. Kann ich meinen Wagen irgendwo unterstellen?«

»Die Garage wird zurzeit nicht benutzt. Stell ihn einfach unten rein.«

»Super, danke«, antwortete ich und kümmerte mich um den Van. Dass es nicht meiner war, brauchte ich Felix ja nicht zu sagen. So musste ich den Wagen vorerst nicht loswerden und hatte einen relativ sicheren Ort, um mein Zeug aufzubewahren. Wir richteten zusammen den Lagerraum her und er gab mir die Schlüssel.

Als ich danach alleine in dem Lagerraum, der wohl eher eine Abstellkammer war, auf dem Sofa saß, öffnete ich meinen Rucksack und betrachtete meine Geldstapel. Was sollte ich nun damit machen? Besonders sicher war es in der WG nämlich nicht. Schon gar nicht in einem Raum wie diesem.

Ich entschied, das Bargeld an drei verschiedene Orte zu verteilen. Felix gab ich im Voraus das Geld für einen Monat. Dann ging ich zum Van in die Garage, wo ich Hunderttausend Pfund unter dem Fahrersitz versteckte. Ich zerrte mein Bike aus dem Kofferraum und fuhr los, um für die anderen Zweihunderttausend Pfund zwei Safe-Deposit Boxen an verschiedenen Standorten zu mieten. Im Rucksack waren danach nur noch einige Zehntausend, die ich mit zurück in die WG nahm und im Lagerraum bei mir behielt.

Zurück auf dem Sofa meiner neuen, bescheidenen Unterkunft, befiel mich ein plötzliches Gefühl der Erleichterung. Mein Kopf war frei. War nun alles erledigt? Konnte ich mit meiner Mission beginnen? Der freie Kopf war aber auch irgendwie leer. Es war einfach, zu sagen, dass man die Welt retten will. Doch jetzt, wo es konkret wurde, musste ich feststellen dass ich gar nicht wusste wie ich das überhaupt anstellen, wo ich beginnen sollte. Es gab ja so viel, das falsch lief. Ich dachte an die Meetings der Redaktion. Dort hatte Atkinson auch immer die größte Mühe zu entscheiden, welche von all den schlimmen Neuigkeiten nun die Schlimmste war.

Felix klopfte an und sagte: »Vaughan, willst du auch zum Abendessen kommen?«

Ich folgte ihm ins Atelier, wo einige der Mitbewohner an einem Tisch neben der Küche saßen. »Leute, das ist Vaughan«, erklärte er. Dann zeigte er auf die Esswaren auf dem Tisch. »Nimm dir irgendwas. Es gibt sowieso meistens zu viel.«

Ich setzte mich hin und nahm mir einen Teller.

»London gefährlicher als jemals zuvor«, sagte einer am Tisch, der gerade die Zeitung aufgeschlagen hatte. »Steigende Unzufriedenheit der Menschen treibt sie vermehrt in die Drogenszene ... organisiertes Verbrechen wächst wie ein Krebsgeschwür ...«

Er legte die Zeitung weg. »Immer das Gleiche.«

»Darf ich?«, fragte ich und griff nach der Zeitung.

Wieder ein Wink des Schicksals. Es war eine Artikelserie über die Kriminalitätsrate in London im Zusammenhang mit organisiertem Verbrechen. Laut dem Leitartikel führten Umweltprobleme und negative gesellschaftliche Entwicklungen zu depressiven Tendenzen in der Bevölkerung. Mehr Menschen als jemals zuvor seien Drogen verfallen, um sich von ihren Problemen abzulenken oder rutschten in Kriminalität oder Extremismus ab. Interessant für mich war, dass der Artikel versuchte, die größten Problemzonen der Stadt zu umreißen. Dabei erstaunte es nicht, dass der Anstieg an Problemen rund um Clubs und im Rotlichtviertel besonders auffallend war. Die Rede war von Korruption über Raub bis zum Bandenkrieg. Mehrere international agierende Syndikate würden die Lage ausnutzen oder sich sogar untereinander bekämpfen.

Das wäre doch ein Ansatzpunkt für mich. Die Kriminalität auf den Straßen bekämpfen. Da konnte ich meine Gabe sinnvoll einsetzen, hatte ein Ziel vor Augen.

Den Nachmittag verbrachte ich konzentriert in meinem Lagerraum und versuchte, mir eine Strategie zurechtzulegen. Aufgrund von Polizeiberichten und weiteren Zeitungsartikeln definierte ich spezifische Orte innerhalb von Westminster, St. James, den Clubs in Soho und den Hydepark als meine Einsatzorte. Dort müsste ich einige Zeit die Lage sondieren. Aber bei hunderten von kleineren Verbrechen zu intervenieren, erschien mir zu wenig effektiv und auf Dauer zu riskant. Mein Plan war, vom Straßengangster zum Boss zu gelangen und schließlich zum Oberboss. Der Schlange den Kopf abzuschlagen, so wie ich es bei der Pharmaindustrie gemacht hatte.

Aber wenn ich das schaffen würde, dann käme doch bestimmt einfach eine andere Bande und würde die frei gewordenen Reviere übernehmen. Das hatte ich in *Breaking Bad* gesehen. Ich müsste vorsorgen, um das zu verhindern. Vielleicht sollte ich alle wissen lassen, dass nun eine höhere Macht existierte, die sie jederzeit bezwingen konnte. Eine furchtbare Macht namens *Cogento,* die auf dem Bike angerollt kam und Angst und Schrecken unter den Verbrechern verbreitete. Ha! Eine Aufgabe, die bei Superhelden üblicherweise ihr auffälliges Kostüm und das Symbol auf ihrer Brust übernahm. Das ging für mich natürlich nicht, wenn ich unauffällig bleiben wollte. Und dennoch musste ich meine Widersacher irgendwie wissen lassen, mit wem sie es zu tun hatten.

Vielleicht sollte ich stattdessen Karten hinterlassen und darauf schreiben: *Sie wurden abserviert von: Cogento*, oder *Cogento, stets zu Diensten gegen das Verbrechen*. Ja, das würde bestimmt funktionieren, dachte ich. Und solche Karten konnte ich mir in einem Copyshop ausdrucken.

Ich setzte mich vor meinen Laptop, um die Karten zu erstellen. Dann speicherte ich davon ein PDF auf einen USB-Stick, schnappte meine Jacke und schloss den Lagerraum hinter mir zu. In der Garage neben der Treppe stand Felix und diskutierte mit einem seiner Mieter. Ich wollte gerade an ihnen vorbeihuschen, um mein Bike holen zu gehen, doch Felix wirkte derart aufgebracht, dass ich fragte: »Hey. Ist was?«

»Ja. Ach, immer dieser Ärger mit den Behörden«, monierte er.

Ich blieb am Fuß der Treppe stehen und der Mieter erklärte mit krächzender Stimme: »Ich darf nicht mehr hier wohnen.«

»Das ist Peter«, sagte Felix.

Ich gab ihm die Hand. »Vaughan. Ich bin neu in der WG.«

Und Felix fuhr fort: »Das Sozialamt hat mir die Behinderten-Zuschüsse gestrichen für ihn und seinen Kollegen. Peter hat GAS, generalisierte Angststörung, und kann nur sehr eingeschränkt arbeiten. Und ich unterstütze die beiden mit günstigen Mietbedingungen. Aber das reicht nur zum Teil. Ohne die Zuschüsse geht es nicht. Ich habe schon alles probiert. Gegen den Entscheid Einspruch eingelegt und mir von einem Anwalt helfen lassen. Hat alles nichts genützt.«

Die Verzweiflung seines Schützlings war nicht zu übersehen und mir fielen die Worte von Spiderman ein: *Du wählst dir deine Aufgaben nicht. Sie finden dich.* »Das lässt sich bestimmt lösen«, sagte ich.

Felix schaute mich überrascht an. »Echt?«

»Ich glaube schon. Gib mir doch mal die Daten zu seinem Fall.« Ich notierte mir aus dem Ablehnungsschreiben die wichtigsten Informationen, wie den Namen des zuständigen Beamten *Arbuthnot*. »Ich kenne da jemanden in der Verwaltung.«

Peter schaute mit geröteten Augen zu mir auf und lächelte hoffnungsvoll.

Felix sagte: »Probleme mit dem Sozialsystem gehören zu den vielen Symptomen, mit denen die Leute zusehends zu kämpfen haben.«
»Aber warum eigentlich?«, erwiderte ich: »Der Staat ist doch dafür da, um den weniger Bevorteilten zu helfen.«
»Schon. Jedenfalls war das einmal die Idee. Leider gibt es immer mehr Politiker, die meinen, die Armen seien selber schuld. Die finden, dass solche Leute nicht genug arbeiten und wollen nicht für sie bezahlen. *Liberalismus* nennt sich das.«
Ich schaute auf Peter, der sich auf die Treppe gesetzt hatte und still unser Gespräch belauschte. »Absurd«, sagte ich: »Ich kenne genug Leute die hart schuften und sich trotzdem kaum etwas leisten können.«
»Das Schicksal«, erklärte Felix, während er die Papiere ordnete und in den Umschlag zurück steckte: »Jeder lebt mit den Karten, die es ihm zugesteckt hat. Welches Potenzial, welchen Charakter, Intelligenz oder welche Krankheit wir haben, sind nicht Dinge, die wir uns erarbeiten. Es hängt davon ab, wo, mit was und unter welchen Umständen wir geboren und aufgewachsen sind. Aber das sind Dinge, die Leute mit guten Karten nie begreifen. Leider machen zu viele von denen Politik.«
»Und reduzieren deshalb die Sozialleistungen?«
Ich holte mein Bike hervor, und Felix fuhr fort: »Klar. Die sorgen dafür, dass der Staat immer zuerst ganz unten spart. Und dann wundern sie sich darüber, dass Verbrechen und Drogenmissbrauch zunehmen.«

Als ich auf den Sattel stieg und meine Hose zurecht zog, deutete Felix zum offenen Garagentor und sagte: »Das Council für Battersea ist übrigens drüben bei Wandsworth.«
»Okay, ist nur ein kleiner Umweg für mich auf meinem Weg in die City. Also, dann mach ich mich mal auf. Bis später!« Ich hob meinen Fuß auf das Pedal und radelte los.

Schon wenig später fuhr ich unter einem riesigen Wappen durch die große Einfahrt eines sandgrauen, festungsartigen Gebäudes. Ich stellte mein Bike im Innenhof ab, um durch den Eingang im Zentrum der Anlage, erneut unter einem riesigen Wappen, den wenig einladend wirkenden Empfangsbereich zu betreten. Da ich nicht viel Zeit verlieren wollte, suggte ich der Dame am Schalter umgehend, dass mich Mr Arbuthnot schon erwartete. Sie wies auf den Lift hinter mir und nannte die Büronummer Dreihundertundzwölf.

Im dritten Stock sah es ebenso trist aus. Das Büro lag im mittleren Bereich eines langen dunklen Ganges. Es war beschriftet mit *Michael Arbuthnot, Legal Executive*. Das Besetzt-Lämpchen leuchtete rot, doch das kümmerte mich wenig. Ich riss die Tür auf und stand sogleich vor einem einfachen Schreibtisch, hinter dem ein typischer Bürokrat saß: Fülliger Leib, dicke Brille, Halbglatze.
Er lief sofort rot an und wetterte: »He! Sie können hier nicht einfach so reinplatzen.«
Meine Reaktion darauf war, dass ich frech meine Arme auf seinen Schreibtisch stützte und ihm tief in die Augen starrte.
»Sie sind jetzt ganz ruhig«, sagte ich eindringlich.
Darauf lehnte er sich zurück und schaute erwartungsvoll zu, wie ich mich dreist auf seinen Schreibtisch setzte. Wer wollte nicht schon immer einmal einem Schreibtischtäter die Leviten lesen? Er hatte den Beschäftigten markiert, mit seinem roten Licht an der Tür. Wichtigtuer. Doch auf dem Bildschirm waren die Karten von *Solitaire* zu sehen.

Ich holte meine Notizen hervor und begann: »Sie sind also Michael Arbuthnot?« Er nickte. »Haben Sie kürzlich einen Einsprache von Felix Jordan abgewiesen?«
»Da müsste ich kurz nachschauen.« Er wechselte auf seinem Com-

puter zu einer Datenbank und suchte nach dem Namen. Dabei gab er ein paar *aha* und *hmm* von sich, dann bestätigte er meine Frage.
»Warum haben Sie ihm die Zuschüsse verweigert?«
»Nun ja, äh, also ...« Er stotterte herum und ich musste ihn mit einer Sugg zu einer deutlichen Aussage zwingen bevor er antwortete: »Wir haben eine Quote, die erfüllt werden muss, um das Budget zu halten. Gegen einen Entscheid der Administration ist ein Rekurs aus Prinzip aussichtslos.«
»Dann haben Sie den Fall also überhaupt nicht geprüft? Und es hat Sie nicht interessiert, dass Peter ohne das vergünstigte Zimmer in der WG völlig aufgeschmissen ist?«
»Davon wusste ich nichts«, antwortete er kleinlaut.
Kein Wunder, dass sich viele Menschen ohnmächtig fühlten im Kampf gegen die Behörden, dachte ich. Angesichts solch herzloser Verwaltungsapparate gaben sie auf oder drehten durch. Jedoch galt das natürlich nicht für mich.
»Sie setzen jetzt ein Schreiben auf und garantieren die unbefristete Weiterzahlung aller Zuschüsse an Felix Jordan. Dann schicken Sie ihm und seinen Mietern unverzüglich eine Bestätigung zu und informieren auch die zuständigen Stellen über diesen Entscheid. Wird das funktionieren?«
»Ja«, bestätigte er: »Jordan wird damit keine Probleme mehr haben.« Dann machte er sich an seinem Computer an die Schreibarbeit.

Ich verließ sein Büro und suchte in dem Gebäude nach dem obersten Chef der Behörde. Der war gerade in einer Besprechung mit seinem Assistenten, als ich unangemeldet hereinplatzte und frech sagte: »Hallöchen zusammen!«
»Moment mal. Sie sind wer, bitte?«, konnte der ältere Herr, der hinter einem ausladenden Schreibtisch saß, gerade noch knapp sagen, bevor ich ihn suggte: »Sie bleiben still sitzen.« Zu dem Anderen

gerichtet sagte ich: »Und Sie setzen sich.«
Ich hockte mich auch hier auf den Rand des Schreibtischs und erklärt dann: »Ich bin Ihr Lehrer für anständigen Umgang mit Ihren Bürgern. Also, Sie befolgen nun folgende Anweisungen. Zuerst einmal geben Sie eine Anweisung an die gesamte Administration heraus, die besagt, dass von nun an jede Beschwerde einzeln zu prüfen sei. Es solle vorzugsweise human und zum Vorteil der Bedürftigen entschieden werden. Und dann lassen Sie von Ihrer Kommunikationsabteilung folgendes Memo an die Medien verteilen: *London Social Services warnt vor Sparmaßnahmen bei Bedürftigen. Was hier gespart wird, verursacht ein Mehrfaches an Folgekosten für Heilung, Psychiatrie, Wiedereingliederung, Administration, Justiz, Strafverfolgung und Strafvollzug. Diese Art des Sparens ist teuer: Während Politiker sich mit den angeblichen Sparmaßnahmen profilieren, auf Kosten der Menschen, die sowieso schon nichts haben, muss die Allgemeinheit den Preis ihrer Lügen bezahlen.* Alles klar?«
Der Herr bestätigte brav mit »Jawohl, Herr Lehrer.« Dann rutschte ich vom Schreibtisch herunter und verließ das Büro.

Dies alleine würde natürlich noch zu keiner nachhaltigen Verbesserung führen. Ich nahm mir vor, mich später noch um die verantwortlichen Politiker zu kümmern. Für den Moment zufrieden, verließ ich das Gebäude und radelte weiter in Richtung City.

Meine Besorgungen waren schnell erledigt. Im Bike-Shop ließ ich zwei Gepäcktaschen in edlem Retro-Stil anbringen. Und im Copyshop druckte ich mir hundert *Cogento*-Visitenkarten aus. Dann kehrte ich zurück zur WG, wo Felix mir gleich ungeduldig entgegenkam und fragte: »Und? Konntest du etwas erreichen?«
»Konnte ich. Du wirst wieder Zuschüsse erhalten.«
Felix klopfte mir auf die Schulter. »Mann. Das vergesse ich dir nie. Genial. Das Essen ist für immer frei für dich. Bedien' dich einfach.«

Ich schnappte mir einen Apfel vom Tisch, zwinkerte Felix zu und ging schon auf meinen Lagerraum zu, als er plötzlich weiter sprach: »Weißt du, ich höre viele traurige Geschichten hier. Von Leuten, die durch die Maschen der Gesellschaft gefallen sind. Opfer, die keine Unterstützung finden, die wegen ihren Gerichts- und Behandlungskosten ihre Existenz verlieren oder in die Drogensucht abrutschen, während ihre Vergewaltiger und Räuber von unserem Justizsystem mit milden Strafen und teuren Wiedereingliederungsmaßnahmen verhätschelt werden. Wenn doch nur jemand etwas an diesem kranken System ändern könnte, Vaughan.«
Ich schaute zu ihm zurück und sagte: »Ja. Das sollte man wirklich«, dann ging ich in mein Kämmerlein, um mich etwas aufs Ohr zu legen. Was er gesagt hatte, klang natürlich lange in mir nach. Ich würde es nicht vergessen und etwas dagegen tun, sagte ich mir. Doch heute Nacht hatte ich bereits Anderes vor.

Cogentos Stunde war gekommen. Vollmond. Die Eulen uhuuten auf den Bäumen, Wölfe heulten durch die Nacht, Katzen ließen die Mülleimer scheppern, dunkle Gestalten warfen ihre Schatten über die Straße – so begannen meistens die Abenteuer in den Superhelden-Comics. Bei mir war das weit weniger dramatisch. Schon möglich, dass irgendwo ein paar Ratten herumhuschten, wer weiß.

Ohne viel Aufsehen schlich ich mit meinen Sachen unter dem Arm durchs Atelier. Unten an der Treppe packte ich alles in die neuen Seitentaschen meines Bikes und fuhr danach durch die stillen Straßen hinaus in die Dunkelheit. Niemand verirrte sich um diese Zeit in ein Industriegebiet.

Mein Ziel war einer der billigeren Clubs in Soho und je näher ich kam, desto mehr Partyvolk schlenderte durch die Straßen. Das Bike kettete ich in einer unbeleuchteten Gasse an einen Pfosten, zog meinen Mantel an und setzte den Hut auf. So war ich in einer schattigen Ecke überhaupt nicht zu sehen, wie mir die Spiegelung im gegenüberliegenden Schaufenster bestätigte.

Der Eingang des Clubs lag an der nächsten Straßenecke. Ein Türsteher checkte die Gäste, die eingelassen werden wollten und winkte sie durch. Leute kamen und gingen. Einige standen vor dem Club herum und rauchten, eine Gruppe ausgelassener Jugendlicher blödelte herum. So ging das die längste Zeit. *Der einsame Rächer brauchte viel Geduld und beobachtete stundenlang, bevor er blitzschnell und lautlos zuschlagen konnte.*

An diesem Ort zeigten sich Vergnügungssüchtige umso verrückter, je später es wurde und als einige von ihnen ein paar Girls belästigten, war bei mir ... vor allem Bammel angesagt! Selbst noch, als die kräftig aussehenden Burschen, die betrunken herum brüllten, schon versuchten, die Frauen zu betatschen. Ich wusste noch nicht einmal, ob Suggen bei einem Betrunkenen überhaupt funktionieren würde. Aber als einer von ihnen eines der Girls an eine Wand drängte und ihr den Mund zuhielt, damit sie nicht schreien konnte, schritt ich ein.

Die Anderen grölten weiter vorne, in der Nähe des Clubs, herum. Keiner bemerkte, wie ich aus dem einen Schatten über die Straße in den anderen Schatten huschte. Der Angreifer war ganz damit beschäftigt, seinem Opfer unter die Kleider zu gehen. Ich näherte mich ihm von hinten, zerrte ihn am Arm, wartete, dass er mir in die Augen sah und dann suggte ich ihn mit energischer Stimme: »Du lässt sie jetzt los! Lass sie gehen!«

Das Mädchen befreite sich und rannte zu ihren Freundinnen. Doch die hatten selber zu kämpfen; gegen die anderen beiden Betrunkenen, die sie daran gehindert hatten ihr beizustehen. Zu dem Typen vor mir sagte ich: »Du gehst jetzt zu deinen Kumpels, verprügelst sie, trittst sie kräftig in die Eier und sorgst dafür, dass sie abhauen. Dann stellst du dich der Polizei!«

Ich hätte die fassungslosen Gesichter seiner Freunde filmen sollen, als er plötzlich wie ein wilder Stier auf sie losgestürmt kam und sie nicht wussten, wie ihnen geschah. Der Türsteher hatte in der Zwischenzeit schon die Polizei gerufen und die nahm die drei gleich in Empfang, als sie voreinander zu flüchten versuchten. Ich machte in der Dunkelheit einen diskreten Abgang in die entgegengesetzte Richtung.

Aber das war es nicht, was ich eigentlich gesucht hatte. Einen Club weiter stand ich erneut lange und ergebnislos herum, oder huschte von Schatten zu Schatten, um das Geschehen aus verschiedenen Winkeln zu beobachten. Gerangel und Gegröle gab es auch hier. Ich hatte keine Ahnung, wie ich ein Mitglied einer Bande, einen echten Verbrecher, überhaupt erkennen konnte. Und langsam verlor ich die Geduld. Vielleicht sollte ich zuerst intensiver recherchieren und morgen Abend wiederkommen.

Zwei Typen verließen den Club und entfernten sich aufgedreht lärmend die Straße entlang. Eine Flasche zersplitterte in ihrer Nähe, sie verschwanden um die Ecke. Noch von weitem konnte man sie hören. Dann aus ihrer Richtung lautes Krachen und Scheppern. Ich setzte mich in Bewegung. Meine schnellen Schritte hallten zwischen den Häusern und als ich die Ecke erreichte, sah ich, wie die Beiden mit Steinen und Stangen eine Bushaltestelle traktierten. Gerade ging eine weitere Scheibe zu Bruch und Scherben flogen klirrend über den ganzen Gehweg bis zu einer nahen Baustelle.

Flink näherte ich mich dem Ersten, machte ihn auf mich aufmerksam und suggte ihm, stillzustehen. Doch für den Zweiten war ich nicht schnell genug. Noch bevor ich mich ihm richtig zuwenden konnte, stieß er mir mit seiner Stange in den Bauch und holte gerade zu einem weiteren Schlag aus, als ich endlich nach Luft schnappen und »Stopp!« rufen konnte. Er hielt inne.

Etwas geknickt, auf meine Knie stützend, sah ich zu ihm hoch. Wie eingefroren stand er über mir. Ich musste erst mal wieder zu Atem kommen, während ich mich, so gut es ging, zum Überbleibsel der zertrümmerten Bank schleppte. Als ich mich wieder erholt hatte, suggte ich jedem von ihnen: »Du gehst jetzt zur Polizei, da drüben in der Burlington, und sagst den Beamten, dass ihr die Busstation zerstört habt. Sag ihnen *Cogento hat uns erwischt*. Hier, nimm meine Karte. Du vergisst wie ich aussehe, klar? Los, geht!« Ich winkte sie fort und sie gingen brav davon, quer über die Hauptstraße. Mir war das nun endgültig genug Trubel für diese Nacht. Ich holte mein Bike und fuhr nach Hause, ohne mein Ziel erreicht zu haben.

Auch am nächsten Tag schmerzte noch jede meiner Bewegungen. Ich hatte einen gewaltigen, tiefblauen Fleck an meiner Taille. Während meines Kaffees scrollte ich auf meinem Handy durch die lokalen Nachrichten und die Feeds in den sozialen Medien. Nur eine kleine Randnotiz war in der Boulevardpresse zu finden, über eine Anzeige gegen Clubbesucher wegen versuchter Vergewaltigung. Und ein Post im Twitter-Account der City Police, über die Verhaftung zweier betrunkener Vandalen, mit einem Bildchen der demolierten Busstation. Dazu stand *Die verwirrten Betrunkenen behaupteten, ein ›Cogento‹ habe sie zur Polizei geschickt.*

Meine erste Erwähnung. Natürlich hatte ich mir das bedeutender vorgestellt; als große Schlagzeile in der London Times. Sollte ich nächstes Mal gleich selbst in der Redaktion dafür sorgen?

Es lief nicht so, wie ich es mir vorgestellt hatte; einfach in ein verrufenes Viertel zu gehen genügte nicht, um einen Verbrecher auf frischer Tat zu ertappen. Einen richtigen Verbrecher, nicht nur irgendeinen Typen, der sich betrunken daneben benahm. Zeitungsartikel waren bestimmt ergiebiger, als auf den Straßen herumzustehen, allerdings lag ein dort beschriebenes Verbrechen ja immer schon einige Zeit zurück.

Ich blätterte durch eine Zeitung, die jemand im Atelier liegen gelassen hatte. Aber natürlich war da noch nichts drin von vergangener Nacht. Aber auf der folgenden Seite fiel mir ein Hinweis zu einem Gerichtsfall auf: Ein Mann war wegen Misshandlung einer Frau angezeigt worden. Sie sagte aus, er habe sie zudem gezwungen, auf den Strich zu gehen. Der Angeschuldigte war allerdings nicht vorbestraft und wurde gestern gegen Kaution aus der Untersuchungshaft entlassen.

Das wäre vielleicht so ein richtiger Verbrecher, wie ich ihn in der Nacht zuvor vergebens gesucht hatte. Und für die Frau konnte es gefährlich werden dass er nun auf freiem Fuß war, dachte ich mir. Ich klaubte meine Sachen zusammen und machte mich auf den Weg zur nächsten Imbissbude. Während ich hastig ein Sandwich verdrückte, studierte ich auf der Karte den Weg zum Gerichtsgebäude. Es war die einzige konkrete Information in dem Artikel.

Unterwegs zum *The Old Bailey Court* legten sich meine Schmerzen allmählich, sodass ich entspannter fahren konnte. Ich ließ das Bike angekettet an einem Pfosten direkt vor dem großen Tor-Eingang des alten Gebäudes. Der riesige, klassisch und reich verzierte Saal dahinter war eine echte Augenweide, ganz im Gegensatz zur grauen, schmutzigen Fassade. Am Informationsschalter verwies man mich an ein Büro in einem Seitengang, wo man mir sagen könne, wer der zuständige Richter war. Es zeigte sich dann aber, dass ich gar nicht bis zu dem vordringen musste. Die Archiv-Assistentin war, dank meiner charmanten Persönlichkeit natürlich, bereit, mir die komplette Dokumentation des Falles *E. Fengjia vs. J. Worsley* zu besorgen, obwohl sie mich wissen ließ, dass sie mir die eigentlich nicht zeigen durfte. Darin ersichtlich waren die Wohnadressen von Ms Ellen Fengjia und John R. Worsley.

Zunächst erschien es mir am wichtigsten, das Wohlergehen der Frau sicherzustellen. Nicht überraschend führte mich das nach Chinatown. An der Adresse befand sich eine Wäscherei, aber am Hauseingang daneben keine Beschriftung an den Klingeln. An der Theke der Wäscherei war ein junger Asiate mit Einpacken beschäftigt. Ich trat vor die Theke in dem kleinen Raum, der überfüllt war von in Plastik eingepackten Kleidern

»Kennen sie Ellen Feng-schi-a?«, fragte ich ihn.

»Nein. Warum?«

»Ich wollte sehen, ob es ihr gut geht. Wegen dem Gerichtsfall und so.«

»Kenn ich nicht.« Er tat ein bisschen zu beschäftigt; zu bemüht, mir wenig Beachtung zu schenken. Und weil er mir nicht in die Augen sah, lehnte ich mich mit dem Oberkörper über die Theke. Erst da schaute er zu mir auf.

»Erzähl mir von Ellen Feng-schi-a!«, befahl ich ihm.

»Fengjia«, korrigierte er mich, indem er es ein wenig anders aussprach.

Dann sagte er: »Ellen hat Angst vor Worsley. Sie hat gestern nach dem Urteil mit ihrer Mutter sofort die Stadt verlassen.«

»Dann ist sie also ganz bestimmt in Sicherheit?«

»Ja, ganz bestimmt. Mein Bruder hat sie zu Verwandten gebracht. Sie kümmern sich um sie.«

Das beruhigte mich so weit, dass ich mich nun auf Worsley konzentrieren konnte. Auf der Gasse war dermaßen viel Betrieb, dass ich laufen und das Bike neben mir herschieben musste. Es war kurz vor Mittag und alle strömten aus ihren Büros. Zudem schien die Sonne und ich begann allmählich zu schwitzen. Erst weiter vorne, wo geschäftiger Verkehr herrschte, konnte ich aufsteigen. Der Fahrtwind kühlte mich etwas und ich fuhr zu der Adresse am nördlichen Rand von Soho.

Es war ein schäbiges Haus. Der Zugang lag hinter einem Hof, der mit Gerümpel angefüllt war. Auf einer zerschlissenen Bank, die irgendwann mal türkis gestrichen worden war, lag ein ungepflegter Mann und machte ein Nickerchen. Unter ihm auf dem Boden schlief ein ebenso verwahrloster Hund. Behutsam ging ich über den schmalen Pfad neben ihnen zum Eingangsbereich eines Plattenbaus mit offenen Gängen und Treppen. Einer der Briefkästen in der dritten Reihe war mit dem gesuchten Namen beschriftet, vermutlich also eine Wohnung im dritten Stock. Eine halb offene Treppe an der Fassade führte nach oben, wo ich eine knapp leserlich beschriftete Klingel vorfand, auf die ich drückte. Mehrmals. Das Ding Dong war von draußen gut zu hören.

Nach einer Weile begab ich mich wieder nach unten, und näherte mich der Bank, als ich bemerkte dass der Typ mit dem Hund inzwischen aufgewacht war.

»Kennen Sie Mr Worsley?«, sagte ich zu ihm.

Er schaute mit müdem Blick zu mir auf und erwiderte: »Vielleicht.« Dazu legte er eine Hand auf sein Bein und drehte die Handfläche nach oben. Ich grapschte ein paar Münzen aus meiner Brieftasche und legte sie ihm in die Hand. Eine andere Art von Einfluss, dachte ich. Aber er gab dann bereitwillig Auskunft: »Der Runzlige, der gerade im Gefängnis war? Der stieg heute Morgen in einen Wagen. Der gleiche, der ihn früher jeden Tag abgeholt hat. Schwarzer Volvo. Der bringt ihn dann meist auch am späteren Nachmittag wieder her. Das ist alles was ich über den weiß, Sir.«

»Danke«, erwiderte ich und spazierte durch den Hof zurück zu meinem Bike. Ich beschloss, später wiederzukommen. Nun, es war ein schöner, überraschend warmer Tag. Ich nahm mir vor, die Wartezeit zu nutzen, um ihn zu genießen.

Nach einem ungesunden, aber leckeren Essen von einer Imbissbude in der Nähe, schnappte ich mir einen Coffee-to-go und ging hinüber in den Regent's Park, um mich auf die noch leicht feuchte Wiese zu legen. Es galt immer noch, ein paar Stunden rum zu bringen. Ich zog mein Handy hervor und schickte Kyle ein paar Textzeilen über die WG und Felix. Dann steckte ich die Kopfhörer ins Ohr, startete die Zufallswiedergabe und konzentrierte mich ganz auf die Musik. Das half, meine ständig kreisenden Gedanken zu bremsen. Bis eine Stimme ertönte, die mich sofort wieder an Rayza erinnerte: Kandace Springs sang *Talk to Me*. Nicht unerwartet diesmal, denn ich hatte nur wenige Alben auf meinem Gerät gespeichert. Ihre Wirkung auf mich war unmittelbare Wehmut. War es ihrer Stimme wegen? Weil ich wusste, dass sie Rayza glich, mit ihrem Look, ihrem Charme? Oder weil ich kurz nach unserer Trennung gerade ihre Songs gehört hatte? *Thought it Would be Easier*. Sie schienen stets meinen Gemütszustand zu reflektieren.

Für einige Zeit döste ich so vor mich hin, trotz des harten Bodens. Als das schließlich unangenehm zu werden begann, raffte ich mich auf, um zu Worsley zurück zu gehen. Dort öffnete sich diesmal nach dem Klingeln die Tür, wenn auch nur ein wenig. Ein Typ mit stark gefurchtem, bärtigem Gesicht und nassen Haaren schaute durch den Spalt heraus.

»Worsley? John Worsley?« Sagte ich.

Er fragte nur: »Warum? Wer sind Sie?«

»Ich bin Cogento. Du lässt mich jetzt rein!« Ich drückte die Tür auf und er wich in den Gang seiner Wohnung zurück. Er lehnte

sich, in einen Bademantel gehüllt und mit einem Frotteetuch in der Hand, ohne einen Mucks an die seitlich Wand neben der Tür.
»Sag mir, was du mit Ellen gemacht hast«, forderte ich.
Es sprudelte geradezu aus ihm heraus: »Ich schlug sie. Immer, wenn sie mir nicht gehorchte, schlug ich sie.«
»Und was wolltest du von ihr?«, fragte ich.
»Dass sie für mich arbeitet. Ich habe sie ins Land gebracht. Sie schuldet mir viel. Sollte dankbar und gehorsam sein. Aber nein. Sie ist nur eine Schlampe, die nicht arbeiten will.«
»Und was für eine Arbeit sollte sie machen?«
»Na, die Kunden bedienen. Sie zufrieden stellen«, antwortete er weiter mit monotoner Stimme.
Ich bemerkte: »Du meinst, für dich auf den Strich gehen.«
»Klar. Und mir mein Geld abliefern.«
»Und das wollte sie nicht?«, fragte ich weiter: »Ist sie die Einzige?«
»Nein. Ich habe im Moment drei von diesen Slags. Die bringen mir alle viel zu wenig. Ich weiß genau, die können viel mehr machen. Ich muss schließlich auch was abliefern. Aber ich habe ihre Pässe. Und ihren Stoff.«
Ich schaute mich in der Wohnung um. Die war ganz anders, als ich erwartet hatte. Sauber. Mit gutem Geschmack eingerichtet. Nur ein paar wenige, aber bestimmt teure, moderne Designermöbel standen darin. Dann wandte ich mich wieder ihm zu: »Für wen arbeitest du?«
»Für Slade«, antwortete er reumütig.
»Und dieser Slade«, sagte ich gespannt, »kannst du mich zu ihm bringen?«
»Ich kenne ihn nicht. Ich liefere bei Eldon ab«, erwiderte er
»Na schön. Kann dieser Eldon mich zu ihm bringen?«
»Ich denke schon«, krächzte er und hustete.
Ich wich etwas zurück und fragte: »Und wo finde ich den?«

»Ich liefere immer nachts in die Straße vor dem Club Eighty-eight in Soho. Da kurven er und seine Leute herum zum Einsammeln. Dunkelblauer Mercedes.«
»Also gut, John«, sagte ich zu ihm in besonders eindringlichem Ton: »Du nimmst jetzt die Pässe von den Frauen und alles was du sonst noch von ihnen hast. Und die Drogen. Dann stellst du dich der Polizei und gibst alles zu. Verstanden?«
Er packte brav seine Sachen zusammen und zog sich fertig an.
»Du hast mich nie gesehen«, befahl ich ihm noch: »Aber den Beamten sagst du, dass *Cogento* dich geschickt hat. Gib ihnen meine Karte. Hier.«
Ich schaute zu, wie er mit den Sachen im Arm zur Treppe hinunter ging und den Hof überquerte um zur Hauptstraße zu gelangen. Mit meinem Bike lief ich in einigem Abstand hinter ihm her und beobachtete zufrieden, wie er die nächste Dienststelle betrat.

Zu später Stunde fuhr ich dann von Covent Garden her nach Soho, wo ich in der Nähe des Clubs, den Worsley genannt hatte, in eine Nebenstraße einbog. Ich stellte mein Bike ab und stürzte mich in meine Tarnkleidung.

Es war schnell sehr kalt geworden, nachdem die Sonne untergegangen war und bei der Temperatur kam mir der lange Mantel gerade recht. Ich stellte den Kragen etwas auf und zog den Hut tief ins Gesicht, dann begab ich mich an die Straße vor dem besagten Club. Viel gab es da jedoch nicht zu sehen, wahrscheinlich war ich noch zu früh dran. Ich geisterte in der Straße um den Club herum, unsicher, für wie lange ich wohl die Geduld aufbringen würde, hier in der Kälte zu stehen.

Eine lange Zeit war bereits vergangen, ohne dass ein dunkelblauer Mercedes aufgetaucht wäre. Der Türsteher musste gerade heftig auf ein paar Rocker einreden und verwehrte ihnen den Eintritt in den Club. Sie gaben schließlich auf und entfernten sich fluchend. Danach war es plötzlich wieder ruhig. Nur gedämpft drang Musik aus dem Club. Der Türsteher zündete sich eine Zigarre an. Der Türsteher! Wenn man jede Nacht hier herumstand, sollte man eigentlich Bescheid wissen, was in der Gegend lief.

Mit gemächlichen Schritten lief ich quer über die Straße auf ihn zu. Er musterte mich schon von weitem und schaute mir abschätzig in die Augen, als ich vor ihm stand.

Ich suggte ihn: »Hi. Erzähl mir etwas über kriminelle Banden hier in dieser Gegend.«

Er kratzt sich am Ansatz seines langen Bartes, nahm den Glimmstängel aus dem Mund und antwortete brav: »Das Slade-Syndikat hat diesen Stadtteil unter sich, verteilt die Drogen und managt die Mädchen. Die suchen sich ihre Kunden in den Clubs oder stellen den Kontakt für den Drogenverkauf her.«

»Weißt du was von einem *Eldon?*«

»Ja. Der kurvt hier immer rum. Sammelt das Geld ein von den Zuhältern. Wie dem da ...« Er deutete auf einen sportlich gekleideten Mann, der gerade auf der anderen Straßenseite angeschlendert kam. Den hatte ich zuvor schon gesehen, aber ich wäre nie auf die Idee gekommen, dass der hier für eine Bande am Arbeiten war. Als ich jetzt beobachtete, wie er sich kurz in einem unbeleuchteten Hauseingang mit einer Frau unterhielt, fiel auch mir auf, dass sie ihm etwas zusteckte. Dann lief er weiter die Straße entlang.

Eine verborgene Welt öffnete sich vor mir. Ich konnte kaum glauben, dass ich schon so lange hier in Soho lebte und nichts von all dem bemerkt hatte. Naja, man wusste natürlich davon. Aber ich hatte es nie selber gesehen und dabei verstanden, was gerade abging.

Ich ließ den Mann etwas weiter laufen, bevor ich mich vom Eingang des Clubs entfernte und ihm nachging. Als er wiederum an einem Hauseingang anhielt, näherte ich mich und sagte: »Hey! Hi! Ist das Mädchen frei?«
Er drehte sich abrupt um. Vermutlich war es nicht üblich, dass man ihn so ansprach.
»Wie kommst du ...«, setzte er an, da suggte ich ihn bereits: »Hör zu! Wir gehen jetzt da rüber.« Wir entfernten uns von dem Mädchen zu einer Einfahrt und ich verlangte: »Sag mir alles, was du über deinen Boss weißt.«
»Ned?«, erzählte er: »Der holt das Geld, bringt mir den Stoff, und so.«
Ein Auto näherte sich. Es war der gesuchte Mercedes. Endlich.
»Du wartest auf meine Anweisungen«, zischte ich ihm zu, als der Wagen neben uns hielt. Aus dem heruntergekurbelten Fenster ließ jemand leger seinen Arm hängen, fuchtelte mit den Fingern und krächzte: »Hey, Chop. Wer ist denn der Typ da?«
Als ihr Kumpel nicht antwortete, lehnte sich der Andere vom Beifahrersitz herüber und meinte: »Oi! Das gefällt mir nicht! Ich nehm' ihn mir vor.«
Dann machte er sich daran, auszusteigen. Schnell näherte ich mich dem offenen Fenster des Fahrers und suggte ihn: »Du bleibst jetzt still sitzen. Keinen Mucks, keine Bewegung!«
Da packte mich der Andere schon von hinten und hielt mir sein Messer vors Gesicht. »Was machen wir mit dem hier? Sag schon, Chop, was ist das für einer?«
Er schaute auf seine Kumpel, die regungslos blieben. »Oi! Eldon, was ist, Mann? Chop, spinnt Ihr?«
»Äh, wenn ich ... kann ich was sagen?« Auf meine Worte hin ließ er mir endlich etwas Spielraum, sodass ich den Kopf drehen konnte

und er mich anschaute. Ich sagte: »Du lässt mich los. Steck das Messer ein.«
Endlich war die Situation unter Kontrolle. Nun hatte ich drei Typen, die ich herumkommandieren konnte: »Steigt beide in den Wagen.«
Einer von ihnen, es musste wohl Ned sein, ging um das Auto herum und stieg ein. Ich setzte mich zu ihm auf die Rückbank während der Andere vorne einstieg.
»Du, fahr los!«, forderte ich ihn auf.
Ich dirigierte den Fahrer ein paar Straßen weiter in die Livonia Street, eine Sackgasse, in der wir ungestört *plaudern* konnten.
»Ihr zwei. Wer ist euer Boss?«, sagte ich zu ihnen.
»Mr Blake«, antworteten beide gleichzeitig.
»Ist das der Boss eures Syndikats?«
»Nein, das ist Slade«, gab einer kleinlaut zurück.
»Könnt ihr mich zu Slade bringen?«
»Nö Mann«, erwiderte Eldon, der am Steuer saß: »Das kann nur Blake. Wir liefern bei ihm ab.«
Ich musste also Schritt für Schritt vorgehen. Ich ließ sie mir erklären, wo Blake zu finden war und was er genau machte. Er besaß eine Pfandleihhaus-Kette und alle paar Tage mussten sie den Austausch von Geld und Drogen vornehmen, immer an verschiedenen Standorten. Blake war dabei nie selbst anwesend, sondern ließ alles von seinen Angestellten erledigen. Ned und Eldon kannte er von früher, aus dem Pub, das er mal geführt hatte. Sie trafen sich seither nur noch selten und nie bei einer Übergabe. Aber sie wussten, wo er wohnte: Ein Stock über seinem Hauptgeschäft, dem einen Laden in dem nie eine Übergabe stattfand.

Um zu Blake zu gelangen, fuhr uns Eldon in eines der nobleren Viertel. Klassizistische Fassaden überall. Banken, Galerien. Er

parkte den Wagen vor einem Geschäft, dessen Schaufenster hinter dicken Rollgittern verborgen waren. Darüber stand in großer Antiqua-Schrift *B & U Pawnbrokers*. Doch wie konnte ich Blake um diese Zeit überzeugend aus seiner Wohnung locken?
Ich schickte Ned los mit der Anweisung: »Sag ihm, Eldon wurde angeschossen und ihr müsst das Geld und die Drogen sofort loswerden.«
Tja, als aufmerksamer Serien-Konsument wusste ich eben, wie so etwas lief. Er ging über die Straße zu einer Tür um die Ecke vom Geschäft und drückte auf etwas. Dann bückte er sich – vermutlich zur Gegensprechanlage hin – und wartete. Ein paar Minuten später öffnete sich die Tür und ein kleiner Mann mit runder Brille und wilden Haaren kam herausgestürmt. Auf dem Weg zum Wagen wehte sein Mantel herum, sodass man sehen konnte dass er darunter nur ein Pyjama trug.
Als er zu uns hereinblickte, schaute er mir direkt in die Augen.
»Steig ein!«, befahl ich ihm unvermittelt und er setzte sich neben mich auf die Rückbank, gefolgt von Ned. Nun wurde mir auch klar, was mit seinen Haaren war; Blake hatte sein Toupet falsch herum aufgesetzt. »Blake, kannst du mich zu Slade bringen?«
»Klar, kann ich in der Tat«, antwortete er während er seinen Mantel zurecht zog: »Fahr die Straße weiter und dann Richtung Highgate.«
Eldon fuhr los und auf dem Weg dorthin ließ ich Blake genau beschreiben, was uns erwarten würde. Natürlich wieder eine teure Villa hinter dicken Mauern. Sicherheitspersonal. Kameras.
»Nun, Blake«, erkundigte ich mich: »Wie gelangen wir zu dieser frühen Stunde in seine Villa?«
Er antwortete »Kein Problem«, da hielt der Wagen bereits vor einem großen Gittertor. Jemand klopfte ans Seitenfenster. Es gab tatsächlich ein Wachhäuschen an der Zufahrt, inklusive Nachtwächter.

Blake ließ das Fenster an seiner Seite herunter und sagte: »Melde Slade, dass ich hier bin. Wir haben ein dringendes Problem mit dem Lambeth-Kartell.«

Das wirkte. Das Tor wurde geöffnet und man wies uns zu einem Platz vor dem Hauseingang.

»Was ist mit dem Lambeth-Kartell?«, fragte ich.

»Das ist unser größter Konkurrent. Die kontrollieren das angrenzende Gebiet der Stadt, das mindestens so groß ist wie unseres. Slade dreht jedes Mal durch, wenn Lambeth unser Territorium verletzt«, erklärte Blake bereitwillig.

»Aber Lambeth ist doch gar nicht so groß.«

»Die machen keine halben Sachen. Sind längst weit über Lambeth hinaus.«

»Also gut«, sagte ich und suggte jeden von ihnen mit Nachdruck: »Du hörst ausschließlich auf meine Befehle!« Dann ließ ich alle aussteigen. Der Wachmann vom Tor stand bereits an der Eingangstür und forderte uns auf, zu warten. Den Moment, als er mich musterte, nutzte ich natürlich sofort, um auch ihn zu suggen: »Du hörst nun nur noch auf meine Anweisungen. Sag mir, was erwartet uns im Innern?«

»Zwei bewaffnete Männer. Sie begleiten Slade.«

Doch noch bevor ich Vorbereitungen treffen konnte, öffnete sich schon die Tür. Ich schubste Blake voran und ein Typ im schwarzen Anzug zeigte sich mit der Waffe in der Hand. Er ließ seinen Blick kurz schweifen, schien keine Bedrohung festzustellen und winkte uns rein. Blake ging voraus, und die anderen Vier folgten.

»Ihr werdet Slades Männer sofort entwaffnen«, befahl ich ihnen, als sie an mir vorbei das Haus betraten. Kaum dass sie drinnen waren, stürzten sich meine Leute sogleich auf die beiden Begleiter. Schnell und effizient wurden diese entwaffnet und zogen sich sofort ein

paar Schritte in den Raum zurück, stellten sich vor jemanden, der unten an einer ausladenden Treppe stand. Sie nahmen eine abwehrende Haltung ein und verdeckten uns die Sicht auf die Person, die sie zu schützen versuchten.
»Blake, was soll das Theater?«, fragte die Person hinter ihnen und schob die Beiden etwas zur Seite.

Überrascht erblickte ich eine ältere Dame, in einem eleganten, seidenen Bademantel. Sie sah genau so aus, wie man sich eine vermögende Tante vorstellte.
»Wen hast du da mitgebracht, Blake?« Sie zeigte in meine Richtung und schaute Blake entrüstet an. Doch der reagierte nicht darauf. Sie war es offensichtlich nicht gewohnt, dass man ihr nicht antwortete und hakte mit schriller Stimme nach: »Blake!«
»Ma'am«, machte ich auf mich aufmerksam: »Wir suchen jemanden namens *Slade*.«
»Das bin ich, Schätzchen. Also, was soll das hier?«
Ich ging auf sie und ihre Männer zu. Die beobachteten mich dabei scharf und ich suggte den Einen von ihnen: »Du befolgst ab jetzt nur noch meine Anweisungen.« Dann sagte ich dasselbe zu dem Zweiten, der gerade intervenieren wollte.
»Nun geht alle da rüber«, befahl ich der ganzen Truppe, die nun auf mich hörte: »Und wartet dort in der Ecke. Husch, husch!«
Auf meine schwenkende Handbewegung hin, setzte sich die ganze Gruppe aus starken Kerlen in Bewegung und es war wirklich urkomisch anzusehen, wie sie kurz darauf alle brav wie Wachsfiguren in der Ecke herumstanden. Jedoch noch viel komischer war das völlig verblüffte Gesicht von Ms Slade.
Sie sah mich mit großen Augen an und stotterte: »W... wer sind Sie? Wa... was wollen Sie?«
Ich suggte ihr: »Sie gehorchen mir jetzt aufs Wort! Kommen Sie.«

Ich nahm sie am Arm und ging mit ihr in den gegenüberliegenden Saal, forderte sie auf, sich auf das edle weiße Ledersofa zu setzen, und nahm ihr gegenüber Platz.

Selbstverständlich zeichnete ich die folgende Konversation mit meinem Handy auf und begann: »Wie ist Ihr richtiger Name?«

»Sarah Lidell«, antwortete sie folgsam.

»Okay, Sarah, erzählen Sie mir, wie Sie zu Ihrem Reichtum gekommen sind!«

Sie hob ihr Kinn und aus ihren dünnen, übertrieben stark geschminkten Lippen flossen die Worte nur so heraus: »Das begann damals in den Sechzigern. Der Drogenkonsum war schon lange gut etabliert. Ich musste meine Ausbildung finanzieren und dealte gelegentlich unter Bekannten. Reich werden konnte man davon nicht, aber es war ein nettes Nebeneinkommen zu meinem Job im *Harry Ramsden's*. Dann setzte die Drogenpolitik der Regierung ein und die Preise für die Drogen explodierten geradezu. Plötzlich verdiente ich ein Vermögen damit. Ich hing meinen Job und meine Ausbildung an den Nagel und konzentrierte mich darauf, mein Imperium aufzubauen. Bald kam noch die Prostitution hinzu und der Rest ist Geschichte. Leider war ich nicht die Einzige, die auf diese Idee kam und bereits Connections hatte.«

Ich war verblüfft und folgerte: »Dann verdanken wir die Existenz all dieser Verbrecherkartelle also eigentlich der Politik?«

»Na was denken Sie denn, Schätzchen? Eine Hand wäscht die andere«, sie lachte und fuhr fort: »Das ist überhaupt der Grund für den sogenannten Kampf gegen Drogen. Die Politiker die das initiiert hatten, wussten genau, was folgen würde. Nach außen konnten sie sich als harte Konservative profilieren, aber in Wirklichkeit ging und geht es nur um den Profit, der umso größer wurde, je stärker sie die Drogen mit ihren Gesetzen kriminalisierten. Glauben Sie

denn, wir hätten eine Chance gehabt, ganze Stadtteile unter uns aufzuteilen und all die Jahrzehnte mit Drogen zu versorgen, wenn wir nicht unsere Verbündeten in den höchsten Regierungsstellen hätten, die davon profitieren?«
Ich sah schon die Schlagzeilen vor mir und die vielen weiteren Köpfe, die rollen würden, sobald diese Frau ihre Aussage machen und ihre Beweise liefern würde.
»Und Ihr größter Konkurrent Lambeth? Wo finde ich den?«
Sie nahm einen Zettel von einer Kommode und notierte mir Namen und Adresse. Nun hatte ich also bereits ein weiteres Ziel. Dann fragte ich sie: »Was existiert an Beweisen für Ihre Verbrechen?«
»Auf meinem Laptop sind die Daten zu unseren Konten im Ausland mit allen Transaktionen. Dann habe ich Listen von allen Dealern, Schiebern, Lieferanten und Assets. Und Videos, Fotos, Dokumente mit denen wir die Assets unter Druck setzen, und so weiter ...«
»Oka, Sarah. Sie holen jetzt alle Beweise hierher!«
Sie verließ den Raum und ich folgte ihr zur Treppe im Empfangssaal. Hinter der Treppe schob sie einen Vorhang zur Seite und öffnete mit einem Code und einem Schlüssel die massive Stahltür eines verborgenen Raumes. Es dauerte eine Weile, bis sie mit einem Laptop und einem Stapel Ordner und Umschlägen wieder daraus hervorkam. Dann gingen wir in den anderen Saal zurück, wo sie alles auf den Beistelltisch legte.

Nun würde ich sie anweisen, dies alles der Polizei zu übergeben. Doch halt! Wenn die Politik so involviert war wie sie sagte, würden die nicht auch die Polizei kontrollieren?
»Haben Sie ein Telefon hier?«, fragte ich.
Sie zeigte auf die Kommode hinter mir und ich erhob mich, um von dort ein simples, schwarzes Funktelefon zu holen, das in seiner Ladestation gesteckt hatte. Ich suchte bei mir die Direktnum-

mer von Atkinsons Handy heraus, gab sie auf dem Gerät ein und drückte es ihr in die Hand: »Sie sprechen mit Bob Atkinson von der London Times. Sagen Sie ihm wer sie sind und fordern Sie ihn auf, Reporter her zu schicken.«
Kurz darauf sprach sie ins Telefon: »Hallo? Mr Atkinson. Mein Name ist Sarah Lidell. Ich bin bekannt unter dem Namen Slade und führe das Slade Kartell. ... Ja. Schicken Sie Reporter zu mir. Highgate, Rowley Lane.«
Dann suchte ich nach der Nummer vom BBC Newsroom und ließ sie auch dort anrufen, um deren Reporter herzubestellen. Während sie den Anruf machte, zückte ich eine meiner Visitenkarten *With compliments from: Cogento* und notierte auf der Rückseite: *Geständnisse, bitte beachten: Verfallsdatum ein Tag.* »Geben Sie das den Reportern«, sagte ich, und suggte sie nochmals intensiv: »Sie zeigen den Reportern und später der Polizei Ihre Beweise und legen ein Geständnis über Ihre Verbrechen ab. Und an mich erinnern Sie sich nicht mehr.«

Ich ließ sie in ihrem Sofa sitzend zurück und begab mich zum Empfangssaal, wo ich den Männern, die immer noch dort herumstanden, befahl, die Reporter zu empfangen und ihnen von ihren Verbrechen zu erzählen. »Und sorgen sie dafür, dass die Sicherheitsvideos gelöscht werden, auf denen ich zu erkennen bin.«

Dann machte ich mich gemächlich davon, ließ das Tor offen und positionierte mich etwas entfernt von der Zufahrt hinter einem Baum. Es dauerte ziemlich lange, bis zwei Kastenwagen der BBC eintrafen. Zu gerne hätte ich gesehen, wie sich auch die Polizei der Sache annahm, aber das würde sich alles von selbst ergeben. Wichtig war, dass die Beweise an die Öffentlichkeit gelangten. Weiter vorne an der Hauptstraße winkte ich mir ein Taxi heran und ließ mich zurück nach Soho fahren, um mein Bike zu holen.

Das Sofa im Lagerraum wurde langsam zu einem Problem. Auf Dauer war es nicht so bequem, wie es anfangs den Eindruck gemacht hatte, und jeden Morgen schmerzte mein verspannter Nacken noch mehr. Mein Laptop verlangte meine Aufmerksamkeit, sodass ich mich endgültig aufrichtete. Es war Kyle auf Signal.

»Morgen, Vaughan. Schon die Nachrichten gesehen? Schau mal rein, dann quatschen wir!«

Ich schaltete auf den BBC-Stream im Browser und landete direkt bei den *Breaking News*. Die Sprecherin stand vor der mir bekannten Zufahrt zur Villa und fasste gerade zusammen: »... hat unser News-Team letzte Nacht Sarah Lidell, die Anführerin des berüchtigten Slade-Syndikats hier in ihrer Villa in Highgate interviewt. Sie übergab uns und den Reportern der London Times umfangreiche Beweise über das Kartell und seine Verbindungen zum politischen Establishment. Und sie deckten in der Tat noch Erstaunlicheres auf: Ein Unbekannter, der sich *Cogento* nennt, hat vermutlich diese Enthüllungen ermöglicht. Dieser hat bereits zuvor mehrfach Hinweise geliefert. So im Fall von Vandalen, die in der Innenstadt beträchtlichen Sachschaden angerichtet hatten, wie auch in dem Fall *John R. Worsley*, der kürzlich von einer Missbrauchs-Klage freigesprochen wurde – ein Fall, der dank *Cogentos* Hinweisen neu aufgerollt wurde ...«

Als ich daraufhin Kyle zurück rief, verkündete er begeistert: »Cogento. Das warst du, stimmt's? Ich wusste es doch! Hey Mann, du bist jetzt berühmt – und berüchtigt in der Unterwelt!«

»Genau. Das war auch meine Absicht«, erwiderte ich.

»Ist bestimmt ein tolles Gefühl. Plötzlich berühmt zu sein, meine ich.«

»Klar«, sagte ich: »Aber es darf ja niemand die Identität von Cogento erfahren. Also habe ich selber eigentlich nichts davon.«

»Ich weiß es, genügt das denn nicht? Und du hast die Gewissheit, etwas Gutes zu bewirken. Denk an die Nachwelt. Irgendwann wird jeder erfahren, dass du hinter Cogento gesteckt hast. Spätestens dann wirst du in die Geschichte eingehen.«

»Nach meinem Tod meinst du? Nicht wirklich eine befriedigende Aussicht für mich, oder?«

Aber natürlich hatte er recht: Wichtig war am Ende nur, was ich bewirken konnte, nicht, was ich davon hatte.

Für die Zeitungen von heute kam dieses Ereignis zu spät, die Schlagzeilen behandelten noch den Tag davor. Cogento bekam seine Erwähnung aber in einem halbseitigen Artikel über die Wiederaufnahme des Verfahrens gegen Worsley. Erst am nächsten Tag würde der Fall des Syndikats auf der Titelseite erscheinen und die Kommentarspalten darüber rätseln, was es mit Cogento auf sich hatte.

Heute widmeten sich in der Times hingegen mehrere große Artikel der traurigen Tatsache, dass das Ziel des Klimaschutzabkommens verfehlt wurde. Die Experten waren sich einig, dass eine Klimaerwärmung von weit über zwei Grad auf Dauer nicht mehr abzuwenden war. Was könnte selbst Cogento da noch ändern? Aber es gab zur Abwechslung auch gute Nachrichten: Das Bürgernetzwerk AVAAZ, das von Monsanto vergeblich verklagt wurde, Daten herauszugeben, hatte seinerseits erreicht, dass der Konzern untersucht werden würde und sämtliche finanziellen Transaktionen offenlegen musste. Der Artikel erwähnte auch, dass dies nur dank des Monroe-Skandals möglich geworden war, durch den viele korrupte Politiker aus ihrem Amt entfernt und Machenschaften vieler Großkonzerne aufgedeckt werden konnten.

Schockierend war aber, dass kaum ein Tag verging, an dem nicht irgendein Politiker oder ein sogenannter Experte zu Wort kam, der sich beschwichtigend über die Taten solcher Konzerne äußerte –

man müsse das relativieren, hieß es dann. Selbst beim Pharma-Skandal oder der Sache mit den pädophilen Priestern gab es solche Stimmen. Ich machte mir eine Liste, denn es galt, die wahren Motive solcher Leute aufzudecken. Sie waren weitere legitime Ziele für mich.

Dieser Tag war ein guter Start für Phase zwei meiner Antigangster-Mission. Diesmal brauchte ich auch nicht von ganz unten anzufangen. Ich hatte bereits eine Adresse, die mich direkt zum Boss des Lambeth-Kartells führen würde. Bisher lief eigentlich alles wie geschmiert. Abgesehen von ein paar kurzen, heiklen Momenten, war es wirklich einfach, mit relativ wenig Aufwand zu erreichen, was ich wollte. Das wurde mit der Zeit fast schon langweilig: Einfach suggen und jedes Problem war sofort, schwups, erledigt. Es lief ja auch immer gleich ab, mit voraussehbarem Resultat. Aber das war mir natürlich recht so.

Nach dem Mittagessen fuhr ich zu der Adresse, die mir die Slade-Chefin gegeben hatte. Dort in der Nähe nahm ich Mantel und Hut aus den Seitentaschen, ließ mein Bike an einen Zaun angekettet zurück und überquerte die Straße. Ich betrat das Gebäude Nummer Hundertfünfzig, das offenbar eine Art Spielcasino war, durch eine Drehtür und wurde sogleich von einem Sicherheitsmann angegangen: »Moment. Bitte kommen Sie hier herüber, für einen Sicherheitscheck.«
Was er sagte, kümmerte mich wenig. »Nicht nötig. Sie bringen mich jetzt zu Ihrem Vorgesetzten. Und Sie hören von nun an nur noch auf meine Befehle!« Mit seinem Boss musste ich das Ganze dann nochmals wiederholen.

Die Beiden führten mich danach durch einen Saal und eine große Treppe hinauf. Alles war überbordend luxuriös in Rot und Gold gehalten, die Treppe und die Gänge von beeindruckenden Ausmaßen. Wir begegneten weiteren Sicherheitsleuten, denen

meine Männer signalisierten, dass alles okay sei, bis wir zu einer schweren Panzertür gelangten, wo uns ein Wächter aufhielt.
»Es ist niemand angemeldet«, sagte er gewichtig.
»Macht nichts, du lässt uns trotzdem rein«, suggte ich ihm.
»... aber ihr dürft natürlich rein.« Er öffnete mit einem Code und mit großem Kraftaufwand die Metalltür und ich sagte: »Du folgst meinen Befehlen. Kommt mit.«

Wir betraten einen irgendwie andersartigen Bereich, der weniger beleuchtet, aber kitschiger ausgestattet war. Am Ende eines dunklen Ganges befand sich eine massive, hölzerne Doppeltür, daneben standen zwei kräftige Männer in dunklen Anzügen.
»Halt! Der Boss will nicht gestört werden«, rief uns einer von ihnen entgegen.
»Sag mir: Ist er allein?«, fragte ich mit einem tiefen Blick in die Augen meines Gegenübers.
»Er hat Besuch«, erwiderte er mit monotoner Stimme.
»Wachen?«
»Nur wir«, antworteten sie.
Ich befahl: »Ihr gehorcht nun meinen Anweisungen und lasst mich hinein.«
Daraufhin traten sie zur Seite. Ich stellte mir den eindrucksvollen, explosiven Auftritt von Batman vor und stieß deshalb mit aller Kraft die Türe auf, um sogleich mit wuchtigen Schritten in das Licht des dahinterliegenden Raumes zu treten. Die Türflügel krachten an die Wände eines feudal ausgestatteten Arbeitszimmers und die Leute darin drehten sich unverzüglich überrascht zu mir um.

Vor einem ausladenden Schreibtisch lehnte ein hagerer Mann, der im Mittelpunkt der Szene zu stehen schien, mit einer Blondine an seiner Seite. Zielgerichtet stampfte ich auf ihn zu, als mir plötzlich eine amazonenhafte Frau vor die Füße sprang. Wie ein Raubtier fauchte sie mich an und streckte mir ihre Fäuste entgegen. Ihr dunkles Gesicht war angespannt. Doch ich blieb locker und sah ihr direkt in die Augen.

»Beruhige dich« suggte ich ihr: »Alles in Ordnung. Jetzt geh zur Seite!«

Doch sie griff mir an die Kehle und riss mich fast von den Füßen. Ich spürte, wie sich ihre Nägel in meine Haut bohrten.

»Lass mich los!«, keuchte ich, so deutlich es ging. Aber sie drückte mich zu Boden, checkte kurz die Situation im Zimmer und starrte dann, mit ihrem grimmigen Gesicht nur Zentimeter über mir, intensiv in meine Augen.

»Wer bist du?«, fragte sie mich.

»Äh, niemand. Nur ein zufälliger Besucher.«

»Du bist unbewaffnet?« Mit der freien Hand durchsuchte sie meine Kleider und ihr Griff an meiner Kehle lockerte sich etwas. Erneut konnte ich ihr in die Augen schauen.

»Lass mich sofort los!«, suggte ich ihr. Also hören konnte sie mich. Warum funktionierte das bloß nicht? Verdammt! Alles, was mir jetzt noch einfiel, war zu rufen: »Männer, schnappt euch die Schwarze hier!« Sie kamen herbei gestürmt und stürzten sich sofort alle gleichzeitig auf sie.

Der Hagere ging auf unser Getümmel zu und rief: »Hört sofort auf! Big Price befiehlt hier, niemand sonst! Stopp!«, doch das nützte ihm nichts – zu meinem Glück.

Die Amazone war beschäftigt und ich konnte mich unbemerkt verdrücken, rannte den Gang entlang und schloss die schwere Sicherheitstür hinter mir. Zwar schnaufte ich wie ein Walross und zitterte vor Überraschung und Angst, doch ich versuchte, das Casino gemächlich zu verlassen, so als ob nichts gewesen wäre. Niemand war zu sehen und niemand versuchte mich aufzuhalten.

IX

Teresa gab sich alle Mühe, doch vier bullige Männer waren selbst für sie zu viel. Einen brachte sie mit einem Kick in den Schritt zu Fall, einen anderen erwischte sie in die Magengrube, doch der nahm sie trotzdem in die Mangel, während die restlichen Zwei ihr ein Bein stellten und sie auf den Boden drückten. Big Price hastete zu seiner Gegensprechanlage und rief weitere Sicherheitsleute herbei. Die schafften es schließlich, Teresa zu befreien und die weiter wild um sich schlagenden Männer festzuhalten. Was immer sie ihnen auch sagten oder taten, die hörten einfach nicht auf. Yolanda erinnerte es an einen epileptischen Anfall. Erst als sie völlig erschöpft waren, beruhigten sie sich etwas. Sie wurden gefesselt und abgeführt.

Price stellte einen der Stühle an seinen Platz zurück und hob etwas vom Boden auf. Dort lagen etwa ein Dutzend weißer Karten. Er reichte eine davon Popov und der las sogleich den Text darauf laut vor: »*Sie wurden abserviert von: Cogento.*«

»Das war also der berüchtigte Cogento. Hat's nicht lang gemacht, der Kleine. Dank dir, du kraftvolle Schönheit.« Big Price richtete einen begierigen Blick auf sie: »Wie heißt du überhaupt?«

»Sie heißt Teresa und ist meine Freundin. Und wir sind nur gekommen, weil Mr Popov hier versprochen hat, mir meine Medikamente zu geben!«

»Nicht Ihre, meine Liebe, nur die gleiche Sorte«, erwiderte Popov gelassen.

Big Price fiel wieder in seine Rolle des anhimmelnden Fans zurück. »Nun Yolanda, Ihre Freundin ist ja fast eine *Mutter* Teresa – bereit, sich für Sie zu opfern.«

Teresa fauchte vor sich hin und Yolanda meinte: »Wollen Sie sie beleidigen? Wissen Sie nicht, dass Mutter Teresa eine ausgemachte

Betrügerin war? Popov! Ich will jetzt meine Medikamente zurück!«
Price schaute Popov fragend an: »Ich hoffe doch, du tust nichts, das unserem Star schaden könnte, oder?«
»Natürlich nicht«, erwiderte Popov: »Ich habe ihr nur in einer Notlage geholfen. Sonst nichts. Ich habe noch mehr von den Pillen. Sie sind unten im Wagen.«
Yolanda nahm Teresa bei der Hand und bewegte sich mit ihr in Richtung der Tür. »Also, kommen Sie, Popov!«
Gemeinsam schritten sie aus dem Raum. Popov rief Price noch zu: »Schick mir meine Männer nach, wenn sie wieder bei Sinnen sind.« Dann folgte er den Frauen durch das Casino nach draußen zur Limousine.

Während sie Platz nahmen, blieb Popov vor dem Wagen stehen und zückte sein Handy. Er stapfte ein paar Minuten hin und her, in ein intensives Gespräch vertieft. Dann stieg er ein und der Chauffeur schloss hinter ihm die Tür. Popov wirkte nachdenklich.
»Ahora! Die Pillen, Popov«, forderte Teresa.
Er reichte ihr wortlos eine Tüte mit weiteren sechs Pillen.
»Perro! Soll das ein Witz sein? Gib mir alle. Enseguida!« Fauchte Teresa ihn an.
Er reagiert nicht darauf und rief stattdessen dem Chauffeur zu: »Zum Hotel.«
»Escucha! Du hast gesagt dass sie im Wagen sind«, begehrte Teresa weiter auf.
Er packte sie am Handgelenk und bemerkte: »Ich weiß, du kannst mich jederzeit ausknocken. Aber denk an deine Freundin hier. Du willst doch, dass sie weiterhin ihr Medikament bekommt, oder?«
Die Frauen sahen einander entsetzt an.
Kurz darauf hielt der Wagen vor dem Hotel und Popov sagte: »Yolanda, meine Liebe, geh doch schon mal voraus. Teresa wird

mir noch etwas Gesellschaft leisten.« Sein Blick war fordernd und er zeigte wenig Geduld. Kaum dass sie ausgestiegen war, zog er die Tür hinter ihr zu und wies den Chauffeur an: »Fahren Sie uns jetzt direkt nach Vauxhall.«

Teresas Gedanken kreisten verzweifelt. Für sie zählte nur Yolandas Wohlergehen; egal, was Popov nun mit ihr vorhatte. Sie fuhren an Buckingham vorbei weiter auf einer Hauptstraße über die Themse. Der Wagen bog ab und hielt vor einem hoch umzäunten, modernen Gebäude an einer gesicherten Einfahrt. Wächter sprachen mit dem Chauffeur, dann rollte ein breites Tor zur Seite. Der Wagen fuhr hinein und die lange Limousine lenkte in weitem Bogen in eine große Halle unter dem festungsartigen Gebäude. Ein paar gepanzerte Wagen standen herum. Uniformiertes Personal lief hin und her. Popov stieg aus und forderte Teresa auf ihm zu folgen.

Ein älterer, schneidiger Mann mit kleiner Nickelbrille und grauem Schnurrbart kam ihnen entgegen und grüßte Popov schon von weitem. Obwohl Teresa grimmig blickte, nahm er galant ihre Hand, neigte sich, um einen Handkuss anzudeuten, und sagte: »Willkommen beim MI5. Sie müssen Teresa sein. Ich bin hoch erfreut.« Popov erklärte ihr: »Darf ich Minister James Grover vorstellen. Er wird erzählen, um was es geht. Ich verabschiede mich vorerst. James? Wir sprechen uns noch.« Popov gab ihm die Hand und stieg wieder in seine Limousine und während sie davonfuhr, führte Minister Grover Teresa durch die Halle.

Für die Beamten, die geschäftig umher liefen, musste die große, exotische Teresa im kurzen Abendkleid ein ungewohnter Anblick gewesen sein, zwischen dem uniformierten, bewaffneten Personal und den Panzerwagen. Jedenfalls schien es ihr, als ob alle nur zu ihr hin starren würden.

Sie erreichten einen Lift und fuhren in eines der unteren Stockwerke. Ziemlich weit nach unten. Als sich die Tür wieder öffnete, lag ein dunkler Gang vor ihnen. Das Licht ging automatisch an und wanderte, die Dunkelheit voran schiebend, von ihnen weg. Ihre Schritte hallten von den kargen Wänden, während Teresa ein Frösteln überkam. Der Minister mochte ihr wohl einen sympathischen, onkelhaften Eindruck machen, aber waren das nicht vielleicht die Schlimmsten, die sich hinter einer unscheinbaren Fassade versteckten? Wollte man sie hier verhören?

Er öffnete eine Tür und machte im Raum dahinter das Licht an: »Setzen Sie sich doch. Sie haben wirklich nichts zu befürchten. Wir sind alle von der Regierung. Dies hier ist das Gebäude des SIS und meine Sektion vom MI5 ist seit Kurzem ebenfalls hier einquartiert – zur Förderung der Zusammenarbeit unserer Geheimdienste unter dem OSCT, dem *Office for Security and Counter-Terrorism*«

Von Weitem hörte sie jemanden näherkommen, während der Minister eine Flasche Wasser und Gläser auf den Tisch stellte. Ein jüngerer Mann betrat den Raum. Unter dem Arm hielt er einige Akten und einen Laptop.

»Das ist Agent Martin«, stellte der Minister den Neuankömmling vor: »Ms Teresa *Reyes*, richtig?« Teresa nickte. Die Männer setzten sich.

»Ms Teresa«, begann Grover, »ist Ihnen diese Karte bekannt?« Er legte Cogentos Visitenkarte auf den Tisch.

»Claro, sí. Die haben wir vorhin bei Mr Price gefunden«, bestätigte sie.

»Nun, diese Karte stammt von einem sehr speziellen Mann, der sich selbst *Cogento* nennt. Wir vom Geheimdienst verfolgen ihn schon seit geraumer Zeit. Er hat die Frau eines Priesters entführt, Polizisten manipuliert, hat sich geheime Gerichtsakten beschafft,

viele Politiker und wichtige Geschäftsleute verraten. Seinetwegen ist in England das halbe Gesundheitssystem zusammengebrochen.«
Der Agent ergänzte: »Wir sind der Krone verpflichtet, Ms Teresa. Und wir fürchten um die Sicherheit der Queen und ihrer Familie. Dieser Mann hat die Fähigkeit, sich überall ungehindert Zugang zu verschaffen.«
»Genau«, meinte Grover, »Sie werden es sicher nicht glauben, aber dieser Cogento kann jedem seiner Opfer seinen Willen aufzwingen.«
Teresa machte große Augen. »Como? Wie meinen Sie das?«
»Nun, er sagt *tu das* oder *tu dies* und die Leute machen exakt, was er von ihnen verlangt, ohne Widerstand. Wir haben Videoaufnahmen davon, sehen Sie selbst.«
Auf dem Laptop beobachtete Teresa in einem Video, wie ein elegant gekleideter Mann von zwei Beamten in Zivil festgehalten wurde, und dann, wie er sie und ein paar Polizisten herum dirigierte.
»Und Sie haben es heute selbst erlebt. Wie Popov mir erzählte, hat Cogento Popovs eigene Leute auf Sie gehetzt, nicht? Als Sie ihn gepackt hatten, was hat er da zu Ihnen gesagt, Teresa?«
»Hmm, pues! Er verlangte, dass ich ihn losließ, mehrmals, als ob er erwartete, dass ich tun würde was er sagt. Fue raro! Seltsam.«
»Sehen Sie, genau so macht er es!«
»De verdad? Si? Ich ließ ihn aber nicht los!«
Mit einem lauten Knall schlug Grover seine Hand auf den Tisch! Teresa erschrak!
»Genau! Verstehen Sie?«, rief er triumphierend. »Deshalb sind Sie hier! Sie sind etwas Besonderes, Teresa! Sie sind die einzige Person, die uns bekannt ist, bei der Cogentos Fähigkeit versagt hat!«

Agent Martin legte eine Akte vor ihr auf den Tisch, sodass sie auf ein schwer erkennbares Gesicht auf einem schlechten Foto blickte.

»Macrae, Vaughan. Schriftdesigner, arbeitete bis vor kurzem als Redakteur bei der London Times«, erklärte er.
»Es él? Ist das Cogento?«, fragte Teresa.
»Das ist er, da sind wir uns ganz sicher. Und wir brauchen Ihre Hilfe, Teresa, um ihn zu fangen. Nur Sie können an ihn herankommen, um ihm das Maul zu stopfen. Sie sind immun und Sie sind gut trainiert. Er kann Sie nicht stoppen.«
Sie schaute eine Weile auf das Foto, blickte gedankenverloren auf die Daten. Nach einer Weile sagte sie: »Y qué? Interessiert mich das? Für mich zählt nur Yolanda.«
Agent Martin wandte sich flüsternd an den Minister: »Yolanda, Sir?«, fragte er.
»Die Sängerin. Yolanda Cruz. Die beiden sind liiert.«
Martin nickte und sagte ihm etwas ins Ohr in der Meinung, dass sie es nicht hören konnte: »Ausgerechnet eine Lesbe, und noch dazu eine Schwarze, soll der RSK aus der Patsche helfen, Sir?«
Grover zuckte mit den Schultern. Aber zu Teresa sagte er: »Wenn Sie uns helfen, helfen Sie der ganzen Menschheit. Sie können sich nicht vorstellen, was dieser Typ alles anrichten kann. Zurzeit ist er der mächtigste Mensch auf unserem Planeten und er hat keine Ahnung, was er da tut. Verstehen Sie das?«
»Wir müssen jedes Mittel nutzen und Sie sind das Beste, was wir haben!«, erklärte Martin.
»Wir sorgen für Yolanda. Sie bekommt alles, was sie braucht.«
Teresa blickte auf: »Si? Und wenn ich nicht mitmache?«
Der Minister runzelte die Stirn und beugte sich über den Tisch. »Ich will es mal so sagen: Bitte, versetzen Sie uns nicht in die unangenehme Lage, Sie auf andere Weise dazu zwingen zu müssen.«
»Entonces? Hab ich denn eine Wahl?«, fragte Teresa resignierend: »Bueno, pues! Was soll ich tun?«

»Wir treffen bereits Vorbereitungen, um ihn in eine Falle zu locken. Agent?«
»Leider wissen wir wenig über sein jetziges Leben. Es scheint, dass er mit einem Bentley unterwegs ist. Nebst seiner alten Wohnung und dem ehemaligen Arbeitsort haben wir nur den Vornamen seiner Ex-Freundin, *Jessica,* und nur eine Konstante, die wir wirklich nutzen können. Hier …«, er legte eine weitere Akte auf den Tisch, »… dies ist Florence Macrae, zweiundachtzig – Cogento's Mutter. Geboren in Aberdeen als Florence Carrington, zurzeit wohnhaft in einem Seniorenheim in Norwich. Vaughan ruft sie etwa jede Woche an, immer über verschiedene Proxyserver.«
»Sie bringen die alte Dame dazu, dafür zu sorgen, dass er sie besucht. Dann überwältigen Sie ihn. Unsere Leute übernehmen den Rest. Wir lassen Sie in Ruhe und Yolanda kriegt genug Medikamente für die nächsten zehn, zwanzig Jahre.«
»Aber, Teresa; falls das nicht funktionieren sollte, wird das Ganze für Sie ein längeres Engagement werden.«
Martin raffte seine Sachen zusammen, dann stand er stramm und reichte ihr seine Hand: »Willkommen, Agent Reyes.«
»Folgen Sie mir. Unser Team bringt Sie nach Norwich.« Grover führte sie zurück zum Lift und hinauf in die Halle.
Ein schwarzer Wagen stand für sie bereit. Grover bat sie, einzusteigen, und verabschiedete sich.

Neben ihr auf dem Rücksitz erwartete sie eine Frau in dunklem Anzug, die sich ihr als *Agent Spalding* vorstellte. Der Wagen setzte sich in Bewegung, gefolgt von ein paar anderen Fahrzeugen, während Spalding ihr einige Details über das Heim erzählte.

Es war eine lange Fahrt und Teresa nickte gelegentlich ein. Schließlich hielten sie auf einem Parkplatz vor einem roten Backsteingebäude, das noch ziemlich neu zu sein schien. Während die

anderen Fahrzeuge sich verteilten und zurückzogen, gab Spalding ihr letzte Anweisungen.
»Wir haben Sie als Jessica angemeldet, Ex-Freundin des Sohnes. Wir vermuten, dass seine Mutter sie nicht persönlich kannte. Reagieren Sie spontan, lassen Sie sich etwas einfallen.«
Der Chauffeur öffnete die Tür an ihrer Seite und ließ Teresa aussteigen.

X

Als ich das Casino verließ und über die Straße ging, war ich noch völlig außer Atem. Was war gerade passiert? Ich hatte keine Kontrolle mehr über die Situation. Ich konnte keinen klaren Gedanken fassen. Mit meinem Bike ging ich zuerst den Gehweg entlang und schaute mich um. Ich lief noch um zwei weitere Straßenecken und beobachtete die Umgebung, bevor ich schnell den Mantel in die Seitentasche stopfte und an meinen Kopf griff; der Hut! Ich hatte gar nicht gemerkt, dass er nicht mehr auf meinem Kopf war. Aber bei dem ganzen Wirbel wäre es ein Wunder gewesen, ihn nicht zu verlieren.

Schließlich schwang ich mich auf den Sattel und fuhr davon. Irgendwohin. Ich gelangte in einen Park – nicht mein üblicher Park – wahrscheinlich Regent's. Dort stieg ich brav ab, weil das Radfahren untersagt war und schob mein Bike neben mir her, lief bis zu einer Parkbank, etwas versteckt zwischen den Büschen, wo ich mich hinsetzen konnte. Die wundervolle Aussicht auf einen weiten Teich half mir, mich langsam wieder zu sammeln.

Eines war klar: Die athletische Frau im Büro des Kartellbosses – die Afrikanerin – sie war resistent gegen meine Sugg. Ich konnte sie absolut nicht beeinflussen, obwohl ich es mehrmals versucht hatte. Das war ein kompletter Schock für mich. Hatte ich nicht erst gerade gedacht, dass alles immer fast zu einfach war? Das hätte ich wohl besser nicht.

Und wer waren die Anderen, die in dem Raum gewesen waren? Der Ältere, Feste, im Anzug, war das der Lambeth-Boss? Der andere nannte sich ... Big Price? Und dann war da noch eine hübsche, zierliche Latina mit blonder, langer Mähne. Sie kam mir irgendwie bekannt vor. Vielleicht Shakira? Aber was macht eine weltberühmte Sängerin bei einem Drogenboss in London? Ich nahm mein Handy und suchte Bilder von ihr. Ja, so ähnlich sah sie aus. Gab sie Konzerte in London? Sie war auf Tour, aber gestern und heute in Orlando, USA, nichts abgesagt. Passte nicht.

Concerts in London für diese Woche. Kategorien: Rap, Techno, R&B, Metal ... nee. Unter Latin, Salsa, nur ein Künstler: *Yolanda Cruz World Tour*. Ach ja, genau, das war die andere Kolumbianerin, die ihre Haare manchmal ähnlich hatte wie Shakira, aber im Gegensatz zu ihr klang Yolandas Stimme nicht wie die von *Kermit the Frog*. Es war schon einige Jahre her, dass mir das einmal aufgefallen war. Die Fotos stimmten überein. Und nicht nur das – auf der Foto-Liste gab es Paparazzi-Bilder, auf denen auch meine geheimnisvolle Gegnerin zu sehen war, zusammen mit Yolanda. Oh, Mann! Nun hatte ich plötzlich eine Goldgrube an Informationen.

Die Exotische hieß also Teresa, war Yolandas Freundin und zugleich ihr Bodyguard. Kein Wunder, dass sie einen Griff hatte wie aus Stahl. Ich spürte ihre Krallen immer noch an meinem Hals und musste schlucken. Über *Big Price* und das Casino fand ich nichts. Offiziell gehörte es zu einer nationalen Casino-Kette, Besitzer wurden nirgendwo genannt.

Es war, als hätten sie gewusst, dass ich auftauchen würde. Mich alleine konnte diese Teresa problemlos aus dem Verkehr ziehen, nur hatten sie nicht mit meiner Verstärkung gerechnet. Spätestens ab jetzt würden sie auch darauf vorbereitet sein. War die Amazone etwa gezielt auf mich angesetzt worden?

Lambeth musste ich erst mal vergessen. Wenn es eine resistente Teresa gab, wer wusste schon, wie viele Menschen sonst noch resistent waren gegen meine Superkraft? Ich könnte jederzeit wieder in so eine Situation geraten und es reichte mir das eine Mal von heute. Überhaupt: Sollte ich aufhören mit meiner großen Mission? Brachte der Kampf gegen solche Banden überhaupt etwas?

Bei dem Gedanken, mich zurückzuziehen und vielleicht nur noch mit kleinen Dingen zu wirken, kam mir Mutter in den Sinn. Es waren bereits wieder ein paar Tage vergangen, seit ich mich zuletzt vergewissert hatte, dass es ihr gut ging. Ich wählte die Nummer des Seniorenheims und Ms Trevane holte sie ans Telefon im Gemeinschaftsraum.

»Mutter? Geht's dir gut?«

Sie antwortete: »Mein lieber Vaughan! Es ist so schön, dass du mich anrufst. Mir geht es blendend.«

Schon allein dieses Wort genügte, um zu wissen, dass die Sugg noch immer wirkte. Etwas Positives wie *blendend* hörte man früher nie von ihr.

»Und so ein Zufall, dass du anrufst«, sprach sie weiter: »Gerade war deine Freundin bei mir.«

»Aber Ma, ich hab gar keine Freundin mehr.«

»Doch, doch. Du hattest mir von ihr erzählt, weißt du nicht mehr? Jessica, die Dunkle.«

Verblüfft erwiderte ich: »Was? Jessica war bei dir? Wieso denn das? Ja, dunkle Haare hat sie. Ich verstehe nicht, warum ...«

»Sie hat dich gesucht, sie sagte, deine Nummer war nicht erreichbar und sie konnte dich nirgendwo finden. Ihr geht es gar nicht gut, sie sah auch etwas ungepflegt aus mit ihrem verschmierten Make-up und dem ungekämmten Haar. Irgendwelche Verbrecher seien hinter ihr her.«

»Um Himmels willen, Mutter! Gib sie mir mal.«

»Sie ist schon weg. Sie sagte, sie komme später wieder.«

Ich ließ sie alles erzählen, was sie über die Verbrecher wusste, aber sie hatte es selbst nicht richtig verstanden. Wieder kam in mir dieses Gefühl von Panik auf. Wenn die Typen von Lambeth hinter

Jessica her waren, würden sie irgendwann auch meine Mutter finden. Ich versprach ihr, mich gleich auf den Weg zu machen.

Auf Jessicas Nummer hieß es, dieser Anschluss sei nicht vergeben. Weshalb würde sie die wechseln wollen? Mit eiligen Schritten verließ ich den Park, schwang mich aufs Bike und fuhr in Richtung Victoria Station.

Drei Stunden mit Bahn und Bus, kaum zu ertragen, während ich mir Sorgen um Jessica und Mutter machte. Ich versuchte, zu schlafen, aber natürlich ging mir zu viel im Kopf herum. Zudem war Rush-Hour, der Zug füllte sich und es wurde eng auf den Plätzen.

Wieder einmal dunkelte es schon, bevor ich beim Seniorenheim ankam. Ich verließ den Bus an der Straße gegenüber und begab mich über den Parkplatz schnell zum Eingang. Ich beeilte mich, durch die Gänge zum Gemeinschaftsraum zu gelangen. Doch dann sah ich Mutter ganz still mit ein paar anderen Senioren vor dem Fernseher sitzen, auf dem gerade ein Bericht lief über das Slade-Kartell. Ich blieb am Zugang stehen, um mich umzuschauen. Jessica war nirgendwo zu sehen. In dem leicht abgedunkelten Raum reflektierte das Licht des Bildschirms flackernd auf den Leuten, ihren Sesseln und dem Sofa in der Mitte. Mutter wirkte entspannt und tauschte mit ihrem Sitznachbarn Bemerkungen aus. Was sie wohl sagen würde, wenn sie erfuhr, dass ich Cogento bin? Sollte ich ihr davon erzählen? Dann könnte sie doch wirklich stolz sein auf mich. Aber vermutlich würde sie es sowieso nicht verstehen.
Ich bewegte mich weiter in den Raum hinein und ging an der Seite des Sofas in die Hocke. »Mutter? Alles in Ordnung?«
Sie drehte mir ihren Kopf zu, lächelte überrascht und legte ihre Hand auf meine als sie sagte: »Vaughan! Du siehst gut aus in dem Mantel. Isst du auch regelmäßig?«

»Ja, Mutter. Ist inzwischen irgendwas passiert? Wo ist Jessica?«
»Ich bin hier«, hörte ich plötzlich eine Stimme über mir und ein dunkles, muskulöses Bein presste mich gegen das Sofa.

Ich wollte mich gerade umdrehen und mich aufrichten, doch eine Hand an meiner Schulter drückte mich nach unten.
»Quieto, pequeño! Wir können ohne Aufsehen nach draußen gehen oder ich schleife dich da hin. Deine Wahl, decídete!«, sagte sie mit leiser aber drohender Stimme.
»Okay, okay. Ich mache keine Schwierigkeiten«, antwortete ich, worauf sie mich aufstehen ließ. »Du bist Teresa, richtig? Lass mich los!« Ein letzter Versuch, als ich in ihre feurigen Augen schauen konnte, doch erneut richtete es nichts bei ihr aus.
Mutter drehte sich nach uns um. »Da ist ja deine Jessica, ihr habt euch gefunden. Lasst mich noch das Programm fertig schauen, nur einen Moment.«
Teresa verrenkte mir den Arm hinter meinem Rücken und stieß mich in Richtung des Ganges aus dem Saal. »Warum tust du das? Warum hilfst du diesen Gangstern?«
Sie antwortete: »No es así! Tu ich nicht. Du bist eine Gefahr für die freie Welt.«
»Ach ja? Warum kämpfe ich dann gegen das Verbrecherkartell und du hilfst denen? Du bist hier die Gefahr, argh« Sie drückte meinen Arm noch heftiger.
»Falso, chico! Ich arbeite für den MI5.«

Ms Trevane kam uns entgegen. Sie hielt ein Tablett voller Pillenrationen in der Hand und stoppte direkt vor uns. »Mr Macrae, ich muss Ihnen sagen, also Ihrer Mutter geht es einfach blendend. So eine Verwandlung seit Ihrem letzten Besuch. Wen haben Sie denn da mitgebracht?«
Ich schaute ihr fest in die Augen. Das musste jetzt einfach klap-

pen. Mit schnellen, aber deutlichen Worten sagte ich zu ihr: »Ms Trevane, diese Frau hier ist bewaffnet! Sehen Sie? Rufen Sie den Sicherheitsdienst!«
Teresa versuchte mir sogleich den Mund zu zuhalten, während ich gerade noch rausbrachte: »... sie will mich entführen!«
Ms Trevane schrie sofort lautstark nach Hilfe. Teresa kickte mich mit ihrem Knie in den Rücken, um mich schneller zum Ausgang zu bewegen, doch ich blockierte so gut ich konnte. Einige Pfleger des Heims kamen angerannt, darunter ein, zwei stramme und gewichtige Kerle; Ms Trevane rief ihnen zu, dass die Frau eine Waffe habe und sie stürzten sich auf Teresa, so dass sie mich schließlich loslassen musste.

Ich warf Ms Trevane ein kurzes »Danke!« zu und machte mich davon. Doch schon an der Schiebetür des Eingangs stoppten mich zwei Kerle in dunklen Anzügen und weiter vorne auf dem Parkplatz erspähte ich noch mehr von denen. Ich suggte die Beiden, die mich festhielten: »Lasst mich los! Ihr gehorcht nur meinem Befehl! Kommt mit!«, und sie liefen neben mir her über den Gehweg. Auf dem Platz kamen drei auf uns zu und noch bevor sie merkten, dass ich gar nicht gefangen war, hatte ich sie schon gesuggt. Ich schickte meine fünf Sugos los, um die restlichen Männer auf dem Platz anzugreifen und für Verwirrung zu sorgen.

Plötzlich herrschte totales Chaos und es wurde sogar geschossen. Wagen fuhren vor, weitere Männer kamen angesprungen. Doch die hatten nur Augen für den Tumult, während ich mich seitlich an den Autos vorbei zur Straße schlich. Dort standen fünf oder sechs Fahrzeuge mit offenen Türen mitten auf der Straße herum, nur in Zweien saß noch jemand am Steuer. Ich ging auf den hintersten zu und sagte zu dem Mann darin: »Du steigst jetzt aus und schlitzt bei allen Wagen die Reifen auf.« Auch dem zweiten gab ich diese

Anweisung. Dann wollte ich mit dem vordersten Wagen fliehen.

Aber diese Leute waren gut, sie hatten trotz der Hektik nicht vergessen, den Zündschlüssel mitzunehmen. Dennoch hatte ich Glück: Der zweite Mann begann meinen Auftrag nicht bei seinem eigenen Wagen und der Schlüssel steckte noch. Ich kickte die Türen zu, startete den Motor und brauste davon – knapp an den anderen Fahrzeugen vorbei.

Was würde nun mit Mutter passieren? Nach einigen Minuten nahm ich eine Abzweigung, entfernte mich von der Hauptstraße und parkte in einer Einfahrt, um das Seniorenheim anzurufen. Es klingelte sehr lange, bis endlich jemand den Anruf entgegennahm.

»Ms Trevane bitte, es ist dringend.«

Der Herr am anderen Ende meinte: »Es ist gerade viel los hier, ich müsste sie erst suchen gehen.«

»Genau deshalb rufe ich an. Bitte beeilen Sie sich«, erwiderte ich energisch.

Es dauerte ein paar Minuten, bis ich ihre vertraute Stimme hörte: »Trevane hier?«

»Ms Trevane. Hier ist Vaughan Macrae. Vielen Dank nochmals für Ihre Hilfe. Hören Sie, ich will Ihnen erklären, was los ist. Sie müssen wissen, in London sind Verbrecher hinter mir her, weil ich bei der Zeitung arbeite. Diese Verbrecher haben sogar Leute beim MI5 und die Agenten, die jetzt bei Ihnen sind, wollen meine Mutter benutzen, um an mich ranzukommen. Sie müssen sie im Heim behalten. Lassen Sie nicht zu, dass sie sie mitnehmen, hören Sie? Rufen Sie unbedingt die Polizei!«

Ich war mir nicht sicher, was die Mitarbeiter eines Seniorenheims ausrichten konnten, aber dann kam mir noch eine andere Idee. Ich suchte nach der nächsten Polizeidienststelle. Da sie am Rand von Norwich lag, war es sowieso gut, dass ich mich dadurch von der Hauptstraße entfernte und eine eher unvorhersehbare Route fuhr. Auf dem Posten war nur ein Officer anwesend und ich sagte: »Sind Sie alleine hier?«

Er erwiderte: »Ja. Alle wurden zu einem Einsatz gerufen. Kann ich Ihnen helfen?«

»Bestimmt«, sagte ich und suggte ihn: »Rufen Sie den Chief Constable an, der Norwich leitet. Er soll hierher kommen. Jemand vom MI5 muss ihn dringend sprechen!«

Der Officer begab sich zum Funkgerät um eine Durchsage zu machen. Dann kehrte er zu mir zurück und erklärte: »Der Chief war auch gerade unterwegs zum Seniorenheim. Aber er kommt gleich zur Station. Es sollte nicht lange dauern.«

Tatsächlich war bald eine Sirene zu hören, die schnell näher kam und dann verstummte. Die Tür des Postens wurde aufgerissen und ein strammer Herr in dekorierter Uniform kam auf mich zu. Er nahm seine Mütze ab, musterte mich und schnauzte: »Wo ist der Typ vom MI5?«

»Ganz ruhig, Sir. Hören Sie mir zu: Sie folgen nur noch meinem Befehl.« Er schaute mich steif an und machte keinen Mucks mehr. »Sie fahren jetzt ins Seniorenheim. Die Leute dort, die sagen, dass sie vom MI5 sind, denen glauben Sie kein Wort, Chief. Die arbeiten in Wirklichkeit für das Lambeth-Kartell von London. Ach ja, und für eine Sekte namens RSK *The Reborn of our Saviour's Kingdom*. Die London Police hat eindeutige Beweise für diese Tatsache.« Ich ließ ihm einen Moment Zeit, damit er sich den Namen der Sekte aufschreiben konnte. »Nehmen Sie diese angeblichen Agenten fest. Sie haben es auf Florence Macrae abgesehen und wollen sie entführen. Die alte Dame darf nicht in die Hände dieser Sektenleute geraten. Sorgen Sie dafür, dass sie sicher ist. Berufen Sie dann eine Pressekonferenz ein.«

Der Chief verließ mit mir zusammen den Posten, stieg in seinen Wagen und fuhr mit eingeschalteter Sirene davon. Ich bestellte mir in Ruhe ein Taxi, denn bestimmt waren die Wagen des MI5 mit einem GPS-Sender ausgerüstet. Ich ließ mich bis nach Wymondham fahren und nahm von dort den Zug zurück nach London.

Erst gegen Mitternacht erreichte ich Ingate Place, wo ich mich endlich in meinem Lagerraum zum Schlafen hinlegen konnte. Doch dann ging es erst richtig los in meinem Kopf: Wird es ab jetzt immer so ein Stress sein? Bin ich hier noch sicher? Habe ich wirklich an alles gedacht, um keine Spuren zu hinterlassen, die jemanden hierher führen konnten? Jetzt spürte ich die Ängste, für die ich den ganzen Tag lang zu beschäftigt gewesen war. Trotzdem schlief ich wohl irgendwann ein, denn als ich das nervige Klingeln von der Signal-App aus meinem Laptop hörte, war der Raum bereits hell vom Tageslicht.

»Hallo Kyle. Was läuft?« Ich gähnte und rieb mir die Augen. Gut, waren wir nicht auf Video geschaltet, denn ich musste furchtbar aussehen.

»Gott sei Dank, du lebst!«, sagte Kyle und klang dabei sehr aufgewühlt.

»Warum sollte ich nicht leben?«

»Weil in der Zeitung steht, dass Cogento erschossen wurde!«

»Halt, Moment mal. Was? Was steht da?« Plötzlich war ich hellwach. Ich setzte mich auf und hörte wie Kyle vorlas: »London, am Dienstag, also gestern war das, Titel: Cogento vermutlich tot – ein Mann in langem dunklem Mantel wurde in Soho erschossen aufgefunden. Passanten entdeckten die Leiche am Nachmittag in einer Gasse liegend ... konnten nur noch den Tod feststellen ... dunkler Fedora Hut und diverse Visitenkarten mit dem Aufdruck *Cogento* ...

Obduktion ergab drei Schusswunden ... und so weiter. Vaughan, was hat das zu bedeuten?«

»Oh, Mann. Ich war in dem Spielcasino, um das Lambeth-Kartell zu zerschlagen. Aber ich musste flüchten.«

Kyle konnte nicht glauben, dass ich tatsächlich in eine ausweglose Situation hatte geraten können. Ich erzählte ihm alles, was am Tag zuvor passiert war; von der resistenten Amazone, meiner Flucht aus dem Casino und meiner erneuten Flucht vom Seniorenheim.

»Mir ist jetzt also nicht nur Daves fanatische Sekte auf den Fersen, und die Org des MI5, vermutlich zusammen mit dem Syndikat, sondern auch noch diese Teresa, die ich nicht suggen kann. Vielleicht ist der tote Cogento eine gezielte Falschmeldung der Org. Die wollen mich doch nur aus der Reserve locken. Oder es war das Kartell. In der Zeitung wird noch nichts über die Sache in Norwich stehen, aber schau dir doch bitte weiter die Fernsehnachrichten an.«

»Du solltest aufhören, Vaughan. Ist alles zu unübersichtlich geworden, zu riskant. Wer weiß, wie viele Resistente die haben gegen dich.«

»Stimmt, Kyle. Das weiß ich auch nicht. Ja, vielleicht sollte ich mich wirklich ruhig verhalten und abwarten, zumindest für eine Weile.«

Kyle erwiderte: »Hast du schon die Posts gesehen zum Hashtag *Cogento*? Hast eine Menge Fans da draußen.«

»Echt? Nein, davon wusste ich noch nichts«, sagte ich erstaunt: »Was schreiben die denn?«

»Moment. Hier, ... *immer erwischt es die Guten. Wir brauchen Leute wie ihn #Cogento*. Oder welche, die schreiben zu *#CogentoLives*, zum Beispiel *ich glaube nicht dass sie ihn wirklich erwischt haben*. Viel Kreatives mit Fotos und Zeichnungen, mit einem Mann in Mantel und Hut im Schatten. Das musst du dir ansehen. Einer hat seine eigenen Karten gemacht, darauf steht: *Tories ich kriege euch alle, Cogento*

und der zeigt Fotos, wo er die Karten überall verteilt.«
Erfreut kommentierte ich: »Zumindest die Idee von Cogento würde also weiterleben.«
»Allerdings denken die, du seist ein Held mit extremen Muskeln und vollgestopft mit Gadgets. Die ahnen nichts von Deiner wirklichen Fähigkeit«, sagte Kyle: »Bestimmt gibts bald Nachahmer, dann wirds erst recht verwirrend.«
»Könnte von Vorteil sein für mich. Ich geh mich mal frisch machen und dann schaue ich mir die Nachrichten an. Bis bald, Kyle.«

Ich klappte meinen Laptop zu und quälte mich vom Sofa hoch. Einfach alles tat mir weh. Ich schnappte mein Badetuch und schlurfte aus meiner Kammer ins Atelier und hinüber zum gemeinsamen Badezimmer der WG. Im Spiegel sah ich an mir diverse neue, blaue Flecken an allerlei Stellen und erst jetzt wurde mir bewusst, wie knapp es wirklich gewesen war. Es machte mir Angst zu erkennen, wie verwundbar ich eigentlich war. So konnte es nicht weitergehen; es war doch gerade der große Vorteil meiner Fähigkeit, dass sie gewaltlos funktionierte. Dachte ich jedenfalls.

In mein Badetuch gewickelt, latschte ich durch das Atelier zurück. Eine aktuelle Zeitung lag auf dem Tisch; die ließ ich gleich mitgehen, zusammen mit einem Kaffee, und machte es mir in meinem Lagerraum auf dem Sofa gemütlich – so gut das eben mit all meinen schmerzenden Stellen ging.

Im Browser ließ ich den BBC-Livestream laufen. Nach Wetter und Talkshow kam der News-Report und wie erwartet war das große Thema *Norwich: Schießerei in Seniorenheim*. Offenbar berichteten sie schon seit dem frühen Morgen darüber. Sie ließen Heim-Bewohner und Nachbarn zu Wort kommen und es folgte soeben live eine Pressekonferenz des Polizeichefs. Der kam schnell auf den Punkt: »Es ist meine Pflicht, Sie über folgende Hintergründe zu dem Vorfall hier im Seniorenheim Norwich zu informieren. Sie haben schon vernommen, dass der MI5 vor Ort präsent war. Zwei Agenten wurden durch Schüsse leicht verletzt. Nach aktuellen Erkenntnissen wurden diese Schüsse jedoch von anderen Agenten abgegeben. Die Zielperson des Einsatzes war unbewaffnet – mir ist bewusst, dass der Einsatzleiter zuvor etwas anderes behauptet hat, doch die Beweislage ist eindeutig.«

Unter den anwesenden Presseleuten brach Aufregung aus. Sie warfen mit Fragen um sich und er hatte Mühe weiter zu sprechen. »Zudem liegen uns Beweise vor, dass die Agenten mit einer Sekte namens RSK ...« plötzlich endete die Live-Übertragung und die Moderatoren im Studio waren zu sehen, die mit angestrengter Miene den Finger auf ihr Hörgerät hielten; dann behaupteten sie etwas von einer technischen Störung. Schon klar.

Leider würde das kaum genügen, um die Org so in Bedrängnis zu bringen, wie ich gehofft hatte. Ob die Presse selber weiter graben würde? Immerhin war es nicht irgendwer, sondern ein angesehener Polizeichef, der diese Andeutungen gemacht hatte.

In der Zeitung fand ich eine Viertelseite zu meinem angeblichen Tod. Schwer zu sagen, ob sie versehentlich oder absichtlich den Falschen umgebracht hatten oder ob der ganze Artikel eine Finte war – ich entschied mich jedenfalls, Letzteres anzunehmen. So oder so hatten sie ihr Ziel erreicht, es machte mir wirklich Angst.

Größere Artikel behandelten vor allem das Slade-Syndikat, denn es gab laufend neue Enthüllungen. Außerdem: Eine Gruppe demonstrierte in Soho gegen Gewalt und Korruption. Einige Männer wurde wegen Misshandlung und Zuhälterei festgenommen, andere flogen als Drogenhändler auf. Die Zusammenhänge mit Blake und seinen Läden wurden untersucht. In der Kommentarspalte waren sich mehrere Journalisten einig, dass ein Machtvakuum entstanden war und eine andere Gruppe nun das Gebiet von Slade für sich beanspruchen würde. Meine Strategie, Cogento als Verteidiger des Vakuums zu etablieren, hatte ganz offensichtlich nicht gefruchtet – natürlich weil jetzt alle dachten, er sei erledigt. Und genau deshalb musste ich dafür sorgen, dass er wieder auferstand – jedenfalls für die Öffentlichkeit. Vielleicht hielten sie ihn dann sogar für unbesiegbar und das Ganze würde dadurch doch noch die von mir erhoffte Wirkung haben.

Aber das war leicht gesagt. Tatsächlich war ich im Moment weit davon entfernt, weitere solche Aktionen ernsthaft in Erwägung zu ziehen, mit Teresa und der Org auf meinen Fersen. Schließlich fürchtete ich mich nicht nur meinetwegen. Zwischendurch rief ich im Seniorenheim an, wo Ms Trevane mir versicherte, dass ständig jemand ein Auge auf meine Mutter habe; sogar ein Officer sei dem Heim zugeteilt worden. Zumindest in dieser Hinsicht konnte ich also beruhigt sein. Dafür erinnerte ich mich an etwas Anderes, das daraufhin an mir zu nagen begann: Die Org wusste von Jessica. Bedeutete das vielleicht eine Gefahr für sie?

Ihre Nummer funktionierte tatsächlich nicht und ich wusste genau, es würde mir keine Ruhe lassen. Also zog ich mich an und lenkte mein Bike in Richtung Islington, zu ihrem Apartment. Es war eines der langen, zweistöckigen Backstein-Reihenhäusern mit schmucken weißen Umrandungen an Fenster und Türen. Zuerst ein Check an der Türklingel: *Kaveney*. Sie war also nicht umgezogen, schien aber auch nicht zu Hause zu sein. Ich würde warten müssen, denn ich wusste nicht, wo ich sie sonst finden konnte.

Kaum hatte ich mich auf die Treppe vor dem Hauseingang gesetzt, hielt ein Taxi. Es war Jessicas Nachbarin, die eine volle Einkaufstasche aus dem Taxi hievte und auf ihre Treppe stellte. Als das Cab davonfuhr, kramte sie in ihrer Handtasche, schaute auf und

Der Superheld-Jugendroman
als Einführung in
Philosophie
Weltpolitik
Klimakrise
ecliptic planetary publishing
thü
Cogento
UTOPIAN SUPERHERO FICTION
JETZT ERHÄLTLICH VON
cogento.org

…oder was würdest Du mit einer Superkraft alles anstellen?

Wer hat sich nicht schon einmal gewünscht, außergewöhnliche Kräfte zu besitzen, um damit die Welt verändern zu können. Für Vaughan Macrae wird das plötzlich zur Realität, als er an sich die vielleicht nützlichste Fähigkeit überhaupt entdeckt. Aber hat er auch das Format, sie sinnvoll einzusetzen?

„Ein faszinierendes Gedankenexperiment"
Baroness Ondrea O'Brien

Young-Adult-Fiction mit philosophischen Ansprüchen: Cogento bringt dem Leser auf unterhaltsame Weise ganz nebenbei Themen wie Klimawandel, Weltpolitik und Humanismus näher. Professor Richard Dawkins hat zudem in Cogento offiziell seinen ersten Auftritt als literarische Figur.

thü
Autor

Richard Dawkins
als er selbst

Sam Harris
als Sam Hobbes

Onora O'Neill
als Ondrea O'Brien

Yolanda Rayo
als Yolanda Cruz

grüßte mich: »Sie sind doch Jessicas Ex-Freund, nicht? Oder seid ihr wieder zusammen?«
»Nein, Ma'am«, erwiderte ich: »Aber ich muss sie unbedingt sprechen. Ihr Telefon geht nicht.«
»Ja, haben Sie denn die richtige Nummer« fragte sie und zeigte mir was sie auf ihrem Handy gespeichert hatte. Es war tatsächlich eine andere.
»Hoffentlich mache ich jetzt nicht etwas Dummes. Sie würden sie doch nicht belästigen, oder?«, fragte sie beschämt.
»Bestimmt nicht, Madam. Es ist wirklich wichtig, vielen Dank!«, sagte ich, während ich die neue Nummer in mein Handy tippte.
Es klingelte ein paar Mal, dann vernahm ich Jessicas Stimme: »Hallo?«
»Hier ist Vaughan. Jessica, alles in Ordnung bei dir?«
»Vaughan, hi! So eine Überraschung, dich am Telefon zu haben. Warum fragst du?«
»Also, das ist jetzt etwas kompliziert, aber ich habe gehört, äh ... dass du Schwierigkeiten haben könntest.«
Sie antwortete: »Ich kann mir nicht vorstellen, wie dir das zu Ohren gekommen ist, aber ja, ich habe grade ein größeres Problem an der Hand hier. Ich bin echt froh, dass du anrufst. Wäre es möglich dass du mir beistehen könntest? Kannst du herkommen?«
»Ja, natürlich. Wo bist du?«
»Vor einer Klinik, um die Ecke vom Fitzroy Square Garden. Whitfield Street.«
»Ich bin jetzt vor deinem Apartment. Ich mache mich sofort auf den Weg.« Natürlich war mir sofort klar, wohin mich das führen würde; in die Nähe von meiner Jonathan-Archer-Wohnung. Sollte das wirklich nur ein Zufall sein? Von einer Klinik dort war mir jedoch nichts bekannt. Noch hatte ich keine Ahnung, was passiert war, aber ihre Erwähnung einer Klinik, und dazu meine Befürch-

tungen, ließ mich Schlimmes erahnen. Das trieb mich an; ich fuhr, so schnell es nur ging.

Schon nach wenig mehr als zehn Minuten erreichte ich die Abzweigung zu der von ihr erwähnten Straße und war derart außer Atem, dass ich das vertraute Haus auf der anderen Seite der Kreuzung zuerst gar nicht bemerkte. Tatsächlich befand ich mich genau gegenüber der Wohnung meines Alter Egos. Ich fand Jessica an der Ecke neben der Einfahrt vor. Sie saß auf einer Stufe des Eingangs eines Restaurants, das geschlossen war, und hielt neben sich ein junges Mädchen umarmt. Als ich mein Bike abstellte um mich ihnen zu nähern, hörte ich sie schluchzen und kauerte mich zu ihnen.

»Hi! Was haben wir denn hier? Bist du okay?«, fragte ich.

Jessica antwortete: »Schau mal um die Ecke dort zur Klinik.«

Ich ging ein paar Schritte nach rechts und sah eine Straße entlang, die angefüllt war von Leuten. Viele riefen etwas und hielten Transparente in die Höhe. Kreuze waren zu sehen, Herzen und die Worte *Es ist Mord*. Am Haus, das im Zentrum ihres Protests zu stehen schien, hing über der Tür ein blaues Schild mit der Aufschrift *Marie Stopes* – der Name einer Schriftstellerin, die sich für Geburtenkontrolle eingesetzt hatte. Die von ihr gegründeten Kliniken begannen, später auch Abtreibungen vorzunehmen.

Ich kehrte zu Jessica zurück und sagte bestürzt: »Ist sie …?«

»Isabel ist im dritten Monat. … Isabel, das ist ein guter Freund von mir, Vaughan.« Das Mädchen schaute mich nur ganz kurz an. Ihr Gesicht war rot und ihre Wangen nass von den Tränen.

Zu Jessica sagte ich: »Also wurdest du nicht verfolgt oder so?«

Sie sah mich befremdet an. »Nö. Nicht dass ich wüsste, warum meinst du?«

»Ach, nichts«, erwiderte ich. Offenbar hatte ich mir umsonst Sorgen gemacht.

»Isabel ist auch so schon völlig durcheinander und jetzt lassen uns diese Spinner nicht in die Klinik. Sie ist meine Cousine und sie ist doch erst vierzehn. Niemand sonst steht ihr bei.«
»Ihre Eltern?«, fragte ich.
»Die schon gar nicht. Ihr Stiefvater ist bei irgend so einer fanatischen, islamischen Gruppierung«, erwiderte Jessica und machte ein angewidertes Gesicht.
»Und der Vater des Babys?«
Sie erwiderte: »Ihr Freund, Carlos. Die zwei lieben sich sehr. Sie sind schon lange zusammen.«
»Dann war es also einvernehmlich? Sollte er dann nicht hier sein?«
»Nein«, sagte sie mit entsetzter Stimme: »Bloß nicht. Er ist neunzehn. Sie würden ihn sofort verhaften lassen. Das gäbe ein riesiges Theater. Deshalb ist Isabel auch schon eine Weile bei mir.«
Isabel verkroch sich noch mehr in Jessicas Armen.
»Na gut«, sagte ich: »Ich gehe mal und schaue, ob ich was tun kann, damit ihr reinkommt. Wartet hier.«

Die Leute standen wirklich sehr eng zusammen, es war eine enorme Menge für diese kleine Nebenstraße. Selbst für mich war es schwierig, mich hindurchzuzwängen. Im vorderen Bereich stand ein Mann in Jeansjacke etwas erhöht, war besonders aktiv und schien die Anderen mit seinen Sprüchen anzufeuern. Bei meiner Annäherung zwischen all den eng stehenden Leuten wäre ich fast gestürzt als ich zur Seite gedrängt wurde, konnte mich gerade noch auf einen Wagen stützen, der am Straßenrand geparkt war.

Als ich nahe vor dem Rädelsführer stand, zeigte ich ihm den Daumen und rief ihm zu: »Gute Sache! Bist du der Boss hier?«
Er schüttelte den Kopf, zeigte über mich hinweg nach rechts und sagte: »Der Organisator steht dort am Rand, in der orangen Signaljacke.«

Er kriegte nochmals meinen Daumen zu sehen und ich stürzte mich wieder in die Menge. Der Typ in Orange hatte einen kleinen Handwagen an seiner Seite, der mit Material gefüllt war. Darunter waren Kartons mit Flyern, von denen er Stapel an seine Helfer verteilte.

»Hi. Du leitest das Ganze hier?«

Er schaute mich abschätzig an. »Ja, warum?«

»Ach, nur so. Ist sicher ein Riesenaufwand, das alles zu organisieren! Kannst du noch Hilfe brauchen?«

Er wurde merklich lockerer und meinte: »Ja sicher, immer. Es ist ja ein wichtiges Anliegen, das geht alle an.«

»Aber sag mal, eins versteh ich nicht: Was ist genau das Problem? Ich meine, wenn jemand nicht abtreiben will, ist man ja frei, es nicht zu tun. Also, die Frauen meine ich natürlich.«

»Machst du Witze?«, sagte er und fuchtelte wild mit den Händen. »Ich dachte, du weißt, um was es geht! Abtreibung ist Mord!«

Ich bemerkte: »Ist das nicht eher Glaubenssache?«

»Nö, natürlich nicht.« Jetzt wurde er langsam sauer. »Wir sind Pro-Life, Mann! Jedes Leben muss geschützt werden, auch das Ungeborene.«

»Muss das denn nicht jede Schwangere für sich selbst entscheiden?«, fragte ich.

Und er entgegnete: »Also jetzt hör mal, da gibt es nichts zu entscheiden, Gott allein entscheidet.«

»Ich meine ja nur ... Würdet ihr nicht besser eure Energie dafür verwenden, die Kinder zu retten, die schon geboren sind?«

»Hä? Wieso? Wenn sie geboren sind, sind sie gerettet. Dafür kämpfen wir hier«, erwiderte er verärgert.

»Was ich damit meine, ist: Unerwünschte Kinder leiden oft ein Leben lang darunter. Und in Afrika stirbt alle fünf Sekunden ein Baby oder Kleinkind an Hunger und verunreinigtem Wasser. Dort

wäre eure ProLife-Bewegung viel nützlicher.«
Darauf brüllte er: »Weißt du was? Hau ab. Verschwinde du Arsch!«
Es war absehbar gewesen, dass vernünftige Argumente bei solchen Leuten nirgendwo hinführten. Ich wollte ihn noch daran erinnern, dass solche Kundgebungen innerhalb von hundert Metern vor einer Klinik verboten waren, aber mir blieb sowieso nur noch, meine *Gottesgabe* gegen diese selbstgerechte Horde einzusetzen. Also suggte ich ihn: »Du bist von nun an überzeugt, dass es nicht an dir ist, anderen zu sagen, was sie glauben sollen. Verkünde deinen Leuten, dass es gar kein Abtreibungsproblem gibt. Sag ihnen: Jede Frau besitzt bereits das Recht, nicht abzutreiben, wenn sie denn so will – und muss das für sich selber entscheiden können. Alle sollen nach Hause gehen und sich besser für Frauenhäuser oder Kinderstiftungen einsetzen.«

Während er sich einen Weg nach vorne zum Eingang der Klinik bahnte, ging ich durch die Reihen und suggte möglichst vielen, dass sie ihn unterstützen sollten. Dann begab ich mich zurück zur Abzweigung, von wo aus Jessica und Isabel mich beobachtet hatten. Isabel war dadurch etwas abgelenkt. Sie wirkte schon viel gefasster. Inzwischen waren auch Polizisten aufgetaucht, die miteinander und am Funkgerät berieten, was sie tun sollten. Daneben standen ein paar Fotografen und Kameraleute.

Der Typ in Orange begann durch ein Megafon zu sprechen. Doch die Menge quittierte seine Worte mit Buh-Rufen. Dagegen erhoben sich lautstarke Gegenstimmen und ihr Anführer leistete weiter Überzeugungsarbeit. Einen Moment lang war zu befürchten, dass die Parteien aufeinander losgingen, doch dann löste sich die Menge plötzlich auf und die Leute liefen in verschiedene Richtungen davon. Wenig später war von dem ganzen Spuk nichts mehr übrig außer den Flugblättern, die vereinzelt herumlagen und dem

Typ in Orange, der mit zwei Helfern die Blätter zusammenlas.

Jessica nahm Isabel an der Hand und ich begleitete sie zum Eingang der Klinik. Auf der gegenüberliegenden Straßenseite positionierte sich ein Kameramann und ein Reporter begann den Leiter der Demonstration zu befragen. Zu gerne hätte ich mir das Interview angehört, doch ich wollte vermeiden, hier eventuell gefilmt zu werden.

»Bei Jessica bist du in guten Händen, Isabel. Kommt ihr alleine zurecht?«

»Danke dir, Vaughan«, erwiderte Jessica.

Wir verabschiedeten uns und ich machte mich auf den Weg zurück zur WG. Jessica hatte keine Ahnung, was gerade passiert war, und das war gut so. Ebenfalls gut war, dass für mich zur Abwechslung wieder einmal etwas richtig gelaufen war. Es war dieses Gefühl, jederzeit die Kontrolle zu haben, diese Sicherheit, die ich vermisst hatte.

Am nächsten Tag erschien das Interview mit dem Anführer der Abtreibungsgegner auf den Titelseiten diverser Boulevardblätter. *Abtreibungsgegner gestehen: Wir waren ignorant und verblendet.* Er gab auch zu, dass ihm und seinen Anhängern sehr wohl bewusst gewesen war, dass ihre Kampagne für nicht wenige zusätzliche Todesfälle und verwaiste Kinder verantwortlich war, weil sie damit die sowieso schon großen psychischen Belastungen für die Frauen drastisch erhöht hatten.

Eine erfolgreiche Mission, die ich ohne jede Mühe und ohne Zwischenfall absolvieren konnte. Nicht, dass ich deswegen schon wieder den Mut aufbringen würde, die Verbrecherjagd fortzusetzen, aber es dämpfte meine Ängste und stärkte das Vertrauen in meine Kraft wieder etwas. Ich konnte behaupten, etwas Gutes zustande gebracht zu haben, durfte mich auf meinen Lorbeeren ausruhen.

Das Gefühl der Zufriedenheit hielt jedoch nicht lange an. Sollte ich es einfach so hinnehmen, dass nun jeder glaubte, Cogento sei erledigt? Lässt sich ein Superheld denn so leicht einschüchtern? Nun, ich saß in einer Abstellkammer, gleich in zweifacher Hinsicht. Also was nun? Am nächsten Nachmittag hielt ich es schließlich nicht mehr aus. Ich wollte unbedingt erfahren, was passieren würde, wenn Cogento trotz seines vermeintlichen Todes wieder auftauchte. Meine Neugierde war am Ende größer als meine Ängste.

Was aber, wenn die Amazone es doch noch schaffen würde, mich zu schnappen? Ich musste mir überlegen, was ich für einen solchen Fall vorbereiten konnte.

Dann setzte ich mich vor den Laptop und startete eine Video-Aufnahme. »Mein Name ist Vaughan Macrae. Sie kennen mich vielleicht als *Cogento*.« Ich erzählte von meiner Superkraft und listete die Verbrechen auf, die ich damit aufgedeckt hatte. Ich erklärte, was der Chief Constable von Norwich eigentlich in seiner Pressekonferenz hatte mitteilen wollen. Dass ich zwar keine Beweise, aber dafür die Zusammenhänge liefern konnte, zwischen meinem Kollegen Dave Uttley von der London Times, seinem Schwager Minister Grover, der Sekte RSK, dem MI5 und Big Price, Gary Popov, Teresa, Yolanda und so weiter.

Als die Aufnahme vollständig war, speicherte ich eine Kopie verschlüsselt auf meinem Server und schrieb eine Web-Applikation, die folgendermaßen funktionieren würde: Auf einer simplen Webseite musste ich von nun an jeden Tag ein Passwort eingeben. Fiele die Eingabe drei Tage lang aus, würde das Programm eine E-Mail an Alan senden, zwei Tage später an weitere Journalisten, mit Link und Passwort zum Video. Es war mein Druckmittel für den Notfall, das mich hoffentlich aus einer ansonsten ausweglosen Situation befreien könnte; aus einer Einzelzelle der Org etwa.

Ich packte meine Sachen zusammen und fuhr zum Spielcasino. Genau das würden sie am wenigsten erwarten: Dass ich ausgerechnet beim Lambeth-Kartell nochmals zuschlagen würde. Ich schob mein Bike auf der anderen Straßenseite gegenüber vom Casino in eine dunkle, kleine Gasse und zog den Mantel an, dazu meine Basecap anstelle des Hutes, den ich letztes Mal hier verloren hatte. Dann stellte ich mich in den Schatten einer Einfahrt in der Nähe. Ich stand hinter einer Säule, hatte einen guten Blick auf den Eingang des gegenüberliegenden Casino-Gebäudes und wartete.

Es war ruhig auf der Straße. Nur hinter der Glasfront, im Inneren des Casinos, waren ein paar Wachen zu sehen, die herumstanden. Welche Sicherheitsmaßnahmen würden sie nach dem Vorfall ergriffen haben, als sie merkten, dass ich mit meiner Stimme die Wachmänner steuern konnte? Ich würde voll auf Videoüberwachung setzen und die Sicherheitstür von innen verriegeln. Aber selbst wenn ich bis zu seinem Büro gelangen konnte, war vielleicht der Boss ja auch gar nicht anwesend. Ich würde die Sache diesmal mit mehr Geduld angehen müssen. Zuerst über längere Zeit das Gebäude beobachten. Immer außerhalb des Überwachungsbereichs der Kameras bleiben.

Vereinzelt passierten Leute die Einfahrt. Ein Mann führte seinen Hund spazieren. Niemand schien meine Gegenwart zu bemerken. Ein gepanzerter Wagen hielt vor dem Casino. Er verdeckte mir die Sicht zum Eingang, aber Wachen stiegen aus, gingen um den Wagen herum und brachten Taschen mit zurück, die sie im Innern verstauten.

Dann passierte wieder lange Zeit gar nichts. Ich dachte darüber nach, ob ich nicht selber eine Kamera hier positionieren sollte. Ich könnte so über Tage hinweg den Eingang aufnehmen und sehen, ob und wann dieser Lambeth-Boss kam und ging, ohne dass ich endlos hier herumstehen müsste.

Ich wollte mich gerade in Bewegung setzen, um zu meinem Bike zurück zu gehen, da fuhr plötzlich eine von diesen langen, weißen Limousinen vor das Casino. Der Chauffeur stieg aus, um die hintere Wagentür zu öffnen. Ein korpulenter Mann in feinem Anzug erhob sich. Der Boss des Kartells! Der, dem ich beim letzten Mal drinnen in dem Arbeitszimmer begegnet war. Das war meine Chance!

Ich rannte aus meinem Versteck über die Straße, um den Wagen herum. Er hatte noch seinem Chauffeur gedankt, der ihm aus dem Wagen geholfen hatte und wollte gerade den ersten Schritt machen, da stand ich bereits vor ihm, um ihn zu suggen: »Du gehorchst mir. Steig wieder in den Wagen. Los!«

Der Chauffeur schaute mich nur verunsichert an und ich befahl ihm: »Sie steigen auch ein und warten auf meine Anweisungen.«

Der Boss ließ sich wieder in den Sitz fallen. Ich deutete ihm, mir Platz zu machen und setzte mich neben ihn. Dann zog ich die Tür des Wagens zu und befahl: »Du sagst mir jetzt deinen Namen und was du hier im Casino tust.«

»Gary Popov ist mein Name, Sir. Ich handle mit Immobilien. Ich muss etwas mit meinem Freund Big Price besprechen, der das Casino leitet.«

Ich fragte: »Bist du der Boss vom Lambeth-Kartell?«

»Nein, ich nicht. Big Price ist der Boss. Ich bin nur beteiligt, aber ich nutze meine Kontakte in der Politik, um sein Kartell zu schützen.«

»Na, sieh mal an. Dich nenne ich mal einen dicken Fisch.«

»Danke«, erwiderte er.

Ich musste schmunzeln. Er aber blieb ausdruckslos wie ein … na, wie ein Fisch halt und ich sagte: »So war das nicht gemeint. Okay,

ich bin sicher, ihr habt vorgesorgt, falls Cogento wiederkommt?«
»Ja. Neue Sicherheitsmaßnahmen.«
Ich musste einen Moment überlegen, wie ich nun vorgehen sollte. Doch eigentlich konnte ich das gleich Popov selber fragen: »Wie kannst du dafür sorgen, dass Price rauskommt und hier in diesen Wagen steigt?«
Er zögerte keine Sekunde. »Er wird sofort kommen wenn ich behaupte, dass Yolanda Cruz im Wagen auf ihn wartet.«
»Yolanda die Sängerin? Er steht wohl auf sie, hm?«, bemerkte ich. Also befahl ich ihm: »Du gehst jetzt ganz normal rein in das Casino und sorgst dafür dass Price herkommt, zu mir in die Limousine. Klar?«
Popov antwortete: »Klar« und ich ließ ihn aussteigen. Er ging durch die Drehtür und ich begab mich zurück auf die Rückbank, um auf meine *Gäste* zu warten.

Etwa zehn Minuten später beobachtete ich durch die getönten Scheiben, wie zwei Leibwächter-Typen aus dem Casino kamen. Popov folgte ihnen mit Big Price, öffnete für ihn die Tür und ließ ihn zuerst einsteigen. Als dieser seinen Kopf erwartungsvoll voraus in den Wagen streckte, sah er mir erstaunt direkt in die Augen. Sofort suggte ich ihn: »Du gehorchst jetzt meinen Befehlen. Setz dich zu mir.«
Er tat wie ich verlangte. Popov setzte sich neben ihn. Die Wachmänner entfernten sich und Popov machte die Tür des Wagens zu.
»Mr Big Price! Du bist also der Boss des Lambeth-Kartells?«
»Korrekt, Sir«, antwortete Big Price kleinlaut.
»Kennst du mich noch?«
»Sie sind Cogento. Wir dachten, Sie sind tot.«
»Tja, da habt ihr falsch gedacht«, sagte ich: »Nun, wer von euch beiden hat Kontakt zum MI5?«

Popov lehnte sich vor und antwortete: »Das bin ich, Sir. Ich kenne den zuständigen Minister James Grover.«
»Und was weißt du über Teresa?«, fragte ich.
Popov erwiderte: »Sie ist der Bodyguard von Yolanda Cruz. Mehr wussten wir zuerst nicht. Bis ich gesehen habe, dass Cogento sie nicht beeinflussen kann. Darüber habe ich sofort James informiert.«
»Ihr wusstet, dass ich kommen würde und dass ich euch manipulieren kann?«
»Ja. Nach dem Fall des Slade-Syndikats hat James mich gewarnt, dass so etwas passieren könnte.«
Ich fragte Popov: »Wie viele Leute, die gegen mich resistent sind, hat die Org?«
»Darüber weiß ich nichts«, gab er zur Antwort.
»Na gut. Ihr geht jetzt beide ins Casino zurück und holt alle Beweise, die ihr über euer Lambeth-Kartell besitzt; Daten von geheimen Konten, die Bücher, Dokumente, Liste von Kollaborateuren und so weiter. Dann steigt ihr wieder in diesen Wagen und fahrt zum nächsten Polizeiposten, wo ihr ein volles Geständnis ablegt. Ach ... und das hier gebt ihr den Beamten!« Ich drücke jedem eine Cogento-Visitenkarte in die Hand. »Sagt ihnen: Cogento lebt und bringt jeden Gangsterboss zur Strecke!«

Sie verließen den Wagen und betraten wieder das Casino. Nach einer Weile stieg ich auf der anderen Seite ebenfalls aus und überquerte die Straße, um mich dort wieder im Schatten der Einfahrt zu verbergen. Alles blieb ruhig. Nach einer halben Stunde machte ich mir langsam Sorgen, ob die Sache klappen würde. Doch dann kamen die Beiden aus dem Casino gelaufen, jeder mit zwei großen Säcken in der Hand, stiegen in die Limousine und fuhren davon.

Der Knall kam am nächsten Tag in den Nachrichten. Die Verhaftung des Lambeth-Bosses war dabei nur die Nebengeschichte. Die großen Schlagzeilen gehörten Popov, dem bisher angesehenen Immobilien-Geschäftsmann, von dem sie erzählten, dass zwar alle schon etwas vermutet hatten, aber keiner seiner bekannten Finanzier- und Politiker-Freunde es je genauer hatte wissen wollen. Auch Cogento wurde erwähnt und die Meldung von seinem Tod damit infrage gestellt. Es gab einen Videobericht, wie die Leute vom *Specialist Crime Directorate* der Polizei das Casino stürmten. Nun hatte ich also auch diese Mission noch mit vollem Erfolg abschließen können.

Journalisten und Analysten diskutierten natürlich die Ereignisse. Klar, wurde gemutmaßt, was denn dieser Cogento nun wirklich getan hatte, außer Visitenkarten zu verteilen. Ihre Schlussfolgerung war lediglich, dass er irgendwelche Informationen besitzen musste und die Verbrecher so unter Druck setzen konnte, ein Geständnis abzulegen. Was alle besonders verwirrte, war die Tatsache, dass die Slade-Chefin, genau wie Big Price, Popov und ihre Männer, einen Tag später leugneten, je eine Aussage gemacht zu haben. Und sie erinnerten sich an den Fall Monroe, bei dem es genauso gewesen war.

Aufgrund diverser nachfolgender Verbrechen und Verhaftungen, kamen sie Tage später zum Schluss, dass sich die noch bestehenden Kartelle aufzuspalten begannen. Ihrer Meinung nach wollten sie sich dadurch besser vor Cogento schützen, indem sie als kleinere Einheiten kein so verlockendes Ziel mehr darstellten. Nicht ein Kartell füllte die Lücke, die nach Slade und Big Price zurückblieb, sondern viele kleine Banden übernahmen den Markt und im Endeffekt blieben die Probleme dieselben.

Dieser Ansatz der Weltverbesserung war aufwändig und riskant und es schien, als wucherten aus dieser Schlange nach jedem abgeschlagenen Kopf zwei Neue heraus. Das war so deprimierend, dass selbst all die vielen Artikel und Posts in Presse und Online Medien es nicht schafften, mich wieder aufzuheitern. Doch der wahre Grund dafür war nicht die Erkenntnis, dass meine ganzen Bemühungen mehr oder weniger vergebens gewesen waren. Nein. Es war die Erkenntnis, dass ich mich grundsätzlich in das falsche Problem verbissen hatte. Doch das wurde mir erst bewusst, als ich ziellos zwischen den TV-Kanälen herumzappte und zufällig auf einen Bericht stieß, der mich aufhorchen ließ: »... will Japan erneut versuchen, eine Legalisierung des kommerziellen Walfangs durchzusetzen. Die Konferenz des IWC findet heute Nachmittag in Cambridgeshire statt. Wir schalten nun zu meiner Kollegin nach London, die Gelegenheit hatte, mit dem derzeitigen Vorsitzenden der Kommission, Errol Lloyd, zu sprechen.«

In dem dann folgenden Interview erklärte ein Herr mit kräftigen schwarzen Haaren und auffällig faltigem Gesicht: »Schon letztes Jahr scheiterte zwar ein solcher Vorstoß. Aber ich bin sehr besorgt, dass man jedes Jahr von neuem versucht, den Schutz der Wale aufzuweichen. Vor allem weil sich dieses Jahr einige Nationen aus falsch verstandener Toleranz mit Japan solidarisieren. Es sieht im Moment nicht gut aus für die Wale.«
Die Reporterin fragte: »Stimmt es denn nicht, dass Walfleisch selbst in Japan keineswegs mehr das traditionelle typische Gericht ist, wie es das Fischerei-Ministerium immer darstellt, sondern nur noch eine unbedeutende Randerscheinung?«

Während sie weiter sprachen, fiel mir auf, dass ich den Ort kannte, an dem diese Livesendung aufgenommen wurde; nämlich in der Lounge des Hotel Langham. Ich bemerkte den klassischen, hellen Saal mit den charakteristischen, leicht abgeschrägten Fenster-Zwischenwänden und den seltsamen Mix aus pseudo-modernen

Stühlen und Möbeln. Erst letztes Jahr hatte mich Jessica dorthin mitgenommen, als sie sich von ihrer Lieblingsschriftstellerin dort ein Buch signieren ließ.

Hier hätte ich eine Möglichkeit, wieder etwas wirklich Sinnvolles zu vollbringen. Sofort packte ich meine Sachen zusammen und machte mich auf den Weg, quer durch Soho – was keine fünfzehn Minuten in Anspruch nahm. Gleich gegenüber vom Langham befand sich eines der Gebäude der BBC – so hatten sie es natürlich leicht mit der Live-Übertragung.

Ich betrat das imposante Hotelgebäude durch die Torbogen, die dem Eingang vorgelagert waren und begab mich direkt über die seitlichen Treppen zum Lift. Oben, beim Zugang zur Lounge, packten einige Leute das Equipment des Senders zusammen und innen verabschiedete sich die Moderatorin gerade von dem Vorsitzenden; Lloyd hieß er wohl. Als sie mir entgegenkam, huschte ich an ihr vorbei in die Lounge, um auf den Mann zuzugehen.

»Mr Lloyd ...« Ich streckte ihm ohne Umschweife meine Hand entgegen und während er verunsichert reagierte, sagte ich: »Sie nehmen sich bestimmt etwas Zeit für mich. Setzen Sie sich.«

Er fragte: »Und Sie sind?«

»Ich bin Cogento. Ich werde Ihnen helfen, das Walfangverbot ohne Ausnahmen durchzusetzen.«

Während wir uns am Tisch gegenübersaßen – in diesen, für den Raum wirklich unpassenden Stühlen aus den Siebzigerjahren – sagte er: »Da bin ich gespannt auf Ihren Vorschlag, junger Mann.«

»Nun, das ist relativ einfach, Mr Lloyd«, erwiderte ich: »Ich bin besonders gut darin, Leute von etwas zu überzeugen. Bringen Sie mich zu den Vertretern der Länder, die das Verbot kippen wollen. Dann rede ich mit ihnen.«

»Wie ich, sind die meisten Vertreter in diesem Hotel untergebracht und werden bald mit einem Bus gemeinsam zur Konferenz gefahren. Nur der Fischerei-Vizeminister von Japan, Mr Tasaaki, ist bei Verwandten untergebracht. Lassen Sie mich kurz die Minister von Island und Norwegen anrufen. Ich werde sie auffordern, für einen Tee zu uns zu stoßen.« Er erhob sich und ging hinüber zur Rezeption.

Nachdem er zurückkehrte, mussten wir nicht lange warten. Auffällig schnell und etwas aufgeregt, tauchten die Minister in der Lounge auf – offensichtlich in der Hoffnung auf eine gewinnbringende Gelegenheit. Wir offerierten keinen Tee und es war auch nicht nötig dass sie sich zu uns setzten. Stattdessen suggte ich sie ohne lange Erklärungen: »Sie werden einem vollumfänglichen Walfangverbot ohne Einschränkungen zustimmen. Verstanden?« Sie bestätigten meinen Befehl und machten sich davon.

Lloyd rief auch Mr Tasaaki an, dann ließ er seinen Wagen vorfahren und brachte mich in ein Wohnquartier in Barnsbury, wo uns der Japaner in Empfang nahm. Auch da machte ich mit meiner Sugg keine großen Umstände. Danach brachte mich Lloyd zurück zum Hotel. Beim Verabschieden ermahnte ich ihn: »Die drei werden einen Tag lang allem zustimmen, was Sie vorlegen. Aber nur einen Tag lang, vergessen Sie das nicht!«

Das war wieder einmal wie erwartet und ganz einfach gelaufen. Dennoch fühlte ich mich unzufrieden. Es gab Tausende solcher Probleme, bei denen ich würde eingreifen müssen und auf diese Weise konnte ich keine nachhaltigen Veränderungen herbeiführen. Meine Mission musste irgendwo anders ansetzen. Auf einem Level, das Auswirkungen haben würde auf die ganze Gesellschaft. Und schließlich ging es nicht nur um lokale Probleme. Es ging um globale Entwicklungen, die man schon seit Jahrzehnten beobachten konnte. Der Kampf um internationale Gewässer und den Schutz der Wale war dabei nur eine winzige Spitze des Eisbergs.

Ich brauchte mich ja nur in meinen London Times Account einzuloggen und mir die Liste der Artikel anzusehen, die ich mir in den letzten Monaten gespeichert hatte:

Waffenhandel sorgte für Eskalation von Konflikten, zum Profit der Exportländer. Autokraten unterdrückten die Rechte der eigenen Bevölkerung, begingen Massenmorde um an der Macht zu bleiben. Selbst die Regierung der USA machte sich schuldig mit Kriegsverbrechen und Verrat an der eigenen Verfassung, mit der Verurteilung der Helden, die diese Verbrechen aufdeckten, wie Manning, Assange, Drake und Snowden. Regenwald wurde für Palmöl, Ethanol und sinnlose Luxusgüter vernichtet. Monokulturen aus genmanipulierten Pflanzen und der Einsatz von Pestiziden machten die Böden unfruchtbar. Man sprühte die Felder mit Gift voll und wunderte sich dann, warum Nützlinge wie die Bienen eingingen. Hauptsache, die multinationalen Pharma- und Chemiekonzerne machten weiterhin Profit. Pharmafirmen missbrauchten das Patent- und Gesundheitssystem. Großkonzerne machten enorme Gewinne mit der Ausbeutung von Menschen und Ressourcen in ärmeren Ländern. Die Firma Nestlé füllte sogar das Wasser der armen Bevölkerung in Flaschen ab, um es teuer zu verkaufen. Menschen, die aus Konflikt-Regionen flüchteten, wurden von den reichen westlichen Ländern in Internierungslager gesteckt und irgendwohin abgeschoben. Viele Flüchtlinge ließ man bewusst schon auf ihrem Weg über das Meer ertrinken.

Meine Liste enthielt noch dutzendfach mehr Artikel mit Vergehen dieser Art, und das nur gerade aus den vergangenen paar Monaten.

Natürlich durfte man nicht vergessen, dass es immer auch viele Bestrebungen gab, etwas dagegen zu tun; Organisationen und Persönlichkeiten, die sich engagierten, technischer Fortschritt, der

Abhilfe versprach. Man versuchte, die positiven Entwicklungen zu betonen; Hoffnung zu haben, dass sich die Lage schon irgendwann bessern würde. Zu denken, dass die Menschheit ja schließlich nicht so dumm sein konnte, war einfacher, als aufzustehen und etwas dagegen zu unternehmen. Auch für mich. Nicht zuletzt weil wir, das verwöhnte Volk im Westen, nichts an unserem luxuriösen Leben ändern wollten. Aber man musste den Tatsachen ins Auge sehen: Im Großen und Ganzen war die Welt nichts weiter als ein riesiger Bedienungsladen für jeden, der Macht und Gelegenheit hatte, sich zu nehmen, was er wollte.

Steckte da nicht überall dasselbe Problem dahinter? Aber was wusste ich schon davon, wie man das angehen sollte. Ich war schließlich kein Experte in Ökonomie, Politik oder Umwelt. Andererseits: Solche Experten wurden bei jedem politischen Prozess als Berater beigezogen und die Dinge wurden trotzdem nicht besser. Womöglich, weil der Rat der Experten oft übergangen wurde, von Politikern, die andere Interessen hatten – also eigentlich wieder das gleiche Problem?

Mit großer Macht kommt große Verantwortung. Und eine Verpflichtung, diese Macht zum Wohle aller einzusetzen, musste ich anfügen. Ich war an diesem Punkt völlig überfordert. Es war mir klar, dass diese Verpflichtung bedeutete, auf höchster Ebene anzusetzen, um grundlegende Veränderungen für alle herbeizuführen. Aber wo und wie – ich hatte keine Ahnung.

Warum versuchte ich auch immer, alles alleine zu lösen? Ich war noch nie ein Teamplayer gewesen und Geheimhaltung war eine willkommene Ausrede, nichts daran zu ändern. Doch was nützte mir das, wenn ich alleine zu blöd war, um meine Fähigkeit effektiv einzusetzen? Ich musste endlich einsehen, dass ich Hilfe brauchte.

XI

Grover war stinksauer als das Team vom Einsatz zurückkehrte. »Sie haben es echt versaut, Teresa! Wir hatten diese eine Chance! Keine Ahnung, wie wir ihn wiederfinden sollen. Und seine Mutter steht nun im Fokus der Medien. Hatte ich nicht gesagt, ihr sollt dafür sorgen, dass die Pfleger nicht interviewt werden?«

»Tut mir leid, Chef«, erwiderte Agentin Spalding: »Die Polizei war einfach zu schnell vor Ort, wir hatten keine Möglichkeit, die Situation rechtzeitig unter Kontrolle zu bringen. Und wir mussten uns um den Chief Constable kümmern. Offenbar stand er unter Beeinflussung; er ließ sich nicht beruhigen. Wir mussten ihn schließlich sedieren.«

»Okay. Lass Martin ein psychiatrisches Gutachten besorgen und liefert ihn ein. Am üblichen Ort. Klar?«

Spalding verließ den Raum und Minister Grover wandte sich nochmals an Teresa: »Ich hatte Sie gewarnt. Nun werden Sie bei uns bleiben müssen, bis die Sache erledigt ist. Wir brauchen Sie hier. Die Krone und die freie Welt brauchen Sie. Aber keine Angst, wir sorgen für Yolanda – solange Sie sich kooperativ verhalten.«

Teresa musste leer schlucken. Sie fühlte sich ausgeliefert und Grovers Rechtfertigungen traute sie keineswegs. Aber sie hatte keine Wahl. Er winkte einen der anderen Agenten heran. »Agent, bringen Sie sie zu ihrem Zimmer und setzen Sie einen Trainingsplan an.« Dann wandte er sich an Teresa: »Wir können Ihnen bestimmt noch das Eine oder Andere beibringen.«

Sie wurde auf ein anderes Stockwerk begleitet, einen langen Gang entlang, bis sie zu einem Zimmer gelangte, das ihr zugewiesen wurde. Offenbar teilte sie es mit jemandem, denn es gab zwei Betten, von denen das Eine schon belegt zu sein schien, wie sie aufgrund der Sachen auf dem Nachttisch daneben schließen konnte. Auf ihrem Bett lag ein Trainingsanzug bereit und der Agent forderte sie auf, sich umzuziehen, während er draußen wartete.

Den Rest des Tages verbrachte sie mit Schießübungen und Nahkampftraining. Wenigstens etwas Positives an der ganzen Sache, fand sie, denn davon konnte sie nur profitieren.

Am Abend stellte sich heraus, dass es Agent Spalding war, die das Zimmer mit ihr teilte. Einmal am Tag wurde ihr erlaubt, unter Aufsicht mit Yolanda zu telefonieren. Wie sie ihr erzählte, erhielt sie jeweils eine Ration Medikamente von einem Agenten, der sie auf der Tour begleitete und auch Teresas Sicherheitsaufgaben übernahm.

Es war unübersehbar, dass die Leute vom MI5 sich große Sorgen machten wegen Cogento. Es gab immer wieder dringende Sitzungen, an denen sie zusammen mit dem Team instruiert wurde und dann ausrücken musste, um jemand bestimmten zu beaufsichtigen; sie fragte sich, weshalb diese Personen so wichtig waren oder weshalb Grover dachte, sie könnten ein Ziel sein. Man gab ihr keinen Zugang zum Internet, sie erhielt nur Zeitungen, Bücher und bestimmte TV-Kanäle. Die Namen, die sie bei den Einsätzen mitbekam, sagten ihr nichts, aber ein paar von ihnen erkannte sie in den Medien wieder; vor allem ranghohe Politiker.

Die Sitzung am nächsten Tag begann Agent Martin enthusiastisch: »Diesmal haben wir ihn, Minister. Nach seiner letzten Aktion tauchte er auf einer Überwachungskamera auf, seither gab es ein paar weitere Hinweise und wir glauben, sein nächstes Ziel könnte hier sein.« Er wandte sich der Übersichtskarte von London zu, die neben ihm an der Wand hing und zeigte auf einen Punkt, an dem viele der Eisenbahnlinien aus dem Norden zusammentrafen. Grover schien wenig überzeugt zu sein. »Vergesst nicht, dass dieser

Macrae sich absichtlich unberechenbar benimmt, wie sich bei seinem zweiten Schlag gegen Big Price gezeigt hatte. Was sind denn das jetzt für Hinweise?«

»Wir haben einen Mann, der genau auf seine Beschreibung passt, auf einer Videoaufnahme in der Nähe des Casinos, zur Zeit seines letzten bekannten Einsatzes. Danach taucht er sporadisch in der Umgebung auf, bis er am nächsten Tag hier ... Bond Street, dann hier ... Foley, Maple, Euston, Hampstead, Eversholt, gesichtet wird. Ähnliche Routen an den folgenden Tagen. Wir glauben, dass er die Station ausgekundschaftet hat. Und für die nächsten Tage ist uns im Zusammenhang mit diesem Ort einzig bekannt, dass Leyla Hanssen, Deputy Leader von *Britain First* dort übermorgen nach einer langen Fahrt mit dem Zug eintreffen wird.«

Grover ließ das Team umgehend ausrücken. Sie hatten zwei Tage Zeit, um die Station und ihre Umgebung zu beobachten. Einige der Agenten wurden an strategisch wichtigen Punkten unauffällig positioniert – jederzeit bereit, falls Cogento auftauchen sollte. Den Einsatz hatten sie so geplant, dass Teresa zum Ausgangsbahnhof gefahren wurde, um die ganze Fahrt über in der Nähe des potenziellen Opfers zu bleiben. Sie würde auf jeden Fall die Erste sein, die den Zugriff auf Cogento ausführen würde.

XII

Ich brauchte Hilfe, das war mir nun klar geworden. Aber wen konnte ich hinzuziehen, der das nötige Wissen und die moralische Reife hatte und dem ich vertrauen konnte, meine Macht nicht zu missbrauchen? Niemand in meinem Bekanntenkreis, so viel war klar. Es gab da ein, zwei Journalisten bei unserer Zeitung, die sich mit ökologischen und philosophischen Themen auseinandersetzten. Aber mir wäre jemand lieber, dessen Integrität eine bekannte Konstante war. Wer unter den lebenden Persönlichkeiten war mir vertraut, der für diese Werte ein stand und sie verteidigte?

Eigentlich musste ich gar nicht so lange überlegen. Vor allem ein Name kam mir in den Sinn: *Professor Richard Dawkins*. Wer, wenn nicht er, der Skeptiker, der entgegen aller Widerstände seit Jahrzehnten gegen Irrglauben und Unsinn ankämpfte und Wissenschaft, Logik und Anstand verteidigte? Ihn musste ich sprechen.

Er war wahrscheinlich ein Mann, an den man nicht so einfach herankam und das bestätigte sich schnell, als ich im Internet nach einer Kontaktadresse suchte. Aber Alan hatte doch für den Artikel kürzlich ein Interview mit ihm gemacht. Er konnte mir bestimmt sagen, wie der Professor zu erreichen war. Ich schnappte mir umgehend mein Handy und wählte die Nummer der Redaktion.

»Alan? Hallo. Hier Vaughan. Alles klar bei dir?«

»Lange nichts gehört! Du kennst das ja, hier ist immer eine Menge los und im Moment überstürzen sich die Ereignisse. Sehe ich dich mal wieder?«

»Wäre schön, ja«, sagte ich: »Also, es tut mir ja leid, dass ich immer nur anrufe, wenn ich was brauche. Irgendwann werde ich dir erklären wieso, ich verspreche es. Sag, hast du eine Nummer wo ich Professor Dawkins erreichen kann?«

Alan räusperte ins Telefon und meinte: »Dawkins, ja, also, ... Er wohnt in Oxford. Ich sprach mit jemandem von der Universität. Mrs Talcraft hieß sie, glaube ich, und sie veranlasste dann, dass er mich anrief. Ich kann dir nur die Nummer der Universität geben.«
»Na gut, besser als nichts«, erwiderte ich und notierte mir die Nummer, die Alan mir durchgab.

Die Assistentin der Universitäts-Leitung beantwortete meinen Anruf und sagte: »Der Professor ist zur Zeit nicht erreichbar. Ohnehin müssen Sie sich zuerst schriftlich an die Foundation wenden. Tut mir leid.«
Ich dachte nur, das werden wir noch sehen. Auf nach Oxford!

Die Zeit von Mantel und Fedora war nun definitiv abgelaufen. Aber meine Basecap brauchte ich noch, um weiterhin mein Gesicht vor Überwachungskameras zu verbergen. In normaler Kluft wirkte ich, besonders in der Umgebung einer Uni, bestimmt unauffälliger – vorausgesetzt dass dort nicht Uniformpflicht herrschte.

So saß ich also bald darauf im Zug Richtung Oxford und war froh, dass ich in Victoria Station früh einsteigen konnte, denn die Wagen füllten sich schnell. Die Fahrt dauerte eine Stunde; eine Zeit, die ich nutzte, um den Standort der Universitätsleitung in Oxford ausfindig zu machen; das Clarendon Building, wo Mrs Talcraft und der Chancellor ihre Büros hatten.

Vom Bahnhof in Oxford ging ich zu Fuß um die Ecke des gegenüberliegenden Gebäudes, und dann einfach alles geradeaus. Während einer gemütlichen Viertelstunde, war der ganze Weg durch die Altstadt geradezu eine Entdeckungsreise aus interessanten, historischen Gebäuden, Läden mit schmucken Fassaden, dann wieder fürstliche Häuser, fast Burgen oder Schlösser, mit Türmen und Zinnen, und je näher die Universität kam, desto mehr waren junge Leute mit Rucksäcken und Fahrrädern zu sehen. Am eindrücklichsten war dann aber das Gebäude des alten Trinity College und es wurde mir klar, woher wohl die Inspiration für die Hogwarts-Schule aus Harry Potter gekommen war. Das Clarendon Building, etwas weiter entfernt, sah ebenfalls ganz stattlich aus; neoklassisch, mit seinen hohen, dicken Säulen und einem Giebeldreieck.

Schließlich betrat ich zwischen gigantischen Säulen einen Durchgang und suchte nach jemandem, der sich hier auskannte. Eine Studentin verwies mich an ein Verwaltungsbüro und dort konnte ich einen jungen Sekretär veranlassen, mich bei Mrs Talcraft telefonisch anzumelden. Danach führte er mich durch reich verzierte Gänge zu einem Vorzimmer, wo er anklopfte und dann die Türe öffnete.

»Treten Sie ein, Mr Macrae«, forderte mich Mrs Talcraft von ihrem Schreibtisch her auf: »Setzen Sie sich doch.«

Sie saß in einem eher bescheidenen Raum und zeigte auf einen einfachen Holzstuhl vor ihr. Ob ich mich wohl für einmal ohne Suggen würde durchsetzen können?

Ich sagte: »Ich möchte gerne mit Professor Dawkins sprechen.«

Sie schaute mich mit amüsiertem Gesichtsausdruck an und meinte: »Sie waren das also, der mich heute angerufen hat, nicht? Glauben Sie, jeder könne hier einfach so reinlatschen und den Professor belästigen?«

»Was, wenn ich Ihnen sage, dass es sich um eine historisch wichtige Angelegenheit handelt?«, erwiderte ich: »Ich garantiere Ihnen, er wird es nicht verzeihen, wenn er das Ihretwegen verpasst.«

Sie entgegnete forsch: »Nein, wirklich? So etwas höre ich nicht zum ersten Mal. Da müssen Sie schon bessere Argumente bringen, junger Mann! Und bitte schnell, denn ich habe noch anderes zu tun.«

Ich erklärte: »Nun, Sie verfolgen doch bestimmt die Nachrichten, oder? Also, um es kurz zu machen: Ich bin Cogento.«

»Cogento? Der vom Fall der Londoner Drogenkartelle?«, sagte sie: »Wow, warum sagen Sie das nicht gleich? Kommen Sie ...«
Das ging ja leichter, als ich dachte. Sie führte mich ins Vorzimmer, wo noch der junge Sekretär wartete, und sagte zu ihm: »Führen Sie den Mann bitte nach draußen«, drehte sich um und schmetterte die Tür hinter mir zu.
Wir schauten einander mit verblüfften Gesichtern an.
Schließlich meinte der Sekretär etwas verlegen: »Bitte, hier entlang zum Ausgang!«
»Nicht so schnell, Junge! Ist ihre Tür abgeschlossen?«
Er erwiderte kleinlaut: »Nein, ich glaube nicht, aber ...«
»Gut. Sie warten hier«, befahl ich. Er hatte recht, die Tür ließ sich öffnen und ich erwischte Mrs Talcraft am Telefon. Entsetzt schaute sie auf und hielt gleichzeitig die Sprechmuschel ihres Kabeltelefons zu, als ich sie suggte: »Sie gehorchen jetzt meinen Anweisungen. Mit wem sprechen Sie?«
»Mit Professor Dawkins«, erwiderte sie.
Ich forderte: »Was haben Sie ihm gesagt?«
»Ich warnte ihn, dass Sie Spinner es auf ihn abgesehen haben.«
»Sagen Sie ihm, dass Sie sich geirrt haben. Es sei tatsächlich wichtig, er solle mich unbedingt empfangen ... und dass der Chancellor mich schickt.«
Sie nahm den Hörer wieder ans Ohr und sagte: »Professor. Ich habe mich geirrt. Der Chancellor schickt den Herrn zu Ihnen. Es sei sehr wichtig. ... Ja, gut.« Dann legte sie auf.
»Wo hält er sich auf«, fragte ich.
»Er ist zuhause, nicht weit von hier.«
»Kommen Sie«, forderte ich: »Am besten bringen Sie mich zu ihm.«

Wir verließen das Büro und gingen die Treppe hinunter. Sie schritt voran, auf den Parkplatz vor dem Sheldonian Theatre auf einen Wagen zu, schloss die Tür auf und stieg ein. Ich setzte mich auf den Beifahrersitz und gurtete mich an.

Die Fahrt ging Richtung Norden, und es dauerte nicht lange, bis wir in die Nebenstraße eines noblen Wohnviertels einbogen, das vor allem aus charmanten Backsteinhäusern bestand – jedes mit Erkern, Giebeln und Dreiergruppen hoher Fenster, umgeben von üppigen Gärten. Sie bog zwischen zwei eckig gestutzten Hecken in eine Einfahrt ein und parkte den Wagen auf dem Kies eines kleinen Vorplatzes. Der Professor trat gerade vor seine Tür, als wir ausstiegen. Natürlich überkam mich Nervosität, während wir uns über den kleinen Weg zum schmucken Backsteinhaus dem berühmten Mann näherten.

Er stand oberhalb einiger Stufen, leger gekleidet in Jeans und einen dunklen Pullover. Sein grauweißes, halblanges Haar umrahmte eine hohe Stirn und wilde Augenbrauen die eindringlichen Augen, mit denen er mich musterte. Ich hatte Mrs Talcraft zuvor genau vorgegeben, was sie ihm sagen sollte.

»Richard, dies ist Mr Macrae. Du solltest dir Zeit nehmen und dir anhören, was er zu sagen hat.« Sie machte Anstalten, sich abzuwenden, aber ich bat sie mit einer kurzen Geste, zu bleiben.

»Professor Dawkins, es ist mir eine große Ehre. Vielen Dank, dass Sie mich empfangen. Ich hoffe, wir stören Sie nicht gerade bei etwas Wichtigem.«

Er bat uns, einzutreten, und während er uns in sein Wohnzimmer führte, meinte er: »Ja, also jetzt war ich schon etwas verunsichert, was mich erwarten würde. Zuerst sagt Anna etwas von einem Verrückten, der versucht, an mich heranzukommen – und glauben Sie mir, da gibt es immer wieder die unglaublichsten Sachen – und dann sagt sie plötzlich, das sei alles ein Irrtum. Setzen Sie sich. Erzählen Sie mir, was Sie zu mir führt.«

Er bat Mrs Talcraft, auf dem Sofa neben ihm Platz zu nehmen. Wie wir uns so gegenübersaßen, umgeben von Bücherwänden und vielen afrikanisch wirkenden Artefakten, musste ich erst einmal schlucken und meine Gedanken ordnen. Ich hatte ihn schon einige Male beim Referieren auf Youtube gesehen und jetzt saß er in Echt direkt vor mir. Er wirkte älter, als ich erwartet hatte, fragil. Dennoch besaß er diese Ausstrahlung aus Neugier und Weisheit. Wie Gandalf der Magier, aber ohne den Bart natürlich. Wo sollte ich nur anfangen?

»Also, Professor. Ich werde Ihnen nun etwas erzählen, von dem noch niemand etwas weiß – ich meine, niemand außer meinem besten Freund Kyle.«

Hoffentlich war der Einstieg dramatisch genug. Er blickte jedenfalls gespannt und ich hatte seine volle Aufmerksamkeit. Um meiner Aussage mehr Gewicht zu verleihen, hob ich meine Arme fast priesterlich und gestikulierte, während ich erklärte: »Stellen Sie sich vor, es gäbe jemanden, der andere Menschen mit seinen Worten steuern könnte. Nennen wir es eine Superkraft. Was wären die Implikationen?«

»Soll ich …? Nun, das käme auf die Intentionen dieser Person an. Sie könnte viel Gutes bewirken, oder auch viel Schlechtes. Je nachdem.«

»Also, diese Person beabsichtigt, ihre Fähigkeit zu nutzen, um die Welt zu einem besseren Ort zu machen, weiß aber nicht wie, und da kommen Sie ins Spiel, Professor.«

Mrs Talcraft hörte gespannt zu, doch der Professor wirkte eher enttäuscht: »Sie fragen das natürlich rein hypothetisch, also …«

»Nein, Professor, durchaus nicht. Schauen Sie …« Ich wandte mich Mrs Talcraft zu und suggte ihr: »Sie folgen jetzt meinen Anweisungen. Stehen Sie auf.«

Mr Dawkins beobachtete überrascht, wie sie sich mit leerem Blick erhob und ich befahl ihr weiter: »Gehen Sie dort hinüber, zum Kamin. Nun greifen Sie hinein, nehmen sich etwas von der Asche

und schmieren sie sich ins Gesicht.«
Sie kehrte uns ihren Rücken zu und ging vor dem Kamin in die Hocke. Als sie sich kurz danach erhob und auf uns zu kam, staunte der Professor derart, dass er seinen Mund fast nicht zu brachte. Sie stand vor uns mit einem komplett von grauer, bröselnder Masse bedeckten Gesicht. Ich erschrak selbst ein wenig über den heftigen Eindruck, den das hinterließ.
»Bitte entschuldigen Sie meine Unhöflichkeit, das war jetzt keine gute Idee von mir. Gehen Sie doch ins Badezimmer, Mrs Talcraft. Reinigen Sie Ihr Gesicht.«
Als der Professor sich etwas gefasst hatte, zog er erst an seinem Brillengestell, dann sagte er: »Ja ... also, das ist ... das ist ganz erstaunlich. Natürlich ist das ein Trick, aber wie ...«
»Professor, haben Sie von Cogento gehört?«, fragte ich.
»Der unbekannte Vigilante in London, von dem behauptet wird, dass er einige Verbrecher überführt hat? Ja, schon ...«
Ich erklärte: »Ich bin Cogento, Professor!«
»Ach, kommen Sie ...«, erwiderte er überrascht.
»Und genau so habe ich es gemacht. Ich habe den Bossen dieser Kartelle, Sarah Lidell und Big Price, eingeredet, sich zu stellen, Beweise zu liefern und ein Geständnis abzulegen. Und alle Welt rätselt darüber, wieso sie das getan haben. Die ganze Sache mit Monroe und der Pharmaindustrie: ebenfalls ich.«

Sein Blick war eher finster und er dachte wohl noch immer, ich wolle ihn irgendwie hinters Licht führen. Da fiel mir noch etwas Anderes ein, das inzwischen als Beweis dienen könnte. Es war zwar etwas riskant, da ich nicht geprüft hatte, ob es so gelaufen war wie geplant, trotzdem sagte ich zu ihm: »Übrigens, Sie als Biologe wissen doch bestimmt, dass heute Nachmittag die Walfangkonferenz stattgefunden hat, nicht?«

Er antwortete: »Ja, natürlich. Ich zittere jedes Jahr und hoffe, dass das Verbot nicht noch mehr ausgehöhlt wird.«
»Ich prophezeie Ihnen hiermit, dass dieses Mal sogar Japan, Island und Norwegen einem absoluten Verbot zustimmen.«
Der Professor musste lachen. »Da werden Sie kein Glück haben, junger Mann. Nein, so sehr ich es auch hoffe, aber ich fürchte, das ist nun wirklich ein Ding der Unmöglichkeit.«
Er wechselte hinüber zu dem anderen Sessel und klappte den Laptop auf, der auf dem Beistelltisch lag. Dann sagte er: »Lassen Sie uns doch einfach mal einen Blick auf die BBC News Homepage werfen. Ich war gerade noch da drauf, bevor Sie kamen. Ein Refresh ..., und, ja tatsächlich! ...«
Man sah es deutlicher, als ich erwartet hätte. Das erste große Bild auf der Titelseite zeigte eine Wal-Familie, die fröhlich Wasserfontänen in die Luft prustete und darunter die dicke Schlagzeile: *Walfangverbot endlich lückenlos und weltweit.*
Überrascht klappte er das Display zu, überlegte einen Moment, dann klappte er es nochmals auf, las einige Zeilen des Artikels und schaute mir abschätzend in die Augen, als er meinte: »Bestimmt werden Sie nun behaupten, dass Sie das waren, nicht?«
Ich antwortete: »Ich hatte heute Morgen mit den drei Ministern ein vertrauliches Gespräch, ja.«
»Nun gut, das wäre schon recht beeindruckend. Aber ich muss natürlich annehmen, dass Sie einfach vor mir diese Neuigkeiten gesehen haben ... also, hmm ... Mr Macrae, das will ich nun selbst erleben. Machen Sie das doch einfach einmal mit mir, dann werden wir ja sehen.«

Natürlich wäre es einfacher gewesen, ihn rasch mit einer Sugg von meiner Fähigkeit zu überzeugen, doch ich wollte, dass er das dauerhaft begriff, nicht nur für dreißig Stunden. Das war wirklich wichtig und wenn es noch so lange dauern würde.

Ich musste mir nun echt etwas überlegen, einen eindeutigen Beweis. Sonst würde er womöglich bald die Geduld mit mir verlieren. Während ich mich im Wohnzimmer umschaute, nahm ich mein Handy und begann zu filmen, dann suggte ich ihm: »Okay, Professor. Sie gehen jetzt zu Ihrem Bücherregal da vorne am Fenster. Dann nehmen Sie Bücher heraus, legen sie auf den Boden und bauen damit Türme – bitte sehr.«

Ich schaute zu, wie er an die Arbeit ging. Plötzlich fiel mir ein, dass Mrs Talcraft lange nicht aus dem Bad gekommen war. Ich verließ das Wohnzimmer um nach ihr zu sehen. Sie stand vor dem Spiegel und wusch sich noch immer ihr Gesicht, das eigentlich bereits sauber war.

»Aber, Mrs Talcraft, es ist jetzt schon gut. Es ist alles weg. Hier. Nehmen Sie das.« Ich reichte ihr ein Handtuch und forderte sie auf, mit zurück ins Wohnzimmer zu kommen. Dort setzten wir uns wieder hin und sie beobachtete verwundert das Treiben des Professors.

Ich erklärte ihr: »Keine Angst. Es ist okay. Das ist nur ein Experiment.« Doch dann kam mir noch eine Idee und ich suggte ihr: »Gehen Sie doch hinüber zum Professor, nehmen Sie ein Buch von seinem Turm weg und stellen Sie es wieder ins Regal; dann wiederholen Sie denselben Vorgang immer wieder.« Sie erhob sich und befolgte meine Anweisungen.

Das war vielleicht komisch anzusehen. Der Professor kam allerdings schneller voran, weil er gleich mehrere Bücher zusammen aufeinanderlegte, und seine Türme wurden schnell immer höher.

Ich befahl ihm: »Professor, nehmen Sie bitte jeweils nur ein einzelnes Buch!«

Nun war es wirklich, wie Sisyphos bei der Arbeit zuzusehen; der Turm, an dem er gerade baute, blieb immer etwa gleich groß. Ich filmte die Szene, bemüht, den Aufnahmewinkel längere Zeit nicht zu verändern. So ergäbe sich ein tolles Zeitraffer-Video.

Nach einer Weile wies ich meine Sugos an, sich wieder hinzusetzen und zu vergessen, was sie gerade getan hatten.
Mrs Talcraft schaute auf ihre Uhr und meinte: »Ich sollte eigentlich längst zurück an der Universität sein ...«
»In Ordnung«, erwiderte ich: »Ich denke, wir kommen hier alleine zurecht. Oder, Professor?«
»Natürlich«, antwortete er: »Ich begleite sie noch zur Tür.«
Als er danach zu mir ins Wohnzimmer zurückkehrte, sagte er: »Also, Mr Macrae, ich warte immer noch auf Ihren Versuch mit mir. Oder können Sie das etwa doch nicht ohne Tricks?«
»Wie fühlen Sie sich, Professor«, fragte ich.
»Irgendwie schlapp, wie nach einem Spurt.«
»Tja, das ist so, weil der Versuch bereits stattgefunden hat. Sind Ihnen die Büchertürme nicht aufgefallen, da vorne?«
Er drehte sich um und schaute zur anderen Seite des Raumes. »Tatsächlich ... ja, aber die haben natürlich Sie jetzt gerade gebaut, während ich Anna hinausbegleitet habe.«
»Keineswegs, Professor. Sie waren das. Sehen Sie.« Ich hielt ihm mein Handy hin und ließ das Video laufen. »Kein Wunder, dass Sie sich erschöpft fühlen, oder was meinen Sie?«
»Oh ... wow, das ist ... ja, also ... dann ist es also wahr? Aber wie ...«
»Wie das möglich ist? Ich weiß es nicht, Professor. Sie erinnern sich jetzt nicht daran, weil ich es Sie vergessen ließ. Aber machen wir mal etwas Anderes: Sie holen jetzt Ihre Brieftasche und geben mir alle Banknoten die sich darin befinden!«
Der Professor erhob sich und ging in den Flur hinaus um kurz darauf mit einer braunen Lederbrieftasche in der Hand zurück zu kehren. Bevor er sich wieder hinsetzte, entnahm er daraus ein

paar Banknoten und überreichte sie mir. Danach saß er mit einem zufriedenen, entspannten Gesichtsausdruck mir gegenüber, und ich sagte zu ihm: »Dieses Mal habe ich es Sie nicht vergessen lassen. Sie erinnern sich an Ihre Handlung. Sehen Sie die Brieftasche in Ihrer Hand? Darin sind keine Banknoten mehr. Ich habe Ihr Geld. Sie haben es mir freiwillig geschenkt. Richtig?«

»Ja, äh … also ich hatte einfach das Gefühl, ich müsste das tun.«

»Und, würden Sie das normalerweise? Ich meine, das sind immerhin etwa zweihundert Pfund, die Sie mir, einem praktisch Unbekannten, einfach so übergeben haben.«

»Nein, sicher nicht. Also, … Ich fasse es nicht … ich kann noch immer nicht glauben was gerade passiert ist … ich …«

»Sie haben gerade das Wort *Glauben* benutzt. Mich würde interessieren: Da Sie nun Zeuge wurden von etwas, das eigentlich unmöglich ist, glauben Sie nun an *Wunder?*«

Er überlegte einen Moment und wischte sich die Haare aus der Stirn bevor er antwortete: »Ich sehe da keinen Widerspruch. Die Frage ist, was das Wort *Wunder* genau umschreiben soll. Für mich ist das etwas, das einfach ungewöhnlich ist, weil es so selten vorkommt. Man tendiert dann dazu, es als Magie zu interpretieren, was es natürlich nicht ist. Nehmen Sie das Beispiel eines Krebskranken, der unerwartet geheilt wurde. Millionen von Menschen kämpfen mit dieser Krankheit und die meisten dieser Millionen beten auf irgendeine Weise zu irgendeiner Gottheit für ihre Heilung. Und der Eine, der schließlich Glück hat, sagt: Ein Wunder ist geschehen, ich habe gebetet und wurde geheilt, ergo, Beten lässt Wunder geschehen. Aber was sagen all die anderen Millionen Menschen? Niemand spricht darüber, dass sie alle umsonst gebetet haben. Sie sterben am Krebs. Nein, man thematisiert nur den einen, der glaubt, er habe ein Wunder erlebt und der auch noch so egozentrisch ist, es sich damit zu erklären, dass er eben der Einzige sei, der Gottes Intervention verdient habe. Wunder sind eine Frage der Statistik, Mr Macrae. Übrigens: Ist es in Ordnung, wenn wir uns duzen? Ich bin Richard.«

»Aber sicher doch.« Ich schwenkte meine Hand auf mich. »Vaughan.«

»Okay, Vaughan; in deinem Fall handelt es sich ganz einfach um einen evolutionären Prozess. Ein Gendrift, der bei dir in eine noch nie da gewesene Richtung gegangen ist. Vielleicht bist du schlicht der Erste mit einer Fähigkeit, die in Jahrtausenden einmal alle Menschen haben werden. Zugegeben, das ist jetzt reine Science Fiction, denn bisher war noch kein Versuch erfolgreich, parapsychologische Fähigkeiten reproduzierbar nachzuweisen. Auch ernsthafte Forscher, wie William James, haben sich damit beschäftigt. Seit bald hundert Jahren gibt es sogar ein Preisgeld in Millionenhöhe für so einen Nachweis. Niemand konnte es bisher entgegennehmen. Das wäre doch etwas für uns?«

Wir mussten beide lachen und ich erwiderte: »Ehrlich gesagt habe ich Wichtigeres im Sinn.«

Richard schaute mich gespannt an und wollte offensichtlich wissen, was mir vorschwebte.

Ich sagte: »Was ich nie verstehen konnte, Richard, ist, dass jeder sich eigentlich sehnlichst die Möglichkeit wünscht, etwas gegen die Probleme auf unserer Welt unternehmen zu können. Aber jeder, der die Macht und Position dazu hat, macht genau das Gegenteil. Wir sind uns doch sicher einig, dass die Menschheit sich die eigenen Lebensgrundlagen zerstört, wenn sie so weitermacht wie bisher, oder?«

»Ja, allerdings, das steht zu befürchten«, antwortete er: »Auch Stephen Hawking sagte einmal: *Die größte Gefahr für die Menschheit ist die Menschheit selbst.*«

»Damit hatte er wohl leider recht. Ich will jedenfalls meine Fähig-

keit einsetzen, um die Welt zu retten. Aber bisher habe ich versagt. Ich habe nichts Grundlegendes vollbracht und wenn ich mir überlege, wie ich das tun sollte – ich habe keine Ahnung. Ich bin überfordert und ich brauche deine Hilfe.«
Richard erklärte: »Vaughan, das ist nicht deine Schuld. Einer allein kann ein ganzes System nicht ändern. Wir sitzen da alle zusammen drin und es ist voll am Rollen – auf einen Abgrund zu. Wir wissen es ganz genau und trotzdem schaffen wir es nicht, gemeinsam etwas dagegen zu tun. Wie du schon sagtest: Es existieren stets Mächte, die ihren Status quo beibehalten wollen und die Erhaltung einer intakten Umwelt sabotieren. Ironischerweise sind das vor allem Konservative; denn ihnen geht es nicht um die Erhaltung menschlicher Werte oder der Umwelt, sondern einzig um die Konservierung und Vergrößerung ihrer persönlichen Besitztümer. Dahinter stecken Instinkte, die wir trotz unserer fortgeschrittenen Evolution immer noch nicht abgelegt haben: Habgier, der Drang zur Vermehrung, die negative Seite des Gruppendenkens. Nichts vom *geplanten Ebenbild Gottes*. Schon alleine die Existenz dieser Triebe in uns beweist tagtäglich unsere tierische Abstammung.«

Ich rückte im Sessel nach vorne, um eine aufrechtere Haltung einzunehmen, als ich sagte: »Aber jetzt stell dir vor, Richard; die Möglichkeiten, die wir dank meiner Fähigkeit haben! Es sollte doch möglich sein, dass ich irgendetwas gegen diese Mächtigen unternehmen könnte, was meinst du?«
»Oh … my … gosh! Oh … my …! Ja natürlich …!«, verkündete Richard und saß dann plötzlich wie erstarrt da, mit aufgerissenen Augen in die Unendlichkeit blickend. Erst jetzt schien er zu begreifen, was ich ihm gerade angeboten hatte.

Nach einer Weile, rückte er seine Brille zurecht und meinte begeistert: »Vaughan! Genau! Du könntest dafür sorgen, dass die ganze Welt an einen Tisch sitzt, sich endlich einig wird und gemeinsam am gleichen Strang zieht. Wir hätten die einmalige Chance, die Menschheit in eine gerechtere, nachhaltige Bahn zu lenken. Deine Fähigkeit könnte tatsächlich enorme Auswirkungen haben!«

»Ja, Richard«, erwiderte ich: »So in etwa hatte ich mir das vorgestellt. Aber da kommt eben die große Frage: Wie soll ich das anstellen?«

Er antwortete: »Nun, wir müssten uns Regeln überlegen, Gesetze, eine *Constitution*. Und dann müsstest du die wichtigsten Staatsführer zu einem Treffen zusammenbringen, damit sie diese anerkennen. Aber, Vaughan, meine ehrliche Meinung? Ich denke, das ist auch für mich zu viel Verantwortung. Ja, außerdem; Politik, Gesellschaft, Ökonomie; das ist nicht gerade mein Fachgebiet. Spontan würde ich sagen: Morgen treffe ich Dr Sam Hobbes auf dem Weg in die Schweiz für einen gemeinsamen Vortrag. Er ist ein amerikanischer Neurowissenschaftler und Philosoph. Du solltest mitkommen und wir diskutieren gemeinsam, wer die Voraussetzungen für diese Aufgabe haben könnte. Was hältst du davon?«

»Großartig! Ich muss dich aber bitten, niemandem davon zu erzählen. Und vor allem nicht am Telefon. Nicht mal meinen Namen, jedenfalls nicht auf einer unverschlüsselten Leitung. Es ist nämlich so, dass der MI5 hinter mir her ist. Aber das ist eine lange Geschichte.«

»Warum erzählst du mir nicht in Ruhe alles morgen auf der Zugfahrt«, schlug Richard vor: »Und inzwischen bleibst du am besten hier. Der Gedanke, dass dir etwas zustoßen könnte, bevor du in der Lage bist, deine Fähigkeit richtig einzusetzen, macht mir wirklich Sorgen.«

Im Gästezimmer schlief ich ganz wunderbar, endlich wieder einmal in einem richtigen Bett. Und am nächsten Morgen fand ich Richard in seinem Büro vor, wo er einen Koffer mit den letzten Sachen füllte, die er für seinen Vortrag brauchte.

»Guten Morgen, Vaughan. Geh doch schon mal in die Küche und nimm dir, was du magst.«
Dem Vorschlag folgte ich gern, ich hatte ziemlichen Hunger und Lust auf meinen morgendlichen Kaffee. Bis Richard sich zu mir setzte, war ich jedoch schon fast fertig damit.
Er sagte: »Ich habe uns ab Paris ein eigenes Abteil reserviert. Dann können wir in Ruhe reden.«
»Ich muss zugeben, dass ich wegen der Reise schon recht aufgeregt bin«, erklärte ich: »Weiter als bis nach Dublin bin ich bisher nicht gekommen. Eigentlich schade, dass wir keinen Aufenthalt in Paris haben.«
Richard erwiderte: »Doch, doch, den gibt es. Aber auf dem Rückweg. Wir wiederholen den Vortrag in Paris. Ich hasse es, für eine einzige Sache einen so langen Weg zu machen.«

Etwas Zeit gab es noch, um mich frisch zu machen. Später fuhr uns Richards Assistent zum Bahnhof, von wo wir den Zug nach London nahmen. Wir erreichten die wunderschöne, für ihren gotischen Stil berühmte Pancras International Station rechtzeitig gegen zwölf Uhr, wo der moderne, blau und gelb gestrichene Eurostar auf uns wartete. Die Businessclass war schwach besetzt, niemand saß direkt neben uns. Aber es war dennoch zu riskant, offen über alles zu sprechen, so beschränkten wir uns auf Fragen, die nichts mit meinem Geheimnis zu tun hatten.
»Richard, wie gehst du damit um, dass man dich manchmal als militanten Atheisten bezeichnet?«
»Ach, so eine Etikettierung ist einfach lächerlich. Nichts weiter als Polemik, um mich zu diskreditieren. Oder was meinst du, Vaughan?«
»Du kannst schon sehr direkt werden, wenn du offen sagst, wie dumm es ist, an Allah oder Jahwe oder so was zu glauben. Aber *militant* ist natürlich etwas ganz Anderes. Wenn ich denke, was

wir Nichtgläubigen tagtäglich ertragen müssen; im Vergleich zur Aggressivität des durchschnittlichen Religiösen bist du auf jeden Fall noch moderat.«

»Zugegeben, manchmal gehen die Pferde mit mir durch. Ich sollte wohl diplomatischer sein. Aber du hast recht, es sind diese extremen Ansichten der Fundamentalisten, die mich explodieren lassen. Man muss eben auch verstehen, dass Andersdenkende tausend Jahre lang unterdrückt wurden. Noch vor hundert Jahren wäre ich gesellschaftlich geächtet, davor gar verfolgt und verbrannt worden. Dank der Aufklärung darf man nun zwar offen nichtgläubig sein. Aber wir werden auch heute noch überall mit Gottesbekundungen bombardiert; in Werbung, Sprache, Kultur. Eigentlich konstant und ganz selbstverständlich. Machen wir dasselbe mit unseren Ansichten, selbst wenn es nur einmal kurz in kleinem Rahmen ist, wie mit der Bus-Kampagne, werden wir sofort als Extremisten abgestempelt und man beschimpft uns, dass wir die Gefühle der Gläubigen verletzen würden. Und das in unserer angeblich so aufgeklärten Zeit. Man muss vielmehr fragen: Was ist eigentlich mit den Gefühlen der Nichtgläubigen? Warum werden die nicht auch respektiert?«

»Ja, die Bus-Kampagne war wirklich toll! Als da plötzlich dieser Bus auftauchte, auf dem groß geschrieben stand *Es gibt wahrscheinlich keinen Gott*, das war das erste Mal, dass mir bewusst wurde, wie viel religiöse PR täglich auf mich einprasselt, während eine gegenteilige Meinung überhaupt nie präsent war. Es wirkte dermaßen befreiend auf mich!«

Der Zug fuhr gerade in den Eurotunnel ein, als Richard das Thema auf mich lenkte. Ich erzählte ihm von meiner Herkunft, meiner Mutter, der Arbeit, dem Apartment.

»Du hast mir nichts über Beziehungen erzählt. Gibt es niemanden, der auf dich wartet?«, fragte er.

»Zur Zeit nicht. Ich hatte eine Freundin, die mich verließ, bevor diese *Sache* begann. Später, während ich noch mit meiner Gabe wild herum experimentierte, traf ich meine Traumfrau, die ich seither nicht mehr vergessen kann. Aber es war der falsche Zeitpunkt. Ich hoffe, ich finde sie eines Tages wieder.«

»Das wünsche ich dir«, sagte Richard und fuhr dann mit einem Schmunzeln fort: »Nicht zuletzt, weil du doch deine besonderen Gene weitergeben solltest.«

Wir erreichten den Bahnhof Gare du Nord und mussten in einen Lokalzug umsteigen, der uns zu einer anderen Station brachte, dem Gare de Lyon. Als wir nach dem richtigen Gleis suchten erklärte Richard: »Mit dem nächsten Zug fahren wir die längste Strecke bis nach Zürich. Wir haben ein abgetrenntes Abteil ganz für uns.«

Wir stiegen in einen der Waggons und Richard suchte nach der richtigen Abteilnummer. Als wir die Tür öffneten, wartete Sam Hobbes bereits auf uns. Er war wohl nur wenig älter als ich, wirkte sportlich und sympathisch, eigentlich genau so wie in den Videos, wo ich ihn schon mit Richard hatte diskutieren sehen. Richard stellte mich vor und wir setzten uns zu ihm.

»Nun, Richard, was gibt es so Wichtiges, das du mir am Telefon nicht erzählen konntest?«

Richard fing an, indem er ihm erklärte, was ich mit ihm angestellt hatte. Und er endete mit der Feststellung, dass wir Hilfe benötigten, um weltweite Regeln aufzustellen. Sam rollte mit seinen Kulleraugen und wie ich erwartet hatte, genügten ihm selbst die Beteuerungen von Richard nicht – er musste es selbst sehen und erfahren, um es als Tatsache akzeptieren zu können.

Also verbrachte ich die nächste Stunde damit, ein Experiment nach dem anderen auszuführen. Es war nicht einmal so einfach, mir

etwas einigermaßen Sinnvolles zu überlegen, das absurd genug war ohne dabei in etwas Schädlichem oder Abscheulichem zu enden. Als Erstes forderte ich Richard auf: »Schau zur Abteiltür hinaus auf den Gang. Und der nächsten Person die angelaufen kommt sagst du *ich liebe dich*.«
Sam schmunzelte auf seinem Platz vor sich hin, als er beobachtete, wie Richard zur Tür hinüber ging. Bald darauf sahen wir im Tür-Ausschnitt kurz eine recht bunt gekleidete Dame auftauchen, die mit ihrer Leibesfülle Mühe hatte, bei Richard, der an der Tür stand, vorbei zu kommen. Wir hörten ihn deutlich, als er ihr leidenschaftlich hinterher rief: »Ich liebe dich!«
Die Frau tauchte sogleich rückwärtsgehend wieder auf. Sie packte seinen Kopf mit beiden Händen, drückte ihm einen dicken Schmatz auf seine Wange und sagte freudig: »Ich dich auch, Honey! Ich dich auch.« Sie ging lachend weiter und rief mit singender Stimme: »Du hast mir den Tag gerettet, Süßer.«
Richard ließ sich auf seinen Platz fallen und ich sagte zu Sam: »Na, wie war das?«
Sam kugelte sich vor Lachen, als Richard mit einem zufriedenen Lächeln und rot verschmierter Wange vor ihm saß.
»Liebe kann doch nie falsch sein, oder?« erklärte ich mit einer entschuldigenden Geste.
»Das war ganz lustig«, erwiderte Richard und Sam kommentierte: »So etwas würde er normalerweise ganz bestimmt nie tun. Aber jetzt versuch mal was mit mir, komm. Überrasch mich!« Er schaute mich gespannt an und brachte mich damit unter Zugzwang. Mir wollte einfach nichts Besseres einfallen, also suggte ich ihm: »Sam, du gehst auch zur Tür und sagst der nächsten Person die vorbei kommt *ich liebe dich*.«
Sam stand an der Tür und wir warteten gespannt. Richard und ich

mussten unser Lachen zurückhalten. Wir sahen noch nicht gleich, an wen Sam seinen Spruch richtete als ihm offenbar jemand entgegen kam. Er sagte theatralisch: »Ich liebe dich«, in den Gang hinaus. Dann tauchte ein junger, stark tätowierter Typ mit Vollglatze an der Tür auf und Sam sackte mit einem lauten »umpf!« zusammen.
»Das hatte ich nicht erwartet«, sagte Richard, als wir gemeinsam Sam hoch hoben und auf die Sitzbank zurück schleppten. Sam hustete und erklärte mit verkrampfter Stimme: »Ich hätte auch freiwillig bei so etwas mitgemacht. Aber ich hätte es nie zu einem so offensichtlich schlecht gelaunten Typ gesagt. Eine seltsame Erfahrung. Ich konnte gar nicht anders.«
Als Sam sich von dem Schlag erholt hatte neigte ich mich zu Richard hinüber und flüsterte: »Gibt es etwas, Essen oder Trinken, das er nicht mag? Etwas das sich hier auftreiben lässt?«
Richard erwiderte in mein Ohr: »Er kann Paprika-Chips absolut nicht ausstehen.«
»Perfekt«, sagte ich, wandte mich an Sam und suggte ihm: »Du gehst jetzt durch die Waggons und suchst nach einem Snack-Trolley. Du kaufst dir eine Tüte Paprika-Chips und kommst her, um sie zu essen. Los!«
Er stürmte aus dem Abteil und wir warteten. Als er nach einer Weile wieder kam, warf er sich auf die Bank, riss die Tüte auf und verschlang alles mit Heißhunger. Dann saß er erschöpft in der Ecke und meinte nur: »Wäh! Ich hasse das Zeug. Ich glaub' jetzt muss ich kotzen!« Er sprang auf und rannte auf den Gang hinaus.
Als er wieder zurück kam erklärte er: »Ich musste mich wirklich übergeben. Furchtbar. Zeigst du mal was, ohne dass ich darunter leiden muss, bitte?«
Ich machte dann mit anderen Leuten weiter. Zum Beispiel mit dem Ticketkontrolleur, der uns seine Kleptomanie beichtete. Oder einer

Frau, die auf der Suche nach ihrem Ehemann war und uns gestand, dass sie ihn schon drei Mal mit anderen Männern betrogen hatte.

Sam ließ sich schließlich überzeugen. Das äußerte sich dadurch, dass er plötzlich aufstand und mit den Händen wie wild über seine Stirn und seine dichten Haare fuhr. Dabei betrachtete er durch das große Fenster die vorbeiziehende Landschaft um Tonnerre, setzte sich wieder hin und meinte dann ganz gefasst: »Okay, lasst mich das jetzt mal so ausdrücken: Das ändert alles!«

Ich schaute schmunzelnd zu, wie die beiden über das Potenzial der ganzen Sache diskutierten.

Sam sah das natürlich aus seiner Fachrichtung. »Es wäre spannend, zu sehen, ob bei dir eine spezifische Hirnregion besonders entwickelt ist. Vielleicht der Okzipitallappen für die visuelle Beeinflussung via Sehnerv oder das Broca-Areal oder beides. Vielleicht hast du sogar eine Hirnregion, die andere Menschen gar nicht besitzen. Das müssen wir unbedingt genauer untersuchen.«

Sein Vorschlag schreckte mich auf. »Hold on, Dr Frankenstein, ich glaube, im Moment haben wir Wichtigeres zu tun!«

»Nein, nein, so war das natürlich nicht gemeint«, meinte Sam: »Okay, was wäre der nächste logische Schritt?«

Richard ergriff das Wort: »Sam, wir sind uns, so glaube ich, einig, dass wir diese einmalige Chance nutzen müssen. Wir können die Weltordnung in eine nachhaltige, positive Bahn lenken. Aber, ich bin Biologe. Unser gesellschaftliches System neu zu definieren ist wirklich nicht mein Fachgebiet. Du bist da näher am menschlichen Verhalten und an Fragen der Ethik dran, aber es geht gleichermaßen auch noch um Politik, Wirtschaft, Umwelt. Brauchen wir hierzu nicht tatsächlich ein großes Beratergremium?«

»Du meinst, wir sollten uns überlegen, wer dafür in Frage kommt? Ich glaube schon, dass wir alle dazu etwas beitragen können. Aber du hast recht, gewisse Grundlagen fehlen uns.«

»Ich habe bei nichts davon wirklich fundiertes Wissen«, meldete ich mich zu Wort und merkte sogleich, wie lächerlich es war, dass ich glaubte, als Nichtakademiker zu zweien der wichtigsten Intellektuellen unserer Zeit etwas zu sagen zu haben: »... aber ich finde, wir sollten dem Projekt zuerst einen Namen geben. Ich würde es gerne *OneWorld Charta* nennen. Eine Art Organisation für die ganze Welt gründen, die könnte *OneWorld* heißen und sie würde die allgemein gültigen Gesetze festlegen und verteidigen, die in der Charta stehen. Wie klingt das?«

»Du hast dir offensichtlich schon viele Gedanken gemacht darüber«, meinte Sam.

»Vielleicht überlegt ihr euch in der Zwischenzeit mögliche Berater-Kandidaten und wir diskutieren das auf der Rückfahrt«, fuhr ich fort: »Jetzt ist wichtig, dass ihr noch ein paar Dinge erfahrt, die ich bisher erlebt habe.«

Dann erzählte ich ihnen von meinem Leben als Vaughan, als Jonathan Archer und als Vigilante Cogento. Dass nun die Sekte und der MI5 hinter mir her waren. Dass wir deswegen nur verschlüsselt telefonieren sollten und dass es möglich wäre, dass sich neben der geheimnisvollen Teresa auch andere Menschen gegen meine Superkraft immun zeigten.

»Teresa ist bisher ein Unikum«, sagte ich: »Niemand sonst erwies sich je als resistent. Aber seither rechne ich ständig damit, dass weitere solche Leute auftauchen könnten. Außerdem ist immer noch unklar, weshalb meine Sugg bei einigen anhält und bei anderen nicht.«

Sam hatte dazu schon eine mögliche Erklärung: »Du hast gesagt, dass sie bei deiner Mutter praktisch unbeschränkt hielt, richtig? Wie ist es mit dem Vergessenlassen? Hat das bei jemandem mal länger angehalten?«

»Darüber habe ich mir nie Gedanken gemacht, aber offenbar hat keiner der Verbrecher mich je beschrieben. Meine Aufmachung mit dunklem Mantel und Hut wäre sonst bestimmt in der Presse erwähnt worden.«

»Dann wage ich mal eine vorsichtige Theorie, aus neurologischer und psychologischer Sicht: Vielleicht muss man unterscheiden zwischen Befehlen, die du gibst, die dem Willen des – wie nennst du es noch – *Gesuggten* diametral entgegenstehen und solchen, denen er eigentlich sowieso gerne entsprechen würde, es aber aus exogenem Zwang nicht tut. Im zweiten Fall ist deine *Sugg* eine Erlösung und bleibt bestehen. Zwingst du ihn aber zu etwas, das er gar nicht tun möchte, dann übernimmt sein eigener Wille nach einiger Zeit wieder. Deine Mutter, zum Beispiel, befand sich im Zustand eines ihr aufgezwungenen Dogmas, das ihr Schaden zufügte. Deine Entdogmatisierung hat sie lediglich von etwas befreit, das sie sowieso loswerden wollte. Das Vergessenlassen scheint mir in dieser Hinsicht neutral, vielleicht liegt das irgendwo dazwischen, außer du lässt eine Person etwas vergessen, das sie eigentlich nicht vergessen will, wie die Liebe zu jemandem oder den Code für einen Safe und so weiter.«

»Das scheint mir logisch zu sein. Wäre durchaus möglich. Ich werde das künftig aus diesem Blickwinkel beobachten, um zu sehen, ob sich deine Vermutung weiterhin bestätigen lässt.«

Bald darauf trafen wir in Zürich ein. Es war gegen neun Uhr abends und der Veranstalter des *DenkMal Events*, Andreas, erwartete uns am Bahnsteig. Er begrüßte Richard und Sam herzlich – offenbar kannten sie einander schon. Dann fuhr er uns mit seinem Wagen ins Hotel, wo wir zusammen ein spätes Abendessen einnahmen. Er erklärte einige Details zum Ablauf des Events am folgenden

Tag, an dem Sam und Richard zuerst nacheinander Lesungen halten und am Abend dann mit Gästen bestimmte Themen diskutieren würden. Unsere Fahrt zurück nach Paris wäre also erst am übernächsten Tag.

Andreas verabschiedete sich nach dem Essen und wir blieben zu dritt bei einem Tee noch etwas am Kamin sitzen.

»Eigentlich passend, dass wir unsere Zusammenarbeit ausgerechnet hier in der Schweiz beginnen. Einem Land, das als Vorreiter für die Menschenrechte bekannt ist«, sagte ich.

»Richtig, als eine der ältesten Demokratien in Europa, Gründer des Roten Kreuzes, Hort der Genfer Konventionen. Das ist immer noch das Image, das man mit diesem Land verbindet. Aber man darf nicht vergessen, was hinter dieser Fassade geschieht. Die Schweiz behauptet zwar immer noch, neutral zu sein, doch tatsächlich ist auch dieses Land ein Kriegsprofiteur, der Kriegsmaterial in Krisengebiete verkauft, Geld von Diktatoren hortet und ihren Regimes als Geschäftsplatz dient.«

»Das war mir nicht bewusst«, erwiderte ich überrascht: »Ich dachte immer, wenn es auf der Welt ein Land gibt, das so was nicht nötig hat, dann wäre es die Schweiz.«

Sam antwortete: »Von wegen. Wenn man die Abstimmungen anschaut und die politischen Agendas, scheinen die Leute hier, genau wie bei uns, sehr feindselig gegenüber Flüchtlingen eingestellt zu sein, die sie eben mit ihren Kriegs- und Ressourcengeschäften selber generieren. Und viele der schlimmsten Umwelt- und Menschenrechtssünder haben ihren sicheren Hafen ungestraft hier in der Schweiz: Zingenta, Nowartes, Clenkor oder Mestlé sind nur die Bekanntesten unter ihnen. Auch diese Regierung scheint fest in der Hand der Wirtschaft zu sein.«

Ich erwiderte gelassen: »Nun ja, korrupte Politiker sind ja nichts Neues.«

»Man nennt das jetzt *Lobbying* und meistens fließt nicht einmal Geld. Wie in so vielen anderen Ländern auch, genügt es, ein einziges Wort aufs Tapet zu bringen: *Arbeitsplätze*, und sämtliche Parteien tanzen nach dem Gusto der Wirtschaft.«
»Schade«, sagte ich: »Es ist wahnsinnig frustrierend, wenn sich herausstellt, dass ein großes, leuchtendes Vorbild in Wirklichkeit etwas ganz Anderes ist. Wie damals Steve Jobs, der zuerst eine Alternative zu dominanten, arroganten Computerfirmen bieten wollte, aber dann genau so schlimm wurde wie sie. Oder wie damals ein guter Freund von mir, den ich als Astronomen bewunderte, bis sich herausstellte, dass er seine Aufnahmen gefälscht hatte. Und jetzt ein ganzes Land, das ich einmal für vorbildlich gehalten hatte. Wie können wir es schaffen, ein faires System für die Welt zu entwickeln, wenn nicht einmal ein Land wie dieses Kleine hier dazu in der Lage ist?«

Es war ein außergewöhnliches Erlebnis für mich, bei Richards und Sams Vorlesungen und Diskussionen live anwesend zu sein. Bisher hatte ich sie immer nur auf Youtube gesehen und deshalb kam es mir irgendwie surreal vor – was mir besonders auffiel, als ich eine Aussage nicht ganz verstanden hatte und die Stelle zurücksetzen wollte.

Als das Publikum am Ende Fragen stellen durfte, erhob sich ein Mann aus einem der vorderen Ränge und sprach ins Mikrofon: »Mr Dawkins, Mr Hobbes. Ich fühle mich tief verletzt durch das, was Sie behaupten. Ich glaube an Gott und ich weiß, dass er existiert. Ich habe ganz klare Beweise dafür.«
Richard schaute betroffen und meinte: »Nun, das tut mir leid, Sir. Aber jetzt möchte ich natürlich gerne erfahren, was für starke Beweise Sie da haben.«

Der Mann räusperte ins Mikrofon und fuhr dann fort: »Vor sieben Jahren machte ich mit Freunden zusammen eine Ballonfahrt und ich nahm meine Tochter mit. Der Ballon stürzte ab und nur meine Tochter und ich überlebten – wir hatten beide kaum einen Kratzer. Und ein paar Jahre danach erkrankte meine Frau schwer. Die Ärzte gaben ihr keine Heilungschancen mehr. Aber wir beteten intensiv und sie wurde vollständig gesund.«
Richard antwortete: »Was Sie Beweise für die Existenz von Gott nennen, sind sehr persönliche Erfahrungen und Überzeugungen, und die sollen für Sie und Ihren Glauben vollkommen genügen. Es ist auch völlig in Ordnung, dass sie das in Ihrem Glauben bestärkt. Meine Ansichten sollen Sie dabei nicht tangieren. Ich sage nur, dass persönliche Überzeugungen nicht ein Grund sein dürfen, um Andere zu einem bestimmten Glauben zu zwingen oder ihn in der Schule anstelle von Fakten zu lehren. An dem Punkt komme ich und sage, das ist nicht in Ordnung. Das ist alles, was ich tue.«

In Paris lief es anders ab als in Zürich. Hier gab es ein Streitgespräch mit zwei skurrilen Religionsvertretern. Greg Lame und sein Kollege taten nichts Anderes, als ständig zu wiederholen, dass Menschen sich nur moralisch gut verhalten konnten, wenn sie an die Bibel glaubten.
Richard konterte sogleich: »Ich zitiere dazu gerne die Worte unseres leider früh verstorbenen Freundes Christopher Hitchens, der sagte: *Anstand wurde nicht aus der Religion abgeleitet. Er kam lange vor jeder Religion.* Und sogar Blaise Pascal, der kein eigentlicher Gegner der Religion war, meinte: *Die Menschen tun nie so vollständig und fröhlich etwas Böses, wie wenn sie es aus religiöser Überzeugung tun.*«
Sam ergänzte: »Religiöse Moral steht im Vergleich wirklich nicht besonders gut da, Mr Lame. Professor Lawrence Kohlberg teilt sie

in seinen Stufen der Menschlichen Moral-Entwicklung in die *Konventionelle Ebene* ein, lediglich auf Stufe drei von sechs Stufen! Und vergessen Sie nicht; schon die Religion an und für sich ist etwas zutiefst Unethisches, weil sie eine Vergewaltigung des individuellen Glaubens bedeutet.«

Richard und er lieferten außerdem gleich stapelweise Beweise, die historisch belegten, wie religiöse Ethik allzu oft zum Schlimmsten führte. Sam sagte auch: »Gerade die Bibel liefert im Alten Testament konkrete Anleitungen und Rechtfertigungen für die Sklaverei. Selbst von Jesus steht kein Wort dagegen überliefert. Das Töten Andersdenkender, die Züchtigung von Kindern, die Unterdrückung der Frauen, Missionierungen in Afrika und der *Neuen Welt*, inklusive Krieg und Genozid, Machtmissbrauch auf allen Ebenen. Alles im Namen der Religion. Es ist tatsächlich sogar umgekehrt! Religiöser Glaube setzt allzu oft die üblichen moralischen Standards außer Kraft und rechtfertigt viele Taten, die normalerweise für einen Menschen schlicht undenkbar sind.« Sam präsentierte Resultate von neurologischen Studien und psychologischen Experimenten, die das eindrücklich belegten. Das alles überraschte mich nicht im Geringsten, hatte ich doch schon meine eigenen Erfahrungen gemacht, damals mit meinem Vater.

Doch das hörte Lame alles gar nicht. Er erwiderte nur: »Die Bibel ist Gottes Wort. Niemand auf Erden ist würdig, ihm zu widersprechen. Seine Moral ist das Maß aller Dinge. Ihr Atheisten wollt nur die Wunder seines Werkes herabsetzen. In Euren Augen ist die Welt also sinnlos und leer, doch daran seid Ihr selber schuld. Da muss ich Sie fragen, Mr Dawkins, wie Sie es bloß schaffen, mit so einer Einstellung morgens aus dem Bett zu kommen?«

Man merkte, dass Richard dieses Vorurteil nicht überraschte, als er antwortete: »Wenn man fähig ist, die Augen zu öffnen, Mr Lame, erkennt man, dass unsere Wirklichkeit voll ist von schier unglaublichen, noch dazu wahren Wundern. Die Wissenschaft zeigt uns, dass die Natur viel fantastischer, gehaltvoller und bezaubernder ist als jedes Märchen in einem *heiligen* Buch. Die Weltsicht eines Atheisten ist also das genaue Gegenteil von dem, was Sie behaupten: Sie ist reich, weil jede Entdeckung und Erklärung zu neuen Rätseln führt und deshalb spannend und immer wieder verblüffend. Als Atheist steht man Tag für Tag staunend und voller Ehrfurcht vor der Natur, wie ein kleines Kind, das gerade neugierig die Welt entdeckt. Was für ein Kontrast zu Ihrer dunklen, mittelalterlichen Welt religiöser Dogmen; hochmütig glaubend, alles bereits zu wissen und keine Fragen dulden zu müssen. Man würde meinen, es sei schon schlimm genug, dass Ihr Gläubigen euch selbst gegenüber all die wunderbaren Erkenntnisse über die Natur verleugnet. Doch Ihr wollt auch noch andere zu eurer Ignoranz bekehren. Ihr diktiert: Nur durch den Glauben an Jesus werde man vor dem Höllenfeuer bewahrt und meint tatsächlich, anderen damit einen Gefallen zu tun. Das ist das wahrhaftig Boshafte an einem Buch wie der Bibel. Eingehüllt in zuckersüßem Jesus steckt ein Kern, dessen Absicht es ist, die Menschheit über Generationen mit falschen Ideen zu vergiften und zu instrumentalisieren. So zu verblenden, dass man unfähig ist, neugierig zu sein, Fragen zu stellen, und die wahren Wunder der Wirklichkeit um uns herum erkennen zu können. Was für eine Verschwendung.«

Natürlich bekräftigte Sam seine Aussage, indem er erklärte: »Mit religiösem Glauben und seinem absoluten Wahrheitsanspruch werden nicht nur unrealistische Weltanschauungen, sondern auch Konflikte über Generationen weitergegeben. Kein anderes Etikett ist so persistent, keine andere Ideologie so tödlich. Noch heute genügt in einigen Ländern schon das Gerücht von Blasphemie für die Todesstrafe. Man kritisiert etwas, das gar nicht existiert und muss dafür sterben? Völlig absurd! Solche Ankläger und Richter meinen, sie wären die moralische Instanz, begehen dabei aber die schlimmste Sünde, die es überhaupt gibt. Mord, für nichts als ein Buch voller Lügen. Begangen von einer über Generationen verblendeten Gesellschaft.«

Sam wandte sich dann direkt an seinen Kontrahenten und sagte: »Mr Lame, Sie sind also der Meinung, dass Menschen sich nur moralisch korrekt verhalten, wenn sie das Gefühl haben, von einem übernatürlichen Wesen aus den Wolken herab konstant überwacht und nach ihrem Tod für ihre Sünden bestrafen zu werden? Ist das, was Sie hier postulieren, nicht ein absolutes Armutszeugnis? Eine wahrlich kalte und unbarmherzige Welt? Ich persönlich habe es lieber mit Menschen zu tun, die aus ihrer eigenen inneren Überzeugung heraus anständig sind, nicht weil sie glauben, durch einen allmächtigen Diktator dazu gezwungen zu sein.«

Sein Kontrahent Lame überging in seiner Reaktion erneut alles, was ihm nicht in den Kram passte. Aber er half damit, deutlich zu demonstrieren, wie die beiden Seiten funktionieren: Auf der einen die Freidenker, welche die einzelnen Argumente analysierten, darauf eingingen und Beispiele sowie nachvollziehbare Erklärungen zu ihrem Standpunkt brachten – auf der anderen die Vertreter des Dogmas, deren einzige Begründung immer wieder das vermeintliche Wort Gottes aus der Bibel war.

Sam machte den Schluss mit einem Zitat von Carl Sagan: »Außergewöhnliche Behauptungen erfordern außerordentliche Beweise!«

Das Publikum stand auf und applaudierte.

Der Abend in Paris endete spät und erst am nächsten Morgen machten wir uns gemeinsam auf zum Gare du Nord. Den Weg durch die große Halle unterbrachen Fans zweimal, die Sam und Richard ansprachen und sie um ein Autogramm baten. Danach liefen wir gerade den Bahnsteig am Eurostar entlang, als wir wegen einer Gruppe protestierender Leute erneut innehalten mussten.

Als sie uns erblickten, drehten sich alle in unsere Richtung und begannen damit, uns Unhöflichkeiten entgegen zu rufen – immerhin so durcheinander, dass vieles unverständlich blieb. Aber sie hielten Tafeln in die Höhe, auf denen stand *Gotteslästerer, Fahrt zur Hölle* und Ähnliches. Hinter ihnen schaute ein Schaffner aus der Tür des Waggons auf die laute Gruppe und zückte sein Funkgerät, vermutlich, um die Bahnhofssicherheit zu rufen.

Doch ich fand, wir sollten nicht darauf warten müssen. Ich verdrückte mich hinter Richard und Sam und ging um die Menge herum. Es waren etwa zwei Dutzend Leute und ich nahm mir jeden Einzelnen vor, indem ich suggte: »Du bist aufgeschlossen und nett zu anders denkenden«, oder: »Du findest es okay, wenn jemand nicht gläubig ist.« Mit jedem Mal wurde die Menge ruhiger, die Tafeln wurden gesenkt. Dann erklang nur noch Murmeln. Vereinzelte studierten verwirrt die Texte auf ihren Bannern und man hörte sie diskutieren. Einige wandten sich an uns, zeigten sich schockiert darüber, dass sie so intolerant sein konnten und beteuerten, dass wir doch ganz in Ordnung seien.

Ihre Gruppe begann sich zu verteilen und wir konnten weitergehen und einsteigen. Wir sahen gerade noch, wie ein paar Uniformierte eintrafen, sich unsicher umschauten und mit den Schultern zuckten.

»Ich habe den Eindruck, die Fanatiker werden immer extremer«, sagte ich zu Sam als wir uns durch die Waggon-Abteile zwängten.

»Die Filterblase der *sozialen Medien* macht das. Jeder sieht sich nur noch in seiner Position bestärkt und bekommt gar nicht mit, dass

es noch andere Meinungen gibt oder dass er falsch liegt.«
»Man sollte sie viel treffender nur noch als *asoziale Medien* bezeichnen«, erwiderte ich.

Leider gab es erneut kein separates Abteil, aber die erste Klasse war schwach besetzt. Ich hängte Jacke und Mütze an den Haken in der Ecke über der Sitzbank, dann setzte ich mich ans Fenster, während Sam und Richard auf der Bank mir gegenüber Platz nahmen. Sie schauten gedankenverloren aus dem Fenster.

Wie die Menschen in einem stetigen Fluss auf dem Bahnsteig aneinander vorbei gingen, halb geordnet, halb chaotisch, hatte etwas Hypnotisierendes.
Sam stützte seinen Ellbogen an den Fensterrahmen, kratzte sich am Kinn und sagte: »Das war für einen Moment eine beängstigende Situation vorhin mit diesen Leuten.«
»Schau wie sich die Menge treiben lässt. Sie bewegt sich instinktiv«, erwiderte Richard: »Dennoch reagiert jeder individuell. Die Strömung zieht in Richtung Vernunft, aber es wird immer Einzelne geben, die stehen bleiben wollen. Das ist schon gut so. Diversität gehört zur Natur.«
»Schon«, sagte Sam: »Aber ob Ignoranz für irgendetwas gut sein kann? Und solcher Hass?«
Nachdenklich sagte ich zu den Beiden: »Während der Diskussion kamen bei mir alte Zweifel auf.«
Richard rückte seine Brille zurecht und fragte: »Und an was zweifelst du, Vaughan?«
»Daran, ob ich wirklich Atheist bin. Ich muss zugeben, die Frage nach Gott habe ich eigentlich für mich nie abschließend beantwortet. Als ich begann, mir Gedanken darüber zu machen, hatte ich zwar schnell gemerkt, dass Religionen Unsinn sind. Ich meine, mal abgesehen von allen Fehlern und Widersprüchen in ihren Büchern,

Gottes verabscheuungswürdigem Charakter darin, und meinen schlechten Erfahrungen aus meiner Familie; allein die Tatsache dass kein Wort darin steht, das über damaliges Wissen hinaus geht, ist schon Beweis genug. Trotzdem habe ich das Gefühl, da ist ein Gott. Glauben will ich daran aber eigentlich gar nicht, ich weiß, dass alles dagegen spricht. Dennoch habe ich dieses Gefühl. Als wahren Atheisten würde ich mich also nicht bezeichnen.«

»Nun«, setzte Sam an: »Solange es keinen Gegenbeweis gibt, sind wir alle mehr oder weniger Agnostiker – wir nehmen an, dass es höchstwahrscheinlich keinen Gott gibt, können es aber nicht vollkommen ausschließen. Niemand von uns kann da wirklich sicher sein. Absolut sicher ist nur eines, wie du sagtest: Sogenannte Überlieferungen von Gottes Wort sind allesamt Lügen. Ausdruck von Geltungsbedürfnis und Machtanspruch, bestenfalls von Schizophrenie der Religionsgründer. Was du spürst, ist jedoch etwas Anderes. Es ist das, was einem Kind in frühen Jahren beigebracht wird, etwas das meist ein Leben lang haften bleibt. Als dir deine Eltern sagten, dass Gott immer da ist, über dich wacht, alles beobachtet was du tust, war das eine absolute Wahrheit für dich.«

Richard sagte ergänzend: »Kinder sind evolutionsbedingt etwa bis zum siebten Lebensjahr so angelegt, dass sie die Erklärungen der Eltern aufnehmen und nicht hinterfragen. Obwohl sich das eigentlich zu einem anderen Zweck so entwickelt hat, nämlich, um sie vor Unfällen und Bedrohungen zu schützen.«

Und Sam fuhr fort: »Auch Ideen nutzen diese Empfänglichkeit, um sich zu verbreiten. Richard hat das in seinem Buch *The Selfish Gene* mit der Meme-Theorie dargelegt. Das führt zu dieser Indoktrination der Idee von einem Gott.«

»Genau«, bestätigte Richard: »Und das bleibt dann als Gefühl, überwacht oder behütet zu werden, ein Leben lang haften und zwar so sehr, dass es viele Leute dazu bringt, selbst entgegen jeder Logik unbedingt die Existenz eines Gottes verteidigen zu müssen und sei es mit noch so absurden Argumenten, wie man auf Youtube ausführlich beobachten kann. Dass es nur eine Idee ist, kann man daran sehen, dass Menschen aus einer anderen Kultur eine andere Idee haben. Hindus zum Beispiel glauben eher an Seelen oder Bestimmungen, an keinen oder mehrere Götter, je nach Region. Was du empfindest, geht vielleicht in Richtung Pantheismus, der Natur als Göttlichkeit, als eine Art allumfassende Energie oder kosmische Spiritualität. Das kann auch völlig unabhängig von jeder Religion sein.«

»Ja, stimmt«, erwiderte ich: »So etwa wie in Star Wars.«

»Da bist du in guter Gesellschaft. Viele Wissenschaftler neigen zum Pantheismus. Auch Einstein tat das.«

»Und ihr? Habt ihr kein solches Gott-Gefühl«, fragte ich.

»Mir ging es ganz ähnlich wie dir«, sagte Richard: »Ich wuchs auch religiös auf und musste dieses Gefühl überwinden. Ich halte mich an Vernunft und Ehrlichkeit. Das sind verlässlichere, gesellschaftsfähigere Werte.«

»Und freundlichere. Das sehe ich auch so«, sagte Sam: »Ehrlich sein. Auch zu sich selbst. Nicht Dinge behaupten oder annehmen, die nicht beweisbar oder nicht schlüssig sind. Kritisches Denken und Wahrheitsliebe, würde ich sagen. Andererseits darf natürlich jeder glauben, was er will.«

»Danke«, sagte ich: »Zu wissen, dass es nicht nur mir so geht, hilft mir wirklich weiter.« Ich ließ es dabei bewenden, obwohl ich sicherlich noch lange hätte darüber diskutieren können. Stattdessen sagte ich: »Nun bin ich mal gespannt, was ihr euch überlegt habt – wen ihr als Berater vorschlagen werdet.«

Richard antwortete: »Wir hatten in der Zwischenzeit nur wenig Gelegenheit, ehrlich gesagt. Aber lasst uns jetzt darüber diskutieren.«

»Irgendwelche Berühmtheiten?«, fragte ich begierig.
Sam erwiderte erheitert: »An wen hast du denn gedacht, Vaughan?«
»Vielleicht Ewan McGregor oder Natalie Portman?«
»Ich denke, eher nicht«, meinte Sam: »Wie kommst du denn auf die Beiden?«
»Ich sah sie einmal auf einer Liste von *Freidenker Celebrities*«, antwortete ich.
»Also, das allein genügt wohl noch nicht. Ich habe mir da etwas aufgeschrieben. Moment«, sagte Sam und durchsuchte seine Ledertasche. Er nahm einen Notizblock hervor und fuhr fort: »Was wir an Fachwissen benötigen, also: Grundsätzlich Philosophie mit Spezialgebieten wie Ethik, Recht, Politik und Geschichte.«
Richard meinte: »Ich halte Philosophie für die grundlegend wichtigste Voraussetzung. Ich denke, Rechtswissenschaft, Politikwissenschaft und so weiter, sind viel zu sehr auf das Untersuchen aktueller oder vergangener Situationen ausgerichtet. Erst der philosophische Aspekt wagt aus den gewonnenen Erkenntnissen eine gesamtheitliche Vision für die Zukunft. Und welche Namen hast du notiert, Sam?«
»Also, ich habe: Michael Sandel, Peter Singer. Baroness Ondrea O'Brien, betreffend Ethik und Menschenrechte. Martha Nussbaum zu Sozialpolitik.«
»Sollten wir dann überhaupt dabei sein?« Gab Richard zu bedenken: »Ich meine, gesellschaftsformende und internationale Politik ist nicht unser Thema.«
Ich räusperte mich und sagte: »Ich finde, jeder, der eingeweiht ist über meine Fähigkeit, sollte mitreden. Wir sind ja nicht viele. Da ist jeder Input und jede Perspektive wertvoll.«
»Perfekt auf den Punkt gebracht, Vaughan«, sagte Sam: »Ich stimme zu. An wen hast du gedacht, Richard?«

»Ondrea O'Brien, ja, würde ich auch sagen. Judith Butler. Daniel Hausman für Ökonomie.« Richard nahm sein Handy hervor und begann zu tippen. »Ich sende die Namen meinem Assistenten. Er soll gleich versuchen, mit ihnen Kontakt aufzunehmen.«

»Er soll die Baroness priorisieren. Immerhin haben wir sie beide genannt«, meinte Sam.

»In Ordnung«, bestätigte Richard.

»Und wer ist sie?«, fragte ich.

Richard erwiderte: »Baroness Ondrea O'Brien ist eine hochdekorierte Philosophin und scharfe Denkerin, die sich schon ihr ganzes Leben lang mit Menschenrechten, Ethik und internationalem Recht befasst. Sie war auch im Beratergremium, das die aktuelle UN-Menschenrechtscharta formuliert hat.«

Sam ergänzte: »Wir müssen wirklich für Geschlechter-Ausgleich sorgen. Also kommen sowieso nur Frauen in Frage, um unsere Gruppe zu ergänzen.«

»Natürlich. Und ich könnte nicht glücklicher darüber sein, dass die Arbeit an der Charta schon bald ins Rollen kommt«, sagte ich begeistert.

XIII

Teresa stand zusammen mit Agent Spalding und einem weiteren Agenten am Bahnsteig und beobachtete das Chaos, das einige Gruppen von Leuten verursachten, die den anderen im Weg herum standen. Als sie angekommen waren, war der Zug bereits eingefahren und Reisende stiegen ein und aus. Es war ein wildes Durcheinander und schwierig, jemanden darin zu entdecken.

Spalding wies ihre anderen Agenten an: »Wir wissen nicht, ob Cogento vielleicht schon im Zug ist. Teresa und ich werden hineingehen. Sie sehen sich hier draußen weiter um und steigen als Letzter ein. Falls wir ihn vorher entdecken, melden wir uns.«

Leyla Hanssen, die Politikerin von Britain First, saß mit ihren Leuten im Erste-Klasse-Abteil, und sie hatte ihren eigenen Bodyguard dabei. Als Agent Spalding sie angerufen hatte, hielt sie es für übertrieben, dass man extra jemanden zu ihr schicken wollte. Aber Spalding konnte sie schließlich überzeugen, dass es zu ihrer eigenen Sicherheit war – auch wenn sie über gewisse Details natürlich nicht mit ihr sprechen konnte. Andererseits schlug ihr Spalding aber auch nicht vor, einen anderen Weg für ihre Rückkehr nach London zu nehmen, schließlich durften sie ihren Lockvogel nicht verlieren.

Als Spalding ihr Teresa vorstellte und vorschlug, dass sie an ihrer Seite bleiben sollte, sträubte sich Ms Hanssen immer noch; sie meinte, es behage ihr nicht, mit so vielen Leuten zu reisen. Zudem schien ihr Teresa nicht zu passen, denn sie schaute sie abschätzig an und bemerkte, sie glaube sowieso nicht, dass so eine sie würde beschützen können – wie immer sie das auch gemeint hatte. Spalding ignorierte die Bemerkung und entfernte sich, um kurz die nächstliegenden Waggons auf beiden Seiten zu checken.

Die Türen schlossen sich und der Zug setzte sich in Bewegung. Teresa stand beim Abteilzugang, zwei Reihen von Ms Spalding entfernt. Von hier hatte sie eine gute Übersicht; so bemerkte sie zum Beispiel früh, wie Agent Brown auf der anderen Seite durch die Schiebetür kam und auf Spalding zuging.

»Ich habe bis zum letzten Moment die Leute beim Einsteigen beobachtet, aber niemanden gesehen, der auf Cogentos Beschreibung passt«, meinte Brown.

Als Spalding zurückkam, sagte sie: »Ich schlage vor, dass erst mal alle in der Nähe bleiben sollten. Ich am anderen Ende des Abteils, Brown im Abteil gegenüber und Sie, Teresa, bleiben dazwischen, am nächsten bei Ms Hanssen.« Während die anderen ihre Posten einnahmen, beobachtete Teresa, wie Hanssen mit ihren Kollegen palaverte und sich ganz offensichtlich dabei sehr wichtig vorkam. Zu gerne hätte sie der arrogant wirkenden Frau klar gemacht, dass sie für sie nichts weiter war als ein unbedeutender Lockvogel.

Sie warteten sehr lange vergebens darauf, dass Cogento auftauchen würde. Spalding hatte schließlich genug davon, nur herumzustehen. Sie schickte Agent Brown los, die vorderen Waggons zu durchsuchen, während sie selbst sich um die hinteren kümmern würde. Wieder schien es Teresa eine Ewigkeit zu dauern, in der sie gelangweilt herumstehen und trotzdem aufmerksam bleiben musste.

Als sie endlich zurückkam, hatte Spalding nichts entdeckt. Agent Brown kam hingegen sichtlich aufgeregt und etwas außer Atem angelaufen und meldete: »Dieser Cogento sitzt seelenruhig in einem der vorderen Wagen.«

Spalding überlegte nicht lange. »Dann kommt, folgt mir«, rief sie, als sie sich durch die Reihen nach vorne bewegte. Dann forderte sie Brown auf: »Gehen Sie vor und zeigen Sie uns unauffällig den Platz, auf dem unsere Zielperson sitzt.«

Waggon folgte auf Waggon; es schien fast endlos so weiter zu gehen, und jedes Mal wenn sie einen Übergang passierte, vernahmen Teresa das Rattern der Schienen besonders stark, spürte es sogar in den Beinen und schwankte von der Erschütterung.
»Nummer Zweihundertdrei; im nächsten Abteil sitzt er«, sagte Brown schließlich und zeigte nach vorne.
Spalding befahl: »Ich gehe an ihm vorbei und postiere mich auf der anderen Seite. Dann soll Teresa den Zugriff ausführen.«
Spalding trat durch die Schiebetür und ging durch das Abteil.
Brown deutete auf das Fenster der Tür. »Sehen Sie, die Sitzbank da hinten links?«
Teresa bestätigte: »Sí! Ich sehe ihn!«
Nachdem Spalding die gegenüberliegende Tür zugezogen hatte, trat Teresa ebenfalls ins Abteil. Sie näherte sich langsam der Zielperson und war gespannt, ob er aufschauen und abhauen würde, bevor sie ihn erreichen konnte. Sie war sich bewusst, dass sie schnell reagieren musste, falls er sie erkannte, damit er nicht die Gelegenheit bekam, jemanden auf sie zu hetzen – wie beim letzten Mal.

Nun stand sie direkt vor Cogento und schaute auf ihn herab. Obwohl sein Gesicht durch den Hut verdeckt war, erkannte sie dennoch seine Kleidung. Sie setzte sich direkt vor ihn hin und sagte: »Du gibst jetzt keinen Laut von dir, sonst haue ich dir in die Fresse, hast du verstanden? Diesmal hast du keine Chance, uns zu entkommen.«
Er hob seinen Kopf und schob gleichzeitig seinen dunklen Fedora-Hut zur Seite. Sein Gesicht zeigte einen irritierten Ausdruck, aber er machte keinerlei Anstalten für einen Fluchtversuch. Er wollte ansetzen, etwas zu sagen, doch dann presste er nur seine Lippen aufeinander. Teresa war mindestens so irritiert, als sie sein Gesicht musterte. So alt schien er nicht gewesen zu sein, als sie ihn das letzte

Mal gesehen hatte. Oder hatte er sich geschminkt? War es nur wegen der dicken Brille, die er nun trug? Er wirkte dennoch ähnlich mit seiner Nase und der Gesichtsform, trug denselben dunklen Mantel und den gleichen Hut.

Teresa winkte die Anderen herbei, während der Mann weiter steif mit aufgerissenen Augen dasaß. Als die Agenten ihn musterten, beäugte er sie einen nach dem anderen, unsicher, ohne den Kopf zu bewegen, über seine Brillenränder hinweg.

»Das ist er nicht!«, stellte Spalding überrascht fest.

»Discúlpame! Entschuldigung, Mister, das war ein Irrtum«, wandte sich Teresa an ihn und machte eine beschwichtigende Geste.

Spalding fragte Teresa: »Aber wer war dann tagelang um Euston Station herum geschlichen?«

»Soll ich ... kann ich etwas sagen?« Der Mann schaute Teresa fragend an. Sie nickte.

»Meine ... meine Frau starb vor Kurzem. Wir haben früher in der Maple Street gewohnt, verbrachten einige glückliche Jahre in Fitzrovia. Nun gehe ich öfter dort spazieren, um mich an alte Zeiten zu erinnern, alte Freunde zu treffen. Gibt ... gibt es denn ein Problem deswegen?«

»Nein, Sir«, antwortete Spalding: »Es tut mir leid. Nur eine Verwechslung.«

Daraufhin kehrten sie zu Ms Hanssen zurück. Sie würden trotzdem weiter auf der Hut bleiben, denn es könnte ja auch ein Ablenkungsmanöver gewesen sein.

»Grover wird kochen vor Wut! Aber egal ob heute, morgen; wir werden Cogento schon noch erwischen«, sagte Agent Spalding.

XIV

Sam war die Angelegenheit so wichtig, dass er schon auf der Fahrt seine nächsten Termine in New York und Stanford absagte. »Ich lasse es mal offen, wann ich wieder in die Staaten zurückkehre. Das hier ist wichtiger«, kommentierte er.

Und Richard erklärte nach einem Anruf von seinem Assistenten: »Er bestätigt, dass Baroness Ondrea O'Brien uns morgen in Oxford zu einem Gespräch treffen wird, musste aber leider mitteilen, dass unsere anderen Wunschkandidaten bisher nicht erreichbar oder nicht abkömmlich sind.«

»Schade«, meinte Sam: »Aber vielleicht kann die Baroness dann noch jemanden vorschlagen.«

Als wir in Richards Haus ankamen, schaltete Sam den Fernseher ein, um die neusten Nachrichten zu sehen, während Richard etwas Einfaches zum Essen bereitstellte. Ich setzte mich zu Sam ins Wohnzimmer und schaute mit, als ein Reporter verkündete: »... die Mobilisierung von Militär- und Polizeieinheiten geschieht offenbar zur Terrorabwehr. Die Behörden scheinen einen dringenden Attentats-Verdacht zu haben. Offizielle sprachen von einer Übung, doch Reporter der BBC berichteten, dass Soldaten und Polizisten nach einem bestimmten Mann Ausschau halten ...«

»Könnte es sein ...?« Sagte ich.

Sam schaute mich betroffen an und erwiderte: »Denkst du, es geht um dich?«

»Wäre möglich«, antwortete ich.

Er ging zur Küche hinüber um Richard hinzu zu holen. Der schaute einige Zeit nachdenklich mit, dann holte er sein Telefon und sagte: »Ich rufe meinen alten Freund Robert an, er hat eine hohe Position im House of Lords. Vielleicht weiß er etwas darüber.« Er tippte auf seinem Handy und es dauerte einen Moment, bis er sprechen konnte: »Ja, hallo? Hier Richard Dawkins. Verbinden sie mich mit Lord Aneirin, bitte.« Wieder verging einige Zeit, bis er weiter sprach: »Hier ist Richard. Hast du einen Moment Zeit für mich, Robert?« Den schien er zu haben. Jedenfalls blieb Richard eine recht lange Zeit am Telefon, während er unruhig im Wohnzimmer hin und her lief und mit seinem Freund sprach.

Als sie das Gespräch beendeten, schaute er uns konsterniert an und meinte: »Robert hat mit seinem Kontakt beim Geheimdienst gesprochen. Die Reporter hatten recht damit, dass nach einem bestimmten Mann gesucht wird. Was sie hingegen noch nicht wissen, ist, dass es Cogento ist. Und, Vaughan, hinter der ganzen Mobilisierung steckt dein alter *Freund* Minister Grover. Robert sagt, Grover sei derart wütend, weil er dich noch nicht erwischt hat, dass er alle Hebel in Bewegung setzt. Er behandelt dich als Terroristen. Damit stehen ihm sämtliche Wege offen. So konnte er auch Militär und Polizei hinzuziehen.«

»Dann wird es nun schwierig. Selbst mit meinen Fähigkeiten.«

»Nun, wir haben immerhin einen Vorteil: Sie haben nur ein Phantombild von dir. Eigentlich erstaunlich. Sie kennen doch deinen richtigen Namen.«

»Ja, bestimmt von Dave, meinem früheren Arbeitskollegen. Der hatte die ganze Sache mit Grover ins Rollen gebracht. Aber ich habe online nie etwas von mir gepostet – dafür weiß ich zu gut was mit solchen Daten alles passieren kann, da bin ich fast schon paranoid – und meine Ausweise sind schon älter. Damals sah ich ganz anders aus. Ich habe seither einiges abgenommen.«

Sam unterbrach uns beschwichtigend: »Lasst euch nicht nervös machen. Es ist ja nicht so, dass sie Haus für Haus durchsuchen würden. Außerdem zielen ihre Maßnahmen auf London. Wir sollten uns zuerst auf unser Projekt hier konzentrieren. Danach sehen wir, was wir dafür an Sicherheitsvorkehrungen treffen müssen.« Sam hatte diese beruhigende Art, alles in eine Perspektive zu setzen.

Am folgenden Tag warteten wir in Richards Haus alle gespannt auf die Ankunft von Baroness Ondrea O'Brien. Richard und sein Assistent Alex beschäftigten sich mit der Vorbereitung von Tee und Kuchen. Es war nicht selbstverständlich, dass sich die berühmte Philosophin die Zeit nahm, extra herzukommen. Aber Alex hatte ihr eine weltverändernde Sensation versprochen, auch wenn er ihr nicht genau sagen konnte, um was es sich dabei handelte. Dass Richard Dawkins dahinterstand, schien Mrs O'Brien Grund genug zu sein, der Einladung zu folgen.

Als ein Wagen vorfuhr, war Richard schnell aus der Tür. Er ging plötzlich so flugs und leichten Schrittes als wäre er noch ein Teenager. Wir folgten ihm und nahmen die Baroness gemeinsam in Empfang, als sie aus der Limousine stieg. Richard hielt ihr seinen Arm hin und sie zeigte sich dankbar für die Hilfe. Immerhin war sie auch schon über achtzig. Richard stellte uns alle vor und wir begaben uns zusammen ins Wohnzimmer zum Tee.

Man sah ihr das Alter an. An ihren silbergrauen Haaren, den Falten im Gesicht und ihrem Gang. Aber wenn sie sprach, spürte man die Energie in ihren gütigen Augen, hörte ihre stets sorgfältig gewählten Worte und sie wirkte sofort verjüngt.

»Nun, Gentlemen«, begann sie: »Man sagte mir, Sie hätten etwas Wichtiges mit mir zu konversieren.«

Dann war es an mir, ihr von meiner unglaublichen Fähigkeit zu erzählen. Davon, was ich damit bereits alles erreicht hatte. Es folgten natürlich auch wieder die unvermeidbaren Demonstrationen, um zu beweisen, dass all das, was ich ihr erzählt hatte, der Wahrheit entsprach.

Sie saß einige Zeit ganz ruhig im Sessel und nippte an ihrem Tee. Dann änderte sich der Ausdruck in ihrem Gesicht. Sie wirkte konzentriert und ernst, als sie aufschaute. »Sie haben nicht exaggeriert, meine Herren. Das mag in der Tat ein enormes Potenzial für Veränderungen in sich tragen. Das heißt, immer vorausgesetzt man möge Mr Macraes Talent entsprechend einsetzen, natürlich. Ach, darf ich vorschlagen, dass wir uns mit Vornamen ansprechen, immerhin konstituieren wir doch hier eine designierte Geheimgesellschaft, wenn ich Ihre Intentionen richtig deute ...«

»Diese Vermutung ist korrekt, Ondrea«, meinte Richard: »Wir müssen nun in der Tat überlegen, wie wir Vaughan am effektivsten einsetzen können und was wir erreichen wollen. Und das Ganze muss unter uns bleiben, es sollten möglichst wenige Leute involviert sein. Du musst nämlich wissen, dass der MI5 hinter ihm her ist. Die Antiterror-Kampagne, die gerade läuft, ist nur seinetwegen. Darum müssen wir uns auch noch kümmern.«

»Aber im Moment geht es uns hier einzig um die Zukunft der Menschheit«, warf Sam ein: »Wir brauchen möglichst viel Wissen, damit wir die Weichen richtig stellen können und du bist jetzt unter uns sicherlich die kompetenteste Person für diese Aufgabe.«

»Wie bist du Richard gewahr geworden, Vaughan?«, fragte Ondrea.

»Nun, ich hatte Richards Buch gelesen und einige seiner Vorträge verfolgt. Was er sagt, bedeutet mir viel. Er ist integer und verteidigt die Wahrheit, deshalb war ich sicher dass ich mich ihm anvertrauen kann.«

Ondrea wandte sich Richard zu: »Deine Werke zur Evolutionstheorie sind mir zwar nur rudimentär geläufig, aber dafür adeo plenum deine Bestrebungen um den Säkularismus. Da beschäftigst du dich natürlich akribisch mit relevanten philosophisch-humanistischen Fragen.«

»Ja, sicherlich. Ich sagte aber schon zu Vaughan, dass das nicht mein Fachgebiet ist. Aber wir wollen doch am Ende alle dasselbe: Eine weltweit freie Gesellschaft, welche nicht den Ast absägt, auf dem sie existiert. Deshalb hat Vaughan vorgeschlagen, dass wir uns Gedanken machen, wie man eine solche Gesellschaft organisieren müsste.«

»Genau«, erwiderte ich.

Und Richard fuhr fort: »Denn zur Zeit werden viele Bemühungen für eine nachhaltige Zukunft von etablierten Interessen blockiert oder gebremst.«

Sam ergänzte: »Ich denke, wir stellen alle fest, dass generell ein starker Rechtsruck stattfindet. Konservative Kräfte nehmen zu und sie nutzen ihre Dominanz vor allem, um das Wirtschaftswachstum noch mehr anzukurbeln. Mehr Konsum für mehr Jobs versprechen sie und das Volk verwechselt das mit Freiheit. Deshalb unterstützen sie die Wirtschaftsliberalen, merken aber nicht, dass sie damit nur noch mehr in die Abhängigkeit der Wirtschaft rutschen. Sie glauben, was sie bräuchten wäre mehr Arbeit, doch sie schuften damit nur die Welt zugrunde; ermöglichen damit den überbordenden Konsum, der unsere Umwelt vernichtet.«

»Bildung, Leute, Bildung!«, warf Richard in die Runde und zeigte sich empört. »In den USA ist es besonders schlimm. Die Rechte hat es geschafft, das Wort *sozial* völlig zu verteufeln und *Liberalismus* zu verklären. Dabei wäre es ein ausgewogener Sozialstaat, der den Leuten Freiheit und Sicherheit bietet, nicht unregulierter Kapitalismus. Aber gerade diejenigen, die ein solidarisches System am nötigsten hätten, unterstützen die populistischen Politiker am meisten und machen damit einzig die Oberschicht noch vermögender. Ein bizarrer Teufelskreis!«

Ich rührte etwas gar heftig mit dem Teelöffel in meiner Tasse, und die scheppernden Klänge boten eine Einleitung für meine Worte:

»Wie Captain Picard schon sagte: Der Wert einer Zivilisation misst sich am Umgang mit ihren Schwächsten.«
»Korrekt, Vaughan«, bestätigte Ondrea lächelnd: »Dieser Aphorismus ist mir von anderen Quellen durchaus geläufig.«
Sam meinte: »Man kann es auch so ausdrücken, wie Bernie Sanders: *Wenn Menschen sich krank schuften müssen um existieren zu können, sich keine Gesundheitsversorgung, keine Ausbildung leisten können, dann sind sie nicht frei.* Es braucht nun einmal einen Sozialstaat, damit Freiheit für alle möglich wird. Wohlgemerkt, wir reden hier nicht von Marxismus, nur damit das klar ist.«
»Natürlich«, antwortete Ondrea umgehend: »Die Geschichte hat auf gravierende Weise gezeigt, dass Marx's Philosophie der Besitzlosigkeit meistens durch Kapitalisten impertinent zu eigenen Zwecken ausgenutzt und zu einer kommunistischen Diktatur pervertiert wird. Nein, konklusiv sind wir dazu gehalten, unser existierendes, obstruktives System nur pragmatisch zu korrigieren. Es braucht eine adäquate Balance aus Kapitalismus und sozialem Ausgleich, denn zurzeit hat in den meisten Ländern der Kapitalismus so viel Gewicht, dass die Bevölkerung praktisch zum Sklaven der Wirtschaft wird. Aber Ökonomie ist nicht meine Domäne.«
Ich hob meine Ellbogen, stützte mich gewichtig auf beide Lehnen, um mir der Aufmerksamkeit aller sicher zu sein, und erklärte: »Als ich mir bewusst wurde, dass Verbesserungen irgendwie alles betreffen müssen, da wurde mir erst so richtig klar, dass ich das nicht alleine zustande bringen kann. Das bestehende System zu kritisieren ist einfach. Jeder kann leicht erkennen, dass es so auf Dauer nicht funktionieren kann. Aber etwas Besseres vorschlagen: Das ist eine große Herausforderung.«
Richard hob einen Finger und erwiderte: »Aber die Idee, alle Staaten an einen Tisch zu bringen, damit sie gemeinsamen Regeln

zustimmen, ist sicher der richtige Weg.«
»Ich nenne das die OneWorld Charta«, erklärte ich, an Ondrea gewandt.
Sie räusperte sich und sagte: »Das klingt doch formidabel, Vaughan. Nun, es dürfte für alle evident sein, dass wir noch fachliche Lücken aufweisen und ich möchte dementsprechen elaborieren, dass noch jemanden zu uns stoßen sollte, der in ökonomischen Fragen qualifiziert ist.«
»Ja, das ist uns bewusst«, ergänzte Richard: »Wir hatten weitere Leute angefragt, leider ohne Erfolg.«
Ondrea fuhr fort: »Zufällig wüsste ich von jemandem, der opportun wäre. Derzeit gastiert in Cambridge eine junge, arrivierte Professorin für Economic Philosophy. Sie kommt von der UCLA und würde als afroasiatische Amerikanerin noch mannigfaltigere Perspektiven mitbringen.«
»Perfekt«, sagte Sam: »Dann versuch doch bitte, sie zu erreichen. Wäre schön, wenn sie morgen hier zu uns stoßen könnte.«

Am nächsten Tag wurde Ondrea schon früh zu uns gefahren und brachte die Gastprofessorin aus Cambridge mit. Sie war eine junge, schwarze Frau, die rebellisch wirkte mit ihren sehr kurzen Haaren und mit ihrem speziellen Kleidungsstil, der irgendwo zwischen alternativ, urban und sportlich, schwer einzuordnen war. Wir saßen alle im Wohnzimmer, in Sesseln und Stühlen um den brennenden Kamin herum und warteten gespannt darauf, dass unsere neue Kollegin etwas von sich erzählen würde.

Sie lehnte sich ein wenig verlegen vor und sagte: »Also, ich weiß ja noch nicht, um was es hier genau geht. Aber vielleicht stelle ich mich einfach mal vor. Mein Name ist Nisha Berry, ich arbeite als Professorin für Ökonomie und Philosophie an der UCLA in Los

Angeles. Ich kam schon in meiner Jugend durch politisches Engagement für Menschenrechte und die Umwelt zum Thema Ökonomie, weil ich sah, dass viele der Probleme, gegen die ich kämpfte, damit zu tun haben. Darüber sprach ich auch kürzlich in Cambridge, als ich die Ehre hatte, Baroness O'Brien kennen zu lernen.«
»Bitte, nenn mich einfach Ondrea. Wir sprechen uns alle hier beim Vornamen an. – Nun, vielleicht sollten wir Vaughan das Wort überlassen. Er ist immerhin der Initiant dieses ambitionierten Projekts.«
»Okay. Ich bin Vaughan Macrae. Nun, zum Grund, weshalb wir uns hier zusammen gefunden haben. Es ist nämlich so, dass ich dank meiner speziellen Fähigkeit in der Lage bin, die Führer der Staaten dieser Welt dazu zu bringen, miteinander zu kooperieren. Wir könnten also die Welt zu einem besseren Ort machen, wenn wir es richtig anstellen.«
Nisha schaute verdutzt: »Wow, das wäre ja, ... meint ihr das echt?«
Alle sahen sie ernst an und nickten ihr zu.
Nisha legte sich ihre Hände aufs Gesicht und meinte: »Das klingt einfach verrückt ..., und wie funktioniert das genau? Sorry, aber ich kann das wirklich nicht glauben.«
Also verpassten wir ihr die komplette Cogento-Ouverture, inklusive Demonstrationen an uns und an ihr. Als sie schließlich überzeugt war, staunte sie umso mehr. Wir mussten erst einmal eine Pause einlegen und ihr Gelegenheit geben, diese Erfahrung zu verarbeiten.

Danach, bei einer Tasse Tee, stürzte sie sich sogleich begeistert in Vorschläge und Konzepte: »Wir haben heute ja ganz andere Möglichkeiten, als noch zur Zeit der Aufklärung oder der Industrialisierung. Wir könnten mit Blockchains im Internet sämtlichen Zahlungsverkehr unabhängig von Banken und Behörden machen.«
»Blockchains sind doch die Grundlage von Cryptowährungen, wie Bitcoin«, sagte ich. »Aber was soll daran für Behörden nützlich sein?«

Nisha erklärte: »Nun, Blockchain ist nichts anderes als eine Art Datenbank, in der jede Art von Transaktion eingetragen wird. Von ihr gibt es jedoch unzählige Kopien auf der Welt. Darin ist jede erfolgte Transaktion verschlüsselt und mit der Nächsten verknüpft, so dass sie nachträglich nicht manipuliert werden kann. Blockchains sind dadurch unabhängig, sie brauchen keine Verwaltung, Bank oder Behörde. Sie sind schneller, zuverlässiger, und absolut transparent. Sie eignen sich, um Besitztümer zu registrieren oder Familienverhältnisse, von Geburten bis zum Todesfall und natürlich jede Art von finanziellen Transaktionen.«

»Ja, für Geldüberweisungen oder Anlagen kommt das bereits vielseitig zum Einsatz«, ergänzte Sam.

Und Nisha fuhr fort: »Wir müssen uns aber auch überlegen, ob eine Gesellschaft überhaupt auf Geld basieren muss. Das Ideal wäre ja eigentlich eine, die ganz ohne Geld funktioniert und in der jeder Bestätigung, Zufriedenheit und Glück erlangt, indem er einfach etwas Positives zur Gesellschaft beiträgt.«

Ondrea neigte sich etwas nach vorne, um ihre Tasse abzusetzen, und ergriff das Wort: »Das legitime Streben nach Glück, wird von vielen Philosophen explizit als die eigentliche Triebfeder des Menschen gesehen. Geld spielt dabei nur eine organisatorische Rolle. Wir wissen, dass im Prinzip alles was wir tun, darauf ausgerichtet ist, in einem Glücksmoment zu kulminieren. Sei es ein Kleiner, nachdem man realisiert dass man die tägliche Pflicht hinter sich gebracht hat, oder ein Großer, der nach intensiver Vorbereitung zu einem Triumph führt.«

»Genau«, warf Sam ein: »Dieses Glücksgefühl ist eigentlich nichts weiter als ein biologisch chemischer Prozess im Gehirn, bei dem ein Cocktail aus Opioiden ausgeschüttet wird, zum Beispiel Endorphine. Drogen wirken ähnlich. Sie lösen ebenfalls Glücksgefühle aus.«

»... Künstlich initiierte Glücksgefühle«, ergänzte Ondrea, »die schnell zu insistentem Suchtverhalten führen. Im Grunde haben wir dies aber auch mit kommunen Glücksgefühlen, die wir ebenfalls kontinuierlich erleben wollen. Das Streben nach Wachstum ist etwas, das in unserer Gesellschaft auf verschiedenste Weise honoriert wird. Aber dieses Streben steht einem nachhaltigen System im Weg und sollte deshalb nicht belohnt werden. Es sollte keine Stimulans sein für Glücksgefühle. Es gibt genug Anderes, das mehr Förderung verdient, das Nachhaltigkeit sogar unterstützt. Zum Beispiel nach Qualität, nach Effizienz oder nach Wissen zu streben. Das hat heute viel zu wenig Stellenwert in unserer Gesellschaft.«

»Eine Gesellschaft die nicht auf materiellem Austausch und Geld basiert, könnte in der Tat förderlich sein für die wissenschaftliche, kulturelle und soziale Entwicklung«, meinte Richard.

»Schon«, antwortete Nisha, »doch das ist jetzt noch zu früh, denn es bedingt, dass Roboter all die Arbeiten übernehmen können, bei denen Menschen nicht Zufriedenheit und Glück erlangen.«

Sam warf begeistert ein: »Ganz gemäß Arthur C. Clarke, der schrieb: *Auf lange Sicht gibt es für Menschen nur zwei lohnende Beschäftigungen: Die Suche nach Wissen und die Schaffung von Schönheit.*«

Nisha antwortete: »Ja, er und sein Freund Isaac Asimov, der Vater der Robotik, konnten sich schon vor langer Zeit vorstellen, wie das einmal funktionieren würde.« Und sie fuhr fort: »Wir aber müssten vorerst das Nächstbeste anpeilen: Eine Marktwirtschaft gemäß Silvio Gesell. Grundsätzlich besteht diese aus Freiland und Freigeld. Damit wird unter anderem die Problematik der Doppelfunktion eliminiert, die Geld heute hat. Denn es dient einerseits als Zahlungsmittel und andererseits als Sparmittel – soll also gleichzeitig laufen und ruhen, schlafen und arbeiten, wie Gesell sich ausdrückte. Und genau dieser gleichzeitigen Verwendung als Sparmittel entspringen alle Fehler unseres Geldwesens. Und das Problem, dass Reiche immer reicher werden, weil sie einfach ihr Geld für sich arbeiten lassen können. Allerdings muss ich mich zuerst noch besser mit der derzeitigen ökonomischen Situation in Entwicklungsländern vertraut machen.«

»Ja, Gesell ist mir durchaus vertraut«, ergänzte Ondrea: »Er postulierte eine konstruktive Geldumlaufsicherung, um leistungsloses Kapitaleinkommen, also Zinsgeld, zu eliminieren. Allgemeines Bodennutzungsrecht. Daraus ergibt sich dann eine globale soziale Marktwirtschaft. Ein guter Kompromiss, um den bestehenden Kapitalismus in sozialere Bahnen zu lenken und doch weit genug entfernt vom Extrem des Kommunismus. Es könnte eine gute Grundlage sein, um die weitere Existenz der Menschheit zu ermöglichen, da sie kein Wachstum voraussetzt. Und dazu gehört natürlich, das Bevölkerungswachstum zu drosseln, indem wir die Geburtenrate senken.«

Richard nahm das Thema auf: »Eigentlich wird es gar nicht schwierig sein, die Geburtenrate weltweit deutlich zu senken. Schaut euch die Entwicklung in den westlichen Ländern an. Wohlstand führt automatisch zu weniger Nachwuchs. Die Akzeptanz von anderen Lebensweisen, wie gleichgeschlechtlicher Partnerschaft zum Beispiel, ebenfalls. Viele Menschen in der Dritten Welt sehen jedoch den Nachwuchs immer noch als Garant für ihr Leben im Alter. Den schwierigen Weg bis dahin, in der gegenwärtigen Situation Kinder zu ernähren und auszubilden, lassen sie jedoch völlig außer Acht. Indem das neue System die Lebensqualität weltweit verbessert und stabilisiert, wird die Rate automatisch sinken, so wie heute schon im Westen. Die Behauptung, der Wunsch Kinder zu haben sei instinktiv, hat sich ohnehin als falsch erwiesen. Die Forschung zeigt vielmehr, dass es durchaus natürlich ist, diesen Wunsch nicht zu haben. Es ist gesellschaftlicher Druck, nicht Instinkt, der dahin-

tersteckt. Dass Kinderlose als Egoisten bezeichnet werden, ist Teil davon. Und auch das ist wieder völlig falsch, denn Egoist ist, wer trotz Überbevölkerung unbedingt seine Gene vermehren will. Die Ein-Kind-Familie oder Kinderlosigkeit sollte als Ideal und als Beitrag für die Gesellschaft verstanden werden. Eine Geburtenregelung wäre hingegen keine Lösung, wie wir ja in China gesehen haben.«
Ondrea stimmte zu: »Richtig. Einschränkungen sind da kontraproduktiv. Die Charta soll ja vor allem eine Grundlage sein für Freiheit. Übrigens, Richard, du hast gleichgeschlechtliche Partnerschaften erwähnt. Wenn wir diese stärken wollen, braucht es klare Definitionen für ihre Rechte. Ich sehe da aber ein Problem, denn niemand von uns im Team hat Erfahrung was die rechtlichen Probleme von Homosexuellen, Queer und Transgender-Personen angeht. Das könnte uns bei der Entwicklung der Charta wirklich blockieren.«
Nisha schlug vor: »Wir müssten noch jemanden dazu holen, der dieses Wissen mitbringt. Andererseits würde ich mal behaupten, löst sich das von selbst, sobald falsche, religiöse Moralvorstellungen verschwinden.«
»Aber wir wollen ja vor allem eine Freiheit des Glauben, es ist nicht gesagt, dass die falsche Moral dann verschwindet«, erwiderte Sam.
»Nicht unbedingt, Sam. Es soll nur niemand gezwungen oder gedrängt werden, etwas glauben zu müssen«, warf Richard ein.
Sam rutschte in seinem Sessel etwas nach vorne und meinte: »Richard und ich verteidigen vehement den Mittelweg der Freiheit, obwohl viele Menschen nicht die dafür nötige Vernunft aufbringen. Wir finden beide, nicht Verbote sollten die Religion abschaffen, sondern durch Bildung, durch Wissen, sollen die Menschen ihr entkommen.«
Richard nickte und ergänzte: »Frei denken kann man nur, wenn man nicht im Kindesalter bereits indoktriniert wird. Ist jemand ein-

mal durch religiöse Lügen verblendet, ist es zu spät. Man muss vorher ansetzen, vielleicht mit einem Gesetz, das Kinder vor Indoktrination und vor Teilnahme an religiösen Ritualen schützt. Und davor, dass religiöser Aberglaube gelehrt wird, anstatt wissenschaftlicher Fakten. Wenn sie das Grundwissen haben und vermehrt lernen zu hinterfragen, kann man die Menschen nicht mehr so leicht dogmatisieren.«

»Und Richard, ich denke, das hängt auch von der Qualität des Unterrichts ab«, sagte ich: »In meiner Schulzeit hatte Wissenschaft nicht den Stellenwert, den sie verdient. Sie wurde uns einfach nicht mit der nötigen Begeisterung näher gebracht. Ich fühlte mich jedenfalls nicht motiviert. Dabei wäre das alles doch so faszinierend. Ich glaube, bei jemandem der heute noch allzu religiös ist, haben einfach die Naturkunde-Lehrer versagt. Wenn ein Religiöser behauptet, die Erde sei sechstausend Jahre alt und ich ihm sage, dass schon Dinosaurierknochen mindestens sechzig Millionen Jahre alt sind, dann meint er dazu nur, dass ich das bestimmt nicht selbst untersucht habe und nur *glaube*, was Wissenschaftler behaupten. Mein Vertrauen in die wissenschaftliche Methodik ist für ihn gleichbedeutend mit seinem Vertrauen zur Bibel, weil er nicht versteht, wie Wissenschaft funktioniert. Da haben die Religionen leichtes Spiel.«

Richard meinte: »Das ist ein wesentlicher Punkt, Vaughan. Ein paar simple chemische Grundlagenexperimente, wie sie Schulklassen so machen, reichen da für verklärte Gemüter tatsächlich nicht aus. Die Lehrmethoden müssen einfach besser werden.«

»Lasst uns doch mal zusammenfassen, was wir bisher haben«, sagte Sam und zückte einen Notizblock.

Ondrea ergriff das Wort: »Erstens. Wir werden zusammen Gesetze für eine gerechtere Weltordnung festlegen, die OneWorld-Charta, wie Vaughan sie benannt hat. Hierbei nicht vergessen, dass uns noch Input fehlt zu den LGBT-Rechten und auch zu Ökonomie und Demografie in Entwicklungsländern. Zweitens: Vaughan muss dafür sorgen, dass möglichst viele Staaten gemeinsam diese Gesetze anerkennen und unterzeichnen. Dazu gehört eine weltweit agierende Exekutive, welche die Charta durchsetzen kann. Übrigens: Ist euch bewusst, dass nächsten Monat am Neunten die Generalversammlung der UNO stattfindet?«

»Da kommen Regierungen aus der ganzen Welt zusammen. Fast alle Länder schicken ihre Vertretungen nach New York«, sagte Nisha.

Ich war sofort begeistert und sagte entschieden: »Das ist die perfekte Gelegenheit, so muss ich nicht jeden Präsidenten einzeln dazu bringen, zu einer Sitzung zu gehen, sondern nur noch, wer bei dieser Versammlung fehlt.«

»Es gibt aber auch kritische Stimmen zum Sinn dieser Organisation«, warf Sam ein: »Anders als noch zur Gründungszeit, als alle Mitglieder freie Staaten waren, sind das heute weniger als die Hälfte, und die Unfreien blockieren und verwässern laufend alle Maßnahmen die zu mehr Gerechtigkeit führen würden.«

»Das spielt für mich keine Rolle«, sagte ich: »Genau um solche Blockaden auszuhebeln, habe ich ja meine Fähigkeit. Wir brauchen nur dafür zu sorgen, dass alle wichtigen Staatsoberhäupter anwesend sind.«

»Du musst dich auf jeden Fall zuerst um die USA kümmern«, sagte Sam: »Obwohl Donald Trump aus dem Amt enthoben wurde, bleiben leider einige der Hinterlassenschaften seiner peinlichen Amtszeit bestehen. Nachdem er einmal vor der gesamten UNO-Versammlung ausgelacht wurde, hatte er nämlich verfügt, dass statt dem Präsidenten nur noch ein Vertreter zur UNO-Konferenz geschickt wird. Das geht natürlich nicht. Wir brauchen die Unterschrift von Präsidentin Camilla Cortez persönlich. Aber wenn ihr meine ehrliche Meinung hören wollt; ich finde, wir pokern hier zu hoch. Es gibt zu viele unvorhersehbare Variablen bei so einer Versammlung, selbst für Vaughans Fähigkeiten. Schließlich nehmen über tausendachthundert Personen daran teil, wie soll er die alle gleichzeitig beeinflussen?«

Doch Richard meinte entschlossen: »Wir müssen eine Lösung finden. Diese Konferenz ist wirklich die beste Gelegenheit. Entweder es geht so, oder es geht überhaupt nicht. Ich finde, es ist den Versuch wert.«

»Moment mal!« Nisha stand plötzlich auf und klang ganz und gar nicht erfreut, als sie sich energisch äußerte: »Vor lauter Faszination über Vaughans Fähigkeit haben wir ein ganz grundlegendes Problem völlig außer Acht gelassen: Ganz egal wie wichtig und gut die Charta für die Menschheit sein mag – indem Vaughan den Politikern die Entscheidung aufzwingt, für die Charta zu stimmen, ist unser ganzer Plan ethisch nicht vertretbar. Dann sind wir doch nicht besser als irgendein Diktator.«

Selbst Richard schaute daraufhin entmutigt in die Runde.

Ich fühlte mich betroffen und ernüchtert, als ich sie das sagen hörte und erwiderte: »Dann sollen wir also nichts tun? Lassen wir die Welt einfach weiter den Bach runtergehen?«

»Nein, bestimmt nicht, Vaughan«, sagte Sam: »Aber vielleicht könnten wir statt sofortiger tief greifender Reformen einfach nur sanft einen Prozess anstoßen, der sich dann von selbst entwickelt.«

»Dafür bleibt keine Zeit mehr«, meinte Richard energisch: »In spätestens zehn Jahren ist die globale Erwärmung unumkehrbar, das heißt, wir hätten schon vor zwanzig Jahren mit den Maßnahmen beginnen sollen, die Politiker derzeit gerade erst oberflächlich diskutieren. Wenn sich nicht sofort grundlegend alles ändert, ist es zu spät.«

Ich spürte, nun war meine Expertise gefragt, die ich als begeisterter Comicleser zu bieten hatte: »Es ist dasselbe Dilemma, das jeden

Superhelden plagt. Sobald man mehr tut, als einen Verbrecher nur der Polizei zu übergeben, begeht man Selbstjustiz, handelt also gegen das Gesetz. Der Verbrecher ist immer im Vorteil. Der braucht sich keine Gedanken über die Ethik seines Handelns zu machen. Während wir noch zögern, sie überhaupt herauszuholen, hat der seine Waffe schon abgefeuert.«

Sam gelang es wieder einmal, alles in die richtige Perspektive zu setzen, indem er sagte: »Stellt euch vor, irgendwo da draußen gibt es noch so jemanden wie Vaughan. Doch der hat nur das eine Ziel im Sinn, mit seiner Fähigkeit möglichst viel für sich selbst herauszuholen. Das ist dann tatsächlich so, wie Vaughan sagt; der hat absolut keine Skrupel und erklärt sich, zum Leidwesen aller, umgehend zum Herrscher der Welt. Es gibt also nur diese eine Frage: Womit ist der Menschheit besser gedient: Mit der Manipulierung eines Vaughan oder der eines Hitler? Ich bin dafür, dass wir weitermachen.«

Richard nickte zustimmend: »Wenn ich in ein paar Jahren feststelle, dass Flora und Fauna wieder prosperieren und die Temperaturen nicht weiter steigen, dann nehme ich diese Schuld gerne auf mich.«

»Will jemand aussteigen? Ondrea? Nisha?«, fragte ich in die Runde.

»Absolut nicht«, erwiderte Nisha sofort.

Plötzlich herrschte angespannte Ruhe. Einige nippten am Tee oder knabberten einen Keks, aber alle blickten auf Ondrea. Ab und zu durchbrach der helle Klang eines Löffels die Stille. Ich bemühte mich nicht zu laut zu kauen, während alle darauf warteten, dass sie sich endlich äußern würde.

Doch sie saß noch eine ganze Weile still in sich gekehrt da, bis sie schließlich mit etwas gebrechlicher Stimme ihre Überlegungen offenbarte: »Ich denke, Sam hat das im Grunde richtig erfasst. Wir können gar nicht anders, als uns für das Geringere zweier Übel zu entscheiden. Viele werden später urteilen, dass wir hier mit Gewalt unseren Willen durchsetzen wollen – doch mit dieser oberflächlichen Ansicht liegen sie falsch. Erstens handelt es sich nicht um unseren Willen. Die Charta wird auf den humanistischen Errungenschaften der Menschheit basieren; auf Philosophen seit der Antike, wie Platon und Stoa, über Rousseau, Mason, Paine, Kant zu Eleanor Roosevelt und vielen mehr. Sie ist die Essenz der gemeinsamen Bedürfnisse und des vereinten Gerechtigkeitsempfindens der Menschheit. Und zweitens ist unser Akt nicht das *Durchsetzen eines Willens*, sondern er ist *die Entfernung des Unwillens* derer, die nicht wollen, dass die Menschenrechte für alle gelten sollen.« Auch Ondrea griff nun zu ihrem Tee und ergänzte: »Zudem kann ich mich absolut der Einstellung von Richard anschließen.«

Alle zeigten sich erleichtert darüber dass die Zweifel ausgeräumt waren. Richard ergriff enthusiastisch das Wort: »Während wir hier die Charta aufsetzen, sollte Vaughan schon einmal nach Washington fliegen und dafür sorgen, dass die US- Präsidentin die Executive Order von Trump aufhebt. Wir stellen inzwischen eine Liste zusammen, welche Präsidenten oder Machthaber bei der Versammlung sonst noch fehlen.«

»Vielleicht sollte ich Vaughan begleiten«, bemerkte Sam.

Richard erwiderte: »Ich finde, dass du hier dringender gebraucht wirst« und die Anderen stimmten ihm zu.

»Aber die Idee finde ich gut«, sagte ich: »Es kann nicht schaden, jemanden bei mir zu haben, der über die Situation Bescheid weiß und im Notfall entsprechend reagieren kann.«

»Richtig«, erwiderte Richard: »Du weißt, ich habe keine Freude an dem Gedanken, dich ganz alleine losziehen zu lassen. Es hängt schließlich alles an dir und du hast den MI5 auf den Fersen. Vielleicht kann dich jemand anderes begleiten. Wie wäre es mit einer

prominenten Person, die der MI5 nicht einfach so abservieren kann? Zum Beispiel mein Freund Sir Ian MacKellen.«
»Der Gandalf in Lord of the Rings gespielt hat?«, sagte ich begeistert: »Das würde mir natürlich gefallen. Aber aufgrund meiner bisherigen Erfahrungen muss ich leider sagen, dass dadurch nur unerwünschte Aufmerksamkeit auf mich gelenkt wird. Ich sollte auch nicht noch mehr Leute einweihen. Ich könnte meinen Freund Kyle fragen, der weiß ohnehin schon Bescheid. Und mit seiner bulligen Figur wäre er jemand, den man nicht so leicht beiseiteschieben und hinter dem ich mich gut verstecken kann.«

Das Team war einverstanden und ich rief Kyle umgehend an. Es brauchte bei ihm nicht viel Überredungskunst. Ich versprach, für seine finanziellen Verpflichtungen aufzukommen und ihm einen neuen Job zu besorgen, wenn einmal alles vorbei war. Schon machte er sich auf den Weg nach London. Während ich meine Sachen zusammensuchte, waren meine vier Berater und Beraterinnen bereits wieder heftig am Diskutieren.

Ich war richtig froh, dass ich endlich wieder zur Tat schreiten konnte. Die stundenlangen Reden zu verfolgen, war für mich anstrengend geworden – ich hatte zunehmend Mühe, sie zu verstehen, denn sie setzten nun immer mehr philosophisches Fachwissen voraus. Es machte mir nichts aus, das alles ihnen zu überlassen. Wie die Vier den ganzen Tag lang voller Energie und fast ununterbrochen dabei bleiben konnten, war wirklich bewundernswert. Ich konnte stolz darauf sein, sie an meiner Seite zu haben. Jeder bekam eine herzliche Umarmung, bevor ich das Haus verließ. Das Taxi, das ich bestellt hatte, wartete bereits auf mich.

Ich bat den Fahrer, zuerst die City anzusteuern, denn ich wollte mir eine Perücke besorgen, um mich sicherer zu fühlen. Zahlreiche Kameras würden mich auf dem Flughafen beobachten und ich musste davon ausgehen, dass man nach mir suchte. Wir hielten in der Nähe des Hyde Parks bei einem Wig Makers Shop und ich wählte mir eine Perücke aus, mit dunkelblonden, langen Haaren. Damit und mit der aufgesetzten Basecap wirkte ich wie ein ganz anderer Mensch.

Der Fahrer steuerte Richtung Brentford und lenkte den Wagen schließlich durch den Tunnel zum Heathrow Airport. Dann hielt er vor dem Platz des Haupteingangs zu den Terminals. Beim Anblick dieses öffentlichen Ortes wurde mir unbehaglich zumute, nach all diesen Tagen, während denen ich mich in Richards Haus verbergen konnte. Aber dann fasste ich mich, streifte meine langen Haare über, zog die Mütze tiefer ins Gesicht und bezahlte den Chauffeur.

Drinnen wartete Kyle bereits am vereinbarten Treffpunkt. Ich ging direkt auf ihn zu, aber selbst, als er mich bereits sehen konnte, zeigte er keinerlei Reaktion. Erst zwei Schritte vor ihm realisierte er, dass ich es war.

»Oh Mann, dich habe ich jetzt wirklich nicht erkannt!« Er lachte und seine schelmischen, dicken Wangen wurden dabei ganz rot. Dann klopfte er mir auf die Schulter. »Aber die Perücke steht dir.«

»Danke, Kyle.« Ich freute mich sehr, ihn endlich wieder zu sehen. Seine kumpelhafte Art hatte mir gefehlt.

Ich sagte zu ihm: »Also, hör mal zu. Ich habe dir ja schon erklärt, wohin wir fliegen. Ich weiß aber noch nicht, wie das hier klappen wird, mit dem ganzen Check-in. Wir müssen sehr aufmerksam sein und dennoch unauffällig bleiben. Und wir sollten dir einen anderen Namen geben. Fällt dir da etwas ein?«

»Hmm, wie wär's mit *Bruce Lee?*«, erwiderte er und sah meinen skeptischen Gesichtsausdruck. »Nein? Vielleicht *Peter Parker.*«

»Nun ja«, sagte ich: »Den kann ich mir jedenfalls gut merken. Okay.«

Er fragte: »Musst du nicht erst einen Ausweis für mich fälschen?«

»Nein, nein. Das geht ganz anders. Sieh her«, erklärte ich und führte ihn in Richtung der Check-in-Schalter. Niemand stand vor der Businessclass der United Airlines, und ich wandte mich direkt an den dort sitzenden Herrn in Uniform: »Der nächste Flug nach Washington?«

»In zwei Stunden«, antwortete er: »Aber das Ticket müssen Sie an einer Verkaufsstelle besorgen. Hier ist nur das Check-in.«

»Kein Problem. Sie stellen mir jetzt zwei Bordkarten für die erste Klasse aus. Eine für Peter Parker, eine für Jonathan Archer. Sie haben unsere Pässe bereits kontrolliert und alles ist in Ordnung.«

»Sie fliegen ohne Gepäck?« Fragte er, während er begann, dienstbeflissen auf der Computer-Tastatur herum zu tippen.

»Nur Handgepäck«, bemerkte ich.

Damit er sein Datenbank-Formular ausfüllen konnte, gab ich ihm noch ein willkürliches Geburtsdatum und irgendeine Reisepass-Nummer an, danach konnte er die Karten ausdrucken. Zufrieden entfernten wir uns vom Schalter und bewegten uns in Richtung des angrenzenden Bistro-Bereichs.

»Wow, Vaughan. Das ist echt cool. Habe dich vorher noch nie richtig in Action gesehen.«

»Ach, das war doch nichts. Du hättest mal sehen sollen was abging, als ich mir die Verbrecherkartelle vornahm. Aber du wirst bestimmt noch einiges erleben auf dieser Reise.« Ich lenkte ihn zu den Tischchen eines der Cafés in der Nähe und meinte: »Wir haben noch Zeit. Komm, lass uns dort drüben einen Imbiss genehmigen.«

Während wir unseren Kaffee tranken, nutzte ich die Gelegenheit, um Kyle auf den neusten Stand zu bringen. Er wusste ja noch nichts von dem großen Plan oder meinem Team.

»Echt? Du hast ein ganzes Team für dich?«, erwiderte er ganz erstaunt.

»Nein, nein, so ist das nicht. Wir arbeiten zusammen. Es gibt da eigentlich keinen Chef. Jeder hat sein Spezialgebiet: Recht, Philosophie, Ökonomie und so weiter. Zum Team gehören Nisha Berry und Sam Hobbes aus den Staaten, Baroness Ondrea O'Brien von Cambridge, Professor Richard Dawkins von Oxford und ich, der unscheinbare, junge Mann der Tat.«
»Ein Professor, hä? Kommt mir irgendwie bekannt vor, der Name ...«, äußerte sich Kyle nachdenklich, »was macht der gleich noch mal ...?«
»Richard Dawkins ist ein berühmter Biologe, der sich sehr für die Lehre der Evolutionstheorie engagiert«, erklärte ich ihm.
»Evolution, hm, ... Ist das nicht so was mit Affen?«
Kyles Reaktion ließ mich für einen Moment sprachlos. War es denn nicht selbstverständlich dass man das heutzutage wusste? Aber es verdeutlichte mir die Notwendigkeit von Dawkins Bemühungen. »Kyle, also wirklich! Wenn man begreifen will, wieso alles Leben so ist wie es ist und wie es funktioniert und zusammenhängt, dann sollte man doch dieses fundamentale Prinzip seiner Entstehung kennen.«
»Schon. Hatten wir doch alles in der Schule. Ist eben schon lange her«, entgegnete er kleinlaut.
»Jetzt ist leider gerade ein ungünstiger Moment, um dieses Thema aufzufrischen«, sagte ich: »Dazu haben wir auf dem Flug noch genug Zeit. Wichtiger ist nun, dass ich dich über ein Problem informiere ...« Also erklärte ich ihm, weshalb er hier war, und dass die Antiterrorkampagne, von der er gehört hatte, gegen mich gerichtet war.

Schließlich machten wir uns auf zur Passkontrolle und standen vor eine der Kabinen, in denen jeweils ein Polizeibeamter saß. Ich hatte nicht den Eindruck, als ob irgendwelche außerordentliche Maßnahmen getroffen worden seien. Und mit Erleichterung stellte ich fest, dass man unter einer Glasscheibe hindurch direkt

mit ihm kommunizieren konnte.
»Ihre Pässe bitte!«
Ich legte meine Hand auf das Ablagebrett und suggte ihm: »Sie haben unsere Pässe und die Bordkarten kontrolliert. Alles ist in Ordnung und Sie lassen uns passieren!«
Er nickte und wies uns an, zu den Scannern der Sicherheitskontrolle hinüber zu gehen. Ich schaute beiläufig zurück, ob der Polizist weiter ruhig in der Kabine der Passkontrolle saß. Da fiel mir draußen im Saal eine Gruppe von Leuten auf, die sich eilig in Richtung der Check-in-Schalter bewegte. Ich hielt Kyle an und wir gingen etwas zur Seite, von wo die Sicht besser war.
»Teresa! Ich sehe Teresa!«, flüsterte ich ihm erschreckt zu.
Aus sicherer Distanz beobachteten wir, wie sie mit Sicherheitsleuten des Flughafens sprach. Sofort wirbelten verschiedenste Vermutungen und Befürchtungen in meinem Kopf herum.
»Wie kann sie wissen, dass ich hier bin?«, flüsterte ich.
»Hör mal, wir sollten nicht herumstehen. Das fällt auf.«

Kyle hatte recht. Wir mussten tun, was alle nach der Passkontrolle tun; uns und das Handgepäck durchchecken lassen und dann weitergehen zum Gate.

Ich nutzte danach den Zeitungsständer an einem Kiosk, um stehen zu bleiben und nochmals unauffällig zurückzuschauen. Hinter uns schien alles ruhig zu sein. Was auch immer Teresa tat, im Moment schien es nur den Check-in Bereich zu betreffen. Wir erreichten schließlich das Gate und reihten uns in die Schlange ein, die sich für das Boarding vor der Schleuse gebildet hatte. Als wir an der Reihe waren, nahm die Stewardess unsere Bordkarten entgegen und schaute uns fordernd an. »Ihre Pässe bitte!«
Damit die nachfolgenden Passagiere die Szene nicht zu genau beobachten konnten, stieß ich Kyle hinter mir ein bisschen zurück, tat

mit meiner Hand so als ob ich der Stewardess etwas geben würde und suggte: »Sie haben unsere Pässe gesehen und alles ist in Ordnung«, dann ließ sie uns einzeln die Schleuse passieren.
»Eigentlich hätte ich uns auch ohne Bordkarten ins Flugzeug bringen können«, erklärte ich Kyle auf dem Weg durch den Boarding-Tunnel, »aber wir werden ruhiger reisen, wenn wir korrekt vergebene Plätze haben.«
Kyle wirkte angespannt und meinte: »Glaube ich gern. Bin aber erst richtig beruhigt, wenn wir in der Luft sind.«

Während wir unsere Plätze einnahmen, machten wir uns gegenseitig nervös mit Vermutungen. Teresa war wirklich eine Variable, die jede Situation unberechenbar machen konnte. Aber wir sorgten uns zum Glück umsonst. Das Flugzeug rollte aufs Startfeld, beschleunigte, hob ab und schon befanden wir uns auf dem Weg nach Washington. Als wir unsere Reiseflughöhe erreicht hatten, setzte ich eine Signal-Message an Richard ab, um ihn wissen zu lassen, dass soweit alles in Ordnung war. Und ich fragte ihn, ob er herausfinden könne, was Teresa auf dem Flughafen gesucht hatte.

Kyle schlief bald ein, aber mir ging zu viel im Kopf herum. Zum Beispiel, dass es sein könnte, dass jemand auf der Videoüberwachung sah, dass wir an der Passkontrolle gar nichts vorgezeigt hatten. Ich versuchte, aus Magazinseiten zwei Heftchen in der richtigen Größe zusammenzubasteln. So konnten wir dem Beamten beim nächsten Mal wenigstens etwas in die Hand geben.
Auf meinem Handy erschien eine Nachricht von Richard.
@vaughan: ich werde mich erkundigen wegen Teresa. Sam hat eine Bekannte gebeten, euch abholen zu lassen. Sie heißt Diana Towns, ist President's Chief Calligrapher. Hat hohe Security Clearance – Euer Sprungbrett ins Weiße Haus. Gruss RD

Kyle war längst eingeschlafen und ich versuchte, es ihm gleich zu tun, was mir aber nicht so recht gelingen wollte. Als das Flugzeug schließlich zur Landung ansetzte, musste ich Kyle noch ziemlich lange rütteln, bis er endlich wach wurde. »Komm schon, setz dich auf! Stell dir vor, wir werden abgeholt, und zwar von der höchsten Kalligrafin des Landes!«
»Na, das ist ja ein lustiger Zufall.« Meinte er verblüfft. Er gähnte und rieb sich die Augen. In Washington war es noch dunkel, als wir landeten. Ich war furchtbar müde, aber gleichzeitig froh, den Flieger verlassen zu können.

Wir holten unser Handgepäck aus der Ablage und folgten den Gruppen anderer Passagiere zum Ausgang und durch all die langen Gänge des Flughafens, bis wir uns den Immigrationsschaltern näherten. Spontan entschied ich, uns als US-Bürger auszugeben, denn diese Schalter sahen irgendwie freundlicher aus. Als wir uns ihnen näherten, forderte uns ein Officer auf, an der Linie zu warten. Dann wurde jedoch zuerst ich alleine an den Schalter gerufen; eine problematische Situation, für die ich eine spontane Lösung brauchte. Ich hielt dem Beamten meine zusammengebastelten Magazin-Seiten hin mit den Worten: »Mein Pass ist in Ordnung. Sie haben meine Fingerabdrücke erfasst und das Foto von mir aufgenommen. Sie lassen mich durch.« Somit erledigte es sich dann für ihn auch, nach meinem britischen Akzent zu fragen. Aber was machte ich jetzt mit Kyle? Er stand hinter der Linie und sah mich fragend an. Also wendete ich mich nochmals an den Beamten: »Lassen Sie jetzt meinen Begleiter zu uns kommen.«
Er winkte Kyle heran und ich suggte dem Officer: »Sie haben von ihm die Scans und das Foto gemacht und den Pass erfolgreich kontrolliert.« Ich dachte schon, dass wir nun durch waren mit dem riskanten Teil; doch dann tauchte plötzlich ein Supervisor auf und

fragte den Beamten: »Alles in Ordnung bei Ihnen?«
Ich musste damit rechnen, dass wir nun aufgeflogen waren. Bestimmt hatten sie per Videoüberwachung zugesehen und gemerkt, dass von uns in Wirklichkeit gar keine Scans gemacht worden waren.
»Alles in Ordnung, Sir«, beschwichtigte er ihn.
Das waren wirklich Schrecksekunden, während denen mir das Blut in den Kopf schoß. Doch dann ließ man uns weiterziehen. Zwei zusätzliche Kontrollpunkte passierten wir danach ohne weitere Überprüfung. Und schließlich betraten wir die Ankunftshalle.

Um diese Zeit warteten hier nicht allzu viele Leute. Wir hatten keine Ahnung wie es von nun weiter gehen würde, machten dann aber bald einen Herrn in dunklem Anzug aus, der ein Blatt Papier mit dem Namen »Archer« in die Höhe hielt und gingen auf ihn zu. Auf unsere Frage antwortete er, dass Diana Towns ihn geschickt hatte, um uns zu fahren. Also ließen wir uns von ihm zum Ausgang führen.

Vor der modernen, schrägen Fassade mit den mächtigen Betonpfeilern stand eine schwarze Limousine, deren Lizenzschild mit *U. S. Government* beschriftet war. Vermutlich konnte er deshalb in der beschränkten Ablade-Zone stehen. Kyle setzte sich mit mir auf die Rückbank und der Chauffeur sagte: »Ich wurde angewiesen, Sie gleich ins Hotel zu fahren.«

Kyle schmunzelte und genoss es merklich, auf der großzügigen Rückbank zu sitzen. Wir waren beide ruhig, auf der langen Strecke vom Flughafen ins Zentrum und betrachteten die Umgebung, während die Sonne aufging. Erste Strahlen blendeten uns durch die Hochhäuser und von den spiegelnden Fassaden.
»Da vorne rechts ist der Lafayette Park«, sagte der Fahrer, als wir auch schon die ersten Felder sahen und dann kurz durch die Bäume hindurch die vertrauten Formen des Weißen Hauses erkennen konn-

ten. Gleich danach fuhr er links an den Bordstein heran und hielt vor dem Eingang eines Hotels. »Wir haben Ihnen ein Zimmer reserviert. Ms Towns wird sich morgen früh bei Ihnen melden, wenn das recht ist?«

Dankend verließen wir den Wagen und betraten einen langen Gang mit Liften auf der linken und einem seltsamen, langen Sofa auf der rechten Seite. Alles in klassisch französischem Stil. Ganz am Ende an der Rezeption erledigten wir den Check-in und nahmen dann einen der Lifte nach oben.

Auch das Zimmer war klassisch eingerichtet, luxuriös, mit zwei Einzelbetten. Wichtiger noch, als endlich zu duschen, war uns aber, zuerst auf Signal einzuloggen, denn bestimmt wartete Richard bereits auf unsere Statusmeldung. Und tatsächlich nahm er den Video-Anruf umgehend entgegen.

»Hallo Richard. Wir sind angekommen. Towns' Fahrer hat uns abgeholt, nun sind wir im Hotel, in der Nähe vom Weißen Haus.«

»Bestens«, erwiderte Richard und ich nutzte die Gelegenheit, um ihm Kyle vorzustellen.

Richard fuhr fort: »Vaughan, es wird dich freuen, dass wir gut mit der Charta vorankommen. Aber leider gibt es auch schlechte Neuigkeiten: Mein Freund Robert Aneirin – du weißt, vom House of Lords – hat seine Kontakte spielen lassen und erfahren, dass Teresa offenbar am Flughafen war, um Agenten und Personal auf dich anzusetzen. Sie wussten zwar nicht, dass du da bist – sie haben auf allen Flughäfen und Bahnstationen dasselbe gemacht – aber es wird nun schwieriger werden, wenn du zurückkommst. Er hat auch erfahren, dass Grover untergetaucht ist, offenbar, um zu verhindern, dass du an ihn rankommst. Und es gibt Gerüchte, dass er sich mit der CIA treffen will. Er wusste nicht, wann oder wo, aber wenn Grover sie überzeugen kann, haben wir ein großes Problem

mit unseren Plänen für die UNO-Vollversammlung.«
»Das haben wir sowieso schon«, warf Sam ein: »Ich bin immer noch nicht überzeugt, dass das Ganze überhaupt funktionieren kann, Grover hin oder her!«
»Mist!«, antwortete ich besorgt: »Ich hätte mich vor dieser Reise zuerst um Grover kümmern sollen.«
Kyle fragte: »Was ist so wichtig an diesem Grover?«
»Grover leitet die Org innerhalb des MI5. Er war es, der dafür gesorgt hat, dass Militär und Polizei nach mir suchen«, erklärte ich ihm.
Richard sagte: »Ich denke, wir müssen schnell handeln, aber was können wir gegen ihn unternehmen, jetzt wo du nicht in England bist?«
»Ich werde mir etwas überlegen ... und melde mich dann später nochmals«, antwortete ich, und beendete den Anruf.

Eine warme Dusche war jetzt genau das Richtige, um mir Gedanken darüber zu machen. Leider fiel mir trotzdem nichts ein, jedenfalls nichts, das uns in England hätte nützen können. Und hier war es bestimmt nicht möglich, herausfinden wo sich Grover aufhielt. Aber da gab es etwas Anderes, das ich tun könnte.

Ich hatte immer schon wenig Geduld, wenn mich einmal eine Idee gepackt hatte. So trocknete ich mich rasch ab und holte mir neue Kleider aus meinem Koffer. Kyle steckte bereits im Bademantel und wartete darauf, dass das Bad frei wurde. Aber davon wollte ich mich nicht aufhalten lassen.
»Kyle, ich gehe schnell etwas erledigen. Ich ruf dich an, falls es länger dauert.« Schon war ich aus der Tür – und musste nochmals zurück, um meine Baseballcap zu holen. Doch dann nahm ich den Lift nach unten und ging zur Straße hinaus, um mir ein Taxi zu rufen.
»Zur Washington Post«, sagte ich zu dem Fahrer.

Er gab sofort Gas, kannte das Ziel offensichtlich genau. Ich hingegen hatte keine Ahnung, wohin es ging, denn ich hatte keine Zeit gehabt, um nachzusehen. Ich zückte mein Handy, um wenigstens den Namen des Chefredakteurs herauszufinden, doch ich hatte kaum das Netzwerk aktiviert, da hielt der Wagen schon an.

»Washington Post. Macht fünf Dollar«, sagte der Fahrer.

Hätte ich geahnt, dass sie nur zwei Ecken entfernt lag, hätte ich auch zu Fuß gehen können.

Ich betrat das große Gebäude durch eine golden gerahmte Drehtür und suchte den Front Desk auf. Dort sagte ich: »Hallo. Ich möchte den Chefredakteur sprechen, bitte.« Die Dame am Empfang sah gelangweilt zu mir auf.

»Haben Sie einen Termin?«, fragte sie kurz angebunden.

»Sie melden Ihrem Chefredakteur jetzt, dass Bob Atkinson, Chefredakteur der London Times hier ist und dringend mit ihm sprechen muss!«

Meine Sugg wirkte sofort und sie sagte: »Einen Moment, bitte.«

Sie nahm den Hörer und machte einen Anruf, dann winkte sie einen der Sicherheitsleute zu sich und forderte ihn auf, mich nach oben zu begleiten.

Der Lift hielt in einem der oberen Stockwerke und mein Begleiter führte mich den Gang entlang. Hier herrschte offensichtlich Transparenz. Große, nur mit Glas voneinander getrennte Büro- und Sitzungsräume, eine Wand voller Pulitzer-Preis-Medaillen. Blick hinunter auf den modern ausgestatteten Newsroom. Aber vieles erinnerte mich auch an meinen alten Arbeitsplatz; die Geschäftigkeit, die konzentrierten Leute vor ihren Bildschirmen. Wir steuerten auf ein großes Büro zu, das über dem Newsroom thronte. Ein schlanker, hochgewachsener Mann mit weißem Rollkragenpullover stand hinter der Glasfront am Schreibtisch und winkte uns zu sich. *Joseph Clark, Chefredakteur* stand an der Glastür.

Mein Begleiter lieferte mich ab und wollte sich schon davonmachen, doch Clark sagte: »Nein, Sie auch. Bleiben Sie!« Dann sah er mich an und fragte: »Sie sind also Atkinson? Bob Atkinson?«
Ich bestätigte. Er machte einen Schritt zurück neben seinen Schreibtisch und guckte auf seinen Bildschirm. »Ich habe nachgeschaut. London Times? Sie sehen mir nicht aus wie Bob Atkinson.« Der Sicherheitsmann drehte sich zu mir und musterte mich skeptisch. Ich fixierte Clarke's Augen und suggte ihm: »Sie sehen Bob Atkinson vor sich!«
Er hielt ausdruckslos inne, schaute mich weiter an, dann verzog sich sein Gesicht plötzlich zu einem Grinsen und er sagte: »Bob, ja natürlich. Alles klar, kommen Sie, setzen Sie sich.«
Zu meinem Begleiter sagte er: »Sie können jetzt gehen, danke!« Dann setzte er sich hinter seinen Schreibtisch.
»Was führt Sie zu mir?«
»Wir veröffentlichen morgen einen wichtigen Artikel in der London Times und ich möchte, dass die Washington Post mitzieht. Notieren Sie sich Folgendes: *Britischer Minister James Grover in der Hand einer Sekte.*«
Clark begann auf seinem Computer zu schreiben und ich diktierte weiter: »Unserer Zeitung liegen Beweise vor, dass James Grover innerhalb des MI5 eine ihm unterstellte Organisation gegründet hat, die ihm zur Durchsetzung seiner eigenen Interessen dient. Diese Interessen stehen im Zusammenhang mit seiner Tätigkeit als Hohepriester einer Geheimsekte, die sich RSK, The Reborn of our Saviour's Kingdom, nennt. Gegenwärtig versucht Grover, auch beim CIA Verbündete zu finden.«
Weiter ließ ich ihn Zusammenhänge mit der aktuellen Antiterrorkampagne, der Verfolgung von Cogento und Grovers Kontakte mit

der Mafia notieren. »Es ist wichtig, dass dieser Artikel morgen auf der Titelseite erscheint. Wird das klappen?«
»Sie können sich darauf verlassen, Bob.«
Zusätzlich suggte ich ihm: »Würden Sie auch so nett sein und den fertigen Text der London Times mailen, Joe? Die Beweise liefere ich Ihnen nach, sobald ich wieder in London bin. Falls ich noch etwas von ihnen brauche; rufe ich sie an und sie werden meine Anweisungen befolgen, okay?«
Er bestätigte alles, ich verabschiedete mich und verließ sein Büro. Weiter vorne auf der Etage war mir eine großzügige Lounge, mit großen, schwarzen Sesseln, aufgefallen. Dort nahm ich Platz und zückte mein Handy, um meine alte Redaktion anzurufen. Es war gerade noch Zeit vor Büroschluss in London und noch lange genug vor Druckbeginn.
»Alan, hier Vaughan. Entschuldige, dass ich störe, ich hatte nur deine Nummer bei mir. Kannst du mich mit Atkinson verbinden?«
»Hi. Klar, kein Problem. Moment.«
Es knackste und piepste ein paar Mal, dann hörte ich Atkinsons Stimme: »Ja, Macrae, sind Sie das?«
»Hallo, Mr Atkinson. Hören Sie, ich bin gerade in Washington und ich bin an etwas Wichtigem dran. Die Washington Post bringt eine Story die ich recherchiert habe auf der Titelseite. Können Sie mir folgen?«
»Ja klar, Junge. Das kommt ja überraschend. Okay, ich höre ...«
»Gut. Also, der Chefredakteur hier, Joseph Clark, wird Sie kontaktieren. Wir möchten, dass ihr denselben Artikel morgen in der Zeitung bringt. Ich weiß, ich habe bisher nur ein unbedeutendes Ressort betreut, Sir, aber Sie werden sehen, das ist eine große Sache. Die Beweise liefere ich Ihnen, sobald ich wieder in London bin.«
Er erwiderte: »Ja, also versprechen kann ich da nichts. Ich glaube

nicht, dass das geht, solange ich keine Beweise in der Hand habe. Eigentlich kaum.«
Ich bemerkte: »Würde es helfen, wenn Professor Richard Dawkins Ihnen unseren Artikel bestätigen würde?«
»Vielleicht. Eher. Mal sehen ...«, entgegnete er.
»Gut, dann warten Sie auf ihn.«
Mein nächster Anruf ging selbstverständlich an Richard. Er war einverstanden, umgehend nach London zu fahren und schlug vor, gleich das ganze Team mitzunehmen.

Ich machte mich derweil auf, um ins Hotel zurückzukehren – diesmal zu Fuß. Ich konnte nicht sagen, dass ich wirklich beruhigt war, aber mehr war im Moment wohl nicht zu machen.

Natürlich standen wir am folgenden Morgen früh auf, da wir gespannt waren zu erfahren, ob der Artikel erschienen war. Zuerst musste ich jedoch auf dem Laptop wieder einmal die Frist für mein Video-Druckmittel verlängern und sah, dass Richard bereits in der Nacht eine Message auf Signal hinterlassen hatte.
@Vaughan: Treffen mit Atkinson erfolgreich. War beeindruckt von uns und dem Artikel. Gruss RD
Ich schickte Kyle los, um Zeitungen zu besorgen und er kehrte mit einem ganzen Stapel zurück. Der Artikel war tatsächlich in der Washington Post erschienen und löste eine Flut von Spekulationen, Experten-Interviews und Statements aus. Online sahen wir es auch in der London Times und auf praktisch jedem News-Kanal.
»Hast du gut gemacht, Vaughan«, sagte Kyle: »Hoffentlich stoppt das diesen Grover oder bremst ihn wenigstens.«
Ich bemerkte: »Ich bin wirklich höchst zufrieden, ja. Aber hast du gesehen, was hier in den Staaten abgeht?«
Kyle erwiderte: »Die Extremisten?«

»Ja, die Trump-Anhänger. Das geht schon so seit der Amtsenthebung. Die machen überall Radau. Verüben Anschläge auf Einrichtungen der Demokraten, sabotieren öffentliche Einrichtungen und drohen mit Schlimmerem. So was hat es noch nie gegeben. Das Land befindet sich praktisch im Ausnahmezustand.«

Wir mussten unser Gespräch unterbrechen, als Ms Towns anrief und vorschlug, dass wir uns in der Lounge des Hotels treffen sollten. Dort saß sie dann eine Stunde später, als Kyle und ich den eher dunkel gehaltenen Raum betraten. Er war mit rotem Teppich belegt und mit vielen unterschiedlich gestylten Sofas ausgestattet. Es war gleich klar, dass sie es sein musste, denn es hielten sich nur ein paar wenige Leute in der Lounge auf und sie war die einzige Frau, die alleine saß.

»Ms Towns? Ich bin Jonathan Archer und das ist mein Freund Peter Parker. Sie sind also eine Bekannte von …?«

»Von Sam Hobbes, ja«, antwortete sie.

»Sie erlauben«, fragte ich, bevor wir uns ihr gegenüber hinsetzten: »Wir sind ja fast Berufskollegen. Wir haben beide Schriftdesign studiert. Nun, natürlich hatten wir gehofft, Sie im Weißen Haus treffen zu können.«

Sie erwiderte: »Also das wäre selbst für mich nicht so einfach. Leute vom Graphics and Calligraphy Office brauchen ja normalerweise niemanden mitzubringen für ihre Arbeit. Sam fragte, ob ich euch ein Gespräch mit der Präsidentin verschaffen könnte. Aber ich fürchte, das liegt noch viel weniger in meinen Befugnissen.«

Enttäuscht fragte ich: »Mit wem vom Presidental Office haben Sie denn zu tun?«

»Sie werden verstehen, dass ich über Dinge, die das Weiße Haus betreffen, nicht mit Ihnen sprechen darf«, antwortete sie.

Ich hakte nach: »Aber Sam war wirklich der Meinung, dass Sie uns

weiter helfen können.«
Sie erhob sich mit den Worten: »Tut mir leid, Gentlemen, aber da hat er sich geirrt.«
»Setzen Sie sich«, suggte ich ihr. Ich war nun fertig mit den Höflichkeiten. Sie setzte sich wieder an ihren Platz und ich fuhr fort: »Sie sagen mir: Welche Person, mit der Sie häufiger Kontakt haben, ist der Präsidentin am nächsten?«
»Sheila Makins, Assistant to the President und Staff Secretary«, antwortete sie mit einem starren Ausdruck im Gesicht.
Ich fragte sie: »Wo können wir sie treffen?«
»Das weiß ich nicht«, gab sie zur Antwort.
»Wo wohnt sie?«
»Das ist mir nicht bekannt.«
»Ms Towns. Gibt es jemanden, den Sie anrufen können, um zu erfahren, wo sie wohnt?«
»Ich kann fragen, aber darauf werde ich keine Antwort bekommen, nur Schwierigkeiten«, meinte sie.
Mir schien es da nichts als Sackgassen zu geben. Eine Überlegung war, sie zur Arbeit zu schicken und zu warten, ob sie dort etwas arrangieren konnte. Doch auch das würde vielleicht zu viel Aufmerksamkeit auf sie ziehen. Je weniger sie tat das für sie nicht üblich war, desto besser.
»Ms Towns, hält sich die Präsidentin zur Zeit im Weißen Haus auf?«, wollte ich wissen.
Sie antwortete: »Heute Nachmittag wird sie Auszeichnungen überreichen, die wir geschrieben haben. Ja, ich denke, sie sollte den ganzen Tag anwesend sein.«
»Wartet Ihre Limousine auf Sie?«
»Vor dem Hotel«, erwiderte sie.
Ich befahl: »Gut. Gehen wir!«

Wir erhoben uns und Ms Towns ging voran aus der Lobby zum Lift, um mit uns zur Garage hinunter zu fahren. Als wir im Wagen saßen, machte ich noch die übliche, vorsorgliche Sugg: »Ms Towns, Sie befolgen ausdrücklich alle meine Anweisungen«, worauf sie bestätigend nickte.

Eigentlich lag unser Ziel gerade um die Ecke, doch weil vor dem Hotel eine Einbahnstraße war, mussten wir zuerst weit außen um die Blocks herum fahren und dann wieder auf diese Straße zurück bis zum Anfang des Parks. Da standen wir dann, auf einer Allee unter Bäumen, direkt vor der ersten Absperrung, welche aus einigen außerordentlich dicken Pollern mitten auf der Straße bestand. Polizisten, die daneben standen, beobachteten uns und aus einem Wachhaus näherte sich ein weiterer Beamter. Der Chauffeur ließ sein Fenster herunter und sagte: »Ms Towns mit Begleitung, Sir.« Während die anderen Polizisten um die Limousine herum gingen, ließ auch Ms Towns ihr Fenster herunter.
Der Officer schaute zu uns herein und sagte: »Ms Towns, die Ausweise und Passierscheine Ihrer Begleiter, bitte.« Ich lehnte mich zu Ms Towns hinüber und suggte dem Beamten: »Alles in Ordnung. Sie lassen uns passieren.«
Er gab seinen Kollegen Bescheid und ging ins Wachhaus zurück. Die Poller senkten sich und man winkte uns durch. Zwei weitere Kontrollpunkte brachten wir auf dieselbe Weise hinter uns, dann hielten wir am Eingang des Ostflügels des Weißen Hauses und verließen den Wagen, um anschließend vor der Tür eine weitere Kontrolle über uns ergehen zu lassen. Ms Towns führte uns dann in den zweiten Stock, wo sich das Calligraphy Office befand. Drei lange Tische standen vorne den Fenstern gegenüber und zwei Mitarbeiter begrüßten uns. Auf den schrägen Tischen, die so aufgestellt waren, dass das Licht der Fenster auf sie fiel, waren sie gerade mit

dem Schreiben von Einladungskarten beschäftigt.

»Ms Towns, sie sollten Sheila Makins herbestellen, um ihr etwas zu zeigen.« Sie griff zum Hörer und ließ sich mit der Assistentin der Präsidentin verbinden. Ich fühlte eine kribblige Aufregung in mir aufsteigen. »Endlich kommen wir unserem Ziel einen Schritt näher«, sagte ich zu Kyle während er neugierig die Mitarbeiter bei ihrer Schreibarbeit beobachtete. Es dauerte eine Weile, dann klopfte es und eine ältere Frau mit hochgestecktem, grauem Haar trat ein.

»Diana, was hast du für mich?«, fragte sie.

»Kann ich dir Jonathan Archer vorstellen?«

Sie kam auf mich zu und ich sagte: »Freut mich, Mrs Makins.« Ich behielt ihre Hand in meiner, während ich ihr tief in die Augen schaute. »Bitte machen Sie für heute möglichst bald einen Termin für mich und meinen Kollegen bei Präsidentin Cortez.«

»Jawohl, sofort.« Sie machte kehrt und verließ den Raum. Etwas später klingelte das Telefon und daraufhin teilte uns Ms Towns mit, dass wir um elf Uhr unsere Audienz hätte.

Eine Weile lang sahen wir Ms Towns und ihre Leuten weiter bei ihrer enorm ruhigen Arbeit zu und Kyle sagte: »Der Job würde mir auch gefallen.«

»Mir auch«, erwiderte ich: »Kalligrafie finde ich sogar noch spannender als Schriftdesign. Aber wer stellt heute dafür noch Leute ein? Das hier ist eine echte Rarität.«

Um fünf vor elf brachte Ms Towns uns hinunter ins Erdgeschoss und durch mehrere lange Gänge hinüber in ein Büro im Westflügel. Dort übergab sie mich an Mrs Makins, die meinte: »Haben Sie eigentlich keinen Badge, Mr Archer?«

Ich erwiderte: »Ich brauche keinen.«

Und sie bestätigte: »Natürlich nicht. Bitte, hier entlang.«

Sie zeigte zur anderen Seite ihres Büros und wir liefen ihr hinterher auf eine offene Tür zu. Sie ging voran in den weißen Raum mit den gerundeten Wänden, den ich sofort erkannte: das Oval Office.
»Madam President, Mr Archer und Kollege sind hier, um Sie zu sprechen.«
Ganz hinten vor den hohen Fenstern erhob sich Ms Cortez von ihrem Stuhl am Schreibtisch und kam auf uns zu. Sie trug einen dunkelgrünen, elegant weiblich geschnittenen Anzug, hatte ihre dunklen Haare streng zu einem Dutt hochgesteckt und wirkte überraschend jung. Als sie sich näherte, um uns zu begrüßen, wurde ihre südländische Abstammung offensichtlich.
»Madam President. Danke, dass Sie uns empfangen. Jonathan Archer und Peter Parker, von der London Times.«
Sie bot uns einen Platz auf einem der Sofas in der Mitte des Raumes an und setzte sich gegenüber. Mein rechter Schuh berührte das runde weiße US-Siegel in der Mitte des riesigen Teppichs. Sie musterte mich erwartungsvoll. Allerdings machte sie keine Anstalten, Ms Towns hinaus zu bitten.
»Ms Towns kann uns alleine lassen«, sagte ich.
Sie sah zu ihr hinüber und forderte sie auf: »Sie können uns alleine lassen, Ms Towns.«
Nun saß ich also tatsächlich für ein vertrautes Gespräch der ersten weiblichen US-Präsidentin gegenüber. Ich, ein unbedeutender ehemaliger Angestellter, konnte nun von der angeblich mächtigsten Person der Welt alles verlangen, was ich wollte.
»Madam President«, fragte ich: »Werden wir hier auf irgendeine Weise aufgezeichnet?«
»Nein, ganz sicher nicht«, erwiderte sie.
»Okay. Also, zuerst möchte ich, dass Sie Trumps Executive Order betreffend der Vertretung des Präsidenten für die UNO-Konferenz

aufheben. Sie wissen, welche ich meine? Sie müssen unbedingt an dieser Sitzung am Neunten des nächsten Monats erscheinen. Sorgen Sie dafür, dass der Termin reserviert wird.«
Sie begab sich folgsam an ihren Schreibtisch und wies am Telefon ihre Sekretärin an, den betreffenden Termin freizumachen. Offenbar gab es dabei ein größeres Problem, doch sie ließ ihr keine Wahl.
Ich näherte mich dem berühmten Schreibtisch und nahm mir den Stuhl, der daneben stand, um ihr beim Schreiben zuzusehen.
»Schöner Teppich«, bemerkte ich beiläufig.
»Ja das fand ich auch«, erwiderte sie: »Der stammt noch von Barack Obama. Die Sprüche außen herum hat er selbst ausgewählt. Ich habe alles wieder so herrichten lassen, wie es damals zu seiner Amtszeit gewesen war. Das Meiste war immer noch eingelagert. Schont das Budget.«
»Und die Sachen von Trump?«, fragte ich.
»Nun, er verwendete wahllos einige Dinge früherer Präsidenten. Aber das geschmacklose Zeug das er sich selbst besorgt hatte, wurde umgehend verkauft. Zu einem ziemlich bescheidenen Erlös, wie ich hörte. Es wollte wohl kaum noch jemand an diesen peinlichen Tiefpunkt der amerikanischen Geschichte erinnert werden, auch wenn er zum Glück nur von kurzer Dauer war.«
Dann forderte ich: »Nächster Punkt: Sie haben die Titelseite der Washington Post gesehen? Stellen Sie sicher, dass keine Zusammenarbeit zwischen dem CIA und dem MI5 in Bezug auf Cogento zustande kommt. Bitte notieren Sie sich das für später.«
Sie sagte: »Was ist mit diesem Cogento?«
Ihre Frage kam überraschend, mitten in meinen Anweisungen. Es bedeutete, sie hatte ein aufrichtiges Interesse an dem Thema.
»Madam President, sagen Sie mir ehrlich, was ist für Sie im Amt wichtiger: Vorteile für sich und Ihre Unterstützer und Freunde

herauszuholen oder das Leben der Bevölkerung und vor allem der Bedürftigen zu verbessern?«
»Ich stelle soziale Anliegen jederzeit über meine oder die der Mächtigen«, antwortete sie folgsam.
»Waffengesetze?«
»Werde ich verschärfen. Die Vorlage habe ich bereits ausarbeiten lassen. Wir haben die demokratische Mehrheit und werden sie durchbringen.«
»Sehr gut. Ein Punkt mehr, den ich abhaken kann«, sagte ich und erklärte: »Sie haben mich nach Cogento gefragt, Madam President, und ich will Ihnen gegenüber ehrlich sein: Ich bin dieser Cogento.«
Sie schaute mich mit großen Augen an und sagte: »Der Cogento, der gesucht wird? Das sind Sie?«
»Madam, der Grund, weshalb die hinter mir, Cogento, her sind, ist der, dass ich eine einzigartige Fähigkeit besitze.« Ich würde sehen, wohin das führte und könnte sie diese Information wieder vergessen lassen falls nötig: »Ich kann Leuten meinen Willen aufzwingen. So habe ich in England mehrere Drogenkartelle und die Korruption der Pharmaindustrie auffliegen lassen. Andere korrupte Mächtige, wie Minister Grover vom MI5, fürchten mich, deshalb sind sie hinter mir her.«
Sie schaute mich erstaunt an als sie entgegnete: »Gedankenkontrolle? Das klingt schon sehr unglaubwürdig.«
»So in der Art. Was glauben Sie, wie ich zu diesem Gespräch mit Ihnen gekommen bin? Ich habe nicht einmal einen Ausweis und Archer ist nicht mein richtiger Name.«
Nun zeigte sie aber auch Zurückhaltung, und überlegte sich ihre nächsten Worte sorgfältig: »Ich sehe ... also in dem Fall, was machen Sie jetzt mit mir? Was sind Ihre Absichten?«
»Meine Mission ist es, die Deklaration der Menschenrechte welt-

weit bindend und durchsetzbar zu machen. Würden Sie das unterstützen?«
Sie schaute mich entschlossen an, als sie antwortete: »Absolut. Doch leider ist das nicht so einfach. Das passt längst nicht allen.«
»Deshalb bin ich hier. Ich werde dafür sorgen, dass alle Staaten die Deklaration unterzeichnen und einhalten. Den ersten Schritt haben Sie bereits getan, indem Sie sicherstellen, dass Sie als Präsidentin persönlich bei der UNO-Vollversammlung erscheinen.«
»Ach ja. Eigentlich wollte ich das erst nächstes Jahr, es war mir eigentlich zu viel für mein erstes Amtsjahr. Aber dann hatte ich es mir, gerade vorhin, doch anders überlegt.«
Ich lächelte zufrieden. »Dann sind wir ja auf derselben Seite.«
Sie zog ihre Hand neben ihrem linken Bein unter dem Tisch hervor und sagte: »Sehen Sie diesen Finger? Ich hatte ihn auf dem Notfall-Knopf. Und ich habe ihn nicht gedrückt.«
»Danke«, sagte ich: »Tja, mit so einem Knopf hatte ich nicht gerechnet. Und wenn ich Ihnen sage, dass Dr Sam Hobbes zu meinem Team gehört und ich seine Ansichten teile, bleibt Ihr Finger trotzdem weg vom Knopf?«
Sie erklärte: »Sam Hobbes? Ach ja, einer der beiden Amerikaner unter den prominenten Neuen Atheisten. Nun, ich habe mich stets geweigert, meine religiösen Ansichten zu deklarieren. Ich muss mich mit Kritik zurückhalten, weil man hier politisch sonst keine Chance hat. Ich weiß: Traurig für ein Land, das auf einer säkularen Verfassung aufgebaut wurde. Aber ich glaube eigentlich nicht an irgendeine Religion. Also ... kein Problem für mich.«
»Noch ein Wunsch, ganz ohne Sie zu beeinflussen: Sorgen Sie für die Wiederherstellung der Net Neutrality.«
Sie erwiderte: »Das Dokument liegt auf meinem Tisch. Ich werde es unterschreiben, keine Sorge!«

»Dann hätte ja ein Anruf genügt«, scherzte ich.
»Wenn Sie meine Nummer hätten ...« Sie reichte mir ihre persönliche Karte mit ihrer Handy-Nummer. »Rufen Sie mich an, wenn Sie etwas benötigen. Aber eine Sache schulden Sie mir noch ... Ihren richtigen Namen.«
Ich nahm mir einen Notizzettel und schrieb meine Kontaktdaten auf. »Das gilt auch umgekehrt. Wenn Sie Hilfe brauchen, um jemanden von einer guten Sache zu überzeugen, Madam President. Ich bin allerdings in London zu Hause.«
Sie nahm den Zettel entgegen und sagte: »Das hört man, Vaughan Macrae.« Wir mussten beide lachen.
Wir begaben uns zum Teppich und den Sofas hinüber, wo Kyle sich erhob. Wir wollten uns gerade verabschieden, doch die Präsidentin ließ plötzlich meine Hand nicht mehr los und sagte: »Mr Macrae, ... also Vaughan; mir kommt da gerade ein Gedanke! Du musst mir bei einem großen Problem helfen.«
»Soll ich, ... also, darf ich *Camilla* sagen?«
»Solange wir unter uns sind, ja, gerne«, antwortete sie: »Du hast von dem Problem mit den Trump-Extremisten gehört, nehme ich an?«
»Ja, natürlich. Die ganze Situation ist furchtbar. Es ist einfach nicht fair, dass das jetzt auf Ihrer, äh, deiner Präsidentschaft lastet. Was kann ich tun?«
Kyle stand geduldig neben mir und bemerkte zurückhaltend: »Vaughan kann sicher helfen.«
Sie schaute uns mit einem entschlossenen Blick and und sagte: »Folgt mir!« Sie ging voran in das Büro nebenan, wo Mrs Makins sich sogleich von ihrem Schreibtisch erhob.
»Madam President?«
»Lassen Sie den Konvoi vorfahren, Sheila. Wir begeben uns unverzüglich zum CCA.«

»Jawohl, Madam President«, antwortete sie nervös und nahm den Hörer von ihrem Telefon. Camilla wies uns an, ihr zu folgen. Wir gingen einige Gänge entlang hinter ihr her bis zum Empfangssaal. Dort ließ sie uns einige Minuten warten und kehrte dann mit Jacke und Tasche ausgestattet zurück. Wir verließen das Weiße Haus über eine weite Treppe, an der gerade ein Konvoi von Limousinen vorfuhr. Sie ging voran, forderte uns auf einzusteigen und setzte sich zu uns.

»Wir fahren zu Trump«, erklärte sie, während sich der Konvoi in Bewegung setzte. »Wie ihr wisst, sind diese Leute, die unser Land in eine Krise zu stürzen drohen, die größten und unbelehrbarsten Anhänger von Trump. Sie nehmen seine Amtsenthebung persönlich, sind der Meinung das sei alles eine Verschwörung gegen den Common-Man, als den sie sich selber sehen. Sie wollen einfach nicht begreifen, dass Trump keiner von ihnen ist – nie gewesen ist.«

»Für die meisten Leute wurde das damals eigentlich bald offensichtlich. Jedenfalls bei uns«, erwiderte ich.

»Nun, vielen geht es einzig darum, gegen das Establishment zu sein. Weshalb sie nie gemerkt haben, dass Trump selber zum schlimmsten Teil dieses Establishments gehört, kann ich nicht verstehen. Aber es ist nur ein winziger Teil von ihnen, der nun zu Gewalt greift; Extremisten wie die White Supremacists zum Beispiel.«

»Und wohin gehts?«, fragte Kyle.

»Das seht ihr gleich. Wir sind fast da!«

Kurz darauf wurden die Wagen durch ein großes Tor gelassen und fuhren in eine Garage ein. Wir verließen unser Fahrzeug und Agenten des Secret Service führten uns zu einem Lastenaufzug, der uns alle nach unten fuhr. Dann standen wir in einem langen, kargen Gang, mit Reihen nummerierter Türen auf beiden Seiten.

Ich war verblüfft. »Es ist also ein Gefängnis. Ich glaube, das ist gar

nicht öffentlich bekannt, oder?«
»Nein. Aus Sicherheitsgründen. Offiziell heißt es, er steht unter Hausarrest. Aber er ist hier, im CCA Correctional Treatment Facility.«
Camilla ging voran, in den hell beleuchteten Gang hinein. Wir gelangten bis ans Ende, zu einer bewachten Tür, wo ein Officer umgehend das elektronische Türschloss betätigte, als er die Präsidentin erkannte.
»Madam President«, sagte er und Camilla blieb stehen um sich an uns zu wenden: »Meine Herren«, sagte sie zu den Agenten: »Ich werde mit Mr. Archer und seinem Kollegen alleine eintreten. Bitte warten sie hier draußen.«
Die Agenten wollten protestieren, doch Camilla bestand darauf. So traten wir also zu dritt durch den Rahmen der schweren Stahltür, aus dem grellen Gang in ein eher spärlich beleuchtetes Zimmer. Es war für eine Gefängniszelle ziemlich groß und verhältnismäßig gut eingerichtet. Ein einfaches Bett stand an einer Wand, halb hinter einem Vorhang, doch üppig mit Kissen und Laken bedeckt. In der Mitte des Raums saß Trump träge in einem luxuriösen, schwarzen Sessel und schaute fern. Seine Beine hatte er auf einen Hocker gelegt und er trug gestreifte Gefängnis-Klamotten. Ich erkannte ihn kaum wieder, trotz seiner Haare. Die saßen zwar wie eh und je, wirkten nun aber erst recht wie ein Fremdkörper.
Er drehte wie beiläufig seinen Kopf und sagte: »Sieh da, Camilla. Was bringt dich denn in meine Mansion?« Er schwenkte seinen Sessel in unsere Richtung, blieb aber sitzen und ließ ein Bein auf dem Hocker.
»Gestreifte Kleider, wie in alten Krimis?«, bemerkte Kyle.
»Mr Trump hat die Ehre, einer der Ersten zu sein, der diese wiederbelebte Gefängnismode tragen darf. Die orangenen Kleider wur-

den uns einfach zu beliebt.«

»Sie hätten aber gut zu meinen Haaren gepasst, Camilla«, sagte Trump neckisch.

»Sie nennen mich bitte nicht beim Vornamen, Mr Trump«, forderte sie.

»Wie du willst, Camilla. Soll mir recht sein. Wen hast du da mitgebracht?« Er schmunzelte uns zu, und fuhr fort: »Übrigens, hast du schon gehört, dass ich unter allen bisherigen Präsidenten der Beliebteste bin? Kam gerade in den News. Überragendes Resultat in den Umfragen. Überragend.« Dazu fuchtelte er gewichtig mit seinen kurzen Armen herum.

Camilla schaute zu mir und meinte: »Wahnvorstellungen bis zum bitteren Ende.«

»Camilla, Camilla. Sieh es ein«, verkündete Trump in feierlicher Stimme: »Du bist nur ein lascher, temporärer Ersatz. Sobald die Untersuchungen abgeschlossen sind, geben sie mir mein Oval Office zurück, und dann ...«

»Ja, ja«, unterbrach ihn Camilla und sagte zu mir: »Bring ihn doch bitte endlich zum Schweigen, Vaughan.«

Ich ging auf Trump zu, sah ihm von Nahem in die Augen und suggte ihn: »Sie sind jetzt still. Sie befolgen meine Anweisungen und die Anweisungen von Camilla Cortez.«

Er brummelte etwas vor sich hin und schaute dann ins Leere.

Ich fragte Camilla: »Und was hast du nun mit ihm vor?«

»Nun, ich denke, wir werden ihn zu seinen Anhängern sprechen lassen«, antwortete sie, während sie sich uns näherte. Sie beugte sich zu ihm herunter und betrachtete neugierig sein regloses Gesicht.

Ich sagte zu ihr: »Ich denke ich sehe, was du beabsichtigst. Ich soll dafür sorgen, dass er in der Öffentlichkeit selber die Wahrheit erzählt.«

»Genau«, erwiderte sie: »Denkst du, du kannst das?«
»Ja. Das heißt, ich hoffe er hat überhaupt einen Verstand, den man beeinflussen kann.« Ich meinte das durchaus ernsthaft, aber Kyle tat sich schwer damit, sich das Lachen zu verkneifen.
»Probieren wir es«, sagte sie, verschränkte ihre Arme und stützte sich mit einer Hand das Kinn.
Ich wandte mich wieder an Trump und suggte ihn: »Sagen Sie uns nun, warum Sie Präsident werden wollten und welche Ziele Sie als Präsident wirklich verfolgt haben.«
Er rutschte im Sessel herum, bis er eine aufrechtere Haltung annahm, faltete seine Hände ineinander und begann zu sprechen: »Das ist ganz einfach. Ich war der größte Geschäftsmann, den die Welt jemals hervorgebracht hat. Also verdiene ich die Position, die jeder am allermeisten bewundert. Die habe ich als Präsident nun erreicht. Niemand verdient mehr Respekt und Bewunderung als ich. Ich bin der Allergrößte.«
Dann blieb er plötzlich ruhig. Sein Mundwerk hatte sich abgeschaltet. Ich fragte erstaunt: »Mehr war da nicht? Und der Kampf gegen das politische Establishment? Jobs für die Unterschicht?«
Er fuhr fort: »Was interessieren mich diese Versager. Meine Leute haben analysiert, was ich denen sagen muss, damit sie mich wählen und die sind voll drauf eingestiegen. Nein. Als Präsident kann ich jeden Deal machen, den ich will. Mein Vermögen war zwar schon vorher enorm – nun, ein paar Sachen blockiert in überbewerteten Assets, wertlos gewordenen Aktien und überschuldeten Projekten – aber auf dem Papier sehen die Zahlen beeindruckend aus, wenn man sie richtig darstellt. Ich schaffte es jedenfalls, die fünfhundert Millionen meines Vaters zu halten. Auf einem Konto. In Cash. Also völlig unberührt von den Schulden. Meine Leistung ist einfach enorm. Was soll da das kleine Theater wegen den Steuern?«

Genervt bemerkte Camilla: »Steuerbetrug und Amtsmissbrauch haben Sie zu Fall gebracht, unter Anderem. Ich würde das nicht als kleines Theater bezeichnen.«
»Machen wir's kurz«, forderte ich: »Was hatten Sie wirklich vor, für Ihre Unterstützer zu tun?«
»Für die etwas tun? Wieso sollte ich das? Ich versprach ihnen die Mauer und Jobs, und sie durften mich, ihr großes Vorbild, wählen. Was macht es schon, wenn die Jobs dreckig und schlecht bezahlt sind. Und meine Unterstützer sind schließlich gegen den Sozialstaat. Perfekt. Weg mit Healthcare, Stipendien und Arbeitslosenunterstützung. Ist doch nicht meine Schuld, wenn diese Idioten nicht merken dass gerade ihnen das am meisten schadet. Dafür nützt es mir. Das Geld stecken wir stattdessen in Militär und Mauer und ich sorge dafür, dass loyale Leute mit ihren Unternehmen davon profitieren. Das ist wahre Businesskunst. So bleibt die Unterschicht weiter unten und wählt brav einen großen Wirtschaftsführer wie mich, zu dem sie aufschaut.«
»Genügt das?« Sagte ich zu Camilla.
»Perfekt«, antwortete sie zufrieden: »Wir organisieren in allen Staaten Treffen seiner Unterstützer und lassen ihn direkt mit ihnen sprechen. Das wirkt am überzeugendsten. Ich hoffe, wenn seine Anhänger einsehen, dass sie in Wirklichkeit ihren Gegner unterstützt haben, dass er sie nur ausgenutzt hat, werden sie ihre Proteste einstellen.«
»Meine Sugg wirkt aber nur etwa dreißig Stunden«, erklärte ich.
»Oh, zu schade. ... Dann machen wir eben einfach so viele Treffen wie möglich. Wir zeichnen natürlich sowieso alles auf.«
»Wenn es nicht reicht, kann ich ja zurückkommen und die Sugg wiederholen.«
Camilla begab sich zur Tür und wir folgten ihr auf den Gang hin-

aus. Auf dem Weg zur Limousine erklärte ich: »Kyle und ich sollten dann aufbrechen. Wir haben noch einiges zu tun, bis zur Versammlung der UNO. Zuerst müssen wir zurück nach London.«

»Dann lasse ich euch jetzt gleich zum Flughafen fahren.«

Als wir in der Garage ankamen, wies Camilla uns einen Wagen zu und wir verabschiedeten uns.

Auf dem Weg zurück ins Hotel wurde mir erst richtig bewusst, wie überwältigend die Begegnung mit der Präsidentin auf mich gewirkt hatte. Ich musste zugeben, ich war schlecht vorbereitet gewesen. Ich hatte wenig über ihre bisherigen politischen Leistungen oder ihre Ansichten gewusst und rechnete sogar mit Widerstand. Erst später brachte ich etwas über ihre Karriere in Erfahrung. Dass sie sich im Wahlkampf von Bernie Sanders engagiert hatte. Dass sie sich im Verlauf der ganzen Posse von Donald Trump unerwartet schnell als Gegenpol der Vernunft etablieren und einen Sitz im Repräsentantenhaus gewinnen konnte. Das eigentlich Überraschende kam aber erst danach. Zuerst war sie als Präsidentschaftskandidatin der Demokraten im Gespräch. Als diese jedoch erneut die falsche Person nominierten, geschah etwas, das eigentlich schon damals bei Bernie Sanders hätte passieren sollen: Camilla Cortez ging ohne Unterstützung der Partei ins Rennen. Das generierte noch nie dagewesene Mengen an Spenden und eine solche Flut an Engagement von parteimüden und unterprivilegierten Menschen, sozialen Organisationen und Bewegungen aus allen möglichen Lagern, aber vor allem eine enorme Unterstützung von Frauen, Latinos, Schwarzen und Trump-Gegnern ganz allgemein, dass sie schließlich in den meisten Staaten weit überlegen gewann. Als erste Frau und als erste Unabhängige.

Auf unserem Zimmer im Hotel stürzte ich mich auf den Laptop und öffnete das Chatfenster in Signal. Richard hatte bereits auf meinen Anruf gewartet. Ich ließ Kyle unsere Sachen zusammenpa-

cken, während ich Ondrea, Sam, Nisha und Richard erzählte, was wir im Weißen Haus und im Gefängnis alles erlebt hatten.
»Unglaublich«, sagte Richard staunend: »Im verrücktesten Buch könnte man nicht derart bizarre Geschichten erfinden.«
Sam rückte seinen Kopf vor die Kamera und erklärte: »Der Artikel in der London Times war übrigens eine gute Idee. Aber wir wissen bisher noch nicht, ob es Grover wirklich geschadet und ob sich die Situation für dich entspannt hat. Wir schlagen vor, ihr kommt zurück nach London und wir besprechen hier alles Weitere gemeinsam. Aber seid auf der Hut am Flughafen.«

Kyle und ich schleppten unsere Taschen hinunter zur Limousine, die in der Garage des Hotels auf uns wartete. Während wir zum Flughafen gefahren wurden, setzte ich wieder die blonde Perücke und mein Basecap auf, dann machten wir uns auf den Weg zu den Gates und nahmen im Flugzeug unsere Plätze ein.

Stunden später gab der Captain durch, dass wir zur Landung in Heathrow ansetzten. Und erneut musste ich Kyle zuerst aufwecken. Ich beneidete ihn wirklich sehr darum, dass es ihm in jeder Lage immer so leicht fiel, einzuschlafen.
»Wir müssen nun sehr aufpassen, Kyle. Ich weiß nicht, ob die erweiterten Überwachungsmaßnahmen des MI5 am Flughafen immer noch in Kraft sind«, sagte ich, als wir unsere Taschen aus den Fächern über uns herauszerrten.

Außer der Crew standen im Übergang zum Boarding-Tunnel noch andere Leute neben der Tür des Flugzeugs. Helfer? Auf dem Weg aus dem Tunnel und durch die langen Gänge bis zur Passkontrolle kam ich nicht umhin, überall verdächtige Gestalten zu sehen.

Wir standen vor den Schaltern in der langen Schlange, über uns riesige blaue Tafeln, die informierten, dass UK- und EU-Passbesitzer auf der rechten Seite anstehen sollten.

»Nach links«, sagte Kyle und ich verstand, was er meinte. Man würde uns dort weniger erwarten.

Die Schlange dort war nicht kürzer. Wir standen geduldig und beobachteten, wie weiter vorne nach einiger Zeit Sicherheitsleute von Schalter zu Schalter gingen, um mit den Officers zu sprechen. Routine?

Einzelne Officer verließen daraufhin ihren Posten. Vor den Schaltern senkte sich langsam und lautlos ein Gitter von der Decke. Die Leute in der Schlange sahen einander ratlos an und begannen, besorgt zu diskutierten. Kyle und ich wussten sofort, was das zu bedeuten hatte. Wir zogen uns möglichst unauffällig aus der Schlange zurück, indem wir uns langsam mehr oder weniger rückwärts bewegten, als ob wir in ein Gespräch vertieft wären.

Am anderen Ende des langen Ganges kam ebenfalls ein Gitter herunter. Es war jedoch zu weit weg, um es noch rechtzeitig hinaus zu schaffen. Wir waren eingeschlossen. Kyle deutete auf einen Wachmann, der hinter dem Gitter zu sehen war und wir gingen auf ihn zu.

»Sir, warum wurde hier zugemacht?«, fragte Kyle ihn, um ihn auf uns aufmerksam zu machen.

Er näherte sich etwas dem Gitter und sagte nur: »Ich weiß leider auch nicht mehr darüber, tut mir leid.«

Er war nahe genug, um ihm in die Augen zu sehen. Nun kam ich zum Zug. »Sie sagen mir jetzt wie wir hier herauskommen.«

Er erwiderte: »In der Mitte des Ganges ist eine Tür zu einem Wartungsschacht. Ich habe einen Schlüssel.«

Zwischen den Leuten, die hinter dem Wachmann vor dem Gitter warteten, gab es Aufregung. Flughafenpersonal und Polizei bahnten sich einen Weg durch die Menge und als die vorderen Leute

zur Seite gingen, sah ich ein bekanntes Gesicht auf uns zukommen – Teresa!
»Her damit!«, rief ich.
Der Wachmann reichte uns seinen Schlüsselbund und wir rannten den Gang entlang zurück zu einer Tür, die von zwei Plakatständern verdeckt wurde. Kyle beeilte sich, die Schlüssel zu probieren und bis er den Richtigen erwischte sah ich, dass das Gitter sich langsam ein Stück weit hob. Wir konnten gerade die Tür öffnen, als es Teresa und einigen Polizisten endlich gelang, unter dem Gitter hindurch zu schlüpfen. Kyle schloss die Tür hinter uns zu, sie würde Teresa hoffentlich etwas aufhalten.

In dem dunklen und engen Gang führten nackte Röhren und Kabel nach beiden Seiten. Wir entschlossen uns für die Flucht nach hinten. Am Ende machte der Gang einen Knick nach links und wir folgten ihm, bis es nicht mehr weiter ging.
»Fürchte, da ist kein Weg aus dieser Sackgasse«, flüsterte Kyle nervös. Aus der Ferne konnten wir Stimmen hören. Sicher waren unsere Verfolger inzwischen ebenfalls im Schacht.

Wir tasteten uns in der Finsternis der Wand entlang, während ich nach meinem Handy grapschte. Erst als ich mit der entsprechenden App die Leuchtdiode einschaltete, fanden wir einen Ausgang. Durch den Türspalt konnten wir draußen die Reisenden sehen, die von ihren Flügen angelaufen kamen und sich in einer Menge sammelten, die vor dem vergitterten Durchgang warten musste. Links von uns war die große Abzweigung zu den Verbindungsflügen.
»Komm!«, ich nahm Kyle am Arm und zog ihn hinaus und dann direkt zur anderen Seite, wo die Toiletten waren. Im Zugang befanden sich eindeutig keine Kameras; vielleicht hatten wir so eine Gelegenheit, um uns eine Strategie zu überlegen.

Wir guckten auf die Abzweigung hinaus, doch wir hatten uns zu früh gefreut. Sicherheitsleute schauten bereits in unsere Richtung, einer sprach in sein Funkgerät. Aber sie kamen nicht auf uns zu, hielten Abstand. Kyle zeigte gegenüber im Gang auf eine Rolltreppe, die nach unten führte und auf das Fenster hinter uns, von dem wir auf diverse Flughafenfahrzeuge und Gepäckwagen hinunterschauten.

»Lass mich erst noch etwas probieren«, sagte ich. Ich verließ den Toiletten-Zugang und ging auf die Sicherheitsleute zu, um sie zu suggen. Aber sie wichen zurück.

»Die sollen uns wohl nicht zu nahe kommen«, meinte Kyle. Um die Ecke konnte ich bis zum Zugang der Sicherheitskontrolle sehen, und beobachtete, wie Teresa gerade den halb geöffneten Gittervorhang passierte. Kurzentschlossen packte ich Kyle wieder am Arm und zog ihn zur anderen Seite, wo wir die Rolltreppe in verkehrter Richtung hinunter rannten. Einige Reisende drückten sich erschrocken an die Seitenwände, jemand meckerte verärgert. Aber da waren wir bereits unten angelangt.

Weitere Reisende kamen uns in dem Durchgang entgegen. Eine automatische Glasschiebetür führte nach draußen zu einigen Bussen, die vielleicht für Transporte zwischen den Terminals abgestellt waren. Wir zwängten uns zwischen den hereinströmenden Leuten nach draußen.

Kyle sagte nur: »Busse sind keine Option. Schau! ...« Er deutete nach oben zu den Fenstern des Gebäudes über uns. Dort stand Teresa und sah auf uns herab. Ich zeigte auf die Gepäckwagen weiter hinten und lief in diese Richtung, Kyle dicht hinter mir. Der nächste Bus hatte seine Türen geöffnet und ein Fahrer war zu sehen, der am Steuer saß und irgendwelche Papiere ausfüllte.

»Moment«, sagte ich zu Kyle und ging auf den Mann zu. »Hey, Sie.

Sie melden der Flughafenleitung, dass hier gleich einige Terroristen auftauchen, die sich als Sicherheitsleute verkleidet haben. Sie verfolgen uns. Da sehen Sie ...« Ich machte ihn auf die Männer aufmerksam, die hinter der Glasscheibe im Inneren gerade die Rolltreppe herunter kamen. »Sie sollen diese Ausgänge verriegeln!« Der Fahrer nahm sein Funkgerät. Kyle und ich rannten weiter.
»Keine so gute Idee, wir haben nur Zeit verloren«, keuchte ich.

Hinter den Bussen standen weitere Gepäckwagen an einem Förderband. Drei Arbeiter luden die Koffer von den Wagen. Ich näherte mich jedem von ihnen und suggte sie mit den Worten: »Ihr habt gesehen, dass wir in diese Richtung gerannt sind ...«, und zeigte an den Bussen vorbei nach hinten.
Als ich auf das Förderband hüpfte, winkte ich Kyle, mir zu folgen und das Band bewegte uns vorwärts. Eine niedrige Luke kam auf uns zu. Schnell legten wir uns flach hin und mussten mit den Armen eine Reihe dicker Plastikfolien abwehren. Kyle blieb mit seinem Rucksack fast hängen. Einen Moment in einem dunklen Tunnel, dann glitten wir in einen riesigen Saal hinein.

Maschinelles Rauschen und Rattern kam uns entgegen, unzählige Koffer bewegten sich auf mehreren Ebenen in alle Richtungen, auf endlos scheinenden Bändern auf und ab. Kopf runter, durch die Öffnung eines Kastens und hinten wieder raus. Vor uns verschwanden Koffer in die Tiefe. Wir richteten uns auf, um zu sehen, was uns erwarten würde und glitten auf dem Band wie Surfer auf Wellen – ich musste meine Basecap festhalten. Schon ging es abwärts. Dann um eine Kurve und wieder hinauf. Es war ein wilder Ritt und nach einer Weile fingen wir an, es zu genießen. Kyle lachte vergnügt, wenn es länger ruhig geradeaus ging.
»Das sollten sie als Attraktion zugänglich machen«, rief ich Kyle nach hinten zu.

»Damit könnten sie eine Menge Geld machen«, hörte ich ihn antworten.
In dem Moment erblickte ich weit hinter uns Teresa zwischen den Koffern. Sie war aufgestanden und rannte auf den Bändern, sprang von einem zum Anderen, um schneller voranzukommen.

Auf einem Band rechts von uns verschwanden die Koffer in einer Öffnung nach oben. Ich tippte Kyle an und wechselte hinüber. Wir verschwanden beide in dem Tunnel und wurden oberhalb der Decke auf einen Transportwagen ausgespuckt. Beinahe hätte ich dabei meine Tasche verloren. Am Ende des Förderbands sah ich eine Apparatur mit einem großen roten Knopf: *Nothalt*. Ich schlug heftig mit meiner Faust darauf. Es quietschte laut und das Band stoppte, gerade bevor uns der nächste Koffer auf den Kopf gefallen wäre. Ein Arbeiter in gelber Leuchtweste kam angelaufen und begann lauthals zu schimpfen: »Hey, Ihr Deppen habt hier nichts verloren!«
Doch das kümmerte mich nicht. »Steig ein und fahr!«, suggte ich ihm. Er verstummte, setzte eine ausdruckslose Miene auf und begab sich sogleich auf den Fahrersitz, um den Motor anzulassen. Das Vehikel setzte sich in Bewegung, mit uns hinten im Anhänger auf einem Stapel von Koffern hockend. Wir passierten ein offenes Tor und fuhren unter einem Boarding-Tunnel entlang zu den gigantischen Rädern eines Flugzeugs.
»Wo können wir den Flughafen verlassen?«, rief ich dem Fahrer zu, um den Motorenlärm zu übertönen.
»Mitarbeiter-Transporte, Ausfahrt.« Er änderte die Richtung und wir fuhren um das Flugzeug herum und auf der anderen Seite an weiteren Flugzeugen vorbei bis zu den Frachtflugzeugen und dann auf die Rollway hinaus.
»Ist es noch weit?«, fragte ich ihn.

»Terminal eins«, antwortete er; was mir nicht wirklich etwas sagte. Doch noch bevor ich Genaueres erfahren konnte, sah ich zwei rote Löschfahrzeuge von der Seite auf uns zukommen.

»Biegen Sie ab«, befahl ich dem Fahrer: »Nehmen wir einen Fluchtweg da rüber!« Doch die anderen Fahrzeuge waren schneller und unser Herumkurven nützte nichts, sie kamen uns stetig näher. Ich ließ ihn eine Route zurück zu den Frachtflugzeugen nehmen und gleich, als wir umgedreht hatten, entdeckten wir weitere Fahrzeuge, die uns entgegenkamen. Wir wurden eingekreist und mussten stoppen.

Sicherheitspersonal stieg aus einem der Wagen und setzte Waffen auf uns an. Sie waren ziemlich weit entfernt und machten keine Anstalten, auf uns zuzukommen.

Einer sprach durch ein Megafon: »Bleibt stehen oder wir eröffnen das Feuer!«

Ich rief ihnen mit aller Kraft zu: »Senkt die Waffen!«, aber wie sich zeigte, funktionierte das auf diese Distanz nicht.

Ein Polizeifahrzeug näherte sich. Es hielt direkt neben uns. Die Tür des Wagens öffnete sich und Teresa stieg aus.

Sie rief uns zu: »Oye! Vaughan Macrae! Endlich habe ich dich!«

»Teresa, du ...«, begann ich.

»Olvídalo! Gib dir keine Mühe. Du weißt, dass du mich nicht beeinflussen kannst!«, sagte sie, während sie mit großen Schritten schnell auf uns zu kam.

»Bist du sicher? Lass uns gehen!«, rief ich ihr entgegen.

»Cierto. Ich bin sicher. Siehst du?« Sie packte meinen Arm, zog ihn hinter meinen Rücken und zwang mich, auf ihren Wagen zuzugehen. Mit ihrer anderen Hand drückte sie meinen Kopf herunter, dann bugsierte sie mich in das Fahrzeug. Kyle stand nur eingeschüchtert daneben und sie sagte zu ihm: »Oye Gordo! Komm her und steig ein, ya!« Er gehorchte und setzte sich bedrückt neben mich.

Teresa zückte ein Klebeband aus ihrer Jacke und als sie die Tür einen Moment losließ, um etwas von dem Band abzuwickeln, packte ich den Griff und schlug die Wagentür zu. Sie versuchte, sie wieder zu öffnen, doch ich hielt sie fest geschlossen. Der Wagen hatte ein abgetrenntes Abteil mit einem Gitter zwischen dem Fahrer und den Rücksitzen. Sie kam nun also auch von vorne nicht an uns heran.

Sie stieg auf den Fahrersitz und sagte: »Lo que sea! Ich habe dich unter Kontrolle, auch ohne dir dein Maul zu stopfen. Aussteigen kannst du jedenfalls nicht.«

Ich sagte: »Teresa, weißt du eigentlich, dass du für die Falschen arbeitest?«

»No! Ich habe dir gesagt, das funktioniert bei mir nicht«, erwiderte sie.

»Nein, hör mir zu. Ich habe dich doch bei Big Price überrascht, du warst mit diesem Popov dort, oder?«

Sie antwortete: »Y qué? Halt einfach deine Klappe!«

Doch ich fuhr fort: »Die beiden haben das Lambeth-Kartell geführt. Eine Drogenmafia. Popov und Grover, die stecken dahinter und dann gibt es da noch diese fanatische Sekte, bei der Grover Hohepriester ist. Ich sage dir, du arbeitest für die Falschen, Teresa. Hast du die Enthüllungen über Grover und seine Agenten nicht gesehen, kürzlich in den Medien?«

Sie gab zurück: »No me importa! Er sagt, du bist eine Bedrohung für die Welt.«

»Sicher nicht. Das Gegenteil ist der Fall. Grover und seine Leute, die sind die Bedrohung. Er will nur seine Interessen schützen. Und seine Sekte. Hast du nicht gelesen, was ich als Cogento getan habe? Drogenkartelle zerschlagen. Die Korruption der Pharmaindustrie

aufgedeckt. Ich helfe den Menschen. Bitte, Teresa; zusammen können wir die Probleme der Welt ein für alle Mal beseitigen. Das ist meine Mission. Und die wollen das verhindern.«
»Pues! Selbst wenn, Vaughan«, bemerkte sie: »Grover hat Yolanda in der Hand. Y es tu culpa! Du bist ja überhaupt Schuld daran, dass ihre Medikamente nicht mehr erhältlich sind.«
Ich musste schlucken: »Wie bitte?«
»Sí! Nachdem du die Pharmaindustrie zerschlagen hattest, gab es einen Medikamenten-Mangel.«
»Also davon habe ich noch nie gehört«, erklärte ich: »Die Patente wurden Allgemeingut und die öffentliche Hand hat die Produktion nahtlos übernommen. Die Versorgungslage hat sich sogar verbessert, genau wie die Preise. Ich würde eher sagen, Popov war dafür verantwortlich.«
Sie antwortete stockend: »Pues, ... könnte schon sein. Er wusste immerhin genau, was sie brauchte.«
»Du kannst es ja checken. Frag die Apotheker. Such in den Nachrichten. Glaubst du mir?«
Teresa murmelte vor sich hin: »El lado equivocado ... Du wirst auf der falschen Seite stehen ...«
»Was soll das heißen?« Fragte ich etwas verwirrt.
»Ach nichts, nada«, antwortete sie, »nur etwas das mir jemand einmal prophezeit hat.« Dann sagte sie: »Claro. Ich hatte schon meinen Verdacht, natürlich, ich bin ja nicht blind. Klar weiß ich, dass Popov und Grover nicht zu trauen ist, bei den Methoden, die sie anwenden. Imbeciles! Aber was soll ich machen? Ich muss tun, was für Yolanda am besten ist. Sie steht unter Aufsicht und sie kontrollieren die Verabreichung ihrer Medikamente.«
»Ich kann euch helfen. Keine große Sache, die Agenten zu manipulieren, wenn ich an die richtigen Leute herankomme.«

Nun wandte sich auch Kyle an Teresa: »Er sagt die Wahrheit, wirklich! Vaughan ist einer von den Guten. Er hilft allen, er wird auch dir helfen.«

Teresa überlegte einen Moment, dann nahm sie das Funkgerät von der Halterung und sagte: »FS Basis, kommen. Hier Agent Reyes. Zielperson festgenommen, misión terminada. Gruppen zurückziehen. Over.« Aus dem Lautsprecher war zu hören: »Hier FS Basis. Verstanden. Over.« Dann wandte sie sich plötzlich ab, zog die Tür des Wagens zu und startete den Motor. Sie fuhr an den Löschfahrzeugen vorbei und dann in hohem Tempo über die Pisten auf eines der Terminals zu. Nach einer langen Reihe von Flugzeugen erreichten wir eine Transportstraße und gelangten an Reihen von Treppenfahrzeugen vorbei zum Checkpoint eines überdachten Gates. Teresa stoppte den Wagen vor dem Tor und ließ ihr Seitenfenster herunter, um dem Wächter ihren MI5-Ausweis unter die Nase zu halten. Die Tore öffneten sich und sie lenkte den Wagen hinaus auf die Western Perimeter Road.
»Nun, Teresa? Helfen wir uns gegenseitig?«

Sie hätte uns ruhig an ihren Gedanken teilhaben lassen können. So mussten wir eine lange Fahrt in Unsicherheit über ihre Absichten verbringen und ich wurde erst recht nervös, als ich realisierte, dass wir uns via Belgravia in Richtung Vauxhall bewegten und schließlich über die Themse – zu einem Gebäude, das als Hauptquartier des SIS bekannt war.

Nach einer Kontrolle öffneten sich die schweren grünen Tore und Teresa fuhr mit dem Wagen hinein, um das Gebäude herum und in eine Garage. Nachdem sie neben einem der gepanzerten Fahrzeuge geparkt hatte, wandte sie sich zu mir: »Ahora! Jetzt zeig mal, was du kannst!«
Einige Agenten näherten sich, während sie ausstieg, um die Tür

auf meiner Seite zu öffnen. Als ich den Wagen verließ, realisierten sie zu spät, dass mein Mund nicht zugeklebt war.

»Stopp!«, sagte ich zu jedem von ihnen und suggte sie: »Du befolgst nur noch meine Anweisungen!«

Teresa schlug vor, dass unsere Sugos uns zu ihrem Vorgesetzten bringen sollten. Kyle blieb nahe an meiner Seite, aber es war mir nicht ganz klar ob er das zu meinem Schutz tat oder weil er sich selbst unsicher fühlte. Jedenfalls gingen die Agenten voran durch die Garage, in der gruppenweise Fahrzeuge standen. Wir kamen an vier schwarzen Limousinen, Transportern, einigen gepanzerten Fahrzeugen vorbei und stiegen gegenüber eine kurze Treppe zu einer Rampe hoch. Einer der Agenten musste einen Code eingeben und seine Hand scannen, dann konnten wir eine Tür passieren und gingen den dahinterliegenden, langen Gang entlang.

»In dem Zimmer hättest du eigentlich verhört werden sollen«, erklärte sie und öffnete eine der vielen Türen. Ein Herr in Anzug und Krawatte wartete dort bereits auf uns und erhob sich.

»Group-Administrator Haskins«, sagte Teresa.

»Agents, warum ist der Mann nicht geknebelt«, fragte Haskins in schroffem Ton.

»Setzen Sie sich!«, befahl ich ihm. Er ließ sich auf seinen Stuhl fall und wir begaben uns alle zu ihm an den Tisch.

»Nun«, begann ich: »Sagen Sie uns, wo wir Minister Grover finden können.«

»Das weiß ich nicht. Aber der Section-Administrator vielleicht«, antwortete er.

»Gut. Dann lassen Sie ihn herkommen.«

Haskins erhob sich, um sich zu einem Telefon an der Wand beim Eingang zu begeben. Als er an den Tisch zurückkehrte, meinte er: »Section-Administrator Bright wird gleich kommen.«

Wir bedienten uns am Wasserspender, der in einer Ecke stand, während wir warteten und bald darauf öffnete sich die Tür. Der nervös wirkende Mann mittleren Alters, der eintrat, schaute sich rasch um, ging auf Haskins zu und sagte: »Haskins. Ihr habt also Macrae endlich gefasst. Gut. Was wollten Sie mir zeigen?«
Ich trat vor und suggte ihn: »Sie hören jetzt auf meine Anweisungen. Wir wollen, dass Grover seine Kontrolle über den MI5 verliert.«
»Hmm«, gab Bright von sich und erklärte: »Das ist gar nicht so einfach. Er führt seine Leute jetzt aus dem Verborgenen. Es gab da einige Anschuldigungen gegen ihn in der Presse, aber das Parlament hat nichts gegen ihn in der Hand. Sie unterstützen eigentlich seine Bemühungen gegen terroristische Bedrohungen. Nur C könnte Grovers Verbindung zum MI5 kappen.«
»Wer ist C?«, fragte ich.
»C, der Chief des SIS, Chief Tomlinson.«
Teresa erhob sich und sagte: »Bueno! Also los, Bright, dann bringen Sie uns zu ihm!«
»Jetzt gleich?«, erwiderte er.
»Jetzt sofort«, befahl ich ihm. Er schaute unsicher zu mir und ich fragte: »Oder gibt es damit ein Problem?«
»Nein, schon gut«, erklärte er: »Aber wir müssen zur Downing Street fahren. Er ist den ganzen Nachmittag in einer Sitzung. Folgen Sie mir.«

Wir ließen Haskins und die Agenten zu ihren normalen Aufgaben zurückkehren, dann begaben wir uns in die Garage zurück. Bright besorgte einen Chauffeur, der mit einer der schwarzen Limousinen an uns heranfuhr, damit wir einsteigen konnten. Durch das überwachte Sicherheitstor führte die Fahrt zunächst wieder über die Themse, an Big Ben vorbei zur Parliament Street – eine relativ kurze Strecke.

Wir hielten vor einem schwarzen schmiedeeisernen Gittertor, das zwischen den hohen, klassischen Fassaden zweier Ministerien errichtet worden war. Zwischen ihnen verlief die gut abgesicherte Downing Street. Die Tore wurden geöffnet und wir näherten uns einem Wachposten. Ein Wachmann in Polizeiuniform kontrollierte die MI5-Ausweise von Bright und Teresa. Für mich und Kyle musste ich eine kleine Sugg anwenden, dann ließ man uns hineinfahren.

Der Wagen hielt vor der berühmten schwarzen Tür mit der Nummer Zehn. Hier gab es einen weiteren Check, von einem Beamten in Polizei-Helm; danach durften wir eintreten. Im Innern empfing uns ein Mann in weißem Hemd und Rangabzeichen an der Schulter. Er wandte sich dem Stehtisch hinter ihm zu, kontrollierte kurz eine Liste auf einem Display neben einigen Überwachungsmonitoren. Als er sich uns fragend zuwandte, suggte ich ihm, dass alles in Ordnung war, dann führte er uns am Kamin und an historischen Portraitgemälden vorbei zum Treppenhaus und zu einem langen Korridor, während er erklärte: »Der MI5-Chief und die Leute vom Parlament sind im großen Cabinet-Room in einer Sitzung. Warten Sie hier, ich lasse dem Chief mitteilen, dass Sie hier sind.«

Er wies uns einen schmucken Nebenraum zu, mit zwei einladenden Sesseln an einem weiteren Kamin, Wände und Teppiche in Rottönen und vielen Gemälden in aufwändigen, goldenen Rahmen. Die Dekoration ging wohl noch auf Margaret Thatcher zurück, die vieles damals neu einrichten ließ. Teresa, Kyle und Bright setzten sich auf ein Sofa, das seitlich an der Wand stand und ich machte es mir in einem der Sessel gemütlich, während wir warteten.
»Wenn C hier ist und Sie uns vorgestellt haben, können Sie gehen«, bemerkte ich zwischendurch zu Bright.

Nicht lange danach trat ein kleiner, älterer Herr in dunklem Anzug an uns heran. Er wirkte sportlich, drahtig und Bright begrüßte ihn: »Chief. Dies ist unsere Agentin Reyes, die James Grover für seine Einheit angeworben hat. Und der gesuchte Vaughan Macrae, Sir. Sie haben etwas Wichtiges mit Ihnen zu besprechen.« Dann ließ er uns mit dem Chief alleine.

»Bitte setzen Sie sich, Chief Tomlinson«, sagte ich zu ihm. Er nahm im Sessel mir gegenüber Platz und ich fuhr fort: »Ich nehme an, Sie wissen, wer ich bin?«

Ich konnte hören, wie er leer schluckte, dann schaute er mich kurz erstaunt an, fasste sich aber und sagte: »Mr Macrae, endlich lernen wir uns kennen. Oder soll ich Sie Cogento nennen? Unser mysteriöser Vigilante.« Dazu lachte er schelmisch.

»Dann nenne ich Sie einfach C«, antwortete ich und stimmte in sein Lachen ein.

»Ich sehe schon, wir verstehen uns«, sagte er, konnte seine Unsicherheit jedoch nicht vollkommen verbergen.

»Sie brauchen sich keine Sorgen zu machen, Sir«, sagte ich beschwichtigend: »Wie Teresa Ihnen bestätigen wird, bin ich keine Gefahr für Sie.«

»Nun, wenn Sie meinen ... Ich hoffe es jedenfalls.«

Dann suggte ich ihn: »Ich möchte nur, dass Sie mir alles erzählen, was Ihnen über Grovers derzeitige Situation bekannt ist.«

Er erklärte: »Grover hat sich zurückgezogen. Er hat spezifisch angewiesen, ausschließlich per Video-Chat zu kommunizieren. Vermutlich ist er in einer seiner privaten Residenzen.«

»Nun, sie haben die Gerüchte über seine Verbindungen mit dieser Sekte gehört?«, fragte ich.

»Ja, natürlich«, bestätigte er, »aber ich halte das für nichts weiter als eine Diffamierungskampagne seiner politischen Gegner. «

»Die Anschuldigungen sind wahr«, sagte ich ihm: »Sie werden jegliche Kommunikation zwischen Grover und dem MI5 von nun an unterbinden. Identifizieren Sie die Mitglieder des MI5, die zu seiner Organisation gehören und beenden Sie die Sache. Sorgen Sie für eine Untersuchung, isolieren Sie ihn und entfernen Sie ihn aus seinem Amt.«

Er zögerte bevor er erklärte: »Dazu brauche ich aber die Hilfe des Premierministers.«

Ich forderte: »Dann holen Sie ihn her.«

Auf seine Bitte hin ließ Premierminister Macleod die Sitzung unterbrechen und fünf Minuten später saß er neben uns im Sessel am Kamin und ich suggte ihn: »Premierminister, Sie werden Minister Grover seines Amtes entheben. Die Anschuldigungen gegen ihn sind wahr, er ist tatsächlich Führer einer Sekte und hat den MI5 für seine Interessen missbraucht.«

Macleod erwiderte: »Aber er hat viele Sympathisanten im Unterhaus, die seine Antiterrorkampagne unterstützen.«

»Chief Tomlinson wird Ihnen Beweise liefern, die zeigen, dass es gar keine Antiterrorkampagne gibt. Dass Grover es einzig und allein auf Cogento abgesehen hat, weil dieser den Plänen seiner Sekte im Weg steht. Tomlinson: Suchen Sie nach Dave Uttley, dem Schwager von Grover. Er ist ebenfalls in hoher Position für die Sekte tätig. Seine Frau, Geraldine, wird aussagen. Premierminister, werden Sie nächsten Monat der UNO-Vollversammlung beiwohnen?«

Macleod bestätigte.

»Gut, es ist wichtig, dass Sie unbedingt dabei sind. Geben Sie mir Ihre Telefonnummer. Falls ich Sie anrufe, werden Sie meinen Anweisungen folgen. Verstanden?«

Wieder nickte er zustimmend.

Teresa lehnte sich zu mir herüber und flüsterte mir zu: »Escucha! Vergiss nicht, dass Yolanda noch unter Grovers Einfluss steht« und ich wandte mich mit einer Sugg an Tomlinson: »Geben Sie Teresa die höchstmöglichen Befugnisse und befolgen Sie ihre Anweisungen.« Den Premierminister fragte ich: »Was tun Sie als Nächstes?«

»Zwanzig Cabinet Members erwarten mich zurück zur Sitzung. Zusammen werden wir sofort das Amtsenthebungsverfahren einleiten.«

»Und Sie, Chief Tomlinson?«

»Ich werde mit Agent Reyes nach Vauxhall Cross zurückkehren, um sie mit den entsprechenden Befugnissen auszustatten.«

Ich wandte mich Teresa zu und sagte: »Kyle und ich müssen zu unserem Team zurückkehren. Geh du mit C und ruf mich an, falls du mich brauchst.« Sie zückte ihr Smartphone, ich das Meine, und wir tauschten unsere Nummern aus. Teresa lächelte mich an, während wir auf unseren Geräten herum tippten und meinte enthusiastisch: »Es una genialidad, dass wir jetzt zusammen arbeiten. Und wow, wer hätte das gedacht: Ich kontrolliere jetzt den SIS. Gracias, Vaughan.«

Dann trennten sich unsere Wege. Während Macleod zurück ins Sitzungszimmer ging und Teresa mit C in die Limousine stieg, mit der wir gekommen waren, gingen Kyle und ich hinter dem Wagen durch das schwarze Tor aus der Einfahrt von Downing Street. An der Parliament Street riefen wir uns ein Cab.

Wir begaben uns jedoch nicht direkt zur Bahnstation, sondern machten einen Umweg nach Battersea, um in der WG von Felix mein Geld und meine Sachen zu holen. Ich wies Felix an, Daves Van gelegentlich aus der Garage zu fahren und irgendwo abzustellen. Dann fuhr ich mit Kyle nach Paddington Station, um den Zug nach Oxford zu nehmen. Unterwegs gab ich Richard Bescheid, dass wir bald kommen würden und er klang erleichtert, denn er hatte nichts mehr von uns gehört, seit wir in Heathrow gelandet waren.

Zurück in Oxford begrüßten uns Nisha, Ondrea, Sam und Richard überschwänglich. Sie zeigten sich erleichtert, dass alles am Ende doch noch gut gegangen war. Kyle benahm sich ganz verlegen bei seiner ersten Begegnung mit ihnen, aber ihr herzliches Entgegenkommen ließ ihn rasch auftauen.

Kaum dass wir unsere Sachen abgelegt und uns ins Wohnzimmer begeben hatten, eröffnete ich ihnen: »Ihr werdet es nicht glauben. Wir kommen gerade von Downing Street. Und die neuste Neuigkeit, die wir euch mitgebracht haben wird euch bestimmt verblüffen. Wir haben nämlich ein weiteres Mitglied für unser Team gewinnen können. Ihr werdet ganz bestimmt nie erraten, um wen es sich dabei handelt.« Ja, ich liebte es, die Leute zappeln zu lassen.

Richard rieb sich angespannt am Gesicht und ließ sich nicht lange bitten. »Vielleicht ist es der SIS-Chief. Oder etwa gar der Premierminister?«

Nisha spekulierte leidenschaftlich: »Bestimmt ist es die Queen höchstpersönlich. Oder nein, noch besser; bitte sag dass es einer der jungen Prinzen ist!«

»Nein, falsch geraten«, sagte ich: »Sam, Ondrea, was meint ihr?«

»Ich hatte auch auf den Premier getippt«, erwiderte Sam und Ondrea meinte nur: »Nun lasse uns endlich die Erlösung zukommen und sag es, Vaughan!«

Mit dem, was ich daraufhin, fast schon feierlich, verkünden konnte, hatte wirklich niemand von ihnen gerechnet: »Es ist Teresa!« Und da kamen sie aus dem Staunen nicht mehr heraus.

Ich musste ihnen jedes noch so kleine Detail von unserer Verfolgungsjagd nach der Landung erzählen. Sam übernahm es, den Teil in der Gepäckabfertigung effektvoll wiederzugeben. Und ich enthüllte, dass wir uns tatsächlich mit dem Premierminister getroffen hatten und arrangieren konnten dass er, Tomlinson und Teresa sich um Grover kümmerten.

Richards Assistent Alex hatte ein Dinner organisiert und wir saßen beim Essen zusammen, als Ondrea uns die Fortschritte erklärte, die das Team mit der Entwicklung der OneWorld Organisation und der Charta bisher gemacht hatte: »Wir sind uns über folgende relevante Punkte einig: Die Grundlagen der Organisation bilden ein ständiges rechtsstaatliches, gewaltengetrenntes Gremium aus Mitgliedern aller Länder und die Charta, die auf den Allgemeinen Menschenrechten basiert. Ein ganz wichtiger Unterschied zu heute wird sein, dass das Nichteinhalten der Menschenrechte automatisch zur Aufhebung der staatlichen Souveränität führt, so dass OneWorld einschreiten kann. Neu werden die Menschenrechte Kinder vor dem Befolgen religiöser bzw. ideologischer Zeremonien und Dogmen schützen. Sie schützen die Freiheit von Sexualität und Lebensform, das Recht über das eigene Leben und Sterben entscheiden zu dürfen. Die Selbstbestimmung der Frau. Wir definieren sogar die Verantwortung des Menschen gegenüber Tieren und geben bestimmten Tierarten Grundrechte.«
Sam bemerkte: »Nur haben wir, wie früher schon befürchtet, noch die offenen Punkte unter *Sexualität und Lebensform*, welche die LGBT-Rechte betreffen. Da kommen wir einfach nicht weiter. Und einige Fragen zur derzeitigen Situation in Entwicklungsländern müssen wir auch noch diskutieren.«
»Ja, in der Tat«, bestätigte Ondrea. »Aber immerhin sind wir bei den wichtigsten der anderen Regelungen zu Konklusionen gekommen. Mit Transparenz und Einschränkungen bei politischen Kampagnen sorgen wir für die absolute Trennung von Wirtschaft und Staat. Nisha, möchtest Du das ökonomische System erläutern?«
Nisha ergriff das Wort: »Gern. Also, über Freigeld und Freiland haben wir ja schon gesprochen. Eine weitere wichtige Maßnahme wird der weltweite Mindestlohn sein. Erst wenn überall die glei-

chen Regeln und Kosten herrschen, kann eine Globalisierung stattfinden, die für alle Vorteile bringt – nicht nur für die wohlhabende Klasse. Es ist sogar vorgesehen dass der Mindestlohn später zum Gleichlohn übergeht – damit schließlich jeder dasselbe verdient, egal welcher Tätigkeit oder welchem Studium man nachgeht. Das wird Lebenskosten und Ertrag über die gesamte Bevölkerung gerecht verteilen. Finanziert wird das alles aus Anteilen an Verwertungsrechten, auf der Basis des Allgemeinwissens unserer Gesellschaft, die jeder Schöpfung und Erfindung zugrunde liegt.«
In ausführlichen Gesprächen erklärte uns das Team seine Überlegungen. Selbst Kyle brachte sich mit einigen Fragen ein, aber man merkte, dass diese Themen für ihn ungewohnt waren.
Ondrea sagte: »Es erscheint mir gerade ideal, dass Kyle diese Fragen stellt, denn wir erhalten dadurch eine Impression, wie jemand auf das Regelwerk reagiert, der nicht an seiner Elaboration beteiligt war.«
Und Sam ergänzte: »Die OneWorld Charta erfüllt immerhin die sehr hohen ethischen Ansprüche von Kohlbergs postkonventioneller Stufe sechs. Das kann für viele Menschen wirklich schwer zu verstehen sein.«

Am Schluss zeigte Sam sich noch immer besorgt, was die Vollversammlung betraf: »Russland und China werden problematisch sein. Dein Einfluss hält ja nicht lange an und sie werden sich gegen die Charta wenden, auch wenn sie sie unterschrieben haben, denn sie haben die Macht dazu.«
»Ich glaube nicht, dass sie sich querstellen können, wenn der Rest der Welt gegen sie steht«, erwiderte Ondrea.
»Aber beide zusammen könnten es«, sagte Sam.
Nisha schlug vor: »Wir sollten China nachbetreuen, nach der Vollversammlung. Vaughan könnte Xie Jingyun nach China zurückbe-

gleiten, die Regierung konstant beeinflussen und die Auflösung ihrer militärischen Kräfte überwachen.«
»Einverstanden. Und hier kommen wir gleich zur nächsten Aufgabe für Vaughan«, sagte Richard: »Denn Xie Jingyun ist einer der Präsidenten, die nicht zur Vollversammlung kommen wollen. Der zweite Wichtige, der nicht selbst erscheinen wird, ist der Präsident von Indien. Die Anderen können wir vernachlässigen, aber diese zwei musst du überreden.«

In diesem Moment klingelte mein Handy und ich erhob mich und ging in den Gang hinaus, um die Gespräche nicht zu stören.
»Hola Vaughan? Hier ist Teresa. Ich habe die Situation mit Yolanda unter Kontrolle. Y ahora, nun würde ich gerne etwas tun, um deine wichtige Mission zu unterstützen.«
Ich antwortete: »Es wäre super, dich dabei zu haben. Am besten kommst du zuerst einmal zu uns, damit dich alle kennenlernen können. Nimm den Zug bis Oxford Station, dann hole ich dich dort ab.«
»Bien! Ich mache mich gleich auf den Weg und melde mich, wenn ich ankomme«, sagte sie. Wir beendeten die Verbindung und ich kehrte zurück zu den Diskutierenden im Wohnzimmer.
Ondrea fragte verunsichert: »Gibt es Neuigkeiten, Vaughan?«
»Gute Neuigkeiten, ja«, verkündete ich freudig, »wir bekommen Besuch.«
Alle wandten sich sogleich neugierig zu mir um und ich fuhr fort: »Es ist Teresa. Und wisst Ihr was? Sie wird bestimmt etwas zu den noch offenen Punkten der Charta beitragen können.«
»Richtig«, sagte Richard: »Daran hatte ich noch gar nicht gedacht. Dann ist sie tatsächlich wie das eine Teil unseres Puzzles, das noch gefehlt hatte. Erstaunlich!«
Ondrea erwiderte: »Plötzlich fügt sich alles zusammen.«

Wir sprachen weiter über die Charta, bis Teresa erneut anrief. Daraufhin fuhr mich Alex mit seinem Wagen zum Bahnhof, wo sie bereits auf uns wartete.

Teresas Ankunft in Richards Haus war ein sehr emotionaler Moment. Ich hielt die Haustüre offen und kaum, dass sie hereingetreten war, schaute Ondrea gerührt zu ihr auf. Dann sagte sie mit überraschend wackliger Stimme: »Komm her, mein Kind«, ging auf sie zu und umarmte sie innig. Die Anderen taten es ihr gleich. Wir alle spürten, dass wir Teil von etwas waren, das in die Geschichte eingehen würde.

Richard setzte zu einer Ansprache an: »Teresa. Gerade noch warst du ein Helfer unseres schlimmsten Feindes, Gegner einer gerechteren Welt. Dass sich das so plötzlich ändern könnte, wäre mir nicht in den Sinn gekommen. Nun dürfen wir dich überraschend, aber herzlich, als Teil unseres verschworenen Kreises willkommen heißen!«

Richards Worte machten mich nachdenklich. Was, wenn wir uns irrten? Wenn sie uns nur etwas vorgespielt hatte und eigentlich immer noch auf Grovers Seite stand? Für jemanden, den ich nicht suggen konnte, hatte sie sich heute am Flughafen doch verdammt einfach umstimmen lassen!

Ich beobachtete sie, während sich alle ins Wohnzimmer begaben und Ondrea und Nisha ihr erklärten, was wir beabsichtigten. Selbst in dem neutralen schwarzen Anzug eines MI5-Agenten wirkte Teresa ausgesprochen feminin, aber auch kraftvoll und stolz. Sie schien so offen und herzlich zu sein – jedenfalls, solange man nicht gerade das Pech hatte, sich als Gegner vor ihren Fäusten oder im Würgegriff ihrer Krallen zu befinden. Und schließlich hätte sie mich heute leicht aus dem Verkehr ziehen können. War das nicht alles was Grover wirklich wollte? Nein, ich entschied, dass es keinen Grund gab, um misstrauisch zu sein.

Beim Stichwort *Gegner* kam mir in den Sinn, dass ich wegen der veränderten Gefahrenlage eine Anpassung vornehmen sollte. Ich nahm Richard zur Seite und sagte: »Ich muss dich noch über meine Maßnahme für Notfälle informieren. Ich habe da ein Druckmittel auf einem Server hinterlegt, meine Erklärung auf Video. Nun hat sich die Lage aber geändert. Kannst du die Informationen die darin enthalten sind, aktualisieren? Ich denke, jeder vom Team sollte den Code bekommen, um den Versand im Notfall manuell auslösen zu können. Dann deaktiviere ich den automatischen Versand.«

Richard legte seine Hand auf meine Schulter und meinte: »Gut, ich kümmere mich darum.«

Sam bat alle ins Wohnzimmer, und fragte dann: »Teresa, wirst du uns nachher noch behilflich sein mit unseren Fragen zu LGBT-Rechten und zur Ökonomie in deinem Land?«

»Claro! Natürlich. Wenn ich kann«, antwortete sie.

Und Nisha sah sie gespannt an und sagte: »Und jetzt erzähle uns etwas von dir!«

Teresa räusperte sich und begann mit den Worten: »Bueno, pues, ... Ich bin glücklich, hier zu sein. Muy contento! Es bedeutet mir viel, dass ich endlich auf der richtigen Seite stehe. Nicht, dass ich eine Wahl gehabt hätte. Espero – ich hoffe ihr wisst das. Claro – ich wäre gerne bei meiner Freundin Yolanda. Sie ist jetzt in Asien auf Tournee. Aber dank Vaughan gehört der Agent an ihrer Seite nun mir. Está bajo mi control! Und er sorgt dafür dass sie ihre Medikamente hat. Aber wir sind noch nicht fertig, aún no se ha acabado! Ich konnte zwar mit dem Chief zusammen Grover vom MI5 isolieren. Leider konnten wir aber weder Grover noch Dave Uttley finden. Han desaparecido. Über den Rest der Sekte weiß man beim MI5 wenig. Aber Grover hat den MSS kontaktiert, dem Chinesi-

schen Geheimdienst, bevor er verschwand.«
Ich erschrak, als sie das erwähnte: »Mensch, China ist mein nächstes Ziel. Kann das ein Zufall sein?«
»Das ist eine schwierige Frage«, sagte Richard: »Ich tendiere dazu, solche Zusammenhänge nicht als Zufall zu interpretieren. Andererseits, woher sollte Grover davon wissen? Wir haben ja selbst erst gerade darüber gesprochen.«
»Es kann nur Zufall sein, Richard«, erwiderte ich, »denn wenn Grover diese Absicht hatte, bevor er untertauchte, dann war das lange, bevor wir anfingen, uns über China Gedanken zu machen.«
Richard erwiderte: »Aber, unser Plan, alle Nationen an einen Tisch zu bringen, steht schon länger. Wenn er davon wusste, konnte er sich leicht ausrechnen, dass wir auch versuchen würden, an Chinas Präsidenten heranzutreten.«
Ondrea brachte unsere Diskussion zum Abschluss: »Gentlemen, mir scheint es keinen Sinn zu haben, über etwas zu spekulieren, bei dem wir gar keine Alternative haben. Vaughan muss so oder so nach China aufbrechen.«
Teresa stand auf und sagte mit nachdrücklicher Stimme: »Yo también! Und ich werde ihn begleiten!«

XV

Kyle war hin und her gerissen zwischen Erleichterung und Sorge darüber, dass er mich nicht würde nach China begleiten können. Aber Teresa war nun unsere Expertin für Sicherheit; ihre Empfehlung war eindeutig – und es gab kaum ein Argument dagegen. Teresa hätte es sich ohnehin nicht ausreden lassen, nach China zu fliegen, denn Yolandas Tournee gastierte ausgerechnet die nächsten Tage in Shanghai, wo sie Konzerte gab.
»Wir sollten Premierminister Macleod bitten, euch eine Audienz bei Xie Jingyun zu organisieren«, kommentierte Richard unsere Reisepläne: »Ihr könntet als Diplomaten mit der Mac Force One fliegen.«
»Das wird nicht klappen«, wandte Ondrea ein: »Der Premierminister ist gerade nach Australien unterwegs.«
»Ich bin es gewohnt, den direkten Weg zu gehen«, meldete ich mich zu Wort: »Wir improvisieren einfach, sobald wir in Peking sind. Außerdem, einen ganzen Jet nur für uns zwei? Da ist ein normaler Linienflug sehr viel weniger schädlich für die Umwelt.«

Natürlich hatten Teresa und ich diesmal keinerlei Probleme auf dem Flughafen. Ganz offensichtlich wurde nicht mehr nach mir gesucht und wir konnten uns in aller Ruhe durch den Check-in und die Kontrollen suggen. Bald darauf saßen wir in der Businessclass nach Shanghai und sie nutzte den langen Flug, um mir ihre ganze Geschichte zu erzählen; woher sie kam, wie sie Yolanda kennengelernt hatte, mit auf die Tournee gehen konnte und wie sie schließlich in London von Popov und Grover erpresst worden waren. Sie freute sich nun riesig darauf, endlich ihre Freundin wieder zu sehen.

Nach der Landung am Flughafen Pudong holten wir unsere Reisetaschen aus dem Gepäckfach und begaben uns durch die langen Korridore zur Einreisekontrolle. Der einzige Unterschied, der mir bisher zu den anderen Flughäfen auffiel, waren die chinesischen Schriftzeichen überall. Doch zum Glück war das Meiste auch auf Englisch beschriftet. Wir nahmen die Schlange vor der Passkontrolle für *Foreigners* und als wir an der Reihe waren, gab es kein Problem damit, dass wir uns dem Schalter zu zweit näherten. Aber das Englisch des Beamten war nicht besonders deutlich. Als ich ihm unsere improvisierten Pässe hinhielt, stutzte er und sagte: »Was ist das? Wo du Ankunft Karte und Visa?«

Ich hatte keine Ahnung, was er damit meinte und versuchte einfach, ihn zu suggen: »Wir gut, alles okay!« Das klappte jedoch nicht sofort, ich musste mich mehrmals in verschiedenen Varianten wiederholen, bis es bei ihm Klick machte. Er wollte uns gerade durchwinken, als neben ihm ein Supervisor auftauchte. Der konnte zum Glück perfekt Englisch. Offenbar hatten wir eine zusätzlich Karte nicht ausgefüllt, und das Heftchen, das ich ihm reichte, als er nach dem Pass fragte, versetzte ihn kurz in Alarmbereitschaft. Visa hatten wir ja ebenfalls nicht, aber nach meiner Sugg war das alles kein Problem mehr und wir konnten passieren.

Durch die Gepäckausgabe mit ihren markanten orange-gelben Wänden verließen wir den überwachten Bereich und nahmen die Rolltreppe nach unten zu den Taxis. Teresa hatte sich das Hotel notiert, in dem Yolanda mit ihrer Entourage logierte. Wir gingen auf den ersten gelben Van zu, der mit seinem weißen Schild auf dem Dach nach Taxi aussah und fragten den Fahrer, ob er uns zum Hotel Ruijin bringen könne, doch er antwortete nur: »Woa meei tiin doang!«

»Man sollte doch annehmen, dass in einer internationalen Metropole wie Shanghai alle etwas Englisch verstehen, nicht?«, sagte ich zu Teresa: »Darauf bin ich jetzt nicht vorbereitet.«

»Qué problema! Deine Suggestionskünste funktionieren wohl nicht,

wenn man deine Sprache nicht versteht, Vaughan.«
»Ja, ist eigentlich logisch. Aber so was erlebe ich jetzt zum ersten Mal.«
Teresa fragte herum, aber keiner der anwesenden Taxifahrer verstand auch nur ein Wort Englisch.
»Vamos!«, sagte Teresa: »Ich glaube, ich habe drinnen ein Schild gesehen, auf dem *Maglev Train* stand.«
Also kehrten wir zurück zur Rolltreppe und fanden zwischen den Terminals eine Reihe von Ticketautomaten für die Magnetbahn. Wir schafften es tatsächlich, die Fahrkarten zu lösen, fanden den Bahnsteig und betraten einen ultramodernen Zug mit etwas engen Dreier-Sitzplätzen auf jeder Seite.

Auf der Fahrt ins Zentrum beschleunigten wir bis auf knapp über dreihundert Stundenkilometer, was ich so genau wusste, weil es von einem großen Digitaldisplay in jedem Waggon stolz angezeigt wurde. Die Autos auf den Straßen neben uns schienen sich nur noch so langsam wie Schnecken fortzubewegen.
Ich sagte: »Vom Bahnhof im Zentrum brauchen wir dann aber ein Taxi, sonst finden wir das Hotel nie. Ob ich es mit einer Web-Übersetzung versuche, und sie dem Fahrer zeige?«
Teresa erwiderte: »Bien! Das könnte gehen. Oder ich rufe doch Yolanda an und lasse uns abholen.«

Ihr Vorschlag war eindeutig besser. Yolanda konnte uns zwar ebenfalls nicht den Weg erklären, aber sie fragte jemanden vom Hotel. Der wies uns dann an, dass wir an der Station Nanjing West aussteigen und dort auf das Taxi des Hotels warten sollten. Die Bahn brauchte noch wenig mehr als fünf Minuten bis dorthin und auch das Taxi kam bald, denn von hier war das Hotel nur noch ein paar Blocks entfernt.

Das Ruijin stand inmitten von Bäumen und Wiesen. Man

hätte meinen können, sich weit draußen auf dem Land zu befinden, nicht in einer Großstadt – wären da nicht die gläsernen Wolkenkratzer gewesen, die hinter den Bäumen in den Himmel ragten. Das Hotel selbst war lang aber niedrig, mit Backsteinfassaden, nicht viel anders als ein englisches Landgut, was mich etwas enttäuschte. Yolanda erwartete uns bereits und sie und Teresa fielen einander gleich in die Arme. Es dauerte eine Weile, in der ich mich verlegen umsah, bis ich Yolanda schließlich begrüßen konnte.

Teresa brachte ihre Sachen natürlich auf Yolandas Zimmer und ich hatte ein Doppelzimmer für mich allein. Nachdem ich mich etwas frisch gemacht und Richard informiert hatte, stieß ich im Hotel-Restaurant zu den Anderen, die bereits am Essen waren. Yolanda stellte mich ihrer Band vor und meinte, dass weitere ihrer Leute bereits im *Grand Stage* dabei waren, die Bühne für das Konzert am Abend vorzubereiten.

Wir saßen zu dritt beim Essen, denn die Anderen unterhielten sich auf Spanisch.

»Ihr müsst heute zum Konzert kommen«, sagte Yolanda.

»Das wäre schon toll, aber wir sind noch ziemlich erschöpft vom Flug. Außerdem müssen wir bald weiter, denn wir haben noch viel vor und nur begrenzt Zeit«, antwortete ich.

»Ihr müsst euch doch an die Zeitzone anpassen, nicht? Also, keine Ausreden!«, forderte Yolanda.

Diese Frau prickelte vor Energie und Lebenslust, es war ansteckend. Jedenfalls gingen Teresa und ich zum Konzert und ich musste gestehen, es wäre schade gewesen, es zu verpassen. Wir durften hinter die Bühne und konnten die ganze Show von Nahem genießen. Der kreisrunde, stadionartige Saal war riesig und er war voll. Salsa war offensichtlich gerade groß in Mode hier, die Menge war begeistert und es wurde getanzt, so weit man nur sehen konnte.

Am Schluss lief Yolanda über die Bühne auf uns zu. Sie nahm Teresa an der Hand, um sie mit sich zurück vor das Publikum zu ziehen. Während die Band im Hintergrund weiter Latin-Rhythmen spielte, nahm sie das Mikrofon und verkündete: »Queridos, das ist meine Liebste! Teresa, te amo!« Sie gab ihr einen Kuss, das Publikum jubelte und dann spannten sie zusammen ein langes Banner in Regenbogenfarben auf. Darauf stand *No more LGBT censorship!*

Es folgten noch einige Zugaben, dann verließen die Menschen in Strömen die Halle. Yolanda nahm Geschenke entgegen, gab Autogramme und erst gegen zwölf Uhr erreichten wir wieder das Hotel.

Teresa weckte mich spät am nächsten Morgen, um mich zum Essen abzuholen. Ich war gespannt, ob Yolanda wegen ihrer gestrigen, spontanen Protestaktion Probleme bekommen würde. Doch sie klärte mich auf: »In Chinas Geschichte war Homosexualität früher ganz normal und vollkommen akzeptiert. Erst im achtzehnten Jahrhundert haben Einflüsse aus dem Westen zu Verbot und Verfolgung geführt. In den Achtzigerjahren besserte sich die Situation allmählich und heute gibt es keine Gesetze mehr dagegen. Jedoch hält der Einfluss der vorherigen, falschen Moralvorstellungen in der Gesellschaft immer noch an. Die Privatwirtschaft betreibt deswegen freiwillige Selbstzensur. Zum Beispiel die China Television und Drama Industry. Die zensiert jegliche Erwähnung gleichgeschlechtlicher Liebe, obwohl sie das gar nicht müsste. Und Freunde hier haben mir von schlimmen Fällen gesellschaftlicher, sogar familiärer Ächtung berichtet. Deshalb wollte ich ein Zeichen setzen. Mit den Behörden werden wir deswegen kein Problem kriegen, aber die Unterhaltungsindustrie wird wohl meine kleine Kundgebung zensieren.«

»Yo sé! Ich kann nachvollziehen, wie man sich fühlen muss, wenn sich Andere über die Art, wie man lebt oder wie man ist, aufregen«, sagte Teresa: »Als ich klein war interessierte sich niemand für mich. Nadie! Aber als Anderen an mir etwas nicht gefiel, da redeten sie plötzlich über mich, machten mich zum Thema. Corronchos! Dabei ist unsere Gesellschaft recht tolerant, wie muss es dann erst an einem restriktiven Ort sein?«

»Furchtbar«, sagte ich und wandte mich an Yolanda: »Du weißt aber dass du sehr aufpassen musst, wo du solche Kundgebungen machst. Es gibt ja immer noch Länder, in denen die Todesstrafe gegen Homosexuelle verhängt wird.«

»Keine Angst, Vaughan«, erwiderte sie, »ich habe das mit meinen Managern genau angeschaut. Viele dieser Länder befinden sich in Vorderasien oder Afrika und dorthin gehen wir nicht.«

Teresa erklärte: »Siehst du, Querida, das ist die Mission, auf der ich Vaughan begleite. Er und seine Leute versuchen die Menschenrechte weltweit durchzusetzen, damit solche Missstände bald Vergangenheit sind.«

»Das wäre wundervoll«, sagte Yolanda: »Aber ich wünschte, du müsstest nicht so schnell wieder aufbrechen.«

»Das können wir auch nicht«, warf ich ein: »Nicht, bevor wir nicht das Sprachproblem gelöst haben. Unsere Mission funktioniert nämlich nur, wenn man mich auch versteht.«

Yolanda wirkte amüsiert als sie sagte: »Da müsstest du schon auf die Schnelle Chinesisch lernen, denn außerhalb der Tourismus- oder Business-Zentren spricht hier kaum jemand Englisch.«

»Mierda! Dann sind wir jetzt schon gescheitert«, sagte Teresa besorgt: »Entonces? Gibt es denn wirklich keine Lösung?«

Yolanda saß nachdenklich über dem Rest ihres Frühstücks und machte schließlich einen Vorschlag: »Zhou Weihua arbeitet für unser Label hier in Shanghai. Sie stammt aus Peking, wenn ich mich nicht irre. Wie wäre es, wenn sie euch begleitet? Sie könnte für dich übersetzen.«

»Das wäre was«, sagte ich: »Es würde vielleicht sogar genügen, wenn ich befehle *folgt ihren Anweisungen* und sie dann alles Weitere direkt übersetzt. Die paar Worte Chinesisch kann ich bestimmt lernen.«
»Das verstehe ich jetzt nicht ganz«, sagte Yolanda.
Teresa nahm ihre Hand und sagte: »Luego, Amor. Ich werde es dir später einmal genau erklären. Bitte rede doch mit dem Label, ja?«
Yolanda machte daraufhin einen Anruf und sprach mit Zhou. Dann musste sie noch ihre Manager überreden und die arrangierten sich mit dem Label. Doch die junge Frau würde einige Zeit benötigen, um ihre beruflichen und familiären Verpflichtungen für die folgenden Tage zu regeln. Nun kamen Teresa und Yolanda also doch noch zu einer weiteren gemeinsamen Nacht.

Zhou erschien am nächsten Tag im Hotel, und wir erklärten ihr in Ruhe die Situation – natürlich nur, soweit es für sie relevant war. Zhou machte ein paar erste Versuche, mir etwas auf Chinesisch beizubringen und wir merkten, dass das noch viel Geduld brauchen würde. Dann brachen wir auf.

Zhou und ich warteten geduldig im Taxi des Hotels, bis Teresa sich endlich von ihrer Geliebten losreißen konnte. Jedes Mal, wenn ich die Leidenschaft der beiden beobachtete, wurde ich wehmütig – natürlich dachte ich an Rayza. Aber ich erlaubte mir nicht, allzu lange in Sehnsucht zu versinken, es gab schließlich Wichtigeres zu tun.

Unsere Fahrt führte uns nicht zum Flughafen. Zhou empfahl, dass wir den Hochgeschwindigkeitszug nehmen sollten, also brachte uns das Taxi zum recht nahe gelegenen Bahnhof, bei Einheimischen bekannt als *die Neue Station*. Es war unsere einzige längere Fahrt in Shanghai bei Tag. Alles, was mir neben gelegentlichen asiatischen Dekor-Elementen wie den roten, geschwungenen Ziegel-Vordächern an Läden oder Restaurants auffiel, waren die vielen Fahrräder, die oft in größeren Gruppen die Kreuzungen überquerten. Sonst gab es für mich nichts wirklich Ungewohntes zu sehen, außer natürlich der umgekehrten Fahrtrichtung des Verkehrs. Selbst Chinatown in London wirkte asiatischer – ich war etwas enttäuscht.

Wir entstiegen dem Wagen an der Nordseite des Bahnhofs. Seine galerieartige Glasfassade sah mit dem modernen geschwungenen Vordach eher wie ein Flughafen aus. Im Innern fanden wir fast nichts vor, das noch auf Englisch angeschrieben war. Doch dank Zhou konnten wir uns die nötigen Tickets besorgen – allerdings nicht ohne Probleme, denn normalerweise brauchten Ausländer dafür einige Dokumente und man musste sie im Voraus bestellen. Wie sie betonte, hatten wir großes Glück, dass die Dame am Schalter einigermaßen Englisch verstand, so dass ich sie durch den ziemlich aufwändigen Prozess hindurchsuggen konnte.

Die Kontrolleure, die den Zugangs-Check zu den Bahnsteigen machten, verstanden hingegen nur Chinesisch. Ich musste sie beeinflussen, indem ich wiederholte, was Zhou mir ins Ohr flüsterte. Die Situation war heikel, gelinde gesagt, und wir merkten erstmals deutlich, wie leicht wir wegen der Sprachbarriere in eine ausweglose Situation geraten konnten.

Mit Zhou fanden wir dann den Richtigen unter den vielen riesigen Bahnsteigen. Unser Hochgeschwindigkeitszug schien ganz neu zu sein, lackiert in perfektem Weiß mit einer schmalen blauen Linie unter abgedunkelten Fenstern. Die normalen Plätze zeigten sich ein wenig breiter als im letzten Zug, doch für meine Verhältnisse immer noch recht eng. Schon als wir unsere Tickets kauften, hatte Zhou darauf hingewiesen, daher belegten wir Sitze in der ersten Klasse und die waren nun wirklich großzügig – eher schon Sessel, mit rotem Leder, viel Beinfreiheit und der Möglichkeit, sie praktisch in einen Liegestuhl zu verwandeln. Viereinhalb Stunden dauerte die Fahrt. Wir nutzten die Zeit, indem Zhou mir beibrachte, wie man *befolge ihre Anweisungen!* sagte.

Sie sagte vor: »Andshau bha-da-zhüshü!«

Und ich versuchte ihr nachzusprechen: »Ant tschau bada züschü!«

»Nein, Vaughan, so: Andshau bha-da-zhüshü!«

Chinesisch gehörte offenbar nicht zu meinen Talenten. Wir mussten so lange daran arbeiten, es gab schon einige belustigte Blicke von Leuten im Abteil. Schließlich fand sie mich gut genug und ich probierte es bei einem Herrn aus, der hinter uns saß – bis es klappte und er Zhous Anweisung befolgte. Sie befahl ihm, mir seine Brieftasche auszuhändigen und er wollte danach gar nicht, dass ich sie ihm wiedergab. Erst als Zhou es forderte, nahm er sie ausdruckslos wieder entgegen. Teresa amüsierte sich köstlich, während sie uns bei den Übungen beobachtete.

Wirklich beeindruckt war ich vom Südbahnhof in Peking. So etwas hatte ich noch nie gesehen; eine Hauptstation in gigantischem Ausmaß, mit durchgehenden Gleisen und dazu noch rund, dass sie aussah wie ein UFO. Auf dem Weg durch die riesige Halle, deren Mitte dominiert war von unzähligen Sitzreihen für wartende Reisende, erklärte mir Zhou: »Die Architektur stammt von einem Landsmann von dir.«

Zhou führte uns durch den Hauptausgang auf den Vorplatz. Über uns thronten die riesigen roten Buchstaben und Zeichen, mit der die Station beschriftet war und etwas weiter an der Seite fanden wir eine Reihe von Fahrzeugen, die nach Taxis aussahen. Zhou löste bei einer Dame am Schalter daneben eine Nummer und sagte: »Das dient der Sicherheit der Fahrgäste«, dann bestiegen wir den vordersten der Wagen.

Die Fahrt führte nach Norden, während Zhou erklärte: »Unser Hotel liegt ganz in der Nähe unseres Ziels *Zhongnanhai*. Das ist der völlig abgeschottete Park der kommunistischen Partei, gleich neben der verbotenen Stadt. Der Park besteht auch aus einem See mit mehreren Teilen, wovon nur der Nördliche öffentlich zugänglich ist. Dort in der Nähe liegt unser kleines Hotel, das Zhantan.«
Kurz darauf stiegen wir vor einem Gebäude in typisch chinesischem Stil aus. Mit seinen roten Ziegeldächern und Dekorationen wirkte es nun wirklich richtig asiatisch. Das Hotel war familiär geführt – eine Abwechslung zu den immer gleichen internationalen Hotels, die wir sonst gewohnt waren. Wir aßen gemeinsam ein typisches Gericht bestehend aus Suppe, Reis und Gemüse und zogen uns dann in unsere Zimmer zurück, um uns von den Strapazen der Reise zu erholen.

Den nächsten Tag begannen wir früh. Wir begaben uns zu Fuß durch den Nordteil des weitläufigen Parks, gelangten an einigen roten, schmucken Häuschen vorbei am See entlang bis zu der enorm hohen Mauer, die ganz Zhongnanhai umschloss. An der Mauer entlang gingen wir bis ans Nordende der Anlage. Zhou zeigte uns den Zhongshan Park, der vor den Toren der verbotenen Stadt lag. Ein kleiner Abstecher zwischen märchenhaften, verspielten Gärten und Teichen. Doch am Ausgang wartete eine riesige, harte Betonlandschaft auf uns und Zhou erklärte: »Das ist der Tiananmen Platz. Der Ort, an dem China immer mit gigantischen Paraden seine militärische Macht präsentiert.«

Unser Weg führte uns nach Westen, an die Tore zu Chinas Machtzentrum Zhongnanhai. Zu dritt standen wir schließlich hinter einer dicken gelben Linie, etwa zwanzig Meter vor dem wunderschönen, traditionell chinesischen Gebäude in Rot, das den Eingang bildete.

Zhou erklärte: »Näher als bis zu den Linien dürfen wir nicht heran. Jedoch ist es erlaubt, von hier aus Fotos zu machen. Xinhuamen, das rote *Tor zum neuen China*, ist bei Touristen ein beliebtes Sujet. Normalerweise sind auch noch Polizisten auf dem Platz, welche die Linie bewachten. Vielleicht erst später am Tag, wenn mehr Touristen unterwegs sind.«

Mit Löwenstatuen links und rechts von uns war unser Blick auf das vermeintlich offene Tor in der Mitte gerichtet, doch zu beiden Seiten standen Wachen neben den roten Säulen.
Ich erinnerte Zhou und Teresa an ihre Rollen: »Bleibt nahe bei mir. Zhou, wenn nötig musst du sofort übersetzen, was ich sage, während ich den Leuten in die Augen schaue und Teresa muss mich vor Angriffen schützen. Alles klar? Dann los!«
Wir überschritten die gelbe Linie und gingen zügig auf das Tor zu. Als die Wachen uns bemerkten, änderten sie sofort ihre Haltung, hoben ihr Gewehr an und schritten auf uns zu. Beide brüllten etwas, das ich als Warnung interpretierte.

Mit Zhou an meiner Seite schaute ich jedem von ihnen in die Augen und sagte meinen Spruch: »Andshau bha-da-zhüshü!«, da traten aus dem Inneren bereits weitere zwei Wachen auf uns zu und ich wiederholte das Ganze. Nun konnte Zhou unseren vier Sugos Anweisungen geben: »Nii nän tä wo-mon tshutzo laoban ma?« Auf ihre Frage, ob sie uns zu ihrem Chef bringen könnten, antworteten sie offensichtlich positiv. Sie befahl der Gruppe, voranzugehen, und so schritten wir durch das Tor ins Innere des Gebäudes.

Im hinteren Bereich standen weitere Wachen bereit und ich hatte keinerlei Zweifel, dass beim geringsten Anlass innerhalb von Sekunden Dutzende mehr zur Stelle sein würden. Der Gedanke machte mich noch nervöser, als ich sowieso schon war. Wie es schien, kam der Gesuchte bereits angelaufen: Ein stattlicher

Mann, der mehr Abzeichen trug als die Anderen. Er schimpfte seinen Leuten etwas entgegen und ich hatte Mühe, ihn zu unterbrechen, um ihn mit meinem Spruch zu suggen. Dann wies Zhou ihn an, uns zu seinem Vorgesetzten zu bringen, worauf er einen der Wachen wegschickte. Von der Seite der zum See hin offenen Halle kam der Wachmann dann mit einem Boot herangefahren, auf dem wir alle Platz nahmen, zusammen mit seinem Vorgesetzten. Dann legte das Boot ab und bewegte sich geradeaus über den See. Hinter uns und seitlich vom See war die hohe Mauer zu sehen, vor uns einige Gebäude zwischen Bäumen, die auf eine riesige Anlage schließen ließen. Das Wasser war trüb, hellgrün und ruhig. Unsere Führer standen an der Spitze des Bootes, ihre Blicke fix geradeaus gerichtet.

So näherten wir uns einer Halbinsel, die in der Mitte des Ufers gelegen war. An einem großen, überdachten Steg legten wir an und wurden sofort von weiteren Wachen in Empfang genommen. Worte wurden ausgetauscht, dann führte man uns unter dem Dach hindurch zu einem weiteren traditionellen Gebäude hinter einer Reihe hoher, sicherlich uralter, schlanker Bäume.

Wieder standen Wachen am Eingang, ließen uns jedoch passieren. Unser Anführer näherte sich im Innern einem Herrn an einer Art Empfangstisch und besprach etwas mit ihm. Daraufhin entfernte er sich und kam mit einem weiteren Herrn zurück, dessen Abzeichen noch beeindruckender waren als seine eigenen. Entsprechend ergeben benahm er sich bei dem folgenden Gespräch und sein Vorgesetzter schien nicht gerade zufrieden zu sein mit ihm.

Ich war durch die angespannte Situation so aufgeregt, dass ich auf Englisch ansetzte: »Hallo?« Der hochdekorierte Mann schaute mich an und ich sagte: »Sie gehorchen jetzt meinen Befehlen, verstanden?« Er antwortete auf Chinesisch und ich wollte mit meinem gelernten Spruch reagieren. Doch bevor ich meine ersten Laute aussprechen konnte, unterbrach er mich mit seinem gellenden Brüllen.

Plötzlich standen Wachen hinter uns, packten uns an der Schulter und trennten uns voneinander. Ich versuchte meinen Spruch bei meinem Wachmann, aber es gelang mir nicht, ihm in die Augen zu sehen. Rechts von mir hörte ich Zhou energisch reden – sie erwähnte mehrmals *Xie Jingyun*, bis die Wache ihr den Arm nach hinten riss und sie zum Verstummen brachte.

Teresa reagierte blitzschnell, schlug ihren Angreifer zu Boden und sprang zu mir hinüber, um mich zu befreien, doch wie aus dem Nichts tauchten plötzlich mehr Männer auf und stoppten sie, noch bevor sie mich erreichen konnte. Sie zwangen sie zu Boden, dann wurden uns allen Fesseln angelegt und die Augen verbunden. Mir trieb es vor Aufregung den Schweiß ins Gesicht. Jetzt ist es vorbei, dachte ich.

Man stieß mich an, blind vorwärts zu gehen und jedes Mal, wenn ich aus Unsicherheit stehen blieb oder langsamer wurde, stieß man mir erneut hart in den Rücken. Wie weit ich so auf unangenehmste Weise laufen musste, konnte ich nicht abschätzen. Es schien endlos lange zu dauern. Dann hörte ich Quietschen und Knarren, mein nächster Schritt ging unerwartet eine Stufe in die Tiefe und ich wäre fast gefallen. Jemand durchsuchte meine Taschen. Dann nahm man mir die Augenbinde und die Fesseln ab. Ich befand mich in einer Zelle. Hinter mir wurde gerade die Tür zugeknallt. Ich war allein und hatte nur noch meine Kleider.

Ein einfaches Bettgestell ohne Matratze und ein Nachttopf waren alles, was die Zelle zu bieten hatte. Der Boden zeigte sich stellenweise zementiert, dazwischen lagen Sand und Erde. Und es stank faulig. Wie sollte ich hier je wieder raus kommen, wenn ich meine Fähigkeit nicht einsetzen konnte? Hätte ich doch bloß noch ein, zwei Sätze mehr Chinesisch gelernt.

Es verging bestimmt schon mehr als eine Stunde. Von draußen war absolut nichts zu hören. Ich fasste Mut und begann nach Teresa und Zhou zu rufen, zuerst leise an der Tür, dann immer lauter. Irgendwann hörte ich Schritte und an der Tür wurde etwas entriegelt. Durch eine Luke am Boden schob jemand ein Tablett mit einem Glas Wasser und einer Schale Reis. Würde ich jetzt so den Rest meiner Tage fristen müssen? Waren sie vorbereitet und hatten gewusst, dass ich kommen würde? Während weitere Stunden vergingen, konnte ich nichts tun, als mich auf die Pritsche zu legen und zu versuchen, etwas Schlaf zu finden. Irgendwann wurde es stockfinster.

Gleißendes Licht blendete mich und etwas riss mich von der Pritsche. Ich hatte wohl geschlafen. Wie lange, wusste ich nicht. Ein Wachmann stand vor mir, durchsuchte meine Kleider und brüllte etwas. Eine Sugg auf Englisch oder mit meinem Spruch hatte keinen Effekt, ohnehin schaute er mir nie richtig in die Augen. Da stieß er mich auch schon zurück auf die Pritsche und schloss die Tür hinter sich ab. Es wurde wieder dunkel. Ich legte mich hin. »Tja, Vaughan ...«, dachte ich so bei mir, »... da hättest du einen noch so tollen Umhang und heiße Strümpfe tragen können, sie hätten dich trotzdem eingesperrt!«

Irgendwann erwachte ich und es war wieder hell im Raum. Tageslicht. Wahrscheinlich war es Morgen, wie ich nur vermuten konnte. Was machten Gefangene im Film immer? Sie beschäftigten sich mit Fitnessübungen – nichts, wovon ich viel Ahnung hatte, aber ich tat mein Bestes und es half tatsächlich über die Langeweile hinweg. Hin und wieder wurde ein Tablett mit Essen hereingeschoben oder das leere Geschirr oder der volle Nachttopf abgeholt.

Was mir ebenfalls half, mich zu beschäftigen, während ich in dem dunklen, staubigen Loch hockte, war, mir unsere Diskussionen über die OneWorld Organisation in Erinnerung zu rufen. Sie war es schließlich, weshalb ich in diese schier aussichtslose Lage geraten war. Also konzentrierte ich mich darauf, mir die Ziele wieder vor Augen zu führen, die wir erreichen wollten. Dafür würde es sich bestimmt lohnen dies alles hier zu ertragen.

Ich erinnerte mich daran, wie Ondrea erzählt hatte, dass sie früher, als Mitglied der Menschenrechtskommission, nie zufrieden gewesen sei mit der Charta der Menschenrechte, weil sie zu viele Kompromisse enthielt. Zu sehr fühle sie sich der Philosophie von Immanuel Kant verbunden. Deshalb fehlten ihr darin die spezifischen Definitionen, wer wem gegenüber welche Pflichten hatte. Oder wer was wie durchzusetzen hatte. Dies werde alles in der neuen Charta berücksichtigt.

Ich erinnerte mich daran, wie Nisha erklärt hatte, woran es lag, dass die Weltgemeinschaft bisher nicht fähig gewesen war, die grundlegenden Probleme wie Armut, Hunger, Ausbeutung und Umweltbelastung zu lösen. Dass dies nur möglich sei, wenn überall dieselben Regeln gelten und dieselben Löhne gezahlt werden. Darin sah sie die Aufgabe von OneWorld. Es würde ein *Weltföderalismus* entstehen, der die Menschenrechte endlich weltweit durchsetzen und unsere größten Probleme lösen könne.

Wie Richard feststellte, dass Teresa das fehlende Puzzleteil war, das die letzten offenen Fragen beantworten konnte – was ich fast schon poetisch schön fand.

Aber auch Sams Zweifel kamen mir wieder in den Sinn. Wie er sich nicht vorstellen konnte, dass unsere Pläne überhaupt eine Chance haben würden, weil er der Meinung war, es gäbe zu viele unsichere Faktoren, wie der, dass ich viel zu viele Leute würde beeinflussen müssen.

Ich saß schon zu lange am Rand der Pritsche, während ich die vergangenen Gespräche im Gedächtnis passieren ließ. Mein Hintern war eingeschlafen und ich musste aufstehen und mich etwas bewegen. Ich war selbst erstaunt, wie detailreich meine Erinnerungen noch waren. Aber diese Gespräche, bei Tee und Kuchen in Richards Wohnzimmer, lagen ja auch noch nicht lange zurück. Tee und Kuchen. Was für ein Unterschied zu meinem derzeitigen Dasein. Es erfüllte mich mit einer gewissen Wärme, wenn ich mir all die angeregten und konstruktiven Diskussionen wieder ins Gedächtnis rief und diese Menschen, die ich als mein Team bezeichnete und inzwischen wirklich lieb gewonnen hatte – wie eine Familie. Ja, es wurde manchmal kalt in dieser Zelle. Wärmende Gedanken hatte ich dringend nötig.

Es musste am dritten oder vierten Tag gewesen sein, als sich wieder einmal Schritte näherten und Scharniere verschoben wurden. Doch diesmal öffnete sich eine Luke oben an der Tür, gerade groß genug, um Augen und Nase eines Mannes erkennen zu können.
»Du! Komm her!«, sagte eine Stimme auf Englisch.
Ich erhob mich und näherte mich der Tür.
»Wer bist du?«, wurde ich gefragt.
Als ich in seine schwarzen Augen blicken konnte wurde mir klar dass nun meine Chance gekommen war. Sofort suggte ich ihm: »Du lässt mich jetzt raus! Du folgst meinem Befehl! Öffne die Tür!«
Die Luke wurde geschlossen. Dann herrschte Stille und ich wartete.

Nach einer gefühlten Ewigkeit ratterte etwas an der Tür, dann wurde sie quietschend geöffnet und ein Mann in dunklem Anzug und Krawatte stand vor mir.
»Sag mir wer du bist«, forderte ich nun von ihm.
»Ich bin Lao She, Sekretär von Xie Jingyun.«

»Weshalb hat man mich eingesperrt?«
Er antwortete: »Sie wollten in die Anlage eindringen, hat man mir berichtet. Man sagte mir, ein Ausländer wurde festgenommen, der nach Xie Jingyun gefragt hat.«
»Lass meine Begleiterinnen frei, man soll sie herbringen! Und unsere Sachen bitte auch!«, forderte ich und Lao gab den Wachmännern Befehle. Sie gingen los, um Teresa und Zhou zu holen. Als sie kurz danach mit ihnen zurückkamen, umarmte mich Teresa erleichtert.
»Seid ihr in Ordnung?«, fragte ich.
»Ya! Es geht«, antwortete Teresa: »Wir waren zusammen in einer Zelle. Estoy aliviada! Gut dass du die Situation noch unter Kontrolle bringen konntest.«
»Dank dem Sekretär von Xie hier, der zum Glück Englisch spricht.«
Die Männer händigten uns unsere Brieftaschen und Handys aus und was wir sonst noch dabei gehabt hatten. Zur Sicherheit suggte ich Lao nochmals: »Du folgst meinen Anweisungen und den Anweisungen von Teresa und Zhou, verstanden?« Er bestätigte und ich fuhr fort: »Ist Xie Jingyun hier?«
»Der Staatspräsident ist heute von seiner Reise zurückgekehrt.«
Ich verlangte: »Dann bring uns zu ihm. Sag ihm, dass wir wichtige Diplomaten aus England sind und ihn dringend sprechen müssen!«
»Pero asi no! Wir sind nicht in besonders repräsentablem Zustand«, wandte Teresa ein und Lao erwiderte: »Ich bringe Sie zu den Bädern, wo Sie Gelegenheit haben, sich frisch zu machen und sich umzuziehen.«
Dem stimmten wir alle zu und so brachte er uns zu einem Nebengebäude, wo Dienstmädchen uns Badezimmer zuwiesen und jedem ein einfaches, dunkles Kleid überreichten, eine Art Bademantel in asiatischem Stil.

Ein offener Transportwagen brachte uns danach über einen kurzen Damm weiter ins Innere der Anlage, zu Gebäuden, die neuer zu sein schienen und eher westlich gebaut waren. Sie hatten schmucklose, dreistöckige Fassaden in Weiß und Grau. Einzig die grauen Dächer besaßen Formen und Ziegel im typischen asiatischen Stil. Wir gingen zusammen die Treppe hinauf zum Eingang und Lao bat uns, in einem der Zimmer Platz zu nehmen, während er das Zusammentreffen mit Xie organisierte.

Als er nach einiger Zeit zurückkehrte, führte er uns durch einen Gang bis ans Ende des Stockwerks, in ein größeres Sitzungszimmer. Wir setzten uns an den langen Tisch dem Eingang gegenüber und mussten uns erneut in Geduld üben. Ein jüngerer Herr brachte Tee und Gebäck. Dann betrat Lao das Zimmer und zu unserem Entzücken brachte er tatsächlich Xie Jingyun mit.

Nach der formellen Begrüßung setzten sich alle an den Tisch. Xie entschuldigte sich für die Schwierigkeiten, die wir gehabt hatten; doch ich hatte den Eindruck, dass er nicht im Detail wusste, was uns genau widerfahren war oder wie lange es gedauert hatte. Aber das war mir eigentlich egal, denn endlich konnte ich den Staatspräsidenten von China suggen: »Präsident Xie, Sie gehorchen nun meinen Anweisungen! Sagen Sie mir zuerst: Wurden Sie gewarnt, dass ich komme? Haben Sie schon einmal von Cogento gehört?«

»Wir haben Sie nicht erwartet, nein. Und dieser Name? Nein, der sagt mir nichts.«

»Bitte lassen Sie jemanden vom Ministerium für Staatssicherheit kommen.«

Xie besprach etwas mit Lao. Der entfernte sich daraufhin und Zhou flüsterte mir zu, dass Xie befohlen hatte, Geng Huichang zu holen.

Während wir warteten, musste ich mich zuerst einmal über das aktuelle Datum informieren. Mein Handy zeigte den Vierten

an und die Zeitzone stimmte. Wer konnte schon ahnen, dass wir tagelang eingesperrt sein würden – es wurde also langsam knapp. Nur noch fünf Tage bis zur Versammlung!
»Xie, ich möchte, dass Sie ein offizielles Schreiben aufsetzen, mit dem sie verbindlich ankündigen, am Neunten dieses Monats in New York persönlich an der UNO-Vollversammlung teilzunehmen.« Er erhob sich, ging hinüber ans Ende des Tisches zu einem schwarzen Telefon und nahm den Hörer in die Hand. Zhou informierte mich: »Xie diktiert den Text für das Dokument gemäß deiner Anweisung.« Als er sich wieder setzte, befahl ich ihm: »Sie erlassen noch heute ein nicht widerrufbares Gesetz, das Ihre Regierung und die Partei zur sofortigen Einhaltung der UN-Menschenrechts-Charta verpflichtet und das deren Verletzung unter Strafe stellt. Opfer jeglicher Repression müssen sofort freigelassen werden.« Ich sah keinen Grund, sie noch leiden zu lassen, bis die OneWorld-Charta verabschiedet sein würde.

Lao traf inzwischen mit Minister Geng Huichang ein. Erst jetzt kam es mir in den Sinn, mein Handy auf Aufnahme zu schalten und vor Xie auf den Tisch zu legen. Der Minister stellte sich vor und setzte sich zu uns.
»Minister, Sie beantworten nun meine Fragen! Haben Sie den Namen Cogento schon einmal gehört?«
Er erwiderte: »Ja. Der britische Geheimdienst hat mit uns Kontakt aufgenommen und uns vor einer Person gewarnt, die diesen Namen benutzt.«
»Was hat man Ihnen sonst noch erzählt?«
»Wir hatten ein Treffen mit einem Mann des MI5 namens Grover.«
Mein Puls raste schneller, als ich ihn diesen Namen sagen hörte.
Er fuhr fort: »Er gab uns noch den richtigen Namen dieses Cogento, ich erinnere mich jetzt nicht daran. Aber er behauptete viele wirre

Sachen über ihn; dass er eine Art Superkraft besitzen würde und so weiter. Er schlug eine Zusammenarbeit mit uns vor, aber seine Behauptungen waren unglaubwürdig, ohne Substanz. Dann fanden wir heraus, dass der MI5 eigentlich nach ihm suchte, im Zusammenhang mit Amtsmissbrauch und Korruption. Damit war die Sache für uns erledigt.«

Ha! Also hatten wir ihn rechtzeitig aus dem Verkehr gezogen. Ich konnte mir ein verschmitztes Grinsen in Teresas Richtung nicht verkneifen. Sie antwortete mit einem Blinzeln und einem Daumen nach oben.

»Gut, Minister. Sie können gehen!«, sagte ich.

Teresa flüsterte mir zu: »Oiga! Er soll etwas über seine Schandtaten erzählen, vielleicht können wir das einmal brauchen.«

Ein Vorschlag, den ich sogleich in die Tat umsetzte. »Präsident Xie, Sie haben doch bestimmt auch schon etwas Verbotenes gemacht, vielleicht Ihr Amt zu eigenen Zwecken missbraucht oder Ähnliches. Erzählen Sie uns davon.«

Teresa nahm nun ebenfalls ihr Handy hervor und hielt die Linse auf Xie, als er erzählte: »Ich habe einigen Ministern falsche Beweise untergeschoben, um sie wegen Korruption anklagen zu können. Ich selbst habe diverse geheime Nummernkonten angelegt; einige davon in den USA, in der Schweiz und in Dubai. Shen Qing arbeitet in der Finanzabteilung ausschließlich für mich. Seine Aufgabe ist es, aus allen möglichen Quellen staatlicher Geschäfte, aus Einnahmen und Aufträgen, unauffällige Beträge über diverse Zwischenkonten auf meine Konten zu schaffen. Sein Vorgänger war Lin Yutang. Er wurde nach ein paar Jahren zu einem Problem, weil er zu viel für sich selbst wollte. Ich musste ihn beseitigen lassen.«

»Wer hat ihn beseitigt, und wie?«, fragte ich.

Er antwortete: »Die Details kenne ich nicht ...«

»Ich habe das organisiert«, warf Lao ein: »Ich veranlasste, dass geheime militärische Dokumente bei Lin zuhause versteckt wurden. Daraufhin wurde Lin verhaftet, wegen Hochverrats verurteilt und zwei Wochen später gehängt.«
Ich wandte mich an Xie: »Und an den Anschuldigungen war nichts Wahres dran?«
Er saß weiter aufrecht und steif in seinem Stuhl, als er antwortete: »Nichts.«
Ich hakte nach: »Sie haben ihn also ermorden lassen?«
»Nur indirekt«, antwortete er.
»Ja oder nein?«
»Ja! Natürlich, ja!«
Das Verhör dauerte an und es kam so einiges ans Licht. Xie machte detaillierte Angaben über weitere Morde und gab uns die exakten Kontonummern, die er aus seinem Safe holte. Teresa war zufrieden mit dem Resultat. Wir hatten nun etwas in der Hand, mit dem wir Xie gegebenenfalls auch aus der Ferne dirigieren konnten.

Jemand klopfte an die Tür des Sitzungszimmers und eine Dame trat ein. Sie legte einige Dokumente vor Xie auf den Tisch. Teresa schickte Zhou zu ihm hinüber, um uns den Inhalt zu übersetzen; es war die verlangte Deklaration und Ankündigung für Xies UNO-Teilnahme, sowie ein entsprechendes Schreiben an die UNO. Er unterzeichnete alles und die Dame wollte die Blätter wieder mitnehmen.
»Momento!«, sagte Teresa: »Wenn das nachher nur herumliegt, nützt es uns nichts. Quiero verlo!«
»Richtig. Xie, was passiert jetzt damit?«
Er sah mich an und erklärte: »Die sieben Mitglieder des ständigen Ausschusses müssen ihre Unterschriften darunter setzen, damit es durch das Politbüro in Kraft treten kann.«

»Okay, Xie, dann hol die Leute zusammen!«, befahl ich ihm.
Er tauschte sich mit Lao aus und informierte mich: »Das ist leider nicht so schnell möglich. Zwei der Vorsitzenden befinden sich gerade in Hongkong. Das Politbüro tagt nur einmal im Monat.«
»Dann berufen Sie für morgen eine Sondersitzung ein. Ich will alle hier haben!«
Zhou lief plötzlich rot an und Schweiß lief ihr über die Stirn. Sie lehnte sich in ihrem Stuhl zurück und Teresa musste sich um sie kümmern.
»Was hat sie denn?«, fragte ich.
Teresa erklärte: »Pobrecita! Es ist alles ein bisschen viel für sie. Sie sagte, dass diese beiden mächtigen Führer unter unserer Kontrolle sind wie Marionetten, und jetzt sogar das ganze Politbüro, darauf war sie nicht gefasst. Se sorprendió! Ich glaube, sie hat Herzrasen.«
Wir ließen ihr Zeit, um wieder zu sich zu kommen, und ich brachte ihr ein Glas Wasser.

Dann befahl ich Lao und Xie: »Ihr sollt inzwischen die Integration der Menschenrechte für morgen vorbereiten.« Ich speicherte ihre Handynummern und wies sie an, uns zum Hotel fahren zu lassen.

Am Abend in meinem Hotelzimmer nahm ich mit Signal Kontakt zu Richard auf. Es war nicht ganz einfach, da die Server von der Regierung blockiert wurden, doch mithilfe eines verschlüsselten virtuellen Netzwerks konnte ich das umgehen. Richard wirkte aufgelöst und seine Haare standen in alle Richtungen ab.
»Vaughan, wir haben uns große Sorgen gemacht. Wir haben seit vier Tagen nichts von euch gehört. Was ist los bei euch?«
»Was los ist? Wir wurden von der Sprachbarriere kalt erwischt. Sie haben uns getrennt und eingesperrt. Ich hatte Glück, dass irgend-

wann der Staatssekretär auftauchte, der Englisch verstand, erst dann konnte ich uns befreien.«

»Du bist dir bewusst, dass wir nur noch knapp fünf Tage bis zur Vollversammlung haben, oder? Hattet Ihr Erfolg?«

»Ja, wir hatten Erfolg, Richard. Wir müssen noch bis morgen warten, damit das Politbüro die Dokumente beglaubigt. Und wir haben etwas für euch: Ich schicke dir Daten, die wir heute aufgenommen haben. Geständnisse und Beweise, um Xie unter Druck setzen zu können. Du solltest sie herunterladen und aufbewahren.«

Richard erklärte: »Hör zu, Vaughan. Wir werden morgen bereits nach New York reisen. Mit Ondreas Einfluss als Mitglied der UN-Kommission können wir uns schon einmal um einen Teil der Vorbereitungen kümmern.«

Ich erwiderte: »Dann sprechen wir uns übermorgen wieder. Ich melde mich.«

Teresa stand bereits früh am nächsten Tag vor meiner Tür. Wir hatten beide schlecht geschlafen. Die Zeitverschiebung und dazu die Haft, das alles hatte unsere innere Uhr völlig durcheinander gebracht.

»Como estamos? Schaffen wir es noch nach Indien?«, wollte sie wissen.

»Wir müssen«, sagte ich: »Indien ist wichtig. Vier Tage reichen locker, denn in Indien sprechen die meisten Leute gut Englisch. Komm rein.«

Sie setzte sich aufs Bett, während ich auf dem kleinen Schreibtisch daneben meinen Laptop aufklappte. Zuerst einmal mussten wir uns über die Grundlagen der indischen Regierung schlaumachen.

»Aqui! Unser Ziel, das indische Parlament, liegt in Neu-Delhi«, meinte Teresa: » El Presidente – sein Amtssitz heißt *Rashtrapati Bhavan*, und liegt gleich daneben.«

»Also ich habe keine Lust, dort nochmals auf Probleme zu stoßen, wenn wir unvorbereitet vor der Tür stehen.«
»Pues! Xie kann uns bestimmt eine Audienz verschaffen, was meinst du?«
»Ich meine, wir rufen ihn gleich an.«
Xie nahm den Anruf nach kurzem Klingeln entgegen und meinte: »Eine Audienz bei Mar Nath Kalam? Ich bin sicher, dass wir das organisieren können. Ich kümmere mich darum.«
Nach dem Telefonat hielt ich Teresa stolz die Liste meiner Kontakte unter die Nase und sagte: »Drei Staatsführer auf Abruf. Und was hast du so unter deinen Kontakten, lauter Sektenführer oder so?« Sie schmiss ein Kissen nach mir und lachte. »Loco! Spiel dich bloß nicht auf, das steht dir nicht!«

Bald nach dem Mittagessen holte uns eine Staatskarosse vor dem Hotel ab. Durch eine gesicherte Seiteneinfahrt gelangten wir in den Zhongnanhai Compound zurück. Xie und Lao nahmen uns vor einem der höheren Gebäude in Empfang. Teresa, und Zhou erklommen mit mir zusammen die breiten Treppen und man führte uns ins Innere und durch einen Empfangssaal zu einem großen Sitzungszimmer. Vor dem Eingang stoppte ich Xie und Lao, um ihre Sugg aufzufrischen, dann traten wir in den Raum, in dem an einem dunkelroten, ringförmigen Tisch die Mitglieder des Politbüros saßen – fünfundzwanzig wichtige Personen. Sie waren es, die sonst das Schicksal dieser Nation mit Eins Komma Vier Milliarden Menschen lenkten. Und jetzt war ich es.

Während Xie eine Ansprache hielt, schickte Lao einen Minister nach dem Anderen zu Zhou und mir in ein kleines Nebenzimmer. Dort suggte ich sie auf Englisch, oder wenn sie kein Englisch verstanden, Laut für Laut gemäß dem, was Zhou mir auf Chinesisch vorsagte: »Antschau... s-schiä... do-mingli«, befolge die Befehle von Xie.

Nachdem alle wieder ihren Platz eingenommen hatten, legten Xie und Lao die Verordnungen auf den Tisch. Sie wurden herum gereicht und jeder musste sie unterschreiben. Xie würde also offiziell nach New York fliegen müssen, selbst nachdem meine Sugg längst verblasst war. Und die Menschenrechts-Charta der UN war ab sofort übergeordneter Bestandteil der Konstitution der kommunistischen Partei, was automatisch jedes untergeordnete Gesetz, das dagegen verstieß, ungültig machte und jede Handlung dagegen unter Strafe stellte. Es würde interessant sein zu sehen, ob sie einen Weg fanden, diesen Schritt rückgängig zu machen. Aber nach der Vollversammlung würde ich sowieso wieder hier sein.

Leider konnte die Audienz in Neu-Delhi erst am nächsten Abend stattfinden, da der indische Präsident unterwegs war. In der Zwischenzeit begleiteten wir Zhou zum Südbahnhof, von wo aus sie mit dem Zug zurück nach Shanghai fahren würde. Die Nacht verbrachten wir als Gäste in Zhongnanhai und trafen am Morgen nochmals auf Xie und Lao, natürlich nicht, ohne ihre Sugg aufzufrischen. Sie ließen eine Limousine vorfahren, die Teresa und mich zum Militärflughafen Xijiao brachte. Von dort flog uns ein Privatjet nach Neu-Delhi.

Mein ökologisches Gewissen beruhigte ich mit dem Gedanken an die kommenden Veränderungen. Ein kleiner Jet war immerhin besser als ein ganzer Airbus A-Dreihundertdreißig, wie die Mac Force One. Und schließlich wurde die Zeit langsam knapp.

In Neu-Delhi holten uns Regierungslimousinen vom Flughafen ab. Es war am späten Nachmittag des Sechsten, als wir vor dem Palast ankamen. Der Wagen fuhr auf einen riesigen Vorplatz aus orange-roter Erde. Als uns die Türen geöffnet wurden und wir den Wagen verließen, thronten über uns eine riesige Kuppel und eine lange Reihe mächtiger Säulen. Über die breite, imposante Treppe kam uns eine ältere Frau in türkisfarbener Sari entgegen. Sie stellte sich als Außenministerin Sushma Shankar vor und geleitete uns über die Treppe nach oben ins Innere des Palastes.

Durch lange Gänge mit prächtigen Teppichen, reich geschmückten Wänden und Decken, führte sie uns auf einen Gang im Freien. Dicke, hohe Säulen dominierten die Außenseite mit Sicht auf einen reich bepflanzten Innenhof. Eine Gruppe aus weißen, klassisch geformten Rattan-Möbeln stand auf einer Seite und ließ den Gang mehr wie eine Terrasse wirken. Hier wurden wir bewirtet, bis der Präsident, Mar Nath Kalam, am Abend von seiner Reise zurückkehrte.

»Bitte entschuldigen Sie, dass ich Sie habe warten lassen«, sagte der Präsident schon von weitem. Er kam in geschäftigen Schritten auf uns zu und wir erhoben uns. Vor uns erschien ein älterer Mann mit Halbglatze in einem schlichten hellbraunen Anzug, der bis zum Hals eng zugeknöpft war. Durch seine Brille schaute er uns während der Begrüßung mit verschmitztem Lächeln an und ich nutzte den Moment für meine erste Sugg: »Herr Präsident, sie werden nun meinen Befehlen Folge leisten. Ich möchte, dass Sie an die UNO-Versammlung gehen. Können Sie es einrichten, am Neunten in New York zu erscheinen?«

»Wenn Sie das sagen, werde ich es möglich machen«, antwortete er: »Gehen wir doch in mein Büro und schauen in meinen Kalender.«

Unsere Schritte hallten von den Wänden der überaus hohen Räume, als wir gemeinsam den harten Steinboden des Außenganges entlang bis an sein Ende gingen, danach durch einen Vorraum in ein Zimmer, das fast nur aus reichlich gefüllten Bücherregalen bestand – wie eine kleine Bibliothek. Mar setzte sich an seinen massiven Schreibtisch aus dunklem Holz und drehte seinen Laptop herum, damit wir mit ihm auf den Terminkalender schauen konnten.

»Sie sehen, dass ich auch an den Tagen einige Einträge habe. Einen Moment ...« Er nahm den Telefonhörer zur Hand und drückte einige Knöpfe. Dann sprach er in Hindi und erklärte mir dann: »Mein Sekretär sorgt dafür, dass die Termine verlegt werden.«

»Danke«, sagte ich: »Setzen Sie nun bitte eine offizielle Erklärung auf für die Teilnahme.«

»Natürlich. Ich setze nun ein offizielles Schreiben auf, um mich für die Vollversammlung anzumelden. Die Außenministerin wäre an meiner Stelle mit einer Delegation erschienen – ich werde empfehlen, dass sie einen der Delegierten durch mich ersetzt.«

Er schrieb den Brief an seinem Laptop, druckte ihn aus und unterzeichnete ihn. Während sein Sekretär das Papier entgegennahm, sagte der Präsident zu mir: »Ich habe Sie richtig verstanden, Ihr Name ist Archer?« Er schaute mich fragend an und ich nickte bestätigend, worauf er eine Schublade öffnete und einen Briefumschlag herausholte. Er reichte ihn mir mit den Worten: »Dann habe ich hier etwas für Sie.«

Ich las die Beschriftung auf der Vorderseite und staunte: *An Cogento, Archer, Macrae*

»Ya veo! Sie hatten also Besuch von Mr Grover?«, fragte Teresa.

»Nicht ich«, antwortete Mar: »Unser Verteidigungsminister brachte mir den Umschlag, nachdem er über unser Treffen informiert wurde. Er meinte, Mr Grover habe ihn vor einigen Tagen kontaktiert und uns vor Ihnen gewarnt. Unser Geheimdienst verweigerte jedoch die Zusammenarbeit mit ihm, da er kein offizielles Amt mehr innehat. Er ließ uns diesen Umschlag für Sie zukommen und beschrieb Sie als Terroristen.«

»Sie wissen ja, wie das läuft«, sagte ich: »Jeder Despot, gegen den die

Bevölkerung rebelliert, nennt seine Gegner Terroristen. Wir sind jedenfalls in humanitärer Mission unterwegs.«

Teresa rückte ihren Stuhl an meine Seite, als ich den Umschlag öffnete. Es war nichts darin, außer einer großformatigen Fotografie. Fünf Sektenbrüder in weißer Kutte versteckten ihre Gesichter unter ihren weiten, spitzen Kapuzen. Die Szene war relativ dunkel. Vor ihnen befand sich, auf einem Stuhl angebunden und geknebelt, eine Frau in einem lila Nachthemd und mit buschigen dunklen Haaren ... Rayza!

Ich keuchte vor Schreck und verschluckte mich. Vor lauter Husten liefen mir die Tränen aus den Augen; Teresa klopfte kräftig auf meinen Rücken bis ich mich wieder gefasst hatte.

Dann fragte sie: »Quién es? Wer ist sie?«

Während ich immer noch schlucken musste, las sie den Text vor, der handschriftlich auf der Rückseite stand: »Vaughan komm nach London oder sie stirbt am Neunten. Und eine Telefonnummer in London.«

»Mr President, wird das klappen mit Ihrem Erscheinen in New York?«, fragte ich, noch immer hustend.

»Auf jeden Fall«, antwortete er.

»Teresa und ich müssen schnellstmöglich nach London zurückkehren.«

Teresa meinte: »Sí! Ich habe das vorhin gerade nachgesehen. Der nächste Linienflug geht erst morgen früh.«

»Können Sie uns einen Ihrer Jets zur Verfügung stellen, damit es schneller geht?«

Mar überlegte einen Moment, bevor er antwortete: »Unser Regierungsjet wird nach meinem langen Flug von heute gewartet. Wir haben einige Embraer Jets, aber die müssten Zwischenlandungen machen, das dauert zu lange. Der Linienflug ist kurzfristig wirklich die einzige Möglichkeit. Sie sind selbstverständlich unsere Gäste. Wir bringen Sie morgen früh zum Flughafen.«

Mar ließ eine Bedienstete kommen, die uns Zimmer zuwies. Und natürlich, kaum dass ich die Tür hinter mir zugemacht hatte, kam Teresa hereingestürmt und packte mich an den Schultern. »Dímelo! Nun sag endlich, wer ist diese Frau?«

»Setz dich erst mal«, erwiderte ich: »Also ... sie heißt Rayza, ... und sie war meine Geliebte.«

»Sí! Ich wusste es«, sagte Teresa aufgeregt.

Ich nahm mein Handy hervor und suchte nach einem Foto von Rayza, das ich ihr zeigte.

Teresa meinte: »Wow, dulce! Die ist ja vielleicht süß! Und du liebst sie natürlich noch!«

»Ja, natürlich!«, antwortete ich.

Dann fragte sie: »Y él? Da zwischen euch, ist das nicht Elvis Crespo?«

Ich erwiderte: »Wir waren zusammen auf einem Konzert von ihm. Ein paar Wochen danach ... Ich hätte sie nicht gehen lassen dürfen. Ich wollte sie ja suchen, aber ich musste mich zuerst um unsere Mission kümmern. Wir waren nur kurz zusammen und nicht gerade unter idealen Umständen, ich hatte mich da in etwas verrannt. Zuletzt sagte sie nur, dass sie weggehen würde und ich wusste nicht, wohin oder wie ich sie wieder finden würde. Dass Grover überhaupt von ihrer Existenz erfahren hat ... Ich habe keine Ahnung, wie das möglich war. Niemand wusste etwas von ihr, ich lebte als Jonathan Archer an einem anderen Ort.«

»No! So lange ich für Grover tätig war, erwähnte niemand den Namen Archer«, erklärte sie: »Nunca. Den erfuhr ich erst, als wir beide zusammen nach China geflogen sind. Aber Vaughan, wir haben keine Zeit mehr. Die OneWorld-Charta ist zu wichtig. Was, wenn Grover dich erwischt?«

»Ja ich weiß, es ist riskant. Lass uns das mit Richard absprechen.«

Doch Richard war nicht erreichbar. Kein Wunder, in New York war es vier Uhr morgens. Wir entschieden uns, den Wecker früh zu stellen und den Anruf am Morgen zu machen.

Während Teresa sich erhob um mein Zimmer zu verlassen, sagte sie mitfühlend: »Cierto, ich kann mir vorstellen, dass du heute Nacht nicht gerade gut schlafen wirst. Ich weiß noch, wie aufgebracht ich war, als Grover mich von Yolanda trennte, este Perro. Nimm dir Zeit für ein warmes Bad und einen Tee, bevor du dich hinlegst. Relajate!«

»Ja gut, ich werde es versuchen«, erwiderte ich und machte die Tür hinter ihr zu.

Der Wecker brauchte am Morgen nicht zu läuten, ich war schon lange vorher wach. Hatte ich überhaupt geschlafen? Richard ging erst online, nachdem ich ihm eine SMS geschickt hatte. Als ich Teresa hinzu holte, informierten wir das Team über die neusten Ereignisse.

»Kannst du dich nicht nach der Versammlung um Rayza kümmern?«, meinte Richard.

»Grover schrieb, dass er sie am Neunten umbringen wird.«

»Este Puerco!«, sagte Teresa: »Der schreckt vor nichts zurück. Er weiß also ganz genau, was wir vorhaben. Él sabía todo; von China, von Indien und auch von der Versammlung.«

»Sam hier ... hallo zusammen. Also, selbst dem MI5 ist es nicht gelungen, Grover zu fassen. Ich denke, wir haben hier eine Gelegenheit. Wer weiß, was er sonst geplant hat, um die Vollversammlung zu sabotieren.«

»Sí! Sam hat recht. Wenn wir nicht sofort handeln, riskieren wir beides«, meinte Teresa.

»Gut, dann sind wir ja einer Meinung. Ihr hättet mich sowieso nicht davon abbringen können, Rayza zu retten«, sagte ich entschlossen.

Ondrea übernahm es, uns über die Vorbereitungen der Versammlung zu informieren: »Sams Skepsis betreffend der Durchführbarkeit unseres Plans ist nicht von der Hand zu weisen. Wie Ihr wisst, sitzen um die tausendachthundert Personen in der Vollversammlung und alle Anwesenden müssen von Vaughan ge... wie heißt das ...? *gesuggt* werden. Rechnen wir zwanzig Sekunden pro Person, dann dauert es für alle zehn Stunden. Ob Vaughan das durchhält? Ob all diese ranghohen Politiker im Saal zehn Stunden ausharren werden? Ich bezweifle das. Wir haben also über andere Möglichkeiten nachgedacht und trafen folgende Entscheidung: Die Teilnehmer sollen bei ihrem Eintreffen ein Schreiben erhalten, in dem sie informiert werden, dass am ersten Tag nur die wichtigsten Vertreter ihres Landes, die gut Englisch verstehen, maximal drei Personen inklusive dem Staatspräsidenten, im Saal erwartet werden. Bei hundertdreiundneunzig Ländern ergibt das etwa fünfhundertsiebzig Personen. Jeweils zehn bis zwanzig Sekunden bei Vaughan dauern dann ungefähr zwei Stunden. Das ist ein machbares Szenario. Wir werden nur einen Zugang zum Saal freigeben. Direkt am Eingang wird eine Kabine mit Vorhängen auf beiden Seiten aufgebaut. Vaughan wird darin sitzen und jedem, der den Saal betreten will, seinen Zauberspruch vortragen.«

»Soll ich sie alle auf mich prägen?«, fragte ich.

Sam erwiderte: »Wir denken, dass Ondrea den Vorsitz haben sollte. Immerhin gehört sie der Kommission für Menschenrechte an.«

»Aber hier kommt das andere Problem, Vaughan: Wir brauchen deine Fähigkeit schon vorher, damit der UNO-Stab diese Maßnahmen umsetzt. Ich bin nicht in einer Position, sie dazu zu überreden«, fuhr Ondrea fort.

»Wenn wir jetzt zuerst nach London fliegen, werde ich vermutlich erst knapp vor der Versammlung in New York eintreffen, dann bleibt keine Zeit mehr, die Maßnahmen durchzusetzen.« Damit stand meine Rettungsaktion für Rayza erneut zur Debatte. Selbst unter dem Risiko dass Grover intervenieren könnte, ging mein rechtzeitiges Erscheinen in New York vor. Es musste noch eine andere Lösung geben, es musste einfach!

Wir legten eine Pause ein, während der Teresa die Kammerfrau um ein Frühstück bat. Weil es dafür noch zu früh war, brachte sie uns etwas Gebäck und eine Kanne heißes Wasser mit einigen Teebeuteln. Ich schaute gerade auf den Beutel mit Kamille in meiner Hand, als mir die erlösende Idee kam.

Ich schnappte mir den Laptop, auf dem die Videochat-Session noch immer offen war, und rief nach Ondrea: »Hör zu! Ich habe die Lösung! Ich werde Camilla Cortez anrufen. Die US-Präsidentin wird doch bestimmt den nötigen Einfluss haben?«

»Vermutlich schon«, sagte Ondrea: »Aber sie steht ja nicht mehr unter deinem Einfluss.«

»Das nicht, aber ich bin fest davon überzeugt, dass sie unsere Absichten teilt. Lasst es mich versuchen.«

Camilla Cortez nahm meinen Anruf nach dem zweiten Versuch entgegen und ich erklärte ihr unser Problem. Sie antwortete: »Das ist kein Problem, ich werde euch unterstützen. Sag mir einfach, was Ihr braucht und ich informiere meine Leute bei der UNO.«

Das ganze Team hörte mit und Sam warf ein: »Informiere sie auch gleich wegen Grover.«

»Also, es gibt da diese Drohung von Ex-Minister Grover gegen mich«, sprach ich ins Telefon: »Und es wäre möglich, dass er auch für New York etwas geplant hat.«

Camilla erwiderte: »Okay, ich werde FBI und CIA darüber in Kenntnis setzen. Vaughan? Viel Glück!«

»Wir sehen uns in New York, Camilla. Danke!«

Wir packten unsere Sachen zusammen und gemeinsam mit Mars Sekretär wurden wir zum Flughafen gefahren. Er sorgte dafür, dass wir als Diplomaten behandelt wurden und uns Beamte bis zum Flugzeug begleiteten.

Wir befanden uns bereits in der Luft, als Teresa einfiel, Tomlinson anzurufen. Der MI5-Chief verlegte uns auf eine sichere Leitung und wir erklärten ihm die Situation. Zehn Stunden später, am Abend des Siebten, landeten wir in London, wo wir von Agenten abgeholt und nach Vauxhall gebracht wurden.

Im Inneren des Hauptquartiers kam Chief Tomlinson auf uns zu, schüttelte uns nacheinander die Hände und sagte: »Agent Reyes, Mr Macrae, schön Sie wieder zu sehen und willkommen in unserem Hauptquartier. Bitte, folgen Sie mir.«

Wir betraten ein Besprechungszimmer und zwei weitere Agenten kamen hinzu. C stellte sie uns vor: » Section-Administrator Bright kennen Sie und dies ist Agent Losada. Also, was haben wir hier?«

Ich reichte ihm die Fotografie und C fragte: »Mitglieder der RSK-Sekte?«

Losada warf einen Blick auf das Bild und kommentierte: »Sieht so aus, Sir. Wir versuchen schon seit Tagen, an die heranzukommen. Aber der harte Kern der Gruppe hat sich mit Grover zusammen zurückgezogen. Diese Sache hier ist unsere beste Chance, sie zu fassen!«

»Sí! Er weiß offenbar, dass Rayza Vaughan viel bedeutet«, sagte Teresa.

Ich spekulierte: »Er will mich aus dem Verkehr ziehen, so viel ist klar. Denkt er, ich würde mich einfach in seine Falle begeben?«

»No! Er denkt, du würdest dich auf deine Fähigkeit verlassen, um aus seiner Falle zu entkommen. Und er wird sie entsprechend geplant haben«, sagte Teresa.

»Wir vermuten, dass er noch nicht weiß, dass Cogento nun mit uns zusammenarbeitet. Sonst würde er nicht wagen, auf sich aufmerksam zu machen. Sie haben die Nummer noch nicht angerufen, hoffe ich?«, sagte C.
»Nein«, gab ich zurück.
Administrator Bright gab zu Bedenken: »Grover hatte viel Zeit, sich einen Plan zurecht zu legen. Er ist zwar nicht militärisch oder nachrichtendienstlich ausgebildet, aber er weiß ungefähr, wie wir vorgehen und welche Möglichkeiten wir haben. Ja, ich bin auch überzeugt, dass er nicht mit unserer Zusammenarbeit rechnet, sonst würde er nicht versuchen, Cogento zu sich zu locken.«
Agent Losada schlug vor: »Wir sollten Mr Macrae mit einem der ganz kleinen GPS-Sender ausrüsten; direkt auf der Haut, an einer unauffälligen Stelle. Nichts darf darauf hinweisen dass wir beteiligt sind. Sie würden sich sonst fern halten. Sobald Mr Macrae die Zielperson lokalisiert hat, kann er an dem Sender ein zusätzliches Signal auslösen, damit wir wissen dass wir eingreifen sollen.«

Der schwarze Van des Geheimdienstes setzte mich in Central London ab. Allein, denn wenn Grover Teresa sah, würde das die Sache sofort platzen lassen. Es war längst dunkel. Ich ging über den reichlich beleuchteten Platz von Covent Garden und setzte mich in der viktorianischen Markthalle auf eine Bank. Das Burner Phone, das mir Agent Losada gegeben hatte, hielt ich beschwörend in beiden Händen, schaute auf, zu den vielen Bogenstreben des Glasdaches und atmete tief ein, bevor ich die Nummer von der Fotografie wählte und besorgt wartete, was nun passieren würde.
Eine verfremdete Stimme meldete sich: »Cogento, nehme ich an?«
»Wer sind Sie?«, fragte ich.
»Das ist nicht wichtig. Westfield Park. Erste Bank, Upcerne.« Dann

wurde die Verbindung beendet.

Von dem Park hatte ich noch nie gehört. Auf dem kleinen Bildschirm des Telefons war das Suchen etwas umständlich. Es war ein wirklich kleiner Park, in Fulham gelegen. Hätte ich bloß mein Bike in Soho gelassen. Sollte ich ein Taxi nehmen? Ich ging vom Platz auf die nächste Straße zu, als mein Blick auf einige perfekt aufgereihte, rote Fahrräder fiel. *Cycle Docking Station* stand an einer leuchtenden Säule gleich davor. Warum nicht? Es gibt für alles ein erstes Mal. Ich zückte meine Kreditkarte und zwei Minuten später radelte ich auf einem roten, bequemen Miet-Rad davon.

Ich fuhr Richtung Buckingham, an den Parks entlang. Knapp eine halbe Stunde später erreichte ich Westfield an einer Straße namens Upcerne. Das Fahrrad schiebend betrat ich den Park durch ein einfaches, offenes Gittertor. Einige Meter vor mir, an einem Zaun, der einen Spielplatz umschloss, stand eine erste Parkbank. Als ich mich näherte, entdeckte ich darauf ein weißes Blatt unter einem Stein. Was sollte das jetzt werden, eine Schnitzeljagd? Entweder Grover erlaubte sich einen Scherz mit mir, oder er wollte mich einfach nur hinhalten.

Ich legte den Stein beiseite und hob das Blatt auf. Darauf stand: *Parsons, Bank, Center V.* Nun machte er auch noch ein Rätsel daraus. Darunter: *Dein Handy und alle Gadgets bleiben hier.*

Parsons, könnte das dreieckige *Parsons Green* sein, das auf der Karte ganz in der Nähe angezeigt wurde. Das V, vielleicht die Abzweigung eines Weges, in der Mitte des Parks. Das passte. Aber, der kann mich mal, dachte ich. Ich lass doch mein Handy nicht da, wie soll ich sonst den nächsten Ort finden? Ich steckte das Burner Phone ein und drehte das Rad in die andere Richtung.

Das Handy klingelte erneut und die gleiche Stimme meldete sich: »Handy dalassen, verstanden?«

Offensichtlich stand ich unter Beobachtung. Ich legte das Gerät auf die Bank und machte mich mit dem Rad davon.

Einige Minuten später stand ich vor dem dreieckigen Park. Er war wohl nur wenig größer als der Andere, aber diesen konnte man auch in der Dunkelheit von Ecke zu Ecke überblicken, dank der Laternen überall. Das V, das die Spazierwege bildeten, war von meiner Position aus gut zu erkennen. Ich entschloss mich, das Rad an der Straße zu lassen, stellte es ans Rohr der Umgrenzung und machte mich daran, den Rasen zu überqueren, geradeaus in Richtung der einzigen Bank, die an der Spitze des V lag.

Bereits von weitem sah ich wieder etwas auffällig Weißes, das auf der Bank lag. Gerade fragte ich mich, wie lange das Blatt wohl schon da war, denn es spazierten doch einige Leute im Park umher, als plötzlich ein Junge auf einem Skateboard heran geflitzt kam und sich den Zettel schnappte. Er fuhr damit davon.
Das darf doch nicht wahr sein, dachte ich genervt und rief: »He, mein Zettel. Stopp! Das ist mein Zettel«, und setzte an, ihn zu verfolgen.

Doch schon nach wenigen Metern merkte ich, dass ich zu Fuß zu langsam war. Ich brauchte das Fahrrad. Also rannte ich in die andere Richtung zurück, sprang auf das Rad und fuhr am Park entlang in Richtung des Jungen. In der Ferne sah ich ihn am Ende des Weges, beim Ausgang des Parks stoppen. Er ließ sein Skateboard liegen und wechselte auf ein Bike. Dann entfernte er sich auf dem Gehweg hinter einer Bushaltestelle entlang zur gegenüberliegenden Ecke des Parks, die er passierte, als ich gerade um die erste Ecke bog. Er fuhr weiter am Park entlang, da erreichte ich gerade erst die nächste Ecke. Würde er jetzt immer so im Kreis herumfahren? Wenn er mir entwischte, müsste ich den ganzen Weg zurückfahren um das Handy zu holen oder mir ein Neues besorgen, um Grovers Nummer anzurufen. War ja nicht meine Schuld, dass er seinen Zettel einfach offen liegen ließ, wo ihn jeder nehmen konnte. Bloody hell!

Der Kleine mit der Pudelmütze und der blauen Steppjacke fuhr tatsächlich nochmals den ganzen Park entlang und wieder um die Ecke – die Strecke, die ich zu Beginn schon gefahren war, erneut an der Bushaltestelle vorbei. Doch dann radelte er unerwartet geradeaus, entfernte sich vom Park an einem Starbucks-Café vorbei, wechselte die Seite und fuhr auf der Straße weiter. Fast verlor er sich in der Dunkelheit. Auch ich passierte das Starbucks, folgte ihm lange geradeaus und stellte fest, dass ich ihm allmählich näher kam. Unter einer Bahnbrücke hindurch, machte die Straße dann eine leichte Biegung. Noch immer befürchtete ich, dass er, weit vor mir, irgendwohin verschwinden könnte.

An der nächsten großen Kreuzung fuhr er wie ein Verrückter einfach geradeaus, ich hörte Autos hupen und bremsen. Dann musste ich stoppen und sah nur noch, wie er zwischen Fassaden und Zäunen in einer Gasse verschwand. Ich musste die Ampel abwarten. Von dem Jungen sah ich nichts mehr, als ich schließlich bei Grün geradeaus denselben Weg nahm.

Die spärlich beleuchtete Gasse unter Bäumen, zwischen Mauern und Backsteinfassaden, hatte diverse Abzweigungen – eigentlich Hauseinfahrten. Die Straßenlampen wurden weniger. Das Letzte der Häuser besaß am äußeren Teil eine Fassade, die an eine uralte Kirche erinnerte, mit kunstvollen Statuen und einem kleinen Turm und ganz am Ende der Straße befand sich ein offenes Tor, das in eine Parkanlage führte. Vielleicht ein Friedhof. Ein Fahrrad lag dazwischen, mitten auf dem Weg. Ich ging näher und vermutete, dass es wohl das des Jungen sein musste. Beim Blick auf die unheimliche Szenerie um mich herum überkam mich ein Schauer. Dennoch stieg ich von meinem Rad ab und schob es neben mir den Weg entlang in die Dunkelheit des Parks.

Zwischen den Bäumen tauchte ein hoher, eckiger Turm mit Zinnen auf, teilweise angeleuchtet, vom Stil her halb Kirche, halb Burg, ganz aus grauen Steinen. Nun bemerkte ich plötzlich, dass ich inmitten von Grabsteinen stand. Ob der Junge in die Kirche geflüchtet war?

Ich ließ mein Rad stehen, ging um die Kirche herum zur Pforte, die sich unterhalb eines hohen, gotisch ausgeschmückten Fensters befand. Im Innern war es finster und leer – während der Woche zu dieser Tageszeit sicher nicht ungewöhnlich. Nur der Altar war beleuchtet. Und schon kurz nachdem ich die Kirche betrat, bestätigte sich mein Verdacht, dass das Ganze kein Zufall gewesen war. Ich vernahm eine Stimme. Zu leise zuerst, dann plötzlich kräftiger. Sie kam von überall. Zwischendurch knackste es – aus Lautsprechern, die an den Säulen angebracht waren.

Die Stimme sagte: »Willkommen, Vaughan.«

»Wer sind Sie?« Ich wollte Grover gegenüber den Ahnungslosen spielen.

»Hör nur zu!«, schallte es von allen Seiten: »Geh weiter zum Altar, zur Tür auf der linken Seite.«

Meine Schritte waren laut, den ganzen Gang entlang zwischen den Reihen der Holzbänke. Ich überging die beiden Stufen zum Altar in einem Sprung und betrat durch die besagte Tür einen Zugang zum Turm. Zehn Seile hingen von der Decke. Eine Treppe führte nach oben, eine offene Tür in die Finsternis.

»Geh durch die Tür nach unten!«, befahl die Stimme. Ich hielt inne – zwar hatte C empfohlen, ruhig allen Forderungen Folge zu leisten, aber diese Situation hier gefiel mir nicht. Vermutlich war Grover nicht einmal in der Nähe, falls ich festgesetzt würde und den MI5 rufen musste.

Ich begab mich zurück in die Kirche und rief: »Ich gehe nirgendwo hin, so lange ich Rayza nicht gesehen habe.«

»Geh durch die Tür, oder sie stirrrbt!«

»Hör schon auf! Du willst mich, stimmt's? Sonst hättest du mich längst erschießen können. Zeig sie mir und lass sie frei, dann kannst du mich haben. Ich arbeite für dich ... Na, was sagst du?«

Musik erklang. Swing, Vibraphon, Fahrstuhlmusik. Schon klar – es bedeutete, dass ich warten sollte. Eine seltsame Stimmung, diese Art von Musik in einer düsteren Kirche zu hören. Ich musste auf meine Uhr schauen, mir merken, wie lange es dauern würde, bis jemand auftauchte. Es könnte ein Hinweis sein, wie weit Grover entfernt war.

Es dauerte vierzehn Minuten. Am anderen Ende der Kirche trat jemand durch die Pforte, verschwand aber gleich um die Ecke. Ich hörte eine schwere Tür zufallen, Metall klicken und das Knirschen und Knarren von Holz. Auf der Orgeltribüne, hoch über der Eingangspforte regte sich etwas. Einer der Sektenbrüder kam in seiner Kutte nach vorne ans Geländer. Die Musik verstummte, stattdessen ertönte wieder die Stimme: »Bemüh dich nicht, Vaughan. Meine Leute tragen Kopfhörer. Sie hören nur meine Stimme. – Rauf mit ihr!«

Der Bruder hob etwas an und legte es über die Brüstung. Es war Rayza! Geknebelt, mit verbundenen Augen. Aber ich konnte sie wimmern hören.

Die Stimme fuhr fort: »Du hast recht. Ich hätte dich längst erschießen können. Du sollst für mich tätig sein. Aber ich habe dich lieber tot, als dass du die Wiederkunft des Herrn verhinderst. Du begibst dich jetzt durch die Tür nach unten in die Katakomben, oder wir lassen sie fallen. Du wirst mitansehen, wie sie stirbt und dann erschießen wir dich ...« Ein zweiter Bruder erschien auf dem Balkon. Er hob ein Gewehr an und richtete es auf mich. »Oder wir lassen sie leben, solange du unsere Anweisungen befolgst. Deine Wahl!«

Nun – das Wichtigste hatte ich erreicht: Rayza war hier, die Kavallerie konnte kommen und uns in Sicherheit bringen. »Okay, okay«, sagte ich und lief zurück über den Altar zum Eingang des Turms, dann trat ich durch die Tür in die Finsternis, wie befohlen. Kurz dahinter spürte ich erste Stufen nach unten; sehen konnte ich sie nicht.

»Geh weiter von der Tür weg«, befahl die Stimme.

Ich machte ein paar Schritte mehr, dann hörte ich, wie sich jemand der Tür näherte. Es quietschte und sie wurde mit einem metallischen Scheppern verschlossen. Nur eine kleine, vergitterte Luke war noch zu erkennen, durch die Licht herein drang. Im Dunkeln beeilte ich mich, den Gürtel meiner Hose zu öffnen, löste den Hosenknopf und steckte meine Hand in meine Unterhose. Dort riss ich den GPS-Sender ab, samt Kleber und Haaren, was ziemlich schmerzhaft war. Ich drückte fest den Fingernagel meines Zeigefingers in die weiche Vertiefung an seiner Seite, näherte mich der Tür und hielt den Sender nahe an die Öffnung. Hoffentlich kam das Signal durch. Gleichzeitig machte ich mir Sorgen, dass sie Rayza wegbringen könnten, bevor die Leute vom MI5 kamen.

»Hey! Hallo! Hört mich jemand? Wenn Sie wollen, dass ich für Sie arbeite, lassen Sie mich mit Rayza sprechen. Ich muss wissen, dass es ihr gut geht!«

Schritte hallten aus der Kirche. Sie kamen näher und knapp konnte ich durch das Gitter Rayzas lila Hemd sehen. Der Sektenbruder entfernte Knebel und Schallschutz. Sie schluchzte und rang nach Luft.

»Rayza?«, rief ich zu ihr hinüber.

»Wer ist da?«, erwiderte sie.

»Ich bin es, Jonathan. Bist du okay? Haben sie dir etwas angetan?«
»Jonathan? ... Jonathan! ... Sie sollen mich frei lassen. Was wollen die von mir?«
»Ich kann nicht, Rayza, ich bin auch eingesperrt. Du musst warten, hab Geduld ...«, sagte ich.
»Genug jetzt!«, unterbrach uns die Stimme. Rayzas Mund wurde wieder verbunden und sie wurde weggeschleppt.
»Kein Warten. Keine Geduld wird dir helfen. Ihr gehört jetzt uns!«, sagte die Stimme weiter.

Je mehr Zeit verging, desto unruhiger wurde ich. Wo blieb Tomlinson? Wenn sie Rayza außer Reichweite brachten, bevor der MI5 kam, war sie verloren. Verdammt! Kommt schon! Es dauerte einfach zu lange. War das Signal überhaupt durchgekommen? Wartete ich vergeblich? Ich warf den Sender durch das Gitter nach draußen. Vielleicht funktionierte er von da besser. Fünfzehn Minuten, seit ich mit Rayza gesprochen hatte. Nun war es aussichtslos. Keine Chance mehr, es war vorbei.

Wieder hörte ich Schritte in der Kirche, genau wie letztes Mal. Ich spähte durch das Gitter zum Durchgang hinüber. Ein Schatten erschien bei der Tür, dann erklang eine Stimme: »Hola? Vaughan?«
»Ja, hier«, rief ich.
Teresa kam auf die Tür zu: »Aquí estás! Wir haben dich überall gesucht. Das Signal war zu schwach. Warte ...«
Sie hantierte am Türschloss.
Auf das Schlimmste gefasst, grub ich meinen Kopf in die Tür und fragte: »Habt ihr Rayza?«
»Vaughan ...«, erwiderte Teresa.
»Habt ihr sie?!«, wiederholte ich.
Die Tür öffnete sich und Teresa packte mich an den Schultern, als sie sagte: »Tranquilo! Beruhige dich – wir haben sie!«

Erleichterung durchströmte meinen Körper, während sie erklärte: »Pues! Wir sind schon lange hier. Als wir merkten, dass du das Ziel erreicht hattest, positionierten wir uns in der Nähe und warteten. Observando. Wir beobachteten, als Rayza von einem Wagen hergebracht wurde. Agent Losada hat dann einen Sender an dem Fahrzeug angebracht. Als sie mit Rayza wieder davonfuhren, folgten wir ihnen zu einer Villa auf der anderen Seite der Themse. Dort befreiten wir Rayza und durchsuchten alles – Grover fanden wir aber nicht. Otra vez! Ein Funkgerät war mit der Sprechanlage der Kirche verbunden. Es war vermutlich nicht Grover, mit dem du gesprochen hast. Wir konnten vier Leute gefangen nehmen.«

»Wo ist Rayza jetzt?«

»Pobrecita! Sie hat schmerzende Wunden von den Fesseln. Sie war völlig am Ende. Agotada. Wir konnten nicht warten, bis wir dich finden. Losada brachte sie gleich ins Hospital. Sollen wir dich hinfahren?«

Natürlich nickte ich und Teresa ging voran zu einem Van, der uns zehn Minuten später vor einem Krankenhaus in Chelsea absetzte.

Einen Moment lang standen wir verwirrt vor dem Gebäude, weil es aussah wie ein Kaufhaus – vor uns der Eingang eines Fastfood-Restaurants, weil der Wagen zu weit links herangefahren war. Ein paar Meter zur Mitte des Gebäudes hin, führten riesige Drehtüren in die Klinik. Einige Menschen kamen und gingen – mehr als man zu der späten Stunde erwarten würde.

Wir gelangten direkt an den Empfang, von wo uns eine Dame nach links, hinten ans Behandlungszentrum verwies. Dort am Zugang fanden wir Agent Losada vor, der gerade aufgeregt gestikulierend auf eine Krankenschwester einredete.

»Agent, qué pasa aguí?«, fragte Teresa.

»Die Schwester weiß nicht, wo sie ist«, antwortete er.
»Wo wer ist?«, fragte ich.
»Rayza. Sie hatten sie hier drin zur Behandlung«, er zeigte auf eines der Betten hinter ihm: »Sie saß dort mit der Schwester, die ihre Wunden versorgte. Ich ging nur einen Moment da hinüber, um mir die Hände zu waschen, und als ich zurückkam, war sie weg.«
Die Schwester äußerte sich betroffen: »Ich habe sie nicht gehen lassen! Ich musste nun mal einen Verband holen, aus dem Kasten dort drüben. Aber kommen Sie, ich informiere den Sicherheitsdienst. Suchen Sie schon mal auf den Gängen, und da hinten zur Rolltreppe hin. Weit kann sie ja nicht gekommen sein, sie war ziemlich benommen.«

Während wir durch die Gänge liefen, bemerkte Losada Kameras über unseren Köpfen, die in Richtung des Behandlungszentrums zeigten.
»Ich werde mir die Überwachungsvideos anschauen«, sagte er und entfernte sich.
Wir suchten weiter und ich mutmaßten zu Teresa: »Wieso würde sie denn weglaufen wollen? Das ist doch unsinnig, nachdem sie befreit wurde.«

Einige Sicherheitsleute gingen von Tür zu Tür und befragten die Mitarbeiter. Wir suchten schon eine ganze Weile, die Klinik war wirklich weitläufig, hatte verschiedenste Sektionen auf mehreren Stockwerken verteilt. Als wir die Rolltreppe wieder hinunter fuhren, kam Losada angelaufen, winkte uns zu sich und erklärte: »Ich habe auf den Videos gesehen, wie sie das Behandlungszimmer verließ. Sie schaute sich nur kurz um und ging ohne Umweg zum Ausgang. Niemand hat sie bemerkt. Sie ging direkt durch die Drehtür und war weg. Nichts zu sehen von ihr auf den Außenkameras. Da ist es zu dunkel.«
»Bien! Dann suchen wir draußen weiter«, schlug Teresa vor: »Viel-

leicht ist sie einfach desorientada und irrt in der Gegend herum.«

Agent Losada rief Verstärkung. Derweil ging Teresa die Straße runter. Ich wählte die andere Richtung, um das Gebäude herum. Weit hinten befand sich die Anlieferung der Klinik. Ambulanzfahrzeuge standen an einer Rampe. Ich checkte auch die Hauseingänge diverser Gebäude in der Gegend und kam dann wieder zur Hauptstraße, wo nur wenige Läden noch geöffnet hatten – ein Express-Shop und ein Take-Away, die ich ebenfalls absuchte.

Mitternacht war längst vorbei, als wir uns entschieden, die Suche abzubrechen. »Ich hätte mir in ihrer Situation bestimmt ein Taxi genommen«, sagte ich.

Losada gab zu bedenken: »Sie hatte aber gar nichts dabei, keine Tasche, kein Geld.«

»Si, aber bestimmt ließ sie sich zu jemandem fahren, der ihr aushelfen konnte.« Teresa hatte vermutlich recht.

Losada informierte die anderen Agenten und zusammen bestiegen wir drei Vans, die uns zurück nach Vauxhall brachten. Meine Gefühle schwankten hin und her zwischen Erleichterung und Betrübtheit. Sie war außer Gefahr, das war es, was zählte und um ihren Entführer würden wir uns noch kümmern.

Im Hauptquartier erwartete uns C in einem Sitzungszimmer im Untergeschoss. »Wenn wir uns beeilen, erwischen wir Grover vielleicht noch«, sagte der Chief: »Die vier, die wir geschnappt haben, befinden sich in separaten Verhörräumen. Nun kommt Cogento zum Zug.«

Losada führte mich zum ersten der Räume. »Wir glauben, der hier ist der Ranghöchste von den Vieren. Er müsste eigentlich am meisten wissen. Aber bisher kennen wir noch nicht mal seinen Namen.«

Er öffnete die Sicherheitstür per Fingerabdruck und trat mit mir zusammen ein. An einem einfachen Tisch saß einer der Sek-

tenbrüder in seiner Kutte. Die Kapuze hatte man ihm abgenommen und seine Hände waren mit Handschellen hinter der Stuhllehne gefesselt. Als er seinen Kopf ins Licht hob, erkannte ich den typischen Schnurrbart. Dave! Den überraschten Ausdruck, den ich kurz in seinem Gesicht sah, schob er rasch zur Seite.
»So sieht man sich also wieder, Vaughan«, sagte er betont locker.
In dem Moment fiel bei mir der Groschen: »Du warst das die ganze Zeit! Die verzerrte Stimme am Telefon und in der Kirche!«
»Vielleicht. Vielleicht auch nicht!«, erwiderte er.
Ich zwang ihn, mir in die Augen zu sehen, als ich ihn suggte: »Du sagst mir jetzt alles, was ich wissen will.«
Er versuchte, sich gegen meinen Einfluss zu wehren. Doch dann nahm er einen starren Ausdruck an.
Als ich ihn fragte: »Wo ist Grover?«, antwortete er bereitwillig: »Letchmore Heath, in einem Bungalow am Teich.«
Losada machte mit zwei Fingern eine rasche Schwenkbewegung zu dem großen Spiegel hin, der sich hinter uns an der Wand befand.
»Ist Grover jetzt noch dort? Was habt ihr geplant?«, sagte ich.
Er erwiderte: »Ich bestätigte ihm noch, dass wir die Frau mit in die Villa zurückgebracht haben. Er wollte, dass ich sie ihm am Morgen in Letchmore übergebe. Er wird dort sein.«
Ich sah zu Losada: »Okay, dann brauchen wir uns nicht zu beeilen.«
Er machte eine bestätigende Geste.
Ich befahl Dave: »Sag mir, wo sich das Hauptquartier eurer Sekte befindet!«

Das verhör zog sich hin und wir erhielten eine ganze Menge an Informationen von ihm; mehr, als C sich erhofft hatte. Achtundzwanzig Männer gehörten zum inneren Kreis der Sekte, die insgesamt in England verstreut über vierhundert Mitglieder hatte, und gerade versuchte, ihr Netzwerk international auszuweiten, als ich in

Erscheinung trat. Aber auch Dave besaß nicht sämtliche Informationen. So wusste er nicht, wo sich Grovers Hauptquartier befand oder wie er auf Rayza gestoßen war. Jedoch war ihm bekannt, dass Grover und ein paar andere Minister des Parlaments zusammen die Sekte führten – gemäß den Grundsätzen des Gründers, Eduard dem Achten.

C schickte eine Gruppe von Agenten mit dem Befehl nach Letchmore, vorerst nur das Gelände zu beobachten. Dann schlug er vor, dass wir uns alle ein paar Stunden hinlegten, bevor am Morgen der Zugriff erfolgen konnte.

Früh am Morgen informierte uns C über die neusten Entwicklungen. In Letchmore gestaltete sich die Sache offenbar nicht so übersichtlich, wie man angenommen hatte. Bei vorsichtiger Inspektion stellte sich heraus, dass der Bungalow leer war.

»Wir hoffen, dass sich Grover zeigt, sobald die Geisel gebracht wird. Seltsamerweise gehört das Gelände einer ganz anderen Sekte. Die Zusammenhänge kennen wir noch nicht. Macrae, bitte folgen Sie mir.« Er brachte mich zu einer Zelle, in der Dave auf einer Pritsche lag. »Sie sollten Dave dazu bringen, dass er für uns arbeitet. Er soll einfach unseren Anweisungen Folge leisten.«

Dafür sorgte ich mit der entsprechenden Sugg und als klar war dass wir ihn unter Kontrolle hatten, ließ C ihn aus der Zelle. Wir begaben uns alle zusammen zur Kantine und nahmen etwas zu uns, bevor wir hinauf gingen zur Garage.

Als ich dort stand und wartete, dass man mir einen Wagen zuweisen würde, kam von der hinteren Seite der Garage eine Frau in nichts als einem lila Nachthemd auf mich zu. Ich erstarrte vor Überraschung, doch plötzlich tauchte Agent Losada bei mir auf und sagte: »Mr Macrae, nur damit Sie nicht erschrecken, dies ist

nicht Rayza.« Er winkte die Frau zu uns und sagte: »Agentin Maza – Mr Macrae.«
Er schaute mich fragend an und meinte: »Sagen Sie mir, ob sie ihr genügend ähnlich sieht.«
Ich war noch ganz außer Fassung, versuchte aber gelassen zu antworten: »Statur und Haare sind auf den ersten Blick wirklich täuschend. Aber das Gesicht darf natürlich nicht sichtbar sein.«
»Hoffen wir, dass Grover ihr Augenbinde und Knebel nicht sofort abnimmt. Maza ist mit einem Sender und einer Wanze ausgerüstet. Wir vermuten, dass auch der Bungalow nur eine Übergabestelle ist.«
Andere Agenten stiegen mit Dave in einen der Vans, die heran gefahren wurden. Losada forderte Teresa, Maza und mich auf, in einem der anderen Wagen Platz zu nehmen.

Die Agentin saß zwischen uns und wirkte etwas verunsichert. Irgendwie fühlte ich mich für sie verantwortlich und fragte: »Haben Sie so etwas schon einmal gemacht?« Sie verneinte und Teresa und ich versuchten, sie etwas zu beruhigen – angesichts des anstehenden Wagnisses und unseren bisherigen Erfahrungen mit Grover war es jedoch nicht ganz einfach, die richtigen Worte zu finden.

Unser erstes Ziel war die Villa in Fulham, wo Dave und Maza in den Wagen umstiegen, mit dem Rayza von der Kirche abgeholt worden war. Sie fuhren davon, zur Abzweigung und dann in Richtung Brücke.

Losada wartete, bis sie außer Sichtweite waren. Nachdem ein guter Empfang des Senders bestätigt worden war, ließ er den Konvoi aufbrechen. Die Fahrt führte über die Themse durch Fulham, danach etwa vierzig Minuten lang weiter nach Norden. Als wir ein Dorf namens Aldenham erreicht hatten, ließ Losada alle Vans auf einem Parkplatz halt machen. Er schickte einen von ihnen weiter ans Zielgebiet heran, dann ließ er Teresa und mich die Position des Senders mitverfolgen.

»Gleich links von uns ist ein kleiner Flughafen. Wir sind vorbereitet, falls Grover hier Zugang zu einem Flugzeug haben sollte.«
Über den Lautsprecher war Maza zu hören, die ständig ihren Status durchgab: »Zielort erreicht. Wagen am Rand der Straße geparkt. Dave Uttley legt mir jetzt Fesseln und Augenbinde an.«

Nach einer Weile war es dann Dave, der den Bericht fortsetzte: »Wir betreten einen Pfad, der durch die Büsche führt.«
Ihr Punkt wanderte von der Straße weg, hinüber zu einem Gewässer.
»Wir nutzen PPS und DGPS mit einer Genauigkeit von einem halben Meter«, erklärte Losada, »die Punkte auf der Karte sind also sehr präzise.«
Aus dem Lautsprecher ertönte wieder Daves Stimme: »Betreten jetzt gleich die Hütte. Das Innere wird überwacht, wir werden nun nicht mehr sprechen.«
»Laut Dave war Grover manchmal bereits in der Hütte, oder kam einige Minuten nach ihm«, erklärte Losada.
Per Funk meldete sich das andere Team, das an der Straße gegenüber von Daves Wagen geparkt hatte: »Alles ruhig hier.«
Wir warteten einige Zeit. Dann hörte man Dave sagen: »Ist gut, ich lasse sie hier.«
Bald meldete sich wieder das Team vor Ort: »Dave kommt allein zurück.«
Losadas Handy klingelte und er sagte: »Okay. Fahr die Straße zurück, wir sind links auf einem Parkplatz.« Daraufhin informierte er uns: »Dave hat sie abgeliefert und wurde durch eine Gegensprechanlage aufgefordert, zu gehen. Er ließ sie in einem Sessel sitzend zurück.«
Von Mazas Wanze gab es immer noch keinen Laut, als Daves Wagen auf dem Parkplatz auftauchte.

Wenig später hörte man von Maza gutturale Laute, dann eine entfernte, männliche Stimme: »Ich soll Sie zum Boss bringen. Keine

Angst, ich führe Sie. Achtung, Stufe.«
Wir sahen auf dem Display, dass sich ihr Punkt wieder bewegte. Er entfernte sich vom Teich, aber auch weiter weg von der Straße, durch Bäume in den Garten einer Villa, die sich auf der anderen Seite des Teichs befand.
»Das ist das Gelände der anderen Sekte«, sagte Losada: »Dann hat sich Grover also bei denen verschanzt!«
Doch Maza wurde um das Gebäude herum zu einem Parkplatz geführt. Wir hörten das Anlassen eines Motors. Dann bewegte sich der Punkt schneller, an einer Straße entlang nach Westen.

Einer der Agenten blieb mit Dave zurück, als unser Konvoi sich in Bewegung setzte; bis zur nächsten Abzweigung und dann ebenfalls nach Westen. Es wurde eine lange Fahrt. *Leavesden*, stand auf einem Schild. Kurz darauf hielten wir auf einem Platz, sodass alle Wagen in einer Reihe standen. Losada kam zu uns gelaufen und Teresa ließ das Fenster herunter.
An unsere Tür gelehnt erklärte er: »Sie haben angehalten, bei einer Kirche der *Heiligen der letzten Tage,* und Maza hat sich gemeldet. Sie sagte, sie sei allein im Wagen.«
Jemand rief Losada zu, dass Mazas Punkt sich wieder bewegte. Er lief zu dem anderen Van hinüber, von wo sie den Sender überwachten. Als er zurückkam, meinte er: »Offenbar haben sie auf ein Schiff gewechselt. Der Sender bewegt sich nun auf einem Fluss nach Süden. Wir bleiben dran. Aufbruch!« Er hob seinen Arm in die Höhe und machte mit der Hand Kreise in die Luft.

Der Konvoi fuhr zwanzig Minuten lang auf verschiedenen Straßen in langsamem Tempo weiter, bis er sich auf dem Platz eines Industriebetriebs formierte. Wir sahen dank der Position ihres GPS-Punktes, dass sich Maza in einem Gebäude auf einer Insel befand, die von mehreren Flussläufen umgeben war. Offen-

bar konnte man nur per Schiff zu dem Haus gelangen.
»Agents besorgen sich Schlauchboote vom Canal Centre in der Nähe, und ein Hubschrauber ist unterwegs, für alle Fälle«, sagte Losada: »Wir warten noch auf ein Zeichen von Maza.«

Teresa und ich gingen mit Losada näher zum Funkgerät. Er drehte die Lautstärke auf und wir horchten angespannt. Eine Weile hörte man nur Knistern. Dann endlich die flüsternde Stimme von Maza: »Ich bin allein in einem Zimmer. Erdgeschoss, ein Fenster links. Der Mann, der mich hergebracht und mir dann die Augenbinde abgenommen hat, ist groß, Jeansjacke, kahl geschoren. Mein Gesicht ist nun unbedeckt, hört ihr? Jemand wird erkennen, dass ich die Falsche bin. Ich höre Schritte kommen. Over.«
Losada rief den anderen zu: »Wo sind die Schlauchboote? Beeilt euch! Lovett, Evans: Holt euch Gewehre, geht mit ein paar Männern da rüber ans Ufer und nehmt das Haus ins Visier.«

Der Van mit den Schlauchbooten kam erst gerade auf das Gelände gefahren. In aller Eile zogen Agenten die Boote vom Fahrzeug herunter. Während sie mit dem Aufpumpen der Boote beschäftigt waren, konnten wir aus dem Lautsprecher des Funkgerätes hören dass jemand mit Maza sprach: »So, Rayza. Nun bist du hier bei mir in Sicherheit und ich habe Archer unter Kontrolle.« Teresa erkannte die Stimme von Grover.
»Warte, ich nehme dir die Fesseln ab. Du wirst es unten im Keller gemütlich haben, solange er ... hee! Schau mich an! Du bist nicht Rayza. John! Komm her! Das ist sie nicht!« Dann war Getrampel zu hören.
Losada gab den Befehl, einige Warnschüsse abzugeben. »Verdammt, wir sind zu langsam ...«, fluchte er. »Macht schneller, Leute!«

Alle beeilten sich, das erste Boot fertigzumachen und ins Wasser zu lassen. In unregelmäßigen Abständen wurden Schüsse abgegeben. Allmählich war der näher kommende Hubschrauber zu hören, bis er über dem Haus zu kreisen begann. Losada machte per Funk eine Durchsage, die vom Megafon des Hubschraubers wiedergegeben wurde: »Ergeben Sie sich, Grover! Das Haus ist umstellt!« Er schaute zu mir herüber und meinte: »Ihre Superkraft funktioniert nicht zufällig auch über Megaphon? Nein? Zu schade ...«

Die Agenten erreichten schließlich das Haus. Als Letzte wurden auch Teresa und ich mit einem Boot hinüber gebracht. Gerade führten sie drei Leute aus dem Haus, dic ihre Arme über dem Kopf verschränkt hielten. Dann erschien Losada. Er brachte Maza zu uns und sagte: »Grover ist nirgends zu finden. Er muss immer noch im Haus versteckt sein.«

Maza setzte sich erschöpft auf den Rand eines Bootes. »Grover war damit beschäftigt, diesen John zu beschimpfen, da konnte ich ihm meinen Stuhl entgegen stoßen. Er fiel hin und ich floh aus dem Zimmer. Ich versteckte mich hinter Gerümpel unter der Treppe. Dann hörte ich jemanden etwas von einem Tunnel sagen.«

Teresa rief zu Losada hinüber: »Tunnel!« und er befahl den anderen Agenten umgehend: »Sucht nach einem Tunnel!«

Nach einer Weile kam er enttäuscht zu uns zurück. »Er ist entkommen. Da war tatsächlich ein Tunnel, der auf die andere Seite des Flusses da drüben führte.« Er zeigte in die andere Richtung, nach Osten. »Dort stand vermutlich ein Fluchtfahrzeug bereit. Aber das Gute ist, nach allem, was wir bisher entdeckt haben, scheint das hier das Hauptquartier der Sekte zu sein. Wir haben Buchhaltung, Konten, Mitglieder, Kontakte ... er musste alles zurücklassen.«

»Es besteht aber weiterhin Gefahr für die Versammlung, so lange Grover frei ist«, sagte ich zu Teresa. Sie hingegen war optimistischer, wollte von Losada aber Genaueres wissen.

Dieser antwortete: »Also, wir haben die anderen Minister und ungefähr fünfundzwanzig der höchsten Mitglieder bereits identifiziert. Sogar Grovers Computer war noch an – wir konnten alles kopieren. In diesem Moment sind Agenten und Officers unterwegs, um die Leute festzunehmen. Ich denke, nach so einem Schlag ist die Sekte vorerst erledigt. Selbst wenn Grover entkommt – er wird vor allem mit seiner Flucht beschäftigt sein.«

»Irgendeinen Hinweis darauf, wie Grover Rayza gefunden hat?«, fragte ich.

»Bisher leider nicht«, erwiderte Losada: »Wir werden Sie aber informieren, falls wir etwas dazu finden.«

Ich sagte: »Okay, danke. Teresa und ich müssen los nach New York, kann uns jemand zum Flughafen bringen?«

Losada befahl einem Agenten, uns zu fahren und wir verabschiedeten uns. Unser Direktflug ging um sechzehn Uhr. Wir hatten am Flughafen sogar noch genug Zeit, um Richard zu benachrichtigen, in Ruhe etwas zu essen und uns neue Kleidung zu besorgen.

XVI

Es war ein erhabener Moment, als Teresa, Sam, Richard, Nisha, Kyle und ich am nächsten Morgen früh vor der Halle der UNO-Vollversammlung ankamen. Wir schritten auf dem riesigen Platz vor dem Gebäude an einer langen Reihe von Landesfahnen entlang und Ondrea kam uns entgegen. »Guten Morgen. Schön dass ihr nun alle da seid. Ich habe hier eure Zugangsberechtigungen.« Sie reichte jedem von uns einen Ausweis zum Umhängen, den man benötigte, um sich überall frei bewegen zu können. Dann führte sie uns ins Innere des riesigen, modernen Gebäudes.
Unterwegs zum Eingang sagte Sam zu Ondrea: »Ich staune, dass eine internationale Gemeinschaft mit so vielen guten Absichten und Aufwand im Stande war, diese riesige Struktur und die ganze Organisation aufzubauen und dann doch immer wieder zulässt, dass Egoismus einen Konsens in den wichtigsten Fragen verhindert.«
»Ja, leider«, sagte Ondrea: »Es ist nun mal nicht einfach, wenn viele so differenzierte Interessen zusammentreffen.«

Noch waren nur sehr wenige andere Mitarbeiter anwesend und Ondrea konnte uns in Ruhe herumführen. Wir begaben uns über die Treppe nach oben, von wo man in den Saal gelangen konnte und Ondrea erklärte: »Hier seht ihr die Kabine, die wir am ersten Zugang zum Sitzungssaal aufgebaut haben. Die anderen Eingänge dort drüben bleiben geschlossen, man gelangt also nur so hinein.« Sie ging voran durch die Kabine, die an beiden Seiten mit schwarzen Vorhängen bedeckt war. Darin war gerade Platz für mich zum Sitzen und ein oder zwei Personen zum Hindurchgehen. Einer nach dem Anderen begab sich auf die andere Seite. Dann standen wir zusammen in dem berühmten, riesigen, runden Saal mit seinen sechs langen Pultreihen und Stühlen, der goldenen Säule mit dem

Wappen der UNO und der hohen Kuppel darüber.
Ondrea erklärte: »Wir werden am vordersten Pult sitzen, gleich bei der Treppe zur Tribüne. Ich mache dann meine Ansprache. Die Präsidentin und ihr Stab sitzen dort hinter dem Rednerpult und überwachen die Abstimmung. Kommt, gehen wir nach vorne.«
Wir bewegten uns einen der Gänge entlang bis vor das Rednerpult, wo Schachteln mit Kopien der Charta bereitlagen. Jeder nahm sich einen Stapel und wir teilten uns auf, gingen durch die Reihen und legten an jedem Platz eine Kopie auf den Tisch.

Eine Gruppe von Leuten betrat die Tribüne.
»Kommt bitte alle zu mir«, rief uns Ondrea zu. Und als wir wieder vor dem Rednerpult standen, forderte sie uns auf, ihr auf die Tribüne zu folgen.
Die Leute, die dort gerade etwas auf dem Präsidial-Tisch zurecht gelegt hatten, kamen auf sie zu und Ondrea sagte: »Darf ich vorstellen; die Präsidentin der Versammlung und ihr Stab; dies ist mein Team ...« Wir begrüßten einander und als ich an der Reihe war, befahl ich jedem von ihnen: »Sie folgen nun allen Anweisungen, die Ondrea Ihnen gibt.«
Ondrea schaute auf ihre Uhr und sagte: »Es wird Zeit. Die ersten Staatsführer werden bald eintreffen. Vaughan, du solltest dich langsam zur Kabine begeben.«
»Gut«, antwortete ich und wandte mich an Teresa: »Könntest du in meiner Nähe bleiben? Nur für alle Fälle.« Teresa nickte und wir begaben uns zusammen durch den Saal zurück zur Kabine.

Ich ging durch den Vorhang in die Kabine und stand dann in dem kleinen Durchgang neben einer niedrigen Trennwand. Dahinter befand sich ein Stehstuhl – was eine gute Idee von Nisha war, damit ich sitzen konnte und mich dennoch etwa auf Augenhöhe befand mit den Delegierten. Ich musste über die Trennwand stei-

gen und setzte mich dann an meinen Platz. Ich richtete die Lampe etwas höher aus, die neben mir an der Wand angebracht war und wartete.
»Teresa«, rief ich zum Vorhang auf der linken Seite.
Sie steckte ihren Kopf herein. »Si, Vaughan?«
»Schon gut. Ich wollte nur sehen ob du mich hören kannst. Kommen die Leute schon?«
Sie erwiderte: »Todavía no. Erst unten im Entrée.«
»Sorgst du dafür, dass sie schön einzeln herein kommen, bitte?«
»Sí. Mach' ich«, bestätigte sie und nahm wieder ihre Position ein.
Allmählich war Gemurmel zu hören das langsam lauter wurde. Stimmen die näher kamen. Und dann ging es los. Durch den Vorhang kam ein blaues Kleid und im Lichtkegel erschien das Gesicht von Präsidentin Camilla.
»Du bist die Erste«, sagte ich.
»Oh! Schön dich zu sehen, Vaughan«, bemerkte sie.
Ich suggte ihr: »Du folgst natürlich den Anweisungen von Ondrea O'Brien.«
»Natürlich«, sagte sie und verließ die Kabine.
Als Nächstes erschienen nacheinander die beiden US-Delegierten, die sie begleiteten und nach ihnen trat Mar Nath Kalam vor mich.
»Mar. Willkommen in New York«, sagte ich.
»So ein Zufall. Was machen denn Sie hier?« Fragte er erstaunt.
Doch ich musste vorwärts machen und suggte auch ihn gleich: »Sie folgen den Anweisungen von Ondrea O'Brien.«

Ungefähr die nächsten zwei Stunden war ich damit beschäftigt, jeden, der hindurchkam, zu suggen, bis meine Stimme anfing, heiser zu werden. Teresa brachte mir Tee, der mir half, die Sache stimmlich durchstehen zu können. Die Zeit verging jedoch schnell, denn es war spannend, immer wieder berühmte Gesichter zu sehen, die

ich aus den Nachrichten kannte. Und alle reagierten sie auf gleiche Weise erstaunt, als sie in die Kabine traten, weil sie keine Ahnung hatten, was sie hinter dem Vorhang erwartete.
Sogar Wladimir Putin schaute verwundert als er eintrat und sagte:
»Polnyj pizdec! Was is des? Amerikanskje Eisen Vorhang?«
Und die Präsidentin von Frankreich, interessanterweise gleichzeitig mit den USA die erste Frau im Amt, meinte:
»Mon Dieu! L'ONU est devenue un cabinet d'horreurs!«

Dann kam plötzlich niemand mehr und kurz danach trat Teresa ein und erklärte: »Listo. Alle Staatsvertreter sind jetzt durch.«
»Okay«, erwiderte ich: »Dann gehen wir jetzt auch in den Saal.«
Teresa machte Platz und ich stieg wieder über die Trennwand, um ebenfalls die Kabine zu verlassen. Zusammen mit dem Rest unseres Teams begaben wir uns durch den Saal zu unseren Plätzen am Pult vor dem Podium.

Die Präsidentin und ihre beiden Kollegen erhoben sich, dann tat der ganze Saal es ihnen gleich. Daraufhin betrat Ondrea das Podium und schritt zum Rednerpult, um mit ihrer Ansprache zu beginnen. »Geehrte Delegierte aller Nationen, Vorsitzende, Präsidentin der Versammlung. Dies ist ein historisches Ereignis. Gemeinsam werden wir heute weltweite Gesetze und Standards in Kraft setzen – die *Charta,* die über jeglichen staatlichen Gesetzen stehen wird. Gemeinsam gründen wir heute die OneWorld-Organisation, welche diese Gesetze und Standards vertritt und durchsetzen wird. Aber nehmt euch in Acht! Auch wenn diese Werte auf individueller Freiheit basieren und gegen jede Unterdrückung stehen, so kommen sie nicht ohne Pflichten. Denn: Eine Welt, auf der die Menschenrechte überall gelten sollen, hat die Pflicht, diese auch durchzusetzen. Eine Welt, die weiterhin bewohnbar bleiben soll, hat die Pflicht, ein System des nachhaltigen Zusammenlebens zu schaffen.

Ich zitiere hierzu Immanuel Kant: *Der Begriff von Pflicht ist untrennbar von dem Begriff des Rechts. Eine Pflicht ist, was bei einem Wesen den Rechten eines anderen entspricht.* Nationen und Individuen, die zu denen gehören, die für sich nur Vorteile herauspicken wollen, die durch zu viel Luxus und Bequemlichkeit egoistisch geworden sind, werden umdenken müssen. Nationen, die von Despoten, Korruption und Misswirtschaft geplagt, nicht in der Lage sind, ihre Pflichten zu erfüllen, werden von OneWorld Unterstützung erhalten und die Despoten ihre Strafe. Nationalstolz ist fehl am Platz, wenn man Wohlstand genießt, der aus den Ressourcen anderer Länder stammt. Despoten sind fehl am Platz, die dazu Hand bieten, davon profitieren und ihre Nationen leiden lassen. Lasst uns Nationalstolz ersetzen durch Weltstolz! Sie haben alle die Charta vor sich liegen und wir gehen nun gemeinsam Punkt für Punkt durch, bevor wir zur Abstimmung und Unterzeichnung kommen.«

Ondrea, die Versammlungs-Präsidentin und ihr Stab lasen aus den Erläuterungen, dem Anhang der Charta, vor und referierten abwechselnd über jeden Punkt der Charta.

Mir war bewusst, dass wir die Abstimmung auch gleich hätten machen können und ein einstimmiges, positives Resultat erhalten hätten. Doch unsere Anliegen allen verständlich zu machen, konnte der Nachhaltigkeit nur förderlich sein und dafür nahmen wir uns einige Stunden Zeit.

Schließlich verkündete Ondrea: »Wir stimmen nun über die erste umfassende Weltordnung ab und bestätigen die Rechtmäßigkeit der OneWorld-Organisation und der OneWorld-Charta möglichst mit Ja!«
Diese relativ zurückhaltende Aufforderung genügte für die gesuggten Mitglieder der Versammlung vollkommen. Nach und nach erschienen auf den schwarzen Displays rundherum neben den

Namen aller Länder grüne Punkte. Die Zählung am Ende zeigte die erhofften, ja erwarteten, hundertdreiundneunzig Ja-Stimmen bei null Gegenstimmen und Enthaltungen.

Die Präsidentin und ihr Stab erhoben sich und begannen den Applaus, dem sich die Delegierten im Saal anschloßen. Dann trat Ondrea wieder ans Rednerpult und verkündete: »OneWorld ist hiermit gegründet und anerkannt. Lassen sie uns nun dieses Ereignis gebührend ehren mit einer Darbietung der San Francisco Symphony in Kammerbesetzung, unter Michael Tilson Thomas.«
Die Delegierten applaudierten erneut, während eine größere Gruppe von Musikern von beiden Seiten her auf die Bühne trat. Streicher und Bläser positionierten sich stehend und eine zierliche, asiatische Frau betrat die Bühne, als Ondrea weiter sprach: »Mit Sun-Jung Kim, Mezzosopran. Sie spielen für uns *Urlicht* von Gustav Mahler – mit weltlichem Text.«

Umgehend war es absolut still im Saal. Nicht das kleinste Rascheln war mehr zu hören. Alle Augen richteten sich auf die Sängerin und dann erhob sich plötzlich, wie aus dem Nichts, ihre sanfte Stimme, die sich dennoch in dem riesigen Raum über alles ausbreitete und zugleich tief in mein Innerstes drang. Eine Mischung unbeschreiblicher Sehnsucht und Hoffnung überkam mich, ließ mich völlig unvorbereitet am ganzen Körper erschauern. Und als die Oboe einsetzte, sah ich, wie Richard Tränen über die Wangen liefen. Der Text, in fremder Sprache, blieb für mich unverständlich, aber die Wirkung der Klänge in diesem historischen Moment, werde ich niemals wieder vergessen.

Als die Musik allzu bald mit frohgemutem Akkord ausklang und der Applaus endete, flüsterte Richard zu Sam: »Einfach wundervoll! Seit Dame Janet Baker habe ich das nicht mehr so eindrücklich erlebt.«

Ondrea schloss dann die Versammlung, indem sie ins Mikrofon sprach: »Würden nun alle Anwesenden bitte nach vorne kommen – wir beginnen mit der Reihe hier vorne rechts – um die Charta zu unterzeichnen. Wir danken Ihnen allen!«

Die vorderste Reihe erhob sich, um beim Rednerpult vorbei zu gehen, zu unterschreiben und durch die Gänge nach hinten den Saal wieder zu verlassen.

Präsidentin Cortez hielt inne, als sie an mir vorbeikam und meinte: »Ich werde dich noch brauchen, Vaughan, denn wir müssen das nachher auch noch durch den Kongress bringen.«

»Sag mir, wann und wo; ich werde da sein«, antwortete ich und fügte an: »Wie lief es eigentlich mit Trump?«

Camilla erwiderte: »Nicht schlecht. Es gab fast keine Zwischenfälle mehr seither. Wir denken, die Leute haben endlich begriffen, dass sie den Falschen unterstützt haben.«

Erschöpft von den anstrengenden Tagen fiel ich am späten Abend im Hotel in mein Bett. Ich ließ die ungeheure Anspannung hinter mir, die sich über so lange Zeit aufgebaut hatte und sie wich dem befriedigenden Gefühl, etwas wirklich Bedeutendes geleistet zu haben. Ich schlief so gut wie schon lange nicht mehr.

Doch schon beim Frühstück wurde mir klar, dass immer noch viel Arbeit auf mich wartete. Camilla ließ mich nach Washington zum Kapitol kommen. Sie hatte alles arrangiert, damit ich mit jedem Abgeordneten und jedem Senator sprechen konnte, bevor das Repräsentantenhaus zusammentrat. So brachte ich beide Kammern dazu, einigen Änderungen der Verfassung zuzustimmen, welche sie zu den Anforderungen der OneWorld-Charta kompatibel machten.

Sicherlich; es wurde in Sitzungen und in den Medien noch monatelang darüber gejammert, was für einen Verrat das doch bedeute und dass die Wirtschaft darunter leiden werde, bis dann endlich die allgemeine Einsicht vorzuherrschen begann, dass eigentlich nur unnütze, gar schädliche, alte Zöpfe abgeschnitten wurden. Sogar die amerikanische Bevölkerung begann zu verstehen, dass es eine soziale Politik brauchte, um wahrhaft frei sein zu können; dass sie unter der Wirtschaftsabhängigkeit und der vorherigen extremkapitalistischen, konservativen Politik niemals wirklich frei gewesen waren.

Als die Tage der Vollversammlung vorüber waren, begleitete ich als Erstes Xie Jingyun zurück nach China. Ich verbrachte dort die nötige Zeit, bis die Reform genügend angestoßen war – inklusive der Umwandlung und Reduktion der Armee. Dann ging es weiter nach Russland, Indien, Südkorea, Japan. Es zeigte sich, dass es in China vergleichsweise einfach gewesen war. Je totalitärer das Regime, desto weniger Leute musste ich beeinflussen und die Verfassungsänderungen waren viel schneller durchgesetzt.

Unter den Despoten gab es die Schlauen, die merkten, dass der Wind nun in eine andere Richtung wehte. Sie passten sich der Situation an, begannen, die Menschenrechte zu respektieren, und konnten ihre Position halten, indem sie bescheidener wurden. Die weniger Intelligenten wie Maduro, Assad, Erdogan, Bashir oder Mswati, hielten sich noch immer für unantastbar. Doch jeder ließ sich gerne schmeicheln und zum Empfang von hohem Besuch im Namen der britischen Krone überreden. Ich brachte sie dann jeweils dazu, ihre Regierung in ein faires System umzubauen und die richtigen Leute einzusetzen, bevor sie sich bereitwillig nach DenHaag abführen ließen, wo ein Gremium aus unbeteiligten Nationen ein ordentliches Gerichtsverfahren durchführte.

Im ICC Detention Center entstand bald ein ganzer Trakt, der nur noch als *das Despoten-Endlager* bezeichnet wurde. Mit dem konfiszierten Reichtum der Diktatoren konnte nicht nur das meiste Leiden in ihren Ländern beendet, sondern auch wertvolle Maßnahmen gegen die Auswirkungen der Klimaerwärmung realisiert werden. OneWorld führte danach jeweils eine demokratische Verfassung ein und organisierte erste Wahlen, bis sich ein stabiles System etablierte.

Schon nach einem Jahr hatte sich die Welt grundlegend gewandelt. Der Kurs für eine nachhaltige und gerechte Zukunft der Menschheit war unwiderruflich gesetzt.

Inzwischen hatten sich Teresa und Yolanda an der Karibikküste von Kolumbien, nahe Teresas Heimatstadt Cartagena, niedergelassen, und nachdem ich in Venezuela den Despoten Maduro abgesetzt hatte, luden sie mich ein, mich bei ihnen von den Strapazen der vergangenen Monate zu erholen.

Die Terrasse ihrer kleinen Hacienda bot eine herrliche Aussicht über den Mangrovenwald, der sich bis zum Strand der Playa Blanca erstreckte. Schwärme grüner Papageien zogen zwischen den Bäumen umher und auf dem Sand sonnten sich die Leguane.

Teresa kam herangeschlendert und legte ihre Hand auf meine Schulter: »Lo ves? Ist das nicht unglaublich friedlich?«

»Es ist vielleicht das erste Mal in der Geschichte der Menschheit, dass man einen solchen Frieden empfinden kann, ohne dabei ein schlechtes Gewissen gegenüber denen haben zu müssen, die weniger Glück hatten. Denn heute geht es allen Menschen besser«, erwiderte ich.

»Algunos. Einigen geht es aber auch schlechter ...« Sie lächelte schelmisch. »Den Diktatoren die festgenommen und verurteilt wurden!«

»Da hast du auch wieder recht«, erwiderte ich.

»Entonces? An was denkst du, während du diese Ruhe genießt?«

»An Rayza. Ich wünschte, sie wäre jetzt hier bei mir.«
»Sí! Ich hoffe, du findest sie wieder, Vaughan«, meinte Teresa.
»Ich überlege oft, wie ich das anstellen könnte«, bemerkte ich: »Im Internet hatte ich bisher kein Glück. Vielleicht sollte ich im Fernsehen nach ihr suchen lassen …«
»Lass Yolanda doch einen Song schreiben«, schlug Teresa vor.
Mit einem hoffnungsvollen Lächeln schaute ich sie an. Die Idee faszinierte mich sofort. »Ja, das klingt vielversprechend. Rayza hört oft Latin-Music.«

Wir saßen alle beim Essen zusammen, als Yolanda die neusten Nachrichten kommentierte: »Überall geschehen wundervolle Dinge. In der Dritten Welt ist die Sterblichkeitsrate enorm zurückgegangen. Hilfsgüter und Entwicklungsmaßnahmen zeigen plötzlich ihr volles Potenzial, seit sie ungehindert zu den Leuten gelangen, für die sie gedacht sind. Es heißt, erstmals in der Geschichte der Menschheit gäbe es kaum noch Krieg und viele Flüchtlinge kehren in ihre Heimat zurück. Aber ein Problem bleibe: Für die Klimaerwärmung kämen die Maßnahmen sehr spät. Es werde noch Jahrzehnte dauern, bis wir die Auswirkungen sehen.«
Yolanda lehnte sich an Teresa und ließ sich von ihr umarmen. Dann sah sie zu mir herüber, als sie sagte: »Vaughan, angesichts des Wandels – wäre es nicht sinnvoll, du würdest alle deine Erlebnisse aufschreiben, für die Nachwelt? Wie ein Testament, in dem die Menschen lesen können, wie zerfressen von Gier die Welt früher war und wie sie zu dem wurde, was sie jetzt ist.«
»Ja, wieso nicht. Aber dann muss ich aufpassen, dass nicht irgendein Spinner daraus eine Religion machen kann.« Der Gedanke ließ mich schaudern. »Das wäre der absolute Horror!«
»Natürlich darf das erst nach deinem Tod veröffentlicht werden«, sagte Yolanda: »Wenn deine Fähigkeit vorher bekannt wird, könnte

dich jemand zwingen, sie zu missbrauchen. Wie Grover. Hat man den eigentlich inzwischen erwischt?«
Teresa erwiderte: »No! Leider nicht. C schrieb mir, dass die Sache keine Priorität mehr hat.«

Zwei Wochen danach kehrte ich erholt nach London zurück. Als ich in der Archer Street endlich wieder mein altes Haus betrat und im spärlich beleuchteten Treppenhaus meinen Koffer nach oben schleppte, kam Mr Garland gerade aus seinem Apartment.
»Mr Macrae, dass ich Sie auch einmal wieder sehe«, sagte er. Er hielt einen Stapel langer Blumenkisten aus Plastik in den Armen und hatte Mühe seine Tür zu zumachen.
»Moment ...«, bemerkte ich und zog die Tür für ihn zu.
Er erwiderte: »Danke. Sagen Sie, waren Sie auf Reisen? Ich habe Sie ja Monate nicht gesehen!«
»Ja, ich war lange unterwegs«, antwortete ich: »Und Sie? Haben Sie ein neues Hobby?«
Er bewegte sich den Gang entlang und während wir gemeinsam die Treppe hinauf gingen, erklärte er: »Ich pflanze allerlei Sachen an. Gemüse vor allem. Das Meiste oben auf dem Dach. Wir haben eine Gärtner-Gruppe gegründet in der Nachbarschaft. Eigentlich gib es die jetzt überall in der Stadt, diese Gruppen. Die Leute haben ja jetzt viel mehr Zeit und bepflanzen alle möglichen Stellen auf Dächern und Terrassen.«
»Wundervoll«, erwiderte ich, während ich mein Apartment aufschloss: »Na dann, noch viel Erfolg damit!«
Ich machte die Tür hinter mir zu, legte meine Sachen ab und ließ mich erschöpft aufs Bett fallen.

Als mich der Klingelton meines Handys weckte, stellte ich erstaunt fest, dass ich tatsächlich ein paar Stunden lang gedöst hatte.

Es war Kyle und ich antwortete mit krächzender Stimme: »Hallo, Lad. Na, alles klar bei dir?«
»Sorry, hab ich dich geweckt, Lad?«, erwiderte er und fuhr gleich fort: »Biste noch zu müde vom Flug oder woll'n wir uns treffen?«
Ich räusperte mich und sagte: »Nein, nein. Ich sollte mich sowieso der Zeit hier anpassen. Wo bist du?«
Kyle antwortete: »Zu Hause in Paddington. Soll ich zu dir rüber kommen?«
»Okay.«
»Dann bis gleich«, gab er zurück.

Ich machte mich etwas frisch und begann, meinen Koffer auszupacken, während ich wartete. Bald darauf klopfte es an der Tür und ich ließ Kyle herein. Es gab eine kurze, kumpelhafte Umarmung von ihm, dann setzte er sich aufs Sofa, während ich mit meinem Koffer weiter machte.
»Warst diesmal lange unterwegs. Wie war's in der Karibik?«, fragte er.
Ich erwiderte: »Toll. Ich konnte die Sache in Venezuela regeln und besuchte auf dem Rückweg Teresa und Yolanda in Kolumbien. Ich soll dich von ihnen grüßen.«
»Danke. Der Flug war wohl teuer, was?«, bemerkte Kyle.
»Ja, klar«, sagte ich: »Und das ist auch richtig so. Es gibt viel weniger Flüge. Vergnügungsreisen sind stark zurückgegangen. Die Leute fliegen nur noch, wenn es unbedingt sein muss. Sie brauchen ja auch nicht mehr so viel Erholung, jetzt wo man viel weniger arbeiten muss. Und du? Wie ist dein neues Leben hier in der Stadt?«
»Wir lieben es. Heather und die Kids waren so froh, unsere alte Bude hinter uns zu lassen«, erklärte Kyle.
Ich sagte: »Es soll ja nicht mehr so schwierig sein, in London was zu finden, hab ich gehört.«
»Easy«, erwiderte er: »Gibt ja jetzt so viele Geschäftshäuser, Büro-

räume und Ämter, die nicht mehr gebraucht werden. Die bauen sie zu Wohnungen um oder verkaufen sie. Billig. Viele Kollegen ziehen mit Familie in die Stadt zurück.«

»Nishas Berechnungen scheinen aufzugehen«, sagte ich: »Man hat wieder Zeit für Community Service, es geht nicht mehr bei allem nur ums Geld.«

Kyle meinte begeistert: »Ja, ganz erstaunlich! Heather und ich helfen oft im Seniorenverein mit. Mache auch Fahrten für Betagte und sie liebt die Arbeit im Garten. Früher hätten wir dafür niemals Zeit gehabt. An einigen Gebäuden haben Talentierte sogar die gesamte Fassade begrünt. Und viele in der Nachbarschaft bieten ihre Dienste an, zum Beispiel Mr Thomson. Der repariert gratis jede Art von Geräten. Er sagt, das hat ihm immer schon Spaß gemacht. Ach ja, und natürlich haben meine Kollegen, die jahrelang nach einem Job gesucht haben, endlich wieder Arbeit gefunden ...«

Ich ergänzte: »... weil wieder mehr hier im Land produziert wird, nehme ich an.«

»Genau«, erwiderte er: »Waren aus Asien sind so teuer geworden, dass es sich wieder lohnt.«

»Hast du eigentlich auch Nachteile festgestellt, von all den Veränderungen?«, fragte ich.

Kyle überlegte und sagte dann: »Ja schon. Einiges ist eben auch teurer geworden und es gibt weniger Auswahl in den Läden. Aber wenn du mich fragst; das Zeug das wegfällt war eh nur Ramsch, der nach kurzer Zeit schon kaputt ging oder Dinge, die man gar nicht wirklich braucht. Mit der Mode eigentlich dasselbe. Heather sagt, es kommt günstiger, einmal einen teuren Pullover zu kaufen, der nicht nach kurzer Zeit schon eingeht oder auseinander fällt. Aber an solche Sachen hat man früher eben nicht gedacht, wenn einem überall für fünf Pfund billige Kleider nachgeworfen wurden.«

»Das war vorauszusehen«, erklärte ich: »Weißt du, die Industrie hat ja immer behauptet, sie bringe all das billige Zeug auf den Markt, weil es die Kunden so wünschten. Aber Nisha sagte, es war genau umgekehrt. Die Industrie beeinflusste die Wünsche mit Werbung und verlockenden Angeboten. Und die Politik unterstützte sie dabei, weil es um Arbeitsplätze ging.«

»Kranke Konsumgesellschaft«, erwiderte Kyle: »Und für diesen Unsinn waren wir drauf und dran, die ganze Welt untergehen zu lassen.«

»So war es«, sagte ich: »Komm, lass uns etwas raus gehen, an die Sonne.«

Als wir Minuten später den bunten Läden entlang durch die Brewer-Street spazierten, bemerkte Kyle: »Wie geht es eigentlich deiner Mutter?«

»Ziemlich gut«, erklärte ich: »Sam lag richtig mit seiner Vermutung. Die Sugg hält immer noch an. Sie macht sich keine Vorwürfe mehr, wirkt entspannt, genießt das Leben. Sogar ihr Rheuma ist besser geworden.«

»Warst du bei ihr?«, fragte Kyle.

»Ja, kurz vor meinem Einsatz in Venezuela.«

Wir gingen durch eine enge Gasse zwischen Backsteinfassaden und Baustellen hindurch bis zur Dean-Street und ich schlug vor: »Wir könnten in den Soho Square Park gehen.«

Kyle marschierte auf die Straße hinaus und meinte: »Okay.«

Ich zögerte einen Moment. Dann ging ich ihm hinterher. Früher wäre es nicht möglich gewesen, auf einer Straße wie dieser zu spazieren. Doch nun schien das ganz normal zu sein.

»Man spürt sofort, wie viel ruhiger das Leben geworden ist«, bemerkte ich: »Das fiel mir schon auf dem Weg vom Flughafen auf.«

»Viel weniger Hektik, ja. Man braucht ja auch weniger zu arbeiten.

Allerdings sind meine vier Stunden schon gut ausgefüllt.«

»Ach ja, wie ist dein neuer Job eigentlich?«, fragte ich, als wir den Park erreicht hatten und uns auf eine freie Bank setzten.

»Wirklich super. Danke übrigens, für den Tipp. Hatten mir nach einer Probewoche gleich zugesagt. Und du hast da wirklich nicht nachgeholfen?«

»Nein, wirklich nicht«, antwortete ich: »Und ich freue mich für dich. Du hast dir das verdient.«

»Bin auch stolz, dass ich auf diese Weise OneWorld behilflich sein kann. Wir layouten gerade Broschüren in allen möglichen Sprachen. Erklären die neue kostenlose Gesundheitsversorgung. Und ich lerne eine Menge dabei.«

Wir beobachteten eine Gruppe von Leuten, die im Park gemeinsam ihre Yoga-Übungen ausführten. Und ein junger Mann verteilte Flyer, um auf seine lokale Tausch-Plattform *Sohoshare* aufmerksam zu machen.

»Alle haben jetzt Zeit für ihre Lieblings-Projekte. Und du, Vaughan. Was machst du nun mit deinem Leben?«, fragte Kyle und sah mich neugierig an.

»Ich bin praktisch auf Abruf«, erklärte ich: »Ondrea oder Camilla melden sich, wenn OneWorld irgendwo auf der Welt eine Krise nicht alleine bewältigen kann. Aber das kommt jetzt zum Glück immer weniger vor. Ich denke, ich werde mich hinsetzen und ein Buch schreiben, über alles was geschehen ist.«

»Tolle Idee, Vaughan! Und die Liebe? Was ist mit Rayza?«

Ich erwiderte mit betont zuversichtlicher Stimme: »Yolanda hat mir versprochen, einen Song zu schreiben, der sie zu mir führen könnte. Wenn sie will, wird sie mich finden.«

»Hoffe es sehr für dich«, sagte er und legte seine Hand auf meine Schulter. In dem Moment ertönte sein Smartphone. Er warf einen

Blick darauf und erhob sich, während er erklärte: »Meine Frau. Muss los.«
Ich lachte, als ich sagte: »Und ich dachte, das Leben sei weniger hektisch geworden ...«
»Schon. Aber da gibt es jetzt auch keine Ausreden mehr«, erwiderte er und grinste. »Bis bald, Lad!«
»Ja. Und lass Heather von mir grüßen.«
Kyle winkte, während er sich zum Ausgang des Parks begab.

Ich blieb noch eine Weile sitzen, beobachtete die Lichter, die auf der Wiese sanft umherwanderten und genoss die Ruhe und den Frieden, die nicht nur den Park umgaben. Als die Sonne sich langsam hinter die von Schornsteinen übersäten Dächer zurückzuziehen begann, machte ich mich auf den Weg nach Hause, um mit meinem Buch zu beginnen.

OneWorld Charta – Prinzipien, Wirkung und Gedanken

Autoren:
Baroness Ondrea O'Brien, Emeritus Professor of Philosophy
Order of the Companions of Honour & Fellow of the Royal Society and British Academy
Dr Nisha Berry, Assistant Professor of Philosophy & Economy
Dr Sam Hobbes, Ph.D. in Philosophy & Cognitive Neuroscience

Die Charta, welche als umfassendes Regelwerk separat vorliegt, ist die Grundlage für die Tätigkeit der OneWorld Organisation. Charta und Organisation treten in Kraft durch Zustimmung aller Mitgliedstaaten der UNO-Konferenz. Sie erklären Charta und Organisation im Sinne eines Weltföderalismus für weltweit rechtlich bindend. Im Folgenden wollen wir erläutern, wie sie funktioniert und welche Auswirkungen von ihr zu erwarten sind.

Vorwort

Tatsächlich ist die Notwendigkeit einer dringenden Abkehr von unserem derzeitigen extremkapitalistischen System allgemein anerkannt. Es ist destruktiv, weil es stetiges Wachstum benötigt, das im geschlossenen System unseres Planeten nicht weiter möglich ist. Aber leider ist es ebenso Tatsache, dass ausgerechnet die Mechanismen, die diese Abkehr bewerkstelligen könnten, eng mit den Interessen von Wirtschaft und Machthabern verknüpft sind, die das Wachstum antreiben. Deren politische Verbündete dienen also den Reichen und Mächtigen, nicht der Bevölkerung; nutzen aber geschickt deren Ängste, um trotzdem ihre Stimmen und damit mehr Macht zu erhalten. Sie führen sie an der Nase herum, indem sie Fremdenhass und Intoleranz schüren und sich als besonders christlich inszenieren, um von ihren wahren Zielen abzulenken: Die Rechte der Bevölkerung, die soziale Sicherheit und die Demokratie zu schwächen, und damit ihren Verbündeten zu noch mehr Reichtum und Macht zu verhelfen.

Die Bevölkerung wird manipuliert, soziale und ökologische Maßnahmen und Politiker – die ihnen eigentlich zugutekämen – als feindselig wahrzunehmen und gegen sie zu stimmen. Ohne es zu merken, treiben sie sich damit noch tiefer in die Abhängigkeit der Wirtschaft. Dabei hat sie leichtes Spiel, denn die Mehrheit der Menschen ist durch ihre Religion bereits auf konservatives Gedankengut konditioniert, glaubt bewusst oder unbewusst an ein gottgewolltes Schicksal und lässt mehr oder weniger betend den Dingen ihren Lauf. Derart auf mehreren Ebenen gleichzeitig verblendet, steuern wir alle auf lecken Booten dem Abgrund zu, statt einander die Hände zu reichen und gemeinsam die Lösungen durchzusetzen, die wir eigentlich bereits kennen.

Wollen wir die Welt wirklich nachhaltig zu einem besseren Ort machen, braucht es Freidenker. Humanisten, die fern von verkrusteten Konventionen denken und handeln, sich nicht durch die Interessen der Mächtigen beeinflussen lassen und dabei das Wohl aller im Sinn haben.

Das Warten auf die Rettung durch einen eingebildeten, nicht existenten Gott ist hingegen sinnlos. Da wäre es tatsächlich sehr viel wahrscheinlicher, dass ein Mensch unter uns eines Tages zum Superhelden mutiert und alles für uns richtet [1].

Doch eine Lösung liegt nun in Form der OneWorld Charta vor uns. Wir brauchen sie nur einzusetzen und ihr weltweite Gültigkeit zu verschaffen.

Rechtfertigung und das erste Prinzip

Die Grundlage der OneWorld Charta bildet die Allgemeine Erklärung der Menschenrechte, mit einigen Verbesserungen und Ergänzungen. Es gilt, von Anfang an den Vorwurf zu entkräften, dass OneWorld eigene Interessen durchsetzt.

Der Humanismus und die Allgemeine Erklärung der Menschenrechte sind als Errungeschaft der Menschheit im Streben nach Glück und Gerechtigkeit anzuerkennen. Sie sind ein Produkt aus tausenden von Jahren unserer Geschichte, entstanden aus Erkenntnissen verschiedenster Kulturen; in Babylon von Kyros dem Großen; in der Antike von Philosophen wie Platon und Stoa; im China der Zhou-Dynastie von Konfuzius und später Mozi; im römischen Reich von Marcus Tullius Cicero; im Alexandria der Spätantike von Hypatia; bis zur Aufklärung mit dem Gesellschaftsvertrag von Thomas Hobbes [2], John Locke, Jean-Jacques Rousseau, der Bill of Rights von George Mason; und schließlich der Kommission, die nach den Weltkriegen unter Eleanor Roosevelt die International Bill of Rights erarbeitet hat. Die OneWorld Charta ist somit ein Abbild des allgemeinen Gerechtigkeitsverständnisses der Menschheit.

Die Ergänzungen in der Charta enthalten spezifischere Definitionen, wer wem gegenüber welche Pflichten hat und wer was wie durchzusetzen hat. Die Verbesserungen betreffen die Bedürfnisse unserer modernen Welt. Nachfolgend ein paar Beispiele und Erläuterungen zu den wichtigsten Punkten:

Die Gleichberechtigung aller Menschen unabhängig von Rasse, Abstammung, Heimat, Geschlecht, Ansichten, Vermögen oder sonstigem Status werden ergänzt durch erweiterte persönliche Rechte, wie das Recht über das eigene Sterben entscheiden zu dürfen, wozu bis zur zwölften Schwangerschaftswoche auch das des Nachwuchses zählt. Das Recht auf körperliche und geistige Unversehrtheit, Schutz vor Folter, Freiheitsrechte, wie das Recht auf Meinungs-, Gedanken- und Religionsfreiheit, das Recht auf Bildung, werden ergänzt mit einem speziellen Recht für Kinder, das sie generell, also auch innerhalb der Familie, vor religiöser und ideologischer Indoktrination schützt. Neu ist auch das Verbot der Wehrpflicht. Dann die bereits vertrauten Rechte auf Eigentum und Sicherheit, Reisefreiheit, Versammlungsfreiheit, Informationsfreiheit werden explizit ergänzt um die Freiheit in Sexualität und Lebensform und das Recht auf freie, anerkannte Lebensgemeinschaften, sowie Adoptionsrecht und Erbrecht für jede Form davon. Rechte im Zusammenhang mit Justiz und Politik, das Recht auf freie Wahlen wird ergänzt mit der Pflicht zur Transparenz bei sämtlichen politischen Vorgängen. Die sozialen und kulturellen Rechte wie das Recht auf Unterkunft, Nahrung und Gesundheit, das Recht auf saubere, Luft und Wasser, werden ergänzt um Wasser und Luft als Besitz der Allgemeinheit, zur Verhinderung von deren Privatisierung und Ausbeutung.

Ein neues Kapitel ist die Verantwortung des Menschen gegenüber Tieren. Schutz bedrohter Arten, Grundrechte für bestimmte Tierarten mit höher entwickelten kognitiven Fähigkeiten wie Primaten, Delfine, Papageien, Elefanten. Gemäß den Vorschlägen von Steven Wise.

Das zweite Prinzip

Regelung der Unabhängigkeit von Staat und Bildung. Regelung der Ökonomie.

Erstens die Trennung zur Religion: Dass kein Geld fließt, dass kein religiöser Glaube, keine Doktrin, unterrichtet wird, nur das Wissen darüber als Kultur, Literatur oder ihre Auswirkungen. Hingegen sollen skeptisches Denken und wissenschaftliche Methodik gefördert werden.

Zweitens die Trennung zur Wirtschaft: Dass Bildung, Forschung und Politik nicht durch wirtschaftliche Interessen beeinflusst werden. Heute ist das politische System in den meisten Ländern völlig von der Wirtschaft unterwandert. Regeln zur Trennung von Staat und Wirtschaft beinhalten zuallererst die komplette Egalisierung aller politischen Kampagnen. Das heißt, die bisherige Problematik, dass der Politiker oder die Initiative mit dem größten Werbebudget meistens gewinnt, wird es nicht mehr geben. Stattdessen werden jeder Partei ausschließlich die gleichen Medien, beziehungsweise Plattformen im gleichen Umfang zur Verfügung gestellt, um die Wähler zu informieren. Und in jedem politischen Prozess wird volle Transparenz verlangt sein.

Drittens die Erschaffung und Regelung eines weltweiten ökonomischen Systems, welches auf Freigeld und Freiland basiert. So wird es kein Zinsgeld mehr geben und es wird nicht mehr möglich sein, dass Vermögende einfach ihr Geld für sich arbeiten lassen – Ertrag, der durch die harte Arbeit von vielen weniger Bemittelten entstand [3]. Ein System mit Freigeld, Freiland und Gleichlohn wird Lebenskosten und Ertrag über die gesamte Bevölkerung gerechter verteilen. Dadurch wird bezahlte Arbeit generell einen geringeren Stellenwert einnehmen, Freiwilligenarbeit zunehmen. Nisha Berry und Ökonomen der UCLA haben das mithilfe von Modellen simuliert und berechnet. Diese zeigten, dass man bereits bei unter fünfzig Prozent Arbeitszeit komfortabel leben kann.

Weltweiter Mindestlohn und später weltweiter Gleichlohn sorgen für Ausgleich und Reduktion von Transport und Ausbeutung. Dies verhindert soziale Ungerechtigkeit und reduziert die Umweltbelastung. Es gibt keinen Grund mehr für die Auslagerung von Arbeit in Billiglohnländer und sämtliche Materialtransporte in diesem Zusammenhang fallen weg. Im Endstadium bedeutet dies: Jede Arbeit ist gleich viel wert. Jeder verdient überall fünfzig Pfund in der Stunde, egal, welcher Arbeit er nachgeht.

Vor allem die ökonomischen Veränderungen werden Zeit benötigen. Über Jahre hinweg sollen weltweit langsam die Kosten nivelliert werden, hohe Löhne nach unten, niedrige Löhne nach oben, was jeweils zu entsprechenden Anpassungen in der gesamten Kette des ökonomischen Systems führt – von Herstellungskosten, Erträgen, über Lebenshaltung, Gesundheit bis zur Staatsverwaltung und so weiter. Das Resultat ist eine Korrektur des derzeitigen Extremkapitalismus, bleibt jedoch fern von Marxismus und Kommunismus.

Das dritte Prinzip

Es hat keinen Sinn, humanistische Regeln zu erschaffen, wenn sie nicht befolgt werden, wenn Despoten trotzdem weiter ihr Volk unterdrücken oder hungern lassen, Konflikte und Kriege austragen. OneWorld besitzt deshalb eine Armee, gebildet aus Mitgliedern aller Nationen. Diese Friedenstruppen kommen dann zum Einsatz, wenn in einem Land die Menschenrechte verletzt werden. Zudem verbietet die Charta den Staaten eigene militärische Truppen. Truppen bis zu einem gewissen Umfang sind nur für polizeiliche, humanitäre oder ökologische Aufgaben zugelassen.

In der heutigen Situation gelingt es den Vereinten Nationen selbst bei extremer Verletzung der Menschenrechte nicht, innerhalb des betroffenen Staates einzugreifen, weil stets ein Teil der Mitglieder solche Maßnahmen blockieren.

In Konsequenz lautet einer der wichtigsten Punkte der Charta: Das Nichteinhalten der Menschenrechte führt automatisch zur Aufhebung der staatlichen Souveränität und in Folge zu politischem, rechtlichem oder im Extremfall militärischem Eingreifen von OneWorld. Regierungen, welche die Menschenrechte der Charta nicht einhalten, werden abgelöst und von einem Gericht verurteilt. OneWorld organisiert in diesem Fall neutrale Neuwahlen. Die Charta soll möglichst viel Freiheit sichern, möglichst wenig einschränken. Es spielt keine Rolle, welche Regierungsform ein Staat hat. Die Souveränität bleibt erhalten, solange er in der Lage ist, die Charta und damit die Menschenrechte zu respektieren.

Manche werden versuchen die Durchsetzung der Charta als Diktatur zu bezeichnen. Wir erinnern jedoch daran, dass sich zum Beispiel die westliche Welt bisher selbst in einer Diktatur des Extremkapitalismus befindet, in der jegliche scheinbare Freiheit nur mit entsprechender Finanzierung möglich ist. Die Charta bedeutet eine Befreiung aus dieser Diktatur.

Konklusion zum Thema Religion

Da die Charta beabsichtigt, religiöse Einflüsse zurückzubinden, kommt die Frage auf nach Wirkung oder Nutzen von Religion auf die Gesellschaft. Dazu wird meist behauptet, dies sei ein zu komplexes Thema, um eine allgemein gültige Antwort geben zu können. Das ist jedoch nicht korrekt. Unvoreingenommen betrachtet, kommen wir zu einem eindeutigen Schluss: Während ein Glauben an sich durchaus von Nutzen sein kann für das Individuum (Studien belegen unter Umständen eine positive Wirkung auf Körper und Psyche [4], unabhängig davon, woran man glaubt, solange der Glaube frei ist von Furcht, Unterdrückung usw.), ist die destruktive Wirkung organisierter Religion auf die Gesellschaft eine unbestreitbare Tatsache [5] und muss als Vergewaltigung des individuellen Glaubens bezeichnet werden. Hier haben wir es mit falschen Moralvorstellungen zu tun, welche zur Unterdrückung persönlicher Rechte führen, mit Intoleranz, Ignoranz, Machtmissbrauch, Dogma und Schlimmerem. Diese negativen Auswirkungen sind umso stärker, je mehr eine Gesellschaft durch religiöse Anschauungen und Regeln beeinflusst wird. Verteidiger der Religion, vor allem der Christlichen, führen dann ihre wohltätigen Leistungen ins Feld. Doch tatsächlich muss man feststellen, dass die Religion hier lediglich Huckepack fährt auf den Errungenschaften des Humanismus, um ihn für PR und Missionierung zu missbrauchen – ähnlich wie auch die Mafia im näheren Umfeld ihr Geld zu wohltätigen Zwecken einsetzt. Kurz gesagt: Es braucht keine Religion für Wohltätigkeit. Eher sogar das Gegenteil ist der Fall: Ohne religiöse Unterdrückung, Intoleranz und Instrumentalisierung, würde es den Menschen vielerorts besser gehen und sie würden erst gar keiner Wohltätigkeit bedürfen. Selbst in unserer westlichen Gesellschaft muss man feststellen, dass vor allem Politiker rechtskonservativer Gesinnung, mit der ihnen gemeinsamen zumeist biblischen Lebensanschauung, die sozialen Leistungen des Staates zurückbinden und so die Unterschicht unserer Gesellschaft in Armut und Wirtschaftsabhängigkeit bringen. Nicht nur der Religion kommt das entgegen, die dann unter den Verzweifelten der Unterschicht mit Wohltätigkeit und Hoffnung missioniert, sondern auch Wohlhabende tun sich in der Folge mit wohltätigen Spenden hervor, während sie konservative Kräfte fördern und damit den Sozialstaat weiter schwächen.

Erläuterungen zum Gleichlohn

Wie soll das funktionieren, wenn die Einen eine lange, teure Ausbildung oder ein Studium absolvieren, nur um danach dann dasselbe zu verdienen wie ein Straßenkehrer?

Von allem, was entsteht, gehört zumindest ein Teil der Rechte immer der Gesellschaft. Weder Erfinder noch Künstler noch Produzenten oder Konstrukteure können etwas erschaffen, ohne auf Grundlagen zurückzugreifen, welche die Gesellschaft bereitstellt; sei es Bildung, Sprache, Schrift, Werkzeug, Werke, Ideen oder Inspiration von Anderen.

Ein Beispiel: Der Musiker, der einen erfolgreichen Song veröffentlicht, konnte den Song auf bestehenden musikalischen Grundlagen und Stilen aufbauen, ihn in bestehender Notenschrift aufschreiben, ihn auf einer Gitarre spielen, welche nach tausenden von Jahren aus dem Monochord hervorgegangen ist und mit einem Mikrofon aufnehmen, für das verschiedenste Erfinder seit dem Telefon ihr Talent investiert haben, und so weiter. Ohne die Vorarbeit gäbe es einen Song oder ein Produkt oder eine Erfindung in dieser Form nicht. Der Schöpfer erhält seinen Ertrag, von dem er leben kann. Doch ein kleiner Anteil aus dem Verwertungsrecht gehört der Allgemeinheit. Die Privatwirtschaft kann Produktion und Vertrieb übernehmen, zahlt jedoch Lizenzen an die Allgemeinheit. Statt Steuern nimmt der Staat (als Vertreter der Allgemeinheit) also Lizenzgebühren ein. Damit entsteht ein Fond, der für den sozialen Ausgleich und den staatlichen Betrieb sorgt. Daraus erhalten auch Lernende oder Studenten während ihrer Ausbildung denselben Gleichlohn wie jeder, der einer Arbeit nachgeht. Es spielt also keine Rolle, ob man eine lange Ausbildung macht oder beruflich tätig ist.

Es gibt Arbeiten, die praktisch niemand gerne macht, weil sie unangenehm sind oder körperlich anstrengend. Es gibt keinen Grund dass solche Arbeiten schlechter bezahlt sind als andere. Im Gegenteil. Und es gibt Arbeiten, die jeder gerne macht, weil sie Identität und Befriedigung stiften. Die Arbeit selbst ist dabei schon Lohn genug, es gibt keinen Grund, dass sie höher entlohnt wird als andere Arbeiten. Dies gilt auch für Leute, die eine Firma führen oder große Verantwortung tragen, die heute Millionen verdienen. Auch für sie genügen Befriedigung, Status und Luxus ihrer Tätigkeit als Zuschuss zum Gleichlohn. Jeder findet seinen Platz in der Gesellschaft durch die Arbeit, die er für sie erledigt.

Aber wie ist es mit Besitz? Was passiert mit den Millionen, die einige Wenige angehäuft haben? Besitz und das Konzept und Recht vom Besitz bleibt grundsätzlich bestehen. Aber das Anhäufen von Besitz verliert an Attraktivität, wenn Vermögen keine Zinsen mehr abwerfen. Man hortet in der Regel Vermögen als Absicherung, aus Angst. Doch wenn man in einem System lebt, das eine starke soziale Sicherheit bietet, auf deren Unterstützung man sich verlassen kann wenn es einem nicht gut geht, wird das Horten von Vermögen überflüssig.

Erläuterungen zu Register und Transaktionen

Die verbreitete Ansicht, es brauche mehr Vertrauen auf der Welt ist tatsächlich ein falsches Verständnis des Begriffs [6]. Was wir stattdessen brauchen, ist Zuverlässigkeit. Deshalb schreibt die Charta die allgemeine Nutzung von Blockchain vor für Transaktionen und Registrierungen aller Art, was den gesamten Bankensektor und viele Behörden überflüssig macht. Die unsichere Variable des Vertrauens wird damit aus diesen Prozessen entfernt. Behördenwillkür und Korruption werden von vornherein ausgeschlossen.

Jede Transaktion oder Registrierung wird absolut sicher, unverfälschbar und nachvollziehbar im Netzwerk weltweit festgehalten, unabhängig von Banken oder Behörden. Geldüberweisungen, Verträge, Urkunden, Urteile, Rechte und Pflichten können so erfasst werden. *Smart Contracts* können auch Forderungen oder Zahlungen auslösen, womit zum Beispiel Lizenzgebühren direkt in der Blockchain automatisch umverteilt werden. Verträge bekommen durch Blockchains ein ganz neues Level absoluter Verbindlichkeit und Zuverlässigkeit.

Auswirkungen

Heute existieren unzählige Vorschriften und Gesetze, die versuchen, die Unzulänglichkeiten des herrschenden Extremkapitalismus wenigstens ein bisschen zu korrigieren. Flicken für ein fehlerhaftes System, die derzeit das Zahlen von Steuern in gerechterer Höhe, den Schutz der Umwelt, Schutz der Arbeiter, Schutz vor Missbrauch und Ausbeutung und vieles mehr regeln müssen – ein Netz aus Vorschriften, das dazu führt, dass Bürger den Staat als zu dominant, einschränkend und bevormundend empfinden. Ein gerechteres ökonomisches System löst automatisch viele dieser ethischen und rechtlichen Probleme. Die meisten dieser Flicken-Gesetze werden überflüssig. Ein Staat, der von diesen Überwachungs- und Durchsetzungsaufgaben befreit ist, wird nicht mehr als *Staatsapparat*, sondern als Vertreter und Diener der Gesellschaft empfunden.

Mit weltweitem Gleichlohn und zum Teil schon mit dem Mindestlohn, wird auch die Migration kein Problem mehr darstellen. Ein Job wird nicht mehr in anderen Ländern besser bezahlt. Bestimmte Jobs konzentrieren sich nicht mehr aus Lohn- oder Steuergründen in bestimmten Regionen. Damit erhalten Nationalismus und Fremdenfeindlichkeit kein Futter mehr, das Bedürfnis nach Abgrenzung schwindet. Der gegenseitige wirtschaftliche, wissenschaftliche und kulturelle Austausch kann viel ungehinderter und gerechter stattfinden. Dank der Charta werden die Staaten durchlässiger und die Migration einfacher, aber auch unnötiger.

Reisen wird dadurch zwar teurer, was aber die hemmungslose Reiselust der heutigen Luxusgesellschaft auf ein erträglicheres Maß reduzieren wird. Tatsächlich decken die Transportpreise heute oft nicht die tatsächlichen Kosten. Hinzu kommen Umweltschäden, die Transport und Tourismus an der Destination verursacht.

Mit höherem Wohlstand und mit der Anerkennung alternativer Lebensweisen pendelt sich das Wachstum ein und reduziert sich. Das gegenwärtige ökonomische System hungert nach Wachstum – der Grund für die Misere, in der wir stecken. Das neue System baut hingegen auf Beständigkeit und kommt problemlos auch mit Abbau zurecht. Schon allein dadurch hat Nachwuchs nicht mehr den gleichen Stellenwert. Wir werden zudem Empfehlungen herausgeben, wie jeder Staat alternative Lebensweisen fördern kann, damit *Ehe & Kinder* nicht mehr das dominierende Idealbild ist. Zudem werden gezielte Maßnahmen zur Unterstützung von Verhütung eingeführt und weltweit gilt die Selbstbestimmung für Schwangerschaften bis zum Ende des dritten Monats ohne Barrieren.

Wir sitzen jetzt in einem pervertierten System fest, in dem wir Massen an Unsinn produzieren und kaufen müssen um Arbeit zu generieren. Werbung überflutet unsere Umgebung, damit verkauft wird, was niemand wirklich braucht, damit ein Kreislauf aus Investoren, Arbeitsplätzen, Marktpräsenz und Profit am Laufen bleibt, während die Umwelt unter der Ausbeutung leidet und mit Abfall und Abgasen zugemüllt wird. Einige Wenige profitieren davon über alle Maßen, während die Mehrheit gerade ein knappes Auskommen findet.

Das wird alles nicht mehr notwendig sein, wenn uns das System nicht mehr zum Wachstum zwingt. Die Umwelt wird durch die neue Ökonomie stark profitieren. Durch den Gleichlohn fallen die meisten internationalen Transporte weg und der CO-Zwei-Ausstoß wird beträchtlich sinken. Holz aus dem Dschungel oder sonstiges Material zur Verarbeitung nach Asien und zum Verkauf wieder zurück in den Westen zu verschiffen, wird sich nicht mehr lohnen. Die lokale Produktion wird wieder anziehen. Produkte werden nachhaltiger produziert, weil das

Ausgangsmaterial mehr kostet. Generell wird weniger produziert werden, denn der Teufelskreis wird durchbrochen, wenn jeder gut mit maximal fünfzig Prozent Arbeit auskommt.

Stattdessen werden Maßnahmen zur Wiederaufforstung von Wäldern und Urwäldern möglich, zur Reinigung der Meere und zum Erhalt der Artenvielfalt, gefördert aus dem weltweiten Fonds, in den nebst Lizenzerträge unter Anderem indirekt auch die nicht mehr notwendigen Verteidigungsbudgets aller Staaten fließen. Bauern sind nicht mehr gezwungen zu roden, sondern werden für Wiederaufbau und Schutz bezahlt.

Die positive Kettenreaktion nimmt fast kein Ende und betrifft jeden Aspekt unserer Existenz. Wohl steht am Anfang eine schwierige Zeit des Umbruchs. Eine Übergangsphase, die wir mit aller Vorsicht vorbereiten und begleiten müssen. Für die Wenigen, die heute sehr vermögend und mächtig sind, wird es zu Einschnitten kommen. Sie werden sich damit abfinden müssen, dass ihr Einfluss dank gerechteren Gesetzen schwindet; sie müssen lernen, dass sie Teil der Gesellschaft sind und nicht über ihr stehen, sich wieder als normale Bürger begreifen.

Echte Globalisierung muss im Sinne aller stattfinden. Das ist nur möglich, wenn überall dieselben gerechten Regeln gelten. Dies ist das Ziel der OneWorld Charta.

[1] *Diese Anmerkung steht aus einem bestimmten Grund geschrieben, der vielleicht in der Zukunft einmal enthüllt werden wird.*

[3] *Thomas Hobbes: Leviathan or the Matter, Forme and Power of a Commonwealth Ecclesiasticall and Civil*

[3] *Bereits Abraham Lincoln wollte während seiner Regierungszeit für zinsloses Geld sorgen.*

[4] *Harold G. Koenig, Departments of Medicine and Psychiatry, Duke University: Religion, Spirituality, and Health: The Research and Clinical Implications Metastudy about 1200 studies.*

[5] *Cavuldak, Hidalgo, Hildmann, Zapf: Demokratie und Islam, Springer VS.*
[5] *ilga maps about sexual orientation laws ilga.org/maps-sexual-orientation-laws*

[6] *Ausführliche Erläuterungen dazu finden sich im TED-Talk*
What we don't understand about trust *vom TED HousesOfParliament*

Organisationen:

Deutscher Freidenker-Verband e.V.
www.freidenker.org

Giordano-Bruno-Stiftung
www.giordano-bruno-stiftung.de

Humanistischer Verband Österreich
www.freidenker.at

Freidenker-Vereinigung der Schweiz
www.frei-denken.ch

The Brights
www.the-brights.net

Weiterführende Literatur:

Leibniz war kein Butterkeks
Den großen und kleinen Fragen der Philosophie auf der Spur
Michael Schmidt-Salomon, Lea Salomon
Pendo, München 2011, ISBN 978-3-86612-280-2

Sophies Welt / Sofies verden
Jostein Gaarder
Carl Hanser Verlag, München 1993, ISBN 978-3-446-17347-7

Der Zauber der Wirklichkeit / The Magic of Reality
Richard Dawkins
Ullstein, Berlin 2012, ISBN 978-3-550-08850-6

Outgrowing God – A Beginner's Guide
Richard Dawkins
Random House, ISBN 978-1984853912 (ab September 2019)

Vertiefende Literatur:

Der Gotteswahn / The God Delusion
Richard Dawkins
Ullstein, Berlin 2007, ISBN 978-3-550-08688-5

Geschichten vom Ursprung des Lebens / The Ancestor's Tale
Richard Dawkins
Ullstein, Berlin 2008, ISBN 978-3-550-08748-6

Keine Macht den Doofen – Eine Streitschrift
Michael Schmidt-Salomon
Piper, München 2012, ISBN 978-3-492-27494-4

The Moral Landscape: How science can determine human values
Sam Harris
Free Press, New York 2010, ISBN 978-1-4516-1278-3

Towards Justice and Virtue
Baroness Onora O'Neill
Oldenbourg Akademieverlag 1996, ISBN 978-3-05-002845-3

Der Herr ist kein Hirte / God is not great
Christopher Hitchens
Blessing Verlag, München 2007, ISBN 978-3-89667-355-8

The Missionary Position: Mother Teresa in Theory and Practice
Christopher Hitchens
Verso Books, London 1995, ISBN 1-85984-054-X

Zum ewigen Frieden
Immanuel Kant
Reclam, Stuttgart 2008, ISBN 978-3-15-001501-8

Über den Autor

Thü war Art Director des Macworld Magazins, Illustrator und freier Redakteur von Macwelt. Geboren 1969 und aufgewachsen in der Schweiz, lebte er später lange in Südamerika, wo er vor allem musikalisch tätig war. Er arbeitet gegenwärtig als Illustrator, Grafiker und Webdesigner in der Schweiz. Zu früheren Veröffentlichungen zählen das Fachbuch *Firmen Design & Identität*, die Cartoon-Serie *Fermi's View*, die Hörspiele von *B.O.X. Bureau of the Unexplained*, die in Zusammenarbeit mit seinen Kindern entstanden sind, zahlreiche Informatik-Fachartikel sowie Kritiken zu Aufnahmen klassischer Musikwerke. *Cogento* ist sein erster großer Roman.

Professor Richard Dawkins mit Cogento Autor Thü in Oxford

www.cogento.org

ecliptic planetary publishing www.ecliptic.ch